周縁からの挑発
――現代アイルランド文学論考――

河野賢司

渓水社

##　まえがき

　著者はすでに『現代アイルランド文学序論』(近代文藝社、1995年)、『現代アイルランド文学論叢』(大学教育出版、1997年)において、現代アイルランド演劇を中心としてアイルランド文学の抱える様々な主題を考察してきました。本書はそれら両著で示した問題意識と方向性に則って、北アイルランド紛争を主題とする戯曲を継続的に取り上げる第１部に加え、植民地支配下にあってなお、精神の独立を希求したアイルランド人劇作家たちの軌跡を19世紀から今世紀まで辿る試みを第２部で展開します。第３部は、小国アイルランドの文学がいかに他国の作家たちに文学上の刺激を与え、彼らの文学精神を〈挑発〉してきたかを、主として英米とわが国の作家に関して検討しました。これを通して、欧米文化圏の〈周縁〉に位置するアイルランドの文学が、いかに大きな底力をもって、他の文化を活性化してきたかを示すことができたものと考えます。

　本書をざっと通覧いただければ気がつかれることですが、作品の梗概紹介にかなりの紙幅が割かれています。これは、わが国ではまだ、アイルランド文学、とりわけ〈現代アイルランド演劇〉が、十分に研究・紹介されておらず、多くの人々の間で共通理解を形成しているとは言いがたい現況を配慮したためですが、同時に自らの「読解の痕跡」をありのままにさらけ出すことで、自分では気がつかない誤読や誤解のご指摘を読者の方々からいただけることを期待するものであります。忌憚のないご批判やご教示をいただければ幸いです。

i

目　次

まえがき ……………………………………………………………………… i

第1部　紛争演劇／映画の挑発
——政治・宗教紛争の克服——

第1章　シェイマス・フィネガン
——反カトリックのエグザイル——

はじめに ……………………………………………………………………… 3

1　第1戯曲集『北』………………………………………………………… 5
　⑴『連合法』 5
　⑵『兵士たち』 8
　⑶『北』 10
　⑷『マリア慈善療養院の男たち』 14

2　第2戯曲集『ヨーロッパの墓場』…………………………………… 18
　⑴『スペインの芝居』 19
　⑵『ドイツとの関わり』 24
　⑶『マーフィーの娘たち』 28

3　第3戯曲集『まったくのたわごと』………………………………… 31
　⑴『メアリー・マギン』 32
　⑵『野草』 35
　⑶『まったくのたわごと』 37
　⑷『同志ブレナン』 40

おわりに …………………………………………………………………… 42

第2章　ロビン・グレンディニング
——マイノリティからの視点——

1　『マンボ・ジャンボ』——ユニオニズムの偏向教育 ……………… 45
　⑴ はじめに 45
　⑵『マンボ・ジャンボ』の梗概 46
　⑶ 作品の主題の分析 47
　⑷ おわりに 58

2　『ダニー・ボーイ』――障害者と母性愛 ……………………… 59
　　　(1) はじめに　59
　　　(2) 『ダニー・ボーイ』の梗概　59
　　　(3) 作品の主題の分析　61
　　　(4) おわりに――〈銃〉のもつシンボリズム　71

第3章　マイケル・ハーディング
　　　　――『ヒューバート・マリーの未亡人』論――
　はじめに――著者について ………………………………………… 77
　1　作品の梗概 ………………………………………………………… 78
　2　作品の主題と特徴 ………………………………………………… 80
　　　(1) 彷徨する「亡霊」の登場　80
　　　(2) 妻の不貞を暴く「寝取られ夫」　81
　　　(3) 共和派の英雄史観と不毛な宗派対立への風刺　83
　　　(4) 堕落聖職者と男性優位社会への異議申し立て　87
　　　(5) 標題の意味するもの――抑圧された北アイルランド女性　89
　　　(6) 「アメリカの夢」の継続　91
　　　(7) スリラーの伏線の巧妙な網　92
　おわりに …………………………………………………………………… 93

第4章　ポール・マルドゥーン
　　　　――ＩＲＡ批判劇『6人の誠実な義勇兵』――
　はじめに …………………………………………………………………… 97
　1　作品の梗概 ………………………………………………………… 98
　2　謎解きの試み――ひとつの解釈 ……………………………… 100
　おわりに ………………………………………………………………… 104

第5章　ケン・ロウチ――『隠された議題』と〈撃ち殺し〉――
　はじめに ………………………………………………………………… 109
　1　映画『隠された議題』の梗概 ………………………………… 110
　2　モデルとされる実在の事件や人物 …………………………… 111
　　　(1) 『ストーカー／サンプソン報告書』について　111
　　　(2) 陰謀工作について　114
　　　(3) スパイ暴露本について　118

> 3　映画作品としての『隠された議題』の批判的評価 ………… *122*
>   (1) 作品の暗さや展開の緩慢さ　*122*
>   (2) 人物造型の脆弱さ　*123*
>   (3) 陰謀暴露の効果のなさ　*130*
>   (4) 政治的偏向の問題　*131*
> 4　監督インタヴューにみる制作意図や反響 ………………… *135*
>   (1) 1994年11月のインタヴュー　*135*
>   (2) 1993年10月、来日時のインタヴュー　*139*
>   (3) 1991年1月のインタヴュー　*140*
> おわりに ……………………………………………………………… *141*

第2部　アイルランド演劇の抵抗と反逆
──併合支配下の葛藤──

第1章　ジェイムズ・ケニー『人騒がせ』
> はじめに──著者ジェイムズ・ケニーについて ………………… *149*
> 1　『人騒がせ』(1807年) の時代背景 ……………………………… *151*
> 2　『人騒がせ』のアイルランド人・マクラリ中尉 ……………… *152*
> おわりに …………………………………………………………… *157*

第2章　ディオン・ブーシコー『ロバート・エメット』
──エメット伝説の創出と流布──
> はじめに──エメットの生涯 ……………………………………… *160*
> 1　エメット伝説の誕生 …………………………………………… *161*
> 2　ブーシコーの『ロバート・エメット』(1884年) ……………… *163*
>   (1) 作品成立の経緯　*163*
>   (2) 作品の特色　*164*
>   (3) 作品と史実の相違点　*166*
> 3　エメットの最終弁論の真偽論争 ……………………………… *167*
>   (1) 否定的な公式文書　*167*
>   (2) 肯定的な愛国史観　*169*
> 4　ブーシコー劇における「エメット最終陳述」の取扱い ……… *171*
> おわりに──エメット劇の系譜 …………………………………… *172*

v

第3章　レノックス・ロビンソン──英雄復活願望──
　はじめに …………………………………………………………………… 175
　1　レノックス・ロビンソン『失われた指導者』……………………… 176
　　(1) レノックス・ロビンソンの伝記的事実　176
　　(2) 『失われた指導者』の梗概　177
　　(3) 標題の意味　182
　　(4) 作品の主題と評価について　186
　　(5) 神話化の経緯　188
　2　パーネルを主題とする他の演劇作品 ………………………………… 190
　　(1) グレゴリー夫人の『解放者』　190
　　(2) フィアロンの『エイヴォンデイルのパーネル』　192
　　(3) ショフラーの『パーネル』　195
　　(4) フランク・オコナーとヒュー・ハント共作劇『モーゼの岩』　198
　おわりに …………………………………………………………………… 202

第4章　ジャック・イェイツ──不条理演劇の早すぎた先駆者──
　はじめに──ジャック・イェイツの略歴 ……………………………… 208
　1　主要戯曲作品の梗概と寸評 …………………………………………… 209
　　(1) 『砂のなかに』　209
　　(2) 『口封じ、または告別の辞』　211
　　(3) 『亡霊たち』　214
　　(4) 『ラ・ラ・ヌウ』　215
　　(5) 『古い海岸道路』　216
　　(6) 『死のテラス』　217
　　(7) 『道化の姿勢』　219
　おわりに …………………………………………………………………… 221

第3部　アイルランド文学の越境する地平
──周縁からの文学的挑発──

第1章　アメリカ作家とアイルランド
　1　ウォルト・ホイットマン──アイルランドでの高い評価 ………… 225
　2　ヘンリー・ミラー──主要長編のアイルランド人像 ……………… 229

    (1) はじめに　*229*
    (2) アイルランド系アメリカ人との交流　*229*
    (3) 『わが読書』にみるアイルランド作家たち　*231*
    (4) 主要作品のなかのアイルランド人登場人物——とくに『セクサス』について　*235*
    (5) オフラハティの『密告者』へのミラーの反応　*244*
  3　アナイス・ニン——アイルランド作家との接点 ……………… *246*
    (1) はじめに　*246*
    (2) ニンとジョイス　*248*
    (3) ニンとワイルド　*254*
    (4) ニンとレベッカ・ウェスト　*255*
    (5) おわりに　*257*
  4　ポール・オースター——若き日のダブリン体験 ……………… *258*

第2章　イギリス作家とアイルランド
  1　エドワード・リア——『ナンセンスの絵本』のアイルランド人 ………… *269*
  2　ウォルター・スコット ……………………………………………… *272*
    (1) はじめに　*272*
    (2) アイルランド旅行計画の萌芽と曲折　*273*
    (3) 実現したアイルランド旅行の特徴　*275*
    (4) おわりに　*280*
  3　ラドヤード・キプリング——変節のロイヤリストの年代記 ………… *280*
    (1) はじめに——キプリング評価の落差　*280*
    (2) 初期短編集のアイルランド兵士マルヴェイニー　*284*
    (3) 長編小説『キム』　*286*
    (4) 「嫌疑が晴れて」にみるユニオニストとしてのキプリング　*290*
    (5) 「アルスター」「盟約」にみるユニオニストとしてのキプリング　*298*
    (6) 長男ジョンの戦死と『大戦中のアイルランド近衛師団』　*303*
    (7) 「アイルランド近衛師団」とその後のキプリング　*306*
    (8) おわりに　*312*
  4　ロレンス・ダレル——詩劇『アイルランドのファウスタス』 ………… *313*
    (1) はじめに　*313*
    (2) ミラーとの往復書簡集にみるアイルランド人意識　*313*
    (3) 『黒い本』と『アレキサンドリア四重奏』　*315*

vii

(4) 詩劇『アイルランドのファウスタス』　318
　　(5) おわりに　327
　5　アイリス・マードック――『赤と緑』のアングロ・アイリッシュ性 … 328
　　(1) はじめに――マードック作品とアイルランド　328
　　(2) アイルランドへの愛着の端緒　329
　　(3)『赤と緑』のなかのアングロ・アイリッシュ　330
　　(4)おわりに――エピローグの意味　340

第3章　日本作家とアイルランド
　1　菊池　寛――アイルランド演劇偏愛の推進者 ……………………………… 351
　　(1) はじめに　351
　　(2) 菊池とシング　352
　　(3) アイルランド演劇との邂逅　355
　　(4) 菊池とバーナード・ショー　357
　　(5) 菊池とイェイツ　359
　　(6) 菊池とグレゴリー夫人　360
　　(7) おわりに　361
　　付記　ハンキンの『放蕩息子の帰郷』について ……………………… 363
　2　丸山　薫――「あいるらんどのやうな田舎へ行かう」………………… 368

第4章　その他の影響
　1　ヴィットゲンシュタイン ……………………………………………… 374
　2　『フィネガンズ・ウェイク』のなかのマザーグース ………………… 376
　3　子どもたちのアイリッシュ・ジョーク ……………………………… 390
　　(1) はじめに　390
　　(2) 子どもたちが語るアイリッシュ・ジョークの実例　391
　　(3) アイリッシュ・ジョークの解釈と特質　395
　　(4) おわりに　397

あとがき …………………………………………………………………… 399

　人名索引 ………………………………………………………………… 401
　Summary ………………………………………………………………… 407

周縁からの挑発

第1部　紛争演劇／映画の挑発
　　　——政治・宗教紛争の克服——

第1章　シェイマス・フィネガン
――反カトリックのエグザイル――

はじめに

　シェイマス・フィネガン (Seamus Finnegan, 1949-) はベルファースト生れのカトリックの劇作家である。残念ながら各種のアイルランド文学辞典[1]にこの作家の名前が見出せないのは、イギリスを作家活動の場としていることが大きな要因と思われるが、その作品はアイルランド問題に密接に関わり、すでに4冊の戯曲集を発表していることから判断して、見過ごせない劇作家の一人である。いま記したように詳細な経歴は分からないものの、ロンドンの Jewish Free School で4年間英語を教えた経験があり、舞台のほかテレビ、ラジオ、映画などにも幅広く執筆し、演劇作品はロンドン、イスラエル、アメリカで上演されたという。現在は、ロンドンにあるスパイロ・ユダヤ歴史文化研究所 (the Spiro Institute of Jewish History and Culture) の非常勤講師をつとめ、イスラエル人女性劇作家ミリアム・ケイニー (Miriam Kainy, 1942-) と新作を共同執筆中とテキストには記されている。

　さて現時点で入手できる4冊のテキストに収められた12の戯曲を初演の年代順に並べたのが、以下に示す表である。

順	戯曲タイトル	初演時期	初演場所
①	*Act of Union*	1980.11	Soho Poly Theatre Club, London
②	*Soldiers*	1981.10	Old Red Lion Theatre Club, London
③	*James Joyce and the Israelites*	1982	Lyric Studio Theatre in Hammersmith, London
④	*North*	1984.3	Cockpit Theatre, London

第1部　紛争演劇／映画の挑発

⑤ *Mary's Men*	1984.6	Drill Hall Theatre, London
⑥ *The Spanish Play*	1986	Place Theatre, London
⑦ *The German Connection*	1986.11	Young Vic Theatre, London
⑧ *The Murphy Girls*	1988.6	Drill Hall Arts Centre, London
⑨ *Mary Maginn*	1990	Drill Hall Arts Centre, London
⑩ *Wild Grass*	n. d.	(commissioned and accepted by the BBC for radio 4's *The Monday Play*)
⑪ *It's All Blarney*	n. d.	[no performance record given]
⑫ *Comrade Brennan*	n. d.	(commissioned by 7.84 Theatre Company [1993] of Scotland)

　上記から分かるように、1980年以降着実なペースで執筆を続け、舞台で公演されたものはいずれもロンドンの劇場[2]、とくに初期は小劇場——例えば①の Soho Poly Theatre Club は僅かに45席、②の Old Red Lion Theatre Club は60-80席、③ Lyric Studio Theatre でも130席であり、パブの階上に設けられ、前衛劇で知られる Bush Theatre でも公称90席であることを思えば、その狭さがわかる——、中期作品でも⑤ Drill Hall Theatre の280席、⑦ Young Vic Theatre の456席と、千席を越える商業劇場が珍しくないロンドンでは、比較的小規模な劇場で初演されている。4つの戯曲集は、題材と主題の面で顕著な特色をもつ。第1戯曲集『北』は、北アイルランド紛争に直接的に触発されて書かれた政治色の濃い4作品（①②④⑤）を収めている。第2戯曲集『ヨーロッパの墓場』の3作品（⑥⑦⑧）では、舞台は北アイルランドとヨーロッパ大陸の両者にまたがる。第3戯曲集『まったくのたわごと』では、外部のエグザイルの立場から北アイルランドやアイルランドを眺める4作品（⑨⑩⑪⑫）が収録されている。刊行年では第4戯曲集にあたる『ジェイムズ・ジョイスとユダヤ人』はやや異色で、同名の標題作③（初演1982年は、第1戯曲集作品初演の時期に相当）と『エグザイルの対話』の2作を含むが、後者はユダヤ人現代作家6人の戯曲の一部抜粋と、1993年1月10日から23日までの2週間のフィネガンの旅行日誌とを並行収録したもので、いわば〈ユダヤ演劇アンソロジーおよび随想録〉といった形式の作品である。のちに見る

4

ように、ユダヤ人問題への関心は、ユダヤ人登場人物を配した第2戯曲集あたりから既に始まっており、フィネガン演劇の理解には欠かせない重要な要素であるのだが、彼自身の独立した単著の芝居ではないので『エグザイルの対話』は本稿の議論から除外し、また紙幅の制約から『ジェイムズ・ジョイスとユダヤ人』も残念ながら割愛して、以下にオリジナル戯曲11編の概要を刊行順に紹介し、フィネガンの演劇のほぼ全貌を明らかにしたい。

1　第1戯曲集『北』

(1)　『連合法』(*Act of Union*)　1幕全13場

　爆発音、銃声、サイレンで幕があく。ベルファースト出身で労働者階級の中年婦人メイズィ (Maisie) が観客に向かって長いお喋り。この街の日常生活の不便さ、例えば友人のロウズィ (Mrs Rosie Murray) が白タク (people's taxi) ——テロで運休しがちでヨーロッパ一高運賃と悪評のアルスター・バスよりはまし——に乗って美容院に行く途中、2度も停車させられ車外で買い物袋から化粧パフまで点検を受け、検問所のボディ・チェック (body search) では、せっかくアフロ・ヘアーにパーマした髪を爆発物 (incendiaries) がないか、婦警からいじくりまわされる始末（1場）。埠頭の薄汚れたパブ。60歳くらいの主人パディ (Paddy Mulligan) はカトリックだが、店の内装は英国旗、女王の肖像画、戦勝記念行進の写真など、まるでロイヤリスト・パブそのもの。界隈のパブの9割はカトリック経営、パブと私設馬券屋 (bookie) は、カトリックの二大専売特許である。しかしこのパブも市環境課の再開発計画でまもなく取り壊される運命にあり、階上でバンド練習しているプロテスタントも行き場をなくすだろう。深夜1時を過ぎて、アルスター警察 (RUC) 公安部の3人の刑事——シドニー (Sydney、50代)、ショーン (Sean Fitzgerald、20代半ば)、スタン (Stan、約40歳) が来店。プロテスタントなのにアイリッシュ・ウィスキー (Bushmills) を注文するスタンを、シドニーとショーンは辛辣に揶揄する

第1部　紛争演劇／映画の挑発

（2場）。弁護士ボイル (Raymond Boyle) が、逮捕連行された12歳の少年ケヴィン (Kevin Flannagan) の安否をハリウッド兵舎 (Hollywood Barracks) に電話で照会するが、該当者なしの虚偽の返事（以下、このやりとりはすべてテープで流れる）。毛布以外は全裸で寝ていた囚人（これがケヴィン少年か？）に、覆面男（ショーン刑事）が、頭巾を被せたうえで蹴り転がし、拳銃を首筋に押し当て、果ては股間を蹴るなどの暴行を働く。最初と最後に隠蔽音 (white noise) が響き、台詞は一切なしの無言劇。儀式のように無情に効率的に演じられる（3場）。救急医療棟の長期夜勤看護婦、駐屯地の夜警兵士、〈カトリック狩り〉を企むプロテスタントの偽タクシー運転手、パブで深夜まで飲んでいたカトリック、この4人が、深夜1時のベルファーストでそれぞれの心境を順番に語る。看護婦は退屈の余り事故発生を期待し、夜に眠るのはプロテスタントもカトリックも同じこと、と兵士は感慨に耽り、カトリック乗客は、罠だと察知して車から脱走、川へと飛び込む（4場）。ワイン中毒のヤップ（Yap、約60歳：普通名詞 'yap' は「無骨者、うすのろ」の意）が、ユニオニスト系の『ベルファースト・テレグラフ』紙を街角で売り歩いている。アル中仲間のバクシー（Bucksey、ヤップより少し年下）が酒を勧めると、彼が爆死したとの報に接していたヤップは仰天、やがて騙されたと悔しがる。しかし、実際、新聞の一面トップに「バクシー爆死」の記事が踊っていた……（5場）。再び弁護士が問い合わせるが、受話器を切られる。3場に戻り、手つかずの食事を看守が取り替えるが、囚人は茫然自失、虚空を凝視（6場）。2場のパディのパブ。ショーン刑事はカトリック (a Taig) で、宗教と政治は別物、当局には俺みたいに「堕落したカトリック」(renegade Fenians) が大勢おり、日曜ミサや告解を欠かさぬ敬虔なカトリック信者なら、スラム街よりアルスター警察の方が多い、と答える。彼が息子のジム (Jim) と同窓だったと聞いて、パディはやや不安顔。そこへスタンが現れ、同僚シドニーがジープから降り際に一発で射殺されたことを知らせ、IRAへの報復を誓う（7場）。1場のメイズィの長広舌。5人の子育ても一段落、新婚旅行の地ダブリンへ久々に来てみると、やれ暫定固定相場通貨 (green pound) だのE. E. C. だのと、お金の噂ばかり。84ペンスと割高なギネスは冷え過ぎで、飲ん兵衛の夫が初めて飲み残すほどまずく、近所

6

第1章　シェイマス・フィネガン

の子どもへの御土産に棒キャンディを買おうと値段を尋ねると、北アイルランド訛からプロテスタントと早合点した女店員が、不躾な客あしらいを見せたのに激怒、プロテスタントがアイルランド統一を恐れるのも無理はない、ダブリンは金にあくせくする偽善者の街だと嘆じる（8場）。ヤップがバクシーに、死後、天国に入る門での入国申請者の行列について尋ねる。聖ペテロから貰った書式には、生年月日、旧姓、職歴、病歴、前科のほか、死に至った事情とその責任者の記入欄があり、外国船から荷崩れした果物を拾って失敬している矢先に自動車爆弾で吹っ飛ばされたこと、おそらくは UDA ないし他のロイヤリスト過激派集団、もしくは SAS、ことによると IRA の誤爆かも、と正直に答えた。すると聖ペテロは気取ったイギリス英語で、天国入国志願者多数につき、一部補助申請用のピンク色用紙をよこしたので、バクシーは怒って退去、悪魔のもとへ駆け付けると、無署名でも地獄へ入れて貰えたさ、と嘯く（9場）。弁護士の再度の電話に、罵声が応答。6場の続き。床に寝そべった囚人は、崖の上の灯台から海の青波や緑波が見える、とうわ言を繰り返し、入室したショーン刑事にとびかかる（10場）。パディの酒場。最近ずっとスタンは泥酔し不機嫌。遅れてきたショーンをピストルで威嚇するうち、ついに引き金を引く。血糊のついたショーンとシドニー。「何が起きてるかはおろか、ベルファストがどこにあるのかもみんな知らなかった、いまでは少しはよく分かっているが、それでも誰も気にかけやしない」とパディ（11場）。4場と同じ4人。午前8時。逃走したカトリックは2発の弾を浴びたものの一命はとりとめた（12場）。8場のメイズィの続き。イギリス人に対する敵意にかけては、ペイズリー（Ian Paisley, 1926–）もカトリックも同類、危険視されるこの街も馴染めば体の一部であり、この〈土地〉をめぐってこれからも自分は闘い続けると、メイズィは断言。最後にバクシーが、シドニーが死んだとき、休暇中のペテロに代わって悪魔が門番をしていて、誰でもかれでも天国へ入れてやったとさ、と語る（13場）。

　標題にとられた「連合法」は、英国史においてイングランドがウェールズ（1536）、スコットランド（1707）、そして大ブリテンがアイルランド（1800）

7

と連合した際の、それぞれの法律を指す言葉だが、同時に〈結合の営み〉[3]を暗示することもある。だが、作品中ではこの史実関連の政治や法律も、あるいは性的な主題も論じられず、「連合法」にまで遡及する北アイルランド問題の根の深さを象徴的に暗示しているようだ。メイジィに代表される「北」のカトリックのプロテスタント擁護の姿勢は含蓄があるし、亡霊の語る冒瀆的な死後世界も諧謔的である。

(2)『兵士たち』(*Soldiers*) 1幕全19場

　ミサの序に続いて、イギリス人ジャーナリスト、マリリン (Marilyn) が1969年8月15日午後5時、治安維持のため初めて英軍兵士が導入された当日の暴動事件のレポート筆記を読み上げて報告（1場）。投入された英軍の目的はカトリック保護、と司祭（2場）。1972年1月の血の日曜日事件抗議のデモから戻ったキアラン (Ciaran) とケヴィン (Kevin)。デモの興奮は麻薬やセックスと同じ解放感だ、とケヴィン。一方キアランは醒めた口調で、アイルランドのリンチ首相 (John Lynch, 1917-) の1969年の宣伝行為、アデンやキプロスでの英軍の行為、つまり一線を超えるや武力鎮圧に転じる狡猾な姿勢を指摘。司祭が、暴力デモの参加者たちは共産主義者だと批判（3場）。ロンドンのアマチュア・サッカー・クラブの更衣室で、十代後半のロバート (Robert) とビリー (Billy) の会話。手っ取り早く金になり、旅行もでき知らない人や土地に巡り会えるので軍隊入隊を決めたロバートと、規律嫌いで失業手当で御の字、のビリー。司祭がロバートにライフル銃とベレー帽を授ける（4場）。先の『連合法』でも御馴染みの、ベルファーストのワイン中毒のバクシー (Bucksey) とヤップ (Yap) が地獄で密造ウィスキーを飲んでいる。天国には聖餐用赤ワイン (altar wine) しか酒がないが、この密造酒はケッシュ牢獄の服役囚からイギリス当局が没収したのをさらに悪魔が盗んだ代物で、悪魔はイギリス野郎 (Sassenach) よりアイルランドの方が気に入っている、などとお喋り（5場）。マリリンが録音機に収録。1974年春のある日、17歳の少年が英兵に誤射され死亡。血痕の残る現場には、牛乳瓶に野花が差され、燭台やマリア

第1章　シェイマス・フィネガン

像の即席の祭壇。三色旗に覆われた少年の棺を IRA が運ぶ。司祭が教会から彼らを追い払う（6場）。暗転のなか、キアランが裸で椅子に座り、活動家か否か、男から厳しい尋問を受けている（7場）。駐留英軍は「法と秩序」の軍ではなく、英国の屑野郎だと、司祭が前言を撤回（8場）。自動小銃の発射音。駐留地内でロバートが胸に男性雑誌をのせてうたた寝。妊娠9か月時点の胎児 (Unborn Child) 役の女優が、自分を射殺したロバートを非難。先制攻撃に対抗する一斉砲撃の巻添えになった〈事故〉だった、生まれて殺されるより、生まれずに死んだ方が無垢なままで幸運だ、とロバートは弁明。生まれていればメアリーという名前を貰うはずの女の子だった（9場）。5場の続き。バクシーが、イギリス人はアイルランド人に新旧2宗派の相違があると認識できないし、そもそも神はイギリス人だと彼らは信じている、と語る（10場）。マリリンがやはり録音機に向かって喋る。1979年11月、雨のそぼふるカトリックのミルタウン墓地に向けられた監視カメラ ('electronic eye') が作動中（11場）。ロング・ケッシュ監獄のキアランが観客に訴える。〈テロリスト〉はときとして〈ゲリラ〉や〈自由の闘士〉と呼ばれるが、アイルランド人の場合は決まって〈人殺し〉や〈テロリスト〉である、監獄で過酷な尋問や拷問を受けるのもやむを得ない、精神まで拘禁することはできないからだ、と。司祭が登場し、十戒の5条にあるように、いかなる理由にせよ、人を殺してはならない、と叫ぶ（12場）。9場の駐留地。同僚兵士アンディ (Andy) が発狂して「くたばれ、女王」と叫んで味方に発砲した事件以来、ロバートも兵役の意味に悩みを抱き、上官テリー (Terry) から兵士失格だと、どやされる。アンディの棺に恐怖するロバート（13場）。BBC 放送の編集長デイヴィッド (David) の部屋で、マリリンは自分が現地取材した北アイルランド関連番組の放映中止を直前になって告げられ、激怒する。抗議辞職しても何も変わらない、と諭すデイヴィッドに、BBC 上層部は物議を醸す危険人物は、番組もろとも葬り去るのよ、と反論（14場）。パブにいるキアランとケヴィン。3場の1972年から9年経過した〈現在〉。刑務所を出所したキアランは、「アイルランドが自由になるには、ドネゴールからコークまでのあらゆる電柱に司祭を縛り首にして吊さないといけない」と放言、カトリック兵士がこれを

第1部　紛争演劇／映画の挑発

聞き咎めて二人をパブから追い出す（16場）。機動隊装備のロバートが、兵卒 (squaddie) だけが現実に紛争の恐怖を知っている、として、狙撃兵の光る眼にたえず怯え、カトリック娘からは侮蔑のまなざしを浴び、8歳ぐらいの少年がレンガと割れ瓶を手にひるまず突進してきた恐怖を語る。反撃することは「憎しみをいや増すだけで、戦車では憎しみに戦えない」(49) のだ（16場）。10場［11場、は著者の誤記］の続き。バクシーが、イギリスは世界中のイギリス化を目論む帝国主義者だが、アイルランドはイギリス化しないことを金科玉条としてきた、「英国文化」なるものはたった一杯のビールで天気と株の話をして夜を明かすことだ、と酷評（17場）。1981年、マリリンがエウロパ・ホテルで執筆中。〈真実〉を語ることは困難で、せめて自分の目に〈真実〉と思えることを語ろうと努めるが、今世紀最長の戦争でありながら、マスコミの扱いも次第に小さくなり、「誰も気にとめていない」のが冷酷な現実である、と（18場）。マリリン、ロバート、司祭がそれぞれ直前の場の姿勢で活人画となり、キアランの台詞「精神は拘禁できない。そこには自由がある」で暗転（19場）。

(3) 『北』(North) 1幕全19場

緩やかなボズラン・ドラム (Bodharan drum) で幕を開け、前口上(プロローグ)の詩が朗唱される（1場）。ベルファストの司教 (Bishop) 宅の居間。西ベルファストの教区司祭 (parish priest) で50歳ぐらいのクリリー神父 (Father Crilly) が65歳の司教宅を訪問。カトリック左派新聞『アンダーソンタウン・ニューズ』に掲載された若いクィン神父 (Father Quinn) の「知的マルキスト」風コラムはカトリック教会を誹謗する内容として、対応策を検討し、まず当人から事情聴取することに決定（2場）。ベルファストのIRAの秘密の隠れ家。ジョー (Joe) とリーアム (Liam) は当夜のダブリン行きを女性活動家フランキー (Frankie) に命じられる。子ども時代の遠足でダブリンに汽車旅行したことがある二人は、途中駅ドロヘダ (Drogheda) での迷信——オリヴァー・プランケット (Oliver Plunkett, 1625-81) が聖者の列に加わる[4]ようお祈りし、ドロヘダ橋

第1章　シェイマス・フィネガン

を渡るとき汽車から小銭を投げて3つの願い事をする——を懐かしく語る（3場）。ダブリンの秘密の隠れ家。ジョーとリーアムは1週間近くも連絡不通で苛々気味。ベルファーストのことを思い出すうちに、不思議なことに、敵対する英国軍パトロールや、ロイヤリストの行進さえもが、街の風景の一部として愛しく思われてくる。そこへ公安警察が踏み込み、二人に銃を向ける（4場）。作家で歴史学者のエリザベス (Elizabeth) と労働党左派議員ロイ (Roy) 夫妻の住むロンドンのアパートに、ロイの同僚議員スティーヴン (Steven) が食事に招待されている。エリザベスの執拗な問い掛けに答える形で、スティーヴンはベルファースト実情調査団員として派遣された旅が、「瞠目的」(eye-opener) で「打ちのめす」(debilitating) ような体験だったと告白。街はさながら、ひとつの巨大なメイズ牢獄、スラム街は囲い地 (compounds)、市内の中心部は検問所と兵士だらけの有様で、「紛争」('troubles') という生ぬるい形容はまったく不適切、社会主義を標榜しながらこの抑圧状態を黙視してきた自身の責任の重さを考えれば、反帝国主義、反植民地主義、反人種差別主義の立場を貫き、アイルランドの自由の支援者であらねば、と説く。新旧両派の労働者の利益、およびそれぞれのアインデンティティ確立のための前向きの方策が必要と説くロイに、ネオ・ファシストのユニオニスト党の一党支配や直接統治は誤りで、軍の撤退と時限を切った政権委譲こそ問題解決に欠かせない、とスティーヴンは反駁（5場）。ベルファーストのプロテスタント労働者の家。デレック (Derek Smith) がロンドン移住の荷造り中。友人サム (Sam) と同居予定だが、母親は食事 (grub) のことなどを心配（6場）。二人が乗った船が波止場を離れ、ベルファーストの美しい夜景を眺める（7場）。パディントンの長屋。最初の大家が自殺し、現在はべらぼうな家賃 (pay through the nose) の狭い下宿住まい。デレックは北アイルランドのプロテスタントが、ロンドンでは単に「アイルランド人」として、カトリックと十把ひとからげの扱いを受ける現実を痛感（8場）。2場に戻り、クィン神父のコラムの一節——「教会もしくは一部の聖職者は、北アイルランドの政治現実に関して、信者たちと共鳴していない、とまでは言わないものの、同調していないのではないだろうか？」——は、教会を激しく攻撃するもの (onslaught)

11

第1部　紛争演劇／映画の挑発

だ、とクリリー神父と司教が批判すると、思索の刺激や信徒との開かれた議論を意図したもので、特定の個人攻撃でもないし、第一、疑問文の問い掛けだと弁明。ではその問いの君の答えを聞こう、と司教は詰め寄る（9場）。ダブリンの警察の取調べ室。50代の公安警察官が、理想主義者の愚行だとリーアムを諭す。もうすでにアイルランド共和国は成立しており、IRA／ロイヤリストの如何を問わず、国家の平和を乱されたくない、統一アイルランド実現に向け共和国が IRA に関心があるなどと考えるのは「馬鹿な真似」(pissing in the wind) である、と（10場）。ロンドンの建設現場。作業開始時間を過ぎても新聞を読みさぼっているデレックを、コックニーの現場監督ロンが「パディ」呼ばわりして注意し、喧嘩になる。転倒したはずみに鉄桁 (iron girder) に親方が頭をぶつけて倒れ、動かなくなる（11場）。9場の続き。クィン神父は暴力と教会の姿勢の問題に言及する。もちろん殺人は殺人で糾弾されねばならないが、軍やロイヤリスト過激派といった権力側の手になる暴力もまた同罪であるのに、教会が非難する際には〈体制からの暴力〉と〈体制に対する暴力〉とでは明らかに温度差があると人々が感じ、みずから暴力に走らないものの、暴力を受動的ながらも支持し共鳴していること、アイルランド史では教会は英国政府という体制に9割方、味方してきたこと、このままでは教会への帰依は揺らぎ、〈カトリック教会〉対〈キャスリーン・ニ・フーリハン〉という分裂信仰になっており、426年以来、有力なキリスト教国家であるアイルランドを存続させるために教会は尽力せねばならない、と指摘する。これには司教もいたく同感し、〈キリスト教〉対〈異教〉という精神分裂症気味の二重の忠誠心が北アイルランドにはたしかに存在し、もともとの原始の異教にキリスト教が乗り、さらにその上に無責任な (free-wheeling) ペイズリーの長老派教会主義がかぶさる三層構造がある以上、もめごとがあるのも不思議ではないし、まさに混沌と狂乱を作る調理法だと応じ、二人の見解の溝は一気に埋まる（12場）。ロンドンの警察署の取調べ室。私服刑事がデレックに、現場監督は依然重態と告げ、目撃証人がいない以上、事故や正当防衛と断定できない、君は政治団体の一員、つまりロイヤリストであるかと尋問する。〈王冠に忠誠をもつ〉(loyal to the Crown) という原義からすれば、自分はロイ

第1章　シェイマス・フィネガン

ヤリストであるというデレックの答えに、刑事は言質をとる (13場)。5場の続き。食事後のコーヒーを飲みながらの議論。ロイがスティーヴンに、統一アイルランドができたら、プロテスタントはどうなるのか、軍を撤退させればいっそう血まみれの内戦になるだけだ、と応酬する。スティーヴンは、大英帝国最後の植民地アイルランドは即刻放棄すべきこと、軍を撤退させれば少なくともイギリス人犠牲者はいなくなり、内戦で死ぬのはカトリックとプロテスタントの〈アイルランド人〉に過ぎない、つまり北アイルランドのプロテスタントは〈アイルランド人〉として切り捨ててしまえば、それで話はお終いだ、と言い放つ (14場)。10場の続き。獄中のジョーとリーアムの対話。北のカトリックに共和国は冷淡だし、北のプロテスタントにイギリスは関心がない、つまり、北アイルランド人にはどこにも味方がいない、プロテスタントも心の底では、いつの日か英軍が撤退し、見捨てられる (sold down the river) ことを覚悟している、だから撤退の暁には北のカトリック、プロテスタント双方が銃器を手に国境を越えてなだれ込み、南の高利貸し野郎 (gombeens) こそ観念する (up against the wall) 番だ、と、突飛な〈アイルランド共和国侵攻計画〉をリーアムはぶつ。突如、爆発音が轟き、IRA 仲間が脱獄 (break-out) に駆けつける (15場)。12場の続き。思いも掛けない展開 (turn-up for the book) だが、司教もクリリー神父も、クィン神父を実は先見の明のある優秀な神父と見直し、新聞へのコラム連載を是認する方針を固める (16場)。3場に戻る。脱獄後ジョーは逮捕されたが、リーアムは必死に国境を越えてベルファーストに戻った。なぜなら、同じ牢屋に入るなら、南のアイルランド人になぶられるよりも、同郷の北のプロテスタントから虐待されるほうがましだ、という。そこへ、包囲を告げ投降を促す英軍の拡声器の声がして、リーアムは微笑む (17場)。ロンドンの留置所。ベルファースト出身のカトリックの浮浪者ジョニー・ギルモア (Johnny Gilmore) がデレックに話しかけ、宗派は違うが互いに意気投合。デレックは、北のプロテスタントの疎外感、つまり忠誠を誓う相手から疎まれ軽蔑される、孤立無援 (out on a limb) の境地を語る。刑事が登場し、危篤の現場監督の死亡を伝える (18場)。14場の続き。酒を飲みながらの会話。今まで聞き役に回っていたエリザベスが酩酊したかのように

第1部　紛争演劇／映画の挑発

演説をする。曰く、ロイの主張もスティーヴンの主張も愚論であり、イギリスは泥沼 (quagmire) の英愛関係において、つねに美徳と忍耐の模範 (paragon) であったこと、イギリスのアイルランドへの関与に、古臭い帝国主義のレッテル貼りは無理なこと、20世紀国際政治の視点からは、アイルランドは東洋の核攻撃の通り道にあたる戦略上の重要拠点であり、世界の覇権構図が一変するまでは、アイルランドに軍隊は駐留すべきだと。戦略地点を示す点滅ピンを刺した世界地図の背景幕が降りてきて、最後にアイルランドのピンだけが光り、暗転 (19場)。

結末は意想外に飛躍した議論だが、『連合法』と同様に、イギリスを含んだ北アイルランド問題の三角関係の複雑さや微妙さは、次の言葉に要約されるだろう。――「6州にいるときはイギリス人だとかロイヤリストとかかも知れないが、いったんリヴァプール行きの船を降りたり、ユーストン駅を出れば、イギリス人には……俺たちはみんなアイルランド人なんだ！(WE'RE ALL PADDIES!) しかも、やつらはカトリックとプロテスタントの区別がつけられない。実際、どちらかといえば、イギリス人は、「北」出身のイギリス人である俺たちよりも、ケリーやコークの連中と仲よくやっているように見える。」(161) これは、ロイヤリストの疎外された境遇を見事に浮かび上がらせる台詞である。

(4) 『マリア慈善療養院の男たち』(Mary's Men) 2幕（各1場・3場の全4場）

ベルファスト街頭の果物露天商 (barrow boy) のフープス (John 'Hoops' Maguire) が威勢よく客に声をかけ、林檎や蜜柑を売りさばく。別の通りでは花売り男セカンズ (Seconds Kelly) がしゃっくりして萎んだ花を落としたり、思いだし笑いするが、ちっとも売れない。一方、フォールズ公園ではバンカー・ジョー (Banker Joe) がひねもすベンチに腰掛けて読書。また、裏通りのクラブではエンジェル・フェイス (Angel Face) が、ちびのイギリス兵に英語でなくアイルランド語で応対してからかった自慢話を吹聴（序）。マリア慈

14

第1章　シェイマス・フィネガン

善療養院 (Legion of Maria hostel) の食堂。50代後半で住込み常勤職員〈おどけ者〉アレックス (Cod Alex)——もとは演芸館芸人——が配膳、本業はワイン商の簿記係で、ここの非常勤職員の〈せむし〉のハリー (Hunchback Harry) は調理場。判で押したように夕刻6時5分にまずフープスが戻る。もとプロ・サッカー選手（名前衛でありながら政治的理由で2軍落ち、とは当人の弁）だった彼は、選手時代の習慣で4時半には夕食を済ませている。名前のフープスは、サッカー場の〈大歓声〉(whoops) に由来。続いて泥酔状態のセカンズが帰宅。いま50代で、元バンタム級世界チャンピオンのボクサー (scrapper) の彼は、イギリス人ボクサーに反則強打され出血し、歯も視力も王座も奪われた最後の試合のことを酔って喚きちらす。小柄だがハンサムで女に持てた名サウス・ポー時代の栄光の日々をフープスは賞賛し、アレックスとともに彼を介抱してベッドへ運ぶ。続いて、〈銀行員〉ジョー (Banker Joe) が帰宅。60歳で元銀行支店長 (bank manager)、芝居通で読書家の彼は、戸外の荒れ模様の天気にかこつけて『リア王』の嵐の名場面を演じながら登場。銀行マンにしておくには惜しかった、とおだてられ、ベルファーストはダブリンに負けないくらい才能ある人物を輩出してきたと、俳優では Liz Begley, Joe Tomelty, Harold Goldblatt, J. G. Devlin, 画家では William Conor, George Dillon, 作家では Sheils, Sam Thompson, Tomelty, St John Ervine, ボクサーでは Rinty Monaghan, Jonny Caldwell, Freddie Gilroy, サッカー選手では Charlie Tully の名を挙げ[5]、ベルファーストがヴィクトリア風のくすんだ工業スラム街とみなされがちなのは、郷土を捨てて外国へ出たうえ、郷土を悪し様に描いた〈堕落したエグザイルたち〉のせいだ、力説する。われわれは政治、宗教、芸術の分野でも酷評され (castigated)、ユダヤ人同様、この世でもっとも軽蔑されていると、ハリーも応じる。そして、優れた才能に恵まれながら開花させられずに終わった逸材の例として、ジョーは自分の甥オリヴァー・ドイル (Oliver Doyle) の話をする。俳優、水彩風景画家、歌手と多彩な天分を発揮したが、地元の劇作家 Thomas Carnford ［おそらく Thomas Carnduff (1886-1956) の記憶違い］の、〈ユナイティッド・アイリッシュメン〉を扱ったある芝居（おそらく *Castlereagh*, 1934) で、敵役のカースルレイ卿 (Lord Castlereagh; Robert Stewart) の役

15

をかつて演じたことがあった。そのとき彼は「悪役を演じることは最高の贈物だ、なぜなら、どんなに悪行の限りを尽くした悪役でも、ひとりの生身の人間であり、心底の悪人と見做せないことが、実際に演じれば肌で分かるからだ」と含蓄のある言葉を残したという。その才能豊かな甥もいまでは、食って行けない芝居を諦め、子ども4人の幸せな所帯をもってよき夫、よき父の役割に徹しているという。「犠牲は芸術を生み出すが、才能を犠牲にせねばならない者はどうなるのか？　この惨めな街はそうした連中で一杯だ。このマリア慈善療養院は彼らで一杯だ。」──途中からこのジョーの話を立ち聞きしていたフープスはこれに激しく反論。この療養院にいるのは、盛りをすぎて〈落ちぶれた連中〉('has-beens') と、そもそものぼりつめもせず、ろくに〈芽の出なかった連中〉('never-was's') の二種類であり、早くお迎えが来て楽になりたいと願う、酔払いにワイン中毒やろくでなしども、つまりは虱、南京虫、ゴキブリの類だと一蹴する。ふたりはつかみ合いになるが、ハリーが仲裁。最後に〈天使の顔〉エンジェル・フェイスが帰宅。60歳で小柄で天使のような白髪頭で、〈旧IRA〉として1950年代に政治活動をした彼は、アイルランドが過去800年に30年おきに反乱を起こしながらことごとく失敗してきたのは、イギリス人がずるがしこいからだ、昔の筋金入りのIRA闘士は地の果てまでも報復活動に専念した、と賛美し、'We always get our man' を歌って踊る。これにまた先程同様、フープスが水を差す。曰く、ロマン主義者や〈神話作者〉(myth-makers) のたわごとであり、いっそのこと、アイルランド人とイギリス人を強制結婚させる法律でも施行すれば、アイルランド人のロマン主義とイギリス人の実用主義とが合体して均衡のとれた民族が誕生する、と声を荒げる。そこへ、酔いから醒めたセカンズが顔を見せ、座の緊張がとけ余興が始まる。ジョーはシェリーの詩を暗唱し、ハリーがアイルランド語の歌を歌い、アレックス（当時の芸名は〈タップダンサー〉ジョウンズ [Hoofer Jones]）が踊り、（フープスを除く）全員でアイルランドの踊りに移り、「モーンの山」の合唱で1幕を閉じる。2幕は、翌日早朝の同じ場面。ハリーが先に起きて朝食の準備。前夜、酒もないのに踊りまくったアレックスは疲れて遅れて登場。宿泊人のなかでは、フープスがやはり一番に現れるが、

第 1 章　シェイマス・フィネガン

昨夜の出来事をめぐって再び口論となり、姿を消す。続いて、ジョー。劇場があり店舗が軒を並べる華やかなりし頃のベルファーストの街を懐かしむ。賑やかなこの街のとくに中心部 (city centre) を墓場のように寂れさせたのは、IRA の爆弾テロというよりも、環状道路を巡らし都市再開発を進めた市役所職員らの官僚組織だといって、退出。エンジェル・フェイスも現れ、朝食をすませてこっそりとハリーに酒をねだるが、午前 9 時半退去の規則に従って、寝ぼけ眼のセカンズともども、外へつまみ出される（1 場）。同じ場面の夕方 6 時 35 分。定刻をすぎても現れないフープスをアレックスとハリーが噂していると玄関のベルがなる。しかし戻って来たのは、昨夜とうってかわって素面の顔付きのセカンズで、彼はフープスは死んだ、と告げる。ちょうど BBC ラジオ・ニュースが爆弾テロの犠牲者となったフープスの名前を報じる。（エンジェル・フェイスが酩酊して帰宅。）セカンズはこの日フープス（彼は昨日までずっと断酒していたのだが）と一緒に昼間からパブで酒を飲んでいて、馬券を買いにちょっと離れたあと自動車爆弾騒ぎが起き、片腕だけのフープスの無残な遺体を目撃して、呆然となって駆け出し、警官に不審がられて調書までとられたという。愕然としながらも、アレックスは遺体収容とミサの手配に出て行く。行き違いで帰宅したジョーも知らせを聞いて驚く（2 場）。棺を 4 人で抱えて登場。遅れて司祭とセカンズ。〈最後の晩餐〉のように観客に向かってテーブルにつく。ミサが始まると棺が開き、フープスが中から出てきて、テサロニケ書を朗読するジョーや、涙声のセカンズの背後に立ち、ここの連中はみんな〈神話作者〉だという主張を崩さず、死んでなお強がりの姿勢を貫きながらも、ハリーやアレックスにやさしく声をかけて、また棺に戻る。聖母を称えるプーランク作曲「サルヴェ・レジナ」の音楽の流れるなか、最初と同様に棺をかついで退場。

　元サッカー選手、元ボクサー、元 IRA、元銀行員——人生の盛りを過ぎ、住む家のない 4 人の男たちが夜露をしのぐ慈善施設を舞台に、そこを運営する 2 人の職員との交流を描く作品。主人公フープスには、自分も含めて、過去の栄光を美化して〈神話化〉し、人生の困難を酒や文学に陶酔することで

17

第 1 部　紛争演劇／映画の挑発

忘却しようとする心の持ち方が我慢ならない。彼はそういう自分を棚上げしている訳では決してないので、彼を偽善的だとか独善的だとかいう批判は当たらない。しかも、老いてなお何に生き甲斐を見いだせばよいのか、を問う意味では、この戯曲は普遍的な主題を持つといえる。「弾丸と爆弾には気をつけてな」「3度も身体検査されずにどこで果物が買えるかね」(97) といった台詞は、80年代当時のベルファーストの雰囲気を伝えるものであろう。

2　第2戯曲集『ヨーロッパの墓場』

　『ヨーロッパの墓場』と題された第2戯曲集は、ヨーロッパを舞台とする3つの作品を収めている。そのうちの『スペインの芝居』と『ドイツとの関わり』は同名の登場人物が主人公であり、前者がスペイン市民戦争 (1936-39) を、後者が第2次大戦 (1939-45) の時期を扱っている点で、いわゆる連作ものとみなせる。この2作は同じ年 (1986) に異なる劇場で初演されているようだが、二本立て (double bill) の通し公演で上演されれば、大河小説風に奥行きが出てくることだろう。1990年秋に著者が書いた序文を引用しよう。

　　『スペインの芝居』は、2人の労働者階級のアイルランド人、1人はカトリック、1人はプロテスタントが、様々な国や宗教、階級の出身の人々と団結して、自由と社会主義の人道的理想のために結束する物語である。西洋「民主主義国家」とカトリック教会の援助と黙認のせいで、スペイン共和国がファシズム勢力に敗北したのと同様に、彼らもまた挫折する。ファランヘ党員 (the falangist: フランコ政権下のスペインで唯一の公認政党) に司祭や司教、枢機卿や尼僧が敬礼するのを彼らは目撃した。現在われわれはヨーロッパ各地で「社会主義」の終焉を目撃する。「全体主義」国家の崩壊を目撃する。西洋は赤の帝国の解体を小躍りして喝采しているが、他にはなにに気付くだろうか。しっかりと眺めれば、司祭や司教たちが聖職の石の下から這い出して、イデオロギーの締付けをポーランドやチェコスロヴァキア［訳者注記：

18

第 1 章　シェイマス・フィネガン

1993 . 1 . 1 . に分離]、ハンガリーに行なおうと手ぐすねをひいているのが分かる。彼らは、自由や民主主義の良き指導者や代行者であろうか？　ポーランド人の法王が「キリスト教ヨーロッパの精神的統一」を主張していると聞く。ちょうど50年前、600万人のユダヤ人のショア (Shoah) の責を負うべき、キリスト教ヨーロッパの「精神的統一」と、これは同じものなのだろうか？これが、つい最近になってキリストの死に関してユダヤ人を「許した」同じカトリック教会だろうか。これが犯罪中の犯罪、ホロコーストに荷担したことをいまだに承認しようとしない同じカトリック教会だろうか？　これが、ユダヤ人殉教者イーディス・シュタイン (Edith Stein, 1891-1942; 訳者注記：ドイツのカトリック哲学者でフッサール Husserl の弟子。ユダヤ教から改宗後カルメル会修道女となったが、Auschwitz 収容所でナチにより殺害された) を聖者の列に加えるために、〈ドイツ〉を訪問する同じ法王だろうか？　この法王は、カルメル会修道院をアウシュビッツの死の収容所に存在させる、同じ自由の指導者だろうか？　私はアイルランドで生れ育った。その国では大多数がカトリック信者だが、カトリック教会は、抑圧に対する闘いにおいて人々に手助けをしたことは一度もない。実際のところ、カトリック教会が政府や抑圧勢力とつねに共謀し、そしていまでも共謀している国なのだ。それでいて大多数の人々が依然として祭壇に群れをなして集まる。これは恐怖のせいだろうか？　ローマ法衣をまとった人々に、もし卑屈に追従しなければ、「忠実な信者」にも天罰を約束するような宗教と教会に対する恐怖や脅威だろうか？　アイルランドのカトリック教会は人々の心を侵害し、自由思想の試みを計画的に破壊してきた。宗教は、多くのイデオロギーと同様に、権力の獲得と維持に腐心する。自由や気儘という観念に宗教は馴染まないのだ。宗教は恐怖心で支配するものであり、思考体系の恐怖は、戦車や銃の恐怖よりもつねに大きい。アイルランド人のなかには占領軍を非難する者がいるかもしれないが、自分たちの心を占拠しているローマ・カトリックの権力を非難したり認識したりすることができないでいる。ヨーロッパの他の国の人々は背後に注意するのが賢明だろう。全体主義はさまざまな不思議な形でしのびよるものだから。

(1)『スペインの芝居』(*The Spanish Play*) 1 幕全16場

舞台はベルファスト。カトリックの労働者階級のロビンソン家の息子ビ

リー (Billy) はスペイン労働者を支援するため市民戦争に参加することを父親ジミー (Jimmy) に告げ、宗教・政治上の立場から反対される。つまり、無関係な外国の戦争に加勢しなくとも、アイルランド国内に戦う対象はあるし、スペイン市民は「教会を略奪し、司祭を狙撃し、尼僧を凌辱し、カトリック学校を爆破している」(15) が、「我々の自由の闘争はカトリック聖職者を射落とすことを含んではいない。我々の自由を求める闘争はカトリックであることを認めてもらうための闘争だった」(16) からである。一方、気丈な母親ロウズィ (Rosie) は、かつて実弟を独立戦争の際に〈ブラック・アンド・タンズ〉に射殺された忌まわしい記憶を消せないが、息子の心意気に感動し、敢えて戦地へ送り出す（1場）。ロンドンの家で、男からスペイン不法入国の段取りをビリーは聞く。そこへもう一人の志願兵トミー・リード (Tommy Reid) が登場。同じベルファースト出身ながら、〈宗旨が異なる〉(kick with the wrong foot) 二人だが、国際旅団で戦う共通の目的の友愛で結ばれる。〈ロビンソン〉という名前が暗示するように、ビリーの祖父はプロテスタントだったが、カトリック女性と結婚して宗旨変えしたため、一家は今日カトリックである事情が明かされる（2場）。二人の若者はパリのホテルで、他の同志3人——サミー・コーエン (Sammy Cohen)、ジョン・コーンウォール (John Cornwall)[6]、フェリシティ・スマイズ (Felicity Smythe) ——と出会う。フランス女性ジーンが参戦の最終意志確認を行ない、全員の同意を取りつけ、ピレネー越えの手順を説明（3場）。ピレネー山麓の納屋。サミーはロンドン訛りのユダヤ人、ジョンはケンブリッジ卒の詩人でイギリス共産党員、フェリシティも同じく共産党員で風景画家、しかも官庁勤務の父親をもつ良家の令嬢だが、画家の道を歩むことを反対され、家族への腹癒せという個人的理由から参加したと漏らす。やがてスペイン人ガイドが登場し、厳寒の山中を徹夜で越えてスペイン入り（4場）。ベルファーストに場面転換。スペイン市民戦争の解釈をめぐり、2人の神父の立場が対立。オニール神父 (Fr O'Neill) はこの戦争を、〈富裕な特権階級と貧窮した労働者階級〉の戦いととらえ、スペインへ派遣される外人部隊やモロッコ軍は、アイルランドを武力鎮圧した〈ブラック・アンド・タンズ〉と同罪であると断言する。共和国政府はスペイン国民

第 1 章　シェイマス・フィネガン

によって選出されたのであり、反乱を起こしたファシストたちは、偽りの愛国者、偽りのキリスト教信者、ちょうどアイルランド史における、ゴフ将軍 (General Gough, 1870-1963) やカーソン (Edward Henry Carson, 1854-1935) と同列だと言う。一方、カニンガム神父 (Fr Cunningham) は、この戦争を政党間の覇権争いでなく、〈キリスト教と共産主義〉の戦い、すなわち〈神と神の敵〉との戦いであると規定し、共産主義や無政府主義のたたり (scourge) が地上から一掃されんことを祈願する。ロビンソン家ではロウズィがジミーに、同志たちとの出会いなどを近況報告するビリーの手紙を読み聞かせる。詩人や芸術家が戦列に参加していると知って、ジミーは軽蔑するが、復活祭蜂起のパトリック・ピアスも詩人だったでしょ、とロウズィがたしなめる（5場）。「死の森」の戦闘場面。激しい銃撃戦がおさまり、お互いの安否を確認するが、ジョンの戦死にビリーたちは気付き、遺体をシーツにくるんで搬送。エリート特権階級のジョンがどうして無産階級のために戦ったのか合点がいかなかったトミーだが、やがて「つまり、生まれ落ちた環境──国家とか階級とか、じゃなく、その人の実体、内面」(37) こそが大事だと認識する。次の場面は束の間の休息で、フェリシティがトミーに家族や故郷のことを尋ねる。父親エドは造船工場 (Harland and Woolff) 勤務、母親は主婦、彼は一人っ子。ビリーはスペイン女性マリアに、どうしてカトリック教会がスペイン国民に寝返ったのか、事情を聞く。サミーは同じユダヤ人の恋人ミリアムに手紙を書く（7場）。舞台に散乱した、銃剣の突き刺さったマネキンが、ナショナリストによる農民虐殺を示唆する。銃剣には、キリストとフランコ将軍の合成写真が貼られている。子どもを含む村中のすべての人々が射殺された現場に、逃げ隠れていた老婆が戻ってきて、マリアとスペイン語で言葉を交わし、彼女が逐一通訳する。事件の真相を伝えるために神が自分の命を救ってくれた、殺された犠牲者は勿論のこと、ファシストたちのことも祈らねばならぬ、と老婆は言うが、トミーやビリーにはこの申し出は堪え難い（8場）。記念日の賑やかな祝賀会。オニール神父の講話から推察すれば、この日はウルフ・トーン (Theobald Wolfe Tone, 1791-1828) の命日［10月10日］のようで、トーンが、アイルランドにはカトリックだのプロテスタントだの非国教徒（ディセンター）だの

といった区別はなく、ただアイルランド人あるのみだ、と語ったことを引いて、アイルランドの自由はスペインの自由であり、世界の自由だ、と謳いあげる。善良な者はつねに少数派であり、キリストはたった12人しか弟子がなかった、と神父が言うと、いまやアイルランドでは、オダフィ[7]率いる青シャツ党のファシストと教会が懇ろになり、国民詩人イェイツまでがファシスト行進曲の作詞をしたではないか、とビリーはからんで挑発し、神父から平手打ちを食う。ビリーが逆上したのは、前場で、多くの無残な農民の遺体を目の当たりにした衝撃ばかりでなく、遺体に〈聖心〉とフランコ将軍を合わせた絵がつけられていたせいだった。ビリーはローマ教会に絶縁を宣言し、会場を去る。後を追ったマリアも、大地主と教会が癒着するスペインの実情を語り、かたくなな教会不信を口にする。「司祭は権力者であり、権力は人々を破壊する……権力は敵だ」(49)と。教会批判で気持ちが一致した二人は互いに愛を告白(9場)。腕を負傷したトミーに帰国命令が出され、何度も抱擁してフェリシティに別れを告げる(10場)。オダフィと青シャツ党員の帰還を祝う催し。まず市長が挨拶にたち、青シャツ党員の功績を称える。続いて、マクナマラ猊下が「カトリックと共産主義者とは二股かけられない」と明快な説法、オダフィの演説が始まったところで、声が消え、トミーが観客に向かって真相を解説する。すなわち、攻撃参加要請をうけたとき、多数の人命損失の危険を理由にオダフィは拒否したこと、オダフィに反旗を翻した挙句に帰国を要求したこと、など、つまり青シャツ隊は英雄的偉業など少しも達成しなかったという(11場)。一転して、人民戦線側が司祭を処刑し、尼僧を凌辱する場面がマネキンによって演じられる。サミーは心痛の余り、ずっと祈りを唱える。社会主義への道程は犯された尼僧だらけ、などとジェイムズ・コノリーは言わなかったぞ、と憤激するビリーを、あの尼僧はファシストで、真のカトリックではないから殺されて当然だ、とマリア。「革命は死んだ」と絶望的に叫び、立ち去るビリー(12場)。フェリシティがマシンガンを乱射するが、敵の射撃を浴びて息絶える。トミーが戻り、亡霊のフェリシティと言葉を交わす。「敗北しても死んでも、少しは幸せよ。ここにいて、戦って、愛したもの。私はここに来たんだもの」(59)(13場)。ビリーと

第1章　シェイマス・フィネガン

サミーが野宿を重ね、山道を辿ってスペインを離れようとしている。サミーが大声で祈禱したせいか、ゲシュタポ（ナチスドイツの秘密国家警察）に包囲され、逃走したサミーは背後から撃たれ、さらに無用のとどめの3発を浴びる。ビリーもユダヤ人と思われて危うく射殺されかかるが、別の士官が交換捕虜要員だと押しとどめる。このあと投獄され、銃殺音の飛び交うなか、イエズス会のガンバラ神父が最後の告解のために訪れ、ビリーの不気味な笑い声がこだまする（14場）。国際旅団の帰還の場面。スペインを代表してのマリアの感謝の挨拶に、トミーの皮肉交じりの台詞が交錯する。ベルファストのロビンソン家。ビリー失踪の報をトミーから聞き、父親ジミーは息子の臆病さに激怒。「もし敵がどいつなのかわからなくなったら、まずは殺しといて、後で聞きゃあいいんだ。良心なんざ平時の贅沢だ。」母親ロウズィは、オニール神父から息子生存の一縷の可能性を聞かされ、「簡単なことだと昔は思ってましたよ。『汝の隣人を汝のように愛せ』と、子どもの頃に教わりました。でもどうやって愛するのですか？　愛はいつも犠牲を意味するのですか？……愛は次から次へと犠牲を要求します。」やがて、その場の皆がひざまづいて祈りを捧げる。スペイン国旗を掲げるマリア、牢獄のビリーに照明が当たり、ヒトラーの演説の声と行進の軍靴が祈りの声をかき消す（16場）。

　戦争の悪夢を描く戦場物の点では、この芝居の前年に初演されたマギネス(Frank McGuinness, 1953-)の『ソム川へ行軍するアルスター兵を照覧あれ』*(Observe the Sons of Ulster Marching Towards the Somme,* 1985)を彷彿とさせる。
　のちに第5章ではケン・ロウチ監督の映画作品を取り上げるが、彼の『大地と自由』という映画は、このスペイン市民戦争に参加したイギリス人デイヴィッド・カーの遺品の書簡や新聞の切抜記事を導入部に巧みに用いてこの時代を再現している。とりわけ映画の前半部分では、反英活動で懲役5年の刑に服した元IRAの隊長クーガンと、このイギリス人志願兵デイヴィッドが、故国での対立する政治的立場を超越して、共通の敵ファシスト相手に協力する様子が描かれており、さながらビリーとトミーのような組み合わせである。クーガンたちの部隊はP. O. U. M.と呼ばれる組織に属し、この『ス

第1部　紛争演劇／映画の挑発

ペインの芝居』のようないわゆる国際旅団ではないが、若い女性義勇兵ブランカが射殺される場面などはこの劇のフェリシティの最期を想起させ、もしかしたらケン・ロウチが（あるいは映画脚本を担当したジム・アレンが）フィネガンの芝居を読んだのでは、と想像させるほどである。

(2)『ドイツとの関わり』(The German Connection)　2幕（各9、6場の全15場）

　ふたたび、作者の序文を引用しよう。

　　『ドイツとの関わり』は、ナショナリストの先祖の狭隘な境界を拒否して、ナチズムの勢力と戦い、ヨーロッパ解放のため戦死する労働者階級のアイルランド人の物語である。今日、ヨーロッパ各地で、旗や紋章を振り回して行進し、部族への忠誠心を謳う喧騒を目にする。〈この土地はX人のものだ〉〈われわれはY人だ〉〈Z人は分離と独自の国民国家を要求する〉、といった具合に。アイルランドで、私はナショナリズムという乳首を吸ってきた。過去20年間、ナショナリズムと部族のアイデンティティが、イギリスとアイルランドという西洋の2つの島で、互いに殺しあい苦しめあう様を私は見てきた。過去10年間、12を超える芝居を書き、詩人シェイマス・ヒーニーの言うように、「闇にこだまさせよう」[8]と努めてきた。結論は？──結論はなにもない。しかし、私がもっとも情熱的に信じていることは、人々を内にこもらせ、ばらばらにするものは、結果的には殺戮と早死に終り、一方、我々を外へ引き出し、互いの方へと向かわせるものは、ことによるとだが、啓発と長寿につながるかもしれないということだ。

　1941年のベルファーストが舞台。『スペインの芝居』と同じ設定で、カトリックのロビンソン家は、父親ジミー、母親ロウズィ、息子ビリーの3人家族。ビリーには、プロテスタントの友人トミー・リード。第2次大戦が始まり、かつてファシスト打倒のため従軍したスペイン市民戦争で戦死したイギリス人の恋人フェリシティの供養のためトミーは再び出征を志願する。しかし、1916年の復活祭蜂起でピアスとともに中央郵便局に立て籠もったほどの

第1章　シェイマス・フィネガン

生粋のナショナリストであるジミーには、英軍を支援するなど到底我慢ならぬことで、「イングランドの敵はアイルランドの味方」である以上、ヒトラー率いるナチスでさえ、アイルランドの味方だと強弁する。イギリスが独立の約束を反古にするのは目に見えている、第1次大戦でもソンムに泥の墓が築かれたではないか、と。母親ロウズィが帰宅し、オニール神父の依頼で、イギリス人の戦争疎開家族の受入れに同意し、明日到着予定だと伝える（1場）。ベルファーストの埠頭。ミリアム (Miriam Jacobs) と7歳半の娘のレイチェル (Rachel) をロウズィが暖かく迎える（2場）。ロビンソン家での夕食後の台所。新旧宗派いずれに属するかを名前 (handles) で識別するこの街で、この新しい客人の名前は分類に当て嵌まらない。ミリアムの両親はルーマニア出身のユダヤ人で迫害を逃れてマンチェスターに移住し、本当は賛美歌歌手 (chazan) を目指した商売下手な父ネイサン (Nathan) は5年前に心臓発作で他界、ドイツ系ユダヤ人（いわゆるアシュケナジ [Ashkenazi]）の母エスター (Esther) も跡を追うように肺炎で死去、と涙の身の上話。帰宅したビリーとミリアムは握手（3場）。いつ父親は帰るの、戦争ってなに、と訊く娘に窮するミリアム。トミー・リードが来訪し、明日入隊の知らせを伝える。（『スペインの芝居』7場でみたように）ユダヤ人同志サミーの恋人が、同じミリアムという名前だった、ビリーとは宗派こそ違うが、労働者階級で社会主義者という共通点で友人なんだ、とトミー。ロウズィ、次いでビリーが帰宅し、出征するトミーの無事を祈る。戸外でトミーと出会ったジミーは、アイルランドはあくまで中立遵守、イギリス人以上にイギリス的なのがプロテスタントだ、とトミーを口汚なく罵る（4場）。夕食後、ミリアムがジミーに、なぜナチと闘うことに反対なのか、と質したことから、議論が沸騰する。ドイツとの戦争は、長年アイルランドを支配してきたイギリスを側面支援することにつながり、ケイスメント (Roger Casement, 1864-1916) への武器援助で明らかなように、ドイツは歴史的にアイルランドの盟友だった、と主張するジミー。ビリーは、ユダヤ人であるがゆえに惨殺された同志サミーの例を引いて、アイルランドの利害のみを中心に考えることの愚を説く。息子を臆病者呼ばわりしてジミーが出ていった後、ミリアムとビリーも気分転換に散歩に出る（5場）。フォール

第1部　紛争演劇／映画の挑発

ズ公園のベンチ。口論の種を蒔いたことを詫びるミリアム。ビリーは、父親が偏狭な妄想の虜なのはやむを得ない事情があるとして、父親の経歴を話して半ば弁護する。すなわち、分裂独立の条約を拒否したデ・ヴァレラ派に属したジミーは、結局、内戦の敗北者となり、政治的自由や独立という古き夢や理想にとりつかれ、愛国的近視眼 (incapable of seeing beyond their nationalistic noses [96]) になっているのだ、と。そしてこんにちアイルランドが中立政策をとるのも、国論を二分した分割の痛みの為せる技である、と。ミリアムは彼の敗北主義的口調に反発し、戦争が自由をもたらさぬとしても、ファシズムが世界中を席巻する危険のある今、生き延びるためにこそ闘わねば、と訴える（6場）。台所に二人が戻り、ビリーは先に休む。ミリアムはビリーとの会話の模様をロウズィに報告。酔ったトミーも帰宅（7場）。早朝、スリップ姿で洗顔中のミリアムを見て、慌てて仕事に出かけるビリー。ミリアムのお陰でビリーは元気回復、また夢を抱くようになった、と感じるロウズィ（8場）。夕方帰宅したビリーはミリアム（昼間ロウズィと買物した新しい服を着ている）をフィッシュ・アンド・チップスの安い食事に誘う。ミリアムの夫は英国空軍のパイロットで、半年前から消息を絶っていると初めて聞き、不明を恥じ入るビリーに彼女はキス、二人は情熱的に抱擁する（9場）。

　2幕はそれから3か月後のパブ。一時休暇で戦線から戻ってきたトミーと、ビリー、ミリアムの陽気な会話。しかし、入隊を決意した、とビリーが唐突に発言して、ミリアムは中座、後を追うと泣いている。自分のために戦死してほしくない、と言うミリアムに、愛のために闘うことだけが価値ある動機であり、「あるイデオロギーのためだけに戦うこと、理想とか抽象概念、つまり自由、民主主義、社会主義、なんだっていい、そのために戦うことは、議論の一部、しかもつまらない一部にすぎないんだ。ナチはイデオロギーのために戦っている。愛ゆえに——愛のために——戦っているならば、戦争は起こらなかっただろう」(112)。パブに残されたトミーに、悪酔いしたジミーがからんで挑発するが、トミーは相手にせず立ち去る（1場）。戦場からのビリーの手紙を読むミリアム。同名の恋人がいたユダヤ人同志サミーのためにも闘うこと、心の闇、独りよがりの絶望から自分を救ってくれた感謝と愛が

綴られている。レイチェルが帰宅して、父親がいなくて寂しい、と漏らす。ロウズィはミリアムに、ビリーを愛しているか確認し、表情からとっくに悟っていた (a dead giveaway) と語る。行方不明ながら夫のいる身だが、ビリーを心底、愛しています、とミリアムはしっかり言い切る。軍服姿のビリーが登場（2場）。波止場を見下ろすブラック・マウンテンのビリーとミリアム。二人は抱擁し、大地の上で愛し合う姿がシルエットに映しだされる。一方、ロビンソン家の台所にはロウズィとレイチェル。そこへ〈ジミーが差し向けた〉友人と名乗る2人組の男がやってきて、「ユダヤ人の人妻」(married yid) かつ「イギリス女」とファックする「裏切り者」ビリーの居場所を尋ね、ロウズィをはがいじめにして、壁に掛かっていた英国軍の軍服をずたずたに引き裂き唾を吐きかける。レイチェルは恐怖のあまり逃げ出す（3場）。家に戻ったビリーとミリアムは惨状をみて愕然。ロウズィが顛末を子細に説明し、夫の差し金による脅迫の事実に打ちのめされる。隠れていたレイチェルが無事に戻ってくる。ビリーはジミーに会いに決然と出ていく（4場）。父親行きつけのパブで、ジミーとビリー。脅し屋を送り込む、意気地なしの最低の臆病者、とビリーは父親を罵倒し、アイルランドなんかくれてやる、と叫んで親子の縁を切る。やってきた例の2人組とこぜりあいになり、男がジミーをうっかり殴りつけ、ジミーは倒れる（5場）。荷物を抱えたビリーとミリアム、ロウズィとレイチェルが埠頭におり、まもなくイギリスに渡航するところ。レイチェルが「戦争ってなに？」と訊く。暖炉脇の肘掛椅子に座るジミーのシルエット。ベルファスト上空を飛来するドイツ軍戦闘機の爆音（6場）。

　妻にも息子にも見捨てられるジミーの哀れさは、シング（J.M.Synge, 1871-1909）の『谷間の影』（*In the Shadow of the Glen*, 1903）の結末にも通じる。また、2幕3場の分割場面は圧巻である。ビリーとミリアムが愛を語らい、その場で愛し合う山中の官能的な場面と、母親と少女のもとへナショナリストの男たちが押しかけて威嚇する戦慄の場面とが同じ舞台で交錯する。この後者の場面の緊迫感はおそらく、オケイシー（Sean O'Casey, 1880-1964）の『ジュノーと孔雀』（*Juno and the Paycock*, 1924）の息子ジョニー強行拉致の場面にも

第1部　紛争演劇／映画の挑発

通じるものがある。新旧両派を二項対立で論じる不毛さは以下のトミーの台詞に端的である。――「この部屋には僕以上にアイルランド的な人間はいません……僕はこの国の分割に反対です。僕は自らの意思でのめり込んだ社会主義者 (a socialist by committment [sic], 74) であり、たまたま生まれがプロテスタントなのです。僕は共和主義者で、多くのアイルランドのプロテスタントがしかりです――もちろん思い出していただく必要もないでしょう、ウルフ・トーン、ロバート・エメット……」(74)

(3) 『マーフィーの娘たち』(*The Murphy Girls*) 1幕全15場

再び作者の序文によれば、

> 『マーフィーの娘たち』はエグザイルの労働者階級のアイルランド女性の物語である。自分自身の国からは疎外され、宿り木からは遊離して、彼女は自分の帰属先が分からない。国籍や宗教の網から逃れたものの、自信喪失の網にとらわれている。もしかすると、我々誰しも、唯一の真の故郷は墓穴なのかもしれない。／私はロンドンという都市に住んでいる。その街には、ある作家が住んでいる。反逆の言葉を恐れる、ある宗教の大祭司たちから死刑宣告された作家。もう1年以上、身を隠している作家。すぐれた作家がみなそうであるように、自身の経歴の正統性に挑んだ作家。東欧のある地域 [チェコ] では、劇作家ハヴェル (Vaclav Havel, 1936-) は大統領に選出された [1989. 12-1992.7]。サルマン・ラシュディ[9] (Salman Rushdie, 1947-) は依然、死刑囚である。この序文は彼に捧げる。自由がやがて彼に訪れんことを。

ベルファーストのオールダーグロウヴ (Aldergrove) 空港着陸前の機内放送 (序)。39歳の二女ブリッド (Brid Murphy) が14年ぶりの帰国、通関でもめる (1場)。母親ノラ (Nora) と再会して抱擁。プロテスタントの老タクシー運転手は、ブリッドの目的地がカトリック居住区と聞き怯えたが、ロンドン在住の教師と知って一安心、実はイギリス人は余り好きじゃない、と打ち解けた。ノラは家族の近況報告――(姉の) 長女アーニェ (Aine) は聖ドミニク女子高教

師で英文学の補講にも熱心、好青年ショーン (Sean Doyle) と結婚して2子をもうけた（妹の）三女ケイトラン (Caitlin) はまたも懐妊、父親トミー (Tommy) は相変わらず現代政治談義をわめきちらしている、と。修道院生活後、ロンドンへ飛び出してイギリス人ジョン (John) と同棲、ミサにも御無沙汰の不敬を母親からなじられたブリッドは、誰の干渉も受けない独立不羈の生き方を主張する。やがて、アーニェ帰宅。「アイルランド人が反ユダヤ主義でないのは、アイルランドにはユダヤ人がいないからだ」というジョイス (James Joyce) の言葉をアーニェが引くと、1904年にレデンプトール会修道士 (Redemptorist priest) の命令で、リメリックから少数ながらユダヤ人が追放・迫害された事実があること、イスラエル首相（1983-84）シャミル (Itzak Shamir, 1915-) はマイケル・コリンズ (Michael Collins, 1890-1922) の信奉者(ファン)で、イスラエル建国闘争はアイルランド共和主義に影響された、などとブリッドは応酬。帰宅した父親と挨拶を交わす（2場）。親子4人の夕食。楽しかったバンゴー (Bangor) 遠足の想い出を娘2人が話すと、そこはオレンジ・メンと救世軍 (Sally Army) の町だと父親は悪口。プロテスタント行進曲 'The Sash My Father Wore' を冗談で娘たちが歌うと烈火の如く怒り出すが、他の者は大笑い（2場A）。寝室でのブリッドとアーニェの会話。多民族のロンドンでもアイルランド人はよそ者扱いされ、他の少数民族以上に受け入れられていないし、一方アイルランド人は、錦を飾る場合を除き、故国を捨てた移民を許さない、自分が愛する、子ども時代のベルファーストはもはや存在しないが、偏狭な価値観を押しつけられず、自由な解放感がロンドンなら味わえる、とブリッド。そして20年前、姉妹でアイルランドをヒッチハイク旅行し、オランダ人学生と親密になった思い出を語る。英軍駐留が開始されたのはその翌年1969年だった（3場）。ケイトランが乳母車を押して登場。「アイルランドが生産するのは、赤ん坊と死体だけね」と、乳児2人の育児戦争に疲弊しながらも威勢よくシニカルな口調で喋りまくる（4場）。様々な回想場面が導入される――1965年、15歳のとき純潔教育を説く神父への告解、1966年の復活祭蜂起50周年記念行事、1969年の公民権闘争時代、1961-68年在籍の聖ドミニク女子校で、聖職を勧める尼僧に、共産主義者になると拒否したブリッ

第1部　紛争演劇／映画の挑発

ド。1969年、英軍駐留。1968年、ダンス・ホール。ケイトランとブリッドは買い物後、喫茶店で休憩。「商売にならないから、カトリック教会は平和なんか望んでないわ」とケイトラン（5場）。新聞の死亡記事欄に義父の盟友マッキラン (Francis McQuillan) の名前を見つけたノラは、夫に知らせるが、寝ぼけて話が噛み合わず、口喧嘩になる。ケイトランが来訪、姉2人と連れ立ってリパブリカンのクラブへ繰り出す（6場）。クラブの経営者 ('fear a ti' [sic]) が、〈美人三姉妹〉をマイクで紹介、そのリクエストに応じて、ブリッドはアイルランド語の歌を披露。歌声を聞きつけたパット (Pat O'Brien) と20年ぶりに邂逅。彼はケッシュ刑務所での12年間の服役を終え、髪が薄くなっている。パットとブリッドがダンスすると、いつしか1968年の若い恋人時代に戻っている（7場）。二人はクラブの外の街路。ウルフ・トーンが反教会だったように、「アイルランドの最大の敵は、イギリス人じゃなくてカトリック教会」であり、「イギリス人は土地を占拠するかもしれないけど、ローマ教会は人々の心を占拠するのよ。兵士たちを土地から排除するほうが、脳味噌からお香を追い払うよりも簡単だわ」(169)、つまり「教会に急所を握られてるのよ」と興奮して激論を吐くうちに、焼けぼっくいに火がついたブリッドはパットを誘惑する。その瞬間、不審な車が背後から急発進し、銃声が響く（8場）。救急車のサイレン。片腕を負傷したブリッドのためにパットが救急車を呼んだのだが、当局の取調べを避けるために、現場から姿を消す（9場）。病室でブリッドは半身を起こし座っている。付添いの若い婦警に、年齢（20歳）と就職動機（安定したキャリアだから）を訊く。代わって男性刑事が執拗に尋問し、中座。婦警はブリッドに、いまの刑事はカトリックよ、あなたはうわ言で、パトリックと呟いていた、と告げる（10場）。娘の襲撃者は〈撃ち殺し方針〉をとるアルスター警察だ、と決め付ける父親と、IRAの内ゲバ (internecine feud) の可能性も推測するブリッド。無闇に騒ぎ立てる父親に母娘はきつくあたる（11場）。寝室での会話。ジョンとパリ旅行したときの逸話。ジョンの祖父の従兄弟（ルーマニア系ユダヤ人）の家を訪ね、苦悩の半生を聞いた。ナチ時代はまる一年森林に隠れ、スターリン時代は投獄、まさに20世紀の迫害の生き証人の苦労話に、欧州辺境のイギリスとアイルランドが敵対

し憎みあっている現実が卑小に思え、「その二つのつまらない島が大西洋に沈んでしまうのを見たいのか、暖かく結びつけてヨーロッパの方へ引っ張っていってあげたいのか、わからなかった」(181) とブリッド (12場)。「アイルランドの最大の輸出品はアイルランド人だ」と夫婦が話していると、裏口からこっそりパットが登場。内部抗争で彼が標的とされたのでは、と推測するブリッドの憂慮をパットは否定し、頬にキスして去る。「アイルランド史は、醒めようとしている悪夢なんかじゃない。寝ても覚めても我が身を焼き尽くす生き地獄のよ」(13場)。ロンドンに帰る機内でブリッドは、両親や姉妹の別れ際の姿や言葉を思い起こし、感傷に耽る。うるさく話しかけるイギリス人乗客を睨み付け、たじろがせる。ヒースロー空港で見知らぬ男女がブリッドに近づき、テロ防止法違反容疑で彼女を逮捕する (14場)。

3　第3戯曲集『まったくのたわごと』

第3戯曲集に寄せたフィネガンの序文を以下に引用しよう。

　　『野草』は、母親の葬儀のために故国へ戻る男の物語である。『野草』では、その男はアイルランド人で、場所はアイルランドである。しかし『野草』は、エグザイルである我々すべてに関わる。もしかすると、20世紀の世界はかつてないほどにエグザイルに溢れているかもしれない。移住と移民状態は現代世界の多くに共通の肉体的かつ精神的状態である。それは、自分がなにものなのか、どこから来て、どこへ向かっているのかが、曖昧な領域 (twilight zone) であり、我々の日常の生活を悩ませる。２千年にわたってユダヤ人は離散状態で放浪した。今日では、我々はみんなユダヤ人のようだ。イスラエルやアイルランドのように、かつては存在しなかった故国が創設されてはいても、エグザイルと帰還の主題が、そうした国の文学をうねるように流れているのを見いだす。〈故国〉はどこにあるのか？　——むかし父は私に向かって、お前はアイルランド海の真ん中に暮らしているみたいだ、行ったり来たり、のたうちまわり、いつまでも海上にいる、と言ったことがある。『野草』は、

第1部　紛争演劇／映画の挑発

そうした〈海上にいる〉[10]人々のためのものである。それはちょうど、〈故国〉から離れて生き続けようと努め、過去や〈懐かしい故郷〉や自分自身について、いつのまにか神話を編み上げている、『まったくのたわごと』の登場人物のように。誰しもエグザイルの現実には耐えきれないのかもしれない。『メアリー・マギン』のように、自国でエグザイルを経験し、よその場所での故国を約束する宗教への誓いを守ることで、それに打ち勝つ力を得る者もいる。しかし、『同志ブレナン』にはそのよその場所もない。彼が抱く、人類の理想の故国の夢は、20世紀末には粉々になっているように思われる。しかし、しかし、

「わたし、こう思うの――人間は信念がなくてはいけない、少なくとも信念を求めなければいけない、でないと生活が空虚になる、空っぽになる、とね。………こうして行きていながら、何を目あてに鶴が飛ぶのか、なんのために子供は生まれるのか、どうして星は空にあるのか――ということを知らないなんて。………なんのために生きるのか、それを知ること、――さもないと、何もかもくだらない、根なし草になってしまうわ。」[11]

（マーシャ、アントン・チェーホフ『三人姉妹』）

(1)『メアリー・マギン』(*Mary Maginn*)　2幕（1幕15場、2幕17場の全32場）

　主人公メアリーの73年間の生涯を辿りつつ、マギン家3代にわたる大河物語。アイルランド現代史の渦に巻き込まれながらも、淡々と進行する展開は、ちょうどクリスティナ・リード (Christina Reid, 1942-) の『チャイナ・カップの紅茶』(*Tea in a China Cup*, 1983) を思わせる雰囲気を湛えている。

　1913年5月21日、メアリー・ヴェロニカ・マギン (Mary Veronica Maginn) の誕生と洗礼（1場）。14年10月1日、父パトリック (Patrick) の葬儀（2場）。14歳のパット (Pat) を筆頭に、13歳のアレックス (Alex)、10歳のジョー (Joe)、8歳のシシー (Cissie)、6歳のジョン (John)、5か月のメアリーの6人もの子どもを抱え、母親メイ (May) は病院の掃除婦として働きに出ることを決意（3場）。パットとアレックスが、復活祭蜂起の指導者たち7人が〈ブリタニア〉によって処刑されるのを見る。ピアス (Patrick Pearse)、コノリー (James Connolly)、

第 1 章　シェイマス・フィネガン

クラーク (Thomas J. Clarke)、マクディアモド (Sean McDiarmada)、マクダナ (Thomas MacDonagh)、キャウント (Eamonn Ceannt)、プランケット (Joseph Plunkett) の〈共和国宣言文〉全文引用のあと、ライフル銃が発射され、全員倒れる。「ぼくたちがもう少し大きくてダブリンにいて、ピアスやコノリーと一緒にアイルランドのために闘っていたら、凄かっただろうな」と言うパットに、母は「貧乏人は政治にかまう暇はないし、政治家は貧乏人にかまってられない」から、命を粗末にする〈死んだ愛国者〉になるな、と叱る (4場)。修道院の学校で、5歳のメアリーは退屈で柱時計をじっと眺めていて、シスター・ピーターから「1分1分、わたしたちは〈永遠〉に近づくのよ」と、注意される (5場)。19歳のアレックスが船でリヴァプールへ移住するのを、7歳のメアリーと母親が見送る。日曜ミサには必ず行くように言う (6場)。1921年、プロテスタントがカトリックの民家を襲撃。15歳のシシーと8歳のメアリーを連れてダウン州に避難を決意。息子たちは隣家のロルト夫人 (Ella Rolt) に世話を託す。まだメアリーにはプロテスタントとカトリックの違いが飲み込めない (7場)。避難して空けた家にプロテスタント住民が居座り、一家の家具は通りで焼却される。新議会の創設とジョージ国王の演説 (8場)。長男パットとネリー (Nellie Stewart) の結婚。ともに28歳 (9場)。1932年5月25日、24歳の末っ子4男ジョンの最期を家族全員で見守る (10場)。家族会議。3男ジョーが妻アグネス (Agnes) との離婚意思と、別のプロテスタント女性ジーン (Jean Wilson) との同棲を告白。恥知らずと罵る妹シシーをジョーは殴る (11場)。チェンバレン首相の第2次大戦宣戦布告ラジオ放送。二男アレックスと妻ウィニフリッド (Winifrid) の息子バジル (Basil) からの手紙をメイが読む。バジルは名ボクサーで、イギリス空軍に入隊予定 (12場)。ジョー、ジーン、メイが映画館でクラーク・ゲイブル主演の映画を観賞。「ナチス、ベルファーストを爆撃」と新聞売り。3人はベルファーストの通りの固有名詞を順に延々と朗誦する (13場)。1945年、チャーチルの終戦演説。商工会議所 (Chamber of Commerce) の雇用主のドイツ系ユダヤ人ゴウルドブラット氏 (Goldblatt) と祝杯をあげるメアリー。独立して自分の店を開くために兄パットに借金を依頼。シシーは夫ダニーと死別 (14場)。1947年9月29日、母メイの葬儀。子どもたち5人の

第1部　紛争演劇／映画の挑発

祈りの言葉（15場）。

　2幕。メアリーとデイヴィ（Davey Joseph Tolan）の結婚式。メアリーはフランス人ジャン・ポール（Jean Paul）からも求愛されていたが、相思相愛ならデイヴィと結婚したほうがよい、と在英の兄アレックスは手紙で助言（1場）。1949年メアリーの分娩とボクシングの試合中継。デイヴィが懸命に応援する地元ボクサー、ケリーはチャンピオンにノック・アウト負け（2場）。長男ピーターの誕生で、新居探しのメアリーとデイヴィ。プロテスタント優勢地域でやや辺鄙だが、気に入った家を早速借りる（3場）。第2子（長女ヴェロニカ）分娩前のメアリー。煙草をふかす看護婦と酔った医者が担当だが、心安い雰囲気（4場）。1954-60年。育児と家事に忙殺されるメアリーを儀式的に描く場面（5場）。近所の干渉もなく、想い出のつまった住み慣れた家を長男の学校（クリスチャン・ブラザーズ）の都合で引越すことにしたメアリー。職を転々とする（asking for his cards）が働き者の夫は家事には無頓着で、引越し作業もメアリーがひとりでこなす（6場）。1964年2月13日死去の3男ジョーと、同年8月5日死去のパットの妻ネリーの葬儀（7場）。1966年。メアリーとデイヴィ、16歳のピーター。66歳のパットがカトリック殺害の新聞記事を嘆く（8場）。1969年8月15日。暴動の勃発を報じるジャーナリスト。公民権活動で治安部隊に追われたピーターが深夜戻ってきて、妹に家の鍵を開けるよう頼むが、母親メアリーが戸口に現れ、息子を左翼化させるクリスチャン・ブラザーズに入れたのが失敗のもと、15歳の娘ヴェロニカまで染まっている、と嘆き悲しむ（9場）。オニール大尉が、カトリックに職と住居を与えれば、プロテスタントのような安定した暮らしに憧れ、18人の子沢山にならず、問題は解決すると主張。母の知り合いのコネでピーターはイギリスの大学に進学することになり、1幕6場のように、埠頭で母メアリーと妹ヴェロニカ（看護婦）が見送る（メアリーと亡霊の母メイが一瞬見つめ合う）(10場)。1973年、長男パットと二男アレックスの同時期の死去が、書簡朗読で告げられる。右足麻痺の障害でメアリー宅に同居していたパットは苦労人ゆえ気難しかったが、晩年を世話できてよかったとメアリー、心臓発作で急死した夫は、50年前に離れたベルファーストへ里帰りして可愛いメアリーに会いたがっていた、

と、未亡人ウィニフリッド（11場）。1976年、メアリーとデイヴィに、近所のボイル夫人が、狙撃兵潜伏の可能性を口実に英軍が彼らの自宅に不法侵入した、と通報。メアリーとボイル夫人は家を封鎖する若いウェールズ人警備兵を説得して、亡霊メイとともに我が家に戻る（12場）。メアリーの娘ヴェロニカの婚礼の日。亡霊メイが美しい赤毛の孫娘を賞賛し、子どもが巣立つとき親は少し寿命が縮まるもの、とメアリーに声をかける（13場）。1981年、10人のハンスト闘争囚人のサッチャーによる「処刑」。10人の氏名 (Bobby Sands, Francis Hughes, Raymond McCreesh, Patsy O'Hara, Kevin Lynch, Martin Hurson, Thomas McIlwee, Kieran Doherty, Joe McDonnell, Mickey Devine) をピーターが読み上げ、各人が1幕4場のように〈共和国宣言文〉のさわりを朗読し、サッチャーの同一声明文「英国政府は囚人、代表者いずれとも、ハンスト終結の条件交渉は行わない」がかたくなに10回、繰り返される（14場）。1982年、シシーの死を看取るメアリー。6人兄弟の女2人のせいで対抗意識が強くて仲良くできなかったことを後悔しながらシシーは息をひきとる。シシーとメアリーのこの確執は、のちに見る『まったくのたわごと』のポール、フランクの葛藤にも近いものがある（15場）。1984年8月27日、娘ヴェロニカと婿エメットの長女、つまりメアリーの初孫 (Fionnuala McSwiney) の誕生と洗礼（16場）。1986年、メアリーとデイヴィが就寝。翌朝先に起きたデイヴィはメアリーが事切れているのに愕然とする（17場）。

(2) 『野草』(*Wild Grass*) 1幕

　1986年11月19日、ロンドンのパトリック (Patrick James Brady) の留守番電話に妹メアリー (Mary) から、父ジョー (Joe) に至急連絡せよ、との伝言。父から母親エレン (Ellen) の死去を知らされた彼は、地下鉄で空港に向かう。二人の祖父の名前を命名した出生時の回想。聖パトリック教会でのパトリック祝祭日の内的独白。1949年3月に彼を帝王切開 (breach birth) の難産で生んだ母親の想い出話、とくに最初に暮らした新婚当初の家を懐かしむ。機内着陸放送。父や妹、母の友人ボビー (Bobby) とフィロミナ (Philomena)、叔父のビ

第1部　紛争演劇／映画の挑発

リー（Billy——約束にルーズで母親は嫌っていた）と叔母マギー (Maggie) に会い、母の亡骸と対面し、「この女性の子宮から僕は生まれた」と感慨を漏らす。父親は土建職人で実入りは少なかったが、幸せな暮らしだったと語るエレンの回想：雨で作業中止で早く帰宅した夫と過ごす団欒、乳母車でまどろむ赤ん坊メアリー、学校のない月曜にサッカーで遊び、洗濯で皺だらけの自分の掌を珍しそうに眺める息子……。遊び友達デレック (Derek Smith) の母親がなぜ自分と彼が遊ぶと嫌がるのか、なぜ英国旗を我が家は掲げないのか、幼な心に不思議がるものの、1950年代には市の北方にあるホワイトアビー (Whiteabbey) 地区は新旧両派住民が混在して平和に住んでおり、兄妹はオレンジ会の行進も楽しんで見物したし、プロテスタントの級友とのクリケット競技、6歳年上のカトリックの少女ウナ (Una) との失恋、キャリックファーガスでの朗誦コンテスト・10歳未満の部では、「我が家」(My Hut) と題する自作の詩を朗読し、84点で見事優勝。その後、クリスチャン・ブラザーズ校に入学し、すっかり愛国少年になった彼は、国歌 'Soldier's Song' の流れる国技ハーリングのラジオ中継を大音量で流し、エレンは閉口したものだった……。葬儀の手配を進めるパトリックとメアリー。棺の傍らで死の意味について瞑想するパトリック。叔母ベラ (Bella) も到着。再び、回想場面：紛争の勃発とともに、政治論議で家族の口論が絶えない。パトリックは怠学し、昼間寝て夕方起き出す不規則な生活。1970年のある夕食光景。病身の叔父ジェリー (Gerry) も家族の一員。母親の共和主義非難の言葉にメアリーが口答えして平手打ちを食い、出て行く。メアリーもこの当時はアジ新聞を売り、政治集会に顔を出すなど政治活動に夢中。若い世代に理解を示す父ジョーと違って、母親は政治論争に嫌悪を隠さない。司祭のロザリオの祈りに手を抜くパトリック、母親の叱声。棺が閉ざされ、11月夜の出棺光景。再び、70年代の夕食時の回想：母親とパトリックが激しく対立して (at loggerheads)、議論の応酬。神の掟に従って生きる大切さを説く母に、「ドネゴールからコークまでの全ての電柱に司祭を吊さない限り、アイルランドは変革も進歩もしない」(『兵士たち』16場のキアランの台詞と同じ）し、司祭の受売りばかりで、自分の頭で考えていない、新旧両派の労働者の大同団結を主張し、アイルランド語を教えるのも、

第 1 章　シェイマス・フィネガン

究極的には自己発見のためだ、と息子は反論。それなら「狙撃兵」を擁護するのはなぜか、と父が割り込み、物理的にも精神的にも混沌を生み出し、「面倒をおこす」(shit-stirrer) のが彼らの取柄だと答えるパトリックに、殺るならもっと大物を狙え、と父は極論。長男だからと甘やかして育て方を誤った、と嘆く母親。叔父のジェリーが、英軍による夜間外出禁止令 (curfew) 発令のニュースを伝える。別の回想場面に移行し、8歳のパトリックは〈聖体拝領〉(Holy Communion) の儀式を、知らずに2回も受けて母親に叱られる。10歳の時には司祭になりたいと言ってセアラ叔母さんを喜ばせるが、修道会の学校でゲーリック・フットボールをしたいのが本心だった。それでもエレンは、無学の辛さをなめ「教育は無駄にはならない」と聞かされた母親の言葉を信じて、神父と面接し、自宅を引越してまでパトリックをクリスチャン・ブラザーズに入学させ、彼も十一歳試験を優等で合格する。エレンが自分の花嫁衣装を、パトリックの妻となるマリリン (Marilyn) ——カトリックでも地元出身者でもない——に贈る。パトリックは葬儀で、形而上詩人ダン (John Donne, 1572-1631) の「死よ驕るなかれ」を朗読。再び母の回想：グラマー・スクールに進学後、成績不振で政治的に左翼化した息子だが、知人の息子の推挙でイギリスの教員養成大学に進学、やきもき (on tenterhooks) させられた3年後、無事に資格を取得して卒業し、ロンドン上京。穴蔵の下宿生活を経てすこし落ち着いたのも束の間、今度はその教職を辞めて、北アイルランドに関する本を執筆したいと、パトリックは打ち明ける。そんな本は腐るほどあるのにちっとも苦境は変わらない (still in the pickle)、と高飛車に決めつける (laying down the law) 母親相手に、昔と同じように口論になるが、ともにかなりの年齢を重ねたいま、紛争初期の母子の絆でもあった、あの壮絶な議論を懐かしんでいる印象もあった。棺が埋葬され、出産妊婦の悲鳴がこだまし、幕。

(3)『まったくのたわごと』(*It's All Blarney*)　2幕全11場（各6.5場）

　北部ロンドンのオブライエン家。空港にポール (Paul)、モリーン (Maureen)

第1部　紛争演劇／映画の挑発

夫妻を出迎えたフランク (Frank)、シーラ (Sheila) たちが帰宅。昨今の空港警備の厳重さや、ロンドンのアジア系移民の増加を話題にお喋りするが、ややぎくしゃくしている。ポール／フランク兄弟は、かつてともにクリスチャン・ブラザーズの学校に通ったが、兄は成績優秀、弟は学校教育に馴染めなかった。それでもフランクは最近になってマルクス主義史観の北アイルランド史を読むなど学問にめざめ、あらたに教職に就いている。妻はアイリッシュ・ダンスの教師で、全国大会や世界大会優勝の数多くのトロフィーを獲得（1幕1場）。食事準備の弟夫妻の、兄夫婦の品定め。ポールは70歳近いのに元気潑剌、昔同様に自信家、モリーンもやや肉がついたが50歳とは思えぬ魅力。北アイルランド・キャヴァン (Cavan) 州時代、兄弟には姉アイリーン (Eileen) がいて、深く思慕を寄せていたフランクは、姉がイギリスのコヴェントリー (Coventry) の寄宿学校に出立する日、悲しくて家を夢中で飛び出し、深夜に帰宅して母からは叱られ、兄ポールからは高笑いされた想い出を語る。二階の寝室では、夫の無礼な態度をモリーンがたしなめる。昔、近所の少女 (Mary Nolan) に小銭をやってお尻を覗いた弟を、〈聖心〉画のキリストが睨んでいるぞ、と怖がらせた想い出を話し、上がってきたフランクにまだMary Nolan を覚えているか、と尋ねるフランク（2場）。2組の夫婦に、フランクの娘メアリー (Mary) と息子ファーガス (Fergus) を交えての夕食。フランクは、苦手な教育心理学や教育哲学も履修し、現在はカトリック系総合中等学校で工芸・木工・製図などの技術科目を教え始めた。やはり教師のメアリーに、教職は休日が多く女には良い仕事、とポール。食後、女友達との約束でメアリーは急いで外出。ポールは「基金調達委員会委員」で、現地での運用実態調査の名目で、兄弟夫婦揃ってのアイルランド旅行計画を立案していたのだった。昨秋の基金調達パーティは、パット・ブラーニー (Pat Blarney) アイルランド下院議員 (T. D.) を講師に招き、参加者500人の盛大なものだった。ポールが音頭をとって4人でアイリッシュ・ダンスの夕べ（3場）。翌朝シーラが一番に起きて台所で『アイリッシュ・ポスト』紙を読む。アイルランドの不動産物件広告を目当てにフランクが購読している新聞で、故国での隠遁生活はエグザイルの夢だと、モリーンに説明。ポールが次に現れ、やっぱりフラ

第 1 章　シェイマス・フィネガン

ンクはいつでもビリか、と嫌味。新聞の熟年向け恋人募集の個人広告欄を面白がって読み上げていると、メアリーがとても女性的でセクシーな服で現れ、慌てるポール。そこへフランクが、テレビでいいサッカーの試合がある、と呑気に登場（4場）。サッカー観戦をしながらポールの独白。スポーツマンのフランクは、ハーリングの試合の土壇場で決勝ゴールを決め、見事に急場を救って (saved the day)〈クーフリン〉のような英雄扱いを受けたが、嫉妬したポールが、フランク（学校での呼び名はプロインサス）は（イギリスのゲームであるため）競技禁止種目のサッカーをした、と暴露して水をさしたことがあった。アイルランド人とスコットランド人 (the Jocks) がイギリス・サッカー・リーグの屋台骨と、「マンチェスター・ユナイテッド」を応援するフランクに、「スパーズ」(Tottenham Hotspur; Spurs) のリネカー (Gary Lineker, 1960-) が先制点。フランクは、兄の悪意の密告のあと、試合出場選手名簿から永久に除外されたことを思い出す。フランクは副校長昇進見込み、と妻から聞いても、いつも二番手の奴だ、と腐すポール（5場）。ロンドンのアイリッシュ・ダンス・ホールで楽しむ2組の夫婦。ケリー神父 (Fr Desmond Kerry) の歌、シーラの踊りのあと、家の鍵が見つからずたむろする暗い玄関先で、フランクが酔って、かつて交通事故を起こしそうになった黒人女性への差別的な発言。照明がつき、家の中。メアリーがグラスのワインをポールにひっかける（6場）。

　2幕は北アイルランドの検問所から始まる。2組の夫婦、ファーガスと知人のジョー (Joe Lynch) に、英軍と警察による車両検査と職務質問がしばらく続き、やっと通行許可が下りる（1場）。寒い山小屋に到着。政治犯として5年間クラムリン・ロード刑務所に服役したと噂のジョーはいったん帰り、酒 (cratur) をみんなで飲み交わし、ポールが歌う（2場）。「女ならあのでっかい若者に抱かれるのも悪くないわね (A woman could do worse than lie under a big strapping lad like that.)」と口を滑らせた妻の台詞で、ジョーに嫉妬するポール。観光地化しているけれど、のんびり南の共和国へ旅したほうが良かったのでは、と案じるシーラ（3場）。翌朝。なぜポールと不仲なのかを、ファーガスに教えるフランク。姉が修道院に入ったあと、本来家業の農業を継ぐべき長

39

第1部　紛争演劇／映画の挑発

男ポールは親の扶養の重荷 (onus) を嫌ってさっさと渡米。3年後、辛い思いで渡英の決意を継げたフランクは母親から罵られ、勘当同然の家出をし、死に目にも会えなかった。シーラはモリーンに、時代は変わり、子どもの世代は親の価値観や文化に束縛される必要のないこと、もう自分たちエグザイルは本当の意味ではアイリッシュではないことをしみじみと語る。ファーガスが出発準備を伝える（4場）。ナショナリストのパブ。ジョーの悲惨な経歴を知り、武器購入の資金援助も辞さない、などと大口をたたくポールに、とうとうフランクが堪忍袋の緒を切り、切々と訴える。自分も含めて、我々は故国を捨て、もはやこの土地で暮らしている当事者でもないのに、例えば「ノーレイド」(Noraid: Northern Ireland aid) を組織してあれこれ政治に注文をつけ、実体や中身 (guts) のない、たわごとだらけの (full of blarney) 大言壮語に酔いしれる未成熟なエグザイルであり、愛国心を若者たち（ファーガスやジョー）に伝染病のように吹きこんでいるだけで、〈まったくのたわごと〉ではないのか、と（5場）。

外野にいる者がいっそう試合に熱中する現象は、フランクが批判するほどには、悪いこととは思わないが——なぜならもしフランクの主張を受け入れるなら、北アイルランド問題を論じられるのは北アイルランドの人々だけ、ということになる——兄の悪意に対する積もり積もった鬱憤晴らしが彼の発言の根底にあることはよく理解できるし、北アイルランド問題局外者という自覚を伴う逡巡は、たしかに傾聴に値する重みがある。

(4)『同志ブレナン』(Comrade Brennan) 1幕

1993年、スコットランド、グラスゴウのブレナン家。同居している孫息子マイケル (Michael) は、大学を1年休学して恋人のいるポーランド行きを計画、祖父ジョー (Joe) や祖母モイラ (Moira) に打ち明ける。場面代わって、ジョーが、アイルランドのコークにいる娘メアリー (Mary)、ニュー・ヨーク在住の息子デイヴィッド (David) に電話し、彼らの母親（自分の妻）モイラの死

第1章　シェイマス・フィネガン

去を伝える（1場）。花嫁衣裳のモイラ、披露宴の回想。両手を伸ばしたまま後退りして去るモイラ。留守中の子どもの世話を夫に頼んで搭乗するメアリー、妻クリス (Chris) を残し出立するデイヴィッド。彼の脳裏をよぎるのは、アメリカ移住を切り出した時に、アメリカを悪の権化とみなす父親から殴られた想い出。一方、ブレナン家では、隣人で同志のアレックス (Alex Robinson) と孫マイケルにジョーが妻の往生の模様を語る——早朝目覚めた時は寝息を立てていたが、朝食を準備してベッドに戻ってみると、妻が喀血して事切れていたという。1945年戦勝記念日 (VE Day: 5月8日) の回想：帰還した英兵ジョーに、ホテル客室係のモイラが積極的に声をかけ、ダンスを踊る。まもなく結婚、その頃勤めた土建会社のひどい現場監督 (Clerk of Works) のせいで、同僚アレックスとともにジョーは労働組合運動にのめり込んだのだった。メアリーが到着。娘に命名したころの回想。メアリーは棺に納められた母に面会。教会での挙式を父親に反対され (against the grain) て嘆き悲しむメアリーを慰撫する母親の想い出が蘇る。（共産主義者の父親は1936年のスペイン市民戦争時代にカトリック教会から拷問を受けた。）死後に司祭は呼んだのかと尋ねるメアリーに、偽善的堕落者 (reprobates) の世話にはならん、とジョーは怒りだすものの、さすがに蠟燭を点すことだけは（蜜蠟は〈働き〉蜂が拵えたものだから）許す。次いでデイヴィッド到着。離婚したこの父親とマイケルは6年ぶりに再会するが、早々にアレックス宅へ宿泊に行く。場面転換し、そのアレックスとモイラが抱擁し、やがてジョーが帰宅。妻の不倫をうすうす察知した彼は、婉曲かつ威圧的にアレックスとやり合う。デイヴィッドも母の死顔と対面。愛情の冷めた最初の妻アイリーン (Eileen) との離婚意思を表明したとき、両親から反対され、父親に激しく抵抗した記憶が蘇る——「共産主義の信念は挫折し、愛着もないくせに、いまだにその思想や理想を信じつづけている」、と。デイヴィッドメアリーの会話。機内にいた80歳近い老婆の幸福な姿に、自分の母親の身代わりにその老婆こそ死ねばいい、と邪悪な願望を抱いたことを語るメアリー。枕元のジョーに、寝間着姿のモイラが現れ誘惑する幻想。孤独な父親の今後を案じて、デイヴィッドとメアリーはそれぞれが自分の家に引き取ると提案。1936年のアイルランド：18歳のジョーがスペイ

41

第1部　紛争演劇／映画の挑発

ンで参戦と聞き、青シャツ隊入隊と誤解していたマグアイア親父は、反ファシスト側につくと知って怒る。ジョーは、「神など糞食らえ (stuff it)」と捨て台詞を吐き、司祭を殴り返す。寝つかれぬマイケルが深夜3時に祖父の様子を見に戻る。コーヒーをいれるマイケルと元・父親のぎこちない会話。再び回想：アメリカの投資会社からチェコのプラハへ顧問役として派遣され、商談相手から自分の父親の職業を訊かれて、返事に窮するデイヴィッド。ピケを指揮監督し、スト破り (Blacklegs) の連中と揉み合いになったジョーは負傷、おまけに脅迫騒乱罪で警官に連行される。──朝が訪れ、妻の生前の遺言通り、ジョーは（共産主義を表す）赤ネクタイを着用。マイケルもジョーに手伝って貰って赤ネクタイを締める。ジョーは体調が悪く、一、二度ふらつく。葬儀人が到着し、メアリーがロザリオを手に兄とともに天使祝詞(ヘイル・メアリー)を唱えるが、ジョーをはじめ他の者は唱和しない。4人の男で棺を担ぎ、退場。墓地での埋葬の場面、モイラの亡霊が彷徨し、ジョーはまたよろめく。帰宅後、社会主義の信念を貫いたブレナン家は尊敬されている、と胡麻をするアレックスをデイヴィッドは軽蔑。休息したジョーが現れ、心中を見透かされたアレックスは退散、ジョーは孫のマイケルに、血筋は争えないと、ポーランド行きを勧める。メアリーはどうしても父親を生まれ故郷のアイルランドに連れ戻したい、と懇願。ソビエト議会でのゴルバチョフ (Gorbachev, 1931-) 大統領 (1990-91) による、共産党のマルクス・レーニン主義イデオロギー放棄宣言演説。〈インターナショナル〉が流れるなか、ジョーとモイラが踊り続け、幕。

　アイルランドを離れたエグザイルたちが肉親の葬儀という悲劇的な機会に里帰りし、自分の生き方を見つめ直す主題は『野草』と共通している。

おわりに

　11作品の概観を終えて、フィネガンの演劇のモチーフである、反カトリッ

第1章　シェイマス・フィネガン

ク教会、共産主義への傾倒、ユダヤ人への深い共感などの特色が明らかになったが、おそらくフィネガン自身の経歴が作品に色濃く反映されていることは間違いないと思われる。伝記資料の不足のせいでこの点は検証不能であるが、今後とも機会があれば、割愛した『ジェイムズ・ジョイスとユダヤ人』も含めて、この本邦初のフィネガン紹介に補説を加えていきたいと考えている。

注

1) Robert Welch (ed.), *The Oxford Companion to Irish Literature* (1996), Schrank & Demastes (eds.), *Irish Playwrights, 1880-1995* (1997)、さらに D. L. Kiekpatrick (ed.), *Contemporary Dramatists* 4th edition (Chicago & London: St. James Press, 1988) にも記載がない。ただし、Robert Hogan (ed.), *Dictionary of Irish Literature* (1996) には単に「劇作家」とだけ記述があり、本章で扱った4戯曲集が列挙されている。

2) 各劇場の座席数は、Barry Turner & Mary Fulton, *The Playgoer's Companion* (London: Virgin Books, 1983) によるもので、1983年3月時点の収容能力。

3) 『マルドゥーン詩選集：1968〜1983』（国文社、1996年）、p. 251.

4) プランケットは1920年の列福後、1975年10月12日に聖者の列に加えられた。アイルランド人としては St. Lawrence O'Toole 以来、実に700年ぶり。彼はドロヘダでイエズス会の神学校を創設し、オウツ (Titus Oates, 1649-1705) が捏造した、架空のCharles 2世暗殺計画である〈カトリック陰謀事件〉(the Popish Plot, 1768) に連座したかどで、ロンドンで絞首刑のうえ引回し、四つ裂き刑に処せられた。首は、ドロヘダの St. Peter's Church に安置されているという。

5) William Conor (1884-1968) は従軍画家として第1次大戦参戦、長年にわたり子どもや労働者を描いた。St. John Ervine (1883-1971) は劇作家・小説家。

6) スペイン市民戦争に参加して21歳で戦死した John Cornford をモデルにしているかも知れない。Hugh Thomas, *The Spanish Civil War*, 3rd ed. (London: Hamish Hamilton, 1977), pp. 490-91.

7) Gen. Eoin O'Duffy (1892-1944) は、1917年 IRA に入り、独立戦争で活躍、懲役刑も受ける。デ・ヴァレラに警視総監職を解任されたあと、Army Comrades' Association の指導者となり、the National Gurad と改称して、制服に青シャツ、ファシスト式敬礼を取り入れて〈青シャツ隊〉の指導者となる。1933年には統一アイルランド党 (Fine Gael) 党首に選出されるも、1934年9月に突如、辞任。35年6月には the National Corporate Party を結成。36年7月のスペイン市民戦争勃発後、フランコ政権支援のためにアイルランド旅団を組織。中立政策をとる政府は参戦を非合法とする法案を通過させたが、翌年にかけて約700人のアイルランド義勇兵がスペインへ渡り、過酷な状況のなか半年耐えたという。オダフィーはこの派兵を反共産主義十字軍とみなした。国葬を受けている。(Henry Boylan, *A Dictionary of Irish Biography*, 3rd ed. (Dublin: Gill & Macmillan, 1988), pp.321-2.

8) 詩集『ある自然児の死』(1966年) 所収の最後の詩「僕だけのヘリコーン」('Per-

第1部　紛争演劇／映画の挑発

sonal Helicon')の最終行にある、(僕が詩を作るのは)「自分を見るため　闇をこだまさせるため」より。『シェイマス・ヒーニー全詩集1966～1991』(国文社、1995年)、p. 62．
9) 周知のように、ラシュディは1988年に発表した『悪魔の詩』(*The Satanic Verses*)が、イスラムを冒瀆するとして、コメイニ師(Khomeini)から死刑宣告の〈裁断〉(fatwa)を受け、これは5年目の94年2月14日にも、宣告内容の続行が表明された。しかし、それにも関わらず、ラシュディの執筆意欲は衰えず、6作目の小説『彼女の足元の地面』(*The Ground Beneath Her Feet*)が最近、刊行された。(*Time*, May 24, 1999, p.51.)
10) 'at sea'には、航海に出て陸地の見えない海上にいる、という物理的状況と、比喩的に「途方に暮れている」「間違って・はずれている」の意味がある。
11) 神西清訳『桜の園・三人姉妹』、新潮文庫、1967/87，p. 152．第2幕の台詞。この最後の台詞 'everything's just wild grass' が芝居の標題にとられているのだが、別の英訳では 'the whole thing's. . . . means less than nothing.' (Anton Chekhov, *Five Plays* (Oxford UP, 1980/91), p.198. となっている。ロシア語原典の原義に今後あたりたい。

使用したテキスト

Seamus Finnegan, *North: Four Plays* (London: Marion Boyars Publishers, 1987)
―――, *The Cemetery of Europe* (London: Marion Boyars Publishers, 1991)
―――, *It's All Blarney: Four Plays* (Chur, Switzerland: Harwood Academic Publishers, 1995)
―――, *James Joyce and the Israelites and Dialogues in Exile* (Chur, Switzerland: Harwood Academic Publishers, 1995)

第2章　ロビン・グレンディニング
――マイノリティからの視点――

1 『マンボ・ジャンボ』――ユニオニズムの偏向教育

(1) はじめに

　筆者はかつて、アイルランドのカトリック系男子修道会 (Irish Christian Brothers) を母体とする学校生活を描いた戯曲 (Neil Donnelly, *The Silver Dollar Boys*, 1981) を読み、教師による体罰を容認したり、愛国史観を強制したりする偏向教育の弊害について論じた[1]が、本節では、その対極の視点、すなわち北アイルランドのプロテスタント系私立男子校を舞台とする作品『マンボ・ジャンボ』[2]を検討して、相違を浮き彫りにしてみたい。
　現在、北アイルランドには5種類の形態の学校が存在し、生徒はそれぞれの宗派の学校に通学するのが一般的であるとされる。5種類とは、(1) 管理校 (Controlled Schools)、(2) カトリック運営校 (Catholic Maintained Schools)、(3) 非カトリック運営校 (Other Maintained)、(4) 有志立の進学校 (Voluntary Grammar)、(5) 助成補助で維持される統合校 (Grant Maintained Integrated Schools) であり、(1)(3)がプロテスタント系の学校である。(5)のカトリックとプロテスタントの統合学校は1981年に始まり、2000年現在33校（中高11、小学22）、生徒数7,000人にまで拡大したが、それでもこれは北アイルランド全体の就学人口の僅か2-3％にすぎず、圧倒的多数は非統合校を選択している。また、北アイルランドでは、生徒数100人未満の小規模校が37％とイングランドの15％より多く（1995-6年度）、こじんまりとした学校が多いことが特徴である[3]。『マンボ・ジャンボ』に登場する〈パブリック・スクール〉が、上述のどの範疇に属するかは断言しにくいが、おそらく(4)と推測される。

第1部　紛争演劇／映画の挑発

　さて、『マンボ・ジャンボ』は、1985年のモービル戯曲懸賞 (Mobil Playwriting Competition) で joint winner となった2幕の作品で、Manchester Royal Exchange Theatre 初演。ロンドンでは2年後、Hammersmith の Lyric Theatre で1987年5月12日に上演された。著者のロビン・グレンディニング (Robin Glendinning) は、1938年ベルファースト生まれ。ベルファーストのキャンベル・カレッジ (Campbell College) とダブリンのトリニティ・カレッジ (TCD) に学び、11年間の教職経験を経て、1970年には北アイルランドの連合党 (Alliance Party) の創設委員として、党運営に関わるが、1975年再び教職に復帰。BBC ラジオに *The Artist, Conversation with a Child, Condemning Violence, Stuffing it* などを執筆、*Stuffing it* はのちにダブリン演劇祭やロンドンの Tricycle Theatre で上演された。BBC のテレビ・ドラマには、1985年 BBC 1で放映された *A Night of the Campaign* がある。著者の略歴で目を引くのは、南北両方の大学生活を体験していること、実際の教員経験がこの学園ものドラマの執筆に反映されていると推測されること、宗派色を排した穏健路線の新政党結成に参画するなど政治意識の高いこと、である。残念ながら、この他にはグレンディニングに関する詳しい事実は得られていない。テキストの写真は、アラン・セーターを着て、豊かな白髭を蓄え、Shaw を思わせる相貌である。

(2)『マンボ・ジャンボ』の梗概

　1幕は、北アイルランド・ベルファーストのプロテスタント系の私立男子校が舞台。詩人肌で理想主義的なバリー・ダナム (Barry Dunham) と、その友人でオレンジマンのクリーニー (Creaney) の二人を中心に、利口なパターソン、いじめられっ子のリチャーズ (Richards)［通称、ウォンバット (Wombat)］ほか7人の生徒が登場し、アメリカ詩人リンゼイの『コンゴ川』朗誦の教室場面が挿入されて、展開する。
　2幕に入ると、ベルファースト郊外のダナム家と高等法院 (High Court; 最高法院の一部で主に民事事件を担当) の式服更衣室 (robing room) に舞台が移る。片思いの少女と付き合うために、全寮制高校を退学し自宅通学校への転校を

46

切望しながら、恥ずかしくてなかなか理由を切り出せないダナムの苦悩と、事情がのみこめない両親の葛藤を丹念に描くことに重点がおかれる。(なお、1984年時点では寄宿生と通学生の比率は 4：7 であり、通学の方が一般的となってきている。) 事態は終盤になって一変し、IRA テロリストによって父親ビルが射殺されたことが告げられる。そののちバリーは、垣根の穴を泥だらけになって通り抜けて、隣家の少女の庭に入り、初めてのキスを遂げる。父親の不慮の死という余りに高価な代償を払って、ようやく一切の抑圧を解かれたバリーは、『コンゴ川』の一節「マンボ・ジャンボはジャングルで死んだ」を涙ながらに繰り返し、垣根を跳び越えて、幕となる。

(3) 作品の主題の分析

(a) 宗派対立と教育の問題——とくにボインの戦いをめぐる史観対立

周知のように、ボインの戦い (Battle of the Boyne) は、旧暦1690年 7 月 1 日 (新暦 7 月12日[4])、宮廷革命で即位したオレンジ公ウィリアム 3 世率いる大陸 (蘭・独・仏) のプロテスタント傭兵軍 (36,000) が、王位を簒奪されフランス亡命中のジェイムズ 2 世率いるカトリック系フランス連合軍 (23,000) を打破した戦いである。これによって必ずしも民衆レベルまでアイルランドが新教化したわけではなかったが、表面的にはアイルランドはイギリスに制圧され、プロテスタント勢力が勝利した点では、アイルランド史の重要な結節点であり、多国籍軍の戦争であった意味では、一国史の枠組を越えてヨーロッパ史全体にも関係する。クリーニーが授業中に発表して学寮長の失笑をかったような、「世界史の転換点」(10) ではないにせよ、ユニオニストたるクリーニーにとっては、「あってもなくてもどうでもよかったことのように、イングランド人に軽視させるわけにはいかない」性格の史実であることは、この戦勝を祝賀する夏のパレードをめぐる混乱が例年繰り返されることからも明らかである。7 月12日のパレードは、戦争記念の誇らかな集合的決意表明、団結と友愛の祝賀行事として彼らの最大の精神的 拠(よりどころ) であり、厳格な格式や服装規定をもち、軍隊式歩調で行なわれる点で、カトリックの同様なパレー

第1部　紛争演劇／映画の挑発

ドとは異質である[5]。局外者の目には華麗なパレードのひとつとして楽しめたとしても、カトリック系住人には底知れぬ威嚇に映り、ケン・ロウチ (Kenneth Loach, 1936-) 監督映画『隠れた議題』(*Hidden Agenda*, 1990) には、窓外のパレードを眺めていたアメリカ人弁護士ポール (Paul) でさえ、「恐ろしい」と呟く場面がある。1998年の衝突に関して言えば、20分ほど（あるいは『朝日新聞』1998年7月14日の記事では「約7分」）で通過する隊列を黙視できないカトリック側が過剰反応なのか、無理にカトリック居住区を練り歩くユニオニストが無神経で挑発的なのか、双方に言い分があるだろうが、ユニオニストのネット上のサイト[6]では、この日は国民の祝日として南の共和国でも祝うべきだ、なぜなら、オレンジ会設立は1795年9月21日であり、ボインの戦いのときにはまだオレンジ会など存在していなかったのだから、両者を短絡的に結び付けてはいけない、という欺瞞的な呼び掛けさえある。

　ナショナリスト側の愛国的な民謡「ゴールウェイ湾」をもじって、次のような替え歌 (36) をクリーニーが歌う場面がある。「おお、もし今後も闘いがあるとすれば／きっとあるに違いないが／フィニアンの血を聖水のように流させよう／ベルファーストの入江からアイルランド海へ」。ゆったりしたハワイアン風の節回しのこの歌の元歌第2連は、「もし死後も生命があるのなら／なぜだか、きっとあるに違いないと思うのだが／神様にお願いしてわが天国を拵えてもらおう／アイルランド海の向こうのあのいとしい島に」という、アイルランド賛歌の歌詞なのであるが、彼はユニオニストの立場からこの歌を揶揄して歌っている。驚くことには、ボインの戦いの前年の「1689年から伝わるプロテスタント行進曲」とされる、300年以上も昔の歌を 'Lero Lero Lillibulero Lero Lero Bullen-a-la.' (36) とクリーニーは口ずさんでおり[7]、歴史が現代に息づくアイルランド、という素朴な感慨を抱く傍ら、大昔の愛国歌を若い世代に連綿と伝え続ける歴史教育のあり方も示唆的である。

(b) 抑圧された性の問題

　16、7歳クラスの男子校が舞台であるから、彼らの日常の関心が性の話題に占められるのは不思議ではない。テキストには、なにかにつけて猥談まが

第2章　ロビン・グレンディニング

いの話——病気で寝ていると、女性が衣服を全部脱いでベッドにやおら入って
きた、とそのとき起床の鐘が鳴って目が覚めた、というダンバー (Dunbar)
のエロティックな夢の話 (26-7) や、小遣いを出し合ってポルノ・ショップ
で大人のおもちゃを買おうとする計画 (39-40)、'Ireland' を「女性泌尿器官」と
定義するシェイクスピア卑猥語辞典（おそらく Eric Patridge, *Shakespeare's Bawdy*,
1947）を読みふける様子 (85)——などはその典型的な例である。

　また、学寮長のお気に入りのバリーと学寮長の男色関係を生徒たちが囃立
てるのも無理かならぬことである。学寮長は消灯時間に、ハムレット役の彼
に「おやすみ、かわいい王子」と声を掛けたり、発声時の肋骨の動きを確か
めるために、バリーの背中に両手を押し当てたりする (16)。思春期盛りの
生徒たちの感受性を刺激するかのように、校長夫人ハウレット (Mrs Howlett;
owlet「小さいフクロウ」の語感を伴う) は、ハムレット劇の衣装の仮縫いに訪
れては、バリーにその場でズボンを脱がせて股下寸法を計ったり、オフィー
リア役男子生徒にブラジャーを渡し、使用法に当惑するジェイムスン (Jameson)
に「それでパチンコでも作って校長先生の温室に石をとばしたら」(20) とか
らかったり、と、（悪意はないのだろうが）扇情的な女性である。会話に独仏語
を衒学的に交える、この「くそばばあ」(old bat, 21) こと、ハウレット夫人の
バリーへの寵愛も、友人たちのからかいの種になる。また、噂にとどまらず、
バリーは校舎外でクリーニーから同性愛の手ほどきを受けてしまう際どい場
面がある（後述）。女の子の唇にまともにキスしたことがない純情なバリーに
ひきかえて、クリーニーの初キスの相手はセイディ・トンプソンという娘[8]
で、教区の親睦会の折に、新しい祈禱書を見せてあげるから、とトイレ
(cloakroom) に誘われたという。そのクリーニーにしても性体験は乏しく、初
体験は太った娘相手の早漏気味のもの (74-5) であり、むしろ彼は同性愛的
素質の方が勝っている。

　この学校では聖職者による性教育講話会が定期的に開かれ、〈性に対して
不健康不健全な態度をとるものこそが性を不快に考えており、クスクス忍び
笑いして語る者は成長の未熟さを示す〉(8) という訓話や、性病の実際の罹
患症例をカラー・スライドで見せて、生徒の中には失神者が出るなど、前向

49

第1部　紛争演劇／映画の挑発

きでオープンな性教育が実施されている。ユーモラスなのは、守るべき節度の範疇として〈H3K2F1〉という、化学式まがいの公式が示されていることである。Hは握手 (Holding hands)、Kはキス (Kissing)、Fは胸の愛撫 (Fondling the breast) を表し、数字は程度の許容レベルを意味する（最大値は3）。すなわち、H3とは、「情愛と配慮の率直で健全な表現で、貞節に合致する」握手は、好きなだけ行なってよいこと。唇の上にキスのK1、唇を開けたキス（ただし長い付合いの相手に限る）のK2、ここまでは許容されるが、K3は互いの舌をからめるフレンチ・キスで、正式に婚約するまで避けねばならない。「着衣で照明のもと」と前提条件のあるFは、F1が「指先で軽く触れるか、短い愛撫」で、これはよし。しかし、「広げた掌で乳房を包む、中程度の愛撫」であるF2や、「大胆な愛撫やキス、吸うようになめる」F3は禁止である。下半身の接触については教会で正式に婚姻が成立するまで全面禁止である。これは単なる作り話としておもしろおかしく読んでもいいのだろうが、少なくとも、「純潔」という曖昧な概念でごまかすのでなく、性についての規制を生徒に具体的に明示している姿勢は評価してよい。（さきのクリントン不倫訴訟で、「性」や「性的関係」の詳細な定義をわれわれが改めて教わったように。）

　さて、パターソンは、限度のF1より先のF2まで実は進んでしまったことを皆に打ち明ける。医者志望の彼が言うには、奥手の少女とその母親が一緒になって彼を自宅へ招待してもてなし、ある日、〈キリストに青春をかけて〉というロゴ入りTシャツを着ていた彼女を愛撫し始めたら、ノーブラだった……。パターソンはそんな時でも「科学的冷静さを脳の一部で維持し」、その乳房の「芸術的な美しさ」を認識できた自分に、満足する。将来、脳外科医をめざす彼はこの少女とそれ以上深入りせぬよう、以後の交際を打ち切ったが、「親切であるために残酷なまねをせねばならなかった」(25) 絶縁宣言だと言う。たしかに、[例えばドライサー (Theodore Dreiser, 1871-1945) の『アメリカの悲劇』(*An American Tragedy*, 1925) の主人公のように] 妊娠させた挙句に捨て去った（り殺したりした）わけではないから、彼の主張は合理的とも言えるが、もてる男の身勝手な論理という非難は免れない。友人のこうした冒険話に影響を受けたバリーは、連休で帰省したときに一目惚れした少女——実家の隣に

引っ越してきた「制服姿、緑のスカート、白い靴下、白いシャツ、髪にはヘア・バンド」(13)の少女——に「本当にキスするぞ。Ｋ１２３４５それに６」と意気込み、揺れる肢体を空想しつつ、彼女を称える詩作に励む。戯曲の終末近くでようやく名前を教えてくれたその娘は、まさしく「天使」にふさわしいアンジェラ (Angela) だった。バリーにとって、こうした性の問題も含めて、人格的自立の障壁となったのは、父親との緊張関係だった。同じパブリック・スクールを首席で卒業し、卒業生としては11人目の裁判官 (20) に就任予定の父親は、２幕では（わが国の最高裁長官兼参議院議長に相当する）イギリス大法官 (the Lord Chancellor) とも会食し、学校創立記念日には、保守的愛国心の重要性について古典語の学識とユーモアをまじえた来賓講演も行なう。このような、紛れもなく超エリートの父親の存在が、「尊敬し、賞賛し、誇りに思うことはできても、愛せない」(58) 父親の存在が、彼の性の抑圧を悲劇的に増幅させていたことは明らかである。

(c) 挿入詩「コンゴ川」とオレンジ・パレード

生徒たちが暗唱する「コンゴ川」という詩は、アメリカの詩人リンゼイ (Nicholas Vachel Lindsay, 1879-1931) が1914年に発表した詩で、アフリカの交霊術や、コッポラ監督映画『地獄の黙示録』(1979) の原作で、やはりコンゴ川奥地に消えた男クルツ (Kurtz) を捜索する、コンラッド (Joseph Conrad, 1857-1924) の小説『闇の奥』(Heart of Darkness, 1902) に影響を受けた作品とされる。「黒人研究——コンゴ川のディサイプル教会宣教師のレイ・エルドレッド追悼」という副題をもち、〈Ⅰ　彼らの基本的野蛮さ〉〈Ⅱ　彼らの抑えきれない上機嫌〉〈Ⅲ　彼らの宗教の望み〉の３部構成で、全155行 (52, 56, 47)。とくに第３部は、危険なコンゴ川支流で溺死したこの宣教師をうたうものである。(この詩の全文がテキストに収録されてはいるが、残念なことには、リンゼイに特徴的な〈ト書き〉[9]が省略されている。) 躍動感に富むリズムで知られるこの詩を学寮長が教材に選んだのは、詩が「各人の声の可能性を発達させる道具」であり、「環境の犠牲者。かの有名なアルスターの無口さ」のゆえに、「きみたちのことばはだらしなく、ぞんざいで、なまくらで、制限され、

締め付けられ、不自由で、響きがなく、ここ（横隔膜）から出ていない」（3）からである。暗唱によって味わえる一体感や陶酔感など、朗読のもつ教育的効果について、筆者は異を唱えるつもりはない。イリノイ州出身で'New Poetry' の推進者リンゼイは、〈歌の芸術〉としての詩、目よりも耳に訴える芸術としての詩を主張し、詩を書斎の書棚から聞き手の待つ小部屋へと解放した。頭韻や中略リズム (syncopated rhythm) を駆使して愛国的情感や自然への愛を力強く歌い上げ、「美の福音」を説いて放浪の旅に出た彼は、詩行の3分の1が歌うように発されるアメリカのヴォードヴィル形式を古代ギリシア抒情詩に近づけようと努め、この試みは1914年3月、シカゴを訪れた詩人イェイツによって逸早く賞賛されたほどである[10]。性的に抑圧された十代後半の生徒たちにとって、大声で叫ぶことはストレス発散にもなるはずだし、頭韻を駆使した台詞 'fall full forty fucking feet to the fucking floor'(62) が無意識のうちにクリーニーの口をついて出たように、リンゼイ詩暗唱の効果は潜在的に浸透している。惜しまれるのは、学寮長の台詞の端々に、アルスター発音を故意に真似て喋るくだりが何度かあり (p. 3; p. 28: 'Twalth')、イングランドの標準発音から逸脱し、田舎染みたアルスター発音——アイルランド英語よりもスコットランド英語の発音に近いとされる[11]——に対するイングランド人教師の優越感が窺える。

　それよりも問題なのは、詩の一節「小豚のように太った、ケーキ・ウォーク[12]する王子たち」が、オレンジ会の首領たちを彷彿とさせるという辛辣な冗談である。「色彩、大太鼓、楽隊、懸章、記章、幟、黒の山高帽、リズムと儀式、それにまじない師。それらは似てなくもない」（28）というのである。もし、この詩を学寮長が取り上げた狙いの一つとして、ユニオニストたちの行進の閉鎖性や未開性を生徒たちに気づかせることがあったとすれば、それは一方で、コンゴに住む人々の未開性を大前提として初めて成立する目論見であり、西洋偏重文明観の是非にまで、議論が発展せざるをえない。つまり、アメリカ映画『コンゴ』(Congo, 1995) が描く得体の知れぬ密林の恐怖に特徴的なように、〈暗黒大陸アフリカ〉への抜き難い偏見がここには見え隠れするのだ。もうひとつ、学寮長の性格を難解にしているのは、授業中に

第2章　ロビン・グレンディニング

しばしば彼が病的な自失状態に陥ることである。長い時には「1分22秒」（2）も意識が別の対象に向けられる症状は、パターソンの言葉では「一種の神経無気力障害」で「癲癇の小発作」(Petit Mal) とされ（5）、原因は第2次大戦中、単座戦闘機 (spitfire) から墜落した後遺症、と生徒たちは噂している。もしそうだとすれば、自失状態の老教師の脳裏をよぎるのは、戦争の忌まわしい悪夢であるのかも知れず、誰よりも戦争の残酷さを肌で知っている人物といえる。だからこそ、バリーの作った詩「ぼくは恐怖にみちて通りを歩く／取り囲む丘を憎しみをもって見つめる／政治家たちは喚き、せめぎあい／その間にも犠牲者の血が地面を腐らせる」(17) に対して、「効果のみを狙ったあざといもの」で「狡猾な悲観主義」だと苦言を呈し、もっと明るく肯定的な詩を作るように彼は助言する。「わしはそういった脅しには我慢ならないのだ、ダナム、強情っぱりの愚かさに近いような偏狭な傲慢さには。それこそアルスターの欠点じゃないのかな？　世界の誰も自分たちのことを理解してくれない！　世界の誰も自分たちみたいじゃない！　自分たちは20世紀の偉大なる、誤解を受けし者だ！　人が手を貸そうとすることにたいそう苛々する。寛容の欠如、他人の見解を分かろうとしないこと、妥協を口にすれば裏切りみたいに言い張ること。わしはそれがやりきれないのだ。」(18)

学寮長の忠告を新たな推敲に取り入れたバリーと違い、クリーニーは、なにかにつけて彼に敵対する。(a)で見たボイン戦勝祝賀のオレンジ・パレードの意義や重要性をめぐる二人の激論を以下に詳しく見てみよう。

　　学寮長　……毎年7月12日恒例のパレードは彩り豊かな見せ物で、魅力的かつ情熱的な民衆の祝祭であり、われわれの自由や宗教、法律がたしかに依拠するイギリス政体の発達における、ある重要な出来事を祝うものであることは認めよう。だが、この奇妙な民衆祝祭には、宗派的で部族的な要素がいくつかある。秘密の合図や、象徴、特別な色や形、催眠的なリズム合わせて叩かれ、奏者の両手首から血が出るほど叩かれる大太鼓がありはしないかね？

第1部　紛争演劇／映画の挑発

　なんでも、聞くところによれば、荒々しく通俗的な怨歌を専門にする、通称〈法王打倒〉楽隊の数が次第に増えておるとか。そうした楽隊の露払い役を務めておるのが、威勢がよくて芸達者な青年たちで、踊ったり跳ねたり、棒や棍棒を空中高く投げては歩きながらつかまえ、信じられないほど器用に身の回りに棒を振り回すのではないかね？　そうした行動は、ヴェイチェル・リンゼイ氏の詩に描写された黒人たちの旋回と比べて、ユーモアのつもりで私が口にした比較を全く無にするほど、見当外れというわけでもないのではないかな、クリーニー？
クリーニー　それは忠誠心の表現なんです、先生。
学寮長　なあ、クリーニー、〈法王打倒〉楽隊とやらのパレードが20世紀後半において女王と英連邦に自己の忠誠心を表現する文明的な方法であるなどと私に反論しようとするのは止してくれ。クリーニー？　なあ、そうだろう、そうしたものを部族的と呼ぶのは理屈に合わぬことではあるまい？
クリーニー　先生がそうおっしゃるなら、そうです、先生。
学寮長　私は実際そう言っているわけだが、君ならどう言うのかね？
クリーニー　それは、IRAの人殺し野郎ども (the murdering bastards) への反動です、先生。(pp. 29-30)

　学寮長は彼に「言葉を慎む」ように諭し、(過激派IRAメンバーはカトリックであるから) 大部分の親は正式に結婚しているはずで、彼らは「私生児」(bastards) ではないと、はぐらかし気味に揚げ足をとる。

学寮長　いいかな、クリーニー、もしわれわれがこの惑星で進歩しようとするのなら、ときには許して忘れるほうがよい。双方ともに非があるのだよ、クリーニー。結局のところ、みんなこの島に住まねばならないのだから。やがていつの日か、仲裁人の世話にならずに住まねばならなくなるかもしれない。つけの大半を払い、苦痛と引き換えに双方から狙われる仲裁人に、な。

　最後の「仲裁人」とは、アルスターに一時的に在住のイングランド人や、駐留イギリス軍を指すのだろうか。このあと学寮長はふたたび病的「凝視」(薮睨み) の状態に陥り、その間、以下の引用にあるように、クリーニーか

第2章　ロビン・グレンディニング

ら一方的痛罵を浴びる好餌となる。

　　　クリーニー　まるでカニみたいだね。死んだカニ。茹でたカニ。(間) オレンジ党員は黒人の固まりとでも思ってるのかい、カニさんよ。となると俺も黒人ってわけだな。カニさん、あんたはきっと驚くにちがいないが、ここは王立証書やらなにやらを有する紳士の子弟のパブリック・スクールなんだけどね。それで、俺は由緒正しい隠れオレンジ党員だ。俺の親父、じゃなくて、父は、毎年12日には行進し、父の在庫管理員デイヴィ・ワトソンは脇を、俺は二人の後ろを歩くんだ。俺たちの村の舗道はこのときのために赤、白、青に塗られる。多分あんたの趣味にはちょっと下品なんだろうがね、カニさん、でも、20世紀後半における女王陛下に対する忠誠心の表現なんだ。うちの村のオレンジ党のアーチは父が自腹を切ったもので、〈同胞を愛せ、神を恐れよ、国王を称えよ〉と書いてある。あんたたちイングランド人が教えてくれた言葉さ、カニさん。党の横断幕の絵は、ヴィクトリア女王が感謝と尊敬の念にあふれる黒人の一団に聖書を手渡している図柄だ。横断幕に何て書いてあるか知ってるかな、カニさん？　〈イングランドの偉大さの秘密〉さ。聖書。覚えてるか、カニさんよ？　例の良き書。黒革張りで、金縁で薄いひらひらの頁の？　ジェイムズ王版さ？　プロテスタントの聖書だぜ？　あんたたちはそれもくれたんだぜ、カニさん、なのにいまごろになってそれを忘れさせようとしている、ちょうどイングランド教会の主教とかいうおかしな連中がすっかり忘れて、ほん投げ、いや、放り投げてしまったように。おっと、他にもあんたたちが俺たちに忘れてほしがっていることがある。糞まみれの豚のように幸福な、ひとつのアイルランド人の大家族になってほしいんだろう？　「許して忘れる」、だったっけ、カニさん？　あいつらが忘れたとでも思うのか？　どうなんだ、カニさん？　俺たちが忘れてない以上あいつらもそうだし、俺たちが今後も忘れないならあいつらだってそうに決まっている。いいかい、カニさん、あんたたちイングランド人は俺たちよりも忘れっぽいぜ。あんたたちは国外で血を流す。「外地には永久にイングランドたる一画がある」って具合に。だがここはそうじゃない。ここでは血の一滴一滴が数えられている。路地奥の亡骸ひとつひとつに番号がついている。路地だって数えられる。石はひとつひとつ遺体のようだ。門、隙間、溝のひとつひとつ。畑、土のひとつひとつ。未亡人の涙の一滴一滴。すべてが数えられ、すべて

55

第1部　紛争演劇／映画の挑発

説明ができる。だからもし本当にいまみたいなことを望んでいるなら、イングランド人は出ていくがいい。うさんくさい言い訳を繕って出ていけばいい。どんなに一生懸命頑張ったかみんなに吹聴し、俺たちのことはどうしようもない奴らだとか、自分たちは最善を尽くしましたとか言い触らして、パンと紅茶のお国に帰り、俺たちには堅い肉を食わせてればいい。(pp. 31-33)

　この作品には、(a)で触れたような替え歌「ゴールウェイ湾」やプロテスタント行進曲を別にすれば、カトリック罵倒の台詞が意外なほどに少ない。ユニオニスト青年クリーニーが激しく非難するのは、むしろイングランド人の歴史的偽善の態度の方である。アルスターへの入植政策を推し進め、アイルランド支配の防人(さきもり)役を担わせたユニオニストたちを、紛争が膠着状態に陥ったからといって見放すような「忘れっぽい」傾向のあるイングランド人たち、他方では、経済援助ほしさに「本土」イギリスの顔色ばかりをびくびくと窺う〈西部イギリス人〉(West Brits)になり下がったアルスターの人々に対して、北アイルランドはあくまでも「本土」(the MAIN-LAND) [65] なのだ、と彼は絶叫する。〈ユニオニストの英国不信〉という、一見語義矛盾する精神構造をクリーニーの独白は雄弁に物語っている。

(d)　歴史認識と民族のアイデンティティの問題
　さらにまた、アルスター・プロテスタントの歴史認識の多様性を示すものとして興味深いのは、ふだんはあまり公に耳にすることのない、彼らのカトリックへの根本的劣等感である。アイルランド伝統文化（ゲール語や音楽、ダンスなど）は本来カトリックの遺産に属し、プロテスタントがそれを収奪して、彼らを歴史的に差別してきたのは厳然たる事実であって、「殺されてもかまわないってことはないけど、ぼくたちは間違っていた」と、バリーは良心的すぎるほどナイーブに考えている。それに続くクリーニーの反駁とあわせて二人のやりとりを以下に見てみよう。

　　バリー　まるで彼らに優先権があるみたいだ。彼らは古代ゲール人の末裔な

第 2 章　ロビン・グレンディニング

んだ。だから、アイルランド語表記の地名を非難がましく掲示している。こんなあばら屋を立てて俺たちを押し込んだつもりかも知れないが、俺たちはずっと前からここにいたんだ。それに、ざまあみろ (ya boo suck)、このバラッハなんとか (Balatha something[13]) ってのは読めやしないだろう、って。あたかも、彼らが国民で、ぼくらは侵入者、植民者みたいだ。この土地でぼくらには歴史がないし、いざ鎌倉という段には、ただ逃げるしかない。

クリーニー　いいか、ダム・ダム。僕の実家から遠くないところに湖がある。ブロンズ製のトランペットが4つ、その湖で発見されて、いま美術館にある。僕も見に行ったことがある。そういうものは何でもゲールのものだとみんな決めてかかる、本当に古い物は、なんだってゲールのものだと。だけど、それらはゲール人たちがアイルランドにやってくる以前に拵えられたんだ。それらを作ったのは、別の民族——南方から侵攻してきたゲール人によって、アルスターから追い出された民族だった。ゲール人は、武力でアルスターの地を彼らから勝ち取り、彼らをスコットランドに追いやった。しかし、彼らは戻ってきた、ちょうどユダヤ人が聖地に戻るように、自らの故郷へ戻ってきた。彼らこそは我々であり、我々は彼ら、つまり我々の民族なんだ。しかも、ユダヤ人のようについこのあいだ戻ってきたわけじゃない。我々は400年も前に戻ってきた。勝って取り返したんだ。武力で。我々は、ユダヤ人同様に、土地を耕し、荒野に植物を開花させた。僕の州は〈果樹園の州[14]〉と呼ばれている。花開く州なんだ。(二人は寄り添って寝転がっていて、クリーニーは穏やかに、誘惑的に語る。) その湖の近くには砦があって、そこにはその民族が自分たちの王や宗教を持っていた。その砦の意味など、いまでは誰も知りはしない。(クリーニーは自分の上着をバリーの下腹部にかける。上着の下で、彼の手はやさしくリズミカルな動きを始める。) 砦の南側に面して、彼らは水路を築き、そこに現在、アイルランドの他の土地とを区別する国境がある。その水路は〈ブラック・ピッグズ・ダイク[15]〉(黒豚堰) と呼ばれている。今では単に地面の盛り土にすぎない。だけどちゃんとあるんだ[16]。(38)

　ここで語られているのは、アイルランドの先住民ケルト人より以前の民族、いわば先々住民こそが自分たちの祖先であるという、プロテスタント側の論理である。たしかにケルト人がアイルランドに到来したのは紀元前 6 世紀頃とされ、最初の原住民は紀元前60世紀の中石器時代 (Metholithic) の狩猟民族、

57

第1部　紛争演劇／映画の挑発

次に紀元前30世紀に新石器時代 (Neolithic) の農耕民族、そしてクリーニーの台詞にあるブロンズ製品を拵えたのは紀元前20世紀の探鉱者たちで、さらにその後、湖の中に柵を張り巡らして作った、crannóg と呼ばれる人工島に居住した民族の到来は、紀元前12世紀と推定されている[17]。したがって、湖底から発見されたトランペットの製造者がケルト人より6世紀も前にアイルランドの湖中に住みついていた民族である、というクリーニーの主張は荒唐無稽な説ではない。自分の名前 Creaney は、ゲール族以前のこの先住民族の名前 Cruthin に由来する (62) と彼は信じている。また「400年前に戻ってきた」の台詞は、1594年のヒュー・オニールとヒュー・オドンネルの反乱を、苦戦の末に打破したキンセイルの戦い (1601年) と、その後1608年に開始された大規模なアルスター植民を示唆している。17世紀初めのこの史実はともかく、先住権の主張に有史以前の考古学まで引き合いに出すことに、どれほどの現実性や説得力があるかはさておき、自分はどこからきたのか、自分はいったい何者なのか、と問いかける姿勢が、古代に遡る歴史思索を若いクリーニーにさせていることは留意すべきだろう。この台詞はこのときバリーの胸に刻まれ、作品の終わり近く、父親の死を知らされたあと、〈ブラック・ピッグズ・ダイク〉を自分の目で見て確かめておきたい、と彼が語る (94-5) のは、アルスター人としての彼のアイデンティテイの目覚めの台詞としての重みをもつだろう。

(4) おわりに

　ボインの戦いとその祝祭行事をめぐる新旧両派の対立は、朝鮮半島や中国などにおける日本の植民地支配をめぐって展開されている昨今の〈自虐史観論争〉にも似て、とめどなく続く印象が拭えない。「プロテスタント－カトリック」の構図をそのまま「日本－朝鮮・中国」に置き換えてはならないが、「支配－被支配」の関係があったことは認めねばならない。北アイルランドのパブリック・スクールという、プロテスタントの将来のエリート養成機関を舞台にする、本戯曲『マンボ・ジャンボ』は、その意味では、支配者側の

第 2 章　ロビン・グレンディニング

歴史意識がどのような性質のものかを、垣間見せてくれる手掛かりになる。詩（ことば）の力による対立宥和を願うイングランド人学寮長の試みは、クリーニーに限れば、必ずしも成功したとはいえない。英国に対するプロテスタントの不信感や猜疑心、領土占有権問題をめぐる歴史的解釈の相違など、ユニオニストの代弁者たるクリーニーの台詞には、筆者がこれまで見過ごしていた指摘が含まれており、共和国史観とつきあわせて検証する必要性を痛感させられた。

　　テキストは Robin Glendinning, *Mumbo Jumbo* (London: Chappell Plays, 1987) を使用し、引用頁は末尾括弧内の数字で示した。

2　『ダニー・ボーイ』――障害者と母性愛

(1) はじめに

　前節で取り上げた戯曲『マンボ・ジャンボ』上演の5年後（1990年11月）にグレンディニングが発表し、前作と同じ劇場[18]で初演された2幕劇が『ダニー・ボーイ』(*Donny Boy*) である。血気盛んな男子高校生グループが主役だった前作と比べて、今回は登場人物をわずか3人に絞り込んでいる。それでも、母と息子の絆の問題や、IRA に代表される北アイルランド紛争の問題はやはり前作と共通している。

(2) 『ダニー・ボーイ』の梗概

　まず、戯曲の粗筋を示しておこう。舞台は北アイルランドの国境地帯の小さな町。「母さん」(Ma) は知的障害・言語障害をもつ一人息子ダニー (Donny) を女手ひとつで育ててきた。ある夕方、買い物から帰宅した母は、ダニーが

59

第1部　紛争演劇／映画の挑発

約束の留守番を守らず外出したのを咎めて、不在中の行動を問い質す。近所に住む不良娘モナ (Mona) に猥褻行為をしたと早合点し、折檻しようとする母親の眼前に、隠していた銃をダニーがいきなり取り出したので、母親は仰天する。実は外出中、IRA 補給係将校ケイヒル[19] (quartermaster Cahill Smith) がトンプソン刑事 (detective constable Thompson) を射殺するのをダニーはたまたま〈目撃〉し、彼から凶器の処分を任されたものの、そのまま自宅に持ち帰ってしまったらしい。

やがて不審な物音に、母は部屋の消灯をダニーに命じ、侵入者を真暗闇のなかで殴打するが、間違えてわが子を殴打してしまう。やってきた人物は、銃の始末の確認にきたケイヒルで、指示通りに銃が川底へ遺棄されていないのに最初は驚き、激怒するが、ゴム製のお面で警邏兵の目を眩ませて銃を無事に持ち帰ったダニーの偉業を、母とともに歓喜して祝福する。ところが、帰宅途中で銃をモナに見せた、とダニーが吃音で言いたがっているのが分かり、その場の雰囲気は一変。案の定、通報を受けたらしいイギリス軍が近づく轟音がし、丸腰での逃走をはかるケイヒルと、犯行凶器を部屋に残されては困る母親の間で、銃の押しつけ合いとなる。ついには、ケイヒルが銃を所持することに同意するが、卑怯にも彼は戸口で銃を室内に投げ捨て、逃走する。土壇場の裏切りに逆上しながらも気丈に銃をつかむ母。軍によって玄関の戸がこじあけられたところで、暗転（1幕）。

床板をめくり、家具を破壊する家宅捜索の騒音が真暗闇のなかで続く。舞台が明るくなると、部屋は廃屋のような惨状と化し、大の字に伸びたダニーの足元に母が膝まずいている。イギリス軍への激しい罵声や、息子の障害に気づいた昔の辛い回想で慟哭していると、ダニーが意識を取り戻す。母子でイギリスを罵倒したあと、母は自分の下着のなかに隠していた銃を意気揚々と取り出して見せる。そこへ物音がして、隠す間もあらばこそ銃の上に座り込むが、現れたのはまたもやケイヒル。彼は巧言を弄して、再び銃を受け取ろうとするが、1幕最後で裏切られた憤怒が冷めやらぬ母は、当然ながら拒否する。軍に逮捕され装甲車で連行されるケイヒルの姿を窓から目撃したと信じる母は、無傷で舞い戻ったケイヒルの不審な挙動に疑念を抱き、軍への

密告者ではないかと、詰問する。必死の抗弁も効を奏さず、スキを狙ってケイヒルは銃を力づくで奪おうとするが、ダニーに拾われ、母からも嚙みつかれて失敗。やがて、刑事殺害当時の衝撃的な模様を動揺して涙まじりに物語るケイヒルに同情して、3人はいったん和解する。

　しかし、ある言葉尻に疑惑を抱いた母が、ケイヒルは実行犯ではないのでは、と再び疑いだす。戸外の不審な人影に急におびえ出し、やがて、観念したケイヒルは真相を語り出す。周囲から馬鹿にされていた彼は、しばらく謹慎して行状を改めたことでIRAの信任を獲得、初めて銃管理の任務を託されたが、その遂行中にシンプソン刑事と遭遇した。この刑事に買収され、些細な情報を密告した前歴のあるケイヒルは、腹を括って刑事を射殺したのだった。元密告者の裏切者ではあるが、確かに実行犯であることを納得した母は、ようやくケイヒルに銃を手渡して逃走させる。戸外にマシンガンの音が轟き、まもなく英軍到着の騒音が聞こえる。母はダニーの身繕いを手伝い、ケイヒルがもし射殺されたとすれば、あっぱれな死だと語って、歌をうたう（2幕）。

(3) 作品の主題の分析

　以上の粗筋から分かるように、この作品では匿名の母親 (Ma) が全編を通して中心的な役割を演じ、知的障害をもつ息子との粘着的な〈母子密着の絆〉の模様が克明に描かれている。したがって以下には、母親を中心に据えて、登場人物3人の意義を考察していきたい。

(a) 母子密着の強い絆——母親像の分析
i) 憤怒から慈愛までの極端な両面性

　この戯曲でまっさきに圧倒されるのは、振幅の激しい母親の性格である。障害をもつ長男を、夫である父親不在[20]のまま、一人で育て上げた彼女の気性はまさに「激越」という形容がふさわしい。賞賛から侮辱まで極端な感情表現の起伏をみせ、邪険な気持ちのときには、実の親でなければとうてい許容されない数々の乱暴な言葉で知的障害の息子を罵っている[21]。ダニーがな

にか悪戯をした場合には、'Mr Stick' と名づけた杖による尻叩きの罰をこれまでにも与えていたようで、作品では、彼の髪の毛を片手でつかみ、もう片方の手の杖で激しく叩いている（8）。銃の暴発後にはダニーにげんこつで殴りかかっている（13）し、ケイヒルの向こう脛を蹴ったり（38）、歯が1本へし折れるほど強く、英兵の腕（40）やケイヒルの腕（58）に噛みつき、まさに「食人種」（41）顔負けの獰猛さをみせている。イギリス当局の組織の数々を名指しして、唾を吐きながら罵るくらいはなんでもない[22]。

　ただ、こうした体罰や罵声がいわゆる〈児童虐待〉だったわけではない。自分では口癖のように息子を馬鹿呼ばわりしても、ケイヒルから同じ悪口を言われれば断固と抗弁している（27）。折檻のいかなる痕跡もダニーのからだにはないし、そもそも、母親は手のかかるダニーの行動を無視し、放任することもできたはずである。だが、ト書きにあるように「うんざりと、また怯えながらも、自分の責任から顔をそむけずに」（5）息子の留守中の行為を質し、体罰は「自分がせねばならないことをやっただけ」（11）、と言明している。唯一の保護者たる自分には、精神的に未熟な息子が性的に堕落せぬようしっかり監視する責任がある、と母親が感じるのは当然だろう。まして過去において、ダニーは近所に住む14歳の不良娘マジェッラ（Magella O'Hare）に誘惑されてなんらかの不祥事を起こし、トンプソン刑事に家宅捜査までされたことがある（5）。その不祥事の経緯を苦々しく覚えている母親は、ダニーが8歳の幼女モナに、あろうことか自分の陰部を露出する淫行に及んだものと早合点、徹底的に悪癖を矯正せねば彼のためにならない、という思いで息子に体罰を加えたのである。もちろん淫行は彼女の早計な誤解にすぎなかったが、ぶたれた後でも懸命に反論するダニーに激怒するのは、嘘をつくことが我慢ならなかったからである。これはケイヒルにあてつけた台詞であるが、「嘘をついて生きることが、さだめしどんなものか考えてごらんよ、ダニー」（72）にも、母親の倫理的潔癖性が表されている。（ただし、わが子の身の安全や名誉を守るためとあらば「嘘も方便」、彼女は平気で真っ赤な嘘もつく。[5, 44]）

　この母親が本来ならばダニーに危害を加えたくはなく、体罰を後ろ暗く思っていることを端的に示す場面は、2幕はじめ、気絶して、呼びかけにも応じ

第2章 ロビン・グレンディニング

ないダニーを起こそうとしてつい、彼の頬を平手打ちしたときの態度である（43-44）。叩いた直後に彼女は悲鳴をあげ、叩いた右手を怯えて見つめ、その手を背中に回し、つぎに左手を伸ばして息子の頬を撫で、「叩くつもりはなかったのよ」と叫んでいる。右手の犯した罪を左手で詫びる、この動作の中に、母親の矛盾する二面性、憤怒から慈愛まで揺れ動く、極端な情緒不安の性質が凝縮されている。わが子を衝動的に殴る激情に駆られる「右手」と、わが子をやさしく愛撫し、心から許しを請う「左手」は、ともに母親の身体なのである。「お前には殺されてしまいそうだよ」という台詞が口癖になるほど苦労を舐め、思わずわが子に手を上げてしまった母親の心情は察するにあまりある。我を忘れて罵ったあとすぐさま許しを乞う、同じような場面——ダニーの子ども時代を回想する感動的な場面——をやや長い引用になるが、以下に見てみよう。

　　わが子のからだの具合が悪いのに気づくのはつらいことだよ。しかもお前はかわいい子だったよ、ダニー、大きなうるんだ瞳をして、母さんにだけにっこり笑ってくれた。夜は一緒にベッドに入ったよね……父さんはイングランドにいた……この町にはカトリックには仕事がなかった。ベッドに、お前と母さんと一緒に寝て、母さんはお前を抱き締め、ちょうど雌犬が仔犬たちに鼻をすりよせるように、お前のかすかな匂いを嗅いで、とても満足だった、ほんとに満足だったよ、そのころは。だけども、何か月かが過ぎた。何か月かが過ぎた。お前の年の半分の子どもたちが通りで駆けっこをしてるというのに、お前ときたら……しかも、お前は喋らなかった……やがて、近所の子どもらがお前をうさんくさい目で眺めるようになった……だから母さんは嘘をついた、うちでは私にちゃんと喋っていますけど……「マー・マー」「ダー・ダー」「ワン・ワン」とか、いろんなことを……と、嘘をついた。そしてある日、〈やんちゃなワンワンがかわいいネコちゃんを木の上まで追い回した〉みたいな、とりわけ凝った内容の会話をうちの坊やと一緒にしたのよ、としきりに話していたら、「ずいぶんご無理をなさってるけど、だあれもだまされやしませんよ、お気の毒様！」と言いたげな目つきを、そいつがしているのに気づいた。そいつは、ほんとに嫌な女でね、学校に入る前から詩を暗唱して走り回っているガキが5人いた。「さぞ内気なのに違いありませんねえ」と、

第1部　紛争演劇／映画の挑発

そいつは言うのさ、「その年の大きな坊やがこんなに引っ込み思案なのも、奇妙な話しだわね」って。その台詞とともに、その女の6歳になる子どもが、オドノヴァン・ロッサの墓でポードリッグ・ピアスが読み上げた顕彰の詩のさわり[23]を暗誦しながら、通りの角をまわってやってきた。(子どもじみた声で)「おお、愚か者よ (fools)、愚か者よ、愚か者よ、彼らは我々にフィニアンの死者を残した。」そのあてつけの痛みで顔が燃えるようになって、母さんはお前をうちの中へ連れ込んで、こう言ったわ、「母さんに喋ってごらん、ダニー。言ってごらん、マー、マー、マー、マー、マー、マー、マー、マー、マー！」なのにお前は、黙ったまま……母さんに意地悪しようと黙っていた。「マーって、言いなさい！」すると、お前の目に大粒の涙がこみ上げてきたけれど、それは母さんをかえって怒らせるだけだった。「泣いてもなんにもならないでしょう！」母さんはかっとなったわ。そしてお前のちっちゃな両肩をつかんで……(そうしながら)……何度も何度も何度も何度も、揺すぶったわ……そしたらお前の首は、まるで布人形のように前に後ろに揺れ動いた……(そのようになる)……だから、母さんは何度も大声で叫んだ、「マーって、言いなさい、言うのよ、マー、マー、マー、マー、マー、マー、マーって、言いなさい、このうすら馬鹿！」(彼女はわっと泣き出し、顔を息子の肩に埋め、しゃくりあげるように嗚咽する。) ああ、神様、お許し下さい、神様、お許し下さい、神様…おゆるし…くだ…さい…(44-45)

ii) 暴力肯定の戦闘的ナショナリズム

『ダニー・ボーイ』の母親は、世の多くの母親がそうであるような、暴力を否定し、生命の尊さを訴える母親では、決してない。英国軍から酷い目にあった直後とはいえ、戸外に爆発音がきこえたときには、〈帝国軍人の何人かが青い炎になって吹っ飛び、その散乱した遺体の一部(具体的には睾丸)を野良犬が朝飯にすればいい、われわれアイルランド人には「いちかばちか、やるしかない」(KILL AND CURE!) ことが、英国軍には死ぬまで分からないのだから (42)〉と、報復のための暴力テロを肯定する過激な台詞を吐いている。

トンプソンが殺されたときの模様をダニーから生々しく聞かされたときも、刑事も人の子、残された妻子を思えば哀れだと言ったかと思うと、生前の彼の厳格な勤務態度を思い出すや一転して激昂、死者に激しく鞭をふること

64

第 2 章　ロビン・グレンディニング

を辞さない。なぜなら、9割以上をプロテスタントが占める北アイルランド警察の刑事は、職業柄カトリック過激派の拷問になれっこになっている[24]から、わが家に戻っても女房を殴る。さらに、かつてトンプソンは、近所のマクソーリーという若者の顔面を、片耳が引きちぎれるほどずたずたに殴る暴行を働きながら、裁判では結局「不注意」ということで懲戒処分を受けるにとどまった。この母親に言わせれば、まるで、両耳とも引きちぎらなかったことこそが不注意・職務怠慢であった、と言わんばかりの甘い判決だったが、その処分以後、トンプソンは町の人々に対して報復ともとれる威嚇的態度をとり、極度に恐れられた。だから、今回の死はおのれが招いた災厄、自業自得の死であり、彼の妻にとっても朗報なのだ、と母親は断言する。

　すでに見たように、この母親はイギリス軍に代表される支配者権力を蛇蝎視し、怨嗟に満ちた言動を繰り返している。なかでも注目すべきは、劇全体では3度、アイルランド語表現が母親によって発せられ[25]、彼女にとってはアイルランド語が自らのアイルランド民族の優越性や独自性を示す指標として強く意識されていることがわかる。民族固有の言語は同時に、民族としての純潔や、確固たる宗教的信念の問題とも密接に関わることを示しているのが、以下の2つの母親の台詞である。

　　それ［＝アイルランド語］が、あんたたちが殺そうとしてまだ生き延びている言葉さ！　王様や詩人の言葉なんだけど、あんたらは知るわけないよね、神なき、無知で魂のないけだもの……なかにはジャングルの密林から出てきて間もないのもいるだろう？(41)

　　もちろん連中［＝英兵］は俗物だからね、ああいう連中は、芸術や音楽、文化、歴史のことは何にも知っちゃいない。ところが、ここへやって来た目的は私たちを文明化するためだと信じている。この私たちを、あいつらよりももっと文明化され、もっと由緒ある民族を。文明化する？　そりゃ、お笑い種だね。あいつらは、私たちを殺し、苛め、飢えさせ、私たちの口から言葉を奪うことで、文明化したんだからね。……アイルランド語の方が表現や詩に関して豊かであることは誰でも知っているさ。(47-8)

第1部　紛争演劇／映画の挑発

しかし、母親がそれほど賛美するアイルランド語をダニーは一言も発していないことは留意しておく必要がある。母が息子に与えた、まさしく〈母語〉は、かくも憎悪する敵の言語である英語であり、かつ母親自身が日常的に用いざるを得ないことは、皮肉な現実である。この自己撞着を隠蔽するかのように、母親の反英感情はほとんど差別的な愚弄の言葉にまで沸騰していく。

　　あんたたちは父なし児の民族だわね！　黒んぼとサクソン人とウェールズ人野郎の合体したもの！　キャンディの詰合わせセット！　あんたらの女王の結婚相手はギリシア人[26]だわ！(41)

　　あいつらの教会は、そもそも、ある離婚がもとで出来たんだからね。威勢のいい (balsy, [sic]) 老いた国王[27]が6人も奥さんを持ちたがったもんだから、それを可能にするには独自の宗教を持たなくちゃならなかった。まったくなんていう信仰だろうね、そんなのは？　あいつらの誰一人も実際にはそれを信仰してないのも、まんざら不思議じゃないね。しかもその宗教のトップは女なんだから！　結婚した女！　子どももいる。(48)

後段末尾の sexist 的台詞は、母親の閉鎖的価値観の一端をはからずも垣間みせている。女手ひとつで障害者の息子を育ててきた彼女は、女や障害者という弱者に対して冷淡な社会の荒波を味わってきたはずである。その経験から、彼女が男女同権社会の確立のために奮闘する逞しい女たちを応援するのなら話は分かりやすい。しかしそうではなく、逆に（宗教界に代表されるような）組織体のトップたるものが女性であってはならない、と考え、さらに、独身女性ならまだしも、既婚で子持ちの女性はいっそう不適格、女は自分のように家庭を守ることの方が最優先される、と言わんばかりの剣幕である。アイルランド共和国初の女性大統領メアリー・ロビンソン (Mary Robinson, 1944-) の誕生は奇しくも、この芝居が初演されたのと同じ1990年なのだが、著者グレンディニングの執筆時には予見できなかった事態だったのかも知れないし、イギリスを痛罵するにはむしろ薮蛇となる、否定的材料だから言及

66

第 2 章　ロビン・グレンディニング

を避けたことも考えられる。

　とにかくこの母親にとって、イギリスは悪の権化であり、彼女は生粋のナショナリストだからである。ややスローガンめいた教条的台詞──「血はほんものだ」「ひとたび血が流されれば、後戻りはない」「決起した民衆には用心しろ」(17)、「最後に勝利を収めるのは、苦しみをいちばん押しつける者たちではなく、苦しみにいちばん耐えうる者たちだから」──こうした一連の警句や、数々の愛国歌[28]の熱唱にも、母親の激しやすい情熱家ぶりが体現されている。イギリス当局の手入れが接近していることを IRA メンバーに知らせる、この当時一般的だった、民間協力の方法──ごみ箱の蓋でガンガンと地面や床を叩く行為──も、母親は実行している (41)。

　だが、母親はナショナリストの過激派 IRA に全幅の信頼を寄せているわけでは必ずしもない。IRA のケイヒルからダニーが銃の処理を依頼されたと知ったときに彼女が直観的に連想するのは、障害者ダニーに危険な仕事を押しつけて、ご当人はいまごろ共和国側のドニゴール州で、のうのうと酒でも飲んで愛人と羽を伸ばしている図であった。IRA メンバーが地下に潜る活動を意味する〈逃走〉(on the run) などは信じず、パブの腰掛け椅子からトイレまでの〈疾走〉(running) が連中には関の山、IRA は I Ran Away のアクロニム[29]だと辛辣に風刺する。

　　　あの連中はいったい何様のつもりでいるのかね？　自称〈民衆の保護者〉！
　　　ふん、保護する羽目になってしまうのは、いつだって民衆の側じゃないか！[30] (15)

　彼女は、同じカトリック教徒の隣人たちも信用しない。身持ちの悪い娘の母親である「あのオヘア夫人は勢子（huer[31]）」(9) に相違ないし、隣家のマーフィー夫人 (Mrs Murphy) は、カトリック慈善団体の募金活動に従事していながら、秘密の警察直通電話でスパイ通報しており (13)、その亭主のジョーが誤って（あるいは〈保護〉するため）連行される現場を目撃したときには、「イギリス贔屓の報いさ」(37) と嘯いている。少年時代の頑是ない登校姿

第1部　紛争演劇／映画の挑発

を記憶しているIRAのケイヒルでさえ信頼しない理由には、彼の父親がイングランド人であることもいくぶん関係しているだろう。アイルランド風の「ケイヒル」ではなく、故意に「チャーリー」(Charlie Smith)とケイヒルに呼びかける場面がテキストには2度ある (28/56)。母親にとって、信じられる存在は息子ダニーだけだったかも知れない。

(b) 疎外された密告者の宿命——IRAメンバー・ケイヒル

　さて次に、ケイヒルがイギリス側の密告者となったのは、「プロテスタントでさえ職捜しに町を離れねばならない」(70) 経済的苦境にあったこの田舎町で、「仕事も資格も希望もない」彼には定職も見つからず、かといって、「シャベルの形も忘れちまってるくらい」長い間、失業状態にある年老いた父親を残して、単身で外国移住することもままならないジレンマのなかで、些細な情報提供は容易に小金にありつける手段だったからである。しかしながら単にそれだけでなく、この町やIRA組織の中でケイヒルが味わった疎外感や復讐心こそが、彼を背信行為へと駆り立てた別の大きな動機であろう。

　ケイヒルは15歳のときに、肉屋のトラックごとソーセージを略奪した大胆な「功績」のせいで世間の注目を集めたことがあった。母親の説明を借りれば、「暴動が起きて乗り捨ててあったトラックを、あんたがバリケードまで運転していって、お陰で1週間、連中はソーセージにありつけたってね。そういう風にして、いまの肩書き、〈補給係将校〉を貰ったんだってね？」(72)、という経緯で、いわば偶然の喜劇的快挙によって世間の注目を浴びる結果となった。この件がむしろ災いしてIRAに入隊出来なかった彼は、なんとかIRA上層部や世間を見返そうと機会を窺っていた。そして雌伏してようやく信任をとりつけ、初仕事を任された途端に、刑事と遭遇してしまったのである。このとき一回限りなら、所持していた銃を隠すのは困難ではなかっただろう。しかし、こうして刑事と接触している現場を誰かに目撃されれば危険だし、そうでなくとも、すでに彼が密告者 (tout) であった事実は消せない事実であって、いつIRA首脳部が察知するとも限らない。せっかく運命が好転してきた矢先に、疫病神のごとく目の前に現れたトンプソンを射殺するし

第 2 章　ロビン・グレンディニング

か、ケイヒルには道はなかっただろう。もちろん射殺したところで、彼がIRAの英雄になるわけではない。指示以上の行動をとった責任を問われ、またなぜ射殺したかの釈明にも窮するだろう。密告者の汚名をきたまま姿をくらまし、びくびくして一生を終えるか、味方のIRAの手で無残に粛清されるか、このいずれかしか、結局なかったのだ。北アイルランドでの〈密告〉とは、そうしたおぞましい運命の二者択一を迫る背信行為なのだともいえる。以下の長文独白の後半に見えるように、ケイヒルが刑事を射殺するときの有無をいわさぬ冷酷さは、その選択を決意した人間のみせる無情さだろう。

　俺は入隊しようとしたさ。向こうがどうしても入れてくれなかった。やつらが言うには、俺は目立ちすぎるんだ、と。俺は馬鹿で、おどけ者で、乱暴だった。自分のためにも彼らのためにもよく知られすぎていた。やつらは笑って言った、「ソーセージ満載のトラックを俺たちに持ってきな。ただし、今度はチップスも忘れるなよ、ハハハハハ。」「畜生」と俺は自分に言った。（中略）「ソーセージとチップス一杯のトラックを持ってきなよ、うまい食料を貰えるなんて悪くないからね、ハハハハハハ。」畜生め。この町は俺に悪企みを抱いていて、家族だって俺のことを信用しない。「おれが〈ソーセージだけの男〉でないことをお前らに見せてやるからな」そしてやってのけた。おれはおとなしくしていた。せねばならなかった。ごたごたに巻きこまれなかった。連中に目に物、見せてやるぞ、と心に決めていた。トンプソンから貰った金にも手をつけずにしまっておいた。俺はちゃんと、目立たないようにした。2週間前、呼び出しが来た。呼び出し？ てっきり俺は連中にばれちまって射殺されるんだと思った。「生活をあらためたな」とやつらは言った。「いまや別人だ。見所のある奴だから、ケイヒル、お前にひとつ仕事をしてもらおう。」やったぜ、俺も入れた！　俺も彼らの一員なんだ！　「お前には銃を管理してほしい」と、やつらは言った。「ごたごたに関与せず、目立たないでてもらいたい」って。「いずれ指示を出す。」俺はそのとき、トンプソンのことはすっかり忘れていた。もう済んだことにした。まるでなにもなかったかのように。やがて指示が来て、俺は命令通りにした。俺は得意絶頂で、ポケットに銃を入れて、通りの日陰の辺をこっそりと歩いていたら、畜生め、トンプソンが車の窓ガラスを下ろして、「お前か、ケイヒル？」と聞くんだ。「あ

第1部　紛争演劇／映画の挑発

あ」と俺は答えた。「ちょっと相談する潮時だな」と奴は言った。「そうかい？」と答えて、車から降りるのをじっと見た。「ケイヒルよ、お前と俺は大事な岐路に立っている」と奴は言った。「そうなんですか、トンプソンさん」と俺は答えたが、全く同じことを俺も考えていた。「いままでは、ケイヒル、俺たちは端金(はしたがね)を扱ってきた。さて、ケイヒル、今度のヤマは端金ではすまないほど深刻なやつだ。お互いの命を砂利山なんかに賭けるような真似をしたくはないだろう？　俺の言わんとすることは分かるな、ケイヒル？」「ああ」と俺は答えた。「では、何か俺に役立つものを握ってはいないかな、ケイヒル？　つまり、価値あるもの、お互いの命を賭けるに値するようなものを？」「ああ」俺は言った。「ああ、トンプソンさん、あるぜ」「そりゃいい」と奴は言った、「俺にも教えてくれ、そうしたら、そいつを本当に価値あるものに代えてやろう。」奴は煙草に火をつけようとしていたが、俺は奴のほうに歩いて、「これだよ、トンプソンさん」と言った。「で、どこでこれを手に入れたんだ、ケイヒル？」と奴は言った。俺は3度、撃った。(間)奴は訴えた……「頼むから」……俺はまた撃った……なのにまだ、奴の首には脈が打っていた……そして……そして……(泣き崩れる。)俺は痛悔の祈り [an act of contrition] をして逃げた。(74-75)

(c) 無垢な〈愚者〉としてのダニー

　アイルランド演劇作品には障害を持つ登場人物が少なくないが、この芝居のダニーの場合、台詞の大部分がたどたどしい吃音で発され、その物理的制約から、ある程度まとまった長さや深い意味を有する台詞を喋ることはできない。母親の助け船のきっかけがあってはじめて、いくつかの単語群を発音できる程度である。しかも、彼の吃音は観客の笑いをとることを意図されており、すでに梗概で示したように、劇の進行上も大事な役割を果たしている。言葉なくしては原則的に成立しえない演劇において、あえてその登場人物を吃音者に設定した意図は、'innocent child' (40), 'holy innocent' (47) と母親がダニーを形容していることからも明らかなように、このいわゆる〈愚者〉の若者には、聖なる無垢な心が宿っているからである。2幕冒頭の舞台指示のなかで、大の字に寝そべるダニーの姿が、十字架に磔刑にされたイエス・キリストにも比せられていることも忘れてはならない。ダニーの母親は、その

第 2 章 ロビン・グレンディニング

比喩を敷衍するかのように、次のように言う。

> 処刑場に向かうキリストを見た世の〈賢者たち〉は「やっぱりこうなるのが落ちだな。奴は思い上がった大工の小倅で、母親の方もちかごろ妙に威張っているからな」と嘲笑したじゃないか、振り返れば、トーン、エメット、ピアス、といったアイルランドの誇る偉大な政治的指導者たちはみな、かつては愚か者とみなされてきたじゃないか。

すなわち、無垢な精神をもって行動する〈愚者〉を賞賛し、至高の無垢な魂を表現するためこそ、俗人の冷笑を誘う吃音者の登場が、劇作術の上からも要求されたのだろう。(もっとも、この作品をわが国で上演する場合、かなりの困難を伴うだろう。吃音の場面でおおっぴらに笑うなんて、障害者を侮辱するものと、憚られる観客は自然な反応に当惑し、宙ぶらりんな精神状態に置かれるだろう。)

(4) おわりに——〈銃〉のもつシンボリズム

舞台展開の観点から、『ダニー・ボーイ』が観客／読者の目に興味深いのは、銃をもつことで登場人物の勢力関係・形勢ががらりと一変することである。銃の所持が舞台での優位を決定するのは言うまでもない。印象的なのは、銃を持つダニーを見て仰天した母親が、ダニーそっくりの吃音になってしまい、立場がすっかり逆転する場面 (11) だろう。心理的緊張感の負荷が吃音を誘発すること、母親でさえダニーにとっては精神的重荷の存在であること、銃はこうした力関係の天秤において、分銅の役割を果たすこと、などを示すものだろう。ところが、その一方で、圧倒的な軍事勢力が近接する場合には、銃をもつことはむしろ不利益になる。つまり、銃は丸腰の他者を威嚇するにはきわめて強力な武器であるが、より破壊的威力をもつ他者からは攻撃標的となる点で厄介なお荷物になる。しかも銃は弾丸がなくては使い物にならず、装塡された銃弾 5 発を使い果たし、もはやこの時点では無用の長物と化した邪魔な銃を、それでも必死につかんで逃走せねばならぬケイヒルは哀れであ

71

る。銃に対する母親の認識も、劇の進行によって変容する。当初「見るだけで膝が震え」「死ぬほど怖く」(a mortal dread, [11])、「こわもての小さな獣」(a powerful looking wee beast) のような「黒く醜くずんぐりした代物」(Black ugly snubby bugger of a thing, [14]) と思えた銃が、よく見れば「見事なできばえの、細身でこじんまりした、素晴らしい細工で、精巧で、まっすぐで有無をいわさず、すらっと滑らかでかっこいい物、運命に祝福された道具」(23) に変化する。そればかりかさらに、この単なる「金属の固まり」は、「独自の生命を持ち」(65)、所有者や発砲者や保管場所は変われども、つねにその銃によって殺害された人間の名前を冠されることで、人格を帯びてこの世に生き続ける、という認識に達する。銃はもちろん暴力や権力の象徴であり、銃をめぐる認識の変貌が示すのは、いかに忌避していた暴力でも、ひとたび自己の手中に収まるや、一転して魅力ある光輝を放ちはじめること、そしてついには、暴力が人々の手を離れて、当事者の意思とは無縁な一人歩きをはじめる、というフェティッシュな寓喩であろう。

　テキストは、Robin Glendinning, *Donny Boy* (London: Warner Chappell Plays, 1990) を使用し、邦訳された引用頁を括弧内に数字で示した。

注
１）拙著『現代アイルランド文学論叢』(岡山：大学教育出版、1997年)、pp. 59-69．
２）「コンゴ川」に登場するアフリカの〈守護神〉を意味し、詩のなかでは「さもないと、マンボ・ジャンボというコンゴ川の神や／ほかのあらゆる／コンゴ川の神々／マンボ・ジャンボがお前を不運にするだろう」「マンボ・ジャンボはジャングルで死んだ」などと言及される。カーライル (Carlyle) 著『フランス革命』(*The French Revolution*, 1837) の次の一節に由来することも考えられる。――" Does not the Black African take of Sticks and Old Clothes what will suffice and of these, cunningly combining them, fabricate for himself an Eidolon (Idol, or *Thing Seen*) , and name it Mumbo-Jumbo?" ちなみに、『書くことは闘うこと』(*Writin' Is Fightin'*) などの近著で知られるイシュメール・リード著にも同名の『マンボ・ジャンボ』(上岡伸雄訳、国書刊行会、1997年) ［原著はIshmael Reed, *Mumbo Jumbo*, 1972］がある。また、オースター (Paul Auster) 著『ムーン・パレス』の主人公は「マンボ・ジャンボ（ちちんぷいぷい）などの蔑称」(柴田元幸訳、新潮文庫、p. 16) を仇名に貰っている。

第 2 章　ロビン・グレンディニング

3) Fionnuala McKenna, 'Background information on Northern Ireland Society — Education', CAIN Web Service. による。http://cain.ulst.ac.uk/ni/educ.htm
4) 一般に 7 月12日とされるが、1752年の暦法改定時に誤解が生じたとされ、厳密には 7 月11日だという。D. J. Connolly (ed.), *The Oxford Companion to Irish History* (Oxford: Oxford UP, 1998), p. 56.
5) Neil Jarman, *Material Conflicts: Parades and Visual Displays in Norther Ireland* (Oxford: Berg, 1997), p. 153.
6) http://www.bcpl.net~cbladey/orange.html
7) 'A New Song' という題でこの詩の楽譜が残存しているが、そこには '25 Oct. 1688' の書き込みがある。また同じ曲に合わせて 'Undaunted Londonderry' なる歌詞も付けられたらしい。Maire and Conor Cruise O'Brien, *A Concise History of Ireland* (London: Thames and Hudson, 1973), pp. 72-73.
8) Sadie Thompson は、モーム (Somerset Maugham, 1874-1965) の短編『雨』('Rain', 1921) に登場する自由奔放な売春婦で、もともと原題は *Miss Thompson* だった。固有名詞の偶然の一致とは思えないので、ここでは〈尻軽女〉の代名詞と解釈する。
9) 注釈めいたト書き（この詩では合計23）が詩行の右側に印刷されている。
10) イェイツの賞讃の言葉は、「この詩は装飾をはぎ取られている。真面目な素朴さと、奇妙な美しさがあり、ベイコンが言うように、『素晴らしい美には必ず奇妙さがあるものだ』」という件である。Eleanor Ruggles, *The West-going Heart: A Life of Vachel Lindsay* (New York: W. W. Norton & Company, 1959), p. 216. 入手困難な場合は、ネットで Project Gutenberg's Etext #1021を検索し、テキストとして初出の詩誌 Poetry の編集者 Harriet Monroe による序文を取り寄せることもできる。
11) Roger Karshner and Davi Alan Stern, *Dialect Monologues Volume II* (Toluca Lake: Dramaline Publications, 1994), p. 27.
12) 「ケーキを賞品とするアメリカ黒人起源の優美でオリジナルな歩きぶりを競う競技」（研究社『リーダーズ英和』）
13) Dublin のアイルランド語表記 'Baile Atha Cliath' を指すと思われる。
14) りんご（ブラムリー種）で有名な豊かな果樹栽培地帯をもち、「アルスターの庭」('The Garden of Ulster') の異名を誇るアーマー州 (Co. Armagh) を指すと思われる。*Ireland Guide* (Dublin: Bord Failte, 1982), p. 180.
15) 紀元 3-5 世紀に建造され、ドネゴール州 Bundoran から Carlington Loch まで断続的に続き、Ulidian Territory の南境防御壁を形成する土塁の集合的呼称。Robert Macalister, *The Archaeology of Ireland* (London: Bracken Books, 1996), pp. 287-8. また、1992年 9 月に、Vincent Woods の戯曲 *At the Black Pig's Dyke* が Galway で初演されている。*Far From The Land: Contemporary Irish Plays* (London: Methuen Drama, 1998) 所収。
16) 地名の由来についての言及は、フリール (Brian Friel, 1929-) の『翻訳』(*Translations*, 1981) のなかの *Tobair Vree* をめぐる Owen と Yolland のやりとりの一節を想起させる。
17) *Facts about Ireland* (Dublin: Department of Foreign Affairs, 1985), p. 21.
18) Royal Exchange Theatre, Manchester で11月 1 日から17日まで上演された。この劇

第 1 部　紛争演劇／映画の挑発

　　　場は綿取引所 (Cotton Exchange) 跡地に1976年建設されたもので、座席数740はダブリンのアビー劇場より少し大きい程度だが、建物がゆったりとした構造になっている。古典や再演物、新作と意欲的なレパートリーを取り揃え、1996年6月15日にはIRAの爆弾騒ぎで封鎖されたこともある。

19) 'Cahill' の発音は、ロングマン社の発音辞典では 2 つの表記――カタカナでは「カーヒル」「ケイヒル」と音訳できる――がある。ジョン・ウェインが保安官役で主演する1973年アメリカ映画 Cahill－United States Marshal では、「ケイヒル」の発音が聞き取れ、また邦題も『ビッグ・ケーヒル』なので、ここでは「ケイヒル」を採用した。

20)「不在の父親」がテキストで言及されるのは一度だけ。ダニーが幼児のころ、出稼ぎでイングランドにいた事実のみである。ケイヒルが歌う即興替え歌の歌詞にある「暫定IRAの家を捜索する」(51) は、この父親がIRAの活動に深く関与していたことを暗示し、室内装飾物の「ロング・ケッシュ刑務所で（囚人によって）作られた木製ハープ」が、もしかすると現在服役中の可能性も示唆するが、明らかではない。要するに、死んだとも、失踪したとも、刑に服しているとも、なにも語られない。ただ、ダニーが刑務所に入るくらいなら心中したほうがまし (10)、と母親が漏らす台詞は、面会などを通して刑務所生活の恐ろしさを知っていることも考えられる。ケイヒルの 'tinkle' をからかったり [34]、「30歳も若返る」情熱的なキス [76] をケイヒルに施したりするシーンは、夫不在の身の貞節をしっかりと守ってきたカトリック女性のなかの抑圧された性が、ひょっこり顔を覗かせたように感じられる。

21) 'y'eejit ye' (1), 'ye half-wit' (3), 'ye great goose' (3), 'all over your stupid face' (5), 'ye big soft eejit' (6), 'you poor gulpin' (7/14), 'ye lying wee git, ye' (11), 'You big eejit' (13), 'ye stupid great ox' (13), 'ye great ham fisted half wit' (13-14), 'you stupid big Patsy' (15), 'You eejit. You clumsy eejit' (24), 'you fool' (35), 'you great gulpin' (39), 'you stupid fucking cretin' (45). このうち 'eejit' は 'idiot' の崩れた形で、愛着をこめた場合にもよく使われる。

22) ただし、以下のように、原文でコンマなしで延々と表記しているのは、一気にまくしあげたことに加え、首相、国務大臣、警察本部長ばかりか、カンタベリー大司教やエリザベス女王にまで唾を吐きかける不敬に、検閲を配慮する著者の自己規制が働いたのかも知れない。'The/ RUCRUCRUDRUDAUVFUFF! (Spits.) The/ chiefconstabletheGOCthe / secretaryofstatetheprimeminis‐ / terthearchbishopofcanterburyandthe/ queenofengland! (Spits, then suddenly alert.) [41]
　　　なお、北アイルランドではお馴染みのアクロニムのなかでも少し珍しい RUCR は、RUC Reserve（予備隊）の意味で、1,500人の常勤、3,200人の非常勤がいるという。

23) ロッサ (Jeremiah O'Donovan Rossa, 1831-1915) は、フェニアン活動で1865年に逮捕されて懲役20年を宣告されたが、1871年国外退去を条件に 6 年で保釈された。アメリカで著作による抵抗活動を続け、1915年6月30日 New York で死去。遺体はダブリンの Glasnevin 墓地に 8 月 1 日埋葬された。ピアスはアイルランド義勇軍の盛装で参列し、テキストの台詞のあと「アイルランドがフィニアンたちの墓を守ってはいても、自由でないアイルランドは決して安寧ではない (Ireland unfree shall never be at peace.)」で締めくくる演説を行った。「愚か者」と呼ばれているのは、「王国の擁

第2章　ロビン・グレンディニング

護者」(the Defenders of the Realm) と形容されるイギリス人たちである。20行ほどの全文が Ruth Dudley Edwards, *Patrick Pearse: The Triumph of Failure* (London: Victor Gollancz, 1977), pp. 236-7. に収録されている。

24) シン・フェイン党は、RUC はカトリック系住民に対する抑圧機構だとして解体を要求したが、これは退けられた。しかしカトリック系住民の積極的採用や改称などの提言が盛り込まれている、という。(「北アイルランド警察改革案発表　和平に波紋か」(共同)『山陽新聞』1999年9月10日, p. 5.)

25) 'Tiocfaidh ar la.' (41), 'Is treise dia na bodaigh an bhearla!' (48), 'Taraigi airm planiagi airm . . . Scaoil!' (65)

26) エジンバラ公 (Duke of Edinburgh, Prince Phillip, 1921-) がギリシア王室の出身であることを意味する。彼はイギリスで教育を受け、第二次大戦では英国海軍に入り、1947年イギリスに帰化して、同年11月にエリザベスと結婚した。彼女の即位は5年後の1952年。

27) アン・ブリン (Anne Boleyn, c. 1504-36) と結婚するべく王妃キャサリンと離婚して英国国教会を創設したヘンリー8世 (Henry VIII, 1491-1547) を指し、その経緯を風刺している。

28) 本章では触れる余裕がなかったが、この芝居には traditional, original あわせて13曲の挿入歌がある。戯曲標題と関連し、「ロンドンデリーの歌」の異名でもある「ダニー・ボーイ」は、3世紀前の盲目の巡回ハープ弾き Rory O'Cahan が夢の中で聞いたメロディーに、1913年になって Fred Weatherly なる哲学者・法廷弁護士が歌詞をつけ、その後北アイルランドでは準国歌扱いとなった曲とされる。(*Danny Boy: In Sunshine or in Shadow*, PBS Home Video, 1997. パッケージ裏の解説より。) また、映画『ダニー・ボーイ』(*Danny Boy*、英国版では *Angel*、日本版ビデオ (絶版) では『殺人天使』) は Stephen Rea (1949-) 演じる主役のサクソフォン奏者の名前が Danny で、言葉の喋れない (mute) 少女 Annie がダンスホール前で射殺される場面で、低くこの音楽が流れている。

29) 泉谷しげるの CD アルバム『IRA』(ポリドール、POCH 1897) の IRA は "Izumiya's Romantic Anger" だった。

30) CS 放送「日経サテライトニュース」の番組「CBS ドキュメント」(1999年9月19日) の〈流血続く北アイルランド〉では、停戦状態にある IRA が麻薬組織から賄賂の資金提供を受けたり、多数の釘を棍棒に打ち込んだ凶器で暴行をはたらくなど、戦時の英雄が平時のならず者に堕落している事態を告発していた。一方で、プロテスタント系の地元警察 RUC が十全に機能していないカトリック地域においては、IRA こそが即断実行の用心棒の役割を果たしている点もある。この夏、窃盗など反社会的行動を繰り返す少年たちに、IRA が「退去か死か」を脅迫する「退去命令」を出したことが問題視されたが、RUC への不信感や反発から、法の執行者を代行する IRA を擁護する地域住民もいるという。不品行者ならカトリック教徒であろうとも断固処罰する姿勢を評価するべきか、法的根拠もない唯我独尊の非合法行為として非難すべきか。いずれにせよ、不良少年グループを過激派組織が威嚇するという構図は、政治イデオロギーの主張に忙しい日本の過激派 (右翼にせよ左翼にせよ) の場合は考えにくい。(「「住民浄化」頻繁に共和軍、少年らを脅迫」(百瀬和元)『朝日新聞』1999年8月31

第1部　紛争演劇／映画の挑発

日, p. 9 ; 'IRA issues death threats to 4 youths', *The Japan Times*, 8月30日, p. 5 ; 'IRA 'expels' another from N. Ireland, activist says', Ibid., 8月31日, p. 7 .)
31) *OED* の定義では、現在では方言として「騒音や大声で鹿を駆り出して追い込むのに雇われた者」、「主にコーンウォールの鰊漁で、引網漁を浜辺の高地から監督する者」が挙げられている。前者は、「勢子太鼓」や「勢子声」で鳥獣を駆り立てる人夫を表す、わが国の「勢子」に相当すると思われる。テキストの文脈では、IRA 逮捕に間接的に協力する「密告者」の意味で使われているように推察される。

第3章　マイケル・ハーディング
―― 『ヒューバート・マリーの未亡人』論 ――

はじめに ―― 著者について

　マイケル・ハーディング[1] (Michael Harding, 1953-) は、1953年アイルランド共和国北部のキャヴァン州に生れ、北アイルランドでの生活経験もあるが、現在は北部のリートリム州 (Co. Leitrim) の Carrick on Shannon に住んでいる。最初は詩集や短編小説を出版し、後者は1980年にヘネシー文学賞を受賞、85年には Irish Arts Council から奨励金を受けている。元・司祭という自身の体験から書いた86年の処女小説『司祭』(*Priest*[2]) はアイルランドの *the Book of the Year* の候補作に、次作『セアラ・ガリオンの苦悩』(*The Trouble with Sarah Gullion*, 1988) は Aer Lingus/Irish Times の文学賞およびヒューズ小説賞の候補作になった。一方、演劇の面では、収穫と豊穣の儀式に想を得た *Strawboys* が1987年ピーコック劇場で上演され、批評も興行成績も好評で Harveys Awards の2部門に挙げられた。第2作の『ウーナ・プーカ』(*Una Pooka*; pooka はアイルランド民間伝承で、沼沢地などに馬の姿で現れる化け物) も1990年に同劇場でかかり、RTE/Bank of Ireland 賞を受賞した。この作品はローマ法王ジョン・ポール2世 (John Paul II, 1920-) のアイルランド訪問をめぐるもので、聖職者が政治の分野で権力を振るうことへの異論、すなわち「反・聖職者主義」(anti-clericalism) の姿勢は上演当時大いに物議を醸したという。第3作『女嫌い』(*The Misogynist*) は1990年ダブリン演劇祭参加作品としてアベイ劇場で上演、92年エジンバラ演劇祭でも絶賛された。ビデオや聖歌隊を用いた実験的な手法で、映像と音声、科学技術と象徴を巧みに織り込んでいる。同年には Stewart Parker 新人劇作家奨励金も給付されている。

第1部　紛争演劇／映画の挑発

あるインタヴューに答えて、作家としての関心事に「戦争とセックスと神」を挙げている[3]。この「暴力・性・宗教」の3要素——コピー風に言えば「3つのセイ（政・性・聖）」（政は征、勢でもよい）——は北アイルランドの劇作家にほぼ共通する主題である。

1　作品の梗概

1993年4月21日、ピーコック劇場で幕を開けた、ハーディングの4番目の劇作品にあたる『ヒューバート・マリーの未亡人』(*Hubert Murray's Widow*) は、IRAのテロリズムという政治事件を題材としつつ、不倫に走る人妻や寝取られ夫の愛憎の澱む深層心理を克明に描き、時空間を自在に変幻させる技巧的劇作術を駆使した、一種の推理ミステリー劇である。したがって、新聞などの劇評で一般向けに紹介する場合、結末を明かしてはならぬ不文律を遵守すべきと思うが、本書で論じる場合には避けて通れないので、ご容赦願いたい。

北アイルランドのファマーナ州 (Fermanagh) の田舎の農家が舞台である。冒頭で板付きなのは不倫の二人。舞台中央でジーン (Gene) が夢のなかの人物のように佇み、後方の片隅には、パブで哀歌を歌うバラッド歌手 (balladeer) ロウダ (Rhoda) が目を閉じてアイルランド民謡[4]をハミングしている。「30代半ば、クールな洒落者で、衝動的かつ滑稽」なジーンが、以後、主にナレーターとして劇の進行役を務める。彼の説明によれば、南の共和国で暮らしていたロウダは、紛争が勃発した頃に休暇で訪れた北アイルランドで公民権運動の英雄だったヒューと知り合って結婚、やがて性的欲求を満足させて貰えない夫婦生活に倦怠して、敵対する宗旨のプロテスタントで作男のジーンと恋中の関係に陥った。しかしその間柄は夫に感づかれ、殴られたジーンはアメリカへ逃亡してしまう。ところが、そのヒューが爆死した一報を受けるや、彼はまたロウダのもとへ舞い戻って来る。やがて亡霊のヒューも舞台に登場してジーンと会話を交わすことから、彼もまた亡霊であることが分かる。こうして、二人の男性——IRAの寝取られ夫とプロテスタントの浮気相手の男

第3章　マイケル・ハーディング

——がともに「死者」であり、生きた人物として舞台に参加する回想シーンを除いて、〈観客には見えるが舞台上の登場人物には見えない〉「亡霊」という前提に立って、劇は展開する。ジーンに捨てられた後、ロウダは地元教区のボイル (Boyle) 神父とも不倫関係に走っていたことが暴露される。やがて訃報に接して、ダブリンからロウダの妹夫婦が通夜に駆け付けるが、ロウダは妹ジェニ（ファ）ーの夫ジョー・カルトン (Joe Cullton) のことをなぜか忌み嫌っている。嫌悪から発した気紛れで、愛人ジーンを北アイルランド警察 (RUC) の刑事と偽って紹介し、妹夫婦とジーンの会話はまるで嚙み合わない。一方、農家の居間に陣取った IRA メンバーの仲間たちは IRA の流儀での葬儀の実施を要求し、ボイル神父は、喪主である未亡人ロウダにメンバーへの翻意の説得を懇願するが、逆に IRA 活動家のマグアイア (Maguire) 父子フェリム (Phelim) とエンダ (Enda) の陰謀——ヒューの遺骨を棺から抜き出し、カラシニコフ銃20挺とすり替えて国境越えで南の共和国のキャヴン州 (Cavan) に密輸する——に荷担するように強要させられる。ジーンはロウダとの渡米旅費を支給される条件で、この偽装工作に手を貸す。ここまでが第1幕の展開である。

　2幕に入ると、ロウダの荷造り準備に忙しいジェニーと、それを呆然と見守るロウダの二人が舞台にいる。1幕でのヒューの葬儀を終え、はや1月半が過ぎている。心労の甚だしいロウダを精神科の病院で療養させようと訪ねてきたジェニーの方も、葬儀後に夫ジョーと電撃離婚したことが明らかにされる。1幕と同じ通夜の晩に回想シーンで再び戻り、ジョーが義姉ロウダに傲慢な態度で振舞ったことや、通夜の晩にセックスを迫ってきた夫ジョーの体臭に我慢ならず、またその性行為に自分への憎悪を感じ取ったことが語られる。続いて、亡霊ジーンの死の直前の経緯——真夜中にエンダの車に後ろ手に縛られ乗せられ、髪を摑んで引き摺られた挙句、山中で射殺されたこと——が本人の口から語られたあと、ジーン殺害を依頼したのは、他でもないヒューだったこと、すなわち、爆死したのは実はヒューではなく見知らぬ別人で、ヒューはこの機会を利用して、戸籍から抹消されたまま地下潜行できるテロリスト[5]になったのだが、通夜の晩に自宅農家に潜んでいた彼は、ロ

ウダとジーンの密通（ロウダはこの時拒絶した）を示す会話を聞いて逆上し、電話でエンダにジーン殺害の指示を出したのだった。従って、棺に収められたのは、ヒューの遺骸と入れ替えたサブ・マシンガンでもなければ、爆死した無名人物の遺骸でもなく、ジーンの射殺死体であった。つまり、棺桶を悪用した武器密輸の策略を急遽、変更してまで、ヒューは妻の不倫相手への報復を優先したことになる。葬儀の朝に、ロウダは死んだはずの夫に衝撃的に対面してこうした事情を初めて聞かされたうえに、墓場では夫の死を嘆く貞淑な未亡人の役割を演じ、その後も周囲の人々や、猜疑する夫の監視の目に怯えながら日々を送っていたのだった。その彼女も遂に、精神病院行きを決意する。だが別れ際に、死んだ夫ヒューバートは冷凍庫にいるわ、という不気味な捨て台詞を残す。どうやら、半月ほど前に、ロウダは殺鼠剤を使ってヒューバートを毒殺し、遺体を冷凍庫に隠匿していたのだった……。土壇場でのこのどんでん返しは単に展開として衝撃的なだけでなく、猟奇的で陰惨な凄味をもって観客の想像力に迫る。

2 作品の主題と特徴

(1) 彷徨する「亡霊」の登場

　アイルランド現代映画や演劇作品では亡霊が登場するのは珍しくはない。ニール・ジョーダン (Neil Jordan, 1950-) 監督・脚本の『プランケット城への招待状』(*High Spirits*, 1988) は 200歳の美人幽霊 (Daryl Hannah) つきのアイルランドの城を遺産相続したアメリカ人の物語である（ただし映画自体は失敗作の喜劇）。また、スチュワート・パーカー (Stewart Parker, 1941-88) の『精霊降誕祭』(*Pentecost*, 1987) では 1 幕 2 、 3 場でプロテスタントの老婆リリーの亡霊が登場し、4 場になると老婆は33歳の若い頃の姿で現れる[6]。
　しかし、この作品の二人の亡霊は生前と全く同じ姿で登場する。ジーンは「ヘビーメタルのTシャツ、袖なしの革ベスト、宝石、ジーンズ、靴などを

第 3 章　マイケル・ハーディング

アメリカ風に」(7) 着こなし、とても亡霊とは思えない恰好である。これは回想シーンにそのまま移行して演技する実務的必要性からでもあろうし、「動きがいつも緩慢で自信に満ちている。その風采には不気味な側面がある」(5) と但書きされ、既に地獄に落ちたヒューとの境遇の違いを際立たせるためかもしれない[7]。(ヒューの衣装に関しては特に卜書きの指定はない。) いずれにせよ、西洋の亡霊 (または幽霊) は「生前とそっくりそのまま同じ恰好で現れる[8]」のが通例で、シェイクスピアのハムレット父王やバンクォー (『マクベス』) がその典型である。「イェイツやポードリック・コラム (Padraic Colum, 1881-1972) の能の芝居を想起させる」という指摘もある (テキスト Introduction, p. xvi.) が、能に取材したイェイツ劇も、能特有の殆ど静止に近い緩慢な動作や発声で演じられることはなく、どこまで妥当な指摘かは疑問である。なお、コラムは晩年に能を素材に 5 つの戯曲を書いているが、そのうち 2 作品が戯曲選集[9]に収められている。パーネルの生涯を扱う『グレンダロウ』(Glendalough) と、青年期のジョイスを扱う『モナスターボイス』(Monasterboice) である。

　観客に見えて登場人物には見えない亡霊、はおそらくジェリー・ザッカー (Jerry Zucker) 監督作品、パトリック・スウェイジ (Patrick Swayze)、デミ・ムーア (Demi Moore) 主演映画『ゴースト——ニューヨークの幻』(Ghost, 1990) や、日本公開は後になったように思うが、スティーヴン・スピルバーグ (Steven Spielberg) 監督作品、リチャード・ドレイファス (Richard Dreyfuss)、ホーリー・ハンター (Holly Hunter) 主演『オールウェイズ』(Always, 1989) あたりから顕著なブームになってきたように思われる。いずれも、死んで亡霊 (守護天使) となるのが男の側であるのは興味深い。

(2) 妻の不貞を暴く「寝取られ夫」

　若い女房を他の男に寝取られる話は、チョーサー (Geoffrey Chaucer, c. 1340-1400) の『カンタベリー物語』(The Canterbury Tales, 1387-1400) のなかの「粉屋の話」の大工や「貿易商人の話」の老騎士が有名である。しかし、この芝居のように、死んだはずの夫が実は生きており、死後の女房の行動を密かに監視して

81

第1部　紛争演劇／映画の挑発

浮気現場を取り押さえ、復讐を果たすという筋書で、すぐさま思い浮かぶアイルランド演劇は、シング (J. M. Synge, 1871-1909) の『谷間の影』(*In the Shadow of the Glen*, 1903) であろう。もちろん、最初から意図的に死体の真似をして寝台に硬直して横たわり、妻ノラ (Nora) の言動に聞き耳をたてるバーク (Dan Burke) 老人と、偶発的爆発事件が契機になって、死んだものと周囲（とりわけ、イギリス公安当局）に思い込ませる陰謀に走り、たまたま妻の不貞現場を目撃したヒューとは、動機の点で大きな開きがある。しかし男女を問わず人間誰しも、自分の死後、残された配偶者がどのような行動をとるかに関心を抱くのは自然な心理であり、結果的に夫の死後、妻が掌を返すように別の男のもとへ靡いていく現実が露呈され、追放なり愛人殺しで、その復讐を遂げたかに見えて、その実、夫のほうが、報われぬ愛や毒殺という強烈なしっぺ返しを受けている点が共通している。相違点を指摘すれば、『谷間の影』では年齢差の大きさが暗示するように、資産に物を言わせる愛のない打算的結婚をした夫婦という印象があるが、この作品（初演1993年）では「50歳代と40歳前」、いわゆる「一回り」離れた夫婦という設定で、結婚時（紛争初期の1970年頃）に遡ると、「30歳代前半と20歳前」になり、それほど極端な年齢差を感じさせない。しかも、ロウダの方からの憧れでヒューと結ばれた恋愛結婚であることが明らかなので、政略的要素はこの婚姻には伴わない。また墓地でのボイル神父の説教の一節、「7年前のちょうど今時分、彼（ヒューバート）の父、スティーヴンを埋葬しました。当時まだ89歳でした」(9) から推測すれば、ロウダとヒューバートが結婚したとき、70代半ばの舅が（おそらく農家のことであるから）同居していた可能性もあるが、ロウダの台詞には義父介護の苦労などはでてこない。

　しかし、「墓場暮らしのようで」「20年続いた葬儀」(35) と形容されるヒューバートとの夫婦生活はすっかり冷えきって、「女房の裸がどんなものだったか亭主は殆ど忘れていたのさ」(16) というジーンの台詞を裏付けるように、ロウダは妹にこう告白している。

　　そもそもの最初からよ。あの人はまったく私を信じてなかった。だから、

ちょっとしたずるいやり方でその仕返しをするのが関の山だった。逃げようがなかったんだから。夫を捨ててダブリンに戻ろうものなら、あんたたちみんなが、「言わないこっちゃない」って言って笑ったことでしょうね。あの人とは20年にわたって、冷戦しか味わわなかった。(55)

バラッド歌手のロウダに対し、「頭に旋律のかけらもなかった」(15) ヒューとの趣味の相違、オペラ歌手気取りでも歌えるジーン (12) との相性の良さ、もあっただろう。この夫婦はどうやら子どもを設けてもおらず、妻との夜の床よりテロ活動を優先した20年の不自然な生活がもたらした悲劇と呼べるだろう。(ヒューの性的不能を暗示する件はないが、ロウダの不感症は 'cold' (64) で仄めかされる。)

勝手口で泣いてた雌猫がいままた戸外で咽び泣いているのを、ロウダがしきりに気にする場面が2幕の冒頭にある。「家の中に死人がいると、猫ってのは入ってこないものよ。そういうの、聞いたことはない？」「あんな風に嘆き悲しむのよ、猫って。誰かが死ぬと。(45)」俗に〈猫は死者にとりつく〉とされる日本とは逆に[10]、〈猫は死者に近寄らない〉という俗言が本当にアイルランドにあるのかどうか詳らかでないが、ロウダがジーンの愛撫を受けて恍惚とする様子 (52) が「猫のように」(catlike) と形容されているのが注目される。つまり、しなやかに肢体をくねらせて愛撫に反応し、生 (性) に執着する存在、死を拒絶する象徴、として猫が用いられている。

(3) 共和派の英雄史観と不毛な宗派対立への風刺

この舞台の前面に立つ、多弁なジーンの性格は一見とらえどころがない。IRAを「道化だ。馬鹿者だ。軍事演習とお伽芝居(パントマイム)の区別もつかない」(14) と批判する彼は、「最後の〈西の国のプレイボーイ〉」(17, 20) と自他ともに呼ぶに相応しい言動をみせる。ロウダへの愛に焦がれて「宇宙の秘密。愛」(17) の啓示を得て「アーヴィングズタウン郊外のテントで」「七度目の正直で光明を見いだし」「生まれ変わった」(18) といいながら、それは「もち

第1部　紛争演劇／映画の挑発

ろん嘘さ……いわゆる〈かつぐこと〉」(11-12) とか、「それは冗談で、みんなに喜んで味わってもらうためだ (For public consumption)」(35) と食言して憚らない。「僕の本当の正体は、あんたと僕だけの機密事項にしてかつ内密で、諜報に関することだが……僕はミッキー・マウスなんだ」(41) という悪ふざけの過ぎる冗談や、「みんなは僕を2ポンド6ペンスと思ってただろうが、実はそうじゃない。僕は半クラウン［2ポンド6ペンスに相当。1971年廃止］なんだ」(44) というナンセンスな台詞もある。だから、ヒューに言わせると、「あるときはシン・フェインに味方し、次のときにはイエスの教えを垂れている。予測不可能で、行動様式に欠ける、危険な」「一匹狼」(21)、ボイル神父の言葉では「まったくの薄ら馬鹿で、空想世界に生きている」(38) 男である。しかし「アルスターは千の常套句からなる政略だ」(5) に始まり、アイルランド人は「いつだって仲間割れする」(38) といった、彼の政治的警句は、比喩の妥当性はさておき、ときとして意味深長で鋭く、彼が紛争について彼なりに内省してきたことを物語る。

　　ジーン　それに喧嘩や諍いがわんさかある。容赦のない。取りつかれたような。そして折りにつけて、そいつらが一緒くたになり、結合して、暴力という一つの美しい創造的な営みになる。そのことはずっと前にアルスターについて分かっていた。その問題には解決策がないんだ。暴力は混沌に秩序を押しつける一つの方法にすぎない。問題自体が……解決策なんだ。だったら僕なりの皮肉なやり方で、そこからすこし利益を得ていけないって法はない。この一度だけは脚光を浴びてるだろ？　この僕が真面目に受け止めてもらっている。素晴らしいといってもいいほどだ。まるでセックスのようだ。(42)

　　ジーン　もちろん、そうした英雄たちは実際には存在しないよな。単なる空想だ。単なる神話だ。歴史の本から抜き出したものにすぎない。
　　ロウダ　やめて。
　　ジーン　それでいて英雄たちはいつでも勝利するようだ。そこが肝心な点。ところが、あんたや僕のような人間。僕たちは敗北する。聖書にあるように、僕らは死のただなかに生きているんだからね。

第3章　マイケル・ハーディング

ロウダ　やめて。
ジーン　ごめんよ、でも英雄についてのことは本当さ。英雄たちの性的興奮〔エロティシズム〕とは、混沌を利用してそこからちょっと暴力を作り出すことだ。それが歴史と呼ばれるものだ。(66)

　最後の台詞の「歴史」は、厳密には「神話」と言い換えた方がよいだろう。なぜなら〈もし「歴史」が、過去の事実を継続的に探索する批判的探求という本来の意味で使われるならば、我々にこれまで破滅をもたらし、最終的にはるかに致命的であるかもしれないのは、アイルランドの歴史ではなく、アイルランドの神話であるというのが私の主張であろう。歴史は、いかに辛いものがなかにはあろうとも、アイルランドの過去の事実を直視するという問題であり、一方、神話は歴史的事実を直視することを回避するひとつの方法である[11]〉のだから。IRA活動家の不慮の死を契機として造られる「英雄神話」は、アイルランド近代史では珍しくない。さらにいえば、こうした「英雄神話」と「死」は不可分のものではなく、生者の「英雄神話」が伝聞・噂を媒体としてなされる現象を描いたのが、グレゴリー夫人の『ハイアシンス・ハーヴェイ』(*Hyacinth Halvey*, 1906) だった。この複雑な機構を網羅的に解説すれば「物語、象徴、国家祝典――儀式と神話――がかなりの重要性を有するのは、国民感情や願望のもっとも深層部に働きかけるからである。神話は物語を告げ、儀式が物語を再現する。それゆえ、記憶、歴史的事件の物語、行進、追憶、儀式、祝典、死没者記念碑、宣誓、国歌、貨幣、制服、旗――すべてナショナリズムの美学――は、歴史と運命を持つ強力な共同体を生み出す素材である。これらは国民を結合するものであり、したがって宗教的である（「宗教」religionという語が派生したラテン語には「結合させる」to bindという意味の語幹がある。)[12]」ということになる。
　脇道に逸れたので、再びテキストに戻って、今度は宗教（キリスト教）に関するジーンの台詞を考察してみよう。

ジーン　（観客に向かって）それから、ニューヨークにしばらくすごすうちに、

第1部　紛争演劇／映画の挑発

……段々と、はじめて分かってきたんだ、どのキリストに僕が属するかってことが。そう、そうなんだ。本当に。だから彼女に伝えた。(ロウダに) いいかい、ロウダ。僕が僕自身のキリストなんだ。それが答えだ。連中の諍いの清廉さはそのまま続けさせておけばいい。けれども諍いのはるか外側には、あらゆる人間が自分に正直になれる余地と空間がたっぷりあるんだ。僕たち二人が、お互いに正直になれる空間がたっぷりとね、ロウダ。(6)

ジーンは「汝自身に正直たれ。僕にとってはこの言葉はまるで啓示のようだった。新たなる真理」(6) とか、「自分自身のキリスト以外にはキリストは存在しないってことを。汝自身のキリストたれ、そして独力で、世の諍いごとから汝を解き放て」(7) とも言う。アメリカに行って「本を読み始めた」(5) ジーンが繰り返す、この「汝自身に正直であれ」という台詞は、おそらく『ハムレット』の中のポローニアス (Polonius) が息子レアティーズ (Laertes) にはなむけとして送った、父親らしい訓話の締めくくりの一節から来ている。

This above all, to thine own self be true
And it must follow as the night the day
Thou canst not then be false to any man... (Act I, scene 3; 78-80)
(なにより肝心なのは自己に忠実であれということだ、
そうすれば、夜が昼につづくように間違いなく
他人にたいしても忠実にならざるをえまい。[13])

もちろんこの訓話は、〈発言に慎重であれ、友人を吟味し大事にせよ、洋服に金をかけろ、金の貸借はするな〉といった極めて世俗的な知を親父が息子に伝授するもので、啓示の如く開眼させる宗教的文脈ではないけれども、——この他にジーンは「情欲を抱いて女を見る者はすでに心の中で姦淫を犯したのです」という『新約聖書』マタイ伝5：28をやはり厚顔にも引用している [21]——新旧教徒対立の構図を脱する〈第三の道〉としての指針にはなりうるだろう。これと同様に、ジーンは、「子どもクリスマス会」での今

年のサンタ役をボイル神父に申し出て、「カトリックの学校中すべての人々をいっぺんに楽しませる素晴らしいやり方じゃないですか、サンタがプロテスタント（である自分が演じている）ってことを教えるのは」と、新旧教徒の対立を皮肉っている。サンタ、あるいは「ミラのニコラオス」(?-345/352) はどちらかと言えばギリシャ正教会での崇拝が強い聖人[14]で、世俗サンタの持つ異教性、非キリスト教的な性格[15]を考えると、些か的外れな風刺ではあるが、宗派対立が引き起こした政治紛争を笑い飛ばそうとする確固たる意図がジーンの皮肉には感じられる。

(4) 堕落聖職者と男性優位社会への異議申し立て

　聖職者の性的堕落の問題は今日のアイルランド演劇ではしばしば攻撃の対象になる。

>　ロウダ　あそこでわたしに赤っ恥をかかせておいて。
>　ボイル　私は君の体に腕を回そうとした。それだけのことだ。
>　ロウダ　それだけのこと？　ほんとにあなたって馬鹿なひとね、ダニー。
>　ボイル　コーヒー・テーブルにつまずいんだ。
>　ロウダ　部屋にいた半分のひとがあなたを嘲笑っていたわよ。つまり、ご自分を何様とお思いなの、あんな風にみんなに腕を回したりなんかして？　アフリカ歴訪の法王様のつもり？　全くもう、昇進したことは分かってるけれど、ご自分にすっかりのぼせ上がってしまう必要はないわ。
>　ボイル　もう結構だ、ロウダ。
>　ロウダ　つまり、あなたにとってなんだって言うの。しかも、夫の葬儀の最中に。教区中の人々に私があなたの浮気相手 (your bit on the side) だって触れ回りたいの？ (19)

　ボイル神父は、決して好色卑猥な助米親爺というのではなく、若くして（ト書きでは、ロウダと同年代・40歳前の設定）高位聖職者(モンスィニョ) (monsignor) の地位に、しかも「アイルランドで最年少の高位聖職者」(24) に昇任した興奮からか、

第1部　紛争演劇／映画の挑発

人々を庇護するような尊大な態度を見せ、(文脈は定かでない) ある説教のなかでヒューの死をうっかりにせよ「好都合」(convenient) などと口走り (22-23)、いまや未亡人となったロウダを、慈愛に溢れる父親がする抱擁のように見せかけて、会衆の面前で抱き締めようとしたらしい。「髭剃後の化粧水」(20) がぷんぷん臭うこの司祭は、「地元の教会君子 (枢機卿)」(local prince of the church, 16) や「猊下」(His Eminence, 35)、「全キリスト教会・雑役係長」(Chief ecumenical bottle washer, 19) とジーンから揶揄され、その日和見的な姿勢を「その時、誰のおごりのジン・トニックを呑んでいるか次第で、境界のどちら側にでも付く」「政治的曲芸の才」(political gymnastics [37]) の持ち主、とロウダからも詰られている。裏を返せば、ト書きの指示のように「人当たりがよく」(suave)、おそらく堅実で有能な聖職者であったのだろうが、この巧みに公私を混同させる抱擁は、「哀れにもやさしさに似たもの」(22) を彼に求めていたにも関わらず、ロウダには我慢がならなかった。しかも二人の関係は村人には周知の事実 (20/23) で、知らぬは亭主ばかりなり、の有様だった。もちろん、かつて司祭だった著者ハーディングの経験や見聞がこの挿話には込められていると見てよいだろう。

ひとり聖職者にとどまらず、女性を従属すべき存在と侮蔑している男性一般に対しても、ハーディングの筆は容赦がない。ロウダが義弟ジョーを嫌ったのは、第一義には彼が「妹の人生を台無しにした」(25) ためであるが、「お気の毒に、義姉さん」(Sorry, Sis. [26]) や、「勿論さ、勿論」(Of course, pet, of course. [28]) といった、斜字体 (筆者による) にした訳出困難な呼び掛けがもつ馴々しさで、そのうち「虚栄と傲慢」の塊になって、「あれこれやきもきしていた裏には、もうちょっと親密な関係になりたい欲望」(50) をジョーが自分に対して抱いていたのを感じとったからである。また、最後のジーンとの喧嘩の場面では、「テレビのスイッチを入れるかのような気安さで」(59) セックスを要求し、「白か黒か」(65) の単純な踏み絵を迫るジーンの「横柄さ・身勝手さ」(high and mighty, 65) と、そうした男の傲慢な欲望に対するロウダの激しい嫌悪が浮き彫りにされている。

第3章　マイケル・ハーディング

(5) 標題の意味するもの——抑圧された北アイルランド女性

　標題『ヒューバート・マリーの未亡人』が示唆することは2つある。1つは、これは未亡人ロウダが主人公である作品だということ。つまり、紛争に関する饒舌で注目を引くジーンやIRAのヒューはあくまでも進行役の語り手であって、真の主役はロウダであること。もう1つは、それと矛盾するようだが、だからと言って『ロウダ・マリー』でなく、夫ヒューバートの所有格で形容される従属的地位に甘んじている存在、夫あっての妻であり、妻の主体的人格は問題とされないことである。(登場人物名の語感に触れておくと、「ロウダ」Rhodaはギリシア語の「薔薇」であり、燃えるような情熱を、「ヒューバート・マリー」Hubert Murrayは全体として「陽気で・明るい心」を意味し[16]、楽天性が感じられる。また'widow'の訳語に関して言えば、夫の死後も生き長らえることが不謹慎であるかの語感の「未亡人」、行政・法律的な味気無さの「寡婦」、手垢のしみ付いた世俗臭のする「後家（さん）」など、中立的な訳語に欠ける印象がある。) 後者については、爆死した英雄の未亡人に「誰も後ろ指はささんよ。村中のひとびとが未亡人には同情を寄せておる」(22) のかも知れないが、この「同情」こそが未亡人の境遇に相応しい貞淑な行動を期待する共同体の監視の目であり、その不断の重圧の堪え難さをジーンは滔々とまくしたてる。(「宗派を越えた愛」の主題が共通する、グレアム・リード [Graham Reid, 1945-] の『追想』[*Remembrance*, 1984] でも、この世間の目の重圧が、服役中の亭主を持つデアドリの口を通して語られる[17]。) それに対して、ロウダが3度、同じ台詞「私はヒューバート・マリーの未亡人です」で応酬する終盤の場面の一部を見てみよう。

　　ジーン　僕は君のことを放っておこう。そうとも。だが連中は違う。そう。連中はもう絶対に君のことを放ってはおかない。辿り着いた先が分かるかい？　君は連中に付き纏われるんだ。亡霊なんかよりももっとたちの悪いものに付き纏われるんだ。生きてる人間に付き纏われる。その通り。あらゆるものに。連中は君を、ある別の男の神話のなかに包み込んでめちゃめちゃにしてしまったんだ。

89

第1部　紛争演劇／映画の挑発

　　ロウダ　私はヒューバート・マリーの未亡人。
　　ジーン　将棋の王手みたいなもんだ。男衆の監視の視線にさらされて。家族。
　　隣人。友人。共同体。神に見捨てられた、尻(ケツ)の穴のような国家。そいつらが
　　君をつかまえた。君をつかまえた。間違いなく君をつかまえた。(66-67)

　ロウダの未亡人宣言はヒューバート生存の事実をまだ知らないときの台詞であることを考えると、浮わついたジーンとの逃避行よりも、今は亡き夫への忠誠心を選んだものと想像される。だからこそ、「自由の闘士」(freedom fighter, 35) に相応しく、「準軍隊的装具」(paramilitary trappings) として「棺には三色旗。黒のベレー帽。墓上の礼砲。一切合切」(23) をもって執り行なう、「共和派流儀での葬儀」(a Republican funeral) の実施にロウダは頑固に執着したのだろう。葬儀とそれに付随する「葬列行進」は北アイルランドのカトリック教徒の間では、大きな意味を持っていることも忘れてならない[18]。ロウダは夫の死によって初めて、20年来の不和を和解することができたのである。そう考えれば、ロウダが再び生き返った夫を殺害した理由がはっきりする。つまり、死んだからこそ許す気になった夫にもう一度蘇ってもらってはならない。しかも夫は、不倫の報復にジーンの命まで奪い、下手をすると自分にまでいずれ、その嫉妬の復讐心を向けないとも限らない。たとえ無実でも「私が殺(や)ったと言われる」(22) ような狭い村社会でもある。こうした恐怖と圧迫が毎日24時間続くことにロウダは耐えられなかったのだろう。だから毒殺後この世にいないことは分かっていながら、「深夜、穀物倉庫のトタン屋根をナナカマドの枝が打つ音」(45) さえも、ヒューバートの亡霊の仕業のように思えて怯える。
　近所に住むモウナ・ガレスピー (Mona Gillespie) というロウダの親しい女性も、亡霊が見えると発狂し、「ヨーヨーのように」精神病院を往来している。モウナによれば、「台所の壁の十字架が落ち」「手袋をした手がそれを拾い上げて彼女に投げつけ」るので、日曜のミサにも出かけずに炭小屋に隠れていた (57)。彼女の発狂の直接の原因ははっきりしない。しかし「界隈の女どもはみんなおかしくなっていくみたいだ」(56) というヒューの台詞は、そ

れが北アイルランドという紛争社会の目に見えぬ恐怖と緊張に起因するものであることを示唆している。「この20年間にこの州では平均して半月に1件の割合で殺人があるのよ。……畑に出かけて、いつなんどき死体に足をのせないとも限らないわ」(47)——このことは裏返せば、北アイルランドと比べて犯罪頻度が低く、テロの危険性が必ずしも日常的ではない、南の共和国との温度差を示している。ジョーとジェニーに代表されるダブリン市民は、(もともとプロテスタントだけの大学だった)「トリニティー大学出のカトリック教徒。上昇指向の農民たち」(28)であり、伝染病か「ファッションのように」(46)破綻し離婚する夫婦が増えていることがロウダの気にいらない。また、したり顔でジョーが吹聴する「〈水のなかの魚〉症候群」(fish-in-the-water syndrome [40])、「テロリストは魚。このマグアイア親子のような人間は、川、すなわち、必要環境」、すなわち、IRAを支援する人々の存在がテロリストの温床になっている、との主張らしい。しかし、大学で学んだ知識が浅薄で机上の政治学だったことを示す発言——「ぼくが何にも勉強しなかったなんて思うなよ。毛沢東、とかそういったことを。」は、すぐさまIRAのエンダから「西岸地区のパレスチナ人についてはどうなんだ？ 武装闘争をめぐるANC（アフリカ民族会議）の姿勢については研究してますかな、カルトン教授、あんたの知的で政治的なセンズリ(wanking)の最中に？」(40)と、足元を見抜かれる。親子2代で20年以上も反英運動に携わってきた闘士エンダと、修羅場をくぐったこともない、ダブリン出身の「臆病者」ジョーの立場の溝は、埋め難いまでに深い。

(6)「アメリカの夢」の継続

　ジーンのお守り代わりの1ドル紙幣は、「1ドル銀貨」をバンド名にとった *Silver Dollar Boys* (1981) という、ニール・ドネリー(Neil Donnelly, 1946-)の戯曲と同様に、アメリカへの強烈な憧憬が感じられる[19]。射殺寸前の経緯を思い出すジーンの台詞を見てみよう。

第1部　紛争演劇／映画の挑発

　　ジーン　ああなんてこった、奴はお祈りもさせてくれない。その瞬間、例の一枚のドル紙幣のことを思い出した。ニューヨークから持ってきてた。それは僕のお守りだった。空港で残らずポンドに両替したんだが、このドル紙幣のお守りは手放さなかった。また戻れるってことを意味していたから。それはマンハッタン行きの保証書だった。両手は縛られていた。エンダは僕のポケットをあらためていた。僕は泣き叫んでいた。そのドル紙幣を奴が見つけませんようにと、ずっと祈っていた。すると奴がそれをつかんでるのが見えた。しかも笑って。「こいつはもう、あんたにゃ要らないな」って言って。そしてそのとき。(61)

　ロウダの「ユージーンは私の旅券(パスポート)だった」(55) という言葉もそうだが、アメリカを自由解放の国と夢見るのは、アイルランド移民の長い伝統に基づくもので、この作品の基底にも流れている。

(7) スリラーの伏線の巧妙な網

　結末の意外性がひとつの魅力であるこの作品は、よく読み直せばいくつも暗示的な伏線が随所に張られていることに気がつく。冒頭でヒューの亡霊がジーンに漏らす、「お前さんの知らないことを俺は知っている」(8)、「また戻ってくる。そのときには何が何だか分ってることだろう」(16)、「お前が知らんことは山ほどある」(36) という漠然とした表現に始まり、さらには奥歯にものが挟まった言い方の「このことは……お前に……約束……しよう……ブレイディ……お前さんも……合点が……いくだろう……最後には。俺の口からはっきりと言わねばならんにしても」(32)。そして「その通り、しかし、俺が死んだという大前提でな。」(34)、「そしてそれはすべて、俺があの棺のなかにいるという前提、仮定に基づいてのことだった」(60) と徐々に鮮明になり、とうとう爆死したのは別人である詳しい告白に至る (63)。もっとも、別人の死の可能性は、「しかし、アルスターでは、外見通りのものはなにもないんだ。彼の遺体のかけらは、エニスキレンのアーン病院へ輸送された。身元確認はこの２人の男によってなされた。２人は靴に見覚えが

あると言った」(17) というジーンの語り口からも、十分に察せられる。

　また、ロウダによる夫の毒殺と事後の冷凍保存、に関しても、「それに殺鼠剤。ひええ。酒と同じ棚に殺鼠剤の瓶がのってるぜ」(14) というフェリム老人の驚愕の声、「夫をバラバラ死体で冷凍庫に真空パックされた」(22-23) ベルモア在住の婦人についてのボイル神父の話で早々に暗示されており、「撃ち殺すべきだったわね／首を絞めてもよかった／電球をぐちゃぐちゃにつぶして、粥にまぜて食べさせればよかったのに」(47) と、ロウダが殺人方法を列挙する件も、彼女が様々な手口をあれこれと考慮していたうえで、毒殺[20]に行き着いたことを物語るものだろう。

おわりに

　この芝居が初演された翌日の朝刊に掲載されたノウラン (David Nowlan) の短い劇評[21]では、「とても滑稽で、暗い深刻さがあり、かつ思慮深く挑発的な劇」(deeply comic, darkly serious and thoughtfully provocative drama) と評されている。「突飛な一匹狼」(off-the-wall maverick) ジーンが、「共和主義、自由主義、宗教、歴史、政治の神話から真に個人的解放を行う機会」をとらえて、「認知された台座から、伝統的な〈英雄たち〉の多くをこきおろす」ものの、「ハーディング氏は、国民的問題に解決策を示さない。しかし、容赦のない、僅かに触れるやり方で、問題の多くを正確に指摘し、観客たちを笑いの合間に立ち止まって考えさせる。時折、勿体ぶった台詞があって、無秩序な喜劇の勢いを削ぐ危険を冒している。しかし『ヒューバート・マリーの未亡人』はアイルランド人観客の心を打つ芝居である」と結んでいる。またテキストを収めた選集の序文には、「スリラーの筋書き、ブラック・ユーモア、精妙な性格付け、ピンター的ともいえる対話、大義や実力行使主義 (activism) に対するオケイシー的な深い冷笑」(Introduction, p. xvii.) があると指摘されている。活躍が期待される劇作家ハーディングの今後の動向に注目したい。

第1部　紛争演劇／映画の挑発

テキストは *New Plays from the Abbey Theatre 1993-1995* (New York: Syracuse University Press, 1996) に基づき、引用文末尾に頁数を付した。

注
1) *The Crack in the Emerald* (London: Nick Hern Books, 1990/94), p. 141.
2) 同性愛に苦悩する青年司祭を描いた、Antonia Bird 監督の同名作品映画（1994年）があるが、こちらはジミー・マクガヴァーン Jimmy McGovern の脚本を基にノヴェライゼイションされており、ハーディングとは無関係のようである。
3) Christopher Murray, *Twentieth-century Irish Drama: Mirror up to Nation* (Manchester: Manchester UP, 1997)
4) 曲名は 'The West's Awake'. このナンバーは例えば、Alec Finn の "Blue Shamrock" という CD (Atlantic Records: 82735) のラストに収められている。
5) IRA は主要メンバー数200～400人と推定され、1977年に「「アクティブ・サービス・ユニット (ASU)」というグループを一般組織から切り離した。このグループは上から命令を出す者にしかメンバー名を知らせない閉鎖組織を成している。さらに情報、狙撃、爆破、強奪などの任務をグループごとに分担し、行動地域も分けた。」［アメリカ合衆国政府編（高井三郎訳）『テロ白書』（大日本絵画、1990年）、p. 74. 原著名 *Terrorist Group Profiles*, 1988］
6) 拙著『現代アイルランド文学序論』（近代文藝社、1995年）、pp. 88-91. 同様に、Anthony Roche, 'Ghosts in Irish Drama' in Donald E. Morse and Csilla Bertha (ed.) *More Real Than Reality: The Fantastic in Irish Literature and the Arts* (Westport, CT: Greenwood Press, 1991) でも、*Pentecost* への言及がある。
7) ひとつ分かりにくいのは、射殺された後、最初に視界に入ったのがヒューの姿だったというジーンの台詞 (61) を信じるならば、時間的に先にヒューが死んだことを意味するはずだが、葬儀前夜ないし当日未明にまずジーンが殺され、1か月ほどしてヒューが毒殺されたという筋書きと論理的に矛盾する。先に死んだジーンは煉獄にしばらくいて、地獄へ直行したヒューを後追いする形になったという解釈が妥当かも知れない。
8) 阿部秀典「ヨーロッパをさまよう幽霊たち」、『別冊　太陽』(No. 98, Summer 1997; 平凡社、1997年)、p. 122.
9) Sanford Sternlicht (ed.), *Selected Plays of Padraic Colum* (New York: Syracuse University Press, 1986)
10)「死人の部屋には絶対ネコを近付けてはならぬ、とは各地でいうことで恐らく全国的」現象であり、ネコが死人に触れることは「ネコがさす」といって非常に不吉がられ、「ネコが死体、または棺桶の上にのる（またぐ、飛び越える、わたる）などすると、死人が起き上がる、立って歩く、踊り立つ、狂人になって蘇る、這い出す、という。」いずれも、ネコの魂が死人にのりうつるのを懸念するもので、急に働くようになった人のことを評して、ネコ魂が入った、という［鈴木棠三『日本俗信辞典』（角川書店、1982年）、pp. 448-449.］。「不幸のあつた時、猫が死人の部屋に入ると、死人が立上るなどといつて嫌ふ。猫又という妖怪の怪異譚がある。棺から死體を奪つたり、人に憑いたりする」［民俗学研究所編『民俗学辞典』（東京堂出版、

第3章　マイケル・ハーディング

1951/91年)、p. 440.]。ところが、「奇妙なことに、ネコはトラと同じく聖書には登場しない。」ただし、旧約聖書外典の『バルク書』6.22(『これは『エレミアの手紙』21に相当)に1度だけ言及があるという(ピーター・ミルワード著、中山理(おさむ)訳『聖書の動物事典』、大修館書店、1992年、p. 120.)。

11) T. W. Moody, 'Irish History and Irish Mythology', *Hermathena*, 124 (Summer 1978) cited in Seamus Deane, *Strange Country: Modernity and Nationhood in Irish Writing since 1790* (Oxford: Clarendon Press, 1997), p. 186.

12) David Stevens, 'Nationalism as Religion', *Studies*, Vol. 86 Number 343 (Autumn, 1997), p. 256.

13) 小田島雄志訳『シェイクスピア全集Ⅰ』白水社、1973/8年、p. 230.

14) 「ギリシアとロシアの保護聖人であり(ロシアでは〈ニコライ〉)、水夫、子供、商人、質屋などの保護聖人である。」(『キリスト教人名辞典』、日本基督教団出版局、1986年、pp. 1021-1022.)この他にも、サンタの正体や伝説の由来について、夥しい文献がある。そのうちのいくつかを列挙しよう。──①「サンタクロースは、ミュラ(現在のトルコのデムレ)の司教であった「聖ニコラス」のオランダ語「シンタクラース Sinterklaas」が訛ったもの」で、アムステルダムの守護聖人でオランダでは人気があり、その祝日は彼の命日にあたる12月6日で、その前夜に聖ニコラスの仮面をつけた大人が子どもに贈物をしたという。[コレット・メシャン(樋口淳・諸岡保江 編訳)『サンタクロース伝説の誕生』(原書房、1991年)、p. 228.原著名 Colette Mechin, *Saint NICOLAS: Fêtes et traditions populaires d'hier et d'aujourd'hui*, Berger-Levrault, 1978)、②「オランダ人入植者が新世界にたどりついた十七世紀初頭、オランダ人はそこをニューアムステルダム(のちニューヨークと改名)と呼び、そこにシンター・クラアス崇拝の風習を持ちこんだ」「1969年には教皇パウロ6世がサンタクロースを「降格」させた」[デズモンド・モリス(屋代通子訳)『クリスマス・ウォッチング』(扶桑社、1994年)、p. 31, p. 34.原著名 Desmond Morris, *Christmas Watching*, 1992.、③ピューリタン革命でオリヴァー・クロムウェルはクリスマス禁止令を出したし、「宗教改革に際して、これらの聖徒たちや聖徒たちの記念日はプロテスタント(新教徒)の人たちによって烈しく攻撃され、16世紀の後半までには完全に姿を消していました。(中略)プロテスタントのヨーロッパ全体にわたり、聖ニコラスは非宗教(世俗)的なものとなりました。」1626年にオランダ最初の植民地移住者の「旗艦船の船首像として、人びととともにジンター・クラースが上陸し、やがて金ピカの像が大広場に建てられました」[ロビン・クリクトン(尾崎安訳)『サンタクロースって、だあれ？　その伝説と歴史をたずねて』(教文館、1988年、p. 74, p. 77)、④1822年にクレメント・クラーク・ムーアというアメリカの神学教授の書いた詩が今日のサンタクロースのイメージを定着させた。[渡辺義愛(なる)　監修『サンタクロースとクリスマス』(東京書籍、1983年)原著名 Catherine Lepagnol, *Biographies du Père Noël*, Hachette, 1979]

15) レヴィ＝ストロースに「火あぶりにされたサンタクロース」なる文化人類学の論文があり、カトリック教会もプロテスタントも、世界中の子どもたちの夢であるサンタ伝説を歓迎していない。(クロード・レヴィ＝ストロース、中沢新一『サンタクロースの秘密』、せりか書房、1995年)

第 1 部　紛争演劇／映画の挑発

16) Hubert はゲルマン基語では 'mind' と 'bright' の両義があわさった「明るい心」の意味、また Murray は中英語で 'merry'「陽気な」の意。Murray は概してスコットランド系の名前でアルスターに多い。同時に「水夫の子孫」を意味する、アイルランド系の氏族名 Ó Muireadhaigh が英語化したものもある。Ida Grehan, *The Dictionary of Irish Family Names* (Boulder, Colorado: Robert Rinehart Publishers, 1997), p. 268.
17) 『現代アイルランド文学序論』、pp. 80-81.
18) ロイヤリストの行進の特徴は参加者と観衆との厳格な分離と、参加者の明確な個別集団への分割、軍隊式歩調であるが、共和派の行進は格式や服装規定が殆どなく、寛いで打ち解けた雰囲気があり、それこそ男女の別なく、乳母車の赤ん坊まで参加できる。ロイヤリストの行進が戦勝を記念する、誇らかな集合的決意表明、団結と友愛の力の祝賀であるのに対して、共和派の行進は死者を追悼し、1916年の復活祭蜂起、1972年の血の日曜日事件、1981年のハンスト闘争などで犠牲となった英雄たちの死が決して犬死にでないことを示す、臥薪嘗胆の祈念のものである。すなわち、葬送行進という「墜ちた英雄を称えるこの伝統は、ナショナリスト、すなわち共和主義の理想の民衆の支援を動員するもっとも一貫した手段である。」[Neil Jarman, *Material Conflicts: Parades and Visual Displays in Northern Ireland* (Oxford: Berg, 1997), p. 153.]
19) 拙著『現代アイルランド文学論叢』（大学教育出版、1997年)、p. 69.
20) 毒殺という手段に、小人の新郎ハンス殺害を企てる悪女〈クレオパトラ〉の登場する映画『フリークス』(*Freaks*, 1932) を連想し、「毒殺魔にありがちな冷酷非情さ」［アンソニー・ホールデン『グレアム・ヤング　毒殺日記』（飛鳥新社、1997年)、p. 45.] を読むか、「手っ取り早い撲殺でなく」「毒殺といういかにも女性的な手段を選んだ」［アルフレート・デーブリーン『二人の女性と毒殺事件』（白水社、1989年)、p. 59.] と解するか。なお Alfred Döblin (1878-1957) はドイツのユダヤ人精神科医作家で、原著は1924年の *Die beiden Freundinnen und ihr Giftmord*。
21) *The Irish Times*, 22 April 1993.

第4章　ポール・マルドゥーン
──IRA 批判劇『6人の誠実な義勇兵』──

はじめに

　北アイルランド出身の詩人として著名で、1998年には Oxford 大学の詩学教授に兼務・就任したポール・マルドゥーン (Paul Muldoon, 1951. 6.20-) が初めて舞台のために書いた詩劇『6人の誠実な義勇兵』(*Six Honest Serving Men*, 1995) は、彼の勤務先大学の所在地ニュージャージー州プリンストン市にあるマカーター劇場 (McCarter Theater) から執筆を委嘱され、同劇場で上演されたもので、IRA テロリストたちの内紛や裏切り、私刑(リンチ)の実態を〈薮の中〉を思わせる手法で暴露する作品である。標題そのものが、言葉の錬金術師と評されるマルドゥーンらしく、重層的な意味を帯びている。第一義には無論、戯曲に登場する6人[1]の IRA メンバーを指すものの、彼らと直接には無縁の、半世紀以上前の Old IRA を指す場合にも使用されている[2]し、6は北アイルランド6州を象徴する数字でもある。また、後述するように、邪推や自己防衛に懸命な登場人物の台詞はいずれも額面通りには受け取りがたく、およそ 'honest' とは呼べない点では辛辣な風刺が込められている。標題の出典は、キプリング (Rudyard Kipling, 1865-1939) の『なぜなに物語』(*Just So Stories*, 1902) 所収の「仔象」(The Elephant' Child) で、その末尾に添えられた詩の第1連冒頭句に由来する。好奇心旺盛でやたらと質問ばかりしたのがもとで鼻が伸びてしまった仔象の逸話を踏まえて、日中の勤務時間以外の余暇を活用して自己啓発のために世界各地に派遣する「6人の頼もしい従者[3]」としてキプリングがこの詩の中で言及しているのは、実は、擬人化された〈5W1Hの6つの疑問詞〉である。マルドゥーン作品では、このキプリング原作の童話を

第1部　紛争演劇／映画の挑発

獄中で読んだ父親が幼い息子に語り伝えたという設定をとり、終盤には、まさしくこの疑問詞を引用順に用いた6つの疑問文が、未亡人の口から発せられる仕掛けになっている (44)。

1　作品の梗概

　作品で徐々に明らかにされる事実をまず概括して、梗概に代えよう。登場人物は義勇兵6人と、暗殺された彼らのボスのマキナニー (Brian McInerney, The Chief) の妻ケイト (Kate McInerney) の7人。舞台はアーマー州 (Co. Armagh, 北アイルランド) とモナハン州 (Co. Monahan, アイルランド共和国) の国境地帯。4人の IRA 義勇兵——マケイブ (Mick McCabe)、マカンスパイ (Seamus McAnespie)、クリアリー[4] (Oliver Clery)、タガート (Sean Taggart) ——が、アジトとして潜伏しイギリス官憲の捜索から安全な家 (safe house)、2人の IRA 義勇兵——マガファン (Gerry McGuffin)、ウォード[5] (Joe Ward) が待機する塹壕同然の見張り[6]地点 (lookout post)、および近隣にある、未亡人ケイトの住居、これら3カ所を舞台にしつらえ、順次、頻繁に場面転換する全35場仕立ての構成である。

　ティロン州オウマ (Omagh, Co. Tyrone) で彼らのボスが英軍特殊空挺部隊 (SAS) によって2週間前に殺害され、その葬儀を済ませたところから幕が開く。6人の義勇兵以外にも、舞台には不在の IRA メンバーが3人の名がときおり言及される。その3人——〈ダムドラム〉・ディヴァイン ('Dumdrum' Devine)、〈タコ〉・ベル[7] ('Taco' Bell)、デシー・ガレスピー[8] (Dessie Gillespie) [本名はデズモンド・デッカー (Desmond Decker)] ——は殺害事件当日にパブでコカインを使った乱痴気騒ぎを起こし、「6人の誠実な義勇兵」によって国境線付近の町オーナクロイ (Aughnacloy) へ連行されて、逮捕・拘留されたもののすぐ保釈となり、それ以後杳として消息が知れない。かつてロング・ケッシュ (Long Kesh) [現メイズ (Maze)] 刑務所にボスが10年間収監されている間に、妻ケイトは他の IRA メンバーの複数の男たちと性的交渉を持ったようで、そ

98

第 4 章　ポール・マルドゥーン

の姦夫の誰かが密告してボスを裏切ったとする内部犯行説の疑惑が仲間内で囁かれている。(前述のデシー・ガレスピーも、おそらくそうした密通者の一人で、服務規定や懲戒を明文化した IRA 公式便覧[9]である 'The Green Book' (42) に従って、リンチされ縛らたままの彼の遺体は井戸に投棄されている、とケイトは想像する。) こうした男女の痴情のもつれとは別に、グループの不和の根本には、ボスとタガートと間の戦略方針をめぐる対立があった。不屈の IRA 闘士を父親にもつ生粋のナショナリストのボスは、服役中には牢獄の壁に排泄物を塗りたくる「汚物闘争」('no wash', 'no slop-out', 'dirty' protest; 1978年4月開始) にも参加したつわもので、伝統的な自家製爆弾による「捨身戦法」('derring-do', [20]) を墨守し、たとえ不慮の事故による自爆死が起きても一向に意に介さなかった。一方のタガートは、新型爆弾の製造法(粉砂糖とディーゼル油を混合)を習得してアメリカから帰国、最新鋭の高性能科学技術(ハイテク)を駆使したプロの近代的テロリスト組織化を志向し、両者の溝は埋めがたいまでに深かったようだ。事件当日、ボスをドネゴール州 (Co. Donegal) 北西端イニシオウエン岬(ヘッド) (Inishowen Head) のグリーンカースル (Greencastle) 農場に護送する任務を帯びたクリアリーが、タガートの提案を入れて、別計画の微調整のため途中のオウマに滞在したため、この惨事に遭遇した。半個師団級規模の軽砲隊の激しい一斉射撃を深夜に浴びたボスは頭部半壊の惨死を遂げたが、屋根裏に逃げ込んだクリアリーは奇跡的に無傷で助かったという。ところが戯曲後半になって、クリアリーは証言を一転させ、自分はオウマから北へ80キロ、ドネゴール州モヴィル (Moville) にいたし、それはマガファンが保証してくれる、と主張する。ところが、3人の義勇兵が連行された、前述のオーナクロイ(オウマから国道A5号で南西方向へ30キロ)、ないしその南8キロのエミーヴェイル (Emyvale) で、ちょうどボス殺害時にクリアリーの姿が目撃されたとする証言、すなわち、ボスとのオウマ同宿も遠方のモヴィルのアリバイも虚偽である旨の証言を、タイガー (Tiger) なる人物 [タガートのことか?] から聞かされたマカンスパイは、それを真に受けて電動ドリルでクレリーを殺害する。タガートは、クリアリーと昵懇のマガファンとウォードの様子を見張り地点まで偵察に行き、彼らを威嚇するが戻ってこない。ウォードひとりが最後にケイトの家を訪ね

て、芝居は幕を閉じる。

2　謎解きの試み——ひとつの解釈

　ボスを SAS に売った裏切り者は一体誰なのか。上述した粗筋からは、アリバイ証言を翻したクリアリーが最も疑わしいのは確かだが、アリバイ崩しとなった別の目撃証言（タガートと思しき男の言葉）をそのまま信用してもよいのだろうか。そもそも、板付きの冒頭場面から読書に没頭しているクリアリーは、その演技の制約上から他の人物に比べて台詞が少なく、if を省略した 'had he not'（9）, 'had I not'（25）という堅苦しい仮定法過去を 2 度、ラテン語を 1 度（16）会話で用いるなど、書斎派の人間性が窺える。後述するように、彼はマガファンに麻薬を勧め、60年代の対抗文化の教祖的存在ティモシー・リアリー[10]（Timothy Leary, 1920-96）を熱烈に崇拝し、'Doctor Timothy' Clery と自称していたほどである（23）。権力や権威を否定し、サブ・カルチュアを擁護する奔放な姿勢が、アイルランド史の英雄ですら公然とからかう放言を招き、かけられた密告嫌疑と相俟って、同志からリンチされる羽目に会ってしまうのは、既に触れた通りである。それでは仮にこのクリアリーが密告の真犯人だとしても、他の 3 人の行方不明の義勇兵たちはどうして戻ってこないのだろうか。3 人が逮捕・拘留後に「年金を貰って」（35）釈放された、というのは、逮捕したのが北アイルランド警察（RUC）で、彼らはあっさりと自白供述してその報償金を得た、という意味だろうか。あるいは 3 人は酒や麻薬に溺れる自堕落ぶりを IRA 幹部から粛正されたのだろうか。3 人が消されて埋められている（12）とすれば、一体、誰がその実行犯なのか。
　まず考えられるのは、マカンスパイとタガートの二人組である（彼らは劇の冒頭でトランプ遊びに興じるほど仲がよい）。マカンスパイは、その極端な愛国主義でいかにも IRA の典型と呼べそうな男である。英国スポーツのサッカーから派生した用語[11]さえ毛嫌いし（16）、復活祭蜂起で処刑された悲劇の英雄の名前を呪文のように唱え（21）、マイケル・コリンズ（Michael Collins,

第4章　ポール・マルドゥーン

1890-1922) 暗殺後は、選挙でなくアーマライト銃で600年に及ぶ積年の恨みを晴らすべきだった、と激昂し、愛国バラッド 'Four Green Fields', 'The Wearin' of the Green' にも言及する (27)。クリアリーが2人の愛国者の名前 [Thomas James] Clarke (1857-1916) と [Eamonn] Ceannt (1881-1916) を合成して、Clark Kent（Supermanが普通の人間でいる場合の通称）と語呂合わせし、Clark Kent の友人の女性レポーター［あるいは同名のハリウッド女優もいる］(Lois Lane) やミュージカル舞台作品（のちに映画化）名 (*Kiss Me Kate*, 1953) と同列に愛国者を扱うのを聞いた彼は、「そいつは罰当たり (sacrilege) だぞ」と激怒、「お前の生殖腺を切り取って喉に詰め込んでやる[12]」と威嚇する (40)。実際、彼は米国有名メーカー Black & Decker 社製の電動ドリルまで購入しており、それを使ってマケイブと共謀、クリアリー殺傷に及んだことがト書きで暗示される (49)。「おかま野郎」(nancy boy/homo/queers) という悪口が口癖になっている (9, 16, 35) ことから推して、おそらくこの男はマッチョ肌の逞しい人物なのだろう。

　一方のタガートは、その渾名の〈ショショーニ〉('Shoshone') が示すように、アメリカ・インディアンの部族の血を引いている。マルドゥーンには、同じ北米インディアンのスー族出身の IRA ギャログリー (Gallogly) を主人公にした長詩「人の欲にはキリがない」（詩集『クウーフ』[*Quoof*, 1983] 所載）があることを思えば、タガートはギャログリーのテーマ上の兄弟であり、これまでの叙述が示唆するように、ボス裏切りの主犯格と目される。独白によれば、アメリカ滞在中のクリスマス・イブにレベル・レストランで3人組（一人は映画『００７』のオッドジョブ似の人相）に、懲役5年の刑に相当する爆発物（マグナム弾薬）所持容疑で逮捕され、「共犯者に不利な証言をする」(turn Queen's Evidence, [29]) ように迫られた。しかしその夜は結局、高級住宅地ブルックライン (Brookline) のパーティに繰り出してビール (Amstel Light) で酔いつぶれた、からには、この時に当局者に買収されて密告した可能性を暗示する独白ともとれる。さらに、別れに右手人差指を唇に当てるしぐさの、ケイトとの奇妙な符合 (16/47)、戯曲最後で 'Jojoba' をケイトがスペイン語風に発音しているらしいこと、ケイトと同名の不倫人妻 Kitty (O'Shea, 1845-1921) への性的

101

第1部　紛争演劇／映画の挑発

ニュアンスを伴う賛辞（'a real humdinger' には「極めて素晴らしい女」と「調子のいいエンジン」の両義がある）から推して、このタガートもケイトと密かに通じていた可能性はきわめて高い。

　冒頭から絶望的に頭を抱え、義勇兵6人の中でもっとも苦悩の様子が顕著なマケイブは、ボスとともに囚人服拒否戦術[13] (on the blanket, [40]) を含む、6年間の辛い獄中生活を経験し、おそらくボスの片腕として No. 2 の地位にあった人物と推測される。タガートの言葉 (46) を借りれば、ボス同様に「虹の端の黄金の壺をあてにする」夢想家で、キューバの革命家ゲバラ (Che Guevara, 1928-67) のように「今日のテロリストは明日の政治家」になるものと信じて疑わず、彼もまた、ケイトに思いを寄せる人物の一人と目される。なぜなら、ケイトが繰り返しかけるレコードの歌詞を何気なく最初に引用する（4場）のは彼であるし、丘に仕掛けた罠の獲物を見に行く、とタガートが25場で外出（実際、33場で見張り地点に登場）、28場でケイトの家をノックする男を見張りが目撃、29場でケイトが微笑でその男を迎え入れ、31場で男を見送る訳だが、この間に挿入された30場で、タガートが出た直後を見計らって、このマケイブもまたこっそり家を抜け出したことは、二人が愛人宅で鉢合わせになる異常事態を危惧したクリアリーの驚愕の台詞から判断される。行き先がテキストに明示されず、マケイブの帰宅が35場冒頭である事実を考慮すれば、ケイトとのなんらかの形での逢瀬を楽しんだのは、このマケイブだったと推測される。だとすれば、密告による裏切りの動機はマケイブにも十二分にあり、ウォードの台詞を借りれば「元セキュリコー（英国警備保障システム会社）勤務」(50)、つまり英国諜報部 MI 5 との背後での関連さえ暗示されている。

　次に、戯曲の最後でケイトを訪ねるウォードは、レイシング・カー 'Stutz Bearcat' のロゴ入り野球帽を被り、それまでマガファンの相棒としてずっと見張番についていた。彼は、爆弾製造の専門技術ゆえにタガートを高く評価し、訳の分からぬことを喋る奴だが決してタガートは密告者 (a grass) ではない、むしろ腹心のマケイブの方にこそボスを殺す動機があった、と語る。（この発言根拠は明かされないが、ボスが懲役10年、マケイブが懲役6年だった事実は、

第4章 ポール・マルドゥーン

出所後マケイブがケイトを援助し慰撫する立場を利用して懇ろになった可能性を想像させる。)麻薬の隠語 'rocket fuel' や、ティモシー・リアリーの1966年の言葉「痺れて目覚めて抜け出せ」('Tune in, turn on, drop out.' [23][14]) に言及するあたりは、クリアリーやマガファンに似た気質や背景の人物かも知れないが、この男にしても、内臓に遅延毒性のある除草剤（パラコート）を密かに隠し持ち、タガートを地獄に送りたいと願っているのは確かだと、ケイトは推測する。(事実、突如現れたタガートから彼も銃口をつきつけられている。) だが、謎めいた展開なのは、〈2発の銃声〉が轟き、タガートがウォードとマガファンの二人を射殺したのに相違ないと誰しもが思うであろう単純な推測を裏切って、最終35場でケイトの家を訪ね、ケイトに劣らず慣れた手つきでレコードに針を下ろすのは、他でもないこのウォードなのである。35場を亡霊の出現や幻覚現象ではなく、現実の出来事として解釈するならば、コルト銃を携帯 (packing the Colt, [46]) していたらしいウォードがタガートと互いに1発撃ち合った末、彼だけが命拾いした、あるいはマガファンが射殺されたあと、ウォードがタガートを射殺した、とでも推測する他はない。いずれにしても、ケイトに付けられたト書き「ショックを受けたかのように窓辺に佇む」や「呆然自失のようにウォードに近づく」は、情夫タガートの来訪を信じていたケイトにとって、意外な展開だったことを裏付けるものに違いない。

　最後のマガファンは、「間の悪い奴、気のきかない奴」を意味する普通名詞 'guffin' にアイルランド人風の Mac を合成した造語ともとれるし、ヒッチコック (Alfred Hitchcock, 1899-1980) 監督が映画の中で多用した「プロットに真実味やスリルを与えるため取り入れた、それ自体は意味がない、思わせぶりな小道具や設定」という意味[15]でも広く知られている。マガファンは戯曲のかなり早い段階で、「ボスを殺させたのはタガートに違いない、奴のアメリカからの帰国後、現在地情報が敵に把握されている」と漏らして、この推理劇の流れの一定方向を予言するものの、結局、本人は当の陰謀工作とは無縁な端役にとどまり、まさにヒッチコック流の意味での〈マガファン〉を演じ切っているからである。マガファンは、若い頃はショパンやリストのコンサートに通った音楽通で、1969年の公民権闘争に巻き込まれてクィーンズ大学

第1部　紛争演劇／映画の挑発

――マルドゥーン自身がヒーニー (Seamus Heaney, 1939-) の指導のもとで学んだ大学――を最初の学期で中退し、クリアリーに誘われ麻薬に走ったらしい。とはいえ、名門校にひとまず入学した秀才だから、彼の話にはやや衒学的な文学言及が少なくない。ムーア (George Moore, 1852-1933) の長編『ヘイル・アンド・フェアウェル』(*Hail and Farewell*) で、アメリカ帰りのイェイツ (W. B. Yeats, 1865-1939) が「太鼓腹」だった逸話[16](18) や、同じくイェイツの有名な詩 "Easter, 1916" の一節を連想させる語彙 ('Changed utterly' [36]) 、インドの神秘詩人タゴール (Rabindranath Tagore, 1861-1941) や英国詩人ブレイク (William Blake, 1757-1827) への言及、言葉への異常な関心 (例えば、「家禽を絞殺し血を抜いた状態」を 'dressed' と表現する理由の詮索 [28]、by who? でなく by whom? という規範標準文法への執着 [33]、「機関車」に「〈狂った〉動機」をかけた、'*loco*-motive' という表現 [46]) などは、ときとして詩人マルドゥーン像を彷彿とさせるだろう。

おわりに

暗殺事件の顛末をめぐる真相は結局のところ、曖昧な「薮の中」のままにこの劇は終わり、他にも解けない謎は少なくない。それを棚上げしたうえで、この芝居から読者や観客が得るもの、あるいはマルドゥーンのこの処女戯曲の執筆意図は何であろうか。

ひとつは、その志願動機や闘争理念、構成員の出自などの点で、IRA は一枚岩の均質集団ではけっしてない、という自明の事実の再確認である。熱烈なナショナリスト (マカンスパイ、マケイブ) だけでなく、ナショナリストかぶれだが、組織活動嫌いの反体制インテリ・アウトサイダー (マガファン、クリアリー)、北米少数民族の血を受け継ぐ、冷酷なプロフェショナル・テロリスト (タガート)、そして何のために IRA に所属しているのか、言動からはその信条や思想が明確に把握できない謎の男 (ウォード)。彼らのすぐ近くにいて欲情の対象となるケイトも、夫が愛飲したギルビー・ジン・トニック (角氷3個とレモン1切れ) を手に、"I'll Take You Home Again, Kathleen"[17] のレ

第4章　ポール・マルドゥーン

コードを擦り切れるほどかけて、亡き夫の追憶にひたる〈貞節な未亡人〉という第一印象が徐々に剥がされていく。夫は獄中で、僅かな失業手当で困窮生活を余儀なくされた我が身の境遇をアイルランド王ブライアン・ボルー (Brain Boru, 941-1014) の夫人[18]になぞらえて回顧する辺りまでは観客の憐憫や同情を呼ぼうが、無言電話に浴びせる口汚い罵声や際どい挑発から明らかなように、様々な男たちと関係を結び、ふしだらな娼婦にまで内実は堕落していたことが次第に仄見えてくる。そもそも 'Kate' には俗語で「娼婦」の意味があり、マガファンはネパールの首都カトマンズ (Kathmandu) にひっかけて、'Kate-man-du'、つまり「誰とでも寝る女」と愚弄しているほどである。マルドゥーンは舞台化したのは、一人の脆い娼婦をめぐる6人の不誠実な男たちの内紛劇であり、そこに浮かび上がるのは、理想化など微塵もない、テロリスト集団 IRA に対する著者自身の苦い幻滅ではないだろうか。

　本章の最後に、詩劇としての文体上の特徴について付言しよう。IRA メンバーの発する強烈に粗野で猥雑な俗語[19]、ケイトがかけるアイルランド民謡のレコードの素朴で叙情に溢れる歌詞、機内雑誌掲載のハイテク商品広告文の饒舌で誘惑的な朗読――、一見全く異質のこれらが、劇全体からみれば渾然一体となって互いの持ち味を発揮し、言葉の機能の万華鏡[20]を提示していることは新機軸であろう。離れて交信のない地点にいる登場人物たちが、あたかもテレパシーや以心伝心で耳に達したかのように特定の語彙に感応し、歌舞伎の渡り台詞さながら話題をリレーしていく展開も軽妙である。ケイトが読み上げる広告文は、詩的な美しさは当然ない代わりに、顧客を魅了する洗練された口当たりの滑らかさ、現代風大道芸人の口上を聞く趣がある。その商品は、「照明付き胡椒挽き」「GPS (全方位計測システム)」「音声変換器」「高性能ラジオ」「磁石式ジグソー世界地図」「計時機能付き目覚時計」「クロスワード解答機[21]」「リスト・バンド式高度計」「暗視望遠鏡」の合計9品目で、とくに日本製の GPS が部分的に2回繰り返されているのが注目される。失踪中の〈タコ〉・ベルが大量に持ち帰った機内雑誌に掲載され、IRA 装備や兵器の近代化を急ぐタガートたちの購入商品がこのなかに含まれていることが示唆され、またこの雑誌の中に「事件を解明する手掛かりがある」

105

第1部　紛争演劇／映画の挑発

(15)というケイトの〈思わせぶりな〉前置きで一連の朗読が始まっている以上、事件の謎を解明する大きな鍵が隠されているのだろう。9点すべてが何らかの形で絡むのか、特定の商品（例えば昨今めざましく活用されている「GPS」や、実際に利用されている「暗視望遠鏡」）だけが重要なのかは分からない。初演からはや6年が過ぎ、今日では必ずしも珍しくないこうした〈新商品〉が、テロリストの任務遂行や逃走手段に絶対の必需品かどうかも怪しい。敢えて言えば、この広告朗読自体が、先に述べた、壮大なる〈マガファン〉ということも考えられる。冒頭第1場で、「マガファンはどこにいる？」という台詞がクリアリーとマケイブによって発せられている。これは、「〈マガファン〉はどこに仕掛けられているだろうか？」と、言葉のトリックスターたるマルドゥーン自身が観客に向かって問いかけ、注意を喚起するための伏線の台詞としても解釈できるからである。

　　使用したテキストは、Paul Muldoon, *Six Honest Serving Men* (Oldcastle, Co. Meath: Gallery Press, 1995) で、引用末尾の括弧内に頁を示した。

注
1）通例、軍隊の最小単位とされる分隊 (squad) は、軍曹・伍長各1名に10人の兵士からなる12人。テキストで言及されるのは、ボスとメンバー9人の合計10人の編成。
2）ボスの父親が1939年にマコーマック (John McCormack, 1884-1945) の熱唱を聞いた翌日に戸口に現れたのは「6人の誠実な義勇兵」だった (13)。なお、1939年は第2次大戦が勃発し、IRA が初めて英国本土を標的とする活動を開始、8月に Conventry 爆弾事件で5人の死者が出ている。
3）キプリングではハイフォンつきの 'serving-men' が用いられている。(*Rudyard Kipling: Selected Works* (New York: Gramercy Books, 1995), p. 232; *Rudyard Kipling: The Complete Verse* (London: Kyle Cathie, 1995), p. 496.
4）Daniel Jones, *English Pronouncing Dictionary* 14th ed. (Cambridge UP, 1991) では Clery の発音は［klıəri］のみ。
5）マルドゥーンの詩「アンショウ」('Anseo') に登場する IRA 司令官の名前もやはりウォード (Joseph Mary Plunkett Ward) であることに留意。
6）この「見張り」は本来、敵対する英軍の SAS やプロテスタント過激派 UVF に潜伏場所を察知されないための外部監視活動のはずなのだが、ケイトの密通相手を探るために味方の家の方向にも向けられ (48)、裏切りに疑心暗鬼になっている義勇兵たちの心理を浮き彫りにしている。しかし、より戦慄とさせるのは、ト書きに明示さ

第 4 章　ポール・マルドゥーン

れているように、潜伏場所の家（4, 17, 29, 32場）ばかりか、他ならぬ監視地点（10, 26場）までもが、見えざる他者（おそらく SAS）が覗く暗視望遠鏡の監視下にあることが、スポット照明で示唆されることである。半年前から始まった電話盗聴の雑音、訪問者を送り出した直後にかかってきた無言電話などは、6人のうちの誰かの犯行というよりも、やはり外部の権力犯罪を示唆するものであろう。暗視カメラによる監視の模様は、ハンスト闘争時代を描いた Terry George 監督映画『ある母親の息子』(*Some Mother's Son*, 1996) にも登場（冒頭より17'30"）し、既に1980年には導入されている監視技術である。

7）タコス (taco) 料理中心の米国のファースト・フード・チェーン店 'Taco Bell' に倣った渾名。メキシコ料理だけに、イスパニックの血が流れている人物なのかも知れない。ちなみに「魅力的なメキシコ人女性」を指すこともある（リチャード・スピアーズ『禁じられた米語俗語表現辞典1400』、Macmillan Language House, 1996）。

8）名前の響きは、アメリカ人ジャズ・トランペット奏者ディジー・ガレスピー (Dizzy Gillespie, 1917-93) のもじりかと思われる。彼が膵臓癌のため死去した Englewood という町は、マルドゥーンの住む New Jersey 州にある。本名の John (Birks Gillespie) で呼ばれることは滅多になかった、と追悼記事は伝えている。(*Times*, January 18, 1993, p. 43.)

9）Martin Dillon, *The Enemy Within: The IRA's War against the British* (London: Doubleday, 1994) の appendix (pp. 265-84) を参照。

10）ティモシー・リアリーは、カリフォルニア大学で心理学の〈博士号〉を取得、ハーバード大学臨床心理学講師になり、60年に幻覚性キノコを摂取して麻薬を初体験、63年に大学を解雇、66年マリファナ所持で逮捕、69年には20年の実刑判決を宣告されるが、70年過激派の助けで脱獄、その後の波乱万丈の生涯は自伝『フラッシュバックス』（トレヴィル、1995年、［原著名：*Flashbacks*, 1983］）に詳しい。

11）「何をするか予測のつかない男」(name for unpredictable man) を意味する 'head-the-ball' の語源は不詳だが、たしかに、ヘディングしたサッカー・ボールの飛ぶ方向の不確かさに由来するかも知れない。Loreto Todd, Words Apart: *A Dictionary of Northern Ireland English* (Gerrards Cross, Buckinghamshire: Colin Smythe, 1990), p. 90.

12）IRA のリンチは、膝撃ち刑や〈タール・羽毛まみれ〉（「人の欲にはキリがない」のベアトリスもこうして晒された）が悪名高いが、死体の喉奥まで当人の切除された性器を突っ込む、この残忍な猟奇行為は、p. 28では敵の UVF の十八番として語られている。

13）1973年3月以降、IRA 政治犯は一般刑事犯と同じ扱いを受け、適用第1号となった Ciaran Nugent は囚人服および刑事犯を示す記章の着用を拒絶し、裸体に毛布のみをまとう 'blanket protest' を開始した。Padraig O'Malley, *Biting at the Grave: The Irish Hunger Strikes and the Politics of Despair* (Boston: Beacon Press, 1990), p. 20.

14）'Turn on, tune in, drop out,' が正確な引用らしく、同名のリアリーの著書もあるし、前述の彼の自伝『フラッシュバックス』(p. 366) でもやはりこの語順である。

15）この言葉（以下の引用では〈マクガフィン〉）の由来は次のような逸話とされる——〈ロンドンからエディンバラに向けて汽車で旅する二人の男。頭上の荷物棚に紙

第1部　紛争演劇／映画の挑発

包みがのっていた。「あれは何だい」と、ひとりが尋ねた。「ああ、あれがマクガフィンだ」と相手が答える。「マクガフィンって？」「高地地方でライオンをつかまえる道具さ」「でもスコットランドにはライオンはいないよ」「そうか。それじゃ。マクガフィンじゃないな」〉──ドナルド・スポトー『アート・オブ・ヒッチコック──53本の映画術』(キネマ旬報社、1994年)、p. 29. (原著名: Donald Spoto, *The Art of Hitchcock*, 1976/92)

16) イェイツの最初のアメリカ講演旅行は1903年11月。'with a paunch' が *Vale,* Ch. VII 冒頭にある。George Moore, *Hail and Farewell* (Macmillan of Canada, 1976), p. 540.

17) アメリカ人トマス (Thomas Paine Westendorf) が妻ジェニー (Jenny) のために書いた詩で、元来は二人の故郷ドイツを憧れるものとされる。*Soodlum's Selection of Irish Ballads,* Vol. 2 (Dublin: Soodlum Music Co., 1981), p. 24.

18) ダブリンのデーン人の王 Sitric の母親の Gormlaith をさす。結婚後、タラ王 Maolsheachnail を圧倒したボルーはクロンターフ (Clontarf) で戦勝したものの、自らは戦死した。

19) とくに26場は吸茎 (fellatio) を意味する過激な表現 'do a turn with', 'give head to a dead horse', 'give a dog a blow-job' が繰り返される。「内部告発者」を意味する 'Deep Throat' (48) には同名のポルノ映画 (1972) がかけられ、ケイトの密告も暗示される。

20) 重層的意味の魔術を示す例として、'score' という語が様々な意味で使い分けられていることを指摘したい。「獣」(12)「恨み」(27)「事実」(29)「女と寝る」(36)「得る」(20/45)、とくに最後の例(「一本決める」'score a hit, a very palpable hit' [45])は『ハムレット』5幕2場296行からの引用でもある。もうひとつ、'point' に関しても、電動ドリルをクリアリーに突き刺す際のマカンスパイの台詞 'The point must be driven home.' (49) は、「要点をお前によく納得させねば」と「ドリル先端をお前の体に打ち込まねば」がかけられており、以前にクリアリーが彼に 'Get to the point, McAnespie.' (31)「要点を早く言えよ」と詰ったことへの復讐をこめた皮肉な台詞でもあろう。

21) 広告文1行目 (30) の 'What is. . . ' は 'What if. . . ' でないと文法的に意味がとれない。単なる誤植なのかも知れないが、穿って解釈すれば、広告文自体の誤植を意図的に捏造し、この語彙検索機能機器の信頼性を著者が揶揄しているのかも知れない。

この作品は、タランティーノ (Quentin Tarantino) 監督映画『レザボア・ドッグ』*(Reservoir Dogs,* 1992) との類似が指摘されている。この映画ではコード・ネームで呼び合う6人の強盗たち (Misters Pink, White, Orange, Blonde, Blue, and Brown) が宝石強盗のために集合する。しかし警官の待ち伏せによって2人が死に、倉庫で残りの4人が、誰が密告者なのかをつきとめようとする。主演は Harvey Keitel (Mr. White)、Tim Roth ほか。

参考文献

Tim Kendall *Paul Muldoon* (Chester Springs, PA: Dufour, 1996)
Clair Wills, *Reading Paul Muldoon* (Newcastle upon Tyne: Bloodaxe Books, 1998)

第5章　ケン・ロウチ
―― 『隠された議題』と〈撃ち殺し〉――

> ニール卿「アイルランドは素敵な土地なんだがねえ、
> アイルランド人さえいなければ」(87' 58"-88' 04")

はじめに

　イギリス人映画監督ケン・ロウチ (Ken Loach, 1936-) は、隼 (kestrel) と少年の交流を描いた代表作『ケス』(Kes, 1969) や『リフ・ラフ』(Riff-Raff, 1990)、『レイニング・ストーンズ』(Raining Stones, 1993) 、スペイン市民戦争を扱う『大地と自由』(Land and Freedom, 1995) が近年になって相次いで日本公開され、労働者階級を描く硬派の社会派監督として高い評価を得てきた。『私の名はジョー』(My Name Is Joe) は1998年のカンヌ映画祭参加作品として話題になり、まもなく最新作『パンと薔薇』(Bread and Roses, 2000) も日本で公開される。短編を除く劇場版作品としてロウチ監督の8作目にあたる『隠された議題』(Hidden Agenda, 1990) は、北アイルランド紛争を扱う政治的な問題作であるが、残念ながらまだわが国では商業的には劇場未公開（1998年秋の川崎市市民ミュージアムでの上演をのぞく）かつビデオ未発売である。本章では、この映画の米国版ビデオ[1]の分析を通して、1980年代の北アイルランドの紛争状況やそれに対応するイギリスの政治の問題を考察する。知名度の高くない映画であり、「構成がぎこちなく、視聴者にかなりの背景知識を要求する[2]」とも評される作品であるだけに、まずその粗筋を簡単に記述する必要があるだろう。

第 1 部　紛争演劇／映画の挑発

1　映画『隠された議題』の梗概

　舞台は紛争の緊張の続く1980年代前半（文脈や台詞からあえて特定すれば1984年）のベルファースト。IRA監視の英軍装甲車が市街地を哨戒し、身柄拘束を優先せず発見次第「撃ち殺す」("shoot to kill [3]") 強硬方針を警察当局が打ち出して、いわば北アイルランド全土が家宅捜査下に置かれ震撼していた時期である。映画は、上空からみた緑の北アイルランドに続いて、プロテスタント側の祝祭行事の群衆で埋め尽くされた首府の大通りの場面から始まる。国際アムネスティ機関の賛助で、4名の人権問題調査団が北アイルランドでの囚人虐待の実態調査に訪れている。その一員のアメリカ人弁護士ポール・サリヴァン (Paul Sullivan) は、1本の盗聴カセット・テープのコピーを、変節したイギリス諜報部員ハリス (Harris) から入手する。虐待が確認された旨の調査報告の記者会見を終え、帰国する当日早朝にハリスに電話連絡したポールは、テープ返却のためハリスとの密会に単身出かけるが、別の案内人モロイ (Frank Molloy) の車に同乗しているとき、尾行してきた対テロ秘密警察隊 (S. S. U. : Special Support Unit) から警告なく銃撃を浴びて射殺され、カセット・テープも奪われる。アメリカ人の人権擁護派の弁護士殺人に当惑したイギリス政府は、事件の調査員2名を急遽ベルファーストに派遣する。ロンドン警視庁刑事部 (C. I. D. : Criminal Investigation Department) のピーター・ケリガン警察副本部長 (deputy chief constable Peter Kerrigan) とトム・マックスウェル警視正 (chief superintendent Tom Maxwell) である。二人は、人権問題調査団員でポールの恋人でもあるイングリッド・ジェスナー (Ingrid Jessner) やモロイ未亡人の協力を得て、事件に直接関与した警察官（ケネディ巡査部長）、指示を出した上官（フレイザー警視）、ついには北アイルランド警察署長ブロウディ (Brodie) らの取り調べを進め、やがて事件の真相——労働党政権転覆工作をはじめとする陰謀がサッチャー政権の中枢にまで及んでいた事実を突き止める。しかし、車内に残された9ミリ銃弾付き警告文や、IRA系のパブ内での盗撮写真などをネタに、イギリス政府や諜報部高官はケリガン警部に恐喝まがいの圧力をかけ、ついにケリガンは真相の公表を断念して帰国の途につく。

一方、ジェスナーは、ハリスから盗聴テープの別のコピーを独自に受け取ることに成功するが、受渡し直後にハリスは秘密警察に拉致され、IRAの犯行に見せかける膝撃ち刑を受けた後で射殺されてしまう。ケリガン警部の公的支援も得られぬまま後に残されたジェスナーは、なんとかこの陰謀の暴露の道を模索して、公衆電話に走る……。

2 モデルとされる実在の事件や人物

アイルランド系マルキスト作家ジム・アレン (Jim Allen, 1926-) が脚本を担当したこの『隠された議題』は、フィクショナルな作品である。しかしながら、ケン・ロウチのインタヴュー（後述4-(1)）でも明らかなように、映画の内容は『ストーカー報告書』から大きな影響を受けている。『ストーカー報告書』と言っても、昨今話題になることの多い、特定の人物を付け回す偏執的犯罪者に関する報告書、ではない。

(1) 『ストーカー／サンプソン報告書』について

『ストーカー報告書』とは、1985年、グレイター・マンチェスター州の警察副本部長 (deputy chief constable of Greater Manchester) だったジョン・ストーカー (John Stalker) が作成した中間報告書で、1982年アーマー州 (Co. Armagh) で起きた射殺事件をめぐって、北アイルランド警察がIRAテロリスト容疑者の逮捕を目指さずに最初から「撃ち殺す」("shoot to kill") 方針を実施していたか否か、その実態について調査したものである。北アイルランドの1982年はとりわけ不穏な時期で、9-12月の4か月間だけで紛争に関連して47人もの死者が出たのだが、ストーカーの調査対象となったのは次の3つの事件である[4]。

①11月11日深夜、警察の道路封鎖を突破した車が監視していた警察の一斉射撃を浴び、乗っていた3人の男 (Gervaise MaKerr, Eugene Toman, Sean

第 1 部　紛争演劇／映画の挑発

Burns）が死亡した。車内からは銃器類はまったく発見されなかった。
②11月24日、Lurgan 近郊の Ballyneery の干し草置き場で Michael Tighe が射殺され、Martin McCauley が重傷を負った。小屋から押収された 3 丁のライフル銃は、戦前の年代物で銃撃不能のものだった。
③12月12日、アーマー郊外の宅地で、Seamus Grew と Roddy Carroll の 2 人が射殺された。やはり車内からは銃火器類は発見されなかった。

　1984年 5 月ベルファースト入りしたストーカーは、調査過程で北アイルランド警察から上述の事件に関係する録音テープの提供を拒否されるなどの抵抗にあったものの、中間報告書では上記 6 人の犠牲者（うち 4、5 人が IRA メンバー）が違法に殺害され、しかもその行為に上官が関与したのは確実だと述べている。（しかも、北アイルランド警察からアルスター公訴局長官［Ulster's Director of Public Prosecutions）］へのこの報告書上申が遅滞したことも世論の批判を浴びた。）報告書発表後も調査はなお続行されたが、1986年 5 月、ストーカーは突如告発されて、この任を解かれる。マンチェスター在住の宅地開発業者ケヴィン・テイラー (Kevin Taylor) からの接待の見返りに便宜供与したとされる職権濫用容疑だった。北アイルランドでの以後の調査はウェスト・ヨークシャー州警察本部長 (chief constable of West Yorkshire) コリン・サンプソン (Colin Sampson) に 6 月 6 日より引き継がれ、サンプソンは同時に、ストーカーの職権濫用疑惑の調査も担当した。ストーカーにかけられた容疑の申立ての主体や詳細は明確でなく、様々な憶測を呼んだ。唯一確証のあるものは、ストーカーが知人たちを私用でパトカーに乗せて送った、ささやかな公私混同程度である。問題の録音テープはサンプソンには提供され、ストーカーも 8 月22日無実の罪を晴らしたが、翌年 5 月に彼は警察を早期退職し、事件に関してしばらく沈黙を守ったのち、1988年 2 月ロンドンのハラップ社 (Harrap) から自著『ストーカー』(Stalker) を刊行した。この著作のなかで最も重要な点は、結局「撃ち殺し」方針はなかった、と結論づけていることである。他方、その同じ年に公表された『サンプソン報告書』は、一部には弥縫的 (a whitewash) との批判もあったが、北アイルランド警察の下官数名への懲戒処

112

第5章　ケン・ロウチ

分の必要性を訴え、実際同年7月には20名が処分を受けた。翻れば、1982年暮れに勃発した3つの射殺事件からちょうど6年が経過していたことになる。

　ケン・ロウチ監督の『隠された議題』は、この『ストーカー報告書』に直接的な着想を得たもので、映画の展開から見て、〈ストーカー＝ケリガン〉のモデル図式を想定してよい。ケリガンの刑事歴は映画の台詞では26年と設定され（90'00）、ストーカーの刑事歴も同じく26年である[5]。

　一方、映画完成2年前に出された最終報告『サンプソン報告書』の内容は映画には全く生かされていない。後任者サンプソンの役割を果たすべき同僚マックスウェルはキャリア組警官の保身のため臆病風に吹かれ、ジェスナーは体制の外側の一介の活動家にすぎない。上層部の責任追及を怠り下官の処分だけの骨抜き調査に終わった『サンプソン報告書』をケン・ロウチはもともと否定的にしか評価せず、映画に取り込むに値せず、と判断したのかも知れない。

　映画の中では、記者会見の席でジェスナーが、1969年から1980年にかけて北アイルランド警察（RUC）やアルスター防衛軍（UDR）、イギリス軍らの治安当局によって少なくとも130人が殺され、そのうちの半数がテロ活動とは一切無関係な一般市民であったという数字を挙げて（9'25"-40"）、〈撃ち殺し〉方針の存在を確認している。（ストーカーが調査対象にした1982年の一連の射殺事件以前の統計であることに注意。〈撃ち殺し〉は70年代からあったというのが、ロウチ監督の主張であり、もともと〈撃ち殺し〉という表現の端緒は1972年のある政治家の演説とされる[6]。）その声明に対して、武装蜂起状態においてはイギリス政府としても必要な方策を講じる権限があるのでは、という記者からの質問に、ポールは「イギリスは世界から民主国家と見なされており、われわれは証拠書類に基づいた報告書を提出するのだから、イギリス政府がきっと対応してくれるだろう」（9'54"-10'10"）と、（当て擦りなのかもしれないが）かなり楽観的な見通しを述べている。皮肉なことに、そのポールが射殺された事件を伝えるテレビ・ニュースでの警察発表は、「午前6時15分、ダンギャノン近郊の検問所において警官に向かって猛スピードで突っ込んで来た車に警察が発砲した」という全くのでっちあげだった。同じニュース番組で、ワシントンのイ

第1部　紛争演劇／映画の挑発

ギリス大使館前の抗議デモ映像を「IRA支援者、すなわち暴力集団に慰安と武器を提供する人々」(23'15"-22") と呼んだのは保守党の北アイルランド・スポークスマンのアレック・ネヴァン (Alec Nevin) だった。こうした政治家がイギリス政治を陰で牛耳っている以上、ロンドン警視庁の調査団ではなく、国際的独立調査団でない限りは信頼できない、「なぜなら過去13年間、たくさんの調査が行われてきたが、なにも変わりはしなかった」(25'00"-06") というフランス系調査員アンリ (Henry) の悲観的な言葉は正確な予言であった。一方、北アイルランド警察署長ブロウディに言わせれば、「たしかに北アイルランド警察は秘密工作を行っておるが、IRAとて同じだ。ベーコンをうちへ持って帰るためには豚を殺さねばならんのだ！」(62'10"-17")——これが警察当局のトップによる、〈撃ち殺し〉正当化のための比喩である。

(2) 陰謀工作について

標題『隠された議題』が暗示するものは、変節した諜報部員ハリスが隠し持つ録音テープのなかの謀議、すなわち、イギリス諜報部とアメリカCIAによる労働党内閣打倒の陰謀工作である。証人として元軍人ホルロイド (Fred Holroyd) を adviser に迎えて映画は制作されたが、ハリスの語る諜報活動の実態を以下に引用し、陰謀の全容を見てみよう。なお [ ] 内はジェスナーとケリガンの割込み台詞である。

　　　　私はMI6, のちにMI5[7]に徴用された軍諜報部員だった。われわれの表向きの名称は〈情報政策部隊〉(Information Policy Unit) だった。公的な職務はメディアと連絡をとり、PR番組を準備することだった。独自の印刷機を持っていて、共和派の筋から出たと思わせる文書を偽造した。メディア、つまり新聞、雑誌、テレビ向けに資料を提供した。必要と思われる資料ならなんでも、だ。話をでっちあげ、真実を漏らし、嘘を漏らし、半面の真実を漏らした。われわれは誰に対しても責任を負わない。首相、議会、裁判所、英国国民だろうと誰にも。みんな同じことだ。操作されるために存在したのだ。1974年選挙のとき、われわれの任務は次第に政治的になり、MI5が事態を仕切っていた。

114

第5章　ケン・ロウチ

われわれの長期的目標は打ち捨てられた。暗殺部隊、賞金稼ぎに新たな重点が置かれた。1970年代、保守党が腐敗し分裂した。保守党党首のエドワード・ヒースが1974年の炭坑ストに屈服する様をみるにつけ、極右からの新しい指導者を模索していた。そこでわれわれはヒースの私生活に関するでっち上げ話を流布させた。ヒースはお払い箱になった。[そしてサッチャーが引き継いだ。] それだけでは十分でなかった。労働党が3期目の政権を目指しているのではないか、NATOや核兵器に反対する左翼の連中に穏健派が取って代わられるのではないかという不安が、財界や軍関係者のなかには高まっていた。思い出してくれ、当時はインフレがものすごく、産業はストライキでだめになっていた。[で、結局どうなったのかね？] 裏切りさ。労働党政権を転覆してくれとCIAから圧力がかかった。ウィルソン首相はKGBのスパイだと主張する情報をCIAはMI5にたれこんだ。霞ヶ関 (Whitehall) の連中の支持を取り付けた、CIAとMI5の合同演習だったわけだ。あらゆる汚い手段が使われたね。中傷、侵入、夜盗、盗聴、恐喝、偽情報。(71' 35"-74' 12")

ここには2つの異なる政治的陰謀が語られている。まず、ヒース (Edward Heath, 1916-) からサッチャー (Margaret Hilda Thatcher, 1925-) への保守党党首の交代劇 (1975) は、イギリス諜報部単独による〈ヒース叩き〉が奏効したものであること、2つ目は、イギリス諜報部とCIAの共同謀議によるウィルソン (Harold Wilson, 1916-) 労働党政権の転覆劇 (1976) である。

だが、ネヴァン邸に設置された音声感知作動式録音機で収録されたとされるこのテープの内容は、必ずしも明瞭ではない。ひとつには、複数人の会話であるため話者が特定しにくいこと、また、これをジェスナーがダブリンからベルファーストに向かうレンタ・カーの車内で再生し、ほんのさわりの断片（僅かに1分48秒）しか耳にすることができないことが挙げられる。例えば、「彼の弱点は何か？　何をこれまで流布させてきたか？どんな噂を信じ込ませられるか？――ヒースのことは我々は良く知っている。我々のヒース観もよく分かっている。我々はこの件に関しては (MI) 5に頼るべきだ」(99' 39"-59") あるいは、「現在行われているストライキ、地方自治体のストライキなどに囮を送り込む必要がある。選挙までその必要がある。やってみてく

115

第1部　紛争演劇／映画の挑発

れ。——問題は、民主主義が頼りになるか？　だ。そこかしこをちょっとついてやれば。——それには賛成だ。ある意味で、それが肝心だ。だからこそこうして集まっているのじゃないかね。モスクワのウィルソンについて流布できるものがあれば。ウィルソンが狙い目 (somebody we should home in on) だと思うね。ウィルソン関係のものを広めるべきだな。」(101' 49"-102' 28")。仮に百歩譲って、これが陰謀の会話に間違いないとしても、果たしてこの謀議が実行に移されたかどうかは、別の次元の証拠が必要になることは当然で、この点の曖昧さが映画としては致命的な急所だろう。以下に、どのような陰謀工作があったのか、MI5の大物ロバート・ニール卿 (Sir Robert Neil)、サッチャーの政治的盟友アレック・ネヴァン (Alec Nevin) とケリガンの議論を採録して、説明に代えよう。なお、アレック・ネヴァンなる人物は、実在した保守党議員エアリイ・ニーヴ (Airey Middleton Sheffield Neave, 1916-79) と目される[8]。ニーヴは1970-75年国連難民高等弁務官のイギリス代表、1975年保守党の北アイルランド担当議会スポークスマンとなり、サッチャーとともに強硬なテロ対策姿勢を打ち出し、3月30日（労働内閣不信任案可決の翌日）下院の地下駐車場付近において、アイルランド民族解放軍 (INLA) が設置した爆弾によって車内で爆死を遂げている。（彼は北アイルランド紛争による国会議員最初の犠牲者であり、国家敷地内での犠牲者は約150年ぶりという。）ニーヴは第2次大戦で捕虜となったドイツの収容所から脱走、法職に就いて戦後ニューレンベルク裁判に出席、この間の事情をまとめた著書もあり、大物政治家である点を配慮して実名を避け、イニシャル A. N. の一致による暗示にとどめたようだ。

　　ネヴァン　1970年代の混乱を覚えておいでかな、ケリガン君。われわれが直面した混乱状態を？　ストライキや暴動で炭坑夫たちは保守党政権を崩壊させるわ、インフレは天井知らずで、ヨーロッパの債権者たちが列をなして責め立てていたじゃないか。いやまったく、われわれの挫折をいかにヨーロッパが楽しんでおったことか。だから手をこまねいたりせず、我々の一部は団結し、対策を講じたのだ。
　　ケリガン　つまりは、陰謀があったのですね。

ニール卿　なあきみ、政治というのは陰謀なんだな。
ネヴァン　大事なことは、我々の道は収斂する……
ケリガン　どんな具合にですか？
ネヴァン　つまり我々はともに国家に仕えておるのだ。
ケリガン　違います。私は国家を守ります。あなたたちは転覆させている。
ニール卿　よかろう。お互い、腹を割って話そう。労働党政権転覆を意図して違法な手段が使われた。しかし、すべて過去の出来事なんだ。過ちをほじくり返して、法や秩序に対する敬意が回復できるとでも思っているのか？ 現実をごまかしちゃいけないな、ケリガン。例のテープの内容を表沙汰にしたいのなら、どうぞ好きにするがいい。だが、まず結果を考えてくれ。ありとあらゆる扇動家、知識人、市民権に関して熱弁をふるう大仰な自由主義者たちがこの機会をとらえるだろう。君は国家を守ると言った。私だってそうだ。しかし、議会とその制度こそが国家であり、政府、法の支配、議会の信頼性を脅かすものはなんでも、国家にとっての脅威なのだ。余計なお節介はよしたまえ、ケリガン。50年後に歴史家たちに発見させよう。われわれの任務は官邸を守ることなんだ。
ネヴァン　とにかくテープは公表されませんな。厳密に言えば君の仕事じゃないからね。それは君の管轄外だ。
ケリガン　その考えは受け入れられません。
ニール卿　アレックや他の連中が8年前にやったことはひどい間違いだった。
ケリガン　単にひどい間違いだっただけではありません。犯罪でした。
ニール卿　間違っていたが、理由は正しかった。彼らは当時もそして今も、立派な人間だ。
ケリガン　法律を侵しました。
ニール卿　その点は認めよう。プロの警官として教えてほしいのだが、警察に課せられた規制のせいで、常習犯が往々にして利益を得る、ということに君は気付いてはいないかな？
ケリガン　まったくその通りです。
ニール卿　そして、有罪を確かなものにするために、そうした規制を警察が取り除く、例えば、民主主義打倒を画策する政治テロリストを逮捕するために電話を違法に盗聴する、といった場合だが、これは果たして正当化されるかね？
ケリガン　状況によります。

第1部　紛争演劇／映画の挑発

　ニール卿　それなら、もっと具体的にしよう。1974年に IRA はバーミンガムのパブを爆破した。21人の若者が死に、162人が負傷した。警察は、つまり君の同僚たちは、6人のアイルランド人を逮捕した。彼らは、婉曲的な言い回しでは〈徹底的な尋問〉を受けた[9]。
　ネヴァン　人殺しの豚どもを死ぬほど蹴りまくった、ってことだ。
　ニール卿　そして自白を引き出した。それが法廷で採用された。それは正当化されるかね？
　ケリガン　そんな真似をしたというのなら、間違っています。
　ネヴァン　その台詞、バーミンガムの人々に聞かせてやってくれ。
　ニール卿　私の言わんとしていることはだね……
　ケリガン　あなたの言わんとしていることは分かります、ロバート卿。体制を維持するためには、権力の濫用もときとして必要だと。
　ニール卿　さよう。自由な社会に暮らす自由を享受させてくれるからね。国民が払うのに吝かでない代償だ。
　ケリガン　それは危険な考えです。
　ニール卿　だが現実的な考えだ。(83'29"-87'20")

(3) スパイ暴露本について

　上述のような陰謀を暴露しようとしたのは元スパイのハリスであった。このような陰謀工作が娯楽スパイ映画などの全くの虚構なのか、それとも事実であるのかの判断は局外者には困難である。先頃（10月22日）逝去したイギリスのスパイ作家の大御所エリック・アンブラー (Eric Ambler, 1909-1998) によれば、スパイは太古からの職業で、旧約聖書にもモーゼがスパイを送り込んだ記述があり、「ふさわしい場所に置かれた一人のスパイは、戦場の二万人の兵士に匹敵する」というナポレオンの言葉があるという[10]。おそらくは、一般人には容易に感知されないだけで、スパイそのものの存在は普遍的と考えねばならないのだろう。つい最近では2万ポンドで新聞に機密（英国諜報部によるリビアの指導者ガダフィ暗殺計画）を売り、1998年8月逮捕、その後保釈されたものの、再逮捕覚悟で英国に帰国した元 MI5 のシェイラー (David

第5章　ケン・ロウチ

Shayler)、少し旧聞[11]では、KGB に情報を漏らしソ連に亡命したドナルド・マクリーン（1955年）やキム・フィルビー（1965年）、二重スパイの大物ジョージ・ブレイク[12]、さらにはキャシー・マシター (Kathy Massiter) ら元情報機関員の告白証言（1985年）、政府のスパイ衛星の情報を暴露したシルコン事件[13]、そして極め付けは、退職した MI5 の高官ピーター・ライト (Peter Wright) がその著書『スパイキャッチャー』(*Spycatcher*, 1987) で暴露しているように、元 MI5 長官をも含むソビエト・シンパが MI5 内部に潜入していたばかりか、1974年にはウィルソン首相の電話盗聴や労働党副総裁の銀行口座書類の捏造などによって、当時の労働党政権を10月選挙で打倒する計画を MI5 が画策していたことが明らかになっている。もちろんこの種の暴露本はつねに眉に唾して慎重に読まねばならないが、それを踏まえたうえで、このウィルソン政権転覆の事情についての興味深い言及をいくつか以下に拾ってみよう。

　　ウィルソンが首相になった。彼は当然、MI5 の注意をひくことになった。ウィルソンは首相になる前には東西貿易関係団体の仕事をしており、何度もソ連を訪れていた。KGB が訪ソする人々をワナにかけたり、無実の罪をきせるためにどんなことでもやりかねないことを MI5 は十分知っていた。それだけにウィルソンがソ連によって手なずけられている危険性が十分あると警戒したのである。ウィルソンがゲイツケルの後を継いで労働党の党首となったとき、ウィルソンと MI5 との間には摩擦を起こす別の原因があった。ウィルソンの周りを、東ヨーロッパから亡命した実業家たちが取り巻き、その中の何人かは MI5 が監視、警戒していた人たちだったからである。／ウィルソンが64年、首相になった後、アングルトンが F. J に会いに英国に来た。（中略）アングルトンによると、この情報では、ウィルソンがソ連の工作員だという。[14]

　　私を雇おうという男は、（中略）「われわれはこの国の将来を憂えるグループの代表である」と、抑揚をつけていった。（中略）「労働党政権の復活は、われわれが享受し、大切にしているすべての自由が失われることを意味する」と彼はいった。同席者もうなずいた。「私にはどんなお手伝いができるのですか」とたずねた。「情報ですよ。われわれは情報が欲しいんだ。あなたはその情報

第1部　紛争演劇／映画の挑発

を持っているはずだ」と彼はいった。「いったい何を知りたいのですか」と私は聞いた。「ウィルソンに関するものなら何でも役に立つだろう。その手の情報には高い金を払う奴が大勢いるよ」[15]

　74年には、われわれはもっと真剣に取り組んでいた。計画は簡単だった。議会がかなり不安定なことから、選挙は数か月のうちに行われるに違いない。その前にMI5が労働党の主な幹部、とくにウィルソンに関する情報のいくつかを自分たちに同調する新聞記者たちにもらすよう手配するというものだった。新聞界や労働組合役員らとのコネを使えば、MI5のファイルにある情報の中身や、治安当局がウィルソンを危険人物と考えている事実を世間に広められるというわけであった。[16]

　イギリス本国では出版が差止められたものの、『スパイキャッチャー』はオーストラリアやアメリカで出版された。イギリス政府が外国での出版まで懸命に阻止しようと働きかけたことで、かえってこの退屈な書物をベストセラーにしたという皮肉な指摘もある。国内出版禁止の『スパイキャッチャー』は、米・豪から輸入されて広く流通していたし、同じ著者が情報源となったピンチャー (Chapman Pincher) という作家の別の暴露本 (*Inside Story*, 1978; *Their*, 1984) にはお咎めがないなど、政府の介入の有効性や一貫性のなさも問題ではあったが、今日、多くの歴史書が『スパイキャッチャー』には否定的である。いわく、「自己の年金権利にまつわる怨恨を出版によって補償する[17]」という「貪欲と悪意から執筆された[18]」からだという。しかし、『スパイキャッチャー』の一部抜粋記事をイギリスの新聞 (*Sunday Times, Guardian, Observer*) が掲載しようとするのまで禁じた政府の干渉は、1990年欧州人権問題委員会から第10条違反の裁決を受けることになった。この当時のイギリス政府によるメディア検閲、とくにテレビ番組検閲の強硬姿勢は常軌を逸するほどで、北アイルランド問題を扱った番組 *At the Edge of the Union* や *Real Lives*、IRA容疑者の殺害事件を扱った *Death on the Rock*、Secret Service を扱った *My Country Right or Wrong* を巡って、激しい論争が巻き起こった[19]。とりわけ、テムズ・テレビ放送の *Death on the Rock* は、1988年3月6日ジブラ

第5章　ケン・ロウチ

ルタルで起きた、SAS による 3 人の IRA メンバー (Mairead Farrell, Danny McCann, Sean Savage) の射殺事件の真相を、一切の警告なしに私服の SAS が発砲したという目撃者の生々しいインタビュー証言とともに検証する内容だった。これはわが国の NHK でも放映されたし、この事件にヒントを得たと思われる劇画(『MASTER キートン』第 5 巻 3 話「コーンウォールの風」、勝鹿北星作、浦沢直樹画)もある。

　電話盗聴や親書の開封は、内務大臣または他の大臣の発行する委任状さえあれば、諜報部、警察、税官吏は合法的にこれを行なうことができ、1979年には(アルスターを除く)英国で467件の委任状が発行された。北アイルランド紛争前の1958年における150件と比較すると実に 3 倍以上であり、それでもこの数字は非合法的に行われている活動全体から見れば氷山の一角とされる。もちろん政府のこうした反動的な動きに、イギリスの政治家たちが黙認ばかりしていたわけではなかった。下院議員たちはこの面での法規制を要求し、これに応えて1980年、内務大臣が諜報活動を監視する判事を任命し、1981年3月にまとめられた『ディプロック報告書』(Lord Diplock's Report) では、諜報制度に問題はない旨を発表した。これに対して、報告書は不十分であると下院議員は反発、1985年になって「通信傍受法」(Interception of Communications Act) が制定され、内務大臣が電話や郵便物を調査できる権限を次の 3 つの場合——1) 重大犯罪の防止や探知、2) 国家の安全保障、3) 国家の経済的安寧の保護——に限定し、これ以外の傍受は刑事犯罪であると、政府の動きを牽制するに至った。ロイド法務大臣 (Lord Justice Lloyd) が1986年にまとめた報告書では、同年12月時点で317件の委任状が実施中である旨を発表、この「通信傍受法」による抑止効果が強調されたが、それでも依然として高い水準にあることは否めない[20]。1986年12月議会では、Security Services の活動を監視する特別委員会の設置を下院議員らが要求したものの、MI5 メンバー Micheal Bettaney 事件(1984年)以後、組織の見直しが進み、管理運営や人事の点検は改善されているとして、内務大臣ダクラス・ハード (Douglas Hurd, 1930-) はこの要求を拒絶している。このように、『隠された議題』が制作された1980年代の時代背景には、イギリス政府のテロ取締・安全保障強化の動

121

第1部　紛争演劇／映画の挑発

きとそれを牽制する勢力との緊張関係が存在していた。

3　映画作品としての『隠された議題』の批判的評価

　モデル問題や時代背景を離れて、ここからは『隠された議題』の映画作品としての評価を論じよう。ベネチア、ベルリンと並ぶ世界3大映画祭のひとつ、カンヌ映画祭で審査員賞(Special Jury Prize)を受賞[21]した本作品は、地元フランスのマスコミを中心に公開当時には相当数の映画評が新聞や雑誌に掲載された。筆者が入手したものはその一部に限られるが、論調の多くは、映画制作の趣旨には概ね賛同しつつも、(1) 作品の暗さやテンポの緩慢さ、(2) 人物造型の脆弱さ、そして(3) 陰謀暴露の効果のなさ、(4) 政治的偏向の問題、などを欠点として挙げている。その代表的な批評を以下に掲げ、続いて項目ごとに検証してみたい。

　　善意で制作されたとはいえ、すこぶる陰気な作品である『隠された議題』は、義憤によって自らの首を締めている。ロウチが用いたドキュメンタリーの方法がこの作品では機能していないのは、よりすっきりした構想と、登場人物へのより深い焦点がここでは必要とされるからである。次々と驚くべき発見の連続で観客の気をさらうことなく、緩慢にこの映画は進んで行くのだが、観客の興味をそそりはしても、心をつかんで離さぬ、ということが決してない。映画に描かれた卑劣な陰謀工作は確かに憤激を生みはするが、イギリスの北アイルランド政策の醜悪な渦をほんとうには見抜いておらず、その陰謀を外から何気なくかいまみさせているにすぎない。[22]

(1) 作品の暗さや展開の緩慢さ

　弁護士ポールは映画開始後まもなく（18' 22"）射殺される。主人公と思われた人物が映画の6分の1あたりで早くも姿を消すのは意外だが、逆に言え

122

ばそれだけ意表を突く緊迫した今後の展開を予期させる。ところが、このあと被疑者の取調べが順次行われていき、法廷ドラマを感じさせる激しい言葉のぶつかりあいが繰り広げられはするものの、「勿体ぶった歴史のお説教を絶えず人物に喋らせる饒舌な台本」(*The Independent*, 17 May 1990)の側面もある。さらに、事件の真犯人は誰か、その〈真実〉は最初から提示されている。こうした形で次第に犯人に迫るのは『刑事コロンボ』的手法であるが、『刑事コロンボ』とは違い、『隠された議題』には新しい発見や見事なトリック解明がある訳でなく、既知の事実を幾度もなぞる形で進行し、たしかにスリリングさに乏しい。テープが渡ったとされる謎の「天辺禿げ」(thinning on top)の凶悪人物マッキー (McKee) も、映画全体の展開から言えば端役にすぎない。したがって、アクションが連続するハリウッド映画に慣れた貪欲な目には、射殺以降の展開は総じて堪え難いことだろう。また、映画の性質上やむを得ないことだが、ユーモアや明るさが欠落しているのは事実である。この映画には登場人物が笑う場面がほとんどない。記者会見を終えたアンリが、誰だか女性とデートにでも行くらしく、ポールとジェスナーに手を振る場面 (13′25″)、尋問に圧倒されたフレイザー警視が「一服しても構いませんか」と尋ねたところ、「駄目だね」とケリガンから剣もほろろに冷たく言い渡され、速記中の女性秘書が思わず口元をほころばせる場面 (57′25″)、それぐらいしか思い浮かばない。だが、これは深刻なテーマを扱う以上は当然のことで、『隠された議題』に明るさを求めるのは八百屋で魚を求めるのに等しいだろう。

(2) 人物造型の脆弱さ

　登場人物に焦点が絞り切れていないという指摘を、ケリガン、ジェスナー、ハリスとモロイの順に検討してみよう。

　(a) ケリガン
　恰幅のいい俳優ブライアン・コックス (Brian Cox, 1946-) 演じるケリガンは、

第 1 部　紛争演劇／映画の挑発

精力的で誠実な調査官刑事として適役である。26年間の刑事歴を誇り、「買収されるわけがない刑事」(the cop that couldn't be bought) (90'47") として乗り込んできた彼は、「もしこの銃撃にいかなる形にせよハリスが関与しているとすれば、誰の癪に触ろうと知ったことじゃない。(I don't care whose toes I tread on.) 彼は調査対象になる。それ以上でもそれ以下でもない」(46'50"-47'00") と大見得を切り、北アイルランド警察署長さえ「でけえ態度はよしやがれ！」(Get off your fucking high horse!) (60'06") と大音量で恫喝し、「あんたはアイルランド病にとりつかれたな。偏執狂になりかけているぞ」(63'44"-46") と逆襲されるや「この件に関して私は辞職してでも、恥を外にさらす覚悟がある」(63'48"-52) と言い切ったにもかかわらず、最後にはその彼も権力に屈服してしまう。

　ケリガンのこの断念の経緯にいまひとつ説得力がない。車中で渡された盗撮写真には、警官2人を殺害して7年の刑に服したリーアム・フィルビンと同席し、IRAの募金活動に小銭を寄付している姿や、ジェスナーに顔を近付けてキスしようとする（かに見える）姿が写っている (88'44"-89'06")。前者の写真は、パブでは御馴染みのサッカー籤の掛金を払っているだけで、それがIRAの資金に流用されることは事後になって教えられた。微々たる金額で、捜査活動の一環としてFalls地区のパブを訪ねているのだから、釈明に窮する行為ではない。後者の写真は、ライブ演奏で賑やかな店内では当然ながら耳元に接近して話しかけねば相手には聞こえず、アングルによって解釈が歪められ、広い文脈を欠いたまま、ある一瞬をたまたま切り取る写真のもつ恐ろしさを示すものといえる。これらの写真が、大衆向けタブロイド紙に送られて、スキャンダラスな報道をされた場合、前者が警官の公務に抵触する政治的活動、後者が事件被害者の関係者との不倫疑惑という道徳的問題として彼をさらし者にする可能性はある。妻帯者で息子たちもいるケリガンにとって、不倫報道は家庭崩壊を招く恐れがある。映画では、彼の私的な面には余り言及されないのだが、「最近、思ってるほどには会えない」([I do] not [see] as often I'd like.) (44'47"-57") と漏らす3人の息子たち（2人が大学生、1人は生徒）や、妻との関係について、もう少しさりげなく描かれていれば、

124

ケリガンの人間味が増し、〈転向〉の事情も理解しやすくなるのではと思われる。いずれにしても、この写真による威嚇は決定的なものとはいいがたく、むしろ、同僚マクスウェルの捜査協力拒否の決意が彼を翻意させたようだ。その名前からしてそうだが、ケリガンが「カトリック」である事実、すなわちアイリッシュであることは重要である。彼が北アイルランド警察から冷遇されるのは、内部犯罪を暴く任務の特殊性もさることながら、アイルランド系刑事だから IRA 寄りの立場だろうという勝手な憶測が、ケリガンへの反感の根底にあるといえる。いずれにしても、(自らの警官生命を賭してでも初志貫徹するだろうという、筆者の甘い予想を裏切って) ケリガンは徹底捜査を断念する。唯一、慰めなのは捜査本部を引き上げる際に、陰謀工作に関与した6人 (アレック・ネヴァン、ジェラルド・ビニング、ランドル卿ほか) の書類一式 (dossier) を廃棄処分せず、「保険だ」(Insurance.) (100' 25") と言ってケリガンが持ち帰っていることで、真相究明に不可欠な記録が後世に残されたことをこれは示唆する。

(b)ジェスナー

この映画で一貫して正義を貫く良心的存在は、人権擁護活動家イングリッド・ジェスナーである。だが、ジェスナー役のフランシス・マクドーマンド (Frances McDormand, 1957-) の演技力には、「さまざまな情感を無理に出そうとしている。激怒するときには苦心の跡が見え、自然な感情があまりない」[23]と批判がある。

彼女が公民権運動に関わるようになった原点は、「ベルファーストはチリを思い出させるわ」(11' 32") という台詞が示すように、南米のチリだった。1975年、ピノチェト大統領[24] (Augusto Pinochet Ugarte, 1915-; 在位 1974-90) による軍事政権 (Junta) 下のチリで「失踪者」(*The Disappeared* [25]) と題するテレビ・ドキュメンタリー番組の取材中、共同作業をしていた若いチリ人ジャーナリストが行方不明になり、たまたまチリで人権擁護活動をしていたポールと出会ったのが契機だという。おそらくチリの秘密警察 DINA[26] (Dirección de Inteligencia Nacional) の手で、そのジャーナリストが処刑されていたのが判っ

第1部　紛争演劇／映画の挑発

たのは1年後、番組「失踪者」も検閲にかかり放映されなかった（43'39"-44'44"）。出会った恋人を二人とも国家権力の手で惨殺される不運にジェスナーは見舞われたことになる。彼女がコミュニストのこのチリ人青年との間に身篭もった子どもを中絶していた事実はケリガンには明かされておらず、諜報部高官ニール卿から思いがけず聞かされた彼は軽い衝撃の表情を見せる（88'28"）。もちろん初対面の刑事に堕胎の過去まで打ち明けることはありえないだろうが、「信じている」という彼女の言葉とは裏腹に、ケリガンに全幅の信頼を寄せるには至っていなかったのだ。

　北アイルランドと南米チリの結び付きは意外に思われるかも知れないが、政権担当時期がほぼ一致することもあって、英首相サッチャーはチリ大統領ピノチェトに類型的になぞられて論じられることが珍しくなかった。たとえば、「左翼の多くの作家にとって、サッチャリズムは著しく非民主的なものであり、チリの軍事独裁者ピノチェト将軍をモデルとする強力な国家を、機会があれば、歓迎しようとする主義であった[27]」という一節がある。チリの軍事独裁のおぞましさを実感するには、マゼラン海峡の彼方の厳寒のドーソン島に拘禁され強制労働と拷問を受けた人々の実態について語った体験者の報告記[28]やアメリカ映画『ミッシング』（*Missing*, 1982）、あるいはアリエル・ドーフマンの戯曲『未亡人たち』（*Widows*）［邦題『谷間の女たち』］、G.ガルシア＝マルケスの記録『戒厳令下チリ潜入記』（岩波新書、1986年）などにあたるのがよい。

　キャストに関する面白い指摘は、ジェスナーとケリガン警部の間には（空港での最後の訣別の場面を除けば）緊張関係はおろか、ロマンスめいた心の交流もないのだから、いっそのこと、ポール［ブラド・ダーリフ（Brad Dourif, 1950-）］と役柄を交替したほうがよかった、という指摘である[29]。つまり、映画の冒頭で射殺されるのをジェスナーに、彼女の死の事実究明に乗り出すのをポールにすればよい、というのだ。たしかに、巨悪に挑むヒロインとしての逞しさがジェスナーには欠けており、たとえむさ苦しい男ばかりが活躍する映画になるにしても、ポールを前面に押し出す方が力強さが出たであろう。別の皮肉な見方をすれば、この〈ジェスナー＆ポール〉役の〈マクドーマンド＆

ダーリフ〉のキャスティング（casting 担当は Susie Figgis）に問題がないわけではない。なぜならこのペアは、『隠された議題』のわずか2年前に公開された別のアメリカ映画、アラン・パーカー（Alan Parker, 1944-）監督作品『ミシシッピ・バーニング』（*Mississippi Burning*, 1988）では、隠れ KKK 保安官代理クリントン・ペルとその美容師の妻の役柄で登場し、保安官事務所（警察）の組織ぐるみ犯罪の醜悪な実行犯をダーリフが演じているのだ。そのうえ終盤には、夫の偽アリバイ証言を撤回した妻をダーリフが素手で殴って虐待する場面、いわゆる DV (domestic violence) の場面があり、『隠された議題』で虐待反対の人権擁護家としてこの二人が仲良く揃って登場するのは、『ミシシッピ・バーニング』を先に見た者にはおそらく強い違和感があるだろう。もちろん、職業上、俳優がさまざまな役柄[30]を演じなければならないことは承知しているが、『ミシシッピ・バーニング』との主題の顕著な類似性を思うとき、あるいは無名の俳優を多用することでドキュメンタリーの現実感を見事に表現してきたケン・ロウチのこれまでの手法を考えるとき、観客の脳裏に刻まれた別の映画の矛盾する役柄の印象は、決してよい方向には働かないものだ。『ミシシッピ・バーニング』は、1964年6月21日夜、黒人差別の横行していたアメリカ南部ミシシッピ州ジェサップ郡で、公民権活動家の白人青年2人と黒人1人が乗った車が、あろうことか保安官に襲撃され惨殺された事件を扱う。FBI 捜査官ウォード、アンダーソンの事件真相究明の努力は、かえって KKK が支配するこの町の体制との摩擦を生み、黒人への暴力的差別を激化させる。こうした白人による黒人差別、果ては焼き討ち（標題『炎上するミシシッピ』が意味するのは、KKK の卑劣な放火で燃え上がる黒人家屋である）は、公民権闘争時代のベルファストで頻発したカトリック居住区への放火を連想させずにはいられないし、公民権活動家が警察権力の手で、しかも車中で射殺される冒頭シーンは2つの作品に共通している。したがって、ポールのキャスティングとしては、少なくともブラド・ダーリフは回避すべきだったのではないか。また、線の細いマクドーマンドは、『ミシシッピ・バーニング』の従順な妻役には適役でも、『隠された議題』では荷が重い感がある。（ちょうど、『マイケル・コリンズ』でコリンズの婚約者役のジュリア・ロバーツが酷評

を受けたように。)いずれにせよ、『ミシシッピ・バーニング』のなかの彼女の台詞——「憎しみは生まれつきじゃない、教わるのよ」——は、北アイルランド、アメリカ南部を問わず、差別や紛争の本質を衝く重い言葉であろう。

話が少し込み入ってくるが、『ミシシッピ・バーニング』撮影中のアラン・パーカー監督になされたインタヴュー[31]で、最も影響を受けた監督と作品名を訊かれたパーカー監督の回答は、奇しくもケン・ロウチの『キャシー・カム・ホーム』(*Cathy Come Home*, 1966) だった。そして、「もし、1988年[現在]のハリウッドにケン・ロウチがいたら、どんなことをするだろうかねえ」と言い添えている。すなわち、『ミシシッピ・バーニング』が『隠された議題』と類似の印象を与えるのは、まさにアラン・パーカーがケン・ロウチを敬愛していたがゆえに、無意識的に作風が似てしまった側面があるのだ。パーカーの次回監督作品が、ダブリンを舞台にした『コミットメント』(*The Commitments*, 1991) だったり、リムリックの貧しいアイルランド人一家を描いた近作の『アンジェラの灰』(*Angela's Ashes*, 1999) を撮った背景もそこにあるのだろう。序でながら、『隠された議題』のなかには1シーンだけ、「燃え上がる」場面がある。恐喝に使われた大きな白黒写真を早朝、ホテルの部屋の屑篭でケリガン刑事が「焼却」する場面 (93'35"-52") で、権力の威嚇に屈服し、不利な証拠湮滅を図る、敗北の炎である。

(c) ハリスとモロイ

変節したスパイであるハリスについてはマクスウェルが調査した資料に経歴が詳しい。James John Harris が本名で、1942年イングランド北部 Tyne and Wear 州の都市ゲイツヘッド (Gateshead) 生まれ。宗派はプロテスタント。1960年に兵卒として入隊、64年に中尉昇進、71年アメリカのノース・キャロライナ州にある軍事教練センター (Fort Bragg) の Special Warfare School に入学、72年〈サイオップス〉(PsyOps) の名で知られる心理作戦部隊配属、73年上級大尉として北アイルランド勤務、それ以降は機密事項となっている (45'21"-46'08")。ポールを案内して殺されたフランク・モロイも、実はハリスの部下でメイズ刑務所のあるリズバーン勤務だったことから、『隠され

第5章　ケン・ロウチ

た議題』には二人の裏切り者の諜報部員が登場したことになる。ポールを案内する車のなかでモロイは早速「1169年。800年間。われわれは独立のための闘いを続けてきたのです。武力、飢饉、焼討ち、絞首刑、射殺、連行。なんでも体験してきました。」(17'17"-34") と問わず語りに切り出すのだが、いくら寝返ったからとはいえ、これは到底、元諜報部員の台詞とは思えない。12世紀のヘンリー2世の侵攻にまで言及する点は、まるっきり生粋のナショナリストの常套句でないだろうか。既に見たケリガンの場合同様に、ハリスの変節の意図がよく分からない。パブの奥の部屋で行なった彼の告白にあるように、イギリス諜報部が時に政権転覆を画策するような政治的越権行動に出たことへの反発は十分に理解できる。異議を唱えた彼は、精神的疲労を口実に、諜報学校教官としてイギリス本土勤務に戻され、再び北アイルランドに戻ってきたのは1977年後半だという。つまり、1974年のヒース失脚、1976年の労働党政権崩壊に関わるとされる陰謀工作の密談の録音はこのイギリス配属直前になされたらしい。だが、自らも認めているように、愚かにも口論の際に盗聴テープの存在を口走ったため、当局の監視下に置かれ、郵便開封や電話盗聴、家宅捜査を受け、ついには逃走していまやIRAの庇護下に置かれる身に転じた。彼が謀議テープを表沙汰にすることで成し遂げたかったのは果たして何だったのだろうか。国家犯罪の告発、すなわち、真理や正義の主張だろうか。金銭や名声を求めている節はなく、彼の引き換え条件は、身の安全のための保護拘留 (protective custody) 及びテープ公開だった。減刑処分や免責特権と交換に仲間に不利な法廷証言を行なう者を北アイルランドでは〈スーパーグラス〉(supergrass)と呼ぶ[32]が、ハリスもまた〈スーパーグラス〉に属するのだろうか。いずれにせよ、裏切り者のスパイ[33]というこの烙印は彼をさほど同情に値する人物には見せない。ハリスにおいても、その家族の影（妻や子どもはいなくても、両親や恋人はいるはず）が薄く、彼が価値あるものと信じていたのは一体何だったのか、スクリーンにはなにも浮かび上がってこない。

第1部　紛争演劇／映画の挑発

(3) 陰謀暴露の効果のなさ

陰謀の暴露が効果的でないという指摘は、監督の政治的メッセージの有効性に疑問を呈する本質的な批判であり、しかもイギリス政界の陰謀の暴露こそは、おそらくケン・ロウチが最も力を注いだに違いない部分であるがゆえに、傾聴に値する。では、なぜ効果がないのか。

　　問題点のひとつは、蔓延した組織的腐敗の示唆を別にすれば、脚本では、テープの中身と北アイルランド紛争の関連が明確では決してないことである。（マーガレット・サッチャーがもちろんこの映画の真の標的であるが、当地で映画公開される前にサッチャーが辞任してしまったことは映画制作者にとって不本意だっただろう。）実際、話の進行とともに、北アイルランドは次第に無関係になっていくのだ。[34]

この指摘は正確かつ重要である。北アイルランドの政治的悲劇を描くこの作品が、後半に入るとたしかにイギリスの諜報部や実業家、大物政治家のどす黒い裏工作の糾弾に重点が移行し、北アイルランド紛争自体の影がやや薄くなってしまっている印象が否定できない。このことはイギリス人監督の視点や関心の枠組みの無意識的限界なのかも知れない。後のインタヴューで見るように、ケン・ロウチ自身、北アイルランドにおける〈撃ち殺し〉とイギリス政界の〈陰謀〉とを無理に結び付けようとした試みに反省の弁を漏らしている。別の論者の言葉[35]を借りれば、この陰謀暴露は「面白いメロドラマかも知れないし、何年か先には立証可能な歴史かも知れない。しかし映画のほかの部分との兼ね合いは、まるでアブのうえで釣り合いをとろうとしている象のようだ (like an elephant balancing on a gadfly)」ということになる。つまり、個別的テーマの〈撃ち殺し〉を主軸に進行してきた映画にとって、突如明らかにされる〈陰謀〉はバランスを欠くほどに荷が重いのだ。

サッチャー辞任との関連について言えば、『隠された議題』のアメリカでの一般公開は1991年1月11日らしいが、すでにこの作品は1990年5月中旬にカンヌで上映され評判になった訳で、11月28日のサッチャー辞任に半年先立っ

ている。「鉄の宰相」の辞任は、すでに見たような『ストーカー報告書』や北アイルランド問題の対応ではなく、ヨーロッパ統合問題めぐってのジェフリー卿 (Sir Geoffrey) の辞任が引き金となったのだけれども、『隠された議題』公開がなんらかのインパクトをサッチャー政権に与えたであろうことは想像に難くない。もっとも、陰謀の最も奥座敷にいたとされる当のサッチャーは、自伝的回顧録では〈撃ち殺し〉方針や『ストーカー報告書』、さらには先に見た『スパイキャッチャー』についてはほとんど黙殺の姿勢を貫いている。「ストーカー・サンプソン・リポート」は、僅かに1度だけ言及され、それはアイルランド首相ホーヒー (Charles James Haughey, 1925-) が行なった「驚くべき演説」のなかで述べられた、IRAにばかり都合のよい身勝手な主張の一例として触れられているにすぎない[36]。IRAによる1984年のブライトンでの保守党大会爆破事件で難を逃れたサッチャーにとって、北アイルランド問題は徹頭徹尾、IRAの極悪非道にすぎないと思い込んでいる印象を筆者は受ける。

(4) 政治的偏向の問題

　のちに見るように、この映画はIRA擁護の姿勢を政府や一部のマスコミから激しく非難された。映画全体の基調はなるほど反イギリスであり、イギリスの北アイルランド統治を厳しく糾弾する空気がみなぎっている。しかし、果たして一方的に共和派寄りの情宣作品に仕上がっているかというと、決してそうではない。例えば、観客の視覚的注意を喚起する効果を持つ引用字幕の政治性を検討してみれば分かりやすい。「アイルランドの所有権はアイルランド人民にある」という字幕で映画が始まっているから脚本家と監督の政治姿勢は明らかだ、とする主張[37]は一面的で誤りである。なぜなら、正確を期せば、この映画では冒頭（①②）と末尾（③）に3つ、字幕を用いて台詞が引用されているからである。

　① "The entire ownership of Ireland, moral and material, up to the sun and down to the centre is vested of right in the people of Ireland."——James Fintan Lalor, 1807-49 (0'30"-43") (「アイルランドの全所有権、事実上かつ本質的な所有権は、上空から地底まで、アイルランド人民の既得権である。」ジェイムズ・フィンタン・ラロー)

② "Northern Ireland is part of the United Kingdom — as much as my constituency is."——Margaret Thatcher (1'36"-43") (「北アイルランドは連合王国（英国）の一部です－私の選挙区がそうであるのと同様に」マーガレット・サッチャー)

③ "It's like layers of an onion, and the more you peel them away, the more you feel like crying. There are two laws running this country: one for the security services and one for the rest of us."——James Miller, ex-MI5 agent (105'50"-106'08") (「まるでタマネギの皮みたいなもんで、剥けば剥くほど泣きたい気分になる。この国を治めている法律は2種類ある。1つは秘密警察、もう1つはその他のわれわれ用だ。」ジェイムズ・ミラー)

①のラローは Young Irelander の一人で、伝記の記述[38]では、「近視で耳が聞こえず醜男」、そして終生病弱だったが、土地改革運動に情熱を注ぎ、Nation 紙に「アイルランド人民のためのアイルランドの土地」と題する投書を送っていることから分かるように、土地問題に執着した人物であり、いかにも彼らしい引用文と言えよう。②は1981年11月10日、ユニオニストの下院議員ハロルド・マカスカー (Harold McCusker) の質問に対する首相答弁[39]であり、往々にして簡略形の誤った引用 'Northern Ireland is as British as Finchley'. が流布しているという。いずれにしても、①はナショナリストの立場、②はユニオニストの立場を明快に表明するもので、相対立する2つの立場を公平に冒頭で提示しており、文章の長短が字幕時間の長さにほぼ比例していることも付け加えておく。また、最後の③にある、イギリスの元 MI5 スパイの引用出典は不詳だが、これは映画『隠された議題』の全体を貫くメッセージであり、しかもイギリス固有の安全保障体制批判の一般論の文章として成立し、北アイルランド問題と切り離して考えることができる。したがって、上記3つの引用は政治的に極端にどちらかに偏向することなく、均衡がとれていると言えるのではないだろうか。撮影にあたって、ロウチはシン・

第5章 ケン・ロウチ

フェイン党、アルスター・ユニオニスト党双方の関係者やRUCとも面談を行なったと語っている[40]ことも、この中立姿勢を裏付けるものである。

次に、『隠された議題』のなかで最も偏向していると思われる人物、つまりIRAの代弁者の声を、共和派パブのクラブ秘書リーアム・フィルビン (Liam Philbin) のアジ演説的な台詞で聞いてみよう。

「壁にかかっているのがジェイムズ・コノリーというアイルランドの指導者の写真です。コノリーはかつてこう言いました、アメリカや日本の問題を処理する確かな権利がイングランドにないのと同様、アイルランドの問題を処理する確かな権利もないし、われわれを射殺する権利がないように管理下におく権利もないのだ、と。それが答えなのですよ、イギリスの撤退が。」
「あらゆる植民地を見てごらんなさい。例えば、アメリカです。ジョージ・ワシントンは当時テロリストと呼ばれました。ジョモ・ケニヤッタはテロリストでした。マカリオス大司教はテロリストでした。残念なことに、自由を手に入れるために植民地は闘わなくてはならないようです。自由は喜んで与えられるものでは決してありません。」(68'49"-69'33")

ジェイムズ・コノリー (James Connolly, 1868-1916) はアイルランド労働運動の指導者で、1912年ラーキン (James Larkin, 1876-1947) とともにアイルランド労働党を設立、1913年には交通ストを指導、1916年の復活祭蜂起に加わり、逮捕・処刑された人物である。このコノリーになぞらえているジョージ・ワシントン (George Washington, 1732-99) はもちろんアメリカ初代大統領 (1789-97)、ジョモ・ケニヤッタ (Jomo Kenyatta, 1894?-1978) はケニヤの初代首相 (1963) で大統領 (1964-78)、マカリオス3世 (Makarios III, 1913-77) はキプロスの大主教でありキプロス共和国初代大統領 (1960-74, 74-77)、つまり、植民地の独立闘争は成功して定着するまでは、野蛮な謀反と評価され、その指導者はテロリスト呼ばわりされるのが常であったというのが、フィルビンの主張である。これが共和派の自己正当化論理であることは自明だが、それでも彼の主張は紛争の本質に関わるものであり、少なくとも、いたずらにテロリストを美化し、イギリスへの報復を焚き付ける性格のものでない。いっ

第1部　紛争演劇／映画の挑発

そう過激で扇動的な台詞はいくらも用意できただろうが、ロウチ監督はこうした大切な原則論にこそ力点を置いている。テロであるか革命であるかは、後世の判断に委ねられてきたではないか、というフィルビンの意見を正面から切り崩すのは容易ではないだろう。

　さて、その一方で、ロウチ監督が糾弾しているはずの北アイルランド警察の〈撃ち殺し〉とその隠蔽工作に関しても、問答無用に悪者扱いして切り捨てるのでなく、ブロウディ署長の口を通して自己弁護の台詞——「北アイルランドの状況を肝に銘じてほしい。われわれはとてつもない圧迫の下で活動している。過去12年間、北アイルランド警察は治安維持のためテロリストたちと闘ってきた。140名が殉死した。3,500人が負傷し、155個の武勲勲章が授与された」(29'04"-24")——を語らせ、治安維持に当たる警察の苦悩にもある程度の理解と配慮を示し、均衡のとれた論議を提示するゆとりがロウチにはある。同様のことは、ケリガンにIRA批判の言葉を言わせていることにも当てはまる。北アイルランド警察の刑事が今回の事件の実行犯である特殊部隊について、SSUもMI5やMI6も「みな同じ穴のむじな」(They all piss in the same pot.)で、「IRA対策に連中を使ってはいけないとは言わないが、連中は手に負えないんだ。やつらは銃を撃ちたくてうずうずしている。好きなところへ出かけては、やりたい放題だ。やつらが先に発砲し、尋問もしなかった」と攻撃するのに対して、「もっとも、相手方(＝IRA)もルールは守らんがね」(34'26"-27")と応じる短い台詞である。つまり、ケリガンは決して一方的に北アイルランド警察やその〈撃ち殺し〉を告発しているのでないし、ましてIRAに与している訳でもない。内部犯罪を調査するという、ケリガンの任務の特殊な性質が彼を反・警察権力に見せているが、もちろん彼自身、警察権力の体現者であることを忘れてはならない。IRAを賛美しようなどという意思はケリガンに微塵もないのだ。官舎やお抱え運転手の提供をケリガンが拒み、北アイルランド警察署長と鋭く対峙したのも、尋問対象とする可能性のある警官と馴れ合いになるのを防ぎ、職務に謹厳実直なまでに忠実であろうとしたからにすぎない。

　最後に、宗教紛争の性格をもつ北アイルランド問題に関与する場合、やは

りその当事者の信仰する宗教（宗派）が問題になる。イギリス生れのケン・ロウチ監督は Church of England で育てられたが、現在は〈不可知論者〉(agnostic) を公言しており[41]、少なくとも新旧どちらにも偏らない視点は保証されている。『隠された議題』はたしかにカトリック側への共感が色濃くにじみでている作品だが、監督本人がカトリック教徒だから我田引水の主張をしている、といった低次元の批判や言い掛かりを浴びる恐れはない。

4　監督インタヴューにみる制作意図や反響

　『隠された議題』制作の意図やメディアの反響などについては、ケン・ロウチ監督がいくつかの記者会見で誠実かつ詳細に答えているので、資料的な意義も兼ねて以下に収録し、若干の解説を施すことにする。（順序としては、最近のものを優先することにした。）

(1) **1994年11月のインタヴュー**[42]（拙訳）

　　Q：次の作品は『隠された議題』でした。どのようにして関わられたのですか。
　　A：コロンビア・スタジオに入ったデイヴィッド・パットナムから、ジョン・ストーカーに関する映画製作に関心はないか、と尋ねる電話をある日、貰いました。私は、「ある」と答え、ジム・アレンと組みたいと伝えました。パットナムは脚本を依頼しましたが、彼がコロンビアから出たとき、脚本は駄目でした。けれども、彼が関心を示したという事実は、投資する価値があると考える自信を他のみんなにも与えましたし、2年経ってようやくわれわれは資金を調達しました。しかしながら、イギリスの人々からは拒絶され、公開されるや即座に、保守党議員からは〈IRA 映画〉と呼ばれました。

　ディヴィッド・パットナム (David Puttnam, 1941-) は短期間 (1986-8) だが Columbia Studios 社を取り仕切った人物。現実のジョン・ストーカーそのも

第1部　紛争演劇／映画の挑発

のを描くよりも、フィクションとした方が秘密警察やその手口 (*modus operandi*) を表現しやすいとロウチは判断したようだ。しかしパットナムが社長の座を降りてからは、Columbia Studios 社は慎重姿勢を取り、最終的に『隠された議題』に経済援助してくれた映画会社はヘムデイル (Hemdale) で、この会社はかつてオリヴァー・ストーン (Oliver Stone, 1946-) 監督の『プラトゥーン』 (*Platoon*, 1986) にも出資している。ヴェトナム戦争（1954-73）を扱うハリウッド映画が戦後までなかった事実を思えば、『プラトゥーン』は勿論のこと、現在進行中の北アイルランド紛争を正面から扱ったこの映画の制作や出資は大変な勇気のいる仕事のはずだ。引用末尾にあるように、大衆紙に迎合して、〈IRA 映画〉という期待通りのコメント (knee-jerk response) を吐いた保守党議員スタンブルック (Ivor Stanbrook) を非難する一方で、激論 (flak) が沸き上がる方がかえって問題提起になり、北アイルランド問題の実情を多くの人々に認識させる効果があるだろうと、ロウチは努めて冷静だった。

Q：いま仰られたように、この映画でジム・アレンと再びご一緒された。特定の脚本家ととても懇意に仕事をされるようですが、脚本家とはどういう関係を持たれるのか、またご自身、脚本に関わられていますか？

A：脚本家は映画のなかで最も過小評価されていると思いますし、私の場合、どんな企画を実施するのでも、脚本家と共同作業することがいつも基本的なことでした。通例、会話を通して二人の間に着想が生まれ、映画の形式やパターンについて大雑把に相談します。そしてジムならジムがいくつかの場面を書いてよこします。ジムはマンチェスターに住んでいて、なるべくならロンドンには出てきません。彼は郵便で、最近では近くの食料品店のファックスを使って場面を書き送ってきます。その後電話で相談したり、私の方から会いに行って、一緒に仕事をします。しかし執筆するのはジムです。

ジム・アレンとの共同作業で忘れてならないのは、ジム・アレン原作、ケン・ロウチ演出でロイヤル・コート劇場で上演が予定されていた『破滅』 (*Perdition*, 1987) という舞台公演が、初演を目前にして中止に追い込まれたことである。ユダヤ人のパレスチナ復帰を目指す運動〈シオニズム〉に異議を

第5章　ケン・ロウチ

唱えるこの芝居に対して、イギリス中のマスコミが反対キャンペインの論陣を張り、「よりにもよって、作家たちの劇場たらんとするロイヤル・コート劇場」がその動きに同調したことに仰天し、「生涯で最悪」のエピソード、とロウチは語っている。

Q：『隠された議題』はどの程度が実際に北アイルランドで撮影されたのですか？

A：すべてアイルランドで撮りたかったのですが、映画の保険会社が、ベルファーストで撮影するなら保険には入れられない、と言うのです。「わかった、ベルファーストで撮れないにしても、リハーサルなら構わないよね？」とわれわれは答えました。1週間リハーサルを行い、実際にはその「リハーサル」を映画にしてしまったのです。結局、最初1週間、最後1週間撮影したので、ベルファーストで映画の半分近くを撮りました。

Q：1964年に監督をされた *Z Cars*［警察ドラマ・シリーズ］以来のジャンルものかと思いますが、その種のジャンルの定式で仕事をするのはいかがでしたか？

A：映画の3分の2までの部分は、実際われわれが作るべきだった映画になっていないことに気付きました。われわれは、〈撃ち殺し〉と〈陰謀〉の話を組み合わせようとしたのですが、かならずしも名案ではなかったかもしれません。企画の最後で感じたことは、もし委託から出発していなかったなら、通りの場面がもっと多い、違った映画にしようとしていたことでしょう。実際の制作は上出来でした。しかしながら、警察による調査ものの要点は、情報がきちんと正確な順序で明らかにされねばならないので、脚本にはかなり縛られました。後悔は少しもしていませんが、いまから思えば、いくつか違ったやり方をするでしょう。

上の引用で興味深いのは、リハーサルが即本番、卑俗に言えば〈ぶっつけ本番〉であったという告白で、いかにもケン・ロウチらしい演出手法の一つである。俳優（ときには俳優経験のまったくないずぶの素人）の自発的で自然な演技を尊重し、「リハーサル抜きの現実効果を生み出すドキュメンタリー・カメラの技法[43]」を持つ、と評される監督らしい仕事ぶりである。スタジオを

137

第1部　紛争演劇／映画の挑発

離れ、ハンド・カメラで16ミリ・フィルムを撮るこのやり方を、ロウチ自身は「街頭での映画制作」(street filmmaking) と呼んでいた。

A：あなたの映画についての批判のひとつは、ドラマとドキュメンタリーとを混同しているというものですが、そうした批判にはどのように答えますか？

Q：ほんとうにお笑い種です。テレビでは毎晩のようにドラマ形式のドキュメンタリーがあるというのに、こちらは決して激しく攻撃されません。我々の映画は実話に基づき、登場人物は脚本があって俳優が演じます。ですから、映画の中身についてこれ以上明白なものはありません。それにもかかわらず、我々は映画の中の事実ひとつひとつを、台詞ひとつひとつを、守ろうとします。これこれのときにその人物が喋った台詞を正確にそのまま、というのではなく、人間関係や出来事をできるだけ忠実に表現したもの (representation) として、です。同じ議論が『隠された議題』公開時にも起こりました。『タイムズ』紙は社説で、事実と虚構をこのような形でぼかすことは許されない、と書きました。その同じ週に『運命の逆転』(Reversal of Fortune) という映画が公開されましたが、これは女房殺しをしたと思われるクラウス・フォン・ビュロウという男の映画です。ジェレミー・アイアンズ主演で、クラウス・フォン・ビュロウなる登場人物と、グレン・クロウス演じる彼の女房役の登場人物が出演しています。その映画では、何が事実で、何が虚構なのでしょうか？ ジェレミー・アイアンズがクラウス・フォン・ビュロウだったのでしょうか？　わたしはそうは思いませんが、スクリーンにはたしかにクラウス・フォン・ビュロウが登場しましたし、そのことは議論の余地はありません。しかし、それでもちろん構わないのです。すべて架空の人物だったのです。ただ『隠された議題』では、イギリス人が北アイルランドでやらかしてきた策略のいくつかと、映画の中の出来事のいくつかが、かなり似ていたということであり、それが (『タイムズ』紙の言う) 事実と虚構を混合するということだったのです。ですから実際、まったく欺瞞的な議論であって、そんなことをする人々が気付いているにせよ、いないにせよ、作品に真っ向から取り組むこともしないでその映画をひそかに傷つけようというやり口なのです。

第 5 章　ケン・ロウチ

　簡単に補足すれば、1991年1月10日、『タイムズ』紙が「虚構の〈ファクション〉」(Fictional Faction) の見出しで掲げた社説に、ケン・ロウチ監督は同月22日の紙面で反論を寄せ、社説の執筆者が『隠された議題』における事実と虚構の問題を批判しながら、同様に「現実の出来事のドラマ形式による解釈」作品である『運命の逆転』にはまったく異議を唱えないのは、単に「一方の政見には反対し、他方には無関心」なだけだからである、と批判している。「作品に真っ向から取り組むこともしないで」とは、前述の保守党の国会議員スタンブルックが、映画を見ないうちから、「IRA公式参加作品」と呼んだことも示唆している。(なお、faction は fact＋fiction の造語。)

(2) 1993年10月、来日時のインタヴュー

　表記が不統一になるが、原文が入手できていないので、既にある翻訳[44]をそのまま引用する。

　　Q：様々な作品の中で、あなたは繰り返しアイルランドに関する問題に言及しています。特に「Hidden Agenda」は、カンヌ映画祭に出した時にイギリスの右派新聞から激しい非難を浴びましたし、フェスティヴァルからこの映画を取り下げるよう圧力さえかかったようですね。この作品もジム・アレンのシナリオでしたね。
　　K．L：私はアイルランド問題を避けて通ることは出来ないと思います。それに私の為すべき事は、自分の知っている事を機会あるごとに語ることなのです。メディアは北アイルランド紛争はイギリスの権力が戦うべきテロリズムの事件として扱っています。メディアは常にこの紛争について伝えていますが、決してその本質を伝えようとはしないのです。例えば、テロリズムについて伝えるとき話はいつも IRA のことになりますが、しかしイギリスの警察や軍のために汚い仕事をする統一党員のテログループのことについては全く伝えられていないんです。
　　Q：「Hidden Agenda」はイギリスで激しい論争を引き起こしました。

第1部　紛争演劇／映画の挑発

  K．L：まったく。この映画が出た時は激しい抗議の運動が起こったし、この映画は IRA のプロパガンダであるとして新聞に取り上げられました。それで配給会社やほとんどの映画［筆者注記：映画館］はこの映画を見ないうちから上映を拒んだのです。"反イギリス" というレッテルを貼られてしまうからです。後に、偶然ヴァリングトンの恐ろしい事件があった時にこの映画をテレビで放映することになったのですが、チャンネル4の上層部はこの映画をプログラムからはずしてしまったのです。いろんな論争がありました。私は逆にアイルランド問題を真剣に議論するまたとない機会だと思ったのですが。視聴者たちは放映取り止めに対して賛成や反対の手紙をチャンネル4に寄せました。結局、「Hidden Agenda」は放映されることになったのです。

　この会見では、北アイルランド紛争を扱うイギリスのメディアが IRA 非難に偏向している現実を均衡のとれたものにするために、イギリスの軍隊や警察、ユニオニストのテロも描いて、公平に紛争の「本質」に迫ろうという姿勢が表明され、タブー視せずに真摯に論議する姿勢の重要性が語られている。

(3) 1991年1月のインタヴュー

　最後に短い談話をひとつ。イギリスでの映画公開に先立ってなされた会見[45]でロウチは、「マスコミの90％が敵対することでしょう。芸術映画評論家の間では、論争に直接関与することに二の足を踏む思いが強いでしょう。お高い自由主義者は敬遠したがるでしょう。そして人民主義的右翼がこの映画を気に入らないのは明らかです。となると、大変なことになりそうです。」と、激しい反発が待ち受けていることを予期している。しかし、〈政治的扇動家〉とレッテルを貼られることには嫌悪を示し、「政治問題と取り組むために映画を作っているという印象を与えたくありません。映画製作に私を引き寄せるものは、人間の経験に関する事柄や、人間関係を通していかに政治があばかれるか、を表現しようという願望なのです。それに、おもしろい物語を語るのも楽しみなのです。」と語っている。

第5章　ケン・ロウチ

おわりに

　北アイルランド和平交渉が、一進一退を繰り返しながらも、少しずつ進捗していることは慶賀すべきである。1990年制作映画『隠された議題』に描かれた1984年の紛争状況や陰謀工作はいまや遠い過去の絵空事に思われるかもしれない。しかし、必ずしもそうではない。和平交渉の進展の裏舞台で、1998年にはテロ取締法案が拙速で可決されてしまった事実を看過してはならない。この法案の重要な点は、①捜査段階で被告が非合法組織への所属を問う質問に黙秘していた場合、そのメンバーであると推定してもよい、②被告がメンバーであるという警察幹部の意見を証拠として採用してよい、という規定が盛り込まれたことである。黙秘権がなきに等しいほど制限されたうえ、警察側の一方的な意見が証拠採用されるようでは、とうてい被疑者の基本的人権が守られているとはいえない。しかも、この法案は、臨時招集された議会に緊急上程され、わずか2日で二院を通過してしまったのである[46]。複雑な政治的要因が絡んだ映画『隠された議題』の出発点は、〈民主主義国家イギリス〉において、囚人に対する拷問的取調べが行われていることを糾弾することだったことを思い起こす必要がある。政治犯と目された容疑者の人権が著しく狭められることは、あらたな拷問やそれに起因する冤罪の温床となる可能性がある。決して『隠された議題』を『忘れられた議題』にしてはならない。

注
1）使用したビデオ・ソフトは、New York の HBO Video 社発売。108分。拙訳で引用した台詞末尾に映画冒頭からの時間（分・秒）を付記した。これはあくまで読者／視聴者の検索の便宜をはかる目安として挿入したもので、再生装置のカウンターによって多少のズレがあるかもしれない。ソフトの箱の表面には、映画には出て来ない情景のスチル写真──イギリス国旗ユニオン・ジャックで口封じの猿轡をさせているジェスナー（マクドーマンド）の怯えた顔が、裏面にはオコンネル橋上で秘密警察がハリスを拉致する終盤の一場面がとられている。

第1部　紛争演劇／映画の挑発

2）David Thomson, *A Biographical Dictionary of Film* (London: Andre' Deutsch, 1975), pp. 447-8.
3）北アイルランド警察 (RUC) や「英国空軍特殊部隊」(SAS) による「撃ち殺し」("shoot to kill") 方針が問題化したのは1980年代である。SAS も建前としては、他の兵士と同様の戦闘規則の下で活動していた。すなわち、射撃開始は自己もしくは他者の生命が脅かされている場合に限ること、射撃前に警告を発することで生命の危険を招く場合には警告を発さなくともよい、などは SAS 以外の一般兵にもあてはまる規則であった。ただ、忘れてならないのは、SAS が射撃を開始する場合、それは負傷を目的とはせず、殺すことが眼目であったのであり、極端に言えば、選択的暗殺 (selective assassinations) を意味していた。IRA によるテロ行為は非難されてしかるべきだが、対テロ部隊のこうした対応を見れば、現実に起きている事態は、もはや IRA の一方的なテロ活動というよりも、IRA と SAS 両陣営の戦闘状態という印象が拭えないだろう、という。[Peter Taylor, *Provos: The IRA and Sinn Fein* (London: Bloomsbury, 1997), p. 268, p. 121.] なお、SAS は空軍でなく陸軍なので、「特殊空挺隊」が正訳であるという。(林信吾『英国ありのまま』、中央公論社、1994/97, p. 166.)
4）Chris Ryan, *The RUC 1922-1997: A Force under Fire*, revised edition (London: Mandarin, 1997), pp. 344-53; J. Bowyer Bell, *The Irish Troubles: A Generation of Violence 1967-1992* (New York: St. Martin's Press, 1993), pp. 719-20.
5）Kevin Toolis, *Rebel Hearts: Journey within the IRA's Soul* (London: Picador, 1995), p. 184. (*Stalker*, p. 49 から引用と注記) 但し、*The RUC* では 28 年。
6）「撃ち殺す」の表現の由来は、1972 年 10 月 19 日の英国下院の月曜クラブの集会 (Monday Club meeting in Commons) における、「前衛」(Vanguard) 指導者ウィリアム・クレイグ (William Craig) の、次の演説の一節とされる。——"We are prepared to come out and shoot and kill. I am prepared to come out and shoot and kill. Let us put the bluff aside. I am prepared to kill, and those behind me will have my full support."(「我々はとびだして撃ち殺す覚悟ができている。私もとびだして撃ち殺す覚悟がある。空威張りは脇へやろう。私は殺す覚悟があり、私の背後の人々は私の全面的な支援を受けるだろう。」) [*The Irish Times*, October 20, 1972.] この過激な暴言の真意を探るべく、酒に酔っての発言かと記者団が質したのに対して、彼の返答は "All I drink is an occasional glass of wine with a meal."(「食事とともにときたま一杯ワインを飲むだけだ。」) [*The Irish Times*, October 21, 1972.] と、素面の本音と断言した。[Conor O'Clery, *Phrases Make History Here: A Century of Political Quotations on Ireland 1886-1987* (Dublin: The O'Brien Press, 1987), p. 147.] ちなみに「月曜クラブ」とは、マクミラン首相に批判的な保守党の議員たちが1961年に結成したもので、「非常なブリトゥン・ナショナリスト」で「帝国主義者」の集団であるとされ、1960年代末には重要なグループに成長したが、1972年に内部的意見の違いが表面化し、会員は減少して衰退したものの、1984年時点で会員2,000人、うち庶民院議員18人、貴族15人。[梅川正美『サッチャーと英国政治 1 — 新保守主義と戦後体制』(成文堂、1997年)、pp. 135-6.] したがって、1972年10月は内部抗争の時期にあたり、このクレイグ発言の背景には、尖鋭で突出した保守主義台頭の気運が読み

第5章　ケン・ロウチ

取れよう。
　なお、最近の報道によれば、1972年1月30日に起きた『血の日曜日』事件の2日前に、事件現場近くでイギリス兵が交信した無線を James Porter という男が傍受しており、その模様を録音していたテープが2000年3月27日に放送された。テープには、1972年初においてすでに「撃ち殺し」が既定路線だったことを示唆する生々しい交信が記録されている。爆破犯を発見したという確信を伝えただけで、上司から即座に射殺命令が出され、2インチほど弾丸が逸れて狙撃に失敗したことを報告すると、「下手な射撃だな」と上司が答えている。(*The Japan Times*, 2000年3月29日, p. 5.)
7）イギリスの Security Services は Military Intelligence として公式には1909年に創設された。MI5 (the Securiry Intelligence Service or 'molehunters') は英国および英連邦を防御的に担当し、MI6 (Secret Intelligence Service) は英国以外を獲得的 (acquisitive) に担当する地域割がなされ、ともに Director General が統括するものの、担当地域割を反映して、MI5 は内務大臣 (Home Secreatry)、MI6 は外務大臣 (Foreign Secretary) に報告義務を負う。[Jock Haswell, *Spies and Spymasters: A Concise History of Intelligence* (London: Thames and Hudson, 1977), p. 28. p. 158; Martin Dillon, *The Enemy Within: The IRA's War against the British* (London: Doubleday, 1994), pp. 181-2.]
8）Nicholas Comfort, *Brewer's Politics: A Phrase and Fable Dictionary* (London: Cassell, 1993), pp. 403-4.
9）この冤罪事件の6人の被告の一人の回想録である Paddy Joe Hill and Gerard Hunt, *Forever Lost, Forever Gone* (London: Bloomsbury, 1995), pp. 68-77 参照。
10）「天声人語」、『朝日新聞』、1998年10月25日。
11）塚本勝一『現代の諜報戦争』(三天書房、1986年)、pp. 54-58.
12）グイド・クノップ［永野秀和・赤根洋子訳］『トップ・スパイ』(文藝春秋、1995年)［原著名: Guido Knopp, *Top-spione*)、p. 153.
13）A. ギャンブル (Andrew Gamble) ［小笠原欣幸訳］『自由経済と強い国家—サッチャリズムの政治学』(みすず書房、1990年)、pp. 161-2.
14）ピーター・ライト［久保田誠一監訳］『スパイキャッチャー　下』(朝日新聞社、1996年)（親本・単行本の刊行は1987年)、pp. 280-1.
15）上掲書、p. 288.
16）上掲書、p. 290.
17）Bill Jones (ed.), *Politics UK* second edition (Hemel Hempstead, Herfordshire: Harvester Wheatsheaf, 1994), p. 421.
18）Ian Gilmour, *Dancing with Dogma: Britain under Thatcherism* (London: Simon & Schuster, 1992), p. 202.
19）Ian Budge & David Mckay (eds.), *The Developing British Political System: The 1990s* third edition (London: Longman, 1993), p. 113.
20）Colin F. Padfield, revised by Tony Byrne, *British Constitution Made Simple*, 7th edition (London: Heinemann, 1987), pp. 283-4.
21）ちなみに1990年カンヌ映画祭のグランプリはデビッド・リンチ監督の『ワイルド・アット・ハート』、大賞は小栗康平監督『死の棘』、最優秀男優賞はジェラルド・ド

第1部　紛争演劇／映画の挑発

パルデュー（『シラノ・ド・ベルジュラック』）、最優秀女優賞はクリスチーナ・ヤンダ（『尋問』）だった。大きな賞をとらなかったせいか、わが国での『隠された議題』の扱いは、当然ながら以下のように、小さい。「イギリスのケン・ローチ監督「隠された証拠(ママ)」も、痛烈な政治風刺ドラマだ。北アイルランドの人権問題を調査中の活動家が殺される発端からサスペンスたっぷりだった。」（秋山登記者、『朝日新聞』（夕刊）1990年5月24日, p. 21.）

22) *The Motion Picture Guide: 1991 Annual* (The Films of 1990), (New York: Baseline, 1991), p. 79.

23) Hal Hinson, *Washington Post*, January 11, 1991.

24) 元チリ大統領ピノチェトは1998年10月16日夜、脊椎ヘルニア手術で入院先のロンドン・ブリッジ病院でロンドン警視庁によって殺人容疑で逮捕された。1973年から83年末までの間、「左翼狩り」でスペイン系チリ市民80人を殺害した容疑で、スペインの裁判所のガルソン判事 (Baltasar Garzon) から出されていた身柄引き渡し請求状に基づき、逮捕状を執行したもの。選挙で成立した当時のアジェンデ (Salvador Allende) 社会主義政権を、陸軍司令官だった彼がアメリカ中央情報局 (CIA) の支援を得て、73年9月11日の軍事クーデターで倒して権力を握って以来、17年間のピノチェト政権下の死者・行方不明者は約3,200人（うち行方不明1,102）に上るとされ、そのうち人権活動家の犠牲者数は70人を超える。それにもかかわらず軍事政権は1978年に軍犯罪をすべて免責する恩赦法を制定、つまりピノチェト自らが自らを恩赦するという「お手盛り」の極みをやってのけ、虐殺を法的に追及する道は、チリ国内では事実上、閉ざされてきたという。（『朝日新聞』『日本経済新聞』1998年10月18日、*The Japan Times* 10月19、20日、『朝日新聞』「社説」10月22日）このピノチェト逮捕に対して、現チリ大統領のフレイ (Eduardo Frei) 大統領は「外交特権の侵害」としてイギリスに抗議表明した。1998年3月に陸軍司令官を退官したピノチェトは、軍政時代に制定された憲法の規定で大統領経験者として終身上院議員に就任しており、この議員特権のお陰で、犠牲者の親族から出されていた12件の訴訟をはじめとする国内の刑事訴追を免れてきたのだった。（『日本経済新聞』、10月19日）

拙稿との関連で興味深いのはこれに対するイギリス元首相サッチャーの過剰な反応である。逮捕の2週間前にピノチェトをロンドンの自宅で歓待したサッチャーは、『タイムズ』紙に投書を寄せ、1982年のフォークランド紛争のときにピノチェトがイギリスを支持したこと、逮捕によって現在の民主政権に軍部からの危険を招来する恐れのあること、次週に予定されているアルゼンチンのメネム大統領 (Carlos Menem) の訪英中に隣国の元チリ大統領を拘留しておくのは不面目なことであること、などを根拠にピノチェトの即時釈放と本国への帰還を訴えている。（*The Japan Times* 10月23, 24日）また、人権問題ではいつも積極外交を展開しているはずのアメリカは、内務省スポークスマンのルービン (James Rubin) が、今回の事件は関係国の政府と裁判所の問題であるとして論評を避け、煮え切らない態度を見せている (*The Japan Times* 10月21日) のも、ピノチェト軍事政権の樹立にアメリカが裏で支援した後ろめたい過去があるからに相違ない。一方、欧州議会はイギリスからスペインへのピノチェトの身柄引き渡しを要求する決議を圧倒的多数（賛成184, 反対12, 棄権14）で可決した。15か国中13か国が社会民主主義政権という欧州連合 (EU) の勢力を

144

第5章　ケン・ロウチ

背景に、保守政権のスペインに圧力をかけた(『朝日新聞』10月24日)。10月28日、イギリス高等法院はピノチェト側の主張を大筋で受け入れる形で、国家元首の逮捕は無効と判断したため、検察当局が上院に特別抗告し、11月25日上院は逆転判決を出した。その後、訴追問題は1年4ケ月にわたって膠着状態が続いたが、84歳という高齢と健康上の問題を理由に2000年3月3日釈放され、ピノチェトはチリに帰国した。今後は、チリ国内の社会党ラゴス政権下で、ピノチェト問題は裁かれることとなった。

25) アメリカの国際アムネスティが1977年はじめに出した「文書」に、*Desaparecidos: Disappeared in Chile* がある。[Robert J. Alexander, *The Tragedy of Chile* (Westport: Greenwood Press, 1978), p. 345, p. 473.

26) Mary Helen Spooner, *Soldiers in a Narrow Land: The Pinochet Regime in Chile* (Berkley: University of California Press, 1994), p. 113.

27) Martin Holmes, *Thatcherism: Scope and Limits, 1983-87* (London: Macmillan, 1989/93), p. 8.

28) アニバル・キハーダ・セルダ(大久保光男訳)『鉄条網の国——チリ軍事政権下の一政治犯の手記』(新日本出版社、1981年)[原著名: Anibal Quijada Cerda, *Cerco de Puas*, 1977.]

29) Hal Hinson, *Washington Post*, January 11, 1991.

30) ダーリフの他の出演作は *One Flew over the Cuckoo's Nest* (1975), *Ragtime* (1985), *Blue Velvet* (1986)、マクドーマンドは *Raising Arizona* (1987), *Short Cuts* (1993), *Fargo* (1996) がある。ケン・ロウチ監督から『隠された議題』への出演依頼を受けたとき、アメリカでは当時まだロウチの名前が知られておらず、マクドーマンドは別の映画 (*Darkman*) でたまたま共演中のリーアム・ニーソンに相談したところ、「ケンと仕事をする機会を逃してはならない」との忠告を受けたという。*The Irish Times*, April 18, 1998, Weekend, p. 2.

31) Joel Weinberg, "Loach Clips" *Voice* (November 27, 1990), p. 110.

32) Steven Greer, *Supergrasses: A Study of Anti-Terrorist Law Enforcement in Northern Ireland* (Oxford: Clarendon Press, 1995) を参照。同名のイギリス人バンド (Denny Goffey, Mickey Quinn, Gary Coombes の3人組) が同名のアルバム "Supergrass" を2000年に発表している。

33) 逆にIRAからイギリス諜報部への寝返りは、Martin McGartland, *Fifty Dead Men Walking* (London: Blake, 1997) [邦訳: マーティン・マガートランド(野沢博史訳)『IRA潜入逆スパイの告白』(ぶんか社、1997年)] 参照。山元修治『家族の肖像 密告——IRAテロリズムへの決別』(日本放送出版協会、1998年) も同じマガートランドが典拠。

34) Hal Hinson, *Washington Post*, January 11, 1991.

35) Nigel Andrews, 'Thrills and spills', *Financial Times*, January 10, 1991.

36) マーガレット・サッチャー(石塚雅彦訳)『サッチャー回顧録　上巻』(日本経済新聞社、1993年)[原著名: Margaret Thatcher, *The Downing Street Years*, 1993]

37) Iain Johnstone, 'Matching the nose with a rose', *Sunday Times*, January 13, 1991, p. 10.

145

第1部　紛争演劇／映画の挑発

38) Henry Boylan, *A Dictionary of Irish Biography*, Third edition (Dublin: Gill & Macmillan, 1998), p. 212.
39) *HC Debates*: Sixth Series: Vol. 12: Col. 427.
40) Graham Fuller (ed.) *Loach on Loach* (London: Faber and Faber, 1998), p. 84. 邦訳グレアム・フラー『ケン・ローチ　映画作家が自身を語る』(フィルムアート社、2000年)
41) Richard Brooks, 'Time to go filming the great British taboo', *The Observer*, May 6, 1990, p. 55.
42) George McKnight (ed.), *Agent of Challenge and Defiance: The Films of Ken Loach* (Westport, Connecticut: Praeger Publishers, 1997), pp. 164-5; pp. 168-9.
43) John Caughie & Kevin Rockett, *The Companion to British and Irish Cinema* (London: Cassell/British Film Institute, 1996), p. 103. 本書だけがロウチの生年を1937年と記載している。
44) 映画プログラム「KEN LOACH」(シネカノン、1993年)、p. 11. インタヴューは1993年10月7日、東京・赤坂で行われた。
45) Allen Barra, "Belfast Calling", *Voice* (November 27, 1990), p. 110.
46) ロンドン共同＝横川隼夫、『山陽新聞』(夕刊)、1998年9月24日、p. 4.

第2部　アイルランド演劇の抵抗と反逆
　　　──併合支配下の葛藤──

第1章　ジェイムズ・ケニー『人騒がせ』

はじめに——著者ジェイムズ・ケニーについて

　今日、この劇作家 (James Kenney, 1780-1849) の名前は、各種の標準的な英文学事典では黙殺されているので、以下にはイギリスの誇る『国民伝記辞典[1]』の記述からめぼしい事項を拾って、大雑把な紹介を始めることにしよう。
　生まれはアイルランドで、父親もまったく同名のジェイムズ・ケニー。この父親はロンドンの St. James Street にあった Boodle's Club の共同所有者であり、支配人だった。息子のジェイムズは長じて銀行の仕事に従事し、同時にアマチュア演劇にも興味を抱いた。1803年（23歳）に『社交界』という詩集を出し、同年処女戯曲の笑劇『金策騒ぎ』(Raising the Wind) を執筆して、みずから決して借金を返済しない騙り屋ジェレミー (Jeremy Diddler) 役で舞台に立ち、アマチュア演劇界では好評を博したので、Covent Garden で11月5日から38夜、プロ劇団によって上演された。次作のオペレッタ『結婚生活』(Matrimony) も、1804年11月20日から Drury Lane で10回公演され、のちに論じるコミック・オペラ『人騒がせ』(False Alarms) はこれらに続く第3作にあたる。その後、メロドラマ『エレン・ローゼンバーグ』(Ellen Rosenberg, 1807)、オリジナル喜劇『世間』(The World, 1808)、『奴を追っ払え』(Turn Him Out, 1812)、『愛、掟、医術』(Love, Law, and Physic, 1812)、『戦争の運命』(The Fortune of War, 1815)、『ポートフォリオ、またはアングレイド家』(The Portfolio, or the Family of Anglade, 1817) などを続々と発表している。辞典には、このほかにも30編近い戯曲名が列挙されて壮観である。そのなかには『アイルランド大使』(The Irish Ambassador) という興味深い標題の戯曲も見えるが、テキストが入手できていないので、筆者の今後の課題としたい。

第2部 アイルランド演劇の抵抗と反逆

　ジェイムズ・ケニーは実生活では長い間、神経症に悩まされていたようで、奇怪な風貌のせいで、しばしば「脱走した精神病患者」(escaped lunatic) と間違えられたこともあるという。多数の著作で収入は多かったものの、決して贅沢三昧な暮らしではなく、フランス人評論家と劇作家未亡人を両親に持つ娘ルイーザと結婚し、2男2女をもうけている。娘たちはヴァージニア、マライア、長男は三たび、ジェイムズと命名され、次男は、親友の随筆家ラム (Charles Lamb, 1775-1834) の名をそっくりそのまま受け継いでチャールズ・ラム・ケニーと名付けられた。この次男もやはり父親同様に劇作家となり、当時はブーシーコーやヴィヴィアに次ぐ、ウィットの持ち主と評されたという。劇の他にも、スエズ運河地峡に関する『東洋の玄関口』という書物や、オペラ『ボヘミアの娘』(The Bohemian Girl, 1843) で有名なアイルランドの作曲家・歌手バルフ (Michael William Balfe, 1808-70) を回顧した伝記、フランスの文豪バルザック (Honoré de Balzac, 1799-1805) の書簡の英訳があるようだ。

　ラムとの関連に少し触れておくと、ラムの方がケニーよりも5歳年長。しかし、作家としての成功はケニーの方が若干早かったようだ。ケニー23歳の出世作『金策騒ぎ』(Raising the Wind) は1803年。一方、ラムの『シェイクスピア物語』(Tales from Shakespeare) は『人騒がせ』初演と同じ1807年だし、『エリア随想』(Essays of Elia) はずっと遅れて1823/33年である。また、1818年12月24日付けのコールリッジ (Samuel Taylor Coleridge, 1772-1834) 宛のラムの書簡[2]には、Strand の Crown and Anchor Tavern で詩人が行なう講演の招待券を送って貰いながら、ケニーの新作喜劇を観劇したために都合がつかなかったことを詫び、その喜劇［作品名不詳］は大失敗作だった、と記している (Letter CCV, p. 822)。ジェイムズ・ケニーは、1821年にはフランスに住居を移しており、1822年6月には、ラムと姉メアリー (Mary Ann Lamb, 1764-1847) は休暇を利用してロンドンから渡仏、しばらくベルサイユのケニーの家に世話になったらしい (1065)。とくにメアリーは弟より長くケニー家に逗留し、帰国は9月。ソフィー (Sophy)・ケニー（不詳）に宛てたラムの礼状もある (Letter CCXXX, 842-3)。ケニーもメアリーも神経を病んでいた人物であることを思えば、両者に心の交流があったかも知れない。

150

第1章　ジェイムズ・ケニー『人騒がせ』

1　『人騒がせ』(1807年) の時代背景

　次に、ケニーの芝居『人騒がせ、あるいは我が従妹』が上演された1807年という時期について考えてみよう。19世紀初頭は、エリザベス朝(1558-1603)とヴィクトリア朝(1837-1901)に挟まれたジョージアンの時代(1714-1830)にあたり、当時の国王はジョージ3世(在位1760-1820)である。ある演劇史の記述によれば、「19世紀のイギリス演劇の大部分の文芸的名声は低い。しかし、どうして劇の傑作がほとんど世紀末まで登場しなかったかを問うても始まらない。この時期は様々な新しい演劇活動が試行錯誤され、新しい大きな観客が成立しつつあったことを認識するほうが的を得ている[3]」と評されるほど、一般には評価が芳しくない。それもそのはずで、前世紀末に絢爛たる名作、たとえば、ケニー同様にアイルランド生まれの劇作家ゴールドスミス (Oliver Goldsmith, 1728-74) の『負けるが勝ち』(*She Stoops to Conquer*, 1773)、あるいはやはりアイルランド生まれのシェリダン (Richard Brinsley Sheridan, 1751-1816) の『恋敵』(*The Rivals*, 1775),『悪口学校』(*The School for Scandal*, 1777) がすでに圧倒的な好評を博したものの、19世紀に入ってからは後進のすぐれた劇作家の作品がとぎれていた時代である。アイルランド史の観点からは、1800年はイングランドとの「連合法」(Act of Union) が成立した大きな転換点である。これ以後アイルランドは、政治的にも法制上もイングランドの支配下に置かれていくことになる。こうした政治上の大変化がアイルランド作家やアイルランド文学に及ぼした影響については、興味深い論考がある。アムステルダム大学講師のリーアセンは「アングロ・アイリッシュのロマン小説におけるアイリッシュネスの扱われ方について」という論文[4]のなかで、1800年以前のアイルランド演劇の特色を以下のように述べている。

> アイルランド人登場人物を主演させる戯曲 (ほとんど大抵、喜劇) はイギリス演劇の古くからの伝統であり、(中略) アイルランド人のお決まりの登場人物

の扱い方は、劇作家の意図というよりも、ロンドンでうけている嗜好や流行にもっぱら規定されていた。この背景に照らすと、18世紀における戯曲のなかに、アイルランドの主題や登場人物を、ロンドンの基準では是認されないやり方で利用しだしていたものがあること、また、ダブリンではそうした芝居が成功したのに、ロンドンでは失敗したという際立った矛盾があることに注目するのはいっそう興味深い。

リーアセンは続けて、連合法施行以前には、愛国的地方主義にねざしたそれらの芝居におけるアイルランド人登場人物が、総じて反英国的性質をもつこと、単に英国人俳優に彩りを添える脇役では収まらず、舞台中央でスポットライトを一身に浴びていたという事実を指摘している。さらに興味深いのは、1800年以前は、アイルランド作家がアイルランド人を対象に（著者の用語を借りれば、名宛人 'destinataire' として）〈我々アイルランド人〉を主題として書いたのに対して、1800年以降は、同じアイルランド作家がイングランド人を対象に〈彼らアイルランド人〉という視点で書いている、と指摘している。

やや大雑把な一般化のきらいはあろうが、この図式的分割は、1807年初演のケニーの『人騒がせ』にも十分に適用できるように思われる。ケニーの経歴は既に述べたように、さほど詳らかではないが、少なくとも確かなのは、アイルランド人作家であり、ロンドンの大劇場ドゥルリー・レイン[5] (Drury Lane) のイギリス人観客の前に、異邦人としてのアイルランド人マクラリ中尉を登場させ、しかものちに見るように、この中尉は、イングランドに対してどちらかと言えば融和的な言動を見せ、決して戦闘的なナショナリストではない人物として描かれているからである。

2　『人騒がせ』のアイルランド人・マクラリ中尉

さて、ケニー27歳の作品『人騒がせ』においてもっとも異彩を放っているのは、マクラリ中尉 (Lieutenant M'Lary) だろう。アイルランド系を明示するMac に添えられた 'lary' は 'lairy' とも綴られ、ロンドン言葉 (Cockney) では

第1章　ジェイムズ・ケニー『人騒がせ』

'knowing'「うぬぼれた」「生意気な」を意味し、「チャラチャラした、これみよがしの、むかつくような、下品な」といったいっそう邪悪な訳語も辞書には与えられている。のちに見るように、この中尉が示す世慣れた態度や人生訓は、たしかに、ロンドンっ子には「半可通」の印象を与えずにはいられなかったかもしれない。それは、芝居の冒頭、まだ当人が舞台に姿を現さないうちに、彼が求愛する娘キャロラインの口を通して、アイルランド人全般に対するイングランド人の偏見として、はっきりと吐露される。キャロライン曰く、マクラリは「粗野なアイルランド人士官、みたところ一兵卒から身を起こしたような人で、<u>彼の故郷に対しての昔からの偏見から</u>、私はいつも冷淡にあしらってきたわ。」(5)(下線は引用者)

　こうして早くも、芳しくないステレオタイプのアイルランド人像が観客の脳裏に形成され、実際に彼が初めて登場するとき、その第一声の台詞には、アイルランド人と即座に識別できる独特の表現が織り込まれ、姿を見ないでも、闖入者がアイルランド人である、とサーフィット (Tom Surfeit) は断言するほどである。ここまでの展開では、凡庸で陳腐な 'Stage Irishman' の出現を誰しも想像せずにはいられないが、『人騒がせ』のアイルランド人は、そうした従来の枠を越えた活躍ぶりをみせてくれるところに特長がある。

　まず、世間知の味わいをもつ、巧みな話術の妙である。俗に 'Irish bull' と称される、もっともらしく聞こえるが実は不合理で非論理的な表現ゆえにアイルランド人は揶揄されることが多いが、以下の台詞はもっともらしく聞こえるばかりか、極めて論理的である。

　マクラリ曰く、「可愛い我が身以外には、相手がご婦人だろうが紳士だろうが、いっこうに頓着しないのが昨今では座右の銘のようになっておりますが、みんながめいめい我が身の世話を焼くならば、なるほど、みんなちゃんと世話を焼いてもらってる訳で、理屈にあった原則に基づいておりますな。」(11) 教養ある old maid のアンブリッジ (Miss Umbrage；'umbrage' には「不快」「立腹」「日陰」の意味がある) は、それを聞いて「このアイルランド人は道理をわきまえた人物のような口ぶりだ」と脇台詞し、彼の台詞にこめられた「微妙な皮肉」を賞賛する。

153

第2部　アイルランド演劇の抵抗と反逆

　マクラリはまた、中世の騎士道精神、あるいは今日のフェミニスト精神に溢れている。「若い女性に説教するのが得意」と自慢する彼は、年配のアンブリッジに腕を貸してエスコートし、その姿が屋内に見えなくなるまで見届けるのを忘れない (12)。こうした丁重な態度で、〈後家殺し〉と形容できるほどみごとに、アンブリッジの心をすっかり虜にしてしまう。

　もちろん、マクラリの本当の狙いは若いキャロラインであり、その熱愛ぶりは、「彼女の悩殺的なかわいい瞳が、たった今、二階の窓から私の弱い視力を眩ませたのです」(12) とか、サーフィットが彼女と交際していたと誤解して憤慨する台詞——「何て奴だ！　かわいいキャロラインまでも。この分だと、きっとシャノン河でひと浴びしたのに違いない」(45) にも窺える。アイルランド一の美しい川での水浴びこそが、マクラリの考えうる最高のデートコースらしいことを示唆する後半の台詞は、都会のロンドンっ子観客には、田舎臭いと聞こえただろうか、牧歌的と響いただろうか。

　さて、既に見たように、アイルランド人に対する固定的な先入観を抱いていたキャロラインの心を動かしたのは、目の前にいるイギリス士官が実は変装した彼女自身とは夢にも思わず、誠実に話しかけたマクラリの言葉ににじみでた、彼の勇敢さやユーモア、人柄の良さである。

　　マクラリ　聖パトリック様、私を勘当して下さい、もし、男でも女でも少年兵でも、イギリス兵の勇気を私が疑うようなことがあれば。(中略) 私は分別年齢 [14歳] に達しないうちに国王陛下のご指令を受け、十も二十もマスケット銃が敵陣から自分に狙いを定めているというのに、先頭に立って壁穴から歩み出たのです。
　　キャロライン　運よくご無事だったわけですね。
　　マクラリ　たしかに、持って生まれた性分はぬきがたいものです。私の前方にいた親父は頭蓋骨に銃弾を一発浴びて亡くなりました。もっとも、お袋はどうしてそんなものが頭に当たったの、といつも不思議がっていましたがね。
　　キャロライン　それで、同じような危険な真似をあなたが冒すのに、お母様は別れを耐えることができたのですか？
　　マクラリ　まさしくそれを聞いてもらいたいんです。ドナガディーの浜辺で

154

第1章　ジェイムズ・ケニー『人騒がせ』

最初に別れたときにお袋がかけてくれた優しい言葉、それをあなたにもお聞かせしたかったなあ。「おお、いとしいコーニー」とお袋は言ったんです、「お前は、古きアイルランドの宿敵に会いに行くんだね？　ぶちのめしておやり、コーニー。『勘弁してくれ』と連中が泣き叫ぶまで、しこたまやっつけておやり。それから、もし分け前を貰いすぎたら、礼儀作法に気をつけて、『ありがとう』って言うんだよ。そして、ネブカドネザル王のように死んだ暁には、この年老いたマージャリー（母さん）に、アイルランド人らしい往生だった、と伝えておくれ。」
キャロライン　実に感動的な言葉ですね。目の前にあなたのようなお手本がいれば、私は若輩者ですが、絶望するには及びません。

相手が士官だと思い込んでいるマクラリは、キャロラインへの好意的な口添えを彼（女）に依頼する。

マクラリ　かわいいキャロラインに、どんな風にして私のことをとりなして言って下さいますか？　彼女はマクラリ中尉なんざ、まったく歯牙にもかけない。だって、彼女はたしかに、世間じゃちょっとばかし裕福なもんだから、よしんば彼女が一文なしだろうと、なけなしの金を彼女と一緒に使おう、なんていう気概の男がいたところで、彼女は眉をひそめて嫌な顔をするんだから。
キャロライン　（中略）じかに彼女に話したのと同じくらいに正確に、あなたの言葉を残らず彼女に伝えよう。そしたらきっと彼女は、あなたのなけなしの金を拒むことはできないだろう。
マクラリ　握手させて下さい。あなたはとってもいい人だ。もしこれからなにか指導が必要な場合には、私のような経験豊かな者に尋ねるのが一番です。
キャロライン　実を言うと私は、知人の誰にもまして、あなたからのご教示を賜りたいものです。もしわれわれがゆくりなくも、いっしょに仕えることが万一あれば、きっと愉快に暮らせることでしょう。(48)

この時点ですでにキャロラインの決意は固まったと見るのが自然だろう。別人になりすまして求愛者の偽らざる本心を聞くというのは、直接にお世辞を何度も聞かされるよりいっそう自尊心をくすぐり、耳にここちよいはずで

第2部　アイルランド演劇の抵抗と反逆

ある。(ゴールドスミス『負けるが勝ち』のケイトも同様にして、マーロウ青年の本性を探っている。)

　マクラリがキャロラインに寄せる情愛の誠実さは疑う余地はなさそうだが、その一方で、彼とゲイランド家の召使スーザンとのやりとりは、なかなか軟派のプレイボーイの側面も垣間見せてくれる (70)。伝言を託かったスーザンが、使いのチップは後払いで貰うのだと答えると、「それはコルレイン流だな。私はいつも女性のお使いには真っ先に褒美をつかわす」(70) と言って彼女に与えたのは、なんとキスだった。まんざらでもないスーザンが「今までにない硬貨ですこと」と応じると、キスは「アイルランドと同じくらいに古く」からあるが、「マクラリから貰うのはひとつもまがい物ではない」と、自分のキスの純粋さを売り込む始末。さらに、その伝言でまもなくキャロラインに会えると知った喜びで、彼はスーザンに2度目のキスまでする。スーザンは「面白い人」とマクラリを評しつつも、キスの持つ誘惑の害悪に用心する言葉を呟きながら、退場する。スーザンはちなみに、グリンヴェルト (Grinvelt) という、ドイツ訛 (?) の強烈な英語を喋る、嫉妬深い召使の妻である。キスと言えば、マクラリはデイモン夫人にも申し出ている。——「これはこれは、麗しいご婦人。奥様、私のご挨拶をどうかお受け下さい。奥様の麗しい御手に謹んでキスいたします」(79)、と。すなわち、見方によっては、マクラリは多情な男で、キャロラインは当然ながら、アンブリッジや人妻スーザン、デイモン夫人にもそれとなくモーションをかけているようにもとれるだろう。しかし、誰彼の区別なく女性全般に対する優しさがそのまま自然に出てしまったいうのが、おそらく本当のところであり、サーフィットが言うように、「奴はちょっと変わり者だが、正直者だ」(46) という評価は、裏表のない一本気なマクラリの性格を見抜いた正当な評価であろう。

　キャロラインがついに自分の正体を明らかにしたときにも、マクラリは 'By St. Pat' (84) といかにもアイリッシュらしく叫び、男装を見破れなかった浮気男デイモンから、まさかマクラリも若い娘ということはあるまいな、と半信半疑で尋ねられるや、「いいえ、彼はもっとすごい天才ですよ。コルレイン生れで、かわいい娘さんと軽騎兵の区別さえ、まだつきかねるような

第1章　ジェイムズ・ケニー『人騒がせ』

輩です」(84) と、デイモン同様にまんまと騙されていた我が身の愚かさを、自嘲気味に答えている。騙される正直者、という役柄はマクラリにはきわめて相応しい。自分では「ちょっとしたへま」(65) 程度にしか考えていないものの、エミリーがエドガーに宛てた大事な恋文を間違えてサーフィットに渡してしまう「人騒がせ」を演じるのも、まさしく粗忽者マクラリである。言い換えれば、失敗はするが、決して憎めない愛嬌者として、アイルランド人マクラリは造型されている。だからこそ、マクラリはキャロラインから、「これ以後、あなたが私の最高司令官です」という洒落た文句でプロポーズを受けいれて貰える僥倖に恵まれる。結納金の多寡を比べ、キャロラインからエミリーに打算的に乗り換えたサーフィットに向かってマクラリが、「君がご親切にも要求を諦めてくれたお陰で、かわいい騎兵さんがマクラリ夫人になることを承諾してくれたのだ」(85) と、変節の報いををやんわり当てこすることを忘れないのは、この劇全体が、正直こそが最善の方策であり、正直の美徳を体現するのが他ならぬアイルランド人であることを誇らかに示すかのようである。

おわりに

　最後に、いかにもアイルランド人らしい表現をマクラリの台詞から拾って結びに代えよう。酩酊した酔いどれ、といった伝統的描写はないけれども、「一部始終をウィスキーのように明らかにしてみせましょう」(81) には、やはり酒好きなアイリッシュの心が感じられる。息子の駆落ち相手の娘の後見人プロッド (Plod) が元ジャガ芋商人だと知ったデイモンが、さも軽蔑したような口調で息子の勘当を宣言するや、「若いお二人にはジャガ芋の商売をさせなさい。そうしたら私がアイルランド民兵との契約を取ってきてあげますから」(82) と即座に応じる。侮蔑の言葉にただ激怒するのでなく、アイルランド人の国民的主食として需要の大きいジャガ芋の取引きこそは、堅実な生業であることをそつなく示唆している。彼の振舞いの慇懃さを褒めるア

157

第2部 アイルランド演劇の抵抗と反逆

ンブリッジに、「自分の教育は、コルレインでララップ神父から頭に叩き込まれました」(39) と語っているのは、この神父の名前 'Larrup' が、「思い切り打つ」「打ちのめす」を意味する動詞であることを思えば、なかば体罰をまじえての教育だったとユーモア交じりに語っているのかもしれない。急いで婚礼の準備を牧師に頼もうとするサーフィットには、「だったら食事前にしなければなりませんな。食後に式典の文句を読むのは、いつだって面倒臭いものですから。」(44) と答えているのも、やはり、人情の機微に通じたアイリッシュ・ユーモアであろう。

　　テキストは James Kenney, *False Alarms; or My Cousin* (London: Longman, 1807) を用い、邦訳による引用文末尾にこの版による頁数を括弧内に示した。

注
1) Sir Leslie Stephen & Sir Sidney Lee (eds.), *The Dictionary of National Biography: Volume XI* (Oxford: Oxford University Press, 1993), pp. 8-9.
　　ちなみに、前世紀末に刊行され、46,000人以上の英米作家を網羅したと誇る事典 [S. Austin Allibone, *A Critical Dictionary of English Literature and British and American Authors* Vol. I (Philadelphia: J. B. Lippincott Company, 1891), p. 941.] においても扱いは僅かに2行、**"Kenney, or Kenny, James,** an Irishman, pub. several dramatic pieces and poems, Lon. , 1804-17." のみであり、さらに37,000人以上を追加収録した同じ事典の補遺版 [John Foster Kirk, *A Supplement to Allibone's Critical Dictionary of English Literature and British and American Authors* Vol. II (Philadelphia: J. B. Lippincott Company, 1891), p. 941.] では、息子 **Kenney, Charles Lamb** の紹介記事に "son of James Kenney, a well-known Irish dramatist" という形で言及されている。
2) *The Complete Works and Letters of Charles Lamb* (New York: Modern Library, 1935)
3) J. L. Styan, *The English Stage: A History of Drama and Performance* (Cambridge UP, 1996), p. 302.
4) J. Th. Leerssen, 'On the Treatment of Irishness in Romantic Anglo-Irish Fiction', in *Irish University Review*, Vol. 20, No. 2 (Autumn 1990), pp. 251-63.
5) 上演劇場 Drury Lane は1663年創設の老舗で、Covent Garden と並ぶ、いわゆる二大「特許劇場」(patent theatres) であり、概して18世紀においては、シェイクスピア劇を含む5幕物、それも歌や踊り、見せ物がほとんどない、演技だけの芝居を意味する「正統劇」(legitimate drama; legit) を専門に上演してきたが、19世紀には笑劇やミュージカル・コメディ、レヴューの興隆に屈する形で、「正統劇」上演館の看板を下ろした。本作『人騒がせ』も、3幕の「コミック・オペラ」と題されており、挿

第 1 章　ジェイムズ・ケニー『人騒がせ』

入歌がふんだんにある。『人騒がせ』上演の2年後の1809年2月24日、*Drury Lane* は火災で全焼し、再建資金がなかなか得られなかったが、ようやく1812年10月10日に新しくオープンした。借金をしてこの劇場の独占経営権を手に入れたのが、29歳のR．S．シェリダンである。

第2部　アイルランド演劇の抵抗と反逆

第2章　ディオン・ブーシコー『ロバート・エメット』
―― エメット伝説の創出と流布 ――

はじめに――エメットの生涯

　ロバート・エメット (Robert Emmet, 1778-1803)――柔らかい脚韻を踏む、この4音節の名前は、アイルランド史では一種甘美なロマンティシズムをもって想起される。ダブリン（コーク説もある）に1778年3月4日生まれ、総督の侍医の息子のプロテスタントで、ダブリンの名門トリニティ大学 (TCD) では歴史研究会に所属し、「ユナイテッド・アイリッシュメン」の学生会員でもあったエメットは、1798年の初めにクレア卿 (Lord Clare) が学生の思想信条調査を開始すると、抗議行動として大学を退学した。そして1798年の「ユナイテッド・アイリッシュメン」の武装蜂起の際には、逮捕状が発行されたが執行は免れた。3年の拘留を終えて1802年に釈放された兄トマス・アディス・エメット (Thomas Addis Emmet, 1764-1827) とフランスで合流し、同年ナポレオンやタレーランとも会見して、ナポレオンの英国侵攻に合わせてダブリンで蜂起する計画を練り、私財3000ポンドを投じてマスケット銃や矛の武器も調達していた。しかし、軍兵站部の爆発事故が誘因となって、1803年7月23日組織化されないまま、予定の2千人を遙かに下回る僅か80人で反乱を起こし、「ほとんど茶番」(near farcial) と評されるダブリン城攻撃と、法務長官キルウォーデン卿 (Lord Chief Justice Lord Kilwarden, 1739-1803) の路上虐殺に発展した。ウィックロウ山中に逃亡したエメットはサー少佐 (Major Sirr) に8月25日逮捕され、9月19日謀反罪で有罪宣告、翌20日にトマス街の聖キャサリン教会で絞首刑に処せられたうえ、斬首された。ある本では「それでもまだ足りないかのごとく、ダブリンの街の大群衆の面前で引き回され、四つ裂きにされ

160

第2章　ディオン・ブーシコー『ロバート・エメット』

た[1]」といい、「道の犬たちが彼の血を舐めた[2]」と記す書もある。まだほんの25歳の若さだった。

1　エメット伝説の誕生

　彼の悲劇的な惨死は、機知ある弁才に長けた議員ジョン・カラン (John Philpot Curran, 1750-1817) の娘セアラ・カランとの恋愛、エメットの家政婦アン・デヴリンの迫害の受難と相俟って、アイルランドの作家たち——トマス・ムーア (Thomas Moore, 1779-1852)、レノックス・ロビンソン (Lennox Robinson, 1886-1958) [『夢想家たち』(*The Dreamers*, 1915)]、デニス・ジョンストン (Denis Johnston, 1901-84)、ポール・ヴィンセント・キャロル (Paul Vincent Carroll, 1906-68)、ジョン・オドノヴァン (John O'Donovan, 1921-85)、コナー・ファリントン (Conor Farrington, 1928-) [『汝の兄アロン』(*Aaron Thy Brother*, 1969)]——あるいは英国詩人シェリー (P. B. Shelley, 1797-1851) など、多くの文人の想像力を刺激し、アイルランド文学上の神話的英雄として数多くの作品が生まれた。とりわけ、彼が被告席から行った最終陳述は、愛国的な名文句として後世に伝承され、アイルランドの文学的伝説として流布されるに至った。たとえば、親友の詩人トマス・ムーアは「ああ、彼の名を囁くなかれ」'O breathe not his name' で感傷的に歌い上げ、ケンタッキーの丸太小屋の暖炉の薄明りで若きアブラハム・リンカーン (Abraham Lincoln, 1809-65) もエメットのこの最終陳述を感動して読み、後のゲチスバーグの名演説につながったと言われる。また、エメット没後百年祭が催された1903年は、ちょうど「ブルームズ・ディ」の1904年6月16日に近く、ジョイス (James Joyce, 1882-1941) も盛んにエメットに言及している。例えば、『ユリシーズ』の第11挿話「セイレン」の章で、エメット最期の台詞はブルームの放屁に韻律を乱されながらも引用される。

　　ブルームはライオネル・マークの店のウィンドウに勇ましく描かれた一人の英雄を見た。ロバート・エメットの最後の言葉。最後の七つの言葉。(中

161

第 2 部　アイルランド演劇の抵抗と反逆

略)《わが国がその地位を得たそのとき》。／プルルプルル。／きっとバーガのせい。／フフフ！　ウー！　ルルプル。／《世界の国々のあいだに》。後ろには誰もいない。あの女は通り過ぎた。《そのとき、まさにそのときこそ》。電車。クラン、クラン、クラン。絶好のチャ。やって来る。クランドルクランクラン。きっとあのバーガンディの。そうだよ。一、二。《わたしの墓碑銘はこう》。ラーアアアア。《書いてくれ。わがこと。》／ププルルプフフルルプププフフフフ。／《終れり》。[3]

続く第12挿話「キュクロプス」でも、トマス・ムーア『アイルランド歌曲集』所収の「彼女は遙か故国を離れて」に歌われたエメットと婚約者セアラの関係に言及している。

　それから市民とブルームはさっきの問題について、(中略)ロバート・エメットと国のためなら命を捨てろについて、サラ・カランのことを歌ったトミー・ムーアぶしや彼女は遠い彼方に住むについて論議した。[4]

遡って、第6挿話「ハデス」では、墓の石室の「住人は誰だろう？　ロバート・エマリーの遺骨ここに眠る。ロバート・エメットは松明の光をたよりにこの墓地に埋められたんだろう？[5]」、さらに第10挿話「さまよう岩々」では、「あそこでエメットが縛り首になり、腸を引きずり出され、四つ裂きにされた。脂でぬるぬるする黒い綱。総督夫人が軽二輪馬車でそばを通りかかると、犬どもが通りの血を舐めてきれいにしていたとさ。／待てよ。彼は聖ミカ教会に埋葬されたんだっけ？　いや、違う。真夜中にグラスネヴィンの墓地に埋められたんだ。塀の隠しドアから遺体が運び込まれて。[6]」という言及がある。

本章でこれから扱うディオン・ブーシコー (Dion Boucicault, 1822-90) の戯曲『ロバート・エメット』も、こうした伝統に沿った、数あるエメット作品の初期のひとつである。

2 ブーシコーの『ロバート・エメット』(1884年)

(1) 作品成立の経緯[7]

　4幕全16場と2つの活人画からなるこの作品は、元来、ブーシコーのオリジナルと呼ぶには適切でない事情がある。エメットに容貌が酷似していた俳優アーヴィング (Sir Henry Irving, 1838-1905) が、自分のために書き下ろしてくれと、マーシャル (Frank Marshall) という作家に依頼したものだったからである。ところが、アイルランドの土地問題の不穏な情勢から鑑みて、この時期のロンドン上演（アーヴィングが24年間も支配人を務めたライシアム劇場）は好ましくない旨、政府から通知を受けたために、既に印税500ポンドを前払いしていたにも関わらず、上演は取り止めになった。その後、マーシャルの未完の原稿がアーヴィングからブーシコーに手渡され、彼が書き直して完成させた。（従って、どの程度の手直しや改変がなされたか不明で、少なくともブーシコーのオリジナル脚本でない。ただし、「芝居は書くものでなく、書き直されるものだ」("plays are not written, they are rewritten")というブーシコーの金言 (dictum) から言えば、拘泥するに及ばない。）この芝居は、アメリカ第22代大統領クリーヴランド (Grover Cleveland, 1837-1908) が初当選した夜（1884年11月5日）にシカゴの McVicker's Theatre で初演されたものの、この一大政治イベントに芝居の影をすっかり薄くされたお陰で客足が伸びず、ブーシコーはその後この芝居を再演しなかったという。（イギリスでは Greenwich の Prince of Wales 劇場で前日の4日に著作権獲得のために上演された。）1875年の時点でブーシコー劇は総額2,500万ドルの収益を上げていたとする試算があるが、舞台の新機軸への莫大な投資や、家族、知人、貧乏役者への大盤振舞いの寛大な習癖もあって、『エメット』劇の興行の失敗は、一時的にせよ財政的苦境を招いたという。それに『エメット』劇上演時に62歳だったブーシコーは、体力・気力面でも現役役者としてそろそろ限界を感じていたはずである。

　さて、初演の混乱の模様をブーシコーのアーヴィング宛て書簡から（11月6日）から窺うことができる。

第2部　アイルランド演劇の抵抗と反逆

　　昨夜、当地で『エメット』を上演しまして、著しい (emphatic) 成功、「大きな」(hearty) どころか「著しい」成功を収めました。こう申し上げたところ、芝居の中で小生が派手な役柄を演じなかった［筆者注：彼はアン・デヴリンの恋人 Michael Dwyer 役で登場］から、観客ががっかりし、その熱狂に水を差したと言われました。しかし、あれほどの災難続きも珍しい——書割は台無し、小道具は出し忘れ、エキストラの役者はお呼びでない場面に登場し、出番には出て来ない、銃はいっかな発砲しない、もう全く、呆れた話です。それでもなんとかすべてを凌ぎました。幕間の休憩時間は25分から30分かかり、場面転換の待ち時間が3、4分かかったのは言うまでもありませんが。ひどいもんでした。[8]

　この話を額面通りに取れば、進行も大幅に手間取る素人芝居だったように想像され、閑散とした客席からは野次さえ飛ばなかったのかも知れない。

(2) 作品の特色

　『ブーシコー戯曲選集』の解説[9]によれば、「『ロバート・エメット』は、軽視されていることが暗示する以上にかなり優れている。この作品には、サスペンスあり、本物の政治的情感あり、世俗のユーモアや常識と釣り合いを保った高邁な感情、さらに、脇筋では無頼漢で躍動的な人物たち、警句的な対話、辛辣な (mordant) 機知があるからだ。」
　本章では細かな作品分析に立ち入る余裕はないが、この解説にある「脇筋」の展開のうえで興味深いのは、エメットとセアラの恋愛を軸に、ノーマン・クレイヴァハウス大尉 (Captain Norman Claverhouse) なる、セアラの元・婚約者が絡む三角関係である。土着のアイルランド訛の強烈なこの大尉は、セアラの心がエメットに奪われたことを知ると、騎士道精神的な義侠心を発揮して身を引き、二人の国外逃亡の支援までする。(エメットのやや時代がかった格調高い美文の台詞と、クレイヴァハウス大尉の野卑な方言の対照の妙は見事である。)また、法務長官キルウォーデン卿の（養女と思しき）娘タイニー・ウルフ

164

第2章　ディオン・ブーシコー『ロバート・エメット』

(Tiney Wolfe) は、暴徒に襲撃された際に救出してくれたエメットに秘めた恋心を抱き、エメットはセアラ、タイニーという二人の若い女性から愛される境遇に立つ。(死の直前にはこの二人のための接吻を、抱擁したクレイヴァハウス相手に与えたりする。)

　一方、悪役陣も粒が揃っていて、クィグリー (Quigley)、フィナティ (Finerty) という悪党は、蜂起計画書と参画者一覧を当局に売り付ける売国奴で、96ポンドの札束勘定の姿に卑劣な貪欲さが描かれている。とりわけクィグリーは、密告発覚後〈牢屋こそが安全な場所〉と騙してフィナティをキルメイナム牢獄に連れて行き、自らが犯した法務長官キルウォーデン卿殺害の濡れ衣を被せたうえ、密告報償金を一人だけ懐に高飛びを企てる。フィナティは看守にメモを託して、この裏切者の相棒の逃走先をマイケル・ドワイヤーに伝える。ドワイヤーは、アン・デヴリンの恋人で、前述したようにブーシコー自らが演じ、「派手な役柄」でないと作者は手紙に記していたが、決してそうではない。悲劇の主人公エメットの影にこそ隠れているものの、最初マザー・メイガン (Mother Magan) という女性に扮装して現れ、途中で婦人帽と鬘を脱ぎ捨て名乗りを挙げる場面（2幕3場）や、恋人アンに命じてわざとサー少佐を謀反アジトのパブ Bull Inn の家宅捜査に動員集結させ、〈大量の爆薬で自爆する巻添えにするぞ〉と脅迫して、クィグリー逃亡阻止の交換条件を結ぶ場面（4幕3場）、そして深夜のブランガン波止場でドワイヤーと蠟燭の光をはさんで対面し、ナイフを持つクィグリーをドワイヤーが素手で絞殺して暗い海へと投げ込み、アンとともに新大陸へ船出する場面（4幕・第1活人画）などは、アクション映画顔負けで思わず快哉を叫ぶ好場面である。さらに、これも史実通りかは不詳だが、処刑前夜、クレイヴァハウス大尉の案内でキルメイナム牢獄のエメットに接見にきたカランが、娘セアラやタイニーの懇願もあって、エメットが当局に嘆願状を書けば恩赦もありうる、と説得するのに対して、「乞食の命乞い」の文面だとエメットが断固拒絶する場面（4幕2場）、息子の死刑判決に衝撃を受けたエメットの母親が、彼の処刑に先だって心痛の余り他界したと知らされる悲劇（4幕・最終活人画）なども織り込まれる。要するに、悪党に裏切られる青年指導者、恋人を銃殺される婚約者、実

第 2 部　アイルランド演劇の抵抗と反逆

らぬ恋に耐える男など、お涙頂戴式の人間関係やプロット展開、善人悪人の単純明快な二分割図式から推測できるように、この劇は政治や歴史を題材とした、典型的なメロドラマに仕上がっており、内容に関してスティーヴン・ワット (Stephen Watt) が指摘している、この作品の 4 つの特色を列挙すれば、──①アイルランド人の悪党役が政治的に扱われ、②不埒なイギリス兵が登場し、③歴史上の英雄がアイルランド社会の諸要素 (宗教、愛国心、経済状況など) を包摂・統合し、④幕切れが扇情的な処刑であること[10]──である。

(3) 作品と史実の相違点

　ブーシコーの作品と歴史書との違いの一つは、エメットの蜂起が流産に終わった原因を何に求めたかである。冒頭でも記したように、歴史書では1803年 7 月の「弾薬置場 (munition dumps) の爆発[11]」が時期尚早の決起を促したとされ、直前まで完璧な秘密裡に革命工作が進展していたため「ダブリン城は諜報活動の失敗に衝撃を受けた」という。ところがブーシコーの戯曲のなかでは、既に自筆の蜂起計画書が仲間の裏切者によって当局に漏れており、〈エメット変節〉の虚偽報道が捏造される前に、敵の裏を掻く形で蜂起に踏み切ったことになっている (2 幕 3 場、p. 358) 弾薬庫の爆発は作品ではまったく言及されない。(歴史書の中にも、「火砲器の不足、軍需品 (materiel) の頼りなさ、フランスとの意思疎通の失敗」に原因を求め、「爆発」に言及しないものがある。[12]) いずれにせよ、ブーシコーがより詳細な史書や伝記に基づいて執筆したのか、あるいは全くのフィクションとして潤色・創作したのかは分からないが、同胞の裏切りゆえの挫折──「悪党どもに裏切られ、臆病者どもに見捨てられ、野獣のように追い回されて！」(3 幕 2 場)──という筋書きは、エメットの運命に悲劇の影を濃く投げかけるのに役立つものである。

　さらにもう一つは、ワットの 4 番目の指摘にあるように、史実との決定的な齟齬が幕切れのエメットの死に見て取れることである。すなわち、首をはねられ市中引回しになった史実に対して、戯曲ではイギリス兵の一斉射撃による銃殺である。これは 4 幕 2 場の獄中面会の場面でエメットが「私は兵士

の死に直面することを要求する。勇者の一団の前に立たせてくれ、そして私の国の制服を着て、犬のように縄にかかって死ぬのではなく、男らしく倒れさせてくれ」という懇願に応えた形になっている。そして、メダルを唇に押し当て、ネクタイを握る左手を差出し、「祖国に祝福あれ」(God bless my country!) を最期の叫びに、彼は一斉射撃の銃弾を浴びる。地面に斃れるや、「髪にシャムロックの小冠状の飾りをつけ、ごく薄い緑の衣装を身にまとった」母なるアイルランドが、ミケランジェロの「ピエタ」(Pieta) さながらに、死んだ息子を抱擁する様――二人の子どもたちがエメットの遺骸をゆっくりと引いて、跪く「母」を見上げる様――が見える。戦い、斃れた英雄としてエメットが神格化 (apotheosis) されたという象徴はこの結末に明らかである。ブーシコーは生粋のダブリン生れであり、アイルランド史も編纂しているから、絞首刑の史実を知らないはずはない。したがって、この潤色には、歴史的正確さの尊重よりも、シカゴのアイリッシュ・アメリカンを喜ばせるメロドラマへのこだわりが強く感じられる。

3　エメットの最終弁論の真偽論争

　エメットの有名な辞世の句が史実において正確であるか否かは、信頼のおける史料が欠如している。この主題に関するヴァンス (R. N. C. Vance) の論文「テキストと伝説――ロバート・エメットの被告席からの陳述」('Text and Tradition: Robert Emmet's Speech from the Dock'[13]) によれば、史料には、当局側が発表した、いわば〈公式版〉と、アイルランド国民が巷間に継承してきた〈愛国版〉の2種類があるという。

(1) 否定的な公式文書

　1803年9月20日、22日[14]の政府寄りの新聞 *Dublin Evening Post* の裁判報道記事が最初の出典となり、ほぼ同じ記事がやはり政府寄りの *Belfast News-*

第2部　アイルランド演劇の抵抗と反逆

letter、27日にはロンドンの *Times* にも掲載された。実際、これら各紙にエメットの有名な一節「わが祖国が地上の国家のなかで独自の地位を占める時……」はまったく現れず、掲載された演説は政治的挑発というよりも個人的な寂しい反抗心の調子を帯びている。

  Let no man write my epitaph, for as no man who knows my motives dare vindicate them let not prejudice or ignorance asperse them: Let them and me repose in obscurity and peace, and my tomb remain uninscribed, till other times and other men can do justice to my character.

　検察側弁護人 (prosecuting counsel) の一人、リッジウェイ (William Ridgeway) による裁判録はこれよりも長文であるが、同様にサビの部分はなく、本質的には上記の文章と同じである。チャールズ・フィリップス (Charles Phillips) が、カラン (John Philpot Curran, 1750-1817) の伝記を執筆したときにも援用したとされる、この公式版リッジウェイの記録の最後の部分を、以下に和訳を添えて引用する。

  I am going to my cold grave. － I have one request to make. Let there be no inscription upon my tomb. － Let no man write my epitaph. － No man can write my epitaph. － I am here ready to die. － I am not allowed to vindicate my character, and when I am prevented from vindicating myself, let no man dare to calumniate me. － Let my character and my motives repose in obscurity and peace, till other times and other men can do them justice; Then shall my character be vindicated, －Then may may epitaph be written.
　（私は自分の冷たい墓へと向かおう。要望がひとつある。私の墓にはなにも碑文を書かないで欲しい。誰にも墓碑銘を書かせないで欲しい。誰にも書けはしないのだから。私は死ぬ覚悟はできている。私の名声を擁護することは許されていない。自己弁護を禁じられているのだから、誰にも私をあえて中傷させないで欲しい。私の名声と行動の動機は世に知られずそっと静かに休ませて欲しい。別の時代、別の人々がそれらを正当に評価できるときまで

168

第2章　ディオン・ブーシコー『ロバート・エメット』

は。そのとき初めて私の名声は擁護されるだろうし、そのときなら私の墓碑銘を書いても構わない。)

(2) 肯定的な愛国史観

　一方、愛国版は、現存しない2つの文書に基づいている。
　1つは、エメット直筆の準備草稿である。これはトマス・ムーアが1844年の時点で所有しており、彼の4巻本の綿密だが退屈な『アイルランド史』 *(History of Ireland*, 1835-46)に取り入れようと意図していたが、果たされなかったもの。本人の自筆原稿ということで信憑性は高いものの、あくまで準備草稿であり、法廷の場での実際の発言とは必ずしも一致しない可能性を十分に考慮せねばならない。
　2つ目は、エメットの弁護人レナード・マクナリー (Leonard McNally) の息子による裁判録である。これもムーアによると、裁判後にエメットに接見したマクナリーが、エメットの言葉を書き足した可能性もあり、実際の発言とはやや違っているだろうという。
　このいずれか、あるいは両者が1803年9月号の *Walker's Hibernian Magazine* に掲載された以下の愛国版の記事の根拠となる。

　　I am going to my cold and silent grave. . . I have but one request to make at my departure from the world — It is the charity of its silence — Let no man write my epitaph, for as no man who knows my motives dare now vindicate them, let not prejudice or ignorance asperse them; let them and me repose in obscurity and peace, and my tomb uninscribed, until other times and other men can do justice to my character; when my country takes her place among the nations of the earth, then, and then only, may my epitaph be written: — I am done.
　　(私は冷たい、沈黙の墓へと向かおう。この世を去るにあたって一つだけお願いがある。それは墓標の沈黙という慈悲である。誰にも私の墓碑銘を書かせないで欲しい。私の行動の動機を知る者でそれらをあえて擁護してくれ

第2部　アイルランド演劇の抵抗と反逆

る者は誰もいないのだから、偏見や無知にそれらを中傷させないで欲しい。動機や私のことは世に知られずそっと静かに休ませ、私の墓は何も刻まないままにして欲しい。別の時代、別の人々が私の名声に正当な評価を下すことが出来る日までは。そして私の国が地上の諸国の中で独自の地位を占めるとき、そのとき、そしてそのとき初めて、私の墓碑銘を刻んでもよい。以上。）

こうして、エメット処刑後に〈公式版〉と〈愛国版〉の2種類が存在していたわけだが、1846年になって、マドン (R. R. Madden) 著『ロバート・エメット回想録』(Memoir of Robert Emmet) が愛国版を優位に立たせる決定打となった。マドンは、政府系新聞の記事などとうてい信用がおけないとして、Walker's Hibernian Magazine の記事を根底に、「裁判に出廷し、エメットが発言した言葉をしっかりと記憶している人々」の文書による記録で補強したという。だが、「しっかりと記憶」といっても既に40年以上が経過しており、首尾一貫した論旨を保っているのは、ひとえにマドンの編集の技量のせいかも知れない。これには、エメットの死後に付け加えられたと思われる文章、例えば1832年ヘザリングトン (Henry Hetherington) 著の Poor Man's Guardian のなかに見えるエメットの陳述、などが採用され、このマドンの書物こそが、のちの「エメット伝説」の根源となったのである。以降のエメット伝では最後の台詞が実際に発言されたものとして踏襲されていったようである。たとえば、バーク (J. W. Burke) の Life of Robert Emmet (3rd ed., 1852)、オドノヒュー (D. J. O'Donoghue) の Life of Robert Emmet (1902)、オブロイン (Leon Ó Broin) の The Unfortunate Mr. Robert Emmet (1958) などがこの系譜に属する。そして、この傾向は一般的なアイルランド歴史書にも受け継がれている。例えば、Peter and Fiona Somerset Fry, A History of Ireland (New York: Barnes & Noble Books, 1993) の pp. 215-216、Robert Kee, Ireland: A History (London: Abacus, 1995), p. 69 には、「私の国が地上の諸国の中で独自の地位を占めるとき、そのとき、そしてそのとき初めて、私の墓碑銘を刻んでもよい」という一節はエメット陳述に含まれていた、と記述している。

もちろん〈公式版〉にしろ〈愛国版〉にしろ、墓碑銘を刻むな、という遺言は共通しており、違うのは、ではいつになれば墓碑銘を刻んでよいか、と

いう時期である。それは、エメットに歴史の正当な評価が下される「後世」に、という漠然たる表現の〈公式版〉と、政治的完全独立を成就したとき、と明確な期日を打ち出す〈愛国版〉の違いにすぎないと言える。果たして、当局の官僚やマスコミの編集主幹が最後の台詞「私の国が地上の諸国の中で独自の地位を占めるとき……」を意図的に抹消したのか、愛国者たちが英雄として祭り上げるために創作して付加したのか、今日では定かでない。しかし巷間に流布しているのが愛国版である事実は、歴史的正確さを度外視して、伝えんとする精神や信念をアイルランド国民が尊重したことの証しでもあろう。

4 ブーシコー劇における「エメット最終陳述」の取扱い

さて、それではブーシコーは戯曲『ロバート・エメット』のなかでどのような台詞を最終陳述としてエメットに喋らせているかが問題になるが、当然予想されるように、愛国版に基づくエメット像である。

> ROBERT. You are impatient for the sacrifice, my lord! —bear with me awhile, I have but few more words to say, and these not to you — but to my people. See! For your sake I am parting with all that is dear to me in this life — family — friends — but most of all with her — (*SARAH rises with a cry*) — the woman I have loved. (*She goes to him.*) My love — Oh! My love! It was not thus I had thought to have requitted your affection! (*He kisses her.*) Farewell! (*CURRAN receives her as she faints.*) Farewell! I pass away into the grave. I ask of the world only one favour at my departure. Let no man write my epitaph, for as no man who knows my motives dares now to vindicate them, let not prejudice or ignorance asperse them; let my tomb be uninscribed until other men and other times can do justice to my character! When my country shall take her place amongst the nations of the earth — then — and not till then, let my epitaph be written! I have done. (*Murmurs in the court.*) (Act IV, Scene I) [15]

第2部　アイルランド演劇の抵抗と反逆

　　　生贄を捧げるのに性急ですね、閣下！──しばらく私にお付合い下さい、申すべきことはごく僅かしかありません、しかもその言葉は閣下にではなく、我が人民に対してのものです。よろしいか！　閣下のために私はこの人生で大事なものすべてを手放そうとしている──家族、友人たち、しかしなによりも彼女、──(セアラは悲鳴を上げて立ち上がる)──私が愛した女性を。(彼女は彼のもとへ行く) 愛しい人－ああ、愛しい人！　このような形であなたの愛情に報いることになろうとは思いもしなかった。(彼は彼女にキスする) さらば！(気絶した彼女をカランが受け止める) さらば！　墓へと逝こう。出立に際し、ひとつだけ世の人々にお願いがある。私の墓碑銘を何人も書かぬように。私の行動の動機を知る者であえてそれを擁護しようという勇気のある者はいまや誰もいないのだから、偏見や無知でその動機を中傷することはやめてほしいのだ。私の墓は、別の人々、別の時代が私の名声を正当に評価する日まで、なにも刻まないでほしい！　私の国が地上の諸国のなかで独自の地位を占める暁には、そのとき、まさにそのときこそ、私の墓碑銘を書いてくれ！以上だ。(法廷にどよめきの声) (4幕1場)

　この最後の修辞 'then, and not till then' という言回しは、2幕1場の終りでもエメットが口にしていることは注目してよい。──「ライリー、夜明けまで部下とともに見張りについてくれ。夜明けになって、そのとき初めて (Then, and not till then,) この御方［＝クレイヴァハウス］を自由にしてくれ。今晩一晩、彼はお前の捕虜だ。[16]」──こうして、この強調表現がエメットお気に入りの常套句であることをブーシコーは暗示し、愛国的な「エメット伝説」の神話化に貢献した一人になっている。

おわりに──エメット劇の系譜

　もちろん、ブーシコーより以前にもエメット劇は書かれている[17]。しかしながら、それらは技量に乏しい劇作家の手になるものばかりで、1853年にアメリカ人俳優で劇作家のジェイムズ・ピルグリム (James Pilgrim) がニュー・ヨークで上演した『ロバート・エメット─アイルランドの自由の殉教者』

172

第2章 ディオン・ブーシコー『ロバート・エメット』

(*Robert Emmet: The Martyr of Irish Liberty*) はその最たるものであるという。本人が Darby O'Gaff というアイルランド系人物として出演し、刊行テキストによれば、エメットは結婚しているが、セアラとでなく、マライア (Maria) という別の女性とである。セント・ルイスで上演されたカニンガム (Dr. P. T. Cunningham) 作のエメット劇には、ナポレオンやタレーラン (Talleyrand) までもが登場する。オハイオのボイラン (B. M. Boylan) による『反逆者たち——1803年の反乱軍の首領たち』(*The Robels: The Insurgent Chiefs of 1803*) という作品もあるが、いずれも評価は散々なものである。

ブーシコー以後もこの傾向は続いている。ブーシコーに4年遅れて1888年には、*New York Sun* 紙の日本特派員でもあったアイルランド人ジャーナリスト、ジョゼフ・クラーク (Joseph Ignatius Constantine Clarke) が6幕物のエメット劇[18]を出版している。エメットの甥息子にあたる Dr. Thomas Addis Emmet（エメットの兄と同名）が継承した貴重な資料に基づき、史実に忠実な作品とされるが、残念ながら上演記録はない。さらに14年後の1902年に、ニュー・ヨークの14番街劇場で上演されヒットしたエメット劇は、キャストが総勢150人というので特筆に値する。著者のタイナン (Brandon Tynan) はダブリン生れの人気俳優で、クラーク・ゲイブルの失敗作映画『パーネル』(1937) にも出演している。その父親 Patrick J. Tynan には *The Irish Invincibles and Their Times* なる著書があり、1882年フェニックス公園での Cavendish (1836-82) 暗殺に関与した秘密革命組織 Invincible の一員と信じられていた人物でもある。

注

1) Kevin O'Rourke, *Currier and Ives: The Irish and America* (New York: Harry N. Abrams, 1995), p. 42.
2) Con Howard et al (ed.), *America and Ireland, 1776-1976: The American Identity and the Irish Connection* (London: Greenwood Press, 1980), p. 300.
3) ジェイムズ・ジョイス『ユリシーズⅡ』（集英社、1996年）、pp. 100-101. ついでながら、この引用箇所では判然としないが、脚注1578に「……わたしの墓碑銘はこう書いてくれ。わがこと終れり (I have done) と」、とあるのは誤訳と思われる。〈"I have done" という墓碑銘〉を刻んでくれ、ではなく、これは陳述終了の意味の台詞

第2部　アイルランド演劇の抵抗と反逆

のはずである。
4) 上掲書、p. 136.
5) ジェイムズ・ジョイス『ユリシーズ I 』(集英社、1996年)、p. 282.
6) 上掲書、pp. 583-4.
7) Andrew Parkin (ed.), *Selected Plays of Dion Boucicault* (Gerrards Cross: Colin Smythe, 1987), pp. 405-406.
8) Richard Fawkes, *Dion Boucicault: A Biography* (London: Quartet Books, 1979), p. 223.
9) *Selected Plays of Dion Boucicault*, p. 14.
10) Stephen Watt, *Joyce, O'Casey, and the Irish Popular Theater* (New York: Syracuse University Press, 1991), pp. 84-86.
11) Thomas Bartlett and Keith Jeffery (ed.), *A Military History of Ireland* (Cambridge: Cambridge University Press, 1996), p. 288.
12) R. F. Foster, *Modern Ireland 1600-1972* (London: Penguin Books, 1988), pp. 285-286.
13) R. N. C. Vance, 'Text and Tradition: Robert Emmet's Speech from the Dock', *Studies* (Summer 1982), pp. 185-191.
14) 処刑の翌日に当たる21日・水曜日の記事の引用がされていないのが不可解である。夕刊紙でも昼には発行されるから、予告の域を出ないと思われる20日記事はさておき、21日に第1報が掲載されるのが自然な気がするのだが。
15) *Selected Plays of Dion Boucicault*, pp. 382-383.
16) Ibid., p. 353.
17) *America and Ireland, 1776-1976: The American Identity and the Irish Connection*, pp. 298-299.
18) Joseph I. C. Clarke, *Robert Emmet: A Tragedy of Irish History* (New York: G. P. Putnam's Sons, 1888) なお、問題の最終陳述に関しては、5幕の終わり (p. 115) にいわゆる愛国版の台詞がこの戯曲にも登場する。

参考文献

Chambers Biographical Dictionary (New York: Chambers, 1990/92)
Robert Hogan (ed.), *Dictionary of Irish Literature* (London: Greenwood Press, 1996)
Leon Ó Broin, *The Unfortunate Mr. Robert Emmet* (Dublin: Clonmore & Reynolds, 1958)

第3章　レノックス・ロビンソン
――英雄復活願望――

はじめに

　アイルランド文芸復興運動と密接なつながりをもつ〈アイルランド文学劇場〉が創立されたのが1899年、100年の歴史を再評価すべく、アビー劇場史の見直しも進んでいる。イェイツやグレゴリー夫人、シングの名前と業績はこの作業においてもちろん落とせないが、当劇場の支配人や演出家もつとめた劇作家レノックス・ロビンソンの名が、彼らほど日の目を見ていない感が拭えないのは残念である。私事で恐縮だが、筆者が1983年の留学時代、初めてアビー劇場で見た芝居がロビンソンの『イニシでのドラマ』[1] (*Drama at Inish*, 初演 1993) であり、メタ演劇の内容をもちながら比較的分かりやすいこの劇は筆者に演劇の魅力を教えてくれた。同時に、筆者はこの留学時に政治家パーネルに興味を持ち、パーネルがアイルランド文学に与えた影響について修論を書ければ、と考えていた。結果的にそれは力量不足で挫折したものの、教職について初めて書いた紀要論文で、ジョイスとパーネルについて論じ、「パーネルの死後、実はパーネルはどこかに生存しているのだ、或いは、キリストのように甦るのだ、という民間伝説を主題とする作品が陸続として発表された[2]」として、本章で取り上げるロビンソンの芝居『失われた指導者』も含めて、幾つかの作品名を列挙した。しかしながら、それぞれの具体的な内容の論評には踏み込む余力がなく、そのまま今日に至った。本章はこの不備を実に15年ぶりに補うために書かれたものである。

第2部　アイルランド演劇の抵抗と反逆

1　レノックス・ロビンソン『失われた指導者』

(1) レノックス・ロビンソンの伝記的事実[3]

　先ず、劇作家の伝記から説明しよう。レノックス・ロビンソン (Lennox Robinson, 1886-1958) は、コーク州ダクラス (Douglas, Co. Cork) に Esmé Stuart Lennox Robinson として1886年10月4日生まれ。父親が1892年、株式仲買人から Church of England の牧師に転身、厳格なプロテスタントの家系の7人兄弟の末っ子。病弱で、教育は主として家庭で受け、読書や音楽に没頭した。1907年8月、コーク市内のオペラ・ハウスでアビー座の地方公演にイェイツの『キャスリーン・ニ・フーリハン』を観劇して以来、家族のユニオニストへの共感から離れていき、2か月もしないうちに書いた処女作『クランシーの家名』(The Clancy Name) は1908年にイェイツとグレゴリー夫人に採用された。1909年には2作品『十字路』(The Cross Roads) と『彼の人生の教訓』(The Lesson of His Life) が上演された。翌年イェイツはロビンソンに年収150ポンドで劇場運営を提案し、ロンドンでショーに演劇実務に関して個人指導をしばらく受けた後、アビー劇場の運営に着手した。こうして、演出家兼支配人に1909年に就任したとき、彼はまだ23歳の若者であり、3つの戯曲が上演された作家ではあっても、演出や経営の経験はまったくなかったわけである。これは大抜擢であるとも言えようし、推薦する側の度量も大きかった。イェイツの推薦の言葉は、ベルゲン・ノルウェイ劇場がイプセン (Henrik Ibsen, 1828-1906) に座付作者兼舞台監督を委任したとき、イプセンは23歳だった[4]、という殺し文句だった。これにはイェイツ自身、何度も書き直しを強いられた経験から、舞台現場の知識があれば劇作に将来生かせるという配慮があったのだろう、と推測される。しかしロビンソンはイェイツに媚びることはせず、むしろイェイツ好みの詩劇からマリー (T. C. Murray, 1873-1959) やオケイシー (Sean O'Casey, 1880-1964) の批判的リアリズム演劇の方向へ舵取りした。この船出は必ずしも順風満帆な展開ではなく、1910年春、自作『収穫』(Harvest [5]) の上演に際しては、アイルランドの農村生活を苛酷に描いたとし

第3章　レノックス・ロビンソン

て批判された。また5月7日のエドワード7世 (Edward VII, 1841-1910) の急逝に際して、不幸な事情[6]も重なって劇場をあえて閉鎖しなかったために、英国人パトロンのホーニマン女史[7] (Annie Elizabeh Fredericka Horniman, 1860-1937) の逆鱗に触れて財政支援を失うなど、経営者としての不手際もあったが、イェイツの庇護で即時解雇は免れ、1911年から12年にはアビー劇団のアメリカ公演にグレゴリー夫人とともに出かけ、この海外公演は財政的にも大成功を収めた。1912年後半に、自作の3つの政治劇のひとつ、『愛国者たち』(Patriots) を演出した。1914年には3回目のアメリカ公演を果たしたが、グレゴリー夫人の圧力で、演出家兼支配人の職を辞した。

その後の4年間の解任期間、いわば不本意にリストラされた時期は劇作家としてのロビンソンには、むしろ実り多い時期となった。残りの2つの政治劇『夢想家たち』(The Dreamers, 1915) と、本章で取り上げる『失われた指導者[8]』(The Lost Leader, 1918) 、および自伝小説『南から来た青年』(The Young Man from the South, 1917) 、さらには真骨頂とも評される喜劇『お気に入り』 (The Whiteheaded Boy, 1916) を書き、ダブリン演劇連盟 (Dublin Drama League) を設立した。こうして1919年、グレゴリー夫人はあまり乗り気でなかったが、イェイツはロビンソンをアビー劇場のかつての職に呼び戻し、1923年には理事会に加わり、1958年10月14日に亡くなって聖パトリック寺院に埋葬されるまで終生アビー劇場との絆を保った。(なお、1931年9月8日、まもなく45歳という時期に Dorothy Travers Smith と結婚したが、子どもはもうけなかった。)

(2)『失われた指導者』の梗概

次に作品の梗概を詳細に述べよう。

初演は1918年2月19日、まだ第1次大戦中 (終結は同年11月11日) である。演出と主役のルーシアス役をオドノヴァン (Fred O'Donovan) が担当した。

第1幕は1917年10月の夕刻、プルモア (Poulmore) のホテルの喫煙室。第2幕は翌日の午後の同じ場所。第3幕はその夕方の、ノックパトリック (Knockpatrick) の立石 (メンヒル) の遺跡。ほぼ1日の出来事がほぼ同一場所で

177

第2部　アイルランド演劇の抵抗と反逆

展開される点で、アリストテレスの三一致原則を忠実に遵守する劇作である。

　プルモア（架空の地名と推測される）に到着するには、ダブリンから鉄道で数時間と2度の乗換えが必要で、さらに駅からフォード車で2つの険しい丘を越えて1時間ほどかかる。現ホテルの住居は連合法の年（1800年）に曾祖父ジョン・レニハンが資材を自給自足で賄って建築したものだった。良家の教育ある娘と彼は結婚し、2人の息子をもうけた。長男は1847年に危険な真似をし、アメリカで49年に死去、次男が土地を相続した。この次男（祖父）も1860年に2男1女を残して他界。次男は渡米（この次男が、主人公のルーシアスらしい）、娘は尼僧となり、長男（父）ウィリアムが土地を受け継いだ。結婚後2年で妻に先立たれ、彼自身も10年前（1907）に死去。ホテル経営を取り仕切っているのは、当年37歳の一人娘のメアリーである。

　釣りのシーズンも終りに近付き、宿泊客もわずか。喫煙室にいるのはコーク生まれの28歳のジャーナリストのオーガスタス・スミス (Augustus Smith) 一人で、手元の道路地図と壁の地図とを見比べている。彼は明日行われる2つの政治集会の両方を梯子取材できれば、と目論んでおり、メアリーの叔父ルーシアス (Lucius) に車の手配を依頼する。入ってきたメアリーにスミスはこの土地の政治状況を質問するが、メアリーは政治には全く関心がないと言い切る。やがて2人の泊まり客が釣りから戻ってくる。50歳で医者のパウエル・ハーパー (James Powell-Harper) と、その友人で40歳前のフランク・オームズビー (Frank Ormsby) である。フランクはスミスに葉巻を勧め、3人の世間話が始まる。パウエル・ハーパーは今日で言えば、催眠療法を用いる精神分析医であり、マギーという女性の湾曲した背骨を催眠術で治療した事例をめぐって、ほかならぬスミスの勤務する新聞社が、偽医者弾劾キャンペインの論陣を張った経緯をスミスは思い出す。しかし化けの皮を剥ぐために派遣された、スミスの同僚記者ラドフォードは最後にはこの医者の治療法にはまったく問題がないと確信しただけでなく、パウエル・ハーパーを擁護する姿勢をとり、いわばミイラ取りがミイラになったことがある。

　スミスはなおも医者に、フロイト心理学[9]について質問する。フロイト学説によれば、人間は言葉や思考を検閲し、心の中に抑制された領域をもつが、

178

第 3 章　レノックス・ロビンソン

夢のなかではその検閲をかいくぐり、禁断の領域に入る。例えば性交渉がうまくいかないと背骨の湾曲につながったりするように、ある種の病気は精神的な原点をもつのでは、とスミスは訊く。パウエル・ハーパーは、戦争神経症のように大抵の場合は原因がいたって明確である、と答える。そこへルーシアスが毛針をもって再登場。医者は、当初からこの老人に、なにかしらただならぬ気配を感じていたが、彼と長年親しいフランクはそれを否定する。

(彼は24年前の1893年秋に父親と徒歩旅行して道に迷い、深夜にウィリアム一家の農家に世話になったのが機縁で父親同士が親しくなり、毎秋にこの土地を訪れるようになった。当時、一家には父親ウィリアムと娘のメアリー、アメリカ帰りのルーシアスの3人がいた。) 催眠術に興味を抱くスミスは、最近不眠症なので自分に催眠術をかけてくれと、医者に頼む。医者の言葉の暗示にかかってスミスはまどろみかけるが、気がつくと、そばに居合わせたルーシアスの方がすっかり催眠術にかかっていた。術から覚めた後も熟睡できるようにと、彼が最近うなされる悪夢の正体を語らせると、ルーシアスは「棺」「女」「偽りの友人」、そして最後に「自分の名前」の夢だと告げ、自分の名前はチャールズ・スチュワート・パーネル (Charles Stewart Parnell, 1846-91) だ、と語る。固定観念に取りつかれた狂人のたわごととスミスは決めつけるが、医者はこの告白が真実である可能性を探り、パーネルの没年を確認するためにメアリーを呼び、書棚のパーネルの伝記を持ってくるように頼むが、メアリーは、伝記などないし、没年は93年だと嘘をつく。医者は、術中の記憶を消すように指示してルーシアスの催眠術を解き、平静を装う。やがて立ち去ろうとする彼の背中に医者は突然、Mr. Parnell! と 2 度呼び掛ける。するとルーシアスの目は爛々と輝き、態度が別人のように豹変し、退場する。これを目撃したスミスは特ダネとばかりに興奮し、記事の見出しを「失われた指導者」と決める。

　2幕は翌日の午後4時。スミスが本社へ記事を送信したらしく、宿泊問い合わせの夥しい電報がホテルに舞い込んでいる。女中のケイト (Kate Buckley) は、新たにやってくる予定の宿泊客のための簡易ベッドを準備し、町の名士 (治安判事) のクーニー (Peter Cooney) も1時間前からルーシアスの帰りを待っているが、しびれを切らして一旦引き上げる。やがてメアリーとパウエル・

179

第2部　アイルランド演劇の抵抗と反逆

ハーパーが戻る。昨夜の出来事を聞いたメアリーは、医者に真相を思いきって告白する。子どもの頃から叔父は気が触れていて、自分をパーネルだと思い込んでいたこと、パーネルの死後正気に戻ったので施設を出てウィリアム家にやってきたが、昼間は自室に閉じこもり、夜になると徘徊したこと、父親から叔父の世話を任され、政治やパーネルの話は避ける、と約束したこと、2、3年前にシン・フェイン党員たちが村にやってきてから様子が再びおかしくなったことなどを語る。パウエル・ハーパーはメアリーもまた父親から騙されていて、実際、ルーシアスがパーネルである可能性の有無に思いをめぐらす。女中はルーシアスとの面会希望者がいること、いましがた当のルーシアスとスミスが帰宅したことを告げる。やがてその2人が登場。ルーシアスは10歳若返って見え、背筋もしゃんと伸びている。騒動が起きる前に避難を勧めるメアリーに、ルーシアスは自分が本当にパーネルであること、メアリーの父親の援助で、臨死状態にあった棺から抜け出し、名もないロシア人移民の死体が代わりに収められたこと、父親の実弟はアメリカで死亡し、自分はその身代わりとなったことを話すが、メアリーは容易には信じられない。パウエル・ハーパーも同様で、首実験で本人と確認されるまではルーシアスの話を受け入れない。一方スミスは、この村でかつてパーネルと個人的に面識のあるバラッド歌手（現在は盲目）と連絡をつけ、確認に来てもらう手配を整えている。治安判事クーニーが再度訪ねてくる。また、郵便局長の妻をもつクランシーも様子を窺いに来る。電報文の内容を夫に漏らしたのを女中が立ち聞きして言い触らしたため、この噂はすでに村中に広まりつつある。しかもクランシーは〈アイルランド統一連合 (UIL)〉の書記長であり、早速スミスは彼に、パーネル生存が事実の場合、連合としての対応策を質問するが、優柔不断な彼はただ困惑するばかり。さらに、殺到する電文をさばききれずに、妻が郵便局を閉めて寝込んでしまったという知らせを女中から聞き、自分も家に帰ると言い出す。そこへ〈ユニオニスト〉を自称し、同じく治安判事でもあるジョン・ホワイト少佐 (Major John White) も噂を聞きつけてやって来る。彼はパーネルが本物かどうかを吟味すべく尋問表まで用意している。続いて〈シン・フェイン党〉員のマイケル・オコナー (Micheal O'Connor) も顔

第3章　レノックス・ロビンソン

を見せ、この村のアイルランド3大政党の代表者が揃う。やがてルーシアスとメアリーが帰宅。ルーシアスは、しばらく休養して2時間後にノックパトリックの立石遺跡で会う約束を威圧的に取りつけるが、そこへ盲人のバラッド歌手トマス・フーリハン老人が登場。フーリハンはルーシアスの掌や顔を触るうちに、この人はパーネルだと確信し、狂信的にひざまずく。メアリーは、判断は神様に委ねるとしながらも、叔父がパーネルであるという信念に傾く。

　3幕は夕暮れ時のノックパトリックの立石遺跡。小高い丘に2メートルほどの石が2つある。パウエル・ハーパーがパイプで煙草を吸っていると、釣りを終えたフランクが登場。村がジャーナリスト連中に占拠され騒がしいことやメアリーの将来を嘆く。実はフランクは昔からメアリーが好きで結婚を申し込みたかったのだが、決断できずにきたのだった。やがてルーシアス、メアリー、フーリハン老人が姿を現す。続いてマイケルと2人の若い友人が上って来る。彼らはハーリングの試合帰りで、フーリハンはスティックをマイケルから貸して貰って、パーネル復活を称えるバラッドを歌う。スミスとクーニーも登場。さらに少佐とクランシー、そしてのっぽのジョン・フレイヴァン (Long John Flavin) たちも到着。ルーシアスはこの日和見主義のロング・ジョンを悪党呼ばわりしてあからさまな嫌悪を示し、彼の方も挑発的な態度をとる。パーネルとじかに面識のある人間はこの場にはいないので、やがてパーネルの知己が到着するまで、将来の話をしようとルーシアスは誘う。UILのクランシー、ユニオニストの少佐、シン・フェインのマイケルたちがそれぞれパーネル失脚の経緯に関して自己弁護し、今後の自党復帰を訴える。しかしルーシアスは逆に彼らこそ自分に加わるべきであり、独立でも自治でも土地でも金でもなく、魂を人々に提供すると言う。いまや暖かい蠟のように、一つの国民の精神が新たに鋳造されようとしている千載一遇の時だ。運動は文字通り、動くからこそ運動であって、目的や戦術を不断に変えねばならない。たしかに80年代には〈衣食足りて礼節を知る〉で、物質的満足を求めたが、地主や政府相手の、土地を求める闘いではなく、下劣な自我との闘い、国民的魂を求める精神的闘いこそがいまや大事なのだ。物質的勝利など

181

はたやすいことで、半年で達成可能な単純な解決策がある。しかし、より大きな勝利のためには、国家を信じること、敵を理解しようとする寛容さ、議会や共和国よりも気高い精神性を持つべきであり、そのためには、愛されると同時に恐れられる指導的人格者が国民に語りかけさえすればよい。そして自分がその任に耐えうるかどうか悩んだが、神のお告げのように暗闇から声が聞こえた[10]からこそ、こうして蘇ったのだ、とルーシアスは雄弁をふるって訴える。こうした話に少佐やマイケルはいたく感銘を受けるが、ロング・ジョンだけはルーシアスに悪態をつく。それに激昂したフーリハンは制止の手を振りほどき、持っていたスティックでロング・ジョンに殴りかかる。しかし彼は、止めに入ったルーシアスを殴打し、即死させてしまう。おりしもパーネルの知己がようやく車に乗って到着するが、ルーシアスの遺体を眺めた彼にしても、〈パーネルに良く似ている〉以上の確言はできない。真相不明のままでよかったのかも知れない、と医者は呟き、その場の全員がひざまずいて祈りを捧げる。突風が吹きだし、俄雨となるが、ランプの照明[11]が遺体の厳かで安らかな表情を照らし出す。

(3) 標題の意味

　さて、標題の「失われた指導者」"The Lost Leader" はやや説明を要する。この言葉は、1幕の最後で、パーネル生存の可能性を信じたスミスが、送信する新聞記事の見出しとして考えついたもので、医者の提案した「この世に蘇りし」よりも優れた標題だという。だが、生存確認の一報であれば「発見された指導者」「生き延びていた指導者」あたりが妥当なところであり、「失われた指導者」という表現は〈失脚〉は表せても、〈復活〉を示唆するには必ずしも適切とはいえないだろう。そこで問題となるのが、3幕はじめの次の場面である。

　　フランク　ぜひともそうしよう、結婚を彼女に申し込むんだ——しかし、この台詞は彼女［メアリー］が大人になってからというもの、長年ずっと心の中

だけで言い続けてきた台詞なんだ。いつだって、また次の機会に先送りするちゃんとした理由があるように思えてね、そうこうしているうちに二人とも、とうが立ちはじめている始末だ。
パウエル・ハーパー　「立像と胸像」だな！
フランク　なんの立像だって？
パウエル・ハーパー　なんでもない。ブラウニングのことを考えていたのさ。多分、スミス君のお陰でね。(53)

「立像と胸像」("The Statue and the Bust," 1885) は、ブラウニング (Robert Browning, 1812-89) の詩集『男と女』(Men and Women) に収められた詩[12]で、フィレンツィエのアヌンツィアータ広場 (Piazza dell' Annunziata) にある銅像に基づいている。Ferdinando de' Medici の愛する人妻が夫に監禁されたのを悲しみ、監禁室を眺めることのできる場所に自分の騎馬像を建立して、心を慰めたという。フランクが優柔不断で愛情を告白できずにきた経緯を聞いて、医者がこのブラウニングの「立像と胸像」の物語を偶然に連想したのは納得できるとしても、それがなぜ「スミスのお陰」なのかは判然としない。なぜなら、全編を通して、スミスの台詞の中には直接ブラウニングと結びつくものはないからである。だたひとつ、考えられるとすれば、他でもない、この「失われた指導者」という表現である。そして実際、ブラウニングの詩の中には同名の「失われた指導者」という詩がある。[さらに言えば、この詩の姉妹編[13] (companion piece) として書かれた詩が「愛国者」[14] ("The Patriot") であり、ロビンソンの戯曲には『愛国者たち』という酷似する標題の戯曲もあることはすでに見た通り。]

さて、ブラウニングの問題の詩は、詩人ワーズワース (William Wordsworth, 1770-1850) が桂冠詩人の職（1843-50）をあっさり引き受けてしまったことへの憤怒に満ちている。当時ワーズワース73歳、ブラウニング31歳。シェリー (Percy Bysshe Shelley, 1792-1822) の影響を受けた若い詩人にとってはワーズワースが桂冠詩人に着任することは、体制側に取り込まれる「変節」(apostasy) と思われたのだろう。(後になって詩人はこれを若気の至りの非難として後悔しているが。) ワーズワースの方ではこの詩を読んだ形跡はないし、読んだとしても

第2部 アイルランド演劇の抵抗と反逆

まさか自分が非難の対象だとは気付かなかっただろうという[15]。しかし、ブラウニングの生涯においてこの作品が注目されるのは、ある評伝のなかで、「詩人としての彼は、それら［＝政治上の意見］が自分の詩では場所違ひだといふ暗々裡の信条をもつてゐて、それを破るといふことは稀であつた。従つてその少数の例外は、それだけ一層注意に値する[16]」として挙げられるほど、稀有な政治的な詩の一つだからである。彼の言う「失われた指導者」とは、自由主義から転向することで詩人の期待を裏切ったワーズワスであり、一方のロビンソンの戯曲『失われた指導者』は、アイルランド独立運動において国民の信頼を裏切ったパーネルを扱うという点が共通している。もちろんパーネルは名誉や金で体制側に取り込まれたのでもなければ、指導者としての立場を進んで放棄したわけでもなく、ただ不倫訴訟事件でカトリック教会や党員を含む民衆の支持を失って失脚したのであり、「変節」の中身や事情は大いに異なる。だが、熱烈な信奉者・崇拝者たちにとっては、寄せていた全幅の信頼感を裏切られたという思いがあったことは否定できないだろう。以下に、ブラウニングの批判的な「失われた指導者」を訳出する[17]。

　　一握りの銀貨のために彼はわれわれを捨てた
　　上着にさす一本のリボンのために——
　　運命が我々から奪った唯一の贈物を見つけ
　　運命が我々に捧げさせるすべての他のものを失った
　　彼らは、与える金貨があり、彼に銀貨を施したのだ
　　ほとんど与えない輩の持ち物はものすごかった
　　いかに我々の銅貨が彼の奉職のために消えたことだろう！
　　ぼろ切れでも——紫色であれば、彼の心は誇らかだった！
　　彼をあれほど愛した我々は、彼を信奉し、賞賛し、
　　彼の穏やかで荘厳な瞳の中に生き
　　彼の素晴らしい言葉を学び、彼の明晰なアクセントをとらえ
　　彼を自らの生と死の鑑にしたてあげていたというのに！
　　シェイクスピアは我々の仲間、ミルトンは我々のためのもの、
　　バーンズやシェリーは我々の同輩だった——いまや墓から我々を見つめている！

184

第3章　レノックス・ロビンソン

ひとり彼だけが前衛や自由から身を離し
彼だけが背後や奴隷たちの方に落ちていく！

我々は堂々と行進しよう——彼の臨席によってでなく
歌が我々を鼓舞するだろう——彼の叙情詩の歌ではなく
行為はなされるだろう——他の者たちには高く聳えることを求めた彼が
自らの静穏を自慢し、縮こまることを命令する間は。
彼の名前を消し去り、それから、さらなる失われた魂を記録せよ
さらなる仕事が拒絶され、さらなる小道が人跡未踏で
悪魔にはさらなる勝利、天使にはさらなる悲しみ
人間にはさらなる悪行、神にはさらなる侮辱！
人生の夜が始まる　決して彼を我々のほうへ戻って来させるな！
われわれの側には疑惑や躊躇、苦痛、無理な賞賛——薄暮の薄明りがあるだろうが——
嬉しく自信に溢れる朝は二度と来ないだろう！
立派に闘い続けるのが最善だ——われわれは彼に教えたのだから——雄々しく攻めろと
彼の心臓を我々が支配する前に、我々の心臓を危険にさらし
それから彼に新しい知識を受けさせ、我々を待たせよう
天国で許しを受けし、玉座の側の最初の者！

　もうひとつ指摘しておきたいのは、２つの「失われた指導者」は刊行年では75年の開きがあるものの、ブラウニングの死んだ1889年12月12日とパーネルの死んだ1891年10月６日はわずか２年たらずの縣隔であり、前者が雨中の散歩による風邪がこうじた気管支炎と心臓機能障害、後者もやはり雨中の演説による風邪がもとのリューマチ熱が死因とされることも、劇作家ロビンソンの意識にあったかも知れない。もちろん、ブラウニング詩の標題との一致や没年の近接を指摘するだけでは、最初の問題提起——なぜ「見いだされた指導者」でなく、「失われた指導者」なのか？——に対する十全な解答にはならない訳だが、崇拝者への裏切りの点でワーズワースとパーネルが同じ位相で把握された可能性を示唆することは無益ではないはずである。

第2部　アイルランド演劇の抵抗と反逆

(4) 作品の主題と評価について

　この芝居の主題は明快である。端的に言えば、アイルランド民衆の英雄復活願望が主題である。1916年4月の復活祭蜂起が鎮圧され、独立への道程が暗礁に乗り上げた1918年にあって、余人をもっては代えがたい指導力を持った政治家パーネルの再登場を期待する人々の無意識の願望が、信じがたい噂を死後も膨らませ、3幕ではおそらく一部の観客を洗脳するほどの信憑性をもって、ルーシアス＝パーネルのイメージを増殖させたことだろう。さらに個人的レベルから言えば、英雄変身願望、あるいは精神分析でいうところの「妄想」を持つ者の悲喜劇であろう。一昔前には、我こそは〈ルイ17世〉（マリー・アントワネットの王子で、1795年に10歳で獄死したとされる）、我こそは〈アナスタシア〉（ロシア革命で滅びたニコライ2世一家の17歳の皇女）を名乗る者への期待に満ちた信仰が根強く残っていたという[18]。映画『グレイスランド』(Finding Graceland, 1999) のように「エルヴィス・プレスリーは生きている」と信じるファンはまだ皆無ではないだろうし、昨今では、『24人のミリガン』(First Person Plural) に見られるような多重人格、あるいは「解離性同一性障害」と診断される症状への社会的な関心が高まっている。多重人格者ではないものの、客観的に見て、ルーシアス老人はひとりの精神病患者であり、精神に破綻をきたしたある老人の妄想と、それに翻弄される周囲の人々の滑稽さがこの劇のモチーフになっている。ただし、ロビンソンが巧妙なのは、我々は実際、社会的著名人（あるいは、無名人でもよい）とは面識がないことがほとんどであり、老人の発言の真偽を確かめる術を持ち合わせていない現実を利用している点である。もっと言えば、ある人がたしかにその人なのか、というアイデンティティの問題に関しては、社会通念や惰性で、そうに違いない、と当て込んでいるだけで、実際には深い吟味や洞察を働かせてはいない。政治動向を知るのにも、活字信仰と呼んでよいような従順さで新聞報道を鵜呑みにしている傾向があるだろう。ちょうど2幕でクーニーが言うように、「しかし冗談じゃなしに、人間は活字で見るものなら何だって信じてし

第 3 章 レノックス・ロビンソン

まうのはおかしな話じゃないかね？」「死んで埋められたずっと後も、人間は活字を信じるものなんだ。」(39) 言い換えれば、面識という実体験が稀薄な社会では、活字が権力を握って一人歩きする。ルーシアス老人の主張を周囲が制圧できないのは、誰も実際にはパーネルを見たことがないからであり、〈パーネル〉はこの辺鄙な農村にあってはひとつの象徴や標識の活字なのである。パーネルが死んだとき 5 歳だった劇作家ロビンソン自身が、おそらくパーネルをこうして象徴化された形式でのみ把握していたことだろう。皮肉なのは、盲目のバラッド歌手が掌で直に触っていながら、その判断を致命的に誤ってしまったことで、人間の触覚まで信頼できないことを示唆している。

さて初演当時、イェイツは『失われた指導者』を高く評価して、「貴君の劇は非常に注目すべきもので、たぶんこれまでで最高です」と激賞、グレゴリー夫人にも以下のように感想を送っていることが指摘されている。

> ロビンソンが今とても良い劇を送ってきました。パーネルが戻ったらという、あなたの昔の主題です。優れた劇に近づくのですが、そうなりません。あなたに送る前に一、二変更をアドヴァイスします。[19]

> あなたのロビンソン劇の批評に賛成です。あなたがこの主題を扱うことができたらと思いました。彼のパーネルは初稿ではもっとまずかったのです。私はパーネルがプランを持つように直させました。元のパーネルはセンチメンタルな善意しかないように思えました。[20]

このやりとりを紹介して前波清一氏は、以下のようにこの劇を論評する。

> 当時の政治の季節を反映する切実なテーマも、パーネルをめぐる「神話作り」の悲喜劇も、「指導者」のあまりの空虚さで生きない。イェイツの提案によるらしい、国民に「精神性」を与えるという老人の弁舌は、別人の感を与えてしまう。[21]

つまりルーシアス老人の個性の空虚さ、パーネルとは別人の印象を抱かせ

187

るような演説がこの劇の欠点であるという指摘である。パーネルらしさが伝わらない点は、イェイツ提案をいれて改稿したロビンソンの脚本の弱さのせいかもしれないが、役者の技量も大いに関係するだろう。ロビンソンの自伝では、「我々アイルランド人は1917年から21年の間は、イングランドでは余り人気がありませんでした」と記し、それでも、1917年 (ママ) の『失われた指導者』のロンドン公演は、主人公を演じた Norman McKinnell と演出の J. B. Fagan のお陰で、素晴らしいものになったと振り返っている[22]。この自伝には、Fred O'Donovan が演出兼主人公を演じたダブリン公演の言及はなく、もしかすると演出を担当できなかったロビンソンの目には満足できない上演だった可能性がある。テキストを読む限りでは、幕が進むにつれてやや重苦しい深刻さが漂ってくるのだが、演出において、ルーシアスを悲劇的人物とするか、喜劇的人物にするかで、相当に雰囲気が変わってくる。いみじくも、登場人物のスミスがこのパーネル騒動を次のように言う。

> **スミス** でも状況を考えて下さいよ。あらゆるものが揃っている、喜劇あり、悲劇あり、メロドラマあり、なんでもありです。もしこれを芝居として書くとすれば、悲劇にしますか、それとも大笑いの笑劇にしますか？(38)

フラン・オブライエン (Flann O'Brien, 1911-66) の小説『ドーキー古文書』(*The Dalkey Archive*, 1964) では、ジョイスが、ゲシュタポの危険を免れるために死んだとみせかけてアイルランドに密かに舞い戻っており、やや頭がおかしくなっているという設定である。明らかにこの小説では「大笑いの笑劇」路線をオブライエンは選択しているが、『失われた指導者』がそうできないのは、老人を笑い飛ばすことは、パーネルが生きているという意識下の信仰を笑い飛ばすことと同義であり、それは自分を鞭打つ行為だからである。

(5) 神話化の経緯

ではなぜパーネルが死後も生存しているという伝説や神話化がなされたの

か。自らも劇作家である伝記作家アーヴィン (St. John Ervine, 1883-1971) はその著『パーネル[23]』のなかでつぎのような具体的事実を挙げている。

①パーネルの死の1週間前の9月30日にフランスの軍人ブーランジェ将軍 (General Georges Boulanger, 1837-91) が、逃亡先のブリュッセルにある、愛人の Madame de Bounemains の墓で銃による自殺を遂げたことがあり、パーネルの死もロマンチックな自殺だったのではないかという憶測がロンドンに流れたこと。

②アーヴィンがベルファーストで過ごした少年時代、ブール戦争 (the Boer War, 1899-1902) で活躍したブール人のデヴェット将軍[24] (General Christiaan Rudolph De Wet, 1854-1922) が実はパーネルだと聞かされたことがあること。

③パーネルの遺体を収めた棺が、肩部のない中世風の特異な棺だったこと。

④異常高熱を伴うリューマチ熱が死因であると主治医の Dr. Jowers が診断しているが、そのために死後にすぐ棺が封鎖されてしまい、友人はおろか5歳上の姉の Mrs. Dickinson ですら、棺のなかの遺体と対面することが許されなかったこと。

①は復活とは無縁だが、自殺の誤報が流布するからには、生存の流言が同時に発生することもありえただろう。②はジョイスの『ユリシーズ[25]』でも言及される有名な噂である。③は、ゴシック小説風の連想を生んだのかも知れない。しかし、棺のなかの遺体を見た者が少ないという、④番目の事情がとくに大きく影響しているものと推測される。

あえて⑤番目を追加するなら、10月11日にダブリンで行なわれた葬儀の際に、流れ星が目撃されたことも伝説作りに寄与しているだろう。ダンシンク測候所 (the Dunsink Observatory) の観測では「木星よりもはるかに大きくて明るい」青白い隕石が夕方6時30分に4秒間にわたってアイルランド各地で観測され、「稲妻の閃光のように空を明るくし」たと記録されているという[26]。この流れ星証言は、詩人キャサリン・タイナン[27] (Katharine Tynan, 1861-1931)、モード・ゴン[28] (Maud Gonne, 1865-1953)、ユーリック・オコナー[29] (Ulick

第2部　アイルランド演劇の抵抗と反逆

O'Connor, 1929-)も記している。こうした事象が伝説形成の一因となったことは確実だが、伝説化の原動力は、アイルランドの人々の強い英雄復活信仰に他ならない。

2　パーネルを主題とする他の演劇作品

パーネルの主題を舞台で扱うのはロビンソンが初めてではないし、ロビンソン以後もパーネル劇は上演されてきた。この章では、そうした他の演劇作品を紹介することで、『失われた指導者』の特色を考えてみたい。

(1) グレゴリー夫人の『解放者』(The Deliverer)

1911年1月12日初演のグレゴリー夫人の一幕物『解放者』(The Deliverer) [30]では、舞台はエジプトのナイル川の Inver に設定され、パーネル復活伝説は寓喩的手法によって舞台化されている。この芝居では、アイルランド人風の名前[31]をもつ3人のヘブライ人の男アード、ダン、マラキーが人足として奴隷労働を強いられている。食事時となり、それぞれの女房が乏しい食事を持ってくる。国王の秘蔵っ子 (The King's Nurseling) はちょうどその場に居合わせたのだが、執事 (Stewart) が、両親がどこの馬の骨とも知れぬならず者と彼のことを侮辱するのを聞きつけ、ハーリング・スティックの一撃で首の骨を折って殺してしまう。自分が本当は3人の貧民と同じ民族に属することを知って、彼はエジプトを船で脱出する計画を立てる。女房たちは彼を絶賛するが、それが男衆には気に入らず、果たして本当に脱出に導く能力があるのか疑問を抱くようになる。やがて3人と同じようにみすぼらしい服装に着替えて彼は登場。これはもちろん、人目を避けて逃走するために必要な行動なのだが、自分たちを嘲笑するためだとか、スパイに来たのだと曲解し、アードとダンは彼に従うことを拒絶するばかりか、二人で殴り合いの喧嘩になる。〈秘蔵っ子〉はその喧嘩を仲裁するが、「国王が逃亡の邪魔立てをするならナイルを

第3章　レノックス・ロビンソン

血で染め、エジプト中の家の戸口に喪章を巻かせよう」という過激な発言に女房連中が猛反発し、石を投げつける。そこへ〈秘蔵っ子〉を探しに役人(Officer) が登場するが、変装にはまったく気が付かず、役人は彼を蹴飛ばして去る。この後、〈秘蔵っ子〉はうなだれて身動きしない。3人は彼のもとへ近寄るが、どうやら死んでしまったらしい。彼らは身元が割れないように、国王が飼っている猫どもの餌食にさせようと、遺体を引きずって行く。猫の泣き声を聞きつけて役人が戻ってきて、(死体には気付かないまま) 兵士に命じて彼らに手錠をかけさせて連行させる。3人のそばを血まみれの〈秘蔵っ子〉がゆっくりと通り過ぎて行く。その姿は亡霊のようでも天使[32]のようでもある。

　この劇についてグレゴリー夫人自らが施した注釈[33]によれば、ゴールウェイ湾に面するスピダルという村のお祭りで、ある老人がアイルランド語で「彼は生きている、彼は生きている」と、身振り豊かに声を高めて繰り返していたので、何のことかと聞くと、パーネルがまだ生きている、との返事。そして見張りの警官も曰く、「多くの人々がそう言います。結局のところ、埋葬された遺体を見た者は誰もいないのですから」。そして夫人はパーネルの写真の裏に、古いバラッドの一節「ひとりの死者が戦に勝つのを見た／そしてその男とは自分だったと思う！」を書きつけていたという。
　『失われた指導者』との関連で注目すべきは、凶器として使われるハーリング・スティックの存在である。この劇では指導者たるべき「王の秘蔵っ子」が執事を殴り殺し、『失われた指導者』では当の指導者が崇拝者から誤って殴り殺されるという点で、主客が逆転するものの、殺人のための大事な小道具として、ロビンソンがグレゴリー夫人から拝借した可能性は高いだろう。
　1910年代には他にもパーネル関係で指摘すべき事柄がある。1つは、ロビンソンの『失われた指導者』初演のわずか5か月前、1917年9月24日にやはりアビー劇場で、シェイマス・オケリー (Seumas O'Kelly, 1875-1918) の『パーネル派』(*The Parnellite*) という3幕物が上演されている[34]こと。これはプロパガンダ色の濃い作品とされるが、筆者はテキストを未見なのでこれについて

191

の恣意的な論評は控えよう。また、1916年にはジョージ・ムーア (George Moore, 1852-1933) の小説 The Brook Kerith が出版されており、この作品ではキリストが実は死なずに隠れている設定になっているという[35]。

パーネルを題材とする劇作品はその後、1930年代半ばになって登場する。ロビンソン自身がアビー劇場で演出に当たったという点で注目に値するのは、フィアロン (William Robert Fearon) の『エイヴォンデイルのパーネル』(Parnell of Avondale, 1934)[36]である。英米公演が先行したショフラー (Elsie T. Shauffler) 作の『パーネル』(Parnell, 1936)[37]とともに、キャサリン・オシェイとパーネルとの悲恋のロマンスを主軸に、政治状況も織り込み、パーネル晩年の評伝に力点が置かれている。両作品ともにパーネルの臨終で幕が降りることから、復活や再来の暗示はまったくない。つまりパーネルという生身の人間像を浮き彫りにすることが主眼であり、死後の神話化の企てはない。ショフラーの『パーネル』では、劇的効果を狙って、その死を委員会評決後の当夜（1890年）に早めるなど、史実に手を加えることもしている。一方、小説家フランク・オコナー (Frank O'Connor, 1903-66) とヒュー・ハント (Hugh Hunt, 1911-) の合作になる戯曲『モーゼの岩』(Moses' Rock, 1938)[38]は、パーネルの失脚が地元選挙区のコーク市民に与えた影響を描くもので、登場人物ビディは、葬儀翌日の段階で〈パーネル死せず〉の台詞を漏らしており、英雄復活神話の端緒を描く作品と呼べるかもしれない。

(2) フィアロンの『エイヴォンデイルのパーネル』 3幕全12場

1934年10月2日、アビー劇場で初演。翌年10月にも同じ劇場でヒュー・ハント演出で再演されたフィアロンの『エイヴォンデイルのパーネル』の梗概を紹介しよう。

1幕1場は1880年4月14日、ロンドン郊外のエルサム (Eltham) にあるケイト・オシェイの家。ウイリアム・オシェイ大尉 (Captain William O'Shea) とオゴーマン・マーン (Colonel O'Gorman Mahon) 大佐は揃って議員当選を果たし、ケイトの家を訪ねて、彼女や姉アナ (Anna) とともに祝杯をあげる。しかし

第 3 章　レノックス・ロビンソン

かかった莫大な選挙費用は妻に負担を懇願する始末。ケイトは、パーネルが手紙の返事も寄越さないこと、延々と演説を続けての議事引き延ばし戦術の無益さを語る。2 場は 8 か月後の12月17日の同じ場所。女中を下がらせ、姉も就寝した深夜にパーネルが来訪。逮捕状が出され、逃亡中の身のパーネルをケイトは空き部屋に匿うことにするが、女中エレンに見つかり、口止めする。3 場は 7 年が経過した1887年 4 月18日正午の同じ場所。ケイトとパーネルはすっかり親しくなり、互いに 'my king', 'Queenie' と呼びあう仲になり、ケイトは新聞記事を伝える秘書役をこなしている。土地同盟の闘士ダヴィット (Michael Davitt, 1846-1906) と会うために出かけようとした矢先に、『タイムズ』紙にテロ事件を擁護するパーネル直筆書簡が掲載されているのを知る。いわゆるピゴット捏造文書である。パーネル外出後、オシェイ大尉がかけつけ、パーネルの私物が家にあるのを見つけて妻の不貞を責めるが、ケイトも夫の不実を盾にとってに一歩も譲らない。二人はずっと別居の関係にある。

　2 幕 1 場は1889年 3 月 1 日の下院の控え室。捏造文書の嫌疑が晴れたパーネルを迎える大勢の議員たちが集まっている。しかし嫉妬に駆られたオシェイ大尉は、ある英国人議員に、姦通を理由に離婚訴訟を起こしてパーネルを破滅させる計画を語り、相手は思いとどまらせようとする。2 場は1890年11月10日、ブライトンのケイトの家。夜に姉のアナが訪ねてきて、パーネルとの関係を断てば離婚訴訟をオシェイ大尉が取り下げる、と説得するものの、これを拒絶。だが、パーネルは裁判では自己弁護しない決意を語る。不倫を否定し勝訴すれば離婚は成立せず、ケイトと結婚できないというジレンマにあるからだ。3 場は1890年11月24日、離婚判決後 1 週間の下院の控え室。ハーコート議員とモーリー議員がグラッドストーン首相に面会し、パーネル宛ての党首辞任要求書簡の是非について相談する。パーネルの議長再選の知らせを聞いて、書簡を報道機関に送りつける決断を固める。4 場は1890年12月 6 日の第15委員会室。議長パーネルとパーネル派議員が、反対派から出された議長解任決議案に激しく抵抗し、両陣営で白熱した議論の応酬が繰り広げられるが、マカーシー副議長が反対派に退席を呼び掛け、党が分裂する。

　3 幕 1 場は翌日 7 日のブライトンのケイトの家。往診の医者に、ケイトは

第2部　アイルランド演劇の抵抗と反逆

パーネルの診察も依頼し、医者は静養を勧める。応援演説に行く予定だった候補者ヘネシーが他党へ変節したという報が届く。2場は12月10日、鉄道の駅。反パーネル派の男パワーが辞任要求書を直に読み上げてパーネルに手渡すが、パーネルはこれを破り捨て、支援を呼び掛ける大演説を行う。3場は1891年6月25日、ブライトンのケイトの家。離婚後半年の法定期間が経過し、パーネルとケイトは晴れて婚礼を済ませる。アメリカ人女性記者の取材に快く応じ、ようやく幸福を見つけた、と答えるパーネル。4場は7月1日の鉄道の駅。党の命運を賭けたカーロウ (Carlow) 選挙区での選挙でダブルスコア以上の大敗を喫し、悄然とする支持者。一方、反パーネル派は意気軒昂にパーネルに痛罵を浴びせ、列車に乗り込む。遅れてパーネルと側近のグレアムが駅舎に現れるが、呆然自失の体。5場は10月6日のブライトンのケイトの家。病床に伏せるパーネルをグレアムが見舞う。パーネルは自分のウィックロウ州エイヴォンデイルの屋敷が自分の死後、ケイトの財産となるように遺言書の変更を依頼する。嵐の吹き荒れる中、「とても疲れた。キスしておくれ、ちょっと眠るから」という言葉を最後にパーネルが息を引き取り、幕。

標題『エイヴォンデイルのパーネル』が意味するのは、妻への相続に心を砕くような情愛の深い夫としてのパーネル像である。パーネルが自宅では『不思議の国のアリス』(1865) を読んでいたり (35)、演説でシェイクスピアの名前を度忘れしたときなど、単に「詩人」と言及した (36) というくだりは、凡人離れした超俗的な人柄を描いていて興味深い。もちろん、公人として政治家としての彼の言動も魅力的に描かれており、とりわけ2幕4場の下院の第15委員会室の場面では、副議長のマカーシー以下8名の議員が退席、議長パーネルを含む残された5人で党首継続の決議を取りつける。史実では反パーネル派議員45名、パーネル支持者26名だったが、ほぼその比率（反対率63%）に忠実な登場人物比率（61%）を配して的確に再現していることも付記しておこう。

第3章　レノックス・ロビンソン

(3) ショフラーの『パーネル』3幕全8場

　次にショフラーの『パーネル』を検討しよう。初演は1935年11月11日ニュー・ヨーク。同年の映画版[39]はこの舞台を基にしているという。イギリス初演は1936年4月23日、ロンドンの Villiers Street のゲイト劇場[40]スタジオ (The Gate Theatre Studio)、アイルランド初演は1937年3月1日、ダブリンのトーチ劇場。[松浦嘉一『英国を視る』(講談社、1984年)、pp. 190-2に言及がある。]

　1幕1場は1880年4月、エルサムのキャサリン・オシェイの家の居間。フィアロンの『エイヴォンデイルのパーネル』と同様に、ウイリアム・オシェイ大尉とオゴーマン・マーンがともにクレア州選挙区で当選したことを報じる新聞をケイティ(キャサリン)とキャロライン叔母 (Aunt Caroline) が読む。浮気癖の夫とは疎遠だが、妻への暴行が伴わないと離婚成立要件に達しないらしい。やがて遠い従姉妹にあたるブリジット・ブレア (Mrs. Bridget Blair)、続いてキャサリンの姉アナが訪ねてくる。アナとキャロライン叔母とは不仲である。やがて当選した二人の男達も姿を現すが、狙いはもちろん二人分の選挙資金の返済に必要な2千ポンドの金だった。90歳を越えた金持ちのベン叔母さん (Aunt Ben) へ無心して調達することをオシェイはキャサリンに懇願する。オゴーマン・マーンが若い頃崇拝していた女性が偶然にもこのキャロライン叔母と知り、彼は追憶に耽る。一方、ブリジットの方は、実はオシェイ大尉の浮気相手であり、狂おしく密会の約束を取り付ける。オシェイ大尉は同時に、妻キャサリンの美貌の魅力を利用して党首パーネルの愛顧を得ようと考え、自宅のパーティにパーネルを招待するように妻に要請する。

　2場はその数週間後の下院第15委員会室。ヒーリー (Timothy Healy) とマーフィ (Thomas Murphy) が党員名簿を読み上げ、パーネルによる人物評価を別名簿に転記する作業中。しかしオシェイ大尉に関してはパーネルはなんのコメントも記していない。ダヴィット (Michael Davitt) が現れ、議場では退場覚悟で動議を乱発する戦術が進行中と興奮。やがてキャサリン・オシェイが面会に来る。正式にはこの時が初対面だが、パーネルはかつて芳しい白バラをつけた彼女の姿に一目惚れしており、言葉巧みに言い寄るが、キャサリンは

195

第2部　アイルランド演劇の抵抗と反逆

その場を辞する。
　3場は、次の水曜日のキャサリン・オシェイの家の居間。パーネルを招待した宴が開かれている。パーネルの執心は変わらず激しく、オシェイの策略でも構わない、愛していると熱烈にキャサリンを口説き落とす。
　2幕1場は1886年3月、やはりキャサリン・オシェイの家の居間。パーネルは馬や秘書も屋敷に泊めるほどキャサリン家に住み着いてしまっている。姉のアナにはそのことが家名を汚す破廉恥行為で道徳上許しがたいと、家を出ていく。やがて登場したパーネルはキャサリンに 'Queenie!' と呼び掛け、彼女も 'Husband!' と応じる。いまや念頭には自治とケイティの2つしかないと語り、キャサリンの「かけがえのない助力」のお陰でグラッドストーンの意向を自治へと動かしたと賞賛し、自治を得たら二人で南国に休暇の旅をしよう、と甘い相談。ダヴィットが駆けつけ、不明朗なオシェイ支持をやめるように進言、パーネルも今後一切、支援しないことを確約する。やがて当のオシェイが現れ、ゴールウェイ選出議員としての再選だけでは満足できず、アイルランド担当大臣 (Cheif Secretary for Ireland) として入閣するのが野望であり、パーネルの影響力はすでに失せた、と捨て台詞を残す。オシェイの行動に不安を覚え、恋の破局を心配するキャサリンは、一刻も早く自治法案の通過を促そうとグラッドストーン宛て書簡を口述筆記させようとするが、パーネルは言いよどむ。
　2場は数か月後の同じ場所。オシェイが先に来ており、キャロライン叔母と離婚訴訟の話になる。キャサリンは、夫オシェイと人妻ブリジットの不倫を暴露して訴訟を泥仕合に持ち込む、と逆に威嚇しているので、ブリジット、さらには姉アナも抗議に訪れる。しかしキャサリンの決意は堅く、しかも裁判では自らの不倫を認めるつもりだと告白すると、二人は呆れ果てて帰る。さらに、キャサリンとキャロライン叔母は、パーネルの政治生命を守るべく訴訟を取下げさせようと団結し、オシェイとブリジットとの不倫を立証する有力な女中証言が得られること、妻の不倫を黙認していた証拠となるメモ書きの断片があること、取下げ補償金として2万ポンド提供することを挙げ、オシェイを脅迫する。しかし戻ってきたパーネルは、訴訟に勝訴することは

第3章　レノックス・ロビンソン

キャサリンがオシェイの妻であり続けることを意味し、敗訴こそが望ましい、この世で一番大事なのは君だからだ、と語る。

　3幕1場は1890年の11月のある午後、カールトン・ガーデンズのグラッドストーン自由党（この当時、野党）党首の書斎。ヒーリーが面会にくる。公党間の約束だった自治を守る意思があるかの確認目的だが、グラッドストーンは道徳上の理由を挙げて、自治はパーネルの辞任を前提とすると答える。続いてキャサリンとキャロライン叔母が面会にくる。キャサリンは、パーネル辞任後、次期選挙の第1公約としてアイルランド自治を本当に追求するか、と詰問するが、黙して答えない。また自分が情婦であると認識し、かつ黙認していたことは、パーネルに会いにキャサリン邸を訪ねた事実からも明白であり、いまになって道徳を持ち出すのはおかしい、と詰め寄るものの、甲斐なく二人は引き下がる。ヒーリーがレドモンドを連れて再び面会に来るが、グラッドストーンは待たせておく。

　2場は同日夕方の下院第15委員会室。キャサリンがグラッドストーンとの面会結果を秘書のモンティに伝える。議員たちが参集し、パーネルも登場。辞任するのに吝かではないが、辞任後にグラッドストーンが自治を公約に掲げて選挙に臨むという確約は、ヒーリー、レドモンドにも与えられなかった以上、党の分裂を阻止するには、満場一致で党首継続を承認するか、私を暗殺するかのどちらかだ、とまで力説するが、ヒーリー、オゴーマン、数名の指導者がパーネルを見限って退席する。そして腹心のダヴィットまでがゆっくりと扉に向かうのを見て、パーネルはよろめき、脇腹を押さえる。発作に襲われた彼はキャサリンの家へと向かい、ダヴィットが後を追う。

　3場は同日夜のキャサリン・オシェイの家の居間。パーネルがマーフィやダヴィットに介護されて帰宅。ダヴィットやグラッドストーンの変節を愚痴る。やがて「キスしておくれ」を最後にキャサリンの腕の中で息を引き取る。ダヴィットが、我々みんなが彼を殺したのだ、で幕。

　以上から推察されるように、ショフラーの『パーネル』は総じてメロドラマ的である。オシェイの不倫相手の女性まで登場してキャサリンの目を欺く、

第2部　アイルランド演劇の抵抗と反逆

ダブル不倫を舞台にあげ、パーネルも一途な愛に狂う男の側面が強調されて、国務を投げ出した政治家の印象を免れない。キャサリンとグラッドストーンの個人的な関係も前面に押し出されている。第15委員会室の場面ではパーネル擁護派はレドモンド、マーフィ、モンティの3人、退場者が少なくとも5人（ダヴィットを含めると6人）で、ここでもほぼ6割の比率は守られている。

⑷ フランク・オコナーとヒュー・ハント共作劇『モーゼの岩』

1938年2月28日アビー劇場で初演。全幕を通して舞台は、コーク州のオリアリー家の食堂奥の部屋。

　第1幕は1890年12月。オリアリー家の食堂では宴たけなわの模様。この家の主ケイディ (Cady O'Leary) の耄碌した母親シュボーン (Shuvaun O'Leary)、近所に住む中年女ビディ・ラリー (Biddy Lally) とソリー・オサリヴァン (Sorry O'Sullivan) が縫い物をしながら座っている。少しだけあけたドア越しに、食堂の歓声がもれ、3人は中の様子を盗み聞きする。宴会は、2年近く獄中にあった青年ヘガティ (Ned Hegarty) の釈放祝賀会で、主人のケイディの挨拶、ヘガティの答礼の挨拶が聞こえてくる。しかし、そこへケイディの妹ケイトがやってきてドアを閉める。かつて恋人に捨てられ未婚のケイトは、人妻との不倫を働いた政治家パーネルを忌み嫌っている。ケイトとビディの口論を聞きつけて、食堂から一人娘のジョウン (Joan) が出てくる。女たちはジョウンとヘガティは似合いのカップルとおだてて、退散する。そこへ女中ネリー (Nellie) が、ジョウンの愛人のイギリス人将校が訪ねてきて、いま押入れに隠れている、と告げ、二人は慌てて将校のもとへ行く。やがて食堂からヘガティと幼馴染みの親友コフラン (Jer Coghlan) が出てくる。ヘガティはジョウンが好きで結婚を申し込もうと考えていたが、コフランも同様の感情を抱いていることを彼の妹から側聞し、真意を確かめる。裁判で世話になった弁護士の親友を慮って、しばらく二人ともジョウンとの関係は棚上げするという提案をヘガティは申し出る。やがて主人ケイディと医者のジャクソン (Dr. Corney Jackson) も食堂から出てくる。ジャクソンは進化論と自由主義を信奉する冷

第3章　レノックス・ロビンソン

笑家で、パーネル失脚を予言するが、熱烈なパーネル派のヘガティとコフランは反論する。ケイディはヘガティと二人きりで話をし、娘ジョウンとの婚約発表を今日中にしたいと切り出すが、ヘガティは先の事情を説明して保留を申し出る。ケイディは当然、不快感を示し、ジョウンに経緯を説明する。やがて父親が退室すると、ジョウンは女中に命じてイギリス人将校フォーテスキュー中尉 (Lieutenant Grant Fortescue) を呼び寄せる。ジョウンが毎日のように獄中のヘガティの面会に訪れたのは、実はこの将校に会うためであったが、彼が出所したいま、情熱にかられた中尉は結婚の申し込みに来たのだった。中尉が部屋を出ようとした瞬間に、ジャクソン医師が入ってきて、二人の関係がばれてしまう。名付け親であるジャクソンは娘の今後を憂慮して、監視役の女親の存在が必要だと判断、ケイディの妹（娘の叔母）ケイトに同居してくれるよう頼むことを提案する。ケイトはその依頼を、弟たちとはそりが合わないので無理だと拒絶する。そのとき、戸外から群衆の喧騒が聞こえ、ケイディが、パーネルの党が分裂したニュースを伝える。ヘガティとコフランは、たとえ党が割れようともアイルランド民衆がパーネルを見捨てるはずがない、と憤る。意外にも、パーネル失脚を知って涙ぐんだケイトは、一転して医師の同居提案を受け入れる。騒ぎを聞きつけたジョウンは、党の分裂と知って、「それだけのこと？　なあんだ、てっきり、大変なことかと思ったのに」と叫んで、幕。

　第2幕は1891年の夏の夕方。編み物中のケイトのもとへジョウンが帰宅。彼女は家事も勤勉、教会にも熱心に通いだしている。そこへ、女中の制止を振り切ってフォーテスキュー中尉が登場。なぜプロポーズを拒絶するのか、自分の欠点は何なのかと迫るが、ケイトの断固たる態度に会い、退散。ジョウンは叔母に、コフランからもプロポーズされたことを告白、今夜、一緒にオペラ見物のデートの予定と伝える。このように半年の間に状況は大きく様変わりしており、コフランは反パーネル派の教会側に変節し、ヘガティとの関係も疎遠になっている。ケイディは、娘の結婚相手としてヘガティからコフランへの鞍替えを勧める始末。やがて今夜のパーネルの集会に誘いに、ヘガティとジャクソン医師が来訪。ジャクソンは皮肉な悲観論者の姿勢は崩さ

199

第2部　アイルランド演劇の抵抗と反逆

ないものの、パーネルの党に入党、無料で貧困者の診療に応じるなど庶民派の医者である。一方、コフランのプロポーズの件を初めて知ったヘガティはショックを受ける。やがてそのコフランが登場。ジャクソン医師をコフラン家の主治医とするのを止めたことを詫び、ヘガティに対しては、政治状況が一変した以上は、現実的哲学に立脚することが肝要、ジョウンとの結婚後も君との友情を維持したい、と居直る。ヘガティはこれを拒否し、彼もまた張り合うようにジョウンへプロポーズする。その身勝手な自己犠牲の偽善ぶりに腹を立てたジョウンは、どちらとも結婚するつもりはない、と宣言、ヘガティは出て行く。残されたコフランはジョウンに、イギリス人将校との秘密交際を父親に暴露する、そうなれば親が嘆くばかりか君の評判もがた落ちだ、と脅迫、またその将校は［パーネルのように］社交界の、ある人妻と密通した札付きの女たらしで、事件はなんとか示談で揉み消され、ほとぼりが冷めるまでアイルランドへ送られてきたのだ、と知らせる。（この情報の真偽は定かでない。）それを聞いて、ジョウンはコフランとの結婚を絶望的に決意する。パーネル集会に出かけようとしていたジャクソン医師とケイディは、二人の婚約を聞かされ、父親ケイディは大喜びして、出かける。ケイトとシュボーンが登場。戦死した夫を歌う18世紀の哀歌「アート・オリアリーのための哀歌[41]」をシュボーンがしみじみと歌うと、暗闇にいたジョウンはそっと姿を消す。

　第3幕は、1891年10月12日の夕方。パーネルの葬儀の翌日。婚礼を明朝に控えながら、ジョウンは荷造りに気乗りがしない様子で、ケイトは急き立てる。茶呑み仲間のビディとソリーが口論しながら登場。ソリーは死んだパーネルの悪口を言い、ビディが反論する。女中ネリーが、英軍の駐屯連隊が今日、インドに派遣されることを伝える。兵隊の楽隊が聞こえ、窓からジョウン、ケイト、ネリーが行進を見送るが、フォーテスキュー中尉の姿は確認できない。やがてヘガティが興奮して登場。彼とジャクソン医師は遠路はるばるダブリンまでパーネルの葬儀に参列に出かけていたのだが、帰路、駅で待ち伏せていたコフランの用心棒連中に棒で襲撃され、ジャクソンが負傷したことを速報に来たのだった。変わらぬ愛をヘガティは伝えるが、ジョウンは

第3章　レノックス・ロビンソン

自分は相応しくないと断る。やがて、殴られたジャクソンが到着。家の付近に不審な人物がいたというので、ケイディとヘガティは監視に出ていく。コフランがかけつけて、今回の暴行事件は決して自分の差しがねではないと弁明するが、どうやらヘガティを狙っていたことも示唆する。さらに、コフランはケイディに選挙での立候補を要請する。これはパーネル派の対立候補となるヘガティを追い落とすための策謀であり、教会の後盾があるので当選確実、祖国アイルランドのためだ、と煽てられてケイディもその気になる。その後、面会したジョウンはコフランの卑劣さを激しい口調でなじり、二人は喧嘩して別れる。入れ違いに入ってきたケイトは、イギリス将校が別室で待っていると伝える。ケイトとの対話を通して、将校との駆落ちを望む自分の本心をジョウンはようやく悟り、ケイトはこれを支援する。戻ってきたジャクソンは、10歳若ければジョウンを略奪結婚してみせるのだがね、と意外な発言をもらし、ケイディは一笑に付す。しかし、これはジャクソンの偽らざる純粋な告白であり、早計に駆落ちを許したことをケイトは後悔する。時すでに遅く、ドアが閉まる音が聞こえ、ジョウンは将校と逃避行に出たらしい。あわててジャクソンは後を追う。立候補演説の草稿を早速に練るケイディの日和見をケイトは非難し、ジョウンがいない以上、同居の理由もないとしてこの家を出ていくことを告げる。「幸福を見つけに出かけます」というジョウンからの伝言を女中ネリーが届ける。「若くて美しいものはみな、カモメが暗闇に飛び立つようにアイルランドを去って行く。今夜から先、わたしたちはあわれな分裂した国民になるのね」というケイトの言葉で、幕。

　フィアロンとショフラーの劇が、およそ10年間のパーネルの晩年を描いていたのに対し、『モーゼの岩』は党の分裂から葬儀までのもっとも重要な時期に焦点を絞って、このわずか10か月間のめまぐるしいアイルランド社会の動き、人々の態度の豹変ぶりを追っている。パーネル自身は舞台には登場せず、彼をめぐる様々な立場の人々の言動を丹念に描くことで間接的にパーネルを表現しているのは『失われた指導者』に近い手法である。興味深いのは、パーネル支持から変節したコフランやケイディ、あるいはソリーだけで

なく、失墜前は敵意を示していたケイトやジャクソンが、判官贔屓とでもいうのか、失墜後に逆に共感を示す変化を対照的に表現していることである。もちろん変節することなく終始一貫してパーネルを信奉するヘガティやビディ、あるいはネリーのような、「岩のごとき」存在も忘れてはならない。

標題の『モーゼの岩』は1幕早々のヘガティの答礼挨拶のなかの「幾多の試練のなかで我々は一つの確固たる信念、すなわち、我々の信仰は岩の上に立てられているという信念に支えられてきました。その岩に対しては、敵の力や欺瞞はむなしく崩れるのです」(50)、さらにはコフランの「我々は岩のような人民を擁しているのです」(57) という形で出てくる。これは聖書の『マタイ伝』7章24-27節にある、しっかりとした信仰は岩の上に立てられた家、脆い信仰は砂の上に立てられた家という比喩に由来する。

すでに指摘したように、ビディの台詞「チーフは死んでないわ！ 戻ってくる、戻ってきてあんたの言った言葉を取り消させるわ」「埋められたのは彼ではなかったのよ。イギリス人たちが彼を破滅させようとしていたから、ただそう見せかけただけ。」「私は（死んだことを）絶対に信じない」(93) は、パーネル復活を祈る民衆の声の代弁であろう。

おわりに

1918年初演のロビンソンの『失われた指導者』と、1930年代半ばの他のパーネル劇を見てきたが、やはり時代に強く制約されている印象を受ける。パーネルがもし死なずに今も生きていれば、という想定は、1918年では〈パーネル＝71歳〉であり、この復活伝説が現実味を帯びるぎりぎり限界のところであろう。フィアロンやショフラー劇の30年代になると、たとえ生きていても90歳近い高齢であり、力強い弁舌や指導力を期待することはかなわない。両者が復活願望の劇ではなく、等身大の評伝としてパーネル個人の私生活に焦点を当てたのも、あるいはオコナーたちが初演の時点を描く代わりに、過去の歴史的事象として扱ったのも、時代の制約によるところが大きいだろう。

第 3 章　レノックス・ロビンソン

　1916年の復活祭蜂起の挫折を経て内乱に突入する直前の、混沌とする政治情勢にあった1918年と、とりあえずの自治を1922年の自由国樹立で達成していた30年代とでは、指導者待望の程度に温度差があったのもやむを得ないことかも知れない。

　　　テキストは、Lennox Robinson, *The Lost Leader* (Belfast: H. R. Carter Publications, 1954) を使用。Irish Drama Selections 1 として刊行されたレノックス劇普及版の選集には 6 作品を収めるものの、*The Lost Leader* は除外されている。

注
1) 1933年の初演当時の原題は『人生生きるに値するや』(*Is Life Worth Living?*) で、海辺の村に夏の巡業公演に来た高踏派の劇団が演ずる深刻な劇の影響で、人々が罪悪感にとらわれる姿を描いたもの。喜劇に代えて外国の深刻な問題劇をアビー劇場やダブリン演劇連盟で推奨したロビンソン自身の営みを戯画化したともいえる。
2) 拙著『現代アイルランド文学序論』(近代文藝社、1995年)、p. 242.
3) 主として Bernice Schrank and William W. Demastes, *Irish Playwrights, 1880-1955: A Research and Production Sourcebook* (London: Greenwood Press, 1997) の記述による。
4) これは事実で、1851年11月 6 日に就任、10月 1 日に溯って20ドルの月給が支払われた。[Michael Meyer, *Henrik Ibsen: The Making of a Dramatist 1828-1864* (London: Rupert Hart-Davis, 1967), p. 102.] 年譜によれば、この時までにイプセンが書いた戯曲は『カティリーナ』、『勇士の塚』『ノルマ、または政治家の恋』の 3 編だったようで、この点でもロビンソンと共通している。[原　千代海訳『原典によるイプセン戯曲全集　第 5 巻』(未来社、1989年)、pp. 523-4.]
5) ロビンソンの芝居でわが国で最も有名なのは、案外この作品かもしれない。というのは、これは松居松翁著の翻案劇『茶を作る家』として上演されたからである。(初出1913 [大正 2] 年10月『演芸画報』、初演も河合武雄の公衆劇団により帝国劇場で同月)。配役はお花 (河合武雄)、博造 (小織桂一郎)、三代子 (英太郎)、友右衛門 (松本要次郎) など。なお復刻版をみると、著者名が「大久保二八子」となっているのは本名表示であろうか。以下、参考までに『茶を作る家』の粗筋を引用しよう。
　二幕。宇治で代々続いた茶師の名家春日井家の当主友右衛門には 5 人の子があったが、二男友次郎はアメリカへ、三男春男は九州の実業界、四男博造は教育界、娘のお花は東京にあり、今は長男守之助で家を支えている。しかし事業は不振で、茶園は借金の抵当に入り、返済期限は迫っていた。そこへ 7 年振りでお花が帰郷、博造も教育者の妻の三千子と共に家へ帰ってくる。博造の目的は名古屋で女学校を建設するその資金を得るにあったが、折から家の焙炉場での火災が保険金目あての父の放火と知り、これを父の粗相火として保険金を受けず、借金の返済には名古屋の家を売り、田園生活に憧れる三千子と共に茶園に働くこととする。しかし馴れぬ畠仕事が続く筈もなく、二人は名古屋の教育界への復帰を考えるが、父や兄が茶師の仕事を続けるための資金に悩む。そこへお花が友次郎の送金だといって二千円の金

203

第2部　アイルランド演劇の抵抗と反逆

を差し出す。不審に思った博造が問いつめると、お花はじつは東京では新橋で芸妓をしていて、その生活に嫌気がさし家に帰ったのだが、家を救うためもう一度苦世に沈む決意をしたものだった。真実を知らぬ父と兄は友次郎に感謝し、東京へ去るお花を薄情者と罵倒する。外国劇の翻案であるが、見事な社会世相劇となっている。（菊池明）三好行雄ほか編『日本現代文学大事典　作品篇』（明治書院、1994年）、p. 593.

6) エドワード7世崩御の報は早朝にダブリンに届いており、市内の他の劇場は逸早く閉鎖を決めた。この日はあいにく土曜日とあって昼公演と夜公演の2回が予定されており、イェイツは国外、グレゴリー夫人はアイルランド西部にいたので、朝のうちに夫人に電報を打ち、返信を待ったが、来なかった。ロビンソンは英国王の死去とアイルランド国民劇場は無縁と考え、役者たちもこれに同意したため、パードリック・コラム (Padraic Colum, 1881-1972) の『トマス・マスケリー』の昼公演を開始した。ところが、その終演間際になってグレゴリー夫人から「儀礼上、閉鎖すべし」の電報。昼やって夜やらないのは優柔不断と判断した彼は、夜公演も強行した。グレゴリー夫人は返事の電報を、待たせておいた配達人にすぐ渡しており、普通ならば昼のうちに配達されてしかるべきだったのになぜ遅れたのか分からない、という。[Lennox Robinson, *Curtain Up: an autobiography* (London: Michael Joseph Ltd., 1942), pp. 31-32.]

7) ホーニマンはクェイカー教徒で富裕な紅茶商人の娘に生まれ、10代から演劇熱にあふれ演劇学校卒業後、ドイツなどにもでかけたが、1903年アイルランド来訪。1904年のアビー劇場建設のスポンサーであり、1908年にはマンチェスターのゲイアティ劇場 (the Gaiety Theatre) を買収し、英国初のカトリック的レパートリーの劇場として、100本以上の新作を1917年経営難で挫折するまで上演した。

8) 菊池寛・山本修二『英国・愛蘭近代劇精髄』（新潮社、1925年）では『失はれた首謀者』(247)、尾島庄太郎『現代アイァランド文学研究』（北星堂、1956/60年）では『救われぬ領袖』(p. 275)、尾島庄太郎・鈴木弘『アイルランド文学史』（北星堂、1977/80年）ならびに前波清一氏の研究書（1997年）では『消えた指導者』(p. 90/p. 88)、アイルランド演劇関係の邦訳書『アイルランドの演劇』（冨岡書房、1989年）では、訳者の久保田重芳先生が『救われぬ指導者』というそれぞれ訳語を与えている (224-5)。〈首謀者〉は「中心になって悪事・陰謀を企てる人、張本人」(『広辞苑』)、つまり否定的な 'ringleader' であり、「領袖」は時代がかった語感があり、〈消えた〉では「失踪・蒸発・夜逃げ」のイメージがするので、結局は直訳するにとどめた。

9) この劇の初演の7年前（1911年）にフロイトの「自伝的に記述されたパラノイア（シュレーバー議長）の1症例に関する精神分析学的考察」が出ている。[R. シェママ編『精神分析事典』（弘文堂、1995年）、p. 358.]

10) これを〈幻聴〉と解釈すれば、妄想と頻繁な幻聴に特徴づけられるものの、思考や会話の不統合が顕著でない点で、まさに「妄想型分裂病」(paranoid Schizopherenia) の定義を満たす [『心理学辞典』（有斐閣、1999年）、p. 836.]。ノートルダム清心女子大学の清板芳子先生のご教示によれば、ルーシアスの症例は「精神分裂症の要素を基盤とする妄想型の精神疾患」で、「自己拡大型の誇大妄想」という。とくに妄想だけの場合、パラノイアと診断される場合もある。他の日常生活にほとんど支障を

きたすことがなく、40-50代の中高年の発病が多い。また、催眠療法には行動療法と分析催眠があり、前者は夜尿症や頻尿、赤面症など、緊張感がストレスとなって引き起こされた自律神経失調をリラックスさせることで回復させるときに用いられ、一過性の側面もあるが、ある程度は安定させることができる。後者は、劇中でパウエル・ハーパー医師が行ったいわゆる精神分析の手法で、トラウマに直面させ、抑圧の皮をはいでいく。自由連想や言語連想、夢分析など、催眠によって幼児期まで年齢退行させる。極端な場合には、自動筆記や前世回想にまで進展することもある。一般に妄想の治療には薬物投与が有効で、神経伝達物質（ドーパミン）を左右する安定剤が使用される。妄想はいわば発熱と同じ状態であるから、妄想の内容を根掘り葉掘り詮索して患者の話に合わせて乗ってしまったり、論理的に反論や説得を試みると、かえって妄想が膨らみ、強固になって症状を悪化させるので避けねばならないという。劇中、とくに第3幕では、この避けるべき行動を周囲の人物が一斉に行っており、ルーシアスの妄想を強固にしてしまったのかも知れない。「妄想消失後に、あの妄想はまちがっていたという病識をもつと同時に、希死念慮を訴える患者も多い」[『心理臨床大事典』(培風館、1992年)、p. 860.] とされることを考えれば、3幕でルーシアスが「ここで私の人生は終わるような気がする」(55) と予め言いた言葉を発しているのは、最後の彼の事故死が自殺の無意識的意図を孕んでいたことも示唆する。

11) 主人公の名前ルーシアスは、女性形のルシア (Lucia) ほど一般的ではなく、アメリカ以外には余り使われない名前とされるが、ラテン語起源で「光」(lux) を意味することは重要である。Patrick Hanks and Flavia Hodges, *A Dictionary of First Names* (Oxford: Oxford University Press, 1990/92), p. 213. とくに劇の最後のこの場面で、彼の表情がランプの「光」に照らし出されることは、本来であれば、植民地支配の暗闇を照らし、アイルランドの人々に希望を与える「曙光」として輝く使命を果たせた人物かもしれないことを強く暗示する演出であろう。なお、新約聖書には2人のユダヤ人キリスト信者ルーシアスの名前が登場する。『使徒行伝』(*Acts*) 13章1節にはクレネ（アフリカ北部の古代都市）の預言者 (There were in the church at Antioch certain prophets and teachers: Barnabas, Simeon called Niger, Lucius of Cyrene, Manaen, a close friend of Prince Herod, and Saul.)、また『ロマ書』(*Romans*) 16章21節では古代ギリシャのコリントに住む、パウロの友人がそれである。(Greetings to you from my colleague Timothy, and from Lucius, Jason, and Sosipater my fellow-countrymen.) (*The Revised English Bible*, Oxford UP and Cambridge UP, 1989.)

12) Roma A. King, Jr. (ed.), *The Complete Works of Robert Browning* Vol. V (Athens, Ohio: Ohio University Press, 1981), pp. 261-71.

13) Louis Untermeyer (ed.), *A Treasury of Great Poems* (New York: Galahad Books, 1993), pp. 858-60.

14) Roma A. King, Jr. (ed.), *The Complete Works of Robert Browning*, pp. 283-4.

15) *A Treasury of Great Poems*, p. 859.

16) 曽根　保『ブラウニング夫妻』（英米文学評伝叢書49）（研究社、1939年）、p. 96.

17) Roma A. King, Jr. (ed.), *The Complete Works of Robert Browning* Vol. IV (Athens, Ohio: Ohio University Press, 1973), pp. 183-4.

第2部　アイルランド演劇の抵抗と反逆

18) 『朝日新聞』、2000年4月22日、p. 1 , p. 7 .
19) *The Letters of W. B. Yeats* (London: Lupert Hart-Davis, 1954), p. 635.
20) Michael J. O'Neill, *Lennox Robinson* (Twayne Publishers, 1964), p. 67.
21) 前波清一『イェイツとアイルランド演劇』(風間書房、1997年)、pp. 88-9 .
22) *Curtain Up*, p. 130.
23) St. John Ervine, *Parnell* (New York: Penguin Books, 1944), pp. 233-4.
24) 南ア戦争は、イギリス人とブール人(=ボーア人；オランダ人入植者の子孫)の間での植民地再分割をめぐる戦争で、1880年(第1次)、1900年(第2次)の2度行われた。1852年に建国されイギリスも承認していたトランスヴァール(Transvaal)は、当時世界最大の金の産出国であり、イギリス植民地相ヘンリ・カーナヴァンはこれを1877年に併合した。1880年10月、併合に反対するブール人が武装蜂起し、独立を回復した。4万のブール軍に1万5千のイギリス軍は不利な戦いを強いられたが、やがて勢力を増強し、1900年には再びイギリスがトランスヴァールに侵攻し、首都プレストリアを占領、同盟国だったオレンジ自由国とともに植民地にしたもの。デヴェット将軍(Christian De Wet, 1854-1922)はこの2つの戦争で功績をあげ、のちに歴史書『3年戦争』も書いている。1907年にはオレンジ川植民地 (the Orange River Colony)の農相、1914年にはアフリカーナーの蜂起に加わり、捕虜となって懲役6年を宣告されたが、1915年に釈放された。[*Chambers Biographical Dictionary* (New York: Chambers, 1990), p. 414.] 肖像画を比較すると、デヴェット将軍は顎鬚、頬髭、口髭を生やしている点は共通するが、骨相学的にはパーネルと似た風貌とは言いがたい。いずれにしても、デヴェット=パーネル説は1900年の第2次南ア戦争の時に流布したらしい。パーネルの死後9年のころだから、8歳若いデヴェット将軍はちょうど晩年のパーネルと同じ45歳くらいだったことになる。cf. Christiaan Rudulf De Wet, *Three Year War: October 1889-June 1902* (London: Constable, 1902); Deneys Reitz, *Commando, a Boer Journal of the Boer War* (Folio Society, 1982).
25) 「ある朝、新聞を開いてみると、と馭者が確信ありげに言った。《パーネル帰国》という記事が載ってるはずだ。なんでも望みのものを賭けていいぜ。そう言えばいつかの晩ダブリン小銃歩兵連隊の兵士が一人この酒場に来て南アフリカでパーネルを見かけたと言ってよ。(中略)死んでいないよ、彼はまだ。どこかへ亡命しただけさ。運ばれて来た柩のなかには石が詰めてあった。名前をデ・ヴェットと変えて、ボーア人の将軍になってる。」という件が、第16挿話エウマイオスにある。丸谷才一・永川玲二・高松雄一訳『ユリシーズ Ⅲ』(集英社、1997年)、pp. 275-6 . 南ア戦争戦争に従軍し、捕虜となったダブリン出身のアイルランド兵は、パーネル同様に「鋭い眼と決然たる表情」をデヴェット将軍の印象として記憶にとどめている。Deneys Reittz, p. 29.
26) Robert Kee, *The Laurel and the Ivy: The Story of Charles Stewart Parnell and Irish Nationalism* (London: Penguin Books, 1993), p. 12.
27) Katharine Tynan, *Twenty-five Years: Reminiscences* (London: Smith, Elder & Co., 1913) , p. 350.
28) モード・ゴンは1890年1月11日にフランスで男児ジョージを出産したものの、翌年8月31日に髄膜炎で死亡し、失意のどん底にあった。アイルランドに戻る船は偶然

第3章　レノックス・ロビンソン

にもパーネルの遺骸を運ぶ船であった。葬儀では彼女も流れ星を目撃し、「死から生が、死から永遠の生命が」と書き記す彼女の脳裏には、パーネルよりも、1歳半で世を去った幼子の姿があったのだろう。Margaret Ward, *Maud Gonne: A Life* (London: Pandora, 1993), p. 32.

29)「彼の棺は大勢の人が立ち並ぶダブリンの街の中を無言で引かれて行ったが、それ以来これほど多くの人が街頭に出たことはない。この棺が墓穴の中に下ろされたとき、夜空を一瞬、流星が横切って消えた。何千人もが、これを目撃している。ある意味では、アイルランド人はパーネルを失ったショックから未だに立ち直れないでいると言っても嘘ではない。」[ユーリック・オコナー『恐ろしい美が生まれている──アイルランド独立運動と殉教者たち』波多野裕造　訳（青土社、1997年）、p. 29.]

30) Lady Gregory, *The Collected Plays II: The Tragedies and Tragic-comedies* (Gerrards Cross: Colin Smythe, 1970)

31) 前波清一『劇作家グレゴリー夫人』(あぽろん社、1988年)、p. 85.

32) オスカー・ワイルドの童話『若い王』("The Young King") の結末に類似する。

33) Lady Gregory, p. 304.

34) George Brandon Saul, *Seumas O'Kelly* (Lewisburg: Bucknell University Press, 1971), p. 89.

35) Malcolm Brown, *The Politics of Irish Literature: From Thomas Davis to W. B. Yeats* (London: George Allen & Unwin Ltd., 1972), p. 380.

36) William Robert Fearon, *Parnell of Avondale* (Dublin: The Sign of the Three Candles, 1937)

37) Elsie T. Schauffler, *Parnell: A Play in Three Acts* (London: Victor Gollnacz, 1937)

38) Frank O'Connor and Hugh Hunt, *Moses' Rock* (Gerrards Cross, Bucks. : Colin Smythe, 1983)

39) 主役を演じたのは名優クラーク・ゲイブル (Clark Gable) だったが、『パーネル』(*Parnell*, 1937) の映画化は大失敗に終わった。彼はパーネルについて無知だったし、顎鬚もつけずに演じるなど、外見も似てもいなかったため、説得力に乏しいものになった。[Joseph M. Curran, *Hibernian Green on the Silver Screen: The Irish and A-merican Movies* (New York: Greenwood Press, 1989), p. 67.] 現在、ビデオ版も入手できない。

40) この劇場は1925年10月に Covent Garden にもともと作られたが、1927年に Villiers Street に移転し、あまり人気がなかった。しかし1936年にはこの『パーネル』の他にも、Leslie and Sewell Stoke『オスカー・ワイルド』(*Oscar Wilde*)、リリアン・ヘルマン (Lillian Hellman) の『子どもの時間』(*The Children's Hour*) を、1939年にはスタインベックの『二十日鼠と人間』(*Of Mice and Men*) を上演した。1941年4月16日、空襲で大きな被害を受け、一時期を除いて閉鎖されたままである。[Phyllis Hartnoll, *The Concise Oxford Companion to the Theatre* (Oxford: Oxford University Press, 1972/86), p. 201.]

41) 36連からなるこの詩はもともとアイルランド語で書かれた。英訳は、Seán Dunne (ed.), *The Cork Anthology* (Cork: Cork UP, 1993), pp. 354-366 に所収。

第2部　アイルランド演劇の抵抗と反逆

第4章　ジャック・イェイツ
——不条理演劇の早すぎた先駆者——

はじめに——ジャック・イェイツの略歴

　1938年7月、豪雨の夕暮れに66歳の画家ジャックを訪ねた尾島庄太郎氏 (1899-1980) は W. B. Yeats and Japan（北星堂、1965）の中で会見の模様を興味深く語っている。年齢で評価されぬよう、ジャックは事典類での生年掲載を拒否したこと、芸術家がたえず変貌していく例証としてジョイスの文体を挙げたこと、富豪パトロンのいるアメリカと異なり、ダブリン市立美術館は画家たちの寄付作品だらけであること、自分の絵が売れない以上に戯曲が売れないこと、等々。ドゥ・ヴィア・ホワイト (Terence de Vere White, 1912-94) も、「私は神童 (an infant prodigy) ではなかったし、神翁 (a senile prodigy) になるつもりもない」という、評価基準に年齢を斟酌されることを嫌うジャックの発言を引いている。ジャック・イェイツ (Jack Butler Yeats, 1871-1957) は1871年8月29日、長兄W. B. とは6歳離れた三男としてロンドンに生まれた。正式には父親と同名の「ジョン」を命名された（ゴッホの弟テオが息子にヴィンセントと命名したのと同様の強い絆が感じられる）が、混乱を避けるため愛称ジャックが通称となった。8歳から16歳まで母方の両親のもとスライゴウで成長し、87年に渡英してロンドンの美術学校に通い、先輩画学生メアリー・コッテナム・ホワイト (Mary Cottenham White, 愛称Cottie) と94年8月23日［ほぼ23歳］結婚。97年にダーマス近郊に移り、1905年6、7月には劇作家シングと知り合ってアイルランド西部徒歩旅行を二人で行ない、『マンチェスター・ガーディアン』紙に共同寄稿した。1910年［39歳］にアイルランドに帰国し、まずウィックロウ州のグレイストウンズ、1917年からダブリンに居住し、この地で

208

第4章　ジャック・イェイツ

1957年3月28日に逝去した [85歳]。1905年から一貫して始めた油彩では、初期のしっかりした輪郭が後期になると渦巻くような表現主義や絢爛たる色調に取ってかわり、その神秘的雰囲気は「我々は時間の中に埋め込まれ永遠に浮遊する」という彼の信念を反映している。もっとも、画家としての最初の50年はほとんど評価されず、晩年15年間にようやく偉大な画家としての認識を得た。他方、1929年から1944年の15年間に9編の戯曲（および疑似自伝的で空想的叙述の小説6編）を書いており、後期劇作品『ラ・ラ・ヌウ』(1942)はアビー劇場で、『道化の姿勢』(1939)と『砂のなかに』(1949)はピーコック劇場で上演された。(主要作品中、僅かにこの3作品がこれまで上演された。) 本章の意図は、画家としてつとに著名なジャックが残した演劇作品を順次概観して、彼の多彩な天分の一端を紹介することである。

1　主要戯曲作品の梗概と寸評

(1)『砂のなかに』(*In Sand*)　3幕全8場

　序幕「緑の波」(*The Green Wave*) をもつ3幕劇。序幕では初老の人物2人が屋根部屋で「緑の波」の絵を巡って芸術談義を展開。1幕1場は「ずっと昔の秋の晩」。病床にあるトニー・ラークソン (Tony Larcson) を、ジョン・オウルドグロウヴ (John Oldgrove) が見舞う。死期の近いことを悟ったラークソンは変わった遺言を依頼する。両親も本人もこの町生まれの10歳くらいの少女を捜して、波打ち際の砂浜に棒切れで「トニー、私たちはいまでもあなたのことを気にかけていますよ (ちゃんと思いやっています/しっかり覚えています)」(TONY, WE HAVE THE GOOD THOUGHT FOR YOU STILL.) と書かせ、「積立定期預金」口座を開設して90ポンドを入金、娘が21歳の成人になるまで複利で貯蓄して欲しい、というもの。2場では、その遺言が約束どおり執行される。市長や市議会議員、編集者が列席し、市長の長い弔辞のあと、選ばれた9歳のアリス (Alice) が両親に付き添われて、砂に言葉を刻む。2幕1場は12年

第 2 部　アイルランド演劇の抵抗と反逆

が経過。120ポンドに増えた積立預金を得た21歳のアリスは浜辺のホテルに滞在している。20歳年上（つまり41歳）の宿泊客で馬車製造業の御曹司モリス(Maurice)は彼女に求愛。自分は決して富裕な令嬢ではなく、両親に先立たれ天涯孤独の身で海外旅行で束の間の豪遊を楽しんでいるだけ、とアリスが正直に告白すると、モリスは彼女を抱擁する。二人がいなくなって、メイドとお抱え運転手が登場し、運転手は旅先の体験談を聞かせるが、退屈したメイドは姿を消す。2場はさらに10年が経過し、南洋の海岸にモリスとアリス夫妻が世界一周の観光旅行中。バーで老水夫の歌った「白い手」という悲曲をモリスが口ずさみ、アリスは例の遺言の言葉を砂浜に書く。やがてホテル・ボーイから届けられた電報には、建設中の新工場が火災全焼したとの凶報。全財産を失って落胆する夫をアリスが気丈に励ます。3幕1場は前景（2幕2場）と同じだが、長い年月が過ぎている。35歳くらいの旅行客に老水夫が延々と昔話を語るが、男はほとんど聞いていない。貝殻売り行商人に落魄れたアリスが登場。老水夫は、アリスの不幸な顚末——電報を受けた後、夫モリスは発作で急死、葬儀後、一文無しのアリスは島民の好意で住む家を貰い、細々と生計を立てている——を物語り、貝殻を高値で買ってやるように男に勧める。2場は1年後の同じ場面。先ほどの旅行客がまたこの島を訪ね、島の知事と会見。老水夫は数か月前、アリスは半月前に亡くなったと知事は答える。男は、この島を独立国家にしたい（すなわち宗主国に対して政変(クーデター)を起こす）という奇抜な着想を話し、その実現のためには憲法、軍隊、国旗、自動車道、プール、美術館、競馬場、図書館が必須だと述べると、その気になった知事は協力を約束。3場では早速、二人で国旗制定その他、独立国家誕生に向けての条件整備に泥縄式対策が進行。4場では褐色の肌の地元の恋人たちが、幸運をもたらすお呪いとして、例の遺言の文句を砂浜に記す。季節外れの観光客殺到で政変構想に水が差された知事はうっかり同じ文句を書いた現場を目撃され、治安維持目的で発令した「不法スローガン禁止令」を自らが破ったことでピストル自殺を図るが、とめられる。彼が書いた文字がやがて波に洗われるのを皆がみつめて、幕。

第4章　ジャック・イェイツ

「長い年月」という漠然とした指定がト書きに2度あるため、厳密な時間断定はできないが、少なくともアリスが9歳から死ぬまで、一人の人間のほぼ一生に相当する長い時間推移がこの劇では扱われ、たくさんの死が登場する。遺言を残したラークソンに始まり、その遺志を果たすオウルドグロウヴ、アリスの両親、アリスの夫モリス、老水夫の昔話のなかの船員たちや船長、そして老水夫、最後にはアリス。(島の知事も自殺未遂をはかる。)気紛れな運命、神の摂理に翻弄されるこれらの登場人物の生は従属的である。そもそも、物語の発端となった老人の遺言の意味は何だったのか。打ち寄せる波にすぐ消され、跡形もなくなるはかない砂文字の形でも、思い出を綴ってほしいという願い。死後も誰かに覚えておいてほしいという執着。だが、結末が暗示するように、(必ずしも老人が期待した現世での思い出され方ではないにしても)特定の個人を追悼するコトバは、普遍的な魔除け儀式に変貌・定着し、遙か南の島の人々の風習として受け継がれて、その不思議な魔力を顕現させた。「思い出を投げ捨てるため」(to jettison some memories) 書いたという述懐や、「何びとも創造はしません……芸術家は記憶を集めるのです」という作家の台詞と呼応するものがここにある。序幕の「緑の波」はモネ (Claude Monet, 1840-1926) の「印象　日の出」('Impression. Soleil Levant') に類似するという指摘があり、また1幕1場の遺言の場面は「病床」('The Sick Bed', 1950) を、悲劇に急展開する2幕2場は「南太平洋」('South pacific', 1937) の道化た植民地住民と黒人従僕の絶望的な身振りの絵を、また戯曲と同時期に制作された「ピラト総督が [責任逃れに] 手を洗った水盤」('The Basin in which Pilate washed his hands', 1951) や「発見」('Discovery', 1953) の絵も不安定な心理状態を描いている点で、戯曲のもつ主題との比較材料になり得るだろう。

(2) 『口封じ、または告別の辞』(*The Silencer or Farewell Speech*) 3幕全8場

1幕1場は、都会の小さなバーで、4人の男 (Hilderbrand, Maloney, Curtis, Johnson) が酒を飲んでいる。(寡黙なバーメイドは、絵画 'The Bar' (1925) の伏目がちなメイドを連想させる。) マーシャルという男が娘婿の親類筋の船乗りハーティ

ガン (Hartigan) を伴って登場。世界各地を股にかけたハーティガンは、奇想天外な見聞を面白おかしく語って聞かせる。事業の邪魔をされたと逆恨みしているマーシャルとヒルダーブランドが口論となり、マーシャルが店を追い出される。残されたハーティガンに、饒舌の才能を買ったヒルダーブランドが、待合室で顧客相手の秘書の仕事を提供。2場は2週間後、ヒルダーブランドの事務所でハーティガンが勤務中。訪ねてきた3人目の顧客トーンビー (Charles Tornby) も巧みな話術ですっかり虜にするが、列車の発車時間が迫って肝心の商用に入れぬまま、彼は慌てて去り、5万ポンドの金蔓を帰してしまう失態を演じる。ハーティガンは解雇され、訪ねてきたジョンソンが不憫がって、彼に伝言係の職を斡旋する。3場は、ジョンソンから大金を銀行に預けるよう命じられたハーティガンが、通りで水夫に話しかけられたすきに二人組に金を強奪される。話才や人柄にジョンソンは魅了されてはいるものの、この件でやはり解雇になる。2幕1場は半年後の、別のバーが舞台。前場での強奪事件の一味の水夫サム (Sam) がハーティガンの弁舌の天分を見込んで、私服警官とお喋りすればいいだけの仕事に誘い込む。2場でハーティガンは私服警官ハーディ (Hardy) の注意を自分の話に引き込むのに成功するが、警官隊が到着し、窃盗団の仲間たちが手錠姿で宝石店から出てきて、ハーティガンとサムは逃げ出す。3場は、数週後の晩。2場で見張役を務め、宝石店襲撃の失敗はハーティガンのせいと思い込んでいるヒル (Hill) が、奴を始末すると激昂するのをサムが宥める。街頭の新聞売り子になって登場のハーティガンは、相変わらず客と長談義。そこへヒルが拳銃を発砲し逃走。ハーティガンは頭部を撃たれ即死。駆けつけた警官が客の事情聴取中に、こっそりサムも姿をくらます。3幕1場は、一月半後、『求道者の架け橋』という降霊会の会場前。女性の祈禱の声が漏れるなか、サムとヒルが降霊会の終了を待つ。しばらくして扉が開き、霊媒士スノウィーが登場。参加者7名（男3、女4）と一旦休憩後、サム、ヒルとともに会場に入る。2場は、長テーブルの置かれた薄暗い室内。スノウィーの指示で降霊会が始まる。2人の婦人の切望する霊が招かれ、霊媒士の口から声が発せられる。ところが3人目の若い女性の望む霊が現れず、サムが声色で霊のふりをして喋りだし、ヒ

第 4 章　ジャック・イェイツ

ルも、射殺したハーティガンの霊を呼んで許しを請いたいと狂乱して、座は大混乱。そこへ、頭に血糊のハーティガンの亡霊が登場（彼の姿はヒルにしか見えない）。点灯し、降霊会が口述録音機(ディクタフォン)によるいかさまであることを暴露した後、お布施の入った現金箱を強奪して、サムは先に窓から逃走。ヒルは亡霊に許しを請うが、忘れても許しはせぬと、ゆらゆら踊る亡霊は告げる。逆上したヒルは亡霊を撃つが失敗し、口述録音機に２発銃撃して逃走。やがて、警官１と大家、次いで警官２に棍棒で頭を殴られ逮捕されたヒルが登場。警官１は事情聴取を大家に行ない、間違った推理（ペテンがばれた霊媒士がまず逃走、ヒルが口述録音機に１発、参加料を取り返そうと開けた現金箱が小銭だけなのに激怒してまた１発、そして逃走）を働かせる。違法宗教儀式事件を表沙汰にされたくない大家は、警官の希望をいれ、シャンペン４瓶と上等の葉巻の賄賂で揉み消しをはかる。ところが、実はこの警官二人、仮装大会に向かう途中の偽者と判明。踊る亡霊をなおも凝視しつつ、偽警官に肩を抱かれてヒルが退場し、幕。

　標題の "The Silencer" は、おそらくハーティガン射殺に使われた戦闘用ピストル (parabellum pistol) の「消音装置」を指すのだろうが、ヒルの台詞「永久に奴のお喋りを止めさせてやる。奴をおとなしくさせるぜ。(I'll silence him.)」(231) の「殺し屋」の意味、さらには独演会よろしく一方的に喋りまくって聞き手を「沈黙させてしまう」ハーティガンの役割の３つの意味が重なっているように思われる。前半部分はハーティガンの饒舌・雄弁のなせる悲喜劇を描き、アイルランド人の天賦の才能がかえって仇となって職を転々とする風刺が読み取れる。一方、彼が自己責任とは思えない理由で射殺されたのちの３幕から雰囲気が一変し、インチキ降霊会の暴露（これは兄イェイツへの痛烈な批判が感じられる）と、本物の亡霊の登場という皮肉、そして大家の警察買収工作、最後は偽警官のどんでん返し、とまったくの笑劇に近づいていく。「インチキ降霊会の暴露」の主題を一幕劇で描いたのが、次にみる『亡霊たち』である。

第2部　アイルランド演劇の抵抗と反逆

(3)『亡霊たち』(Apparitions) 1幕

　舞台はパリックバラ (Pullickborough) という町のホテルの喫茶室。進行係の霊媒士役はチャールズ (Charlie Charles) という小柄で赤毛の五十男。参加者のエヴァトン、アルバーマール、スコットらが自己紹介がてら順次、挨拶。エヴァトンは、有名な亡霊が現れるのは毎年10月30日という新聞記事に気付き、すでに1日遅れの本日31日では無駄だ、と水を差す。それでも気を取り直して、リヴィッドが余興に歌を歌い、挨拶の続きとしてポウラックスやパールベリも意見を述べる。やがて定刻深夜12時を期しての消灯後、亡霊らしき影が通り過ぎ、再び明かりが点けられた時、チャールズを除く参加者全員の頭髪が（恐怖の余り）真っ白になっていた。実はチャールズは町の理髪屋で、気に入らない連中に一種の復讐をする場としてこの会を演出したのだった。彼はさらにみんなの髪や髭を自分の赤毛に似せて赤く染める。エヴァトンはウェイターのジミー (Jimmy) に命じて、帽子とタクシーを手配させるが、深夜にタクシーを呼び寄せたので、静かな村の人々は何事かと起き出し、ホテル前は大勢の野次馬、と彼は報告。意を決して、6人はホテルを後にする。応分のチップを稼いだジミーは、いつしか寝込んだチャールズを外へ送り出し、亡霊のお面と衣装を持ち、ホテル従業員の若い娘にタイプライターで物語の続きを口述筆記させる。娘はジミーといちゃつこうとするが、拒まれ退場。ジミーも亡霊のお面をつけて退場。

　'Demon Barber of Fleet Street' と呼ばれた[1]スウィーニー・トッド (Sweeney Todd, 1756-1802) を何となく連想させる理髪士チャールズは、客の髪を染色して個人的怨恨を晴らす場として降霊会を利用し、その共謀正犯と思われるジミーは、チップをたんまり得ただけでなく、暇を見て執筆中の小説ネタにこの出来事を借用し、ウェイター・亡霊・作家の3役をこなしている。降霊会参加者たちが体現するアングロ・アイリッシュの支配階級を、理髪士と給仕に代表されるアイルランド人労働者がやっつける「アイルランド喜劇の冒瀆精神」(the profane spirit of Irish comedy) の発露とする解釈 [Krause] もある。出

214

第 4 章　ジャック・イェイツ

版年は相前後するが、ジャックも観劇した、兄 W. B. の *The Words upon the Window Pane*（Abbey 劇場で1930年11月17日初演）の初演時ないし直後に執筆された (Purser, 53) 事実が明らかである以上、心霊術にのめりこむ兄への鮮明な対抗意識が込められた作品であろう。

⑷『ラ・ラ・ヌウ』(*La La Noo*) 2幕全3場

　1幕は夕刻の田舎の小さなパブ。見知らぬ客 (Stranger) がパブに登場、酒を飲みつつ店の主人 (Publican) とお喋りを交わすうちに、運動競技会帰りに驟雨に遭った7人の女性の一行（45歳の1人を除き、すべて19歳から26歳）が駆け込む。一旦雨が上がり出ていくが、じきにまた降り出し、舞い戻る。落馬で瀕死の重傷の騎手、交通事故死など、死にまつわるお喋りを彼女たちと二人の男は続ける。やがて帰りのバスに間に合うようにと彼女たちは出かける。2幕1場は、それから1時間後で、再び豪雨。相変わらず主人と客が話し込んでいると、ずぶ濡れの女性たちがまたしても駆け込む。熱いお茶をふるまい、濡れた服を脱いで洗濯紐にかけて乾かす間、女性たちが干し草置き場で待機すればよい、と客は提案する。2場はその30分後で戸外は明るい。旅慣れた客が外国や外国語の自慢話をし、大地に手を触れれば過去の英雄たちの息吹が伝わる、風光明媚なこの土地で自分は満足だ、と主人が応じる。乾いた衣服を納屋の戸口に置くと、むき出しの腕が次々につかむ。囲炉裏を無断拝借した隣人スミスには、女王陛下か人魚姫が来たから火を入れたと言って担ごうや、などと男二人は冗談を言う。勝ち気な4番目の女が真っ先に納屋を飛び出す（彼女は店外へ出たきり、ついに戻らない）。普通車の運転経験しかないが、女たちを終バスに送ってやろうと、スミス所有のトラック (lorry) を客が借りに出る。エンジンがかかったり切れたりしたあと、トラックが近づき、やがて低い衝突音が聞こえる。客は迫り出した樹木に接触して運転席から投げ出されたのだった。皆が現場へとび出し、短い間のあと、苦痛も味合わない即死に近い死に方だったことが告げられる。カーテンを経帷子にした客の遺体を主人がパブに搬入。ところが、この期に及んで、7番目の女が実

215

第2部　アイルランド演劇の抵抗と反逆

は自分はトラックが運転できる（聞かれなかったので言わなかった）と宣い、女性たちは去っていく。短い間のあと、2人（3番目と6番目の女）が戻り、途中で人に会ったら事情説明してパブに直行させようか、と聞くと、主人はスミスがじきに戻るから大丈夫だと丁重に断る。災いの発端になった女性たちが参加した運動競技会ポスターを剥がして捨て、椅子にすわると、一行が乗りこんだトラックの発進音。夕日が差し込み、幕。

　標題の「ラ・ラ・ヌウ」は濡れた服を脱ぎ半裸で待っている娘たちについて、裸が当節流行しており、イギリス英語で「ニュード」(nude)、アメリカ人なら「ヌード」(Nood)、フランス人は「ル・ニュ」(Le Nu) と発音すると客が教えたのに、パブの主人が間違えて「ラ・ラ・ヌウ」(La La Noo.) と繰り返し発音した台詞に由来する (314)。この作品は登場人物に誰一人として固有名詞が与えられていないことも特徴的である。絵画では「驟雨に会って」('Held Up by a Shower', 1945) が数人の貴婦人が雨宿りしている光景を描いているし、車内でお喋りに熱中する3人の女性を活写した「市電にて」('In the Tram', 1923) は、『ラ・ラ・ヌウ』の中の傍若無人ともとれる若い女性たちの言動を彷彿とさせる。親切心が仇となって事故死する見知らぬ男の運命のはかなさは、日常の生のなかに死の危険が潜んでいることを如実に物語る。突然の惨劇はフラナリー・オコナー (Flannery O'Connor, 1925-64) の短編「善人は見つけがたし」(*A Good Man is Hard to Find*, 1955) の展開を連想させる。

(5)『古い海岸道路』(*The Old Sea Road*) 3幕全4場

　1幕1場は早朝の海岸道路。道路作業員の老人ジョン・ノーラン (John Nolan) とジョン・ドーラン (John Dolan) が登場し、世間話をする。2場では登校途中の22歳の女教師ジョゼフィーン (Josephine) と11歳の生徒ジュリア (Julia)、アムブロウズ・オウルドベリー (Ambrose Oldbury) という法螺吹き男と警官、モリーやクリストファーという農民、バラッド歌手などが次々と舞台に登場しては去って行く。2幕は、同じ場面の夕方近く。ジョン・ドワイアー

第 4 章　ジャック・イェイツ

(John Dwyer) という青年が読書中。歌手のマイケルが話しかける。やがてアムブロウズとマイケルが悪戯をめぐって話し込み、アムブロウズは札束に火をつけて燃やすが、種を明かせば上下 1 枚の正札を除いて、中身は新聞紙というトリックだった。しかし、その後で正真正銘の札束を焼却してみせる。やがて胸ポケットから取り出した酒入れに別の小瓶の液体を混ぜて飲み、マイケルにも勧める。二人とも、酔いつぶれたようになり、息を引き取る。3 幕はその翌朝。二人の死体をクリストファー、郵便配達員、バラッド歌手たちが発見する。ジョゼフィーンとジュリアも気がつき、泣き崩れる。パブの主人アンディ・ダウド (Andy Dowd) やノーラン、モリーも姿を見せ、毒物自殺を図ったのだろうと推測する。警官も駆け付ける。

　筋らしい筋もないこの作品では、アムブロウズが異彩を放つ。この 40 歳くらいの流れ者は、ある町が局地的地震で吹っとんで巨大な穴があいた、とか、付近のビール工場の爆破で競馬場が水浸しになり恒例の大障害競馬は中止になった、と大法螺を吹く「狼少年」である。「人を担ぐのは二流」(156) の彼が言うには、「俺のような天才に必要なのは、諺にもあるように、我が身を広げられる大きなキャンバスなんだ」(155)。他人をも巻き込む無理心中のような自殺（と殺人）を図ったのは、彼の一世一代の最後の「悪戯」だったのかも知れない。疎外されたアングロ・アイリッシュのアムブロウズと、伝統的アイルランド人マイケルが重なり合って死ぬ終末の場面は象徴的である。絵画では、類似した標題の「キンセイルの古い草の道」('The Old Grass Road, Kinsale', 1925) が、南西部の広大な草原地と寄り添う恋人を右隅に描いている。

(6) 『死のテラス』(*The Deathly Terrace*)　3 幕全 4 場

　1 幕 1 場は、海辺の石造りのテラス。ピストルを顎に押しあて自殺を図ろうとする失業者ナードック (William Nardock) と、船で浜辺に降り立ったばかりのアンディ (Andy Carmichael) とが、冒頭、無言で取っ組み合いを演じ、銃が暴発してナードックが倒れる。やがて島へ映画撮影ロケ隊が下船。初の監

第2部　アイルランド演劇の抵抗と反逆

督作品になる制作者アンディを応援しようと、女優シーラ (Sheila Del [garvay]) が若手や年配の俳優に台詞を暗唱させ、現場の指示を取りしきる。やがて撮影不能の夕闇が迫り、ロケ隊は散会。残されたアンディは、シーラに事情を説明し、ナードックの遺書と思しき厭世的なメモを発見する。ところが、二人が立ち去ると、射殺されたはずのナードックがやおら起き出し、自らの血糊と赤インクで手摺に「去らば――絶望の興行主より」と落書きし、去っていく。2幕1場は映画館。撮影完了後のラッシュ試写会で、興奮気味のシーラがまくしたてる。休憩後、再び照明が落ちた時、ナードック入場。案内人の懐中電灯に偶然、彼の姿が照らされ、それを見たシーラが亡霊だと思って悲鳴をあげ、場内騒然。ナードックは逃走し、案内人とアンディが追跡。2場は映画館の外で、タクシーを拾ってアンディが追尾。3幕は1幕と同じテラスに戻る。時間経過は明示されないが、蔦が伸びて古びた感じが漂っているので、かなりの時間（1年ほど）が過ぎた様子。夕刻のテラスにボートでやって来たのは、かつて追跡劇を演じた当事者ナードックとアンディの二人。赤ワインと食料を手に上陸し、祝杯を交わす。ナードックは世界中を渡り歩く口達者な遊び人で、「時間は私には意味がない、時間のなかに埋め込まれ、永遠に漂っているのだから」とか、「私は、寛大さが染みつき、情愛に浸った、自己中心主義者」で、名前も「混乱を目的としてでっち上げた」偽名だと宣う。次にアンディの身上話。ロンドン北部のショーディッチ (Shoreditch) の新聞販売店の子に生れ、寄宿寮が10歳のときに全焼。でたらめな新聞配達のお陰で逆に売上が増え、非購読者から感謝されて就職を世話され、自販機から投入硬貨が戻ったり、海水浴先で水難事故にあったのが機縁で救助員の仕事を貰い、海水浴場が火事になると消防団へ、そこも火事になると、職業紹介所へ、と「禍福はあざなえる縄の如し」に波乱万丈の人生を経験（このあたり、『砂のなかに』のアリス、『口封じ』のハーティガンの辿った運命を思わせる）。父親、次いで母親が亡くなり、遺言で事業を売却して映画の道を選び、このロケ地の島に来たが、それも旅行代理店でニース行き切符と間違えたためという。ナードックの言葉を借りると「段取りは運泥棒」('Premdeditation is the theif of Luck') [111] であり、運任せに生きるのがよいのだろう。「迷信なんだ

218

よ、喋るのに言葉を用いるのは」に始まり、「すべての台詞が遂に途絶える時、すぐれた微香が最後の論評になるだろう、花の香りは黙っていても嗅げるにきまっているのだから」で閉じるナードックの言語哲学的な台詞や、アンディの歌、猫の話などが続く。それまで時折、双眼鏡で海を見ていたアンディは、シーラがボートに乗って近付くのに気付く。ナードックは急いで名刺に「もうこれ以上生きられないので、旅立ちます」、アンディも「出かけます。ここで死にます (I step off here.)」と記し、2度銃を発砲し、姿を消す（2度の銃砲は『口封じ』3幕と同じ）。しばらく間があり、シーラ登場。2枚の遺言名刺と状況証拠から、二人が自分への愛を争って、ともに自殺したのだと思い込む。すっかり悲劇の英雄的女優の気分にかられて、シーラは我が身の美しさを詩で表現しようとする。(途中、ボートをつないでいた綱が緩み逃げていくのを足で踏み付け、詩作の興奮でそれも忘れてしまうほど。) 日没で暗くなるなか、座り込み、髪から黄色い薔薇をはずして弄ぶうちに、幕。(ナードックの言葉通り、薔薇の「すぐれた微香が最後の論評にな」った。)

　これはなんとも不可解な劇である。映画撮影を題材に、演技する者を演技する「メタ演劇」の要素が1幕にある。2幕と3幕の時間が省略されて、想像に委ねられる部分が多いが、シーラが二人が自分を愛する余り自殺したと推測するからには、2幕2場の追跡で一旦ナードックはつかまって正体がばれ、その後なんらかの形で、シーラたちとの親交が続いたと考えるしかない。だが、アンディまで、なぜ偽装自殺の工作をしてシーラとの邂逅を回避するのか、不明確である。

(7)『道化の姿勢』(*Harlequin's Position*) 5幕

　1幕1場は、ボザンケット夫人 (Madame Bosanquet) と（クレア・）ジレイン夫人 (Claire Gillane) の家の居間。二人は姉妹（62歳と60歳）で、ともに未亡人。甥っこのジョニー (Johnnie Gillane, 22歳) ——父親は偽装倒産で懲役5年の刑期のうち4年を終えたところ——、血縁はないが友人の孤児アニー・ジェニ

ングズ (Annie Jennings, 26歳) とともに、アルフレッド・クロンボイス (Alfred Clonboise, 27歳) という、遠い従兄弟の来訪を待っている。彼は、山頂掘削土壌で埋めた峡谷で苺栽培する事業契約の締結に先だって、親戚筋にあたる両夫人に面会したい旨、逗留先のホテルから前日に伝言を届けていた。定刻にアルフレッドが到着し、挨拶を交わす。標題の『道化の姿勢』とは、道化が示す5つの定型——「賞賛」(admiration)「パドバスク」(Pas de Basque: バレエの横移動ステップ)「思考」(Thought)「反抗」(Defiance)「決断」(Determination)——のことで、ほかの活動にも応用できるという (258)。実際、この芝居自体が5つの定型に従って展開する。1幕では、親戚一同がアルフレッドの人となりや豊富な外国体験を「賞賛」して聞き入る。2幕は相互関係が深まる「横移動ステップ」、3幕は哲学的な「思索」の台詞にかなりの部分が占められる (「朝飯も済ませずに早朝から外へ出ちゃいけない、うちへ帰りなさい」と馬上のバーナード・ショーに説教された妙な夢の話をジョニーはする)。4幕は、狭い共同体のしがらみに「反抗」するかのように、土地売却金で船旅に出るアニーたちの鉄道駅での様子が描かれる。だがその旅立ちは突然の戦争布告の知らせで延期となり、赤帽たちがアルフレッドから拳銃を取り上げる。5幕では衛兵 (Guard) が「決然たる態度」で過去の英雄的事柄 (微笑みながら断頭台に上がったロバート・エメットなど) について語る。

この戯曲でも、突然の「死」が語られる。2幕でジョニーは、服役中の父親が、作業中にトラックからの落石を受けて死んだ旨の電報が届いたことを告白する。(父親は事業が倒産し、火災保険金目当てに店舗に放火した咎で獄中にあった。) アルフレッドの台詞「文明っていうものは、流血が必ずしもすべての紛争の解決策とならないような地点にまで到達し、しばらくはそこに居座るように思われる。そのあと、じきにその地点を過ぎてしまい、またしても我々はお互いの喉首を狙うようになる」(263) や、「決闘がまた流行することは絶対にないだろう。他人を殺したがる人間は、たった一人じゃ満足しないだろうから」「怠惰と貪欲が人間の2大必需品で、その2つがないとやっていけないんだ」(264) というジョニーの台詞は、劇作家自身の冷徹な人間観を表すも

のだろう。絵画では、「歌う道化師」('The Singing Clown', 1928) がある。この絵の道化師はジョニー・パターソン (Johnny Patterson) という実在の人物で、巡回サーカスを率いて、空中ブランコ乗り (trapeze artist) や裸馬乗り (bareback rider) としても活躍した。道化師のもつ、悲劇と喜劇がない混ぜになった性格はジャックを大いにひきつけたようで、「人々に囲まれた道化師」('The Clown Among the People', 1932) と、俯いた「孤独」('Alone', 1944) な道化師の対照の妙、また「大洋の道化師」('The Clown of Ocean', 1945)、「沢山の帽子の道化」('The Clown of Hats', 1954) もある。「サーカスの娘」('A Daughter of the Circus', 1923) は家族サーカス一座のこじんまりとした公演風景で、右端に道化師の姿が見える。「サーカス」('The Circus', 1921) では、走る馬上に立つ男の膝上で片足バランスをとる女性を描いている (こうした娯楽は、映画『プレイボーイ一座』 *The Playboys*, 1992. 邦題『トゥルー・ラブ』の巡回劇団を想起させる)。赤い色調の「サーカスのこびと」('The Circus Dwarf', 1912) はロートレック (Toulouse-Lautrec, 1864-1901) 風でもある。

おわりに

　本章では、取り上げられることの稀有なジャックの戯曲作品の全般的紹介に重点を置いたため、掘り下げた個別の作品論を展開するゆとりはなかった。戯曲分析に並行して添えた関連絵画の簡単な指摘や、W. B. との兄弟関係の機微についても今後、さらに考察を深める必要がある。兄弟間の確執への言及 (Coote, 235; McCready, 429) は多く、ジャックの内面心理を理解するのに貢献するだろう。梗概で見たように、「死」の主題が頻出するジャックの演劇作品は、流転する生をめぐる形而上的・存在論的意識が根幹にあり、通常の演劇慣例への絶対的無関心、登場人物の無作為・無目的性、形而上的思弁のために導入された哲学的台詞などは、個人的親交のあったベケットの初期戯曲の脚色技法を先取りしているとも評され、新しい視点からのジャック研究がこれから要求されることだろう。

221

第2部 アイルランド演劇の抵抗と反逆

テキストは *The Collected Plays of Jack B. Yeats* (London: Secker & Warburg, 1971) を使用し、引用頁数を括弧で示した。

注
1) Peter Haining, *Sweeney Todd* (New York: Barnes & Noble, 1993)

参考文献
▼画集・図録関係
T. G. Rosenthal, *The Art of Jack B. Yeats* (London: Andre Deutsch, 1993)
John Booth, *Jack B. Yeats: A Vision of Ireland* (Naim, Scotland: Thomas & Lochar, n. d. [1993])
Jack B. Yeats A Celtic Visionary (Manchester City Art Galleries and the Ormeau Baths Gallery, Belfast, 1996)
『ダブリン市立ヒュー・レーン近代美術館所蔵 アイルランド絵画の100年』(読売新聞社・美術館連絡協議会、1997年)

▼著作・伝記関係
John W. Purser, *The Literary Works of Jack B.Yeats* (Gerrards Cross, Buckinghamshire: Colin Smythe, 1991)
Marilyn Gaddis Rose, *Jack B. Yeats: Painter and Poet* (Berne, Switzerland: Herbert Lang & Co., 1972)
Gordon S. Armstrong, *Samuel Beckett, W. B. Yeats, and Jack Yeats: Images and Words* (London: Associated University Press, 1990)
Nora A. McGuinness, *The Literary Universe of Jack B. Yeats* (Washington, D. C. : The Catholic University of America Press, 1992)
Hilary Pyle, *Jack B. Yeats: A Biography* (London: Andre Deutsch, 1970/89)
Robin Skelton (ed.), *The Selected Writings of Jack B. Yeats* (London: Andre Deutsch, 1991)
Stephen Coote, *W. B. Yeats: A Life* (London: Hodder & Stoughton, 1997)

第 3 部　アイルランド文学の越境する地平
――周縁からの文学的挑発――

第1章　アメリカ作家とアイルランド

1　ウォルト・ホイットマン――アイルランドでの高い評価

Old Ireland

Far hence amid an isle of wondrous beauty,
Crouching over a grave an ancient sorrowful mother,
Once a queen, now lean and tatter'd seated on the ground,
Her old white hair drooping dishevel'd round her shoulders,
At her feet fallen an unused royal harp,
Long silent, she too long silent, mourning her shrouded hope and heir,
Of all the earth her heart most full of sorrow because most full of love.
Yet a word ancient mother,
You need crouch there no longer on the cold ground with forehead between your knees,
O you need not sit there veil'd in your old white hair so dishevel'd,
For know you the one you mourn is not in that grave,
It was an illusion, the son you love was not really dead,
The Lord is not dead, he is risen again young and strong in another country,
Even while you wept there by your fallen harp by the grave,
What you wept for was translated, pass'd from the grave,
The winds favor'd and the sea sail'd it,
And now with rosy and new blood,
Moves to-day in a new country.
1865　　　　　　　1867

第3部　アイルランド文学の越境する地平

古い国アイルランド

ここを去る遙かかなたの得も言えず美しい島のさなかで、
ある墓に身をかがめつつ悲嘆にくれるひとりの老母、
いにしえは女王なりしを、今は瘦せ衰えて襤褸をまとい地面に坐す、
白髪は乱るるままに両肩に垂れ、
足もとには今は無用の王家の竪琴、ただいたずらに横たわりたり、
いつまでも口を開かず、いつまでも黙しつづけて、死に絶えしおのれの希望、
　みまかりし世継のことを老母はただ嘆くのみ、
この地上広しと言えど老母の心ほど悲しみに満ちたるはなし、その心誰にも
　まして愛の思いに満ちたるがゆえ。

されどひとこと、老いたる母よ、
額を膝に埋めたまま冷たい地面にうずくまるにはもはや及ばず、
まことに母よ、かくも乱れた白髪に面を隠してかかる場所に坐するに及ばず、
御身の悼むその人はもはや墓にはおらぬゆえ、
あれは片時の心の惑い、御身のいとしい世継の御子はまことはみまかりしに
　あらず、
主はみまからず、御身が墓のかたわらで、地に落ちし竪琴のそばで嘆き悲し
　むそのひまにすら、
ふたたび若く力に溢れて別の国に蘇られた、
御身が嘆き求めるそのものが墓から移され、運ばれて、
風も順風、波も味方し、
かくして今やバラ色の新しい血を漲らせつつ、
きょう新しき国を旅ゆきたまう。

　ホイットマン (Walt Whitman, 1819-92) がアイルランドの土を踏むことはついに実現しなかったけれども、彼がアイルランド文学に与えた影響は決して小さくない[1]。とくにアイルランド文芸復興の始祖の役割を担ったスタンディッシュ・オグレイディ (Standish O'Grady, 1846-1928) は、ホイットマンを真似てくたくたの帽子をかぶり、『草の葉』(*Leaves of Grass*, 初版1855) 所収の「菖蒲」("Calamus") の詩編を盛んに話に引用したことで知られる。古代ケルトの英雄譚を一般に普及させ、過去の神話に国民の目を向けさせよう努めたオグレイ

第 1 章　アメリカ作家とアイルランド

ディにとって、土着文化の復興を力強い叙事詩に託して高らかに謳いあげるアメリカ詩人は、まさしく模範とすべき存在だったのだろう。もっとも、ホイットマンの持つ矛盾する両面性——ナショナリストにしてコスモポリタン、伝統文化の擁護者にして大胆な文芸実験者——は、オグレイディをいくぶん当惑させたかも知れない。冒頭に引用した「古きアイルランド」("Old Ireland")の詩に標榜された、フィニアン運動への尖鋭なナショナリスト的共感と明確なアイルランド独立支援宣言、あるいは統一された社会に代表される「全体性」を論じる形而上学などはすんなりと受け入れられたことだろうが、『草の葉』全体に流れる〈民主主義〉への傾倒は、むしろ、古代ケルトの封建的部族社会[2]を文化的理想とするオグレイディには、はなはだ都合の悪いものだったはずだからである。

　オグレイディのほかに、ホイットマンをアイルランドに結び付けた功績は、ダウデン (Edward Dowden, 1843-1913) に認められるだろう。ダウデンは文芸評論家・伝記作家・シェイクスピア学者で、英語教授としてその半生（1867年から1913年まで）をトリニティ・カレッジで奉職した学者であるが、ホイットマンと頻繁に文通を続け、受け持ちの授業では学生たちに『草の葉』を熱心に紹介・推奨したらしい。その学生のなかにたまたまいたのが、後年『ドラキュラ』(Dracula, 1897) 作家となるブラム・ストウカー (Bram Stoker, 1847-1912) であり、彼はこのアメリカ人詩人に熱烈なファン・レターを寄せ、のちにキャムデン (Camden) にある詩人の自宅まで訪ねたという。ダウデンはホイットマンのアイルランド訪問を懇請し、「ダブリンの3大紙」にコネのある愛読者がいるから、アイルランドでは多数の読者が期待できる旨を、書簡に記している。しかし実際には、『草の葉』はトリニティ・カレッジの図書館から除本処分となったり、ダウデン自身が執筆した、ホイットマンを民主主義詩人として称える学術論文の出版は1年以上の歳月を要したうえ、その内容を危険視する書評が掲載されるような文学的風土だった。人類の進歩や進化、科学法則、普遍的文化といったヴィクトリア朝の典型的な時代精神が『草の葉』に体現されているからこそ、ダウデンはホイットマンを信奉したのであり、かえって、地方的偏狭さを感じさせるアイルランド文芸復興運動を「知

第 3 部　アイルランド文学の越境する地平

的なアイルランド訛り」(intellectual brogue) と辛辣に評して、運動からは身を引いた。ダウデンのこうした孤立的姿勢を、「文学の派閥から冷遇されている」(bitten with the frost of the literary clique) とホイットマンは感じとったようだが、自分を詩人として国外で高く評価してくれたダウデンに対してはもちろん感謝を忘れず、アイルランドの友人たち[3]といると本当にくつろげる、と記している。

　ホイットマン信奉者として見落としてならないのは、意外にもワイルド (Oscar Wilde, 1854-1900) である。ナショナリストの母親から『草の葉』を読み聞かされて育った彼は、オックスフォード大学でもこの詩集を愛読した。アメリカ講演旅行の初期にあたる、1882年 1 月16日フィラデルフィアの滞在先のホテルで、アメリカの詩人でもっとも賞賛するのは誰か、との質問を記者団から受け、ヨーロッパ的なロングフェロー (Henry Wadsworth Longfellow, 1807-82) や既に他界していたポー (1809-49) は除外して、ホイットマンとエマソン (Ralph Waldo Emerson, 1803-82) の名を挙げ、とりわけ「ホイットマン氏に会いたいものです。イングランドではあまり読まれていないかもしれませんが、イングランドという国は詩人が存命中は決して評価しないものです。彼の詩には非常にギリシア的で健全なところがあり、非常に普遍的、包括的です」と語っている[4]。このワイルドの願いはまもなく実現し、その年 2 度にわたってキャムデンで詩人となごやかに面会している。

　ジョージ・ムーア (George Moore, 1852-1933) も自伝的小説 *Hail and Farewell* のなかで、画家マネ (Eduouard Manet, 1832-83) の大胆な画風と並び評して、ホイットマンの「あからさまな」(unashamed) 自己表明こそは、「誰もが胸の内を告白することを恐れている」街ダブリンに必要なものだと述べている[5]。またジョイスの『フィネガンズ・ウェイク』には、「年老いたホワイトマン」(old Whiteman) と、もじられて言及されている。

　　　'Old Ireland' のテキストは Walt Whitman, *Leaves of Grass* (New York: Barnes & Noble, 1993), pp. 306-7, 訳詩は酒本雅之訳『草の葉（中）』(岩波文庫、1998年)、pp. 425-6 による。

228

第1章　アメリカ作家とアイルランド

2　ヘンリー・ミラー——主要長編のアイルランド人像

(1) はじめに

　ドイツ系アメリカ人を両親にニュー・ヨークに生れ、1930年代は主としてフランス、1942年以降カリフォルニアで暮らしたヘンリー・ミラー (Henry Miller, 1891-1980) と、辺境の島国アイルランドとの関係は、当然のことながら稀薄であり、まともな考察に値しない視点と思われるだろう。だが、ミラーのなかに「一種のアメリカ＝アイルランド人気質」(ケネス・ヤング) を読み込み、その気質がイギリス人全般 (例外はロレンス・ダレルとジョン・クーパー・ポーイス) を嫌悪させたのだという指摘[6]もある。ミラーが「アイルランド系アメリカ人」と懇意な個人的交流を持っていたこと、多読家で知られるミラーの読書遍歴にアイルランド系作家が僅かにせよ含まれていること、アイルランド系アメリカ人が主要作品のどこかしかに登場すること、アイルランド作家の作品『密告者』への大きな関心——こうした観点から、ミラーとアイルランドの〈見えざる関わり〉を考えてみたい。

(2) アイルランド系アメリカ人との交流

　様々な人種・民族が蝟集するニュー・ヨークのブルックリンに住んで、アイリッシュに会わずにいることはできない。ブルックリン界隈には「アイルランド人の酔っ払いがうじゃうじゃ」いる (『暗い春』所収の「仕立屋」) のだし、アメリカ人の7人に1人の割合でアイルランド人の血が流れているという統計もあるくらいである。だから、1953年に結婚した4番目の妻イーヴ・マクリューア (Eve McClure) が偶然アイリッシュでも別段不思議はないが、ミラーの伝記のうえで最も重要なのは、ジョー・オリーガン (Joe O'Regan) との生涯にわたって続いた交遊であろう。いかさま師ながら愛嬌あるこの遊び人は

第3部　アイルランド文学の越境する地平

1961年に亡くなったが、ミラーはずっと愛着を寄せた。作品ではオマーラという名前でも登場するこの「傭兵 (soldier-of-fortune)、冒険家」タイプ[7]のジョーとは、若いころには仕事場を、女を連れこみ交換する売春宿[8]のようにしたり、昔馴染の呑み友達、良き話相手として(「本物の夢をみろ」[Dream true!]という言葉が、ミラーのジョーへの口癖だった[9])、1927年ミラー36歳のときには、酒類醸造販売禁止令を無視して開店したもぐりの居酒屋が裁判沙汰になると、一緒に南部マイアミ方面に向かって徒歩旅行を始めたほどである。ミラーに絵を描きたいという衝動を与えた例のエピソード(ショーウィンドウのターナーの絵との出会い)が出てくる、腐り物を分けて貰う物乞い旅行を続けたのも、このジョー・オリーガンを相棒にしての二人旅だった。

　　友人のオリーガンがぼくと並んで立っている。ぼくの慰め役だ。ぼくらは何時間も何時間も親しい顔をさがしてうろつき回っていた……言葉をかえれば、施し物を求めていたのだ。(描くことは再び愛すること。アルハンブラ、カリフォルニア、1960年)

彼宛てには、フランスから手紙もよく出している。それどころかアメリカで発禁となった『北回帰線』(Tropic of Cancer, 1934) を税関吏の目を逃れるためにフランスから1冊ずつ郵送し、その受取りと頒布を依頼したのもジョーだった[10]。この気のおけない友人からは、ミラーの私的な側面、例えば音楽への傾倒ぶりを知ることも出来る。1937年ごろミラーはレコードも多数収集していて、音楽こそは「究極的だ。ぼくに作曲ができればいいのだが。絶対に音楽家になってやる」とジョーに語ったというのだ[11]。

　ジョーほどの個人的親交こそないが、劇場関係のアイリッシュの姿はミラーの記憶に焼き付き、次の文章まで残っているのは興味深い。1899年、ミラー7歳のとき、ヴォードヴィル劇場「ザ・ノヴェルティ」でドアマンをしていたボブ・マロウニー (Bob Maloney) について、

　　今日までにみたうちで最も幅の広い四角な肩をした元ボクサーで……ぼく

第 1 章　アメリカ作家とアイルランド

はそこの舞台でみたどの事件、どの俳優よりも、この男のことをよく覚えている。彼はぼくの不安な悪夢のなかで活躍する悪漢だった。[12]

さらに、働き始めた17歳のころには、無名の旅芸人が入れかわり立ちかわりに演技する戸外劇場で、ハリガン (Harrigan) という役者の歌にミラーは惚れ込んでいる。

なぜこの小唄がぼくを夢中にさせたのか、わからない。たしかにそれはこの唄うたいの日焼けした顔、この男の生活力、意地のわるそうな目つきやごまかし、甘ったるいアイルランド訛り、それに加えて彼の苦しい難行などであったろう。[13]

あるいは、先述の『暗い春』(1936年) の「仕立屋」に登場する、無頼漢のバー・テンダーのアイルランド人パット・オダルドから、「この神に見放された、腰抜けの、ズボンのボタンをはめるだけの頭さえもない、棒をしゃぶって暮らしている牝犬の息子め、と呼ばれるのは一種の名誉とされ」、実業家の連中が「わざわざこの減らず口のアイルランド人の出来損ないに、神に見放された、腰抜けの、棒をしゃぶって暮らしている牝犬の息子め、と呼ばれるために、このホテルまで自動車でやってきた[14]」という。こうした、実生活でのジョーとの交遊や、強烈な印象のドアマンや役者、威勢のいいバー・テンダーへの言及のみならず、アイリッシュとその演劇に寄せるミラーの並々ならぬ関心は、実は彼の読書体験にも見て取れる。

(3) 『わが読書』にみるアイルランド作家たち

『わが読書』の巻末にある、ミラーが選んだ「最も大きな影響を及ぼした百冊の書名」のなかにアイルランド作家のものを拾えば、子どもの必読書であるスウィフト (Jonathan Swift, 1667-1745) の『ガリヴァー旅行記』(*Gulliver's Travels*, 1726) と、ジョイス (James Joyce, 1882-1941) の『ユリシーズ』(*Ulysses*,

231

第3部　アイルランド文学の越境する地平

1922) のわずかに 2 作を数えるのみである。(『モロク』のスタンリーも、「是非ともこのスゥイフトってえ作家を読まなきゃいかんよ」「皮肉とか、焼けるような毒舌がお求めなら」[177] と、スゥイフトを推奨している。) しかしながら、本文には他のアイルランド作家も言及され、なかには筆者にとっては意外な名前もある。それはまず、イェイツ (W. B. Yeats, 1865-1939) とグレゴリー夫人 (Lady Augusta Gregory, 1852-1932) である。1913年ごろ、ミラーは無政府主義者エマ・ゴールドマン (Emma Goldman, 1869-1940) のポスターを目にし、ヨーロッパ演劇に関する彼女の講演をサン・ディエゴで感銘深く聞いたことを契機に、数多くの劇作家の作品を読むようになったという (ただしこの聴講の真偽に関しては、異論がある。飛田茂雄氏の全集版「解説」を参照。) イェイツとグレゴリー夫人の名は、総勢21人も列挙された〈劇作家〉の文脈に含まれているものの、実際にはイェイツの場合、『アイルランド妖精民話譚』と神秘思想の『幻想録』の2 点だけを読んだようで、能に取材した詩劇は無論のこと、詩集そのものも言及されず、イェイツへの関心は、エズラ・パウンド (Ezra Pound, 1885-1972) が彼の秘書をしていたという程度であったかもしれない。しかし、アイルランド文芸復興の地味なパトロン的存在のグレゴリー夫人とミラーという取合わせは、(有名な一幕物『噂の広まり』1 編を読んだにすぎぬにしても) 筆者には、いわば水と油の感がある。それとは逆な意味で不思議なのは、オスカー・ワイルド (Oscar Wilde, 1854-1900) の作品が、その主要戯曲 5 編を含む11作品も読了していながら、本文にはまったく取り上げられていないことである (ワイルドの名前は 1 度だけ言及され、『ネクサス』では『ウィンダミア卿夫人の扇』が登場する [295])。同性愛性癖のないミラーはワイルドには強い興味が湧かなかったのだろうか。もっとも、オスカー・ワイルド伝を執筆中のアイルランド生れの作家フランク・ハリス (Frank Harris, 1856-1931) とは、宅配したズボンの試着を手伝った (『ネクサス』、335) ことから面識があり、文学や女の話に熱中したという。

　このほかの、意想外のアイルランド作家としては、オケイシー (Sean O'Casey, 1880-1964) とデニス・ジョンストン (Denis Johnston, 1901-84) がある。世の中に本当にユーモラスな本は僅かしかなく、「『ハックルベリ・フィンの冒険』

第1章 アメリカ作家とアイルランド

『黄金の壺』『リュシストラテ』『死せる魂』チェスタトンの二三の作品、『ジュノオと孔雀』――これだけ挙げると、あとはユーモアの分野で傑出したものを名ざすのに困ってしまう」(19) と嘆くミラーが、末尾に挙げた『ジュノオと孔雀』(*Juno and the Paycock*, 1924) は、ミラーが読んだオケイシー4作品の代表作である。これは、ダブリンのスラム街を舞台に、思いがけない遺産相続を巡って後半から悲劇に急展開する悲喜劇で、必ずしもユーモアだけが突出したものではないのだが、ミラーが1920年代に見た芝居の中で忘れられない17作品の最後にも言及されており (308)、アイルランド劇団による同公演を見て、「なんとすばらしい劇作家であろう、ショーン・オケイシーという男は！ イプセン以後、類のない作家だ」(280) と『ネクサス』では絶賛している。一方、デニス・ジョンストンは、『黄河の月』(*The Moon in the Yellow River*, 1931) を通読して「実に壮大な戯曲」(319) との感想を漏らしている。

戯曲中心に22作品を読破するほど愛読したショー (George Bernard Shaw, 1856-1950) のローマ史喜劇『アンドロクレスとライオン』(*Androcles and the Lion*, 1913) や、シング (John Millington Synge, 1871-1909) の『西の国の人気者』(*The Playboy of the Western World*, 1907) は、原作を読んだうえに舞台観劇しており、この二人の劇作家の作品は、1923年創立のヘッジロウ劇場（ペンシルヴェイニア州モイラン）で盛んに上演され、1930年ここで上演された『西の国の人気者』を、「アイルランド演劇のかの不朽の名作」とミラーは形容している。アイルランド西部方言を駆使したこの作品は、当然ながら、「イディッシュ語でやるのはいただけませんな。まるでだめですよ」(291) と、『ネクサス』では指摘される。一方の「『アンドロクレスとライオン』は傑作だと思うが、ショウの他の作品は、あまり好きではない」のは、「イプセンに比較すれば、ショーは"お喋りな阿呆"にすぎない (310)」から、と辛辣である（『ネクサス』）。ショーの名と『アンドロクレスとライオン』は『モロク』でも言及される (142, 315)。既にみたイェイツ、グレゴリー夫人らと合わせると、結局、総勢6人ものアイルランド人劇作家（さらに、フランス語 Gallimard 版 *Les livres de ma vie* [1957] 付録として所載の約5千冊の読書目録にみえる、ゴールド

第3部　アイルランド文学の越境する地平

スミス、シェリダンを加えれば8人）とヘンリー・ミラーとの接点が窺え、小説家ミラーの戯曲愛好（シェイクスピア作品は大半を読んでいる）という隠れた一面が浮かび上がる。そればかりか、『ネクサス』の中には、エルフェインバイン氏が唱える、秀逸なアイルランド演劇論まで顔を出す。

　　アイルランドの芝居には、狂人と酔っぱらいが、ぞろぞろ出てくるが、その連中のしゃべるたわごとときたら、まさに聖なるたわごとです。アイルランド人というのは、つねに詩人なのですが、なにも知らずにいるときは、とくにそうなのです。あの連中も、ユダヤ人ほどではないにしても、ともかく、いやというほど苦しみを経験してきていますからね。だれでも、日に三度三度じゃがいもばかり食ったり、爪楊子がわりに三つ叉を使ったりしたくはないはずです。どえらい役者ですよ、アイルランド人というのはね。生れついてのチンパンジーです。(292)

　しかしながら、同国人で3歳年上のアイリッシュ・アメリカンの劇作家ユージン・オニール (Eugene O'Neill, 1888-1953) に関してはなぜだか、ミラーは冷淡である。その戯曲11編を読破したはずのオニールについて、本文では注釈程度にしか言及されず、彼の『奇妙な幕間狂言』(Strange Interlude, 1928) をジューンとともに観劇したミラーは、その劇が「閾値下のたわごとだ。アメリカ一流の劇作家だとしても、ユージンは凡庸な脳味噌の持ち主だと僕は公に意見を述べるつもり」で、「注ぎ込んだ途方もない労力に仰天」するが、「あの男は、懲戒用のロバだ[15]」と容赦ない。

　演劇の分野を離れて、『わが読書』にみえるアイルランド小説家と言えば、もちろん先に触れた、ジョイスを忘れてはならない。ミラーが言うように、「ぼくはジョイスよりもロレンスに近くないのかどうか？　たしかに、ぼくはロレンスに近い。むしろ近すぎる」「ぼくの親近感は、あきらかに、ロレンスのほうに強い」(208) としても、「ジョイスについて、むろんぼくは彼に負うところがある。むろんぼくは彼の影響を受けた。（中略）ぼくをジョイスに惹き寄せたものはジョイスの言語上の天分である（中略）いろいろ言ってはみるものの、ジョイスは依然としてこの分野での巨人である。彼には匹敵

するものがない。ほとんど"怪物"と言ってもいい。」(209) と激賞する。それゆえ、『ネクサス』では、主人公は『ユリシーズ』のモリー・ブルームの独白の部分を読み、「よっぽどその本を失敬して帰ろうかと思った」(254) ほど気に入っているし、『プレクサス』になると、『ダブリン市民』の「死者たち」の引用が繰り返し出てくる (476, 479, 480, 481)。『モロク』の主人公モロクも紙装版『ユリシーズ』を抱えており、友人デイブは「顎のはずれそうなことば」ばかりで、「辞書なしじゃ一ページだって読めなかった」と告白している (214-5)。ジョイスは、つまり、ミラーにとって範となり畏怖すべき大作家だったことが窺え、彼はそのほとんどの著作を読み尽くしている。ちなみに、ジョイスの唯一の戯曲『流鼠の人々』(*Exiles*, 1918) の上演さえ、ネイバフッド・プレイハウス劇場でミラーは見ている (308)。

　『わが読書』には、このほか、辞書の定義の話も出てくる。少年時代にミラーは、前項でみた親友ジョー・オリーガン、この「懐疑主義の塊のようなジョーと、その単語の解釈をめぐって夜の更けるまで議論を闘わした。ぼくが盲信している問題に向って疑問を投げかけるのがジョー・オレガン [オリーガン] のいつもの手で、このときも彼のおかげでぼくも辞書の価値についてだんだん疑いをさしはさむようになった」(43) という。すなわち、言葉への懐疑と深い洞察の姿勢というものも、ミラーはアイリッシュの友人から学んだことがわかる。蛇足になるが、ミラーに「堪えられないほど嫌悪の情を起こさせる」本は、スペンサー (Edmund Spenser, 1552?-99) の『フェアリ・クィーン』(*The Faerie Queene*, 1590, 96) で、「大学でこの本を習ったのだが、中途退学のおかげで通読の厄難を免れ」「金輪際手に触れようと思わない」(25) そうである。スペンサーとその『フェアリ・クィーン』には、植民地支配下のアイルランドの歴史や社会が色濃く投影されており、ミラーがなぜだか蛇蝎視して読まなかったことは、筆者には残念である。

(4) 主要作品のなかのアイルランド人登場人物――とくに『セクサス』について

　さて次に、ミラーの主要作品におけるアイルランド人登場人物を列挙して

みよう。一貫したプロットに欠けると評されるミラー作品では、アイルランド人登場人物の言動もいきおい断片的とならざるを得ないが、一般に予想されるよりもはるかに頻繁に登場することに驚かされる。

(a)『北回帰線』(1934年)
　絵を描くこと以外まったく念頭にない「奇矯な人物」で「痛烈なアイルランド人」画家マーク・スイフト (198)、ポーランド生れで、「父親はアイルランド人」と主張する密入国者らしい娘 (217)、「アイルランド系で、いくらかアイルランドなまりがある」ジョー (270)、この3人が登場するにすぎず、ほとんど注目には値しない。

(b)『南回帰線』(1939年)
　電信会社の守衛のマクガヴァーン老人 (20)、会社の探偵オラーク (28/64)、マッキニー獣医 (131) のほか、ジョー・ゲルハルトの弟ジョニーは「このかいわいの街を構成しているアイルランド人の貧民の典型」(138) で、ジョニーの母親は「自堕落で陽気なアイルランド女」(139) である。また、筆者に興味深く思えるのは、主人公であるわたし（ミラー）自身が、「ひどく咽喉がかわいたので、得意のアイルランド訛りで、「それじゃ、いっぺえ飲むとすべえかの」と、ひとりごとをつぶやき」(89) と、ある一節で、おそらく友人ジョーの物真似なのだろうが、ミラーがアイルランド訛の英語を喋ることができたというのは、発見である（下線は引用者による）。
　アイルランド人登場人物ということでは、他の著作でもかなり頻繁に出てくるマグレガーを取り上げたい誘惑にかられる。だが、マグレガーは、翻訳書のジャケットの説明では「アイルランド人」弁護士とあるものの、『南回帰線』本文には「おそろしく片意地なスコットランド人」(269) という記述があり、いつもの猥談がスコットランド人に関するジョーク (94) であることや、『プレクサス』に「経営者夫妻はスコットランド出身の頑固な長老派教会員で、不愉快なことに、マグレガーの両親を思い出させるようななまりがあった」(31) などから推して、同じケルト系ながら、厳密に言えば、ス

コットランド人かと想像される。猥談がつねに「先行主題であり、また最終主題である」(95) この男は、カーツキル山脈で出会ったスコットランド女の友人で、アグネスという名の「顔はソバカスだらけ」(256) で「融通のきかないアイルランド・カトリックの信者」(259) の女の子を誘惑し、トリックスとコステロ夫人という姉妹と同衾して性的関係を結び、テーブル上のセックスが好みの「飲んだくれのアイルランド女」(269) を、ベッドで (全裸だが) 帽子だけをかぶってお相手するなど、たいそう色好みで愉快な人物だが、アイリッシュではないようだ。

(c)『ネクサス』(1960年)
事務所の簿記係パディ・マーアニーは「アイルランド・カトリックの信者で、世評の通り偏屈で、理屈っぽくて、喧嘩好きで、ぼくの好かない性質ばかり目についた」が、出身地が近いことがわかって「大いに意気投合した」(197)。前述の色男マグレガーが真剣に恋をする相手、女教師グエルダは「スコットランド系アイルランド人じゃないかと思う」(319)。「スコットランド系アイルランド人」という表現まで出てくると、アイリッシュの定義そのものの厳密な検討が必要とされるかも知れないが。

(d)『プレクサス』(1953年)
アイルランドの詩人・小説家ジェイムズ・スティーヴンズ (James Stephens, 1882-1950) の『黄金の壺』(*The Crock of Gold*, 1912) 第3章が長々と引用され、哲学者と農民ミーホール・マクマラッシュの対話の朗読は、カレンを笑いの痙攣に誘う。また、古代ケルトの「ドルイドの魔法伝説」(329)、「ドルーイド僧」(342) も言及される。とくに、終盤近くで、「不思議なことに、ぼくは骨の髄までアイルランド人になったような気がした。ちょっぴりジョイス、ちょっぴりブラーニーの石、たわごとを少々――そして「エリン・ゴー・ブラー」」(477) と、主人公ミラーが束の間にせよ、自分をアイルランド人に重ね合わせ、一体化の喜悦に浸っている件があり、『南回帰線』で見たような、〈アイルランド訛を喋るミラー〉像と連なって、精神的にアイルランド人に

第3部　アイルランド文学の越境する地平

近いものを、ミラーが自己の中に見ていたのではと想像させる。さらに言えば、元学校教師のレストラン経営者ローリンズ氏に彼が気に入られたのは、『わが読書』の章で既に見たように、「なによりもアイルランド作家に対するぼくの愛好にあったことは疑いない。イエイツ、シング、ロード・ダンセニー、レイディー・グレゴリー、オケイシー、ジョイスなどを読んでいるということで、彼はぼくを話せる仲間と思いこんだのである」(502)。そして極めつけは、ある酒場での二人の男の激論の場面で、ダブリンとケリー出身の「骨の髄までアイルランド人」の二人が法王や進化論を巡って口論しているところへ、盲目のハープ奏者も加わる場面があり、ここはさながら『ユリシーズ』の一場面――たとえば、キアナンの酒場が舞台となる第12挿話「キュクロプス」――を読んでいるような気にさえさせる。バーテンが主人公ミラーに囁くには、

　　みんなでたらめの芝居ですよ。あの連中だってその気になりゃ、まともなことがしゃべれるんです。頭はとびきりいいんだから。狂言をやるのが好きなだけですよ。(中略) アイルランドだなんて言いやがって……三人とも、アイルランドなんて一度も見たこともねえくせに。(中略) やつらが好きなのは無駄話なんです。法王、ダーウィン、カンガルー――全部お開きのとおりですからね。なにについて話そうと、まるっきり意味をなさねえんだ。昨日は水力学と便秘の治療法。その前の日はイースターの暴動。それがまた全部どえらいたわごととごっちゃになってるんですからね。(547-548)

こうしたアイルランド人の饒舌癖、『ネクサス』のエルフェインバイン氏の言う「聖なるたわごと」は、実は、穿って言えば、ミラー自身の文体の特徴そのものではないだろうか。「言葉の駆使の上でもジョイスよりもラブレーを採る」とミラーは言うが、その饒舌は、ジョイスの――少なくとも、実験言語による『フィネガンズ・ウェイク』に辿りつく前の――描く、アイリッシュの日常的な饒舌に極めて近いように思えてならないのだが。

(e)『セクサス』(1949年)

　『セクサス』では、やや長い引用を行って、アイリッシュへのミラーの姿勢を考えてみたい。この作品では、大別すると、警官、神父、刑事という国家・宗教権力の執行者によって象徴される男性原理と、ダンサー、不感症の妻、欲動に流される酔客に描かれた現世快楽的な女性原理とが、巧みに提示されている。まず、アイリッシュの男たちの描写を取り上げよう。最初の長い引用は、野外でのラブ・シーンを咎める警官（台詞のなかに神父への言及もある）、続いては、主人公が二人の女性と飲んでいる酒場に不意に現れたモナハンという初対面の刑事で、彼は主人公の手をとって、画家にしては華奢すぎるし、音楽家の手でもないから、あんたは作家だろうと推理を働かせ、執拗に会話を迫る場面である。

　とたんに愚鈍なアイルランド人の重々しい靴音がした。／「そこの二人、ちょっと待ちたまえ」と彼は声をかけてきた。「どこへ行くつもりかね？」／「何ですか？」と、ぼくはさもうるさそうなふりをして言った。「散歩してるんですよ、わかりませんかね」／「きみたちが散歩をはじめたときから」と彼は言った。「本署まで連行しようと思っていたんだ。きみたちはここを何だと思っているんだ――ここは種付場かね？」／ぼくは彼がいったい何のことを話しているのかさっぱりわからないというふりをした。アイルランド人の警官なので、それが彼をかんかんに怒らせた。」（中略）「ところで、いささか立ち入りすぎるようだが、あんたは、どこの教会へ行っておいでかね？」／ぼくは急いでわれわれの街角にあるカトリックの教会の名をあげて返事をした。／「それじゃ、あんたはオマレイ神父さんの信徒じゃないか！なぜそのことをまっさきに言ってくれなかったのかね。いや、まったく、あんただって教区の恥になるようなことはいやでしょうが」／もしこのことがオマレイ神父さんの耳にはいったら、ぼくは破滅だろう、とぼくは言った。／「それで、あんたがたはオマレイ神父さんの教会で結婚したんですね？」／「はあ、神――いや、警官、そうなんです。去年の四月に結婚したんです。」（中略）マーラとぼくとは、あわてて彼の手に数枚の紙幣を押しこみ、彼の親切に礼を言って電光のごとく駆け出した。／「きみも一緒にうちへきたほうがいいと

239

第3部　アイルランド文学の越境する地平

思う」とぼくは言った。「おれたちのやったのが十分でなかったら、あいつ、訪ねてくるかもしれないからね。ああいう汚い畜生どもが何で信用できるもんか。オマレイ神父なんて糞くらえだ！」(164-166)

ぼくは半ば興味をもって、半ばいらいらしてうなずいていた。彼は例の直截的な態度がぼくの反感をそそるアイルランド人の典型であった。なぜか？　なぜいけないのか？　どうしてそうなるのか？　どういう意味か？　などと、いやおうなしにたたみかけてくる態度が、ぼくには予想できた。(190)

前者では、アイリッシュの警察官（警察一般に対するものかもしれないが）や聖職者に対するミラーの激しい嫌悪が、賄賂を貪る偽善者扱いの描写に顕著である。ミラーは他の著作でも、刑務所の服役囚に芸術的独創性を潰すような作業課題を与えているアイルランド人司祭を批判するなど、アイリッシュ・カトリックに攻撃的である。後者の短い引用文は、馴々しい態度で議論をふっかけるアイリッシュの刑事の底知れぬ屈折した微笑――「あのアイルランド人特有の不可解な微笑」「あたたかさと、まごころと、当惑と、暴力の入りまじった微笑」(190)――に辟易としているミラー自身の姿が彷彿とされる。
　続いて、アイリッシュの女たちの描写を見よう。マーラと同じホテルで寝ていた同僚ダンサーのフローリについて次のような描写がある。

ストッキングだけの恰好で約百三ポンド。百三ポンドの貪欲あくなき肉体。競馬の馬にのる酔っぱらいの芸術家。アイルランド産のふしだら女。パン助と言ってもいい。(71)

体重47キロそこそこ、割に瘦身のこのフローリは、ドイツ人の医者の恋人をみつけ、ときどき主人公たちと外食をともにする女性である。（もっとも人種は〈ドイツ人〉と明示されながら、この男は「典型的なアイルランド人づらをした、色の生白い、なによりもブロードウェイ・タイプの弱々しそうな男」(188)であると、矛盾した説明がついているのが滑稽である。）

第 1 章　アメリカ作家とアイルランド

　また、精力絶倫男マグレガーの女房モリーについては、

　　テス・モリーは、いわゆるお人よしのアイルランド系のおひきずりであった。およそこれほど不器量な女も見たことがない。胸幅が広く、あばた面で、頭髪はうすくてこわかった。(禿げかかっているのだ。) 陽気で、不精で、すぐにも喧嘩をおっぱじめかねない女である。マグレガーがこの女と結婚したのも、もっぱら実用的な理由からであった。この二人は義理にもたがいに愛しあっているような様子は見せたことがなかった。二人のあいだには動物的な愛情すらなかった。というのも、これは結婚して間もなく彼が進んでぼくに説明してくれたことだが、彼女にとっては性のことなど何の意味もないからである。ちょいちょいゆすぶりまわされるのはいとわないが、何のよろこびも感じなかった。「あなた、もうすんだの？」と彼女は時折きく。彼があんまり時間をかけすぎると、何か飲みものか食べものを持ってきてくれとせがんだりした。(130)

　最後に三番街のフランス・イタリア料理店で偶然に居合わせ、行きずりの情事へと展開していくアイルランド人女性客の挿話も印象的である。

　　しばらくすると、そこにいるのは、ぼくと、もうすっかり酔っている大柄のアイルランド女の二人きりになった。ぼくらはカトリック教会について奇妙な会話をはじめたが、その話のあいだじゅう彼女は詩のリフレーンのようにこう言っていた——「法王さまはいいけれど、でもあたしはあの方のお尻にキスするのだけはごめんだわ」／しまいに彼女は椅子をうしろへ押しのけ、よろめきながら立ちあがって、手洗所のほうへ歩いて行こうとした。

　主人公ミラーは、親切心から男女兼用のトイレまで泥酔の彼女を支えて連れて行くと、便器に座ることから、下着を降ろすことまで頼まれ、大小の用を足す間、ぎゅっと手をつかまれていた (お尻を拭くことだけは辛うじて免れたが)。「下着を引きあげてやるとき、僕の手がさわった。それはなかなか誘惑

241

第3部　アイルランド文学の越境する地平

的だった。しかし、においがひどすぎて、そういう考えは、とても起きなかった」(435)。テーブルに戻り、コーヒーを飲むと徐々に酔いが醒め、彼女はお礼に自宅まで送り届けてくれたら、自分は「悪い女」でも「商売女」でもないけれど、喜んで身を捧げる、と喋り続ける。

　　女は、とりとめもなく話題を変えながら、そんな独白をいつまでもつづけた。ひょっとしたらこの女は大きなホテルの交換台で働いているのかもしれない、とぼくは想像した。それに、アイルランド系の肌の感じからいっても、まんざらわるくはなかった。正直のところ、アルコールっ気さえすっかりぬければ、かなり魅力的な女になりそうだった。碧い眼と、真っ黒な髪をもっていて、笑いかたには、いたずらっぽい茶目っ気があった。(436)

そこでその気になった主人公は、タクシーで女のアパートまで行く。

　　彼女が裸体に近い姿で鏡の前に立ったのを見て、その美しい身体つきを認めないわけにはいかなかった。二つの乳房は白くまるく張りきっており、乳首は明るい苺色であった。

ところが、肌着を脱がそうとすると彼女は恥ずかしがり、「あたし、やっとあれが終わるところなのよ」と言い添えた。「これがぼくにとっては決定的だった。目の前にゼニタムシがひろがって行くのを見た。ぼくはすっかりうろたえた。」「肌着をとると、黒っぽい血痕が目についた。絶対に、こいつとはいやだ、とぼくは思った。法王の尻にキスするなんて——とんでもないことだ！」(437) そこでぼくは、石鹸で女の体を洗ってはやったが、浴槽で女が寛いでいる隙に、煙草をさがすふりをして、一目散にアパートから逃げ出したのだった。

最初に見た、娼婦のようなフローリと不感症の醜女の女房モリーとの対照も見事だが、この酔客の挿話はいかにもミラーらしさが如実に出ている。排泄や生理といった人間の根源的な活動がむきだしに描かれてはいても、決し

第1章　アメリカ作家とアイルランド

てそのままスカトロジーや倒錯した（生理中の女性との）性交渉へと堕することなく、酔払いカトリック信者の信仰の皮膜の下にうごめく性への衝動と、それに圧倒され慌てて逃げ出すミラーの滑稽さが強調されているからである。アイリッシュの男たちが体現する政治・宗教的権力への敵視、女たちがみせる露骨な生への愛着と反発、こうしたものが『セクサス』のアイルランド人登場人物の描写から感じられる。

(f)『モロク』

　主人公ディオン・モロクは、「あのエメラルド島（アイルランドのこと）からのぶらんこアーティストのような、衒学的なサディストではない」(9)と、アイルランド人の資質は冒頭で否認される。反ユダヤ的傾向をもつ彼は、ユダヤ人が不潔なのは、「アイルランド人が貧乏だったり、カソリックが無知だったりするのと同じくらい自然なことなのだ」(137) とアイルランド人への偏見も隠さない。昔知っていた女性の家を下心を抱いて訪ねて行くとき、自分のイニシャルＤＭをもじって、〈ダニー・モーガン〉というアイルランド系の偽名を名乗る (216) が、これなども、アイリッシュと悪事や犯罪が結びつきやすいという不見識な考えが念頭にあるらしい。

　幻の処女小説と評されるこの作品では、前項の『セクサス』で見たように、アイルランド人警官が槍玉に上がる。「ひっどく酔いがまわっちまったもんで、外に空気を吸いに出た。そこへ図体のでっけえアイルランド系のオマワリがやってきたんで、こっちは愛想よくして話しかけてやったんだ。何を話したかぁ覚えてねぇんだけど。何か宗教がらみのことだったのかな。……とにかく、こっちが弁解すればするほど、向こうはろくでもなくなってきてさ。あんな間抜けは見たことねぇよ。でお、ありゃあそういう連中だもんな。」(218) と、モロクは自分に殴りかかった暴力警官の話を持ち出している。この警官とは多分別人と思われるが、マリガン巡査なる警官も登場し、インドから来たハリ・ダスの目を通して、居丈高な人種差別主義者として描かれている。この巡査を懐柔しようと、「イギリスの支配者どもの不正の話でいこうか、それともアイルランドの経済的なジレンマの話か？」(18) と迷うハ

243

リ・ダスを巡査は一喝し、ぼんやりと巡回をつづけるのだが、その間、「あの糞イギリス人どもに侵略されるまで、アイルランドがなんと「とてつもねえいい国」だったかを考えていた」(19) と、描写されている。

(5) オフラハティの『密告者』へのミラーの反応

最後に、アイルランド作家オフラハティ (Liam O'Flaherty, 1896-1984) 原作の『密告者』(The Informer, 1925) をミラーがどのように受けとめたかを考察してみよう。もっとも、この小説自体はミラーは読んでおらず、ジョン・フォード (John Ford, 1895-1973) 監督の1935年の映画化作品を見た訳だが、この作品は、主人公ノーラン (Gypo Nolan) が、金のために警察に密告して仲間のIRAメンバーを売り渡す話である。『わが読書』では、主人公を演じたマクラグレン (Victor McLaglen) の容貌が、敬愛するフランス作家サンドラルスに似ているという一節がある (60)。伝記作家ロバート・ファーガソンによれば[16]、ミラーはこの映画をたいそう気に入って、画家ヒラー (Hilaire Hiler) 宛ての書簡（1935年10月12日）で以下のようにその感想を記した。

> その演技を見ながら、僕が思ったのは、精神分析には限界があるということだ。主人公は街をうろつき、好き勝手な事をして、みんなをこけにしてる！ 精神分析は哀れな反芻動物たちをたくさん治癒してしかるべきだったのにね、そうじゃないか？

ミラーのフロイト嫌いは有名で、この手紙にも窺える精神分析批判は、画業を経済的事情から断念し、フロイト入門書を出版しようとしたヒラーに、翻意を促す手紙をかつて（1933年11月）出したことを踏まえている。これに対してヒラーが『密告者』への熱狂を揶揄する返事をよこし、ミラーは11月20日の返信でさらに敷衍して以下のように綴っている。

> あの映画は精神分析に終止符を打つと言ったとき、僕の意味していたのは、

第1章　アメリカ作家とアイルランド

僕にとって、あの24時間の無法と自由の中に道徳的なものが存在するということだ。もし僕が裁判官であって、世間でなければ、彼は自由の身になっていたことだろう。僕ならば彼を高い身分に上げてやり、将来の脅威を取り除いてやりさえしていただろう。

　ファーガソンによれば、ミラーにとってこの映画の美しさは、知性という名の牢獄からの主人公の24時間の完全な自由、そのためになら、たとえ後に処刑されようとも、「仲間や国家を裏切るに値し、愛する女を失っても、死んでも惜しくない」自由にあった。「たとえ彼が僕の祖母をファックしたとしても」、主人公の行動が無制限に許されるのは、ひとえに彼がまさしく自分の望むことをしているからである、という。ミラーが特に強調しているのは、主人公ノーランが、他の登場人物たちから「公然とではないが暗黙裡に」許されている様子であり、周囲の人々がみな主人公をひそかに羨望しているとミラーの目に映ったことである。〈傍観者たちの羨望に気づくこと〉、これがミラーにとって重要な意味を持つのは、前年の『北回帰線』(1934)にいくら世間の悪評が浴びせられても、その背後に潜む羨望を感じ取れるならば、彼の才能と自由は本物であったことを保証するものとなるからだろう。それゆえミラーは、『密告者』ノーランを擁護し、逆に人間の自由を封殺する体制を批判して、次のように言う。「刹那の弱さや、恐怖心、強欲ゆえに殺人を犯す人間は好きだが、法律の代弁者だからと言って冷血に殺人を行う人間は好きではない。そんな連中は糞食らえだ!」——ミラーがかくも賞賛した、アイリッシュの〈背信の美学〉の傑作『密告者』の詳細な分析に入るには、稿を改めねばならない。

　　ヘンリー・ミラーの著作からの引用は、『モロク』を除いては、すべて新潮社『ヘンリー・ミラー全集』により、括弧内に頁数を付した。具体的には、『ヘンリー・ミラー全集1　北回帰線』(1965/73年)、『ヘンリー・ミラー全集2　南回帰線』(1965/70年)、『ヘンリー・ミラー全集3　薔薇色の十字架 (1) セクサス』(1966/71年)、『ヘンリー・ミラー全集4　薔薇色の十字架 (2) プレクサス』(1966年)、『ヘンリー・ミラー全集5　薔薇色の十字架 (3) ネクサス』(1967年)、『ヘンリー・ミラー全集9　冷房

第 3 部　アイルランド文学の越境する地平

装置の悪夢』(1967/71年)［以上 6 冊は大久保康雄訳］、『ヘンリー・ミラー全集10　追憶への追憶』(1968年)［飛田茂雄訳］『ヘンリー・ミラー全集11　わが読書』(1966/72年)［田中西二郎訳］。『モロク』は山形浩生訳、大栄出版、1994年。

3　アナイス・ニン——アイルランド作家との接点

(1) はじめに

　前節でミラーのアイルランドとの関わりを論じた以上、彼と親交の深かったアナイス・ニン (Anaïs Nin, 1903-77) についても同様の考察を挑むのは筆者にとって自然ななりゆきだった。しかしながら、先回りして言えば、このフランス生れの女性作家の足跡を丹念に辿り、膨大な日記を縦覧しても、アイルランドという国やその人々全般に彼女が特別な関心を寄せた事実はついに発掘できずに終わった。
　それでも、伝記によれば、1914年夏にパリからアメリカ移住したニンは、ニューヨークのジョン・ジャスパー校在学時代の1917年春・14歳のときに、敬慕していた級友のジョン・オコンネル (John O'Connell) が実は自分のことが好きなのだと、2歳下の弟トルヴァルト (Thorvald) から聞いて、乗っていたぶらんこから落っこちそうになるほどびっくりし、本当かどうか3度も聞き返している[17]。オコンネルという姓から判断してアイリッシュと推測されるこの級友は、「二年間ものに憑かれたように父を恋こがれた後で、ついに苦しみに疲れ果て、明るさを取り戻し（中略）明るくなった彼女はアイルランドの青年と、つぎにヴァイオリニストと恋をした[18]」と、『人工の冬』(1939) のなかで語られている一節の、前者のアイルランド青年のことだろうと思われる。偏愛する父親ホァキンに棄てられたニンが代償的に選んだその青年は面影や気質が父親に似ていたのだろうか。ピアニスト・作曲家でもあった父親の音楽家のイメージは、次の〈ヴァイオリニスト〉との恋愛においても追い続けられたように思える。さらに16歳の頃には、「学校では友達ができた。

第1章　アメリカ作家とアイルランド

アイルランド系の少女とユダヤ人の少女だった。わたしは彼女たちと一緒に午後を過ごした。セントラル・パークでスケートをしたり、校内誌のための原稿を書いたりした[19]」とあり、(氏名不詳ながら)アイルランド人の女友達もできたことがわかる。

のちにニン作品をアメリカで紹介したり、ロレンスに影響を受けて1938年に文芸季刊誌『不死鳥』(The Phoenix) をウッドストックの一室で印刷・刊行したジェイムズ・クーニー (James Cooney, 1908-1985) もやはりアイルランド系アメリカ人であった[20]。また、ミラーを介してアイルランド系アメリカ人のジョー・オリーガンともニンは面識があり、1935年4月18日の日記には、「私は、ジューンのなかで実現され、ジューンの内部にある、私の劇的な自我が好きだった。ヘンリーは、ジョー・オリーガンの内部にある自分自身の弱さが好きだった[21]」と、鋭い人間観察をしている。後年には「背の高い、アイルランド人のような顔をしたリアリー[22]」、すなわち対抗文化の教祖ティモシィ・リアリー (Timothy Leary, 1920-96) との接点もあったようだ。

ニンが古代ケルト文化にとくに興味を抱いたとは思わないが、『近親相姦の家』には、なぜだか、以下のようなドルイドへの言及がある (下線部は引用者による)。

　　　　わたしは気ちがいの女。家々がわたしにウィンクして、その腹を開いてみせてくれる。意味はあらゆるところにひそんでいる。ぞっとするような気味の悪さが、物事の底にかならずひそんでいるように。じめついた小路の奥から、暗い顔のなかから、意味はあらわれてくる。見なれぬ家の窓から身を乗り出してくる。わたしは、永遠に失われて、しかも忘れることのできないあるものの形を、再構築しようと努めている。街角で過去の匂いをつかまえる。そして明日生まれる人間に気づく。窓の向こうにいるのは敵か崇拝者だ。どっちつかずのもの、受け身のものはないのだ。かならず意図と計画がある。ただの石でさえわたしにはドルイドの遺跡の石のように見える。[23]

だが、これら以外にはめぼしい記述は見当たらない。敢えてアイルランドとの関連を探すならば、アイルランド作家のジョイス (James Joyce, 1882-1941)

247

やワイルド (Oscar Wilde, 1854-1900) の影響関係を指摘する研究書があり、本節ではそれを糸口に、その指摘の当否を検証・確認してみたい。あわせて、レベッカ・ウェスト (Dame Rebecca West, 1892-1983) との出会いにおける、ささやかな挿話にも言及する。

(2) ニンとジョイス

(a) ジョイス忌避の姿勢

　ニンは1925年の22歳の誕生日には、ウォートン (Edith Wharton, 1862-1937) を読むことこそが「真の誕生日」だとして、モダニズム文学全盛の風潮に背を向けて、あえてリアリズム文学を耽読していたらしい。彼女の日記を斜め読みした限りでは、ドストエフスキーをよく読んでいる印象も受ける。そういう読書傾向を知ってか、夫のヒューゴー ("Hugo", Hugh Parker Guiler, 1898-1985) は、話題作『ユリシーズ』(*Ulysses*, 1922) を当時愛読していたけれど、「彼女のカトリックの感受性と取り澄ました性格を知っていたので」、ニンに読むように勧めはしなかったという[24]。スコットランド人両親のもと、（アイリッシュの多い）ボストンに生まれ、エジンバラで教育を受けたこともあるヒューゴーにとっては、ダブリンの1日を描く小説は民族的親近感を抱かせるに十分だっただろうが、ニンはいっこうに関心を示さなかった。自分の著作が、たとえばアポリネールやランボー、ヴェルレーヌに比較されるとすぐに読み耽ったものの、プルーストやジョイスを熱をこめて読むことはなかったという[25]。既に前節でみたように、ジョイス賛賛に関してはミラーの方がニンより圧倒的に強く、ニンの方はジョイスを「偉大なるスタイリストだが、時として俗っぽい」と考えていたのだという[26]。

　ジョイス受容におけるこの感受性の相違を雄弁に物語る逸話が、ニンの『ヘンリー＆ジューン』には出てくる。

　　この間書いたものを、ヘンリーに読んでもらう。よく分からない、という顔をしている。「この錦織りの裏側に、華麗な言語のほかに、何かあるのか

第1章　アメリカ作家とアイルランド

い？」分かってもらえないとしたら悲しい。私は説明を始める。「しかし、手掛かりになるようなものを何か入れておくべきだな。読者が君の意図に辿りつくためにはね。このままだと、いきなり、迷路の真ん中に放り出されたみたいで、読むほうは面くらっちまう。まあ、百遍は読まないといけない」

「百遍も読む人なんか、いるかしら？」やっぱり悲しい。でも、ジェームズ・ジョイスの『ユリシーズ』とか、厖大な数の『ユリシーズ』研究書みたいな例もあるんだから。[27]

　同じように晦渋な迷路仕立ての作品でありながら、かたや専門家諸氏に熟読玩味され、かたや著者自らが解説役を買って出ねばならぬ落差の悲哀。世間の評価の定着した文豪に対する、ニンの素直な羨望がこだまするくだりであろう。

　もっとも、ニンは1935年の夏ごろ、フランケル (Michael Fraenkel, 1896-1957) の紹介でシルヴィア・ビーチ書店において、ジェイムズ・ジョイス本人と妻のノラに会っている。フランケル談によれば、ジョイスの方もミラーの著作を賞賛していたという[28]。雑誌 *Transition* (1927-38) にはジョイスの『進行中の作品』(のちの『フィネガンズ・ウェイク』) が掲載され、この雑誌購読を通して、ニンはモダニズム作品にも次第に親近感を抱くようになっていたものの、肝心のジョイスはあまり読まなかったようだ[29]。このように、若い頃はジョイス作品を敬して遠ざけた感のあるニンだが、60代半ばの1968年には、ロサンゼルス『オープンシティ』(5月1日) において、マルグリット・ヤング著『いとしのマッキントッシュ嬢』の書評のなかで、堂々とこんなことを書いている。

　　ジョイスがアイルランドの民間伝承のために完成させたのと同じ神話の不朽の名声を、彼女 [＝ヤング] もまた、生粋のアメリカの民間伝承のために、為し遂げたが、それはジョイスが彼女の創作の着想に感化したわけではなかった。彼女のインスピレーションは、あくまでアメリカだった。(中略) ジョイスの作品中人物がアイルランド人であるように、彼女の場合もみなアメリカ人、アメリカ特有のハイコメディの感覚、行過ぎと生々しさ。[30]

249

第3部　アイルランド文学の越境する地平

　上記引用ではジョイス作品は特定されていないが、少なくとも30代以降のある時期になって、ニンがジョイスをきちんと読んだことを示唆する証拠と言えるだろう。

(b)「ねずみ」とジョイス作品
　さて冒頭、ある研究書に、ニンにおけるジョイス作品の影響関係の指摘があると記したが、それは以下の記述である。

　　「ねずみ」の非常に簡潔な文体 (super-simple style) や人道的な調子は、初期のジョイスを彷彿とさせ、「ねずみ」の主人公と、ジョイスの『ダブリンの市民』の「土くれ」のマライア (Maria) や「イヴリン」のイヴリン (Eveline) と、よく似てはいないだろうか。[31]

　　状況はこの両作品よりむしろ「下宿屋」に近いが、結末はジョイス作品とは異なる。ニンは序文において、「「ねずみ」においてこそ、私を夢から連れ出してくれる人間性の糸が初めて現れるのです。女中に対する私の感情は人間的だったのですが、どう扱ったらよいのか、分からなかったのです」と記している。[32]

　すなわち、ニンの短編集『ガラスの鐘の下で』(1944年) 所収の「ねずみ」("The Mouse") と、ジョイス初期短編のいくつかが類似しているという指摘である。
　だが、比較考察すればすぐに明らかになるのだが、この指摘は必ずしも説得力に富むものとは言えない。「土くれ」は、プロテスタントの洗濯屋に勤務するカトリックの中年女中マライアが、万霊節宵祭に知人一家を訪ねて一晩を過ごす話で、大事な土産物を電車に置き忘れたり、占い遊びで不吉な〈土〉に触れたりと、やや閉塞した展開はあるものの、マライアに対する周囲の人々の心づかいの感じられる作品である。「イヴリン」は、母親に先立たれた後、2人の弟たちを世話してきた19歳の健気な娘が、酔払いで粗暴な

第 1 章 アメリカ作家とアイルランド

父を捨て、船乗りとブエノスアイレスに向けて駆け落ちしようとして波止場まで来るものの、土壇場になって翻意する話。「下宿屋」は女主人のムーニー夫人が、娘ポリーと深い仲になった下宿人ドーランを強引に娘と縁組させる話である。第一の引用の指摘にあるように、簡潔な文体（例えば、「ねずみ」の最後の 5 つの文はすべて、余韻にとむ体言止め）と人道的調子（つまり、著者である「私」が人道的、という自画自賛になるが）はよしとしても、このジョイス 3 作品とニンの「ねずみ」の主人公たちの、どのあたりに評者が類似点を見いだしたのかは、筆者にはよく理解できない。ニンの「ねずみ」はそれほど異質で、暗い主題に貫かれているからである。

　「ねずみ」の舞台はセーヌ川に係留してあるハウス・ボート。標題の「ねずみ」は小動物ではなく、「私」の雑用係としてボートに住み込んでいる、「細い脚と、大きなバストと、驚いているような目をした小柄な女[33]」の渾名である。「ねずみ色の目」で、「ねずみ色の (mouse-colored) セーター、スカート、エプロン[34]」「ねずみ色の (soft gray) 寝室用スリッパ」を身にまとい、追われているように始終びくびく怯えている姿はまさにねずみそのもの。「私」は彼女の恐怖心を解こうと、寛大な態度を示すのだが、相手はいっそう疑心暗鬼になる始末。さて、一週間ほど「私」がボートを留守にしたあとのこと、ねずみが腹痛を訴える。かかりつけの医者は義足をつけた傷痍軍人で、ボートへの往診を嫌がったが、ともかく彼の診察と当人の告白によって、留守中にねずみが軍人の婚約者と関係を持ったために妊娠してしまい、アンモニアを使う素人医学で堕胎をはかったことが判明した。やがて、ねずみは高熱を発し、「私」は入院を勧める。鞄への荷造りの最中、ねずみが日頃、着服していた「私」の小間物が次から次に出てきて、私は苦笑する。訪ねた最初の病院はねずみの受入れを拒み、次の病院でも身元に関する質問ばかりで、すでに出血していたねずみは、果たしていつになったら診療を受けられるのか分からない。ただただ、怯えるだけの哀れなねずみだった。

　以上の粗筋から明らかなように、ねずみと形容されている小間使は、これまで世間からひどい仕打ちにあってきたために、容易には他人の善意を受け入れることのできない姑息な性分が身についてしまっている。そして〈猫の

251

第3部　アイルランド文学の越境する地平

いぬ間に〉求めた束の間の快楽の罠にかかり、いっそう惨めな境遇に陥っている。この作品では、「蛋民」や「小間使」階級に代表される貧困者に対する社会的偏見や、医療福祉現場での差別的待遇の問題、ニン自身と思われる「私」（1936年からニンはハウス・ボート生活を送り、37年2月にはアルネルチーヌという名の小間使を雇っている）と小間使の間の越えられない心の壁の問題などが浮き彫りにされている。

　さて議論を、この小間使の「ねずみ」に限ってジョイス作品の主人公たちと比較するならば、仲裁上手な人気者で、確立した自我をもち、決して奴隷根性に堕していない点でマライアは「ねずみ」とは異なるし、船乗りとの運命の賭けに無謀に身を投じない点でイヴリンも「ねずみ」ではない。（イヴリンがこの船乗りとデートで見た、アイルランド人作曲家バルフ [Michael W. Balfe, 1808-70] 作のオペラ『ボヘミアの娘』[*The Bohemian Girl*, 1843] のなかの歌曲「夢に見き」を、マライアが小さな震え声で熱唱しているのはこの意味で示唆的である。恋人を拒絶したイヴリンの辿る運命は、良縁に恵まれぬままに人生を終えようとするマライアの辿る運命と重なることを暗示する。マライアが、自分の境遇に相応しくないと判断した2、3番の歌詞を無意識に省略したように、「ねずみ」もまた、ケルトのブルターニュ民謡を決しておしまいまで歌い切ることがなかった。）さらに、「下宿屋」のムーニー夫人にいたっては、「ひとりで事を決められる女、つまり気の強い女」で、体軀も「堂々たる大女」だし、家事手伝い中の19歳の娘ポリーも、タイピストの活発な女性で、三十男のドーランに操こそ奪われたが、堕胎はおろか懐妊の兆候や不安もない。

　それにひきかえ、ニンの「ねずみ」は、ある意味では病的な被害妄想にとらわれた小間使の、類型的な悲劇だといえる。したがって、彼女との精神的共通点はジョイスの他の人物には見いだしがたく、しいていえば、マライアの身体的な特徴が、「灰色がかった緑の目」で「ほんとうにちいさな、ちいさな女だけれど、鼻はとても長い。顎もとても長い。彼女はすこし鼻にかかった声で、いつも、なだめるような話しかたをする。《そうなんですよ、あなた》とか、《ちがいますよ、あなた》とか。[35]」と描写されている点が、小柄で、小動物のなき声を連想させるような相槌だけの寡黙な（「ねずみ」はそれで

第 1 章　アメリカ作家とアイルランド

も、喋るときには数週間分を一気にまくしたてて喋っているが）仕事ぶりが似てなくもない。だが、これとてもきわめてありふれた特徴であり、顕著な類似とは決していえないだろう。それよりも、作品全体の基調(トーン)が、ジョイスの『ダブリンの市民』とは些か異質な感じがする。麻痺した小都市の生活を描いたとされるジョイス作品には、沈滞や憂鬱、挫折感はあっても、どこかしら一縷の希望がほの見え、けっして「ねずみ」のような暗澹たる絶望感や並外れて悲惨な雰囲気はない。(むしろ「ねずみ」の絶望感は、たとえば、寒い冬の日、愛しい孫に死なれたというのに、思いきり泣く場所さえ見つからない老掃除婦の孤独を描いた、マンスフィールド (Katherine Mansfield, 1888-1923) の短編「パーカーおばあさんの人生」("Life of Ma Parker") に通じるものがあるように思える。)

(c)　その他の〈ねずみ〉作品

　このことは、同じく「ねずみ」"The Mouse" と題された有名な短編で、(アイルランド系でないのが残念だが) イギリスの技巧派作家サキ (Saki, 1870-1916) の手になるものと比べれば歴然とする。サキの「ハツカネズミ」では、ある小心な中年男が秋の午前に乗った列車内で、自分の衣服の中にネズミが紛れ込んでいるのに気づく。幸い、同じ車室に乗り合わせた同年配の女性はぐっすり居眠り中。毛布で間仕切りをし、上半身裸になってネズミを追い出すのに男は成功する。だがその瞬間、毛布がどさりと落ち、女性は目を覚ます。急いで毛布をまとい懸命に言い訳をするが、女性は超然とした受け答えで意に介さず、そのままの状態で、やがて終着駅が近づく。羞恥心で一杯になりながらも、脱いだ服を女性の眼前で慌てて着直すと、その女性が曰く、駅で赤帽を呼んで下さいませんか、私は盲人ですので……と落ちがつく。

　この短編に登場するネズミはもちろん本物のネズミで、男の背中を猛然とよじ登る様が、次のようにユーモラスに活写される。

　　一方、ハツカネズミの方は遊歴修行時代を二、三分間の努力で片付けたいらしい様子だ。もし輪廻転生の説が真実だとすれば、このハツカネズミは前世で山岳会に所属していたにちがいない。[36]

253

第3部　アイルランド文学の越境する地平

全体の叙述の調子といい、話の結末といい、サキの短編では滑稽な小道具としてネズミが使用されている。

一方、北アイルランド作家シェイマス・ディーン (Seamus Deane, 1940-) の自伝的小説 Reading in the Dark (1996; 邦訳『闇の中で』) のなかにも、「ねずみたち」(Rats) という挿話[37]があり、犬と火でねずみ退治をする陰惨で悪臭にみちた描写がなされているのが、サキとは好対照に印象的である。

筆者の結論から言えば、貧しい人々を乾いた文体で描いた点を別にして、ニンのこの初期作品「ねずみ」がジョイスの『ダブリンの市民』のなかの指摘された登場人物とよく似ているという印象は薄い。ただ、この比較では判然としないものの、ニンの文体についての解説文で、「英語が本来持っている規則性あるいは文法性、統語性、象徴の用い方などをすべて壊すことから、彼女のスタイルは始まっていった[38]」とか、「ミラーの言う、英語のようには見えない英語[39]」というニンに対する統語論的論評は、実はこれまで、ジョイスの後期文体について為されてきた論調と奇しくも同じであることには留意する価値があるだろう。ここでは触れる余裕はないが、フランス語を母語としたニンの、英語による創作の営みは、英語を酷使したジョイスの言語実験と、きっと通底するものがあるからであろう。

(3) ニンとワイルド

ジョイスとの関連を指摘した前述の書には、実はワイルドの影響について、「『近親相姦の家』には、ワイルドの『ドリアン・グレイ』を連想させる一節がある[40]」と、短い言及がある。それは多分、『近親相姦の家』の次の箇所であろう。

　　ジャンヌ姉さん、ぼくは絵にかこまれて眠ってしまった。ぼくはそこで何年間も座り込んで、姉さんの肖像に見とれていた。ぼくはあなたの肖像に恋してしまったよ、ジャンヌ姉さん。肖像はけっして変わらないのだもの。ぼ

254

第1章　アメリカ作家とアイルランド

くは姉さんが歳老いていくのが恐いんだよ。ぼくは、けっして変わらない、なくなりもしない姉さんに恋したんだ。ぼくは姉さんが死ねばいいと思った。そうすればだれもぼくから姉さんを奪うことができない。だから絵に描かれた姉さんを恋するんだよ。絵のなかでは姉さんは永遠に変わらないからね。[41]

　自画像以外の絵は所持しないドリアン・グレイには、「絵にかこまれて眠る」ことはありえないし、むしろ絵の方が変化して、自分自身はいつまでも若くて美しい姿のままでいたいという不条理な願いがかなえられ、肖像画が醜く老いていくのに怯えた彼は、絵を衝立で隠したり、階上の部屋にしまいこんだりしたくらいで、引用した箇所の状況は、必ずしもワイルド的な逆説ではないけれども、少なくとも絵に不可思議な異変が生じる前に、無垢なドリアンが漏らした以下の感慨は、芸術作品において不朽のものとなった〈永遠の美〉の認識に相通じるものがあるだろう。

　　悲しいことだ！　やがてぼくは年をとって醜悪な姿になる。ところが、この絵はいつまでも若さを失わない。きょうという六月のある一日以上に年をとりはしないのだ。[42]

　ニンが『日記』のなかで「オスカー・ワイルドのように、私は作品の中に芸術のみを、人生の中に天才を注ぎこんだ」（4巻, p. 176．）といみじくも記しているように、芸術に対するニンの感性には、フランス語論理による警句をちりばめた文章技巧も含めて、ワイルドに極めて近いものがあったに違いない。

(4)　ニンとレベッカ・ウェスト

　政治評論家、フェミニズムの論客、ジャーナリスト、知的小説家と多彩な活躍をしたレベッカ・ウェストとアナイス・ニンとの間に親交があったことは周知の事実であり、『私のD. H. ロレンス論』（1932年）のなかでもレベッ

255

第3部　アイルランド文学の越境する地平

カ作品を引用している[43]。しかし、レベッカ・ウェストが〈アイルランド系作家〉であり、自らのアイルランド人としてのアイデンティティに絶えず葛藤してきた、と言えば、意外に思われるかもしれない。実際、レベッカは自らのアイルランド人性と闘ってきた作家なのである。

　アングロ・アイリッシュの両親のもとロンドンに生まれた彼女は、アイルランド人に対して、ちょうどアメリカ南部の人々が黒人に対して抱くような気持ちを感じていたと評される。すなわち、「私には彼ら［＝アイルランド人］は、種類を異にする、不愉快な人種のように思え、心を入れ替えて忠実な僕(しもべ)にならない限りは好きになれない[44]」という、根の深い民族偏見に満ちた言葉を語ったこともあるという。

　大戦後には、ナチスに荷担したアイリッシュのウィリアム・ジョイス[45] (William Joyce, 1906-46) に下された死刑判決をレベッカは断固として支持し、自己のアイルランド性との葛藤に和解の道を見つけるのは、晩年80歳のアイルランド旅行[46]の折とされるが、ニンと直接に関係しない事柄なので、この点は注記に譲ることにする。このレベッカとニンは、1934年に3度目の出会いをしている。時にレベッカ42歳、ニン31歳。当初、ヘンリー・ミラー評価をめぐって意見を異にした二人だが、このときにはお互いの身の上や父親、受けた教育の話に花が咲いた。興味深いのは、レベッカがニンに、「私はたたきあげなのよ。9歳のときに父親が蒸発して、家族を捨てたから」とすすんで打ち明けたことで、ゆくりなくも「彼女の過去と私の過去は矢のような軌跡を描き、他の人なら何年もかかるような地点に、一瞬のうちに私たちは立った」と、ほとんど同じ境遇の者に期せずして出会えた喜びをニンは記している。さらにもうひとつ注目したいのは、このデートの別れ際に、レベッカの口調が「低いアイルランド人の声」にかわったことにニンが気がついたとされる点である[47]。レベッカのなかにもともと潜み、彼女がたえず嫌悪していた内なるアイルランド人性が、ニンとの率直な生い立ちの語らいを通して、無意識のうちに呼び覚まされたといえば、大仰な解釈だろうか。アイリッシュ・アイデンティティの問題にこだわってきた筆者には、単なる〈アイルランド訛り〉の露見ではない、「声」の変容とその認識は、味わい深い逸話

第 1 章　アメリカ作家とアイルランド

に感じられてならない。

(5) おわりに

　アナイス・ニンにまつわるアイルランド的要素を探し回ったあげく、資料不足でまたしても浅薄な表層作文にしかならなかった、という謗りは免れない。ミラーや後にみるダレルのように、アイルランド人登場人物を配置することのなかったニンを、同じ切り口で考察すること自体が土台、無理なアプローチだったかもしれない。ただ筆者としては、甘い声のニンの朗読テープを流しながら、〈アイルランド探し〉を念頭に門外漢の気楽さでアナイス・ニンを読み進め、その一方で、例えば、幼児期の父親喪失がニンにもたらした苦悩の言い尽くせぬ深さをのぞくことができたのは、二人の幼い娘を持つ我が身に、ずっしりと重たい、将来の教訓にもなった。〈父を探す息子〉の旅ならそれこそ『ユリシーズ』の世界だが、〈父を求める娘〉の主題が、アイルランド文学作品にあるだろうか、あるとすればやはり、筆者に馴染みの薄い女性作家たちの作品だろうか、などと想像をふくらませたりもした。筆者の知る範囲では、たとえば、映画『ブルックリン横丁』の原作である、ベティ・スミス (Betty Smith, 1896-1972) の *A Tree Grows in Brooklyn* (1943) は、死んだ父に似た赤ん坊を授かるように神に祈る少女フランシーの姿を通して、いくぶん綿密に父親と娘の絆を掘り下げているが、エドナ・オブライエン (Edna O'Brien, 1932-) はやはり母と娘の葛藤を描く作家であろうし、ジェニファ・ジョンストン (Jennifer Johnston, 1930-) は *The Railway Station Man* (1984) の献辞を劇作家の父親 (Denis Johnston, 1901-84) に「54年間の愛と賞賛をこめて」捧げているが、決してエディプス的父娘関係ではなかったようだ。アナイス・ニンが味わった、父親の長年の失踪後の再会のような特殊な境遇は他に類例を見いだしにくいだろうが、この〈父を求める娘〉の主題の探求は、今後の筆者の課題としたい。

第3部　アイルランド文学の越境する地平

4　ポール・オースター──若き日のダブリン体験

　ポール・オースター (Paul Auster, 1947-) の自叙伝とよぶべきエッセイ『その日暮らし－若き日の挫折の記録』(Hand to Mouth: A Chronicle of Early Failure, 1997) を読むと、彼の初期 (1972年から75年) の詩に「アイルランド」('Ireland') とぶっきらぼうに題された難解な一編[48]がどうして存在するのか、その疑問を解く糸口となることだろう。
　1965年、オースター18歳。高校の卒業式にも出ずに6月初めニュー・ヨークを船出し、コロンビア大学入学の9月までのおよそ2か月半の夏休みを、彼はヨーロッパで一人旅した。ユダヤ教の13歳成人儀式であるバルミツバ (bar mitzvah) の祝い金や誕生日のお小遣い、夏のバイト収入などをため込んで、1,500ドル余りの所持金が懐にはあった。いまなら18万円にすぎない額だが、当時は「ヨーロッパ1日5ドル」の謳い文句もある時代だったから、これで10か月ぐらいは十分やっていけたはず。オースターは倹約して1晩1.40ドルの安ホテルでフランスに1か月、その後 (もっと物価が安かったに違いない) イタリア、スペインとまわり、最後の2週間を過ごしにアイルランドにやってきた。作家志望のオースターがアイルランドに来たのは、ひとえにジョイスと『ユリシーズ』のせいだった。もっとも、『ユリシーズ』をひもといてダブリンを熟知した気になっていたのか、なんの事前計画も立てず、行けばなんとかなるだろう、という感じでダブリンに到着、旅行案内所で紹介された市内南東部ドニーブルック (Donnybrook) のB&Bに投宿した。宿の人とは余り会話もせず、(アイルランド旅行の大きな楽しみと筆者が思う) パブにも一度も足を踏み入れなかった。いや、踏み入れたくとも、彼の足に問題があった。安上がりの徒歩旅行もすでに2か月が経ち、そのころ、オースターの足の指の爪は内側に食い込み、ナイフで刺されるような激痛がしていたという。それにもかかわらず、彼はダブリンの街を跛をひきながら朝から晩まで歩き続けたのだけど。たまたま同じ下宿にアメリカ人の隠居老人がいて、自分の

第 1 章　アメリカ作家とアイルランド

奥さんがオースターと同じ症状を呈した足指の爪をきちんと治療しなかったために「足指癌」にかかり、足や全身に転移した挙げ句に死んでしまった、という不気味な話を幾度も聞かされ、ドニーブルックにある「不治の病の人々の病院」、現代でいうホスピス（ダブリンはホスピス発祥の地）からはつい目をそらせてしまうほどの不安に陥ってしまう。下宿にはこの偏屈爺さんのほかに、同じ日に投宿した26歳のカナダ人女性パット・グレイ (Pat Gray) がいて、ショート・ヘアで無邪気な瞳の、8歳年上のこのお姉さんに一目惚れするが、残念なことに彼女にはアイルランド人の恋人がいた。ところがある夜更けにデートから戻ってきた彼女は、オースターの部屋をノックし、彼に抱きついてきてキスをする……。しかしそれは、ついさっき恋人からプロポーズされた陶酔感による、幸福のお裾分けにすぎず、彼の思慕は結局実らなかった。こうして、ダブリンでの夏の2週間、彼はフェニックス公園で読書し、ジョイスのマーテロ・タワーや浜辺を歩き、リフィー川を何度も交差した。おそらく『ユリシーズ』のなかに出てくる地名を丹念に確かめるようにして歩き回ったのだろう。

　ちょうどそのころ故国アメリカでは、8月11日から17日にかけてロス・アンジェルス南東部のワッツ (the Watts) 地区で黒人の暴動事件が起きていた。黒人酔っ払い運転手を白人警官が逮捕したときのトラブルから8千人の暴徒が放火・略奪・暴行に走り、14日には戒厳令に準じる「暴動状態宣言」が南部に布告され、1万4千人の全州兵を鎮圧のために総動員、34（うち黒人25）人の死者、1032人の重軽傷者を出した事件である。母国でのこの社会不安のニュースを、オースターはオコンネル通りの新聞売店の見出しで知ったという。しかし、そんなニュースよりもオースターの心をとらえて離さなかったのは、たそがれ時のダブリンの街で救世軍の少女が物悲しげに歌う賛美歌の、涙を誘わずにはおかない透き通った声と、それを平然と無視して家路を急ぐ勤め人たちの殺伐たる光景だったという。旅先でよくある靴擦れ、ならぬ「食込み爪」(an ingrown toenail) を我慢してひたすら歩き回る、この2か月半のヨーロッパ感傷旅行でオースターは9キロ以上も痩せた。パリなどでは見知らぬ人々との出会いもあったが、総じて孤独で寂しい旅で、幻聴にも悩まされ、

第3部　アイルランド文学の越境する地平

「大胆で臆病、敏速で不器用、純真で衝動的」と自認する、矛盾だらけの18歳の青年の自己発見の旅だったことがこのエッセイでは語られている。以下に訳出する一節は、ダブリンを訪れたことのある人ならば誰もが首肯し、誰もがしみじみと味わう感慨ではないだろうか。このような文章をオースターが書いてくれていようとは思わなかった。

　　ダブリンは大都市ではない、だから付近の地理に明るくなるのに長くはかからなかった。ぼくの散歩には、強迫感にとらわれたような感じ、飽くことを知らず彷徨し、見知らぬ者たちの間を亡霊のように放浪しようとする強い衝動があって、2週間が経つと、街の通りがぼくにとってまったく個人的なもの、一枚の地図のような、ぼくの内部領域に変容していた。そのあと何年もずっと、就寝前に目を閉じるたびに、ぼくはダブリンに戻っていた。覚醒状態が少しずつ去って、夢うつつの半ば意識がある状態に降りていくにつれて、気がつくとぼくはダブリンにまたいて、例の同じ通りを歩いているのだった。それが何を意味するのか、ぼくにはまったく解釈できない。なにか大事なことがその街でぼくに起こったのだけれども、それがいったい何であるのか正確に指摘することは、これまでついぞできなかった。なにかしら恐ろしいもの、いまにして思えば、まるでその当時の孤独のなか、暗闇をのぞきこんで初めて自分の姿を見出したような、自分自身の深淵との唖然とするような出会いだった。[49]

ダブリンの濡れた石畳の路地裏を幾度となく夢のなかで懐かしく思い浮かべ、朝になって気づくと涙がいつのまにか流れていた時期が筆者にもあったのを思い出す。初めてのダブリンが24歳だった筆者でもそうだから、18歳の卒業旅行で初めてダブリンを経験したオースターにとって、火のような洗礼が魂に刻印されたに違いない。

オースターが小説家としての地歩を築く以前の時期の書評や随筆、対談などをまとめた『空腹の技法』(*The Art of Hunger: Essays, Prefaces, Interviews*) を読むと、ジョイスよりもむしろベケットへの言及が目立つ。混沌を取りこむ新しい芸術形式を探し出すのが芸術家の務めである、とするサミュエル・ベケッ

第 1 章　アメリカ作家とアイルランド

トの台詞の引用[50]（「空腹の芸術」1970年）、さらにはベケットの小説『メルシエとカミエ』におけるフランス語を論じた「ケーキから石へ[51]」(1975年)、あるいは言語自体の内包の差異——〈もう自転車の車輪はない〉という台詞をフランス語と英語で表現した場合の意味のずれ——に関するベケットの指摘[52]、1972年か73年に『メルシエとカミエ』の英訳を終えたばかりのベケットにオースターが初めて会って、熱狂的にその感動を伝えたところ、ベケットから本当にそう思うのかと念を押されて、「サミュエル・ベケットほどの人でさえ、自分の作品はわからないんだ[53]」と、作家と作品の独立性を実感した感慨、などである。1987年のジョゼフ・マリアとの対談では、興味を抱いた現代散文作家としてカフカとベケットをオースターは挙げ、「二人とも私に対してものすごい呪縛力を持っていた。ベケットの影響などはあまりに強くて、どうやってそこから抜け出せばいいかわからないくらいだった[54]」とまで、傾倒ぶりを告白している。

　フィリップ・ハース監督・脚本によって映画化[55]（1993年）もされた『偶然の音楽』(*The Music of Chance*, 1990) では、主人公のジム・ナッシュはボストン消防署に7年近く勤務したあと、蒸発していた父親の遺産が転がり込んだのを契機に消防士を辞めて放浪の旅に出る。途中、ポーカー賭博の名手ジャック・ポッツィをたまたま車に乗せ、遺産の件を知らない彼は、「アイリッシュ・スィープステークス（※アイルランドの病院が主催する競馬くじ）でも当てたか？[56]」と訊いている。〈ボストン〉〈消防士〉〈アイリッシュ・スィープステークス〉の3語は、ナッシュのアイルランド人の可能性を匂わせる。ナッシュはポッツィのポーカーの天分を当てに賭け金1万ドルを提供し、著名な大富豪宅に乗り込む。この富豪とは、6、7年前にペンシルベニア州の宝くじを共同買いして2700万ドル（30億円相当）を当てて大金持ちになったビル・フラワーとウィリアム・ストーンである。なにしろ、30億円。二人の金の使途は半端ではない。ビル・フラワー曰く、

　ちょうどアイルランド西部におったときでした。ある日、車で田舎を回って

第 3 部　アイルランド文学の越境する地平

　いて、十五世紀の城に行きあたったんです。城といっても、実のところは石ころの山にすぎません。それが小さな谷間、あちらじゃ峡谷(グレン)と言うんですが、そこにぽつねんと立っておるわけです。実に情けない、見るも無惨な荒れようで、何だかひどく不憫に思えちまいましてね。で、かいつまんで申せばですな、そいつを買いとってアメリカへ送らせることにしたわけです。もちろん時間はかかりましたよ。持ち主はマルドゥーンていう名の偏屈者でしてね、パトリック・ロード・マルドゥーン、当然ながらなかなか売りたがらない。口説き落とすにはだいぶ手間どりました。だがまあ、最後は金が物を言います。結局はこっちの思いどおりになりました。城の石をトラックに積んで——向こうじゃローリーって言うんですな——コークまで運んで船に載せて、海を越えてこっちまで持ってきて、もう一度ローリーに積んで——こっちじゃトラックって言うわけですがね！——ここペンシルベニアの森のなか、わしらのささやかな住居まで持ってきたわけです。すごいでしょう？　何やかやと、ずいぶん金はかかりましたぞ。でもまあ仕方ありません。石は一万個以上あったわけだし、それだけたくさんあれば船荷としてどれだけ重くなるかも想像がつくでしょう。金は問題じゃないんだから、そんなことで気に病んでもはじまらん。先日やっと到着しましてな。まだ一か月も経っておりません。こうやってわしらが喋ってるあいだも、城がこの地所に眠っておるのです。敷地の北側の野原にね。諸君、考えてもみてください。オリヴァー・クロムウェルによって破壊された、十五世紀のアイルランドの城ですぞ。きわめて重要な歴史的廃墟であり、それをウィリーとわしとで所有しておるのです。[57]

　しかし、その一万個の石を材料にまったく同じ城を復元するのは不可能と判断した彼らは、石を用いた壁を、より正確には壁の形をした記念碑を作ろうという奇妙な計画を立案していたのだった。富豪との賭けに敗れたナッシュとポッツィは、この壁造りの労役によって負債を払うことを余儀なくされる。アイルランド西部のコネマラ地方には防風のために瓦礫の塀が幾重にも張り巡らされているが、広大な敷地に無目的に建造されるこの〈嘆きの壁〉はいっそう荒涼たる趣を呈している。しかしながら、この石を積む作業は、いかに徒労とはいえ、秩序を生み出す創造的な営みであり、アナーキーな破壊作業ではない。

第1章　アメリカ作家とアイルランド

『リヴァイアサン』(Leviathan, 1992) では、これとは対照的に、アメリカ各地の「自由の女神」像を爆弾で破壊し、自らもウィスコンシン州の路上で自爆してしまう男ベンジャミン・サックスが主人公であり、彼の体内には半分アイリッシュの血が流れている。

> 彼の父親は東欧系のユダヤ人で、母親はアイルランド系カトリック教徒だった。彼らの先祖も惨事によってこの地に導かれたが（1840年代のジャガイモ飢饉、1880年代のユダヤ人大量虐殺）、祖先についてはそれ以上のことはわからない。僕の母親の先祖をボストンに行かせた責任は一人の詩人にある、と彼は好んで言っていたが、これは単に、サー・ウォルター・ローリーが十六世紀にジャガイモをアイルランドに導入し、結果として三百年後に飢饉を招いたことになるという事実に触れているにすぎない。[58]

『偶然の音楽』では主題となる石の壁のゆかりの古城の国としてアイルランドが選ばれ、『リヴァイアサン』では移民たちの心の支えであるべき「自由の女神」像を爆破する主人公にアイルランド人の血が注入され、さらに、オースターの最初の監督作品である『ルル・オン・ザ・ブリッジ』(Lulu on the Bridge, 1998) になると、舞台は文字通りにアイルランドに回帰する。暗闇で浮遊し、青白い神秘の光を放つ〈石〉を偶然手に入れた主人公が愛した女性シリア・バーンズは、女優志願のウェイトレスだったが、ドイツの劇作家ヴェーデキント (Frank Wedekind, 1864-1918) の『パンドラの箱[59]』(Die Buchse der Pandora, 1904) の再映画化に際して、主人公ルルの大役をつかむ。この映画ロケが、なぜだかアイルランドのダブリンで行なわれるため、一足先に彼女はエア・リンガス機でアイルランド入りする。しかしロケ13日目になって、謎の石を狙うギャング団に追われ、リフィー川にかかるヘイ・ペニー・ブリッジ (The Ha'penny Bridge) で、川に飛び込む（シーン64）。（ちなみに、先ほどの〈石〉は少し前にリフィー川に彼女の手で捨てられている。別の石ではあるが、『偶然の音楽』においては石はアイルランドから持ち出され、『ルル・オン・ザ・ブリッジ』ではアイルランドに持ち込まれている。）ダブリン観光名所でもあるこの簡素な鉄製の橋は、きっとオースター自身、卒業旅行の折に『ユリシーズ』を思い起こし

第3部 アイルランド文学の越境する地平

ながら何度も渡ったことがあるのだろう[60]。併録されたインタヴューでは、なぜ「アイルランド」ロケなのか、についてオースターは言及していないが、プロデューサーのピーター・ニューマンの話では、「ポールは橋のシーンをアイルランドで撮りたがっていた[61]」そうで、オースターのこだわりを知ることができる。面白いのは、このプロデューサーは前作『スペーストラッカーズ』というアイルランド・ロケのSF映画で、アイルランドに投資していた制作費800万ドルが忽然と行方不明になる財政的苦境を味わい、「アイルランドでの映画制作なんて二度と企てないだろうと確信していた[62]」人物だったことである。「かの地へ戻ることは神をも恐れぬ行為ではないかと心配だった[63]」このアイルランド・ロケは、案の定「過去十年間で最悪の天気」に見舞われたものの、なんとか1998年1月4日に終了したという。

今後も精力的に執筆を続けるであろうオースターが、次にはどのような形でアイルランド体験を取り込み、アイルランドへの慕情を反映させていくのか、注目したい。

注
1) J. R. LeMaster and Donald D. Kummings (eds.), *Walt Whitman: An Encyclopedia* (New York & London: Garland Publishing, 1998), pp. 320-321. 該当項目の執筆者はWilla Murphy（ノートル・ダム大学）。
2) もちろん、古代ケルトの伝統にホイットマンが傾倒しなかったわけではない。むしろ、1881年11月の日記を読むと、黒い空に差し込む月の光や疾走する薄雲の織り成す光景を「オシアン風の夜」と形容し、遠くにいる友人や死んだ友人、古きもの、過ぎ去りしものを思い出すよすがとしていることがわかる。(『ホイットマン自選日記（下）』、岩波文庫、1968/92年、pp. 197-199.)
3) 1865年12月の日記には、ピーター・ドイルというアイルランド生れの鉄道馬車の車掌が言及される。ワシントンから往復10マイルにもなるような長い散歩を、ホイットマンはこの素朴な青年「ピート」とともに楽しんだらしい。「美しい月夜、固くならされた完全な軍用道路の上を——あるいは日曜日に——わたしたちはこのような散歩をした。決して忘れられないだろう」(『ホイットマン自選日記（上）』、岩波文庫、1967/92年、p. 163, 240.)
4) Richard Ellmann, *Oscar Wilde* (London: Hamish Hamilton, 1987), pp. 159-160.
5) George Moore, *Hail and Farewell: Ave, Salve, Vale* (Toronto: Macmillan of Canada, 1976), p. 652.

第1章　アメリカ作家とアイルランド

6)『アメリカ文学作家作品事典』(本の友社、1991)、p. 713.
7) Jay Martin, *Always Merry and Bright: The Life of Henry Miller* (London: Sheldon Press, 1979), p. 61.
8) Ibid., p. 65.
9) Ibid., p. 280.
10) Ibid., p. 330.
11) Ibid., p. 336.
12) ヴァルター・シュミーレ（深田甫訳）『ヘンリー・ミラー』(理想社 1967)、p. 20.
13) 上掲書, p. 306.
14) ヘンリー・ミラー（吉田健一訳）『暗い春』(福武文庫、1986年)、pp. 154-5.
15) Robert Ferguson, *Henry Miller: a life* (New York: W. W. Norton & Company, 1993), p. 159.
16) Ibid., pp. 241-2.
17) Noel Riley Fitch, *Anaïs: The Erotic Life of Anaïs Nin* (London: Abacus, 1994/6), p. 24.
18) 木村淳子訳『アナイス・ニン　コレクションⅢ　人工の冬』(鳥影社、1994年)、p. 103.
19) 原　真佐子訳『アナイス・ニンの日記　ヘンリー・ミラーとパリで』(河出書房新社、1974/9年)、p. 235.
20) *Nearer the Moon: The Unexpurgated Diary of Anaïs Nin, 1937-1939* (New York: Harcourt Brace & Company, 1996), p. 378.
21) *Fire: The Unexpurgated Diary of Anaïs Nin, 1934-1937* (New York: Harcourt Brace & Company, 1995), p. 70.
22) Noel Riley Fitch, p. 364.
23) 木村淳子訳『アナイス・ニン　コレクションⅡ　近親相姦の家』(鳥影社、1995年)、p. 45.
24) Noel Riley Fitch, p. 61.
25) Deirdre Bair, *Anaïs Nin: A Biography* (New York: G. P. Putnam's Sons, 1995), p. 70.
26) Ibid., p. 126.
27) 杉崎和子訳『ヘンリー＆ジューン』(角川文庫、1990年)、p. 350.
28) Deirdre Bair, p. 213.
29) Ibid., p. 94.
30) 山本豊子訳『アナイス・ニン　コレクション別巻　心優しき男性を讃えて』(鳥影社、1997年)、p. 161.
31) Oliver Evans, *Anaïs Nin* (Carbondale and Edwardsville: Southern Illinois University Press, 1968), pp. 70-71.
32) Ibid., p. 207.
33) 木村淳子訳『アナイス・ニン　コレクションⅣ　ガラスの鐘の下で』(鳥影社、1994年)、p. 33.
34) 上掲書、p. 34.

第3部　アイルランド文学の越境する地平

35)『ダブリンの市民』(高松雄一訳、福武文庫、1987年)、p. 127.
36) サキ (中西秀男訳)『ザ・ベスト・オブ・サキ　I』(筑摩書房、1988年)、p. 54.
37) シェイマス・ディーン (横山貞子訳)『闇の中で』(晶文社、1999年)、pp. 91-95.
38) 木村淳子訳『アナイス・ニン　コレクションⅡ　近親相姦の家』(鳥影社、1995年)、p. 89.
39) 上掲書、p. 90.
40) Oliver Evans, p. 41.
41)『アナイス・ニン　コレクションⅡ　近親相姦の家』、p. 66.
42) オスカー・ワイルド (福田恆存訳)『ドリアン・グレイの肖像』(新潮文庫、1962/82 年)、p. 44.
43) 木村淳子訳『アナイス・ニン　コレクションⅠ　私のD. H. ロレンス論』(鳥影社、1997年)、p. 41.
44) Carl Rollyson, *Rebecca West: A Life* (New York: Scribner, 1996), p. 244.
45) 第2次大戦中にドイツからイギリスに向けて宣伝放送をし、'Germany calling' が 'Chairmanny calling' と聞こえるような、上流階級の独特な間延びした英語発音で喋るのにちなんで「ホーホー卿」(Lord Haw Haw) の渾名をもつ、この人物は、アイルランド人を父親 (母はイングランド人) に持ち、ブルックリン生れで、幼い頃はアイルランドのゴールウェイに住んでいた。1922年にイギリス移住、33年モウズリー (Sir Oswald Mosley, 1896-1980) のイギリス・ファシスト連合に加入し、ゴールウェイ生れと偽ってイギリス旅券を取得、37年に連合を除籍されると、みずからイギリス国家社会党を創設してヒトラーを崇拝した。大戦前にドイツへ行き、1939年9月から45年4月にかけてハンブルグ・ラジオ局からプロパガンダ放送を行った。ナチスドイツの宣伝相ゲッベルス (Joseph Paul Goebbels, 1897-1945) の計らいで終戦間際に変装逃亡したが、ドイツ北部フレンスブルクで英軍の捕虜となり、45年ロンドンの中央刑事裁判所 (the Old Bailey) で裁かれ、有罪判決を受けて46年1月3日絞首台で処刑された。その後、1976年11月に遺骸は故郷ゴールウェイに埋葬され直した。裁判ではアメリカ生れを弁明に用いたが、1940年7月まで有効の偽造旅券が仇になって、放送に関係した9か月間の反逆罪が成立してしまった。トマス・キルロイ (Thomas Kilroy, 1934-) の戯曲『裏切り』(*Double Cross*, 1986) は、このウィリアム・ジョイスを描いている。
　余談になるが、ナチスのプロパガンダ放送は徹底的で、驚いたことには、中立国アイルランドに向けて、連夜〈アイルランド語〉による放送も流されていた。David O'Donoghue, *Hitler's Irish Voices: The Story of German Radio's Wartime Irish Service* (Belfast: Beyond the Pale Publications, 1998) を参照。
　さて、レベッカはこのジョイスを「小柄できびきびとジグを踊るようなアイルランド人で、醜男だがファイトにあふれている。被告席にはふんぞりかえって出入りし、とても度胸があって、法廷で訴えるときには非常に威厳のある様子だった」と描写している。これは敵を称えるだけでなく、内なるアイルランド人性と格闘してきたレベッカ自身とその孤立感を賞賛する台詞とも解釈できるだろう。(Carl Rollyson, p. 244.)
46) レベッカ・ウェストは、1971年9月アイルランドに2週間の旅をする。7歳上の姉レティ (Lettie Fairfield) を伴って、彼女の本名 Cicily Isabel Fairfield [Andrews] にある、実家 Fairfield 家のルーツ探しが目的だった。〈レベッカ・ウェスト〉はイプ

第 1 章　アメリカ作家とアイルランド

センの 4 幕劇『ロスメルスホルム』[*Rosmersholm*, 1886年刊、1887年初演] の情熱的主人公の名前に由来する筆名。）9 月 4 日ダブリン到着。ジェイムズ・ジョイスやイェイツの悪口を言い、イェイツを「水晶玉を覗いて占いをする変わり者」とこき下ろすなど、自治の能力もないくせにイギリスを非難ばかりして両国関係をいつもこじらせてきたと考えるアイルランド人に対しては、好意的な発言のかけらもなく、それまで一度もアイルランドを訪れたことさえなかった彼女だが、晩年の友人ロウズ (A. L. Rowse) は、レベッカの暖かく寛大な性格や機知にとむ言葉（たとえば、「アイルランドは男性解放運動の国ね。彼らはブラをつけようとしないもの」）をアイルランド的と考え、「外からは気づかないかもしれないけれど、彼女を理解する鍵は、彼女が半分スコットランド人、半分アイルランド人だったこと」(Carl Rollyson, p. 244) と評している。途中、おなかをこわして下痢をしたり、高齢姉妹の散々な旅だったが、ようやく西部のケリー州の風景に接して、ユーゴスラビアやメキシコと同じように美しいと賛嘆し、古びた住まいのなかで、家系図を示しながら一族の昔話を遠い従兄弟たちから聞き、寛いだという。晩年の回想録では、「アイルランド史は絶え間ない混乱の歴史である。それに比べれば、メキシコはクェイカー的（謹厳）だ」とも記している。(Carl Rollyson, p. 377.)

47) Carl Rollyson, p. 163.
48) *Selected Poems* (London: Faber and Faber, 1998, p. 41. 原詩は次の通り。
Turf-spent, moor-abandoned you, / you, the more naked one, bathed in the dark / of the greenly overrun / deep-glen, of the gray bed / my ghost / pilfered from the mouths / of stones — bestow on me the silence / to shoulder the wings of rooks, allow me / to pass through here again / and breathe the rankly dealt-with air / that still traffics in your shame, / give me the right to destroy you / on the tongue that impales / our harvest, the merciless / acres of cold. /
49) Paul Auster, *Hand to Mouth: A Chronicle of Early Failure* (London: Faber and Faber, 1997), p. 22.
50) ポール・オースター（柴田元幸・畔柳和代訳）『空腹の技法』（新潮社、2000年）、pp. 16-7.
51) 上掲書、pp. 88-95.
52) 上掲書、p. 219.
53) 上掲書、p. 330.
54) 上掲書、p. 278.
55) ナッシュ役にマンディ・パディンキン、ポッツィ役にジェイムズ・スペイダー。ラストにオースターも特別出演している。
56) ポール・オースター（柴田元幸訳）『偶然の音楽』（新潮社、1998年）、p. 81.
57) 上掲書、pp. 110-111.
58) ポール・オースター（柴田元幸訳）『リヴァイアサン』（新潮社、1999年）、p. 39.
59) ブルジョアジーの男達を次々と破滅させる魔性の女として、『地霊』(*Der Erdgeist*, 1895) に続く〈ルル二部作〉の後編。
60) ジョイスの『ユリシーズ』の中では、第10挿話「さまよう岩々」において、この橋は「金属橋」(metal bridge) という普通名詞で用いられている。

第3部　アイルランド文学の越境する地平

He (=Mr Dedalus) put on his glasses and gazed towards the metal bridge an instant. ― There he is, by God, he said, arse and pockets. /Ben Dollard's loose blue cutaway and square hat above large slops crossed the quay in full gait from the metal bridge.
[James Joyce, *Ulysses* (Penguin Books, 1982), p. 243.]
　彼は眼鏡をかけて、メタル橋のほうをちょっとみつめた。
　――あれは確かにやつだよ、と彼は言った。尻もポケットもそっくりやつのだ。
　だぶだぶズボンの上にたるんだ青いモーニングコートを着こんで、シルクハットをかぶったベン・ドラードが、メタル橋から現れ、大股に河岸を突っ切った。
　　　（丸谷才一・永川玲二・高松雄一訳『ユリシーズⅠ』集英社、1996年、p. 592.）

　この鋳鉄製の歩道橋は、イングランド中西部シュロップシア (Shropshire) 出身の鉄工職人ジョン・ウィンザー (John Windsor) によって1816年に作られたもので、もともとは Wellington Bridge と命名され（多分1815年6月18日の Waterloo 戦勝を記念して）だが、今日、正式名称は Liffey Bridge である。半ペニー橋の異名は、創設当時、通行料として半ペニーが徴収されたことに由来するもので、徴税は1919年に廃止された。従って『ユリシーズ』の描く1904年当時はまだ徴収されていたことになる。
Sonya Newland (Text), Bill Doyle (Photographs), *Ireland* (New York: Barnes & Noble Books, 1999), p. 159.
61) ポール・オースター（畔柳和代訳）『ルル・オン・ザ・ブリッジ』（新潮文庫、1998年）、p. 268.
62) 上掲書、pp. 258-9.
63) 上掲書、p. 272.

参考文献
Anaïs Nin, *Under a Glass Bell* (Penguin, 1978), pp. 24-32.
Steven R. Serafin (ed.), *Encyclopedia of World Literature in the 20th Century* Vol. 3 (Farmington Hills, MI: St. James Press, 1999), pp. 391-93.
『アメリカ文学作家作品事典』（本の友社、1991年）、pp. 454-55.
『世界文学大事典3』（集英社、1997年）、pp. 304-5.

　なお、ホイットマンとアイルランドの関係については以下に記す興味深い研究書が刊行された。筆者はこの本を、本書校正段階で入手したので、その内容を取りこむことはできなかったが、参考までに掲げる。

Joann P. Krieg, *Whitman and the Irish* (Iowa City: University of Iowa Press, 2000), 273pp.

第2章　イギリス作家とアイルランド

1　エドワード・リア——『ナンセンスの絵本』のアイルランド人

　ナンセンス詩人や細密画家として、あるいは大家族の20番目の子という驚くべき逸話でも知られるエドワード・リア (Edward Lear, 1812-88) は、13代ダービー伯爵の経済的庇護を受けて、珍鳥・珍獣の彩色画を描いたり、イタリアやギリシアを旅行して風景画や油彩を数多く残しているが、1835年、23歳のころには Oxonian の友人スタンリー (Arthur Penrhyn Stanley, 1815-81) ——のち (1864年) にウエストミンスターの主任司祭となる人物で、彼の父は素人の動物学者で1836年には *Familiar History of Birds* を刊行している——とともに、アイルランド旅行をしている[1]。この旅行の詳しい記録は残存していないようだが、書簡から判断すると、二人はウイックロウ山中に分け入り、〈2つの湖の峡谷〉を意味するグレンダロウ (Glendalough) とセブン・チャーチィズ (the Seven Churches) を見物したようだ。見物と言っても、ウイックロウには標高3,039 m の Lugnaquilla Mt. や、2,302 m の Table Mt. も西方にそびえ、決して楽な行程ではなかったはずであり、ある老女に助けてもらって、危険な岩肌を裸足で登ったという記述もみえる[2]。グレンダロウでは、St Kiven's [*sic*; =Kevin's] Cave の伝説を歌ったトマス・ムーアの詩をガイドが高らかに朗誦するのを耳を傾け、そのガイドは、大きな石の十字架に脚をからませるように二人に勧めたという（そうすると美人妻と財産に恵まれるという言い伝えがあるらしい。）リアはスケッチブックに「すり鉢山」(*Sugar Loaf Moutain*) の素描などを描きため、なかでも「ウイックロウ山頂」(*Wicklow Head*) は秀作 (a fine drawing) と評されている。

　その後、1857年（45歳のとき）にもアイルランド（ダウン州のニューカースルや

第3部　アイルランド文学の越境する地平

ラウス州のアーディ、中部のタラモア）を訪れ、「美しい廃墟や橋、樹木、道路、水車場、丘、芝地、月桂樹にあふれた[3]」風景に魅了され、絵を描いて過ごしている。とくにアーディ (Ardee) 滞在時には、チチェスター・フォーテスキュー (Chichester Fortesucue) ――1857年から65年まで植民地相次官、のちにアイルランド担当相――の実家である the Red House に厄介になり、85歳ながら矍鑠たる叔母さんのアイルランド流の独特な言い回し（たとえば、通りで友人に呼びかけるときに 'Mimber!' ['Member' の訛りか？] を用いる）に惹かれている。たまたま逗留中に、旧友ホーンビー (Robert Hornby) の訃報に接して、フォーテスキューとともに、テニスン (Alfred Tennyson, 1809-92) の『イン・メモリアム』(In Memoriam, 1850) 全編をある夜、朗読し合ったこともあるという。アイルランドを描いた絵が少ないのは残念だが、画家として初期のリアがアイルランドの景色や田舎言葉を愛でた事実を知るのは嬉しいことである。

　さて、ダービー伯爵の孫たちを楽しませるために作られ、2冊本で各36編からなる匿名本としてもともと出版された――筑摩文庫版[4]では数えてみると全部で113編あるのだけど――という『ナンセンスの絵本』(A Book of Nonsense, 1846) の冒頭の詩が、以下のように、北アイルランドの「デリー」を歌うものであるのは筆者には興味深い。

　　There was an Old Derry down Derry,
　　Who loved to see little folks merry;
　　So he made them a Book,
　　And with laughter they shook
　　At the fun of that Derry down Derry.

軽快な韻律で有名な柳瀬訳を併記しよう。

　　ロンドンデリーのあるおじさん
　　　　いつも子供に笑いを持参
　　それそれ本を書いたわい

270

第2章　イギリス作家とアイルランド

　　すると子供がわーいのわい
　　笑いがなければ作家を辞さん

　リア自身の筆になる挿絵では、男が子どもたちに "Book of NONSENSE" と書かれた〈緑色〉の本を見せている。だとすると、この「ロンドンデリーのあるおじさん」'Old Derry down Derry' とは、作者であるリア自身を表すことになるのだろうか。Levi によれば、そうではなく、この名前はリアが子どものころに見たパントマイム (a mummers' play) のなかの登場人物に由来するのだろう[5]、ということだが、その出典は明らかにされていない。上述したように、リアが2度のアイルランド旅行の折に北西部のデリーまで足をのばしたという確証もない。

　デリーの町はジェイムズ1世によって地元の族長から没収された後、ロンドン市民（商会）に委譲され、多くのプロテスタント移民が移住して城壁を巡らし、〈アイルランド協会〉によって「ロンドンデリー」と名称変更されたのは1613年のことである。したがってリアの時代には、公式には当然 Londonderry だったはずであり、ロンドンっ子のリアがその事情を知らないはずはないが、おそらく韻の関係で Derry が選ばれたものと思われる。「デリー／ロンドンデリー[6]」とは言わないまでも、できれば原文そのままに「デリー」の方で柳瀬氏に訳出してほしかったと願うのは、アイルランド贔屓の無理な注文だろうか。

　この冒頭詩のほかに『ナンセンスの絵本』のなかでアイルランドの地名に言及があるのは、次の19番目と106番目の2編である。

　　There was an Old Man of Kilkenny,
　　Who never had more than a penny;
　　He spent all that money
　　In onions and honey,
　　That wayward Old Man of Kilkenny. (p. 40)
　　There was a Young Lady of Clare,

271

第3部　アイルランド文学の越境する地平

> Who was madly pursued by a Bear;
> When she found she was tired,
> She abruptly expired,
> That unfortunate Lady of Clare. (p. 202)

　僅かな所持金[7]でタマネギと蜂蜜だけを買いこむ風変わりなキルケニー州の老人と、熊に追い回された挙句に疲労困憊で急死してしまう気の毒なクレア州の若い娘——ナンセンスといえばそれまでだけれど、見方を変えれば、前者は案外、滋養に富む安上がり健康法の実践者にも思えるし、後者は「ある日、森のなかクマさんに出会った」の歌詞で始まる童謡を連想したり、昨今の凶悪ストーカーの姿を「熊」に読み込んだり、(最後の落ちは正反対だけど) チェーホフの一幕劇『熊』(*The Bear*) もふと浮かんだりするから不思議である。

　リアが『ナンセンスの絵本』の著者を架空のデリー市民に設定して始めたのは、きっと道化たアイルランド人気質を肯定的にとらえてのことと思われる。ナンセンスなユーモアの源泉がアイルランド精神に発することをリアは見抜いていたのかもしれない。

2　ウォルター・スコット

(1) はじめに

　その逝去をもってロマン主義の終焉と目されるウォルター・スコット (Sir Walter Scott, 1771-1832) がアイルランドでひと夏を過ごしたのは1825年。同年2月にファーガソン (Sir Adam Fergusson) の姪ジェイン (Jane, née Jobson) と結婚し、大尉昇級とともにアイルランドに赴任していた長男ウォルター (Walter, 1801-47) の新婚家庭を訪れるという、極めて私的な意図の旅であったが、それと同時に、全集を編集出版したスウィフト (Jonathan Swift, 1667-1745) の墓参

第2章　イギリス作家とアイルランド

りや、交流のあった閨秀作家エッジワース (Maria Edgeworth, 1767-1849) 表敬も大きな魅力であった。夏の閉廷期を待って、次女アン (Anne, 1803-33) と長女ソフィア (Sophia) の女婿ロッカート (Dr. John Gibson Lockhart, 1794-1854) を荷物係として同伴して7月8日エジンバラ出発、グラスゴウ経由で海路ベルファーストに上陸、14日にダブリンの St. Stephens Green の息子宅を訪問。様々な名士の歓待攻めに会い、各地を見物して8月18日にアイルランドを離れている。物語詩『湖上の美人』(*The Lady of the Lake*, 1810) や長編小説『ロブ・ロイ』(*Rob Roy*, 1817)『ケニルワースの城』(*Kenilworth*, 1820) など、すでに主要作品をほとんど発表し、文豪の名をほしいままにしていたスコット54歳の最後を彩る、快適で愉快なこの旅は、翌1826年に出版所の財政破綻で12万ポンド（12億円相当）もの多額債務を背負い、晩年7年間をひたすら執筆に明け暮れる運命を思えば、作家の生涯の明暗を歴然と分かつ、重要な分岐点となる出来事でもあった。スコットがこのアイルランド旅行でなにを見聞し、当時のアイルランド問題をどのように把握・認識していたかを、主として彼の書簡集[8]や日記、伝記をたよりに考察するのが本節の主旨である。

(2) アイルランド旅行計画の萌芽と曲折

スコットは、ドライデン全集の刊行を終えた1808年ごろからしきりに「聖人の島への巡礼」（Ⅱ.32）の意思を手紙に書き連ねているが、それは「聖パトリック教会首席司祭」（Ⅱ.154）についての資料収集が目的であった。

> スウィフトに関して学べるものを収集すべく緑の愛蘭を訪れるつもりです。(To Lady Abercorn, 1808年3月13日, Ⅱ.32)

> スウィフトに関して収集できるものを残らず手に入れて下さい。現地で実行可能なことの調査にアイルランドに赴き、『カディーナスとヴァネッサ』("Cadenus and Vanessa") のあの難解な章について貴女とじっくりお話したく存じます。(To Lady Louisa Stuart, 同6月16日, Ⅱ.74.)

273

第3部　アイルランド文学の越境する地平

　　スウィフト版にむけて収集を依然続けておりますが、貴女のご援助のもと、
　　アイルランド訪問から大いなる利益をこの仕事で得るものと確言いたします。
　　(To Lady Abercorn, 同10月14日, Ⅱ.94-5)

　　わがスウィフト版を完璧なものにするため、明年、緑の愛蘭(エラン)を訪ねようと
　　真剣に考えています。(To Lady Abercorn, 1809年8月8日, Ⅱ.216.)

しかしながら「あまたのつまらぬ不測の事態」(Ⅱ.385)のせいでこの願望
は実現されぬまま、とうとう1814年7月1日、スウィフト全集19巻が先に刊
行されてしまう。だが実は、その数か月後、スコットは海上から「エメラル
ドの島」(Ⅷ.155)を目前にしている。

　　昨秋ほんの一時、北アイルランド沿岸にでかけ、有名なコーズウェイやベ
　　ンゴーヘッド周辺の景色を見ました。……ロンドンデリー攻防戦はアイルラン
　　ド史のもっとも素晴らしい事件(passages)の一つで、あの記憶すべき折に防壁
　　が破壊された地点をこの目で見たかったのですが。この夏、またヨットで就
　　航する場合には、通例ダブリンと呼ばれるエブラナ(Eblana)をきっと訪れま
　　す。(To Maria Edgeworth, 1815年2月7日, Ⅳ.32.)

スコットのアイルランド初上陸をこのとき妨げたのは、ナポレオン戦争
(1801-15)における英国軍凱旋への熱狂だった。当初は「小型帆船(カター)で美しい
リフィー河とダブリンを訪ね、コークへ就航して陸路ウイックロウ山地やキ
ラニー湖を見る計画だったのですが、緑の愛蘭を見るよりも英国軍の太鼓が
パリの街並みにこだまするのを聞きたいという激しい欲求に圧倒されてしま
ったのです。」(To Matthew Weld Hartstonge, 同年7月26日, Ⅳ.76.) 偶然の一致か、
ロマン派詩人キーツ (John Keats, 1795-1821) も、4年後の1818年7月初旬、北
アイルランドに上陸しながら物価高などを理由にたちまちとんぼ返りしてい
る。だが、前述のように、長男ウォルターが所属する第15軽騎兵連隊がダブ
リンに駐屯することで、ゆくりなくもスコットは約10年ぶりにアイルランド
訪問の好機に再度、恵まれる。ファイフ州(スコットランド東部)出身の資産
家の娘で、「ユーモアに欠け面白みのない女性[9]」としてロッカート夫妻も

274

第2章　イギリス作家とアイルランド

アンも気に入らなかった新婦ジェインと長男との新婚生活の成りゆきがスコットにはいささか気掛かりで、「若い二人がどんな家庭を築いているやら」(To Dorothy Wordsworth, 1825年6月初旬, Ⅸ.130.)、自分の目で見届けたかったらしい。結果的にこの心配は杞憂に終わったものの、スコットがのちに悲しんだことに、ついに長男夫妻は子どもをもうけなかった。

(3) 実現したアイルランド旅行の特徴

(a)　アイルランド人の熱烈な歓迎
「アイルランド人の国」(Pat-land) 到着後、連日のように歓迎晩餐会が催され、26日にはアイルランド総督ウェルズリー卿 (Lord Wellesley) との昼食会まで開かれた。アイルランド人は「その歓待において、こちらが舞い上がるほど親切で (most flatteringly kind)」(Ⅸ.188)、「贔屓の引き倒し、なぐらい (almost killd [sic] with kindness)」(ib. 187)「諺にもなっている、もてなしの良さ (the proverbial hospitality) に圧倒され」(ib. 187)、「我々スコットランド人のもてなしでさえ、アイルランド人にはかないません……客人の食事を料理する薪がなくて、ハープを火にくべたアイルランド人ハープ奏者の物語は嘘ではないと思います」し、とにかく「貴族から農民にいたるまでその住民はたしかに世界一、親切です」(ib. 263)、といった賛辞の羅列からその歓迎ぶりは容易に想像できよう。ダブリンの名門トリニティ・カレッジから法学博士号を授与されたこともスコットには栄誉だった。すでに1820年に Oxbridge 両大学から名誉学位を得ていたものの、12歳で入学したエジンバラ大学古典学部を病気中退、法律は父親の法律事務所で独学で勉強したスコットに、この称号はさぞかし嬉しい勲章だったことだろう。「要するに、今まで自分では気づかなかったなにかが私にはあり、それを発見してくれたことでアイルランド人に勲功を与え始めています」(ib. 188) とやや衒いながらも、「面映ゆいほどの特別待遇と、それにもましてうれしい、暖かい好意で迎えられた」(Ⅸ. 200) と懐かしんだこのアイルランド旅行は、スコットにとってまさに至福の一か月だったようだ。

275

第3部　アイルランド文学の越境する地平

(b)　アイルランド情勢についてのスコットの認識
i)　新保安隊による治安の回復
　スコットのアイルランド行きが17年も遅延した別の理由に、この国の政治・社会情勢の悪化があった。アイルランドは1816年と1822年に小規模な飢饉に見舞われて治安が乱れ、そうでなくとも、スコットの「少年時代は、白衣党員[10]たちがたいそう騒がしかった。アイルランドでは（残念ながら）、白衣党員やライト・ボーイズやデフェンダーズ［カトリック系］やピープオブディボーイズ[11]、その他の凶暴な結社が、国家の平和を乱さずにいたためしがなかった」(To Cornet Walter Scott, 1819年9月, V.483.) し、当時ドイツのベルリンに駐留していた長男宛ての書簡でも、「不名誉で危険かつ困難なアイルランド戦役に目下のところは従事していないことを嬉しく思っています。お前の旧友アイルランド人 (Paddy) はいまや全く頭がおかしくなり危害を及ぼしています――警官16人が宿舎を群衆に包囲され、放火されて4人が死亡、残りも投降せねばなりませんでした。」(For Walter Scott, 1822年3月, Ⅶ.92.) すなわち、「郵便車を襲撃し、喉首をかき切り、民家に火を放つような梳毛職人(カーダー)や脱穀者(スラッシャー)その他の徒党の暴力」(Ⅸ.214) がこの当時は横行していたのである。しかしながら、スコットが訪れた1825年は、「過去においてもっとも物騒だった地域にさえ、治安の観念が根づき始め……主として大規模な武装警察隊によって公安は維持され……彼らは昔のイングランドの愚鈍な警官 (Dogberries)［シェイクスピアの『空騒ぎ』の登場人物が語源］とは違って歩兵や騎馬兵で、われわれの郷士(ヨーマン)そっくりの格好をしています。見て愉快な光景とはいえませんが、少なくとも彼らはしばらくは絶対に必要です。それに仄聞では、この警官たちは厳格な規律を受け、行儀よく振るまいます。……国は各要所で、常備軍のように厳しく統制された制服姿の武装騎馬警官や歩兵警官で完全に埋めつくされており、逃走や抵抗は至難の技に違いないので、かつてのような暴力沙汰が再燃する恐れはまずありません。一昨年たいそう騒乱があった地方をほとんど不安感を抱かず通過しました」(To Mrs. Jobson, 1825年8月16日, Ⅸ.202.) と、スコットは保安隊による治安回復を報告している。

第2章　イギリス作家とアイルランド

　この点を補足すれば、ジョージ3世令で1787年にアイルランドに導入された「郡警察」(barony police) が治安維持に不十分だったため、1814年内務大臣ピール (Sir Robert Peel, 1788-1850) によって「平和維持軍」(the Peace Preservation Force) が創設され、'Peeler' と称す警官が擾乱宣言地方に総督令で派遣されていた（警官を 'Bobby' や 'peeler' と呼ぶのはピールの姓名に因む）。次いで1822年には「州保安隊」(the County Constabulary) も組織された。これは4人の地方視察官を任命、各郡に16人の巡査 (constable) を配属し、アイルランド全土で警察署長313人、巡査5,008人という大規模な布陣で、それぞれの所轄地域の法秩序の維持に当たるものだった[12]。つまり、スコットが訪問した1825年時点のアイルランドには、独立出動の「平和維持軍」と日常実務的な「州保安隊」の2つの警察組織が共存し、スコットがその統制の良さをしきりに感嘆しているのはこの後者なのである。この新しい警察制度がアイルランドにもたらした社会秩序の雰囲気を端的に表すのは次のスコットの言葉だろう。

　　スコットランド人がもはや1745年のスコットランド人でないのと同様に、
　　アイルランド人は1797年のアイルランド人ではないのです。(To John
　　Richardson, 1825年9月16日, IX. 222.)

　〈アイルランドの1797年〉とは、1791年にウルフ・トーン (Wolfe Tone, 1763-98) が結成し、政府の弾圧後、95年に再編された「ユナイテッド・アイリッシュメン」(United Irishmen) による1798年5月の武装蜂起前年の不穏な社会情勢の時期を指す。一方の〈スコットランドの1745年〉は、ジェイムズ2世の孫チャールズ・エドワード・スチュワート (Charles Edward Stuart, 1720-88; 通称 'Bonnie Prince Charlie') がインヴァネス近郊カロッデンの原野でイングランド軍カンバランド公に大敗を喫し、Jacobites の王位挽回の三代にわたる試みが壊滅した年である。翌46年にはタータン模様着衣の禁止令（1785年解除）が発布され、イングランドによるスコットランド文化侵略へとつながるこの敗戦も、スコットにとっては王国の平和の単なる〈擾乱〉としてのみ認識され、革命や反乱の挫折への思い入れなど微塵もないことを如実に物語っ

277

第3部　アイルランド文学の越境する地平

ている。

ii）貧困認識の変化と経済回復兆候への期待

　「土壌はとても肥沃なのに、衣服や身なりが表現しようのないほどみすぼらしい農民たち」(To Mrs. Jobson, Ⅸ. 185.) と、書簡に綴ったのは到着早々の7月14日のことである。ところが「この地に3日間いて、国情に悪影響を与えている諸事情にも〈精通〉し、アイルランドの苦境の信頼できる治療法も一家言持ち合わせていますが、個人的に喜ぶにとどめましょう。ダブリンは期待以上に素晴らしい。城壁の周囲を巡り、豪邸を指折り数えているうちに、熱にうなされるほど体がほてります。この街は荒れ果てていると人々は言いますが、私にはそうした様子は窺えません。ただ、もっとも高貴で富裕な住民が退去して生じた損失は、たしかにある程度感じられます」(To Maria Edgeworth, 7月18日, Ⅸ.190-1) と、貧困の認識は若干弱まり、さらに2週間後には、「まじめくさった悲しい口調で現下のアイルランドの悲惨さを語ることは、ありもしない想像上の病気について語ることです。……表立って目に見える回復の兆しがいくつもあります。すべてが好転しています――新築住宅は、つぶれそうな丸太小屋より百倍も立派ですし、若い世代の農民は古い世代のアイルランド人 (Teagues) が身にまとっていたぼろきれよりはるかに良い身なりをしています……ただ、労賃がとてつもなく低すぎて、貧困労働者層を正当な社会水準以下に追いやっています。……しかしこれもまた好転の途上にあります。」(To John B. S. Morritt, 7月31日, Ⅸ.195-6) その後も、「若者の衣服は昔日のアイルランド人 (Milesian) の衣服のように継ぎはぎだらけではありません」(10月30日, Ⅸ.263) と繰り返され、「私が目にしたものは総じて大きな喜びをもたらしました。この豊かで力強い国の繁栄を余りにも長い間衰弱させてきた逆境が徐々に勢力を落とし、緩やかながら着実な進歩的改善の息吹が、それとなくではあっても効果的に、その悪影響を打ち消そうとしています。今後25年間がアイルランドがかつて経験した成り行きのなかでもっとも重要でしょう」(To Thomas Moore, 8月5日, Ⅸ.198-9) と、アイルランドの近い将来の繁栄さえ予測してみせている。貧困に代表される社会問題についての現状認識の、こうした唐突な変化はいったいなにに起因するのだろうか。

第2章　イギリス作家とアイルランド

　本来、私的家族旅行でありながら公的歓迎を随所で受けた模様を書簡で辿ると、はたしてスコットが、アイルランドの困窮の〈現実〉をつぶさに観察しえたのか、疑問が湧いてくる。また、アイルランドの為政者の側でも、高名な文豪を劣悪な地区へ案内して自国の恥部をことさらにさらけだす真似を誰がするだろうか。スコットにしても、敢えて悲惨を直視したがるはずがない。裕福な弁護士一家に生まれ、アボッツフォード (Abbotsford) の広大な敷地にゴシック風大邸宅を構え、中世の族長の豪壮な暮らしを身をもって再現したこの時期のスコットに、隣国の庶民の赤貧は無縁で、関心の枠外にあったに相違ない。このことを雄弁に物語るのは、「アイルランド農民救援のための婦人委員会」に宛てた、いかにも州知事兼裁判所書記官らしい、木で鼻を括った返書である。

　　私サー・ウォルター・スコットは、世論に基づき捏造された事象を除いては、アイルランド情勢を熟知しないため、立法府および土地保有者が引き続き協力して奮励することこそが、困窮農民に対する効果的救済であり、姉妹諸国の憐憫により提供された不安定な義援金をもってしては、その農民の窮状が救済されるどころか、ことによると増長されるかもしれぬ状況下にそのすぐれた王国［アイルランド］が置かれている事態を懸念するばかりです。
　　（1822年8月25日, Ⅶ. 225.）

　論旨は明快至極である。かつて1811年にはポルトガル難民救済のために詩の収益を寄付した篤志家でありながら、ここでは、議会と地主に全責任を転嫁する建前論で門前払い。アイルランド貧民救済への積極的熱意はこの拒絶文書には感じとれない。同様に、「資産家たちは……賃上げによって、労働者階級の人々の負担を軽減し、犬への割当て、つまりパンの皮と犬小屋、よりもましなものをかれらが受けとる資格があると考えているようです」(To J. B. S. Morrit, 1825年8月25日, Ⅸ. 210) とか、「どうして哀れなアイルランド人が、いまやイングランドだけでなくスコットランドでも、過酷な骨折仕事にばかり従事しなければならないのでしょうか。ここ10年前から、アイルランド人が砂利や煉瓦箱(バラスト)運び、運河掘りなどの作業をほとんど一手に引き受けていま

279

第3部　アイルランド文学の越境する地平

すが、地元住民はそんな仕事を安い賃金では決してやろうとしません。ある程度の服装の節度を保ち、生活様式でも、ある程度の安逸は維持せねばなりませんから」(To Maria Edgeworth, 1827年5月15日, X.211)とスコットが語るとき、まるで他人事のような冷淡さを感じずにはいられないだろう。貧困の現実や貧困を生み出す社会構造をそこまで認識できているならば、あとは解決に向けて行動を起こす意思さえあればよいのだから。

(4) おわりに

　スコットは書簡のなかで、アイルランドが「帝国のいっそう重要な一部に日増しになりつつある、安閑たる確信」(IX.222)を抱き、この西の島が、「王国をなす三国 (the trefoil of Kingdoms) の王妃に必ずなります」(VIII.238)と、連合王国内での高い潜在的可能性に繰り返し言及している。しかし、1801年に連合王国に組み込まれてから25年、スコットのこうした楽観的すぎる期待と裏腹に、人口比40％以上を占めながら議会へは16％ (109/658) の代議員しか送りこめぬ政治的不平等を強いられたアイルランドがこのあと辿った悲劇の歴史は、もはや贅言を要さない。州知事にして裁判所書記官という絶大な権力支配階級、すなわち、王国体制側の保守的価値観をまさに体現する要職にあったスコットにとって、自治や独立を志向する運動は秩序への反逆に他ならず、至れり尽くせりの過剰接待に陶酔する旅程のなかでは、階級闘争というアイルランド問題の本質を長期的客観的に見据える視点や先見の明が、いかに欠落せざるを得なかったかは、これまでの論述で明らかであろう。

3　ラドヤード・キプリング——変節のロイヤリストの年代記

(1) はじめに——キプリング評価の落差
　「平和」が至上の理想とされ、「戦争」が憎悪される現代にあっては、「19世紀末に西洋とアメリカを席巻した、海外拡張と植民地所有の感情」と定義

第2章　イギリス作家とアイルランド

され、世界各地で戦乱を引き起こした「帝国主義」もまた、甚だしく忌避される思想である。たとえ「帝国主義、正気の帝国主義は、大規模な愛国主義にほかならない[13]」という留保がつけられるにしても。戦争は人を狂わせる。戦争が人心に及ぼす魔力的な興奮や熱狂には、たしかに闘争本能に根差す、愛国主義の原型が見いだされる。文学者とて人の子であるから、自国が戦争に突入すれば、兵士を鼓吹する文章をもって、愛国主義を高らかに表明する者がいても少しも不思議ではない。わが国の土井晩翠の『征夷歌三章』（明治37年4月）、漱石の『従軍行』（明治37年5月）、岩野泡鳴の『高地の霊語』（明治38年2月）をその例証として指摘する研究書もある[14]。そして、戦争が終り、甚大な被害と犠牲者の悲惨さを反省する心の余裕が生じると、戦争を支援した人々は唾棄され、疎んじられる。

　インド生れのイギリス人作家ラドヤード・キプリング (Rudyard Kipling, 1865-1936) も、そうした作家の一人であり、評者の立場によって、毀誉褒貶の著しい作家である。たとえば、アルゼンチン作家ホルヘ・ルイス・ボルヘス (Jorge Luis Borges, 1899-1986) のように、キプリングを熱心に擁護する立場もある。「ほとんど黙殺といってもいい慇懃無礼な態度」がキプリングに対してとられ、「ジョイスやヘンリー・ジェイムズに対するときのあの畏敬にみちた調子で恭しく彼の名を口にする批評はない」現状をボルヘスは指摘したうえで、「キプリングは大英帝国の賛美者と見なされた。なんら恥ずべきところのないその事実だけで、とくにイギリスにおける、彼の名声を傷つけるに充分であった」が、「彼が帝国の運命の苛酷さ、労苦、義務を歌わずして勝利のみを謳歌したことはなかったということも意義深いことだ。」イギリス帝国主義を賛美することを〈なんら恥ずべきところのない〉事柄と断言するボルヘスは、さらに2つの点でキプリングを弁護する。1つは「彼が桂冠詩人になりたがらなかったのは、そのような名誉を受けいれると、自分が政府を批判する自由を拘束されそうだからであった。」1892年のテニスン (Alfred Tennyson, 1809-92) の死後空席になっていたこの名誉職への打診は1895年からキプリングに対してなされたが彼は断り、1913年にオースティン (Alfred Austin, 1835-1913) が死去すると再び打診があったが、結局ブリッジズ (Robert

第3部　アイルランド文学の越境する地平

Bridges, 1844-1930) が任命された経緯がある。たしかに政府に取り込まれて言いなりになったり、内部批判の矛盾を犯すより、在野からの自由な発言の機会を選んだ点は評価される。だが彼が批判したのは政府ではあっても、帝国主義ではなかった事実は覆らない。もう1つは、「ボンベイ生れのキプリングは、イギリスへやってくる以前にヒンディ語を知っていた。これはあるシク教徒に聞いた話だが、『サーヒブの戦争』を読むと、ひとつひとつの言い回しがまず現地語で考えられたあと、英語に翻訳されたことがわかるという。[15]」つまり、現地語に通暁した現地生まれのキプリングは、帝国主義の装置の一部である「英語」で発想せず、いわば現地語文学を英語で濾過した翻訳文学として、現地文化の香りや味わいを大事に温存していると言いたいらしい。しかし、これに対しては、同じボンベイ生れのサルマン・ラシュディ (Salman Rushdie, 1947-) に代表される陣営が、鋭い批判の姿勢を崩さない。「キプリングの人種的偏狭さは、時代の趨勢を著作において反映したにすぎない、という根拠で弁明されることがしばしばある。そのような口実は劣等人種とされた人々には受け入れ難い。同じ根拠でナチス・ドイツの反ユダヤ主義者たちを無罪放免にすべきだろうか。もしキプリングが、自分自身と、自分が記録する趨勢との隔たりをどのような形でも主張していたら、話は別だっただろうが。[16]」として、キプリング描くインド人は、「女房殺し」や「ならず者」「不貞の妻」「実の兄弟を裏切る者」ばかりだという。また1900年にイギリス作家ロバート・ブキャナン (Robert Williams Buchanan, 1841-1901) が「悪党の声」(the voice of the hooligan) と非難し、オーウェル (George Orwell, 1903-50) も、サディズムや暴虐に対して「キプリングが反対している兆しは著作の中には微塵もない」("Rudyard Kipling", *Essays* [New York, 1954], p. 124.) と辛辣に述べているように、暴力是認の姿勢への批判が強い。(Gilbert, p. 158.) オーウェルは、「私自身に関してみても、私は十三歳の時、キプリングを崇拝し、十七歳で大きらいになり、二十歳で楽しみ、二十五歳で軽蔑し、今になって、またぞろ、いささか讃美するようになってきている」と、自身のキプリング観の揺れを白状し、「キプリングはたしかに戦闘的な帝国主義者であり、道徳的には鈍感な、美的には実にいやな男である。まずこのことを認め、それか

第2章　イギリス作家とアイルランド

ら、彼を嘲ってきたお上品な連中が、すっかり古くさくなっているのに、なぜ、彼が生き残っているのか、その理由を明らかにするよう努めるがよい[17]」と指摘している。これは「キプリングのなかには許し難いものがたくさんあるが、同時に、彼の作品を無視し難いものにする真実がそれらには十分にある[18]」というラシュディのアンビヴァレントな声にも通ずる。

　エドワード・サイード (Edward Said, 1935-) も『文化と帝国主義』において「キプリング以上に帝国主義的で反動的な者はざらにはいない[19]」と述べ、名著『オリエンタリズム』のなかで、キプリングの標榜する「白人」（インドでは「サーヒブ」[sahib] ないし「パカ・サーヒブ」[pukka sahib]、すなわち〈立派な紳士〉という呼称をイギリス人は受けた）の使命の問題について言及し、「キプリングの「白人」は、一箇の観念として、ペルソナとして、また存在様式として、海外に生活する多くのイギリス人の役に立ってきたように見受けられる。（中略）キプリングが植民地における「白人」の歩む「道」を祝福してつくった詩は、こうした伝統と、その栄光と苦難とをうたいあげたものであった。（中略）キプリングや彼と同様の考え方、同様の表現方法をもつ人間にとって、「白人」であることは、自己を確認することにほかならなかった。（中略）キプリングという存在は、何の前触れもなく突如として現れたものではない。「白人」にしてもまた同様である。[20]」これに対して、テキストに密着した緻密な読みを丹念に展開し、この悪名高い一節「白人の重荷をひきうけよ」("Take up the White Man's Burden—") には「白人の〈繰り返し文句〉を〈唱和せよ〉」の裏の意味が共存しており、「自己言及性すなわち読むことのアレゴリーの典型的な事例」であること、また「白人の歌」と題された「おなじひとつの詩のなかで、語り手は、「我われ」の視点と「彼ら」の視点の両方を変幻自在に使いわけている」点を論拠に、帝国主義賛歌の詩人というサイードによる解釈は「誤解」であり、キプリングこそは「オリエンタリストたちの二項対立的思考様式をまぬがれた数少ない西洋作家のひとり[21]」と擁護する立場もある。しかしながら、一般的には「「植民地支配体制」という病名から連想される最も悪性の症例[22]」をキプリングに読み取る場合が多いかも知れない。このように、キプリングは依拠する視点によって

第3部 アイルランド文学の越境する地平

様々に変貌する作家であり、とうてい一つの尺度では評価することはできない。本節では、これまで余り論じられたことがないように思われる、キプリングとアイルランドの関係に限って考察する。

(2) 初期短編集のアイルランド兵士マルヴェイニー

キプリングは1865年12月30日、イギリス人の両親のもと、ボンベイで生まれ、幼年時代をインドで過ごした。5歳6か月で一旦イギリスのサウスシー (Southsea) の家に預けられ惨めな5年を過ごし、その後1882年17歳で再びインドのラホールに戻ると、地方新聞の編集局の仕事を始め、1886-87年の冬に短編小説を執筆し、1888年1月、22歳の若さで例の有名な『高原平話』(The Plain Tales from the Hills) を出版して、好評を博した。このようにインドとの関連が極めて密接なキプリング作品のいったいどこに、アイルランド(人)が登場するかと言えば、それはこの『高原平話』に収められた短編「三銃士」(The Three Musketeers) と「オーレリアン・マゴギンの転向」(The Conversion of Aurelian McGoggin) の2編である。〈三銃士〉は、のちに7編の短編集『三兵士』(Soldiers Three, 1888) にまとめられる、恰幅よく陽気で機知にとむアイルランド人兵士マルヴェイニー (Mulvaney)、臆病で小柄なコックニーのオーセリス (Stanley Ortheris)、大柄でぶきっちょなヨークシャー人リーロイド (Learoyd)、この3人のインド駐留軍人が繰り広げる愉快な活躍を描いた作品である。短編「三銃士」では、半ドンの木曜日に閲兵視察を命じたベニーラ卿を誘拐して、嫌な閲兵式をつぶしてしまう話で、「我らが東の厄介物」インドに関する書物の資料収集にきた、この傲慢な貴族を懲らしめる点では、キプリングの姿勢はいくらか反体制、反英的と呼べるかもしれない。しかし軍隊そのものの存在を根源から疑問視しているわけではなく、3人の滑稽な兵卒が繰り広げるどたばた喜劇として、軍人仲間の軽い読み物として人気があったにとどまるだろう（植木等や渥美清の軍隊映画を思えばよい。）マルヴェイニーは所詮、「喜んでイギリス支配を受け入れ、イギリスの地位の確立に忠実に貢献している[23]」のだから。また「オーレリアン・マゴギンの転

第2章 イギリス作家とアイルランド

向」は、マゴギンが突如として失語症に見舞われる点が、饒舌と相場の決まったアイルランド人への痛烈な風刺となっている。ついでにいえば、『ホークスビー夫人はダンスがお嫌い——ある非歴史的狂想劇』(Mrs. Hauksbee Sits Out: An Unhistorical Extravaganza) という、(キプリングとしては珍しい) 戯曲に登場するデッカー少佐 (Major Decker) なる人物は、キプリングのト書きでは「説得力のあるアイルランド人」(a persuasive Irishman[24]) だが、スクリフショー夫人 (Mrs. Scriffshaw) にダンスを申し込んで断られ、逆に彼女の夫を捜すよう依頼される。つまり、少しも説得力などない人物として描かれている。

さて、『三兵士』に話を戻すと、ラシュディの指摘によれば、「マルヴェイニーの「気取り」や「おべんちゃら」はじきに退屈になるし、オーセリスはやたらに語頭のH、語尾のG、Dを落とすので、省略記号が目の前でちらちらする。かつてジョージ・オーウェルがキプリングの詩について、下層階級の言葉遣いを物真似したものだから、標準英語で書いたときよりも詩がひどくなっているとして、その論点を証明すべく詩の一節を「復元」したことがある。同じようなことが物語についても感じられることを告白せねばならない。キプリングの物真似には、人を見下したようなところがあるのだ[25]」。訛のきつい〈三兵士〉の出身地は、アイルランド、ロンドン下町、イングランド北部地方であり、例えていえば九州、浅草、東北の訛が混在する面白さがある。問題なのは、この方言の面白さがそれぞれの地域の読者に好感をもって受け入れられるか、という点であろう。キプリング自身はどの地域にも属さない第三者であり、特定のひとりに自身を重ね合わせているともいえない以上、単に戯画化を意図した手段として方言を濫用しているのであれば、独善的、侮蔑的といえよう。もう一つ、『三兵士』で言語学的に興味深いのは、ヒンズー語の単語や熟語が作品に取り込まれてはいても、ピジン的な音価転移 (Hobson-Jobson) レベルにとどまっていることである。S. S. Azfar Hussain というインド人批評家の指摘[26]では、『三兵士』には11のヒンズー語の文章があるが、10が命令形で、うち9がイギリス人主人が召使に下すものである。従って、キプリングのインドでの幼児期体験が作品に与えた影響の程度について、前章で見たボルヘスのように大袈裟に囃立てないことが大事である。

285

第3部　アイルランド文学の越境する地平

キプリングがヒンドゥー語ないしウルドゥー語をずっと読み書きできなかったことは確かなようである。Dr Hussain の報告では、「大英博物館のキプリングの草稿は……ウルドゥー語で自分の名前を書こうと何度か試みたものの、奇妙なことに1度もうまくいかなかった。「キンリング」「キプリッグ」「キプンリング」(Kinling, Kiplig, Kipenling) と読める。しかし、ヒンドゥー語ないしウルドゥー語は『三兵士』においては、カレー粉のように散り撒かれているだけであるが、In Black and White においては、インド言葉 (Indiaspeak) が捏造されている。やたらに感嘆詞を発し、とうていインド人が言いそうもない台詞を喋らせている。しかも、インド人への献辞はどこにもない[27]」と、手厳しく批判されている。

(3) 長編小説『キム』

さて、今日までキプリングが生き延びてきたのは、児童文学の範疇に入れられる名作『ジャングル・ブック』や『キム』の人気に拠るところが大きいと思われる。とりわけインドを舞台に少年キムが、ラマ僧と徒歩旅行する教養小説でもあり、英露の諜報活動に巻き込まれるスパイ小説でもある『キム』は、1892年夏に構想が湧き、「インド生れで土地の暮らしに溶け込んだアイルランド少年というぼんやりした着想が生れた。その後、彼をアイルランド歩兵大隊の一兵卒の息子にまで仕立てて、〈リシティのキム〉、つまり〈アイルランド人のキム〉として洗礼名をつけた[28]」と、キプリングは執筆経緯を語っている。『キム』の冒頭で、キムはイギリス人、そして最も貧しい白人と規定される。若いアイルランド人軍旗護衛下士官 (color sergeant) キンバル・オハラと、大佐の家族の子守女 (nurse-maid) アニー・ショット (Annie Shott) の子で（母の人種や国籍は明かでないが、欧亜混血のユーラシア人 (Eurasian) と想定する根拠があるという。Companion, 155.)、オハラは退役後、鉄道会社に勤務したものの、妻がコレラで亡くなってからは酒と阿片に溺れてしまう[29]。(1951年の映画化[30]では、"Your dad was a good man—and a good soldier, when he wasn't drinking." という台詞がある。また1984年の映画化[31]では "This is what your father

第 2 章 イギリス作家とアイルランド

wanted for you — to come back to the regiment he deserted..." という台詞に「脱走兵だったお父上の代わりに」と字幕が施されている。脚色なのだろうが、キムの父親がなぜ「脱走」したのかは映画では明かにされない。) この裸足の野生児キムは、キプリングのボンベイの幼少期を懐古する全くの創作なのであろうか、あるいは実在のモデルや出典があるのだろうか。ホプカークは、以下の 3 つの典拠の可能性を示唆している[32]。

1 つは、英兵とインド女性の間に生まれた少年ドュリー (Durie) で、彼は回教徒の変装をしてアフガニスタン越えしたあと、英国 political officer であるエルフィンストーン (Mountstuart Elphinstone) 氏のバンガローにぼろをまとって姿を現した。インド half-castes の下層民の教育程度の下手な英語しか操つれなかったが、カブールやカンダハールに数か月滞在した少年は、貴重な情報源であり、エルフィンストーンは自著『カブール王国の物語』(*An Account of the Kingdom of Caboul*) に少年の見聞記20頁の付録をつけて刊行し、年収150ポンドの条件で同様の偵察活動を依頼したが、少年は拒絶してボンベイに出発し、海路バグダッドを目指したという。

2 つめは、アイルランド軍曹 (sergeant) と美しいチベット娘の息子ティム・ドゥーラン (Tim Doolan) である。1857年のインド暴動 (Indian Mutiny; いわゆる「セポイの反乱」) の直後、この軍曹はダージリン (Darjeeling) 近郊 (ヒマラヤ山脈の Seneshall 高原) に駐留していた連隊から脱走し、チベット国境を越えて駆け落ちした。その (20年) 後、金髪碧眼だが英語の話せぬ見慣れぬ少年がダージリンの市場に現れ、彼の首には出自を証明する書類入りの護符入れ (amulet-case) が掛かっていたという。(この少年は殺人罪で逮捕され、死刑が執行されたという。逃走軍曹も絞首刑に処せられたという説がある。) この話は *Pall Mall* というダージリンの新聞に掲載されたと、あるインド人学者の著作に1914年に初めて引用されて以降、孫引きされてきたが、問題の記事はおろか新聞の所在もつかめないという。1915年刊行のある研究書は、これはインドでは有名な話であるとして、この説を『キム』の原型 (prototype) として紹介している[33]のだが。

3 つめは、『キム』執筆開始 5 年前にあたる1889年 8 月 8 日の *The Globe*

というロンドンの新聞の「シッキム方面作戦の挿話」という見出しの記事である。重傷を負った欧州人風容貌のチベット兵ナムゲイ・ドゥーラ (Namgay Doola) の身の上話で、父はティムレイ・ドゥーラ (Timlay Doola) という白人、母はチベット人でともに既に他界していた。医者が調査したところ、ティム・ドゥーラン (Tim Doolan) なるアイルランド兵が飲酒と気候のせいで健康を害して、軍療養所にいたが、土地の娘と駆け落ちしてシッキムに逃亡し、捜査隊に向かって発砲した。やがて傷が癒えたナムゲイは妻子の待つチベットに帰国したという。

この第3の出来事をキプリングが熟知していたことは、その名もずばり、短編小説「ナムゲイ・ドゥーラ」"Namgay Doola" (1891, *Life's Handicap* 所収) から明らかである。この短編では、記事と同じように、ティムレイ・ドゥーラなるアイルランド系の父とチベット人の母を持つ、鮮やかな赤毛 (virulent redness) の髪と髭、碧眼 (blue eyes) の主人公ナムゲイ・ドゥーラは、差し出された手に応じる握手の習慣を持ち、父の形見の真鍮の十字架とマスケット銃 (東インド会社、1832年の刻印)、帽章を大事に守り、その子どもたちは歌詞の意味も分からぬまま、アイルランドの愛国歌 "The Wearing of the Green" らしきものの一節 (「やつらは男も女も縛り首にする／緑色をまとっているというだけで」) を斉唱できた。ヒマラヤ山中の小さな王国——僅か5人の兵士と象1頭からなる常備軍を持つインドの属国——で、「ここの国民ではない (I am not of this people)」し、「収穫の端境期は無職 (What occupation would be to me between crop and crop[34])」だからと、8分の1税の納税や賦役も拒否し、材木をくすねるよそ者 (outlander) だが、ドゥーラには人を引きつける愛嬌ある笑顔と蛮勇があり、国王も手を焼いていた。しかし、自分を裏切った村人の (神聖な) 牛の尻尾を切ったり、語り手のカメラ布 (camera-cloth) を引き裂き、自分の小屋に立て籠もってしまう。説得にあたった白人の語り手が父の名を繰り返させると、'Timlay Doola' ならぬ 'Thimla Dhula' と答える。(アイリッシュの強い語気音 th を示唆か、あるいはインドの夏期の政府所在地 Simla の連想か)

従って、ホプカークは、『キム』執筆にあたって、以上の3つ典拠のいずれかが取り込まれた可能性が高いと言う。留意すべきは、3つ典拠すべてに

第2章　イギリス作家とアイルランド

おいて、母親は現地の女性（1はインド人、2・3はチベット人）であり、この混血によって誕生した子どもを「白人」と見做す場合、キプリングにとっての「白人」定義の検討が必要になるだろう。それはさておき、主人公キムが、なぜアイルランド兵の遺児として設定されたのか、換言すれば、なぜイギリス兵（イングランド兵やスコットランド兵）の遺児として構想されなかったのか。その解答の一つは、今みたようにホプカークが3通りの候補を示す、実在モデルの存在であった。

　だが、別の観点からも解答がある。キース・ジェフリーが指摘するように[35]、19世紀初期にはアイルランドは並外れて大きな人的資源をイギリス軍に供給していたという客観的事実である。例えば、1830年に人口比率ではイギリス人口の32％にすぎないアイルランド人が、イギリス軍隊で占める割合は42％であった。この時期は実にアイルランド兵の数の方がイングランド兵を上回っていたという。また1825年から1850年に東インド会社のベンガル軍の新兵の48％がアイルランド人であった。1840年代の大飢饉以後、比率は低下するものの、1881年には依然として人口比15％に対し軍人比21％、1900年頃になってそれぞれ11％、13％と接近し、1913年にはこれが10％対9％と、初めて逆転する。さて、出版時期から言えば、『キム』刊行は1901年、『三兵士』が1888年であるから、ジェフリーの数値を借用すれば、アイルランド兵の割合はもはや2割足らずという時期にあたる訳だが、「ナムゲイ・ドゥーラ」の父親の所持していた銃には「1832年」の刻印があることは既に触れた通り。すなわち、「ナムゲイ・ドゥーラ」や「キム」の父親のアイルランド兵が活躍した時代はまさしく1830年代という設定であり、——これはキプリング自身が誕生する30年も前なのだが——、ジェフリーの数字では英国軍の42％がアイルランド人という時期（1830年）に符合する。（ちなみにマルヴェイニーは、1840年代後半、アイルランド南東部レンスター地方の生まれで、1860年代に北アイルランド・ティローンの軍隊に入り、1880年の第二次アフガン戦争などに従軍し、1885-7年に物語の語り手に語って聞かせ、1888年ごろ年金を貰って退役し、その後インド鉄道で勤務した、という設定になっている[36]からこれより半世紀後である。）つまり、大雑把に言って、当時は英国軍人のおよそ2人に1人はアイルランド人とい

289

第3部　アイルランド文学の越境する地平

う、信じられないような部隊構成だったのである。これは見落としがちな点であるが、現在でこそ、イギリスの人口はアイルランド共和国の16倍ほど（5,800万人：350万人）もあるけれど、1841年の統計ではイギリス人口は（イングランドとウェールズ合わせて1591万人、スコットランド262万人）1853万人、それに対してアイルランドは817万人もあり、ほぼ２：１の人口勢力関係にあったのである[37]。そうしたことを考慮すれば、『三兵士』のうちのたった１人がアイルランド人マルヴェイニーというのは、むしろ少ないくらいで、キプリングがキムをアイルランド兵の子どもと設定したのは別段、珍しいケースではないことが分かる。だが、それでも、２分の１程度の確率で、〈非アイルランド人〉として設定できたはずだという反駁は充分に可能であろう。二者択一の岐路で、キプリングはやはりアイルランド人を選択したのだから。敢えて、第３の解答を据えるならば、キムの父親がアイルランド人なのは、彼が放埓な退役兵という大前提があるからではないだろうか。理由はなんであれ、大英帝国の服務規程に反し、軍役を怠り酒と麻薬に惑溺する者がイングランド人であっては名誉毀損の謗りを免れない。アヘン中毒患者をイングランド人として描くことは、どう控え目にみても、イングランド兵たちの士気を高めることにはならない。「キムをアングロ・インディアンの白人紳士（サーヒブ）に昇格させることによってキムの他者性を帝国主義の制度内に取り込んでしまう[38]」という指摘は、裏返して言えば、帝国主義の構造のなかに包括されたキムの他者性を認識する必要があるということである。いずれにしても、インド生活のなかで、多数のアイルランド軍人をまじかで観察する機会をキプリングが現実に得ていたことは間違いない。

(4) 「嫌疑が晴れて」にみるユニオニストとしてのキプリング

　さて、ここまでは『三兵士』や『キム』など、主として小説作品に描かれたアイルランド人像を考察してきた。受け止め方は必ずしも一様でないだろうが、マルヴェイニーやキムは比較的、好感を持って読者に迎えられる登場人物であることは確かである。つまり、愛すべき好人物としてアイルランド人は描かれているのだ。ところが、どういう訳だか、彼の真骨頂の詩という

第2章　イギリス作家とアイルランド

韻文形式では、キプリングはアイルランド（人）への反感をあらわにする。
『キプリング全詩集』の序文[39]のなかでケイ (M. M. Kaye) が記しているように、幼少時に親戚宅に預けられた経験の唯一の利点は、その親戚筋をひたすら憎んだ余り、憎悪の気持ちが枯渇したことだとするキプリングの発言はまやかしであり、次の「嫌疑が晴れて」に明らかなように、パーネルに代表されるアイルランドの指導者たちを無罪と判断した特別調査委員会の報告を「殺人とアイルランド土地同盟とのあくどい取引 (blatant traffic)」と見做し、グラッドストーン政権を強い憤りを込めて批判している。18連72行からなる大変に長い詩であるが、原文引用[40]に続けて拙訳を付しておく。

      Cleared   1890
  (In memory of the Parnell Commission)

  Help for a patriot distressed, a spotless spirit hurt,
  Help for an honourable clan sore trampled in the dirt!
  from Queenstown Bay to Donegal, oh, listen to my song,
  The honourable gentlemen have suffered grievous wrong.

  Their noble names were mentioned—Oh, the burning black disgrace!
  By a brutal Saxon paper in an Irish shooting-case;
  They sat upon it for a year, then steeled their heart to brave it,
  And "coruscating innocence" the learned Judges gave it.

  Bear witness, Heaven, of that grim crime beneath the surgeon's knife,
  The "honourable gentlemen" deplored the loss of life!
  Bear witness of those chanting choirs that burke and shirk and snigger,
  No man laid upon the knife or finger to the trigger!

  Cleared in the face of all mankind beneath the winking skies,
  Like phoenixes from Phoenix Park (and what lay there) they rise!
  Go shout it to the emerald seas — give word to Erin now,

291

第3部　アイルランド文学の越境する地平

  Her honourable gentlemen are cleared—and this is how:—

  They only paid the Moonlighter his cattle-hocking price,
  They only helped the murderer with counsel's best advice,
  But — sure it keeps their honour white — the learned Court believes
  They never gave a piece of plate to murderes and thieves.

  They never told the ramping crowd to card a woman's hide,
  They never marked a man for death —what fault of theirs he died? —
  They only said "intimidate,"and talked and went away—
  By God, the boys that did the work were braver men than they!

  Their sin it was that fed the fire—small blame to them that heard—
  The 'bhoys' get drunk on rhetoric, and madden at a word—
  They knew whom they were talking at, if they were Irish too,
  The gentlemen that lied in Court, they knew, and well they knew!

  They only took the Judas-gold from Fenians out of jail,
  They only fawned for dollars on the blood-dyed Clan-na-Gael.
  If black is black or white is white, in black and white it's down,
  They're only traitors to the Queen and rebels to the Crown.

  "Cleared," honourable gentlemen! Be thankful it's no more:—
  The widow's curse is on your house, the dead are at your door.
  On you the shame of open shame; on you from North to South
  The hand of every honest man flat-heeled across your mouth.

  "Less black than we were painted?"—Faith, no word of black was said;
  The lightest touch was human blood, and that, you know, runs red.
  It's sticking to your fist to-day for all your sneer and scoff,
  And by the Judge's well-weighed word you cannot wipe it off.

  Hold up those hands of innocence—go, sacare your sheep together,

第2章　イギリス作家とアイルランド

The blundering, tripping tups that bleat behind the old bell-wether;
And if they snuff the taint and break to find another pen,
Tell them it's tar that glistens so, and daub them yours again!

"The charge is old"? —As old as Cain—as fresh as yesterday;
Old as the Ten Commandments—have ye talked those laws away?
If words are words, or death is death, or powder sends the ball,
You spoke the words that sped the shot—the curse be on you all!

"Our friends believe"? Of course they do—as sheltered women may;
But have they seen the shrieking soul ripped from the quivering clay?
They! —If their own front door is shut, they'll swear the whole world's warm;
What do they know of dread of death or hanging fear of harm?

The secret half a country keeps, the whisper in the lane,
The shriek that tells the shot went home behind the broken pane,
The dry blood crisping in the sun that scares the honest bees,
And show the 'bhoys' have heard your talk —what do they know of these?

But you—you know—ay, ten times more; the screts of the dead,
Black terror on the country-side by word and whisper bred,
The mangled stallion's scream at night, the tail-cropped heifer's low.
Who set the whisper going first? You know, and well you know!

My soul! I'd sooner lie in jail for murder plain and straight,
Pure crime I'd done with my own hand for money, lust, or hate
Than take a seat in Parliament by fellow felons cheered,
While one of those "not provens" proved me cleared as you are cleared.

Cleared—you that "lost" the League accounts—go, guard our honour still,
Go, help to make our country's laws that broke God's law at will—
One hand stuck out behind the back, to signal "strike again";
The other on your dress-shirt-front to show your heart is clean.

293

第3部　アイルランド文学の越境する地平

If black is black or white is white, in black and white it's down,
You're only traitors to the Queen and rebels to the Crown.
If print is print or words are words, the learned Court perpends:―
We are not ruled by murderers, but only―by their friends.

嫌疑が晴れて　　　　　　　　　　　　1890年
(パーネル委員会を記念して)

苦悶の愛国者、傷ついた無垢の魂に救いの手を
汚泥のなかでいたく踏みにじられた名誉ある一族に救いの手を！
クィーンズタウン湾からドネゴールまで、おお、私の歌を聞いてくれ、
名誉ある人々が悲痛な虐待を味わったのだ。

彼らの気高い名前は引き合いに出された、ああ、甚だしく険悪な恥辱だ！
あるアイルランドの狙撃事件に関連して、サクソン系の野蛮な新聞によって。
彼らは1年間それを調査して、そして心を鬼にしてあえて押し通した。
そして「きらめく無実」を、学識ある判事たちはそれに下した。

天よ、証人となれ、外科医の執刀ナイフでなされた、あの残忍な犯罪の。
「名誉ある人々」は人生の損失を嘆き悲しんだ！
ナイフを振り下ろしたり、引き金に指をかけたりしたものなど誰もいない、と
揉み消し、言い逃れ、忍び笑いする、合唱聖歌隊の証人となれ！

嫌疑が晴れ、星の瞬く空のもと、全人類をものともせずに、フェニックス公園の不死鳥(と、そこに横たわるもの)のように、彼らは立ち上がる！
エメラルドの海に向かって叫びに行け――愛蘭にいまこそ伝えよ
名誉ある人々の汚名がすすがれたと――そしてこういう顛末だったと。

彼らは「月光団」[a)]に家畜を質に入れる代価を払ったにすぎぬ
彼らは相談した最善の忠告で、殺人者を幇助したにすぎぬ
しかし――これでたしかに、彼らの名誉は潔白に保たれる――学識豊かな法廷が信じるには殺人者や泥棒に彼らは一皿の食事も提供しなかった。

第 2 章　イギリス作家とアイルランド

彼らは婦人毛皮のけばを立てろと、暴れる群衆に言ったりしなかった
殺すために男を選び出したりしなかった――男が死んだのは彼らのどんな責
任だというのだ？　彼らはただ「脅せ」といい、語って去って行った――
神かけて、任務を遂行した連中の方が、彼らより勇敢だったのだ！

彼らの罪は火を煽りたてたこと――耳を貸した者にも些かの非はある――
「連中（れんじゅう）」は美辞麗句に酔いしれ、ひとつの言葉に逆上する――
彼らは連中が誰に当てつけて話しているのか、自分たちもアイルランド人なら、判っていた。法廷で嘘をついた人々、彼らは判っていた、しかもよく判っていた！

彼らは釈放されたフィニアン党員からユダの黄金を貰ったにすぎぬ
血塗られたクランナゲイル[b]に金目当てにへつらっていたにすぎぬ
もし黒が黒、白が白なら、黒か白かで書き留める
彼らは女王の反逆者であり王冠への謀反人にすぎぬ

「嫌疑は晴れた」、名誉ある人々よ！　もうおしまいだから感謝せよ
未亡人の悪態は君たちの家に、死者は君たちの戸口に
あからさまな恥辱が君たち自身の上に、北から南まで
あらゆる正直な人の手が君たちの口に平らな踵を押し当てた

「描かれたほど黒くなかった？」――確かに、黒という言葉は一言も使われなかった
もっとも軽い一筆は人間の血であり、それは、もちろん、赤く流れている
どんなに嘲笑い馬鹿にしても、今日からその血は君たちの握り拳に付着する
しかもそれは、判事のよくよく思量した判決の言葉でも拭きとれない

無実の手を掲げて――君たちの羊をまとめて怖がらせに行くがよい
老いた鈴付き先導羊のうしろでメエと鳴き、まごまご、よろよろしている牡
羊どもを。
そしてもし牡羊どもが血糊を嗅ぎ付け、ばらけて、他所（よそ）の囲いを捜そうとすればそのようにきらきら光っているのはタールだと話してきかせ、牡羊ども

295

第3部　アイルランド文学の越境する地平

にも塗りたくってやればいいのだ！

「その非難は古い」だと？　ケインと同じくらい古く、昨日のように新しい
十戒のように古く――その掟のことはもう語りつくしたか？
もし言葉が言葉で、死が死で、弾薬が弾丸を発射するのなら、
その砲撃を早める言葉を君たちは話したのだ－君たちみんなに呪いあれ！

「我々の友人は信じている」だと？　そりゃそうとも、保護を受けた女たち
がそうであるように。だが、悲鳴をあげる魂が、うち震える人体から引き裂
かれるのを彼らは見たことがあるだろうか？　彼らときたら！　自分の正面
玄関の扉が閉まっていれば、世界中が暖かいと彼らは言ってのけるだろう。
死の恐怖や危害をうける宙ぶらりんの恐怖について、彼らは知っているだろ
うか？

国の半数がひた隠す秘密、路地のひそひそ話し、
銃撃が、家の中、割れた窓の後ろにとびこんだと叫ぶ悲鳴、
律義な蜂を脅かし、「連中」に話しを聞かれてしまったことを示す、
ひなたでパリパリに乾いた血――こうしたことについて彼らが何を知ってい
るだろう？

だが君たちは――君たちは知っている――そう、十倍も詳しく。死者の秘密
を、
言葉と囁きによって生み出された田舎の暗鬱な恐怖を、
夜中のめった切りにされたc)種馬の悲鳴を、尻尾を刈り込まれた牝馬の鳴き声
を。誰がその囁きを最初に流して広めたんだ？　君たちは知っている、しか
もよく知っている。
我が魂よ。「証拠不十分」の人々の一人が、君たち同様、嫌疑が晴れたように
私には思えるのに、同僚の重罪犯人たちから喝采を浴びつつ議会で議席につ
くくらいなら、いっそのこと、金や情欲や憎悪のために自からの手で犯した
純然たる罪、単純明快な殺人の罪で獄中に横たわる方がまだましだ。

嫌疑は晴れた――(土地) 同盟の報告書を「なくした」君たちは――我々の名
誉を依然として守りに行ってくれ。神の掟を意のままに破る我々の国家の法

第 2 章　イギリス作家とアイルランド

律制定の助力に行ってくれ。片手を背後で突き出して、「もう一度撃て」の合図を送り、
残る片手は礼装シャツの胸に押しあて、自分の心は潔白だと示すがよい。

もし黒が黒で、白が白なら、白黒の決着をつけよう
君たちは女王への反逆者にして王冠への謀反人にすぎない
もし印刷物が印刷物で、言葉が言葉なら、学識ある法廷は熟考する
我々は殺人者によってではなく、彼らの友人によってのみ支配されるのだと。

引用者注記
a) 1880年ごろの秘密農民団
b) 1869年結成の Irish-American の秘密結社
c) あるいは「搾りとられた」

　「嫌疑が晴れて」は、陽気な『三兵士』と『キム』の中間期にあたる1890年の作である。キプリングはインドからロンドンに戻ったあと、1890年以後に多産な政治的文章を残している。アイルランドのナショナリストたちを攻撃する、この「嫌疑が晴れて」の他にも、「帝国詔勅」('An Imperial Rescript' [*Barrack Room Ballads*, 1892]) ではドイツ人を、「パジェット議員の啓蒙」('The Enlightenments of Pagett M. P.' [*Contemporary Review*, August 1890]) および「問題の一見解」('One View of the Question' [*Many Inventions*]) ではグラッドストーンの自由主義とインド国民会議に激しい攻撃を浴びせている (John Gross, 93)。
　「嫌疑が晴れて」は、活力には富むが、最悪のキプリングを示すと評される。「彼は自由主義者を（トーリーの自由主義さえも）憎み、その評判を落とすためならどんな口実も用いた。彼の詩の活力は、向けようとした目的に損なわれた。……ワーズワスが詩のあるべき姿として説いたような、人間に向かって語りかけることをキプリングはせず、人類の啓蒙されていない部分に喚きちらしていた。かくして彼は精力を浪費した[41]」と。フェニックス・パークの残虐行為や他のテロ殺人を行うようなアイルランド人は、イギリス人から〈支配される〉ことを教わらねばならぬ「野蛮人」であり、そのことが分かっていないとして、自由主義者を攻撃し、インド人に持っていたような

第3部 アイルランド文学の越境する地平

優しさをキプリングはアイルランド人に対しては抱いていない[42]。

　こうして次第にアイルランド問題に傾倒していくキプリングだが、彼にとってのアイルランドは一面、観念の所産であり、アイルランド社会の実情をつぶさに把握したうえでの認識ではなかったことは、実際には「嫌疑が晴れて」を書いた時点で、キプリングが現実のアイルランドを体験していなかったことからも窺える。1898年9月、海峡艦隊 (the Channel Squadron) で夏の巡航にキプリングは参加する。艦隊はアイルランド南西部コーク州のバントリー湾 (Bantry Bay) に集結し、キプリングも下船してこのとき初めてアイルランドの土を踏んだという。しかし、これなどは通過乗客 (transit passenger) として訪れた外国のような、単なる点的な体験にすぎない。(このときの模様は彼の詩 'A Fleet in Being' 参照。) その後、内戦の危機が迫っていた1911年に、夫婦でアイルランドを訪れたときには、北アイルランドの Portrush のゴルフ場の素晴らしさには感嘆の声はあげても、「信じがたいほどの、ダブリンの埃と糞尿と全体的なふがいなさ」を見て、アルスターの人々は、アイルランド自治法案など廃棄するように自由党政権に要請すべきだとの確信を抱いて帰国している。だが、そもそも、誰のせいでダブリンの街が汚穢に溢れた不衛生な街に落魄れ、人々が不甲斐ないまでに意気消沈しているのか、キプリングが思い至らないのが不思議である。大英帝国の繁栄は、こうした惨状を招いた搾取の支配と引き換えに達成されたのではなかったのか。

⑸「アルスター」「盟約」にみるユニオニストとしてのキプリング

　1912年は、アルスターで自治に反対する盟約 (Solemn League and Covenant) が署名され、実に21万8千人が誓約した年である。このユニオニストたちの指導者カーソン (Sir Edward Henry Carson, 1854-1935) は1911年9月23日から自治に反対する運動を展開し、1913年にはアルスター義勇軍 (Ulster Volunteers) が結成された。キプリングとカーソンは同郷人であった。
　次に掲げる「アルスター」という詩[43]は、植民地の独立を許さず、あくまで北アイルランド・アルスター地方をイギリスにつなぎ止めねばならないと

第2章　イギリス作家とアイルランド

いう教条的な保守主義の政治姿勢に傾いていたキプリングを示すものである。

Ulster　　　　　1912　　　　　アルスター　　　　1912年

"Their webs shall not become garments, neither shall they cover themselves with their works: their works are works of inquity, and the act of violence is in their hands."－ *Isiah* lix. 6
くもの糸は着物にならず／その織物で身を覆うことはできない。
彼らの織物は災いの織物／その手には不法の業(わざ)がある。(『イザヤ書』59章6節[44])

The dark eleventh hour	陰鬱な最後の瞬間が
Draws on and sees us sold	近付き、我々が古くから
To every evil power	戦ってきた、あらゆる悪の力に
We fought against of old.	売りとばされる我が身が見える
Rebellion, rapine, hate,	暴動、略奪、憎悪、
Oppression, wrong and greed	抑圧、害悪と貪欲が
Are loosed to rule our fate,	イングランドの行為によって解き放たれ
By England's act and deed.	我々の運命を支配する。

The Faith in which we stand,	我々が依拠する信仰、
The laws we made and guard,	我々が制定し順守する法律、
Our honour, lives and land	我々の名誉、生活と土地は
Are given for reward	夜中になされる殺人や
To Murder done by night,	昼間に教えこまれる反逆や
To Treason taught by day,	愚行、怠惰、遺恨に対する
To folly, sloth, and spite,	報酬として与えられ
And we are thrust away.	我々はわきへ押しやられる

| The blood our fathers spilt, | 我々の先祖が流した血や |
| Our love, our toils, our pains. | 我々の愛、我々の労苦、我々の苦痛は |

第3部　アイルランド文学の越境する地平

Are counted us for guilt,	罪なものと見做されて
And only bind our chains.	我々の鎖を縛るのみ。
Before an Empire's eyes	ある帝国の眼前で
The traitor claims his price.	謀反人が代価を要求する。
What need of further lies?	さらなる嘘を重ねる、どんな必要があろう？
We are the sacrifice.	我々は生け贄なのだ
We asked no more than leave	我々が要求したのは
To reap where we had sown,	種を蒔いた場所で収穫する許しのみ
Through good and ill to cleave	我々自身の旗と王位に
To our own flag and throne.	善かれ悪しかれ、固執するために
Now England's shot and steel	その旗頭のもと、いかにして忠臣が
Beneath that flag must show	イングランドの宿敵相手に跪くべきか、
How loyal hearts should kneel	イングランドの弾丸と剣は
To England's oldest foe.	示さねばならない
We know the war prepared	我々は知っている、あらゆる平和な家庭で
On every peaceful home,	戦争準備がされているのを
We know the hells declared	ローマに仕えぬ人々に
For such as serve not Rome—	地獄が——市場、炉端、野原での
The terror, threats, and dread	脅威、威嚇、恐怖——が
In market, hearth, and field—	布告されたのを
We know, when all is said,	我々は知っている、あれこれ言ったところで
We perish if we yield.	負ければ滅びるということを。
Believe, we dare not boast,	信じてくれ、我々は自慢する勇気はない
Believe, we do not fear —	信じてくれ、我々は恐れない
We stand to pay the cost	人々が大事だと思うすべてのものにおいて
In all that men hold dear.	その代価を払うことを守る
What answer from the North?	北の回答はいかに？
One Law, one Land, one Throne.	一つの法律、一つの国家、一つの王座。
If England drive us forth	もしもイングランドが我々を追い立てるなら
We shall not fall alone.	我々は一人で倒れはしない（死なば諸共だ）

第2章　イギリス作家とアイルランド

　ロイター通信特派員のグィン (Howell Gwynne) 宛ての1913年12月2日の書簡では、「アルスターは南アフリカよりも近い距離にあり、裏切りを受けたアルスターは、公然と反抗する南アイルランド20 [州] よりもいっそう危険である。南アイルランドの人々は自治それ自体は欲していない。自治は事業の不利益になることが分かっているし、指導者たちも、新たな反抗の調達資金はアイルランドからは得ようがなく、アメリカから得るしかないと分かっている。どちらがより危険な敵だろう？　気乗りのしないゲームをしている南か、それとも、政治家ではなく自らの指導者に率いられ、怒りで目が見えない北か。[45]」と記し、ユニオニストたちの高まる憤怒を代弁している。

　1914年のはじめにはアイルランド情勢はいっそう緊迫するが、一方ヨーロッパ大陸に立ち籠めるきな臭い動向をキプリングはあまり認識していなかった。「カラ事件」で3月、政権が失態を演じ、統制力を失うと、キプリングはアルスターの政党機関誌に扇情詩を寄せた。5月16日には、Tunbridge Wells の入会地で1万人のユニオニストを前に、激越な口調で自由党の指導者を批判する講演を行った。政府というものは「虚偽の口実を使って依頼人から無制限の代理委任状 (power of attorney) を貰い、依頼人の財産を好き勝手に処分できる、いかさま弁護士事務所」であり、政治家たちがアルスターを犯罪者集団たる南アイルランドに明け渡すのは、「ひとえに自分たちは俸給を引き続き享受できるからにほかならぬ[46]」と酷評した。しかしこの露骨な発言は、かえって彼の評判を損ねる自業自得の結果を招来した。1912年の盟約に関連して、「盟約」('The Covenant'[47]) という短い詩を同じ年にキプリングは書き、3万ポンドという巨額の寄付金をこの運動のために投じている。

The Covenant　　　　　　　　　1914

We thought we ranked above the chance of ill.
Others might fall, not we, for we were wise —
Merchants in freedom. So, of our free-will,
We let our servants drug our strength with lies.

第3部　アイルランド文学の越境する地平

The pleasure and the poison had its way
On us as on the meanest, till we learned
That he who lies will steal, who steals will slay.
Neither God's judgement nor man's heart was turned.

Yet there remains His Mercy―to be sought
Through wrath and peril till we cleanse the wrong
By that last right which our forefathers claimed
When their Law failed them and its stewards were bought.
This is our cause. God help us, and make strong
Our wills to meet Him later, unashamed!

　　盟　約　　　　　　1914年

　我々は不運など超越した高みにいるものと思っていた。
他の連中は倒れようとも、我々は違う、なぜなら我々は
自由を扱う賢明な商人だったから。だから、我々は自由意思で
しもべたちが嘘八百で我々の力を麻痺させるのを許した
快楽と毒は、もっともさもしい者に対してと同様、我々にも
勝手放題で、ようやく我々は悟ったのだ、
嘘つきは盗みを働き、盗人は人殺しをするものだと。
神の審判も人間の心も変わらなかった。

　しかし、神のお慈悲は依然として探し求めねばならぬ
天罰と危難を経て、我々が悪を浄化するときまで。
律法が我らの先祖を見捨て、律法の執事があがなわれたとき
彼らが主張したあの最後の正義によって。
これが我々の大義だ。神よ、力添えを下さい、そして
疚しさを味わうことなく、神様にのちにお会いしようという我々の意思を
強靱なものにして下さい！

　いずれにしても、第1次大戦前のキプリングが過激なユニオニストの政治
姿勢を示していたことは以上の3つの詩から明白である。だが、来たるべき

第2章　イギリス作家とアイルランド

第1次世界大戦と長男の死が、ユニオニスト・キプリングに暗雲をもたらすことになる。

(6) 長男ジョンの戦死と『大戦中のアイルランド近衛師団』

　第1次大戦にはキプリングの長男ジョンも志願した。1897年8月17日生まれで、まだ18歳に達しておらず、父親と同様に弱視（キプリングの眼疾は読書によるとされるが、クリスマスに始まる6日間の激しい母親の陣痛が原因とする論者もある[48]）だったこともあって、一度は入隊を拒否された。そこで、当時高等教育を受けた者は「臨時少尉」適格であり将校任命もまれではなかったが、ジョンは階級意識をかなぐりすてて平の一兵卒として志願した。キプリングのインド時代の旧友の元陸軍元帥ロバーツ卿 (Lord Roberts) [Frederick Sleigh Roberts, 1832-1914] の口添えのお陰で、ジョンはアイルランド近衛師団[49]第2大隊に少尉 (Second Lieutenant) として入隊を果たし（卿は奇しくもその数週間後フランスでの軍隊視察中に死去した）、そして1915年8月に戦線に出発。キプリングもまたフランス軍現地視察のためにジョンより先に出発した。ジョンは機敏で想像力に富む同情心があり、アイルランド人主体の軍隊の仲間ともうまく折り合い、ダブリン出身の泥酔新兵の分隊をさばく手際の良さは見物だったという。

　ところが、同年10月2日ジョンは負傷し行方不明となり、行方不明通知から1か月後の11月12日にはキプリングは既に息子の死を観念している。ほんの18歳と6週間で上級少尉（シニア・エンスン）(senior ensign) となり、体育指導や通信隊員としても卓越したジョンをしのんで、「短い生涯だった。長年の仕事があの午後一日で終わってしまったのは気の毒だが、我々と同じ境遇の人は大勢いる——息子を一人前の男に育て上げるのはなかなかのものだった。家内は見事に耐えているが、もちろん息子が捕虜になっている一縷の望みにしがみついている。砲撃の威力をみたことがあるわたしは、そんなまねはしない。[50]」と、諦観している。

　キプリングのもとへは激励と嫌がらせの手紙が殺到した。後者は、戦争を

303

引き起こした責任が、ある意味でキプリングにあるのだから、その息子の死は因果応報だというものだった。辛かったのは、霊媒士がオカルトによってジョンの霊と接触できると申し出た時で、'The Road to Endor' でそれを拒否した。一家は、中立経路を使って消息を探る一方、キプリングの国際的高名さに鑑みて、英国陸軍航空隊 (Royal Flying Corps) がフランス北部ロス (Loos) 近郊の敵国ドイツ部隊に独文のビラ (「世界的に著名な作家の子息」(Sohne des weltberuhmten Schriftstellers) の生死を問うもの) を撒くという異例の手段にまで訴えた。息子の死後、「誕生」('A Nativity') や「わが子ジャック」('My Boy Jack') の詩にその悲しみが歌われ、「メソポタミア」('Mesopotamia') は負傷兵に対する医療不足を嘆くものである。戦死前の1911年の詩集『戦争の名誉』(The Honours of War) の末尾の詩「子どもたち」('The Children') のリフレインにある「だが、誰が子どもたちを私たちのもとへ返してくれようか」(But who shall return us the children? [51]) が、現実に自分の声となってしまった運命は哀切である。負傷したドイツ人落下傘兵に無慈悲にも死の断末魔を味わわせる短編小説「メアリー・ポストゲイト」の冷酷な怨恨も、キプリングの心の暗闇の一部だっただろう。

　やがて1917年1月、そのキプリングに、アイルランド近衛隊史の執筆が委嘱され、3月には早くも没頭していた。1920年秋にはフランス戦場を実際に視察に訪れ、息子の指揮下で行動したアイルランド兵からの聞き取り調査も精力的に行なった。こうして完成した記録『大戦中のアイルランド近衛師団』(The Irish Guards in the Great War, 2vols., 1923) は、1914年のフランス上陸から休戦後のケルン (Cologne) 到着までを綴るもので、執筆には1917年から1922年までの5年半の歳月を要した。「犠牲的な仕事」(sacrificial task) と Philip Mason は評し、キプリング自身も秘書に「苦悩と血の滲むような汗でなされた[52]」と語っている。兵士の私的日記や軍隊日誌を利用したこの記録は、つとめて平静に事実を綴っているが、息子ジョンに関する記述は、彼が行方不明になったとされるロスでの10月初めの箇所においても、一切ない。

　(なお1992年7月、行方不明後77年も経って、連邦戦墓委員会は、ある遺体が間違いなくジョンの遺体であることを、異なった観点からデータを照合 (cross-checked) して証明した

第2章　イギリス作家とアイルランド

という[53]。)

　この『大戦中のアイルランド近衛師団』に対して、戦没者墓地委員会の文芸顧問役でキプリングの後任者となった、エドマンド・ブランデン (Edmund Charles Blunden, 1896-1974) による書評（同年4月28日）は辛辣である。「実際のところ、キプリング氏は戦争の大混乱 (pandemonium) と神経の緊張を完全には理解していないようだ。泣き叫びながらかつ「すっかり打ちのめされて」、[ドイツ南西部の] シュヴァーベン要塞 (Schwaben Redoubt) を救援の際に、Thiepval の向こうの漏斗孔（shell holes: 砲弾の地上破裂で出来た穴）で、熟練兵たちを撃破した、あの途方もない惨禍を綴る彼の頁には、それは滅多に表に出てこない。彼は実況報告をしようと、絶えず厳格に心がけている。彼は、わざとらしい表現を用い、全く理解力に欠けるので、絶えず不十分である。前線にいた人々にとって、彼の専門用語はときおり不調和である。しかしそれ以上に深い欠点は以下のような──トーチカ戦争に触れた──表現に例証されるだろう。「面倒な喧嘩と照合がコンクリート製の機関銃哨所を取り巻いた」とか「新たな歩兵大隊の襲撃の序曲となる、新たなドイツ軍の爆弾の嵐が降下し、濃くなるのを、眠たげに彼らが見つめている間に」とか「かつて一旅団だったものは存在を停止した──恐ろしいことには、それは地中に染み込んでしまったのだった」。この点で、単なる物憂さや、こうした誇張表現は、記憶と矛盾する。アイルランド近衛師団は決断力と技量で記録に留められてきた。しかし、戦争の空気の巨大な (multitudinous) 謎に関して、我々を納得させるようなものをキプリング氏はそれほど書かなかった[54]。」

　すなわち、キプリングの描写には、アイルランド近衛師団を貶める傾向のあること、戦争の悲惨な地獄絵を如実に伝えていないとブランデンは指摘している。前者について言えば、伝統的に、アイルランド兵士は勇猛果敢で知られてきた。タインサイド・アイルランド歩兵大隊の第一大隊のマイルズ・エメット・バーン大佐が1915年、前線出発前にとばした檄のなかで、「いかに、フランスのアイルランド旅団が17世紀の闇に明りを点し、ヨーロッパの歴史を変えたかを思い起こす[55]」ように訴えたほどである。

第3部　アイルランド文学の越境する地平

(7)「アイルランド近衛師団」とその後のキプリング

アイルランドとの関連で興味深いのは、この戦記報告よりもむしろ「アイルランド近衛師団」('The Irish Guards') と題された詩[56]の方である。これは1918年3月11日 *The Times* に初出のもので、のちにこの豪華限定版の収益金 (proceeds) と300ポンドの寄付金がアイルランド連隊の慈善事業に寄付された。また詩にはジャーマン (Sir Edward German, 1862-1936) によって曲がつけられた。

The Irish Guards　　　　　　　　　1918

We're not so old in the Army List,
　　But we're not so young at our trade,
For we had the honour at Fontenoy
　　Of meeting the Guards' Brigade.

'Twas Lally, Dillon, Bulkeley, Clare,
　　And Lee that led us then,
And after a hundred and seventy years
　　We're fighting for France again!
　　Old Days! The wild geese are fighting,
　　　Head to the strom as they faced it before!
　　For where there are Irish there's bound to be fighting,
　　　And when there's no fighting, it's Ireland no more
　　Ireland no more!

The fashion's all for khaki now,
　　But once through France we went
Full-dressed in scarlet Army cloth,
　　the English－left at Ghent.
They're fighting on our side to-day
　　But, before they changed their clothes,
The half of Europe knew our fame,

第 2 章　イギリス作家とアイルランド

As all of Ireland knows!
Old Days! The wild geese are flying,
Head to the storm as they faced it before!
For where there are Irish there's memory undying,
And when we forget, it is Ireland no more!
Ireland no more!

From Barry wood to Gouzeaucourt,
From Boyne to Pilkem Ridge,
The ancient days come back no more
Than water under the bridge.
But the bridge it stands and water runs
As red as yesterday,
And the Irish move to the sound of guns
Like salmon to the sea.
Old Days! The wild geese are ranging,
Head to the storm as they faced it before!
For where there are Irish their hearts are unchanging,
And when they are changed, it is Ireland no more!
Ireland no more!

We're not so old in the Army List,
But we're not so new in the ring,
For we carried our packs with Marshal Saxe
When Louis was our King.
But Douglas Haig's our Marshal now
And we're King George's men,
And after one hundred and seventy years
We're fighting for France again!
Ah, France! And did we stand by you,
When life was made splendid with gifts and rewards?
Ah, France! And will we deny you
In the hour of your agony, Mother of Swords?

307

第3部　アイルランド文学の越境する地平

> Old Days! The wild geese are fighting,
> 　Head to the storm as they faced it before!
> For where there are Irish there's loving and fighting,
> 　And when we stop either, it's Ireland no more!
> 　　Ireland no more!

アイルランド近衛師団　　　　1918年

陸軍将校名簿で古参ではないが
軍職で未熟者ということはない
フォンテノイで近衛旅団に会う
光栄に浴したのだから

ラリー、ディロン、バルクリー、クレア
そしてリーが当時、我らを率いた
その後170年の歳月を経て
フランスのためにまた戦うのだ
古き日々！　ワイルド・ギース[a]は 戦うぞ
かつてのように嵐に向かって
アイルランド人　いるところ　必ず戦(いくさ)あり
戦なければアイルランドでなし
アイルランドではもはやなし

当節、流行(はやり)はカーキ色
だがかつてフランス行軍当時は
真紅の軍服で正装した
イギリス軍が──ゲントに残した
イギリス軍は今日、味方で戦う
しかし着替えをする前に
ヨーロッパの半分が我らの名声を知った
アイルランド全土が知っているように
古き日々！　ワイルド・ギースは空を飛ぶ
かつてのように嵐に向かって

308

第 2 章　イギリス作家とアイルランド

アイルランド人いるところ不滅の記憶あり
忘れてしまえば　アイルランドはなし
アイルランドはもはやなし

バリー[b]の森からグゾクール
ボインからピルケム山脈
いにしえは蘇らぬ
橋の下の水と同じく
しかし橋は現存し、水は流れる
昨日と同じ赤い色で
そしてアイルランド人は銃声に応えて進軍する
海原めざす鮭さながらに
古き日々！　ワイルド・ギースは直進する
かつてのように嵐に向かって
アイルランド人いるところ心意気は変わらない
変わってしまえばアイルランドはなし
アイルランドはもはやなし

陸軍将校名簿で古参ではないが
一座のなかでは若くもない
サックス元帥[c]と背嚢を担いだ
ルイ（15世[d]）が国王時代に
しかし今日ダグラス・ヘイグ[e]が我らの元帥
ジョージ5世[f]の臣下なり
170年の歳月を経て
フランスのためにまた戦うのだ
ああ、フランスよ！　味方しただろうか
賜物と報酬で人生が輝ける時に
ああ、フランスよ！　拒んだりするだろうか
剣の生みの親たる汝の苦悶のときに
古き日々！　ワイルド・ギースは戦うぞ
かつてのように嵐に向かって
アイルランド人いるところ愛と戦はつきものだ

309

第 3 部　アイルランド文学の越境する地平

　　片方止めればアイルランドはなし
　　アイルランドはもはやなし

引用者注記
　a) James 2 世退位後故国を追われフランス軍に加わったアイルランド人
　b) ウェールズ South Glamorgan 州の、Bristol 湾に臨む港町、4.4万
　c) Comte de Saxe, Hermann-Maurice Saxe (1696-1750) フランス軍人で、オーストリア継承戦争で活躍し元帥となった
　d) Louis XV (1710-74)、在位1715-74
　e) Douglas Haig (1861-1928)、英国陸軍元帥、第 1 次大戦でフランスにおける英国軍司令官
　f) George V (1865-1936)、在位 1910-36

　かつて「悪餓鬼のような国」(pernicious little bitch of a country) だとか「例の犯罪者集団」(that gang of criminals) と評したアイルランド人だが、自分の息子が行軍し死んでいった以上、同じように罵倒する姿勢で『大戦中のアイルランド近衛師団』執筆にかかれるわけがなかった。だからこそ、上にみた詩「アイルランド近衛師団」を序文に掲げて、アイルランド兵に追従し、諂っているような印象を受ける。この安易な転向、百八十度転換(volte-face) を「公式の謝罪」(amende honorable) と評価するか、厚顔な「カメレオン的順応性」(Chameleonic adaptability) で微温的と拒絶するか。その判断材料の手掛かりとなるのは、この「アイルランド近衛師団」執筆後のキプリングの言動であろう。良心の呵責に苛まされ、彼のアイルランド観が根本から覆ったのか、それとも一時凌ぎの阿りに過ぎず、ほとぼりが醒めると元の木阿彌に戻るのか。その後のキプリングの言動を辿ってみよう。
　大戦後の1918年10月21日の書簡には、ローマ教皇批判にことよせたアイルランド批判がみえる。

　　……文明の大きな敵は教皇制度です。もちろんローマ・カトリック教会のことではなく、当初から本質的に変わらない、世俗の政治的支配者です。カナダ、オーストラリア、とりわけアイルランドでは、いたるところで教皇制度に忠誠が払われ、大戦の勝利に貢献するかも知れないあらゆるものに、いつ

第 2 章　イギリス作家とアイルランド

も断固として無節操に反対しています。……だからいま、ぎりぎりの時に、われわれイギリスにいる者は、途方もなく無知な知識人を喜ばせるために、アイルランドにおける敵の教皇制度の権力を強化し確立することを余儀なくされています。[57]

　さらにアイルランド条約が締結されると、再びキプリングは以前のユニオニストに逆戻りし、激しい怒りは収まらない。「わが国が、かくも極悪の暗殺者と、かくも極悪の協定を結んだことがかつてあっただろうか」。キプリングの見解を支持する人々を「ダイ・ハード」（頑固な保守主義者）と呼ぶことがこの当時流行し、キプリングは書簡で「「ダイ・ハード」の反対語は「キル・ソフト」じゃないのか？　それとも「ビトレイハード」か「ビトレヤード」がいいかな。連中にやり返す名前があるはずだ」。妻の1921年12月7日の日記には「ラド（ヤード）は、南アイルランドの約定のことで、大戦中にもまして塞ぎ込んでいる」とある。同年12月13日に、バサースト夫人 (Lady Bathurst) にあてた手紙には、キプリングは、この条約がインドにも飛び火する悪しき先例になるとして、「冷厳な事実として、政府は〈悪の自由国〉を築いてしまった[58]」と嘆いている。キプリングはインド問題とアイルランド問題を同種のものとして扱っているようだが、イギリス統治によって、敵対する種々の信仰が結合された、巨大な亜大陸 (sub-continent) と、熱狂的な愛国者たちに率いられ、自治の力が成熟した小さな島国とを同じ天秤にかける過ちをおかしている。翌1922年アイルランド自由国 (Irish Free State) として英国内の自治領となったアイルランドは、〈なにやら不愉快〉で〈形勢不穏〉な地域として、大多数のイギリス人から忌避されていたことは、1924年ペン・クラブの招きでイギリス各地を旅行した劇作家カレル・チャペックに誰もアイルランド訪問を勧める者がなく、チャペックがついに断念したことからも推察できる[59]。また、1926年4月10日、グィン宛て書簡では、ムッソリーニ (Benito Mussolini, 1883-1945) 暗殺未遂を行ったアイルランド女性ラヴィニア・ギブソン (Lavinia Gibson) を、グィンが「イギリス臣民」(British Subject) と言及したのに立腹し、むしろムッソリーニの病状を心配しているほどであ

311

る[60]。1937年に刊行された自伝『私についてちょっと』を読むと、「人種的に、移民は年間百万人ほど合衆国にやってきていた。彼らは廉価な――ほとんど奴隷労働に近い――労働を提供し、……ぞっとするほどの冷淡無情さで扱われた。アイルランド人はこの労働市場を抜けて「政治」に足を入れ、秘密と搾取、匿名の非難という彼らの持ち前の本能にうってつけだった。」「アイルランド人、彼らの他の信念は「憎悪」であり、学校の歴史の本、雄弁家、卓越した上院議員、とりわけ出版だった。[61]」こうしたアイルランド人へのかたくなな敵意や反感を示すくだりが自伝には随所に出てくる。執筆時期は定かではないが、晩年のこの著作でも削除されていない以上、キプリングの生涯を通しての本音に近いものがあるとみてよいだろう。

(8) おわりに

　最後に、キプリングとアイルランドの伝記上の因縁に触れておこう。キプリングの母親のアリス・マクドナルドは、その分家がアイルランドのアルスターにまで広がっている、スコットランド系の家柄の出身だった。キプリングのユニオニスト的傾向はこうした血縁・地縁に因るところも大であろう。すでに見たように、長男ジョンは「アイルランド近衛師団」に入隊して戦死したわけだが、これは縁故でキプリングが取り計らった面があり、もともとアイルランドで戦功を積んだインド総督ロバーツ卿との縁故がなければ、ジョンはこの部隊に入らず、違う運命を辿ったかもしれない。キプリングは1892年1月18日、3歳年上のキャリーと27歳で結婚、同年12月29日には長女ジョゼフィーンが誕生した。ジョゼフィーンは、キプリング自身も生死の境を彷徨ったインフルエンザの肺炎に罹り、1899年3月6日、6歳で死去している。自分の病気が移ったのではという自責の念は終生、彼の心を去らなかった。また1896年2月に誕生した次女エルシーを、キプリングは長く手元に置いておきたかったようだが、1924年10月に結婚。相手は「アイルランド近衛師団」時代のジョンの同僚将校バムブリッジ (George Bambridge) だった。彼がアイリッシュか否かは判らないが。

第2章　イギリス作家とアイルランド

4　ロレンス・ダレル——詩劇『アイルランドのファウスタス』

(1) はじめに

　ロレンス・ダレル (Lawrence George Durrell, 1912-90) とアイルランドという組み合わせは、前章2節の「ヘンリー・ミラーとアイルランド」ほどには牽強付会ではない。なぜならダレルは、インド生れのアイルランド系イギリス人[62]だからである。てっきりインド人の血筋を引くものと誤解していたミラー宛ての返書（1937年1月）の冒頭でダレルが断言しているように、「私は1912年2月27日午前1時に生れました。インド人の血がまじっているというのは間違いのはずです。母はアイルランド人、父はイギリス人。頑健で、信心深く、教会通いを欠かさぬプロテスタントの血統。（中略）とにかく私は母国から追放され、世界を放浪する人間で、自分の民族から切り離された孤独な生を送っているのです。イギリスを非常に愛し、また同じ程度に憎悪しています。言葉だけは忘れることができません。どんなにぬぐいさろうと努めても、英語を棄てさることは不可能です。[63]」単に血縁ばかりではない。ミラーとの往復書簡や、アレクサンドリアなどの南国を舞台とした小説のなかでも、アイルランドやアイルランド人への言及がいくつかあり、ダレル自身の気性や特質にアイルランド人らしさを窺わせる。さらに、本節で主として取り上げる『アイルランドのファウスタス』なる異色の戯曲も書いている。こうした〈アイルランド人ダレル〉という視点から彼の著作を検討してみたい。

(2) ミラーとの往復書簡集にみるアイルランド人意識

　ダレルはヘンリー・ミラーと交わした数多い書簡のなかで、二人のアイルランド人の知人の話を持ち出しているが、興味深いのはそれがどちらも、饒舌や雄弁の持ち主である点である。1940年春のアテネ発信で、「彼は大きな

313

掌を胸の前でもどかしそうに動かしながら、止めどなくしゃべり続けるのです。それはまるで掘り出された言葉の原石から、神秘的な自己の個性を刻みあげようとしているかのように見えます。彼こそは真のギリシア人であり、その上、正真正銘のアイルランド人です。[64]」1946年秋のロードス島発では、「アイルランド人でリー・ファーマーという大胆不敵の勇士が来ました。(中略) リー・ファーマーは、今まで会った誰よりも魅力的な狂人です。実に見事に五カ国語を話します。家のまわりの墓地に坐り、朝三時まで声を出して本を読みあったのでした。[65]」また、ペルレス (Alfred Perlès) は『わが友ヘンリー・ミラー』において、ダレルとミラーの対話が葡萄酒のようにふんだんに流れたと伝え、「きみがそんな話し方をすれば、ぼくは酔いつぶれてしまうじゃないか。みんながきみのことを驚嘆すべき人物だといっています。アイルランド的雄弁のせいでしょう[66]」と、ミラーがダレルの話術に感嘆したことを記録している。こうしたことから推測の形で裏づけられるのは、ダレル自身が聞き手を魅了する秀れた語り手であり、だからこそ「止めどなくしゃべり続け」「声を出して本を読み会う」同郷のアイルランド人を愛しく思っていた事実である。1950年7月ベオグラードから「私はあなたと違って、できるだけ私のアイルランド人的衝動を抑えて、可能なかぎり慎重に計画をたてるのです[67]」という一節は、裏を返せば、性急で軽率、衝動的行動こそがダレルの本性であり、それをアイルランド的特質と彼が認識していたことを物語っているだろう。

　一方、ヘンリー・ミラーの方でも、ダレルがアイルランド人であることを意識してか、1936年12月「スターンは若いアイルランド出身の作家で、アフリカを舞台にした優れた短編集 [=*The Heartless Land*, 1932] を出した人です[68]」と、ジェイムズ・スターン (James Andrew Stern, 1904-93) に言及、1941年12月28日には「ハリスともうひとりアイルランド人の女性（アラン島出身）が、『黒い本』はいうに及ばず、きみの詩にまで首ったけになってしまったんです[69]」と同郷の愛読者の話を持ち出して喜ばせる。1939年5月付けの旅行計画の日程にダブリン、キラネーが含まれ[70]、1949年3月14日には「ぼくがそちらに行こうともしない、などと思わないでくれ給え。日に日にその思

いは募る（アイルランドを見なくては——それにエジンバラも）[71]」とあり、ミラーにも一種のアイルランド憧憬が芽生えている。1952年4月27日には「彼女［イーヴ・マクリュア］はスコットランド系アイルランド人とフランス人の両親から生れ、ちょっぴりユダヤ人の血も混じっている[72]」と、妻の体を流れるアイルランド人の血にも言及。ちなみに女性に関しては、「〈ドーム〉の女はちょっとばかりきみのナンシーに似ていた。背が高く柳腰で、鳶色の髪を滝のように背中にたらして。女王の如き歩き方をして——アーサー王伝説から出てきたような女。疑いもなくイギリス人。アイルランド系イギリス人だろうと思う。(中略) 彼女は［ダブリンの］ゲイト・シアターの女優だったかもしれない。グレゴリー夫人だったかもしれない[73]」という一節もある。そして極めつけは、1959年10月31日付のミラーの手紙で「結局のところ、きみはイギリス人じゃない、きみはアイルランド人、しかも地中海的アイルランド人なんですよ[74]」と語り、〈地中海的アイルランド人〉なる、耳慣れない自己撞着気味な表現で、20年以上に及ぶ交流を続けたロレンス・ダレルの特質を一言で評していることは注目してよいだろう。いかに生活の場や著作が地中海の陽光に溢れていようとも、ダレルの本質はアイルランド人性である、と見抜いたミラーの炯眼はさすがである。

(3) 『黒い本』と『アレキサンドリア四重奏』

さきほど触れたように、ダレルが1950年代後半に書いた代表的な連作小説は、東地中海が舞台となるものが多く、そのせいかアイルランドへの言及は極めて限られている。それ以前の、ダレルの実質的な処女作と言える『黒い本』(*The Black Book: An Agon*, 1938) においても、僅かに以下の2か所がアイルランドに関係する。

> 黴臭い読書室で、ぼくは言葉を散りばめた紙片を、口一杯にむさぼり食う。大犬星座のシリウスは、盛夏期に空に上がる——ケルズの書と、手引き写本を形どっている柔らかなアイルランド人たちの口。[75]

第3部　アイルランド文学の越境する地平

　　天候は概して薄晴れに恵まれてきた。アイルランドの南岸沿いにいくらか
　低気圧が停滞しているが、だれがそれを気にしよう？[76]

　『アレキサンドリア四重奏』の第1作『ジュスティーヌ』(*Justine*, 1957) と
第3作『マウントオリーヴ』(*Mountolive*, 1958) でも同じことがあてはまる。
『ジュスティーヌ』では、ダレルを思わせるアイルランド生れの主人公の持
つ伝統的なエグザイルの資質が、ある意味では常套的に語られるにすぎない。

　　「嘲笑の眼ざしね」とジュスティーヌが言う。「どういうことなの、あな
　たがこれほどわたしたちのひとりになりながら、しかも……そんなに離れた
　ところにいるのは」／彼女は鏡の前であの黒い髪をくしけずっている。煙草
　をくわえ眼を細めている。／「アイルランド生まれだからもちろん精神的逃
　亡者ってわけでしょうけど、あなたにはわたしたちの苦しみがないわ」[77]

また『マウントオリーヴ』では、マルクス主義は、アイルランド人バーナ
ード・ショー (George Bernard Shaw, 1856-1950) らの社会主義思想とユダヤ人・
マルクスの共産主義が大同団結した革命思想であるという奇妙な主張や、こ
の二つの民族が混血した個性に言及される。

　　彼はまったく真面目でした。「いや、受けあっておきますが、こいつが左翼
　のやりくちなんです。奴らの目的は内乱です。もっとも、今のところはまだ
　実現しませんがね——ショーとかその一派のようなひからびた清教徒たちが
　狡猾に自分たちの主張を述べてくれたおかげでね。マルキシズムとはアイル
　ランド人とユダヤ人の意趣返しですよ」これにはぼくも笑わないではいられ
　ませんでした。[78]

　　ダーリーはまったくぼくの国の人間の典型です——きざっぽくて、しかも
　偏狭なのです。それに、とても善良なんだ。奴には悪霊が欠けているのです
　　（ぼくの血のなかに唾したアイルランド人とユダヤ人に祝福あれ）。[79]

　だが、それらを除いてはアイルランド（人）は言及されない。ただし、

第 2 章　イギリス作家とアイルランド

『黒い本』がまさしくイギリスへの怨嗟に満ちていたように、イギリスへの敵意・反感の言辞は『マウントオリーヴ』でも以下のように散見され、これは隠れた形でのアイルランド人ダレルの反英感情の発露と考えてよいだろう。

　「よく言ってたわ、『イギリス人どもに一泡吹かせてやるんだ』って」彼女は復讐するように、この言葉を吐き出した。それから、とつぜん、ちょっと考えてつけ加えた。「いつもこんなことやってたわ」彼女はコーアンを真似てみせた。異様な眺めだった。拳を固めて接吻し、それをうち振りながらこう言う。「思いしらせてやるぜ、ジョン・ブルめ」[80]

　馬のない車をつくったイギリス人は、今やセックスのない結婚に無我夢中。やがては交わりをするためには、労働組合の許可をもらわにゃならなくなるだろう。[81]

　アングロサクソン人は姦淫という言葉を発明した。なぜなら、彼らは愛の多様さを信じられなかったから。[82]

　ダレルのユーモア短編小説「パリの小事件」(短編集 *Sauve Qui Peut*, 1966 所収)には、「さしずめ一週間ぶっとおしで放蕩三昧をしてもどってきたディラン・トマス (Dylan Thomas, 1914-53) といった」感じのアイルランド人医学生オトゥールが登場することも挙げておこう。「フランス革命の主義主張にいたく共鳴していたダブリンの外科医の家で育った[83]」彼は、叔母ミリアムの骸骨の家宝を売り飛ばして生活費に換金しようと、人目につく骸骨を抱えて外交官とともに珍道中を繰り広げるのだが、この作品のアイルランド人オトゥールあたりが、もっともアイルランド的な滑稽さに溢れている。おそらくはこの〈滑稽さ〉がアイルランド人作家ダレルの真骨頂であり、それがさらに洗練された形で遺憾なく発揮されたのが、次にみる詩劇『アイルランドのファウスタス』のように思われてならない。

第3部　アイルランド文学の越境する地平

(4) 詩劇『アイルランドのファウスタス』

ダレルは執筆順に3つの詩劇——紀元前7世紀のレスボスが舞台の『サッフォ』(*Sappho*, 1959)、捕虜となったスキタイの王女がローマの将軍に恋するメロドラマの『アクト』(*Acte*, 1961)、そして中世アイルランド雰囲気を湛える『アイルランドのファウスタス』(*An Irish Faustus*, 1963) を残している。エリオット (T. S. Eliot, 1888-1965) やフライ (Christopher Fry, 1907-)、ダンカン (Ronald Duncan, 1914-82) らによる詩劇の流行はすでに1950年代はじめには終わっており——*The Cocktail Party* (1950), *The Lady's Not for Burning* (1948), *This Way to the Tomb* (1946)——この当時は不条理演劇 (*Waiting for Godot*, 1952) や社会批判劇 (*Look Back in Anger*, 1956) が隆盛を極めた時代であるが、ファウスタスという歴史的主題から、敢えて詩劇の形式をダレルは選んだようだ。この『アイルランドのファウスタス』はドイツ人俳優（兼・演出家、舞台デザイナー）マリピエロ (Luigi Malipiero) の依頼で執筆された作品で、1961年11月にハンブルグで初演、1966年冬にドイツ南部ヴュルツブルク (Wurzburg) 近郊 Sommerhausen の Torturmtheater で延べ100回以上も上演された。マリピエロは「ファウスト伝説」に取材した舞台作品を7種類[84]もすでに上演しており、ダレルに8本目の新作「ファウストもの」を委嘱したのだった。ファウスト・ブームは、ドイツをはじめフランス、スペイン、イギリスに広まって行き、種々の変奏曲の作品を生み出したが、一部の例外[85]を除いては、なぜだかアイルランドまで席巻しなかった。〈アイルランドのファウスタス〉はその意味だけでも斬新な響きを持ち、すぐれて稀有な着想であろう。さて、〈9場[86]の道徳寓意劇〉なる副題をもつダレルの『アイルランドのファウスタス』は現在あまり知られていないようなので[87]、以下にこの劇の梗概をまとめてみよう。

(a) 詩劇『アイルランドのファウスタス』[88]の梗概

第1場。アイルランド西部ゴールウェイ (Galway) のキャサリン王妃 (Queen Katherine) の宮殿の書斎が舞台。ファウスタス (Dr. Faustus) が王妃の姪のマー

第 2 章　イギリス作家とアイルランド

ガレット王女 (Princess Margaret) に、魔術を馴化するのが科学であり、科学法則の限界を受け入れるのが魔術である、などとご進講中。王女は魔術は内面だけを変えるのか、外界にも作用するのか、博士のように力と知識を持ちながらどうして温和で分別が保てるのか、などと尋ね、さらに変成 (transmutation)の魔力を持つ〈黄金の指輪[89]〉について質問して不興をかう。この指輪はファウスタスの師トレメティウス (Tremethius) が国王の所望で拵えたもので、製造後に彼は黒魔術の道を歩んだとして火炙りの刑に処せられた。ファウスタス退場後、叔母のキャサリン王妃が現れ、王女にその指輪と呪文テキストを早く盗め、と苛む。理由は明らかでないが、マーガレットの実母は自殺を遂げ、叔母キャサリンがその事実を秘匿してくれたお陰で、教会墓地に埋葬され永眠している。キャサリンはこの秘密暴露をネタに、指輪を盗むように王女を恐喝している。指輪には、墓に眠る夫君にして吸血鬼のエリック (Eric the Red) を蘇らせる効力があるからだ。

　第 2 場は町の市場。一転して、ボッカチオやチョーサー風の喜劇。ありとあらゆる罪を償う免罪符を扱う商人マーティン (Martin the Pardoner) が登場し、助手ビューボウ (Bubo) とともに大道商人よろしく客に声をかけ、教区委員風で吃音の男は男色 (sodomy) の免罪符、尼僧が一夫多妻 (polygamy) の免罪符を求めるなど、売行き快調。おまけにファウスタスの従僕ポール (Paul) までが窃盗 (theft) の免罪符をこっそり買う始末。ファウスタスは商人に、トレメティウスの弟子仲間だった隠遁者マシュー (Matthew the Hermit) の消息を尋ね、彼から預かっていた手紙を受け取る。

　第 3 場はファウスタスの私室。雨の中、病人[90]の往診からファウスタスが疲弊して帰宅する。帰路、自分そっくりの別人が馬を走らせる幻影や、師トレメティウスが遺言で残した錬金術の黄金の指輪が盗まれる夢を見た、と従僕ポールに打ち明ける。屋根裏部屋の施錠した戸棚の重い鉛製の小箱に保管され、鍵はファウスタスが肌身離さずに所持していたにもかかわらず、その指輪が紛失しているのに気付き、ファウスタスは愕然とする。そこへ仮面をつけた悪魔メフィスト (Mephisto) が生霊(いき) (double) のように血肉を備えて現れ、王妃がマーガレットを教唆して臘で鍵の陰型 (impression) をとって盗ませた

319

第3部　アイルランド文学の越境する地平

こと、そもそもその指輪は破壊するか、使用するかすべきだったのだ、と語る。窯(かま)や酸でも溶けず、粉砕機も歯が立たぬ指輪をどうやって破壊できるのか、とファウスタスは抗弁。やがて、黒魔術に必要な呪文の記された魔術書の一部（「稀有金属の変成について」の全章）まで破りちぎられていることにファウスタスが驚愕しているところへ、司祭 (chaplain) の友人アンセルム (Anselm) がちぎられた羊皮紙を手に息を切らせて駆けつけると、メフィストは霧消。教会の祭壇の布は甲殻類の足跡で血塗られ、王妃はひどい狂乱状態にある、とアンセルムは告げる。

　第4場は宮廷の控えの間。狂乱の王妃はシーツで椅子に縛られている。彼女は国王の悪魔的な力や、王への情欲について語る。駆け付けたファウスタスは王妃の束縛を解いて、巧みな言葉で国王エリックのもとへ王妃を泳がせ、その跡を追う。吸血鬼退治のために、絞首刑執行人ダーク (Dirk) を呼ぶ手配を怠らない。

　第5場は森の中の寂しい一画。キャサリンがエリックの眠る棺（ト書きでは、中の人物の動きが観客に見えるように透明な素材）の在処まで来ると、ランプを手に尾行した一行が近づく。ファウスタスは眠っている吸血鬼の指から黄金の指輪をはずし、ダークと助手が鋭い杭を胸に打ち込むと、吸血鬼は絶叫、絶命する。ここで場面転換があり、懺悔するマーガレットをファウスタスが諭して去らせたのち、魔術師の亡霊たち (figures) 何人か——アグリッパ、カルダーノ、サマリアのシモン——が現れ、最後にしゃれこうべ (deathhead) 姿の師トレメティウスが登場。指輪を破壊せよ、そのためには「大呪文」(Great Formula) なる危険な呪文を唱えるしか方法はない、と告げて消える。決意を固めたファウスタスに、地獄の炎熱にも耐え、破滅から身を守る「真の十字」(True Cross) の断片から拵えた、霊験あらたかな十字架を司祭アンセルムは授ける。

　第6場はファウスタスの私室。この聖なる魔除けを持ってファウスタスは悪魔メフィストに対峙し、地獄の住人（＝メフィスト）が居合わせてはじめて効力を発するとされる例の「大呪文」を唱え始めると、メフィストは怖気づく。二人はともに炎の暗闇の王国に入っていく。

第 2 章　イギリス作家とアイルランド

　第7場は前場と同じ。朝がきて従僕ポールとアンセルムがファウスタスの私室の扉を押し破ると、ファウスタスは疲弊して熟睡、髪は真っ白、衣服は地獄の炎で黒焦げだが、幸いなことに無傷。メフィストの姿はない。指輪は永遠の灰となって無事に破壊されていたが、肝心の「真の十字」の方が真っ先に焼け、その瞬間ファウスタスは恐怖の余り、笑いだしたと述懐する。（実はこの十字架も、免罪符商人マーティンの模造品だった。海賊が縛り首になった絞首台の血塗られた材木を失敬してきたらしい。）やがて王妃と王女が来訪。王妃は、狂気から解放されたことに感謝の念は抱きつつも、亡夫と未来永劫に訣別させられた憎悪からファウスタスに流刑処分を言渡し、エリックを蘇らせて、と未練がましく懇願する。ファウスタスは別れを告げ、いまや彼には無用の魔術書を王女に残し、地球が丸いのなら再び戻ってこよう、と言って去る。

　第8場。森の中をファウスタスが従僕ポールと彷徨していると、免罪符商人マーティンと邂逅。姦通の免罪符が20個完売で、エルサレムにあらたに仕入れに向かう途中だという。「鰯の頭も信心から」で、〈まやかし物〉だと州長官が警告すればいっそう宣伝効果が上がって商売繁盛、そのうえ買った客にもちゃんと御利益がある、と語る。たしかに結果的には、紛い物の「真の十字」が奇跡を働いた、とファウスタスも認める。マーティンの提案で二人は隠遁者マシューのもとへ赴くことになり、従僕ポールとここで別れる。

　第9場。死期の近いことを悟った隠遁者マシューは山奥の丸太小屋で、ファウスタスの来訪を久しく待っていた。雪深い山中は春まで半年も下界との交通が閉ざされるが、免罪符商人マーティンと、遅れてやってきた仮面姿のメフィストが登場し、4人でトランプ遊び〈フォーチュン〉を始める。愛を表す♡を、死の♠、力の♣、富の♦に勝る〈切札〉に決め、長い冬をこれからずっと4人でトランプ遊びに興じるようだ。

(b)『アイルランドのファウスタス』の特色

　以上の粗筋から察せられるように、これは風変わりなファウストものに仕上がっている。ファウスト伝説を基軸に、吸血鬼伝説、指輪物語、カンタベリー物語、老荘思想 (Taoism) などが渾然と合体した印象を受けるだろう。批

321

第3部　アイルランド文学の越境する地平

評家フレイザーは、ダレルのファウスタスの独自性を、特にこの老荘思想に求めている[91]。すなわち、ファウスタスが自然との調和を図る〈白魔術〉のみを追究し、〈黒魔術〉を忌み嫌っていること[92]、キリスト教を否定も挑戦もせず、無為であることが万物の動きと調和すると考えていることを根拠に、である。たしかにファウスタスは、「我が研究はまっとうな道だった」(my studies were of the righthand path [28]) と語り、破棄処分できずにきた黄金の指輪はずっと「心の重荷」(a millstone round my neck [39]) ではあっても、それを悪用しようなどとは少しも考えたことがない、とメフィストに答えている。（フレイザーはまた、このメフィストはファウスタスの自我の暗黒面の象徴であり、ユングの「影」的存在であるとも指摘している。）つまり、ファウスタスから邪悪な悪魔性を除去し、自然の掟の法を越えようとしない良識ある博士像を描こうという姿勢がダレルの詩劇では貫かれていると言ってよい。

　〈悲喜劇〉こそがアイルランド演劇の真髄だと筆者は考えているが、一般的に悲劇に傾斜しがちなファウストものに、喜劇の要素を巧みに注入するダレルの劇作術の手法の冴えは、アイルランド演劇を想起させる。緊迫するはずの場面、例えば、ファウスタスとメフィストの出会いの場面で、ファウスタスが「あなたとは全く面識がない」(I do not know you from Adam. [40]) とメフィストに告げる台詞は、あなた（悪魔メフィスト）とアダム（神の造り給うた人間）の識別ができない、という字義どおりの意味と重なり、皮肉な面白みがある。

　登場人物の名前とその役柄の乖離も巧妙に仕組んである。司祭アンセルムの名は、イタリア生れでカンタベリー大主教にもなった11世紀の聖アンセルムスを連想させるが、この「スコラ哲学の父」の名前を持つ聖職者が、偽造品の十字架をつかませられ、ずっと騙されつづけていたのは、彼には気の毒でも、観客にはすこぶる愉快な話である。

　免罪符売りの名前マーティンは、宗教改革者ルター (Martin Luther, 1483-1546) を当然ながら連想させて痛烈な風刺である。金で買える免罪符で事足れりとする風潮の、堕落したカトリック教を改革しようとした人物と同名の商人が、エルサレム（という名前の、実はアイルランドの寒村）に偽ブランド

322

品製造工場を経営しており、博士の古典語学識を当てにして、免罪符のラテン語文字筆記アルバイトをファウストに斡旋したりするところは、諧謔極まれりの感がある。さらにまた、マーティンの助手の名前ビューボウ (Bubo) は、「横痃」「よこね」、すなわち、「淋病・梅毒などによる鼠蹊部のリンパ腺の腫れ」を意味する普通名詞であり、免罪符売り自身が姦淫の報いの性病を患い、免罪符によっても「免罪」されていないことを物語っている。もっともビューボウは、「冬場をしのぐ」(75) のに好都合だと、偽造品販売罪に問われた親方マーティンの身代わりとしてすすんで牢屋に入るほどのチャッカリ者である訳だが。

　一方、悲劇の要素の点では、ファウスト劇にありがちな、知識の極限まで行きついた哲人の形而上的懊悩ではなく、信義や忠誠心に関わる、等身大の人間的な苦悩の姿がファウスタスに付与されていることも指摘しておきたい。師トレメティウスが黒魔術の咎で捕らえられたとき、弟子ファウスタスは自白強要の拷問を恐れ、また事実そうなのだからと自らに言い聞かせて、証言宣誓書に署名してしまったのである。同輩マシューのように署名を拒んで山奥に逃走すべきだったのに、易々と師を裏切ってしまった悔悟、「長年、このさもしい臆病が我が身につきまとった」(57) と彼は漏らす。魔女狩りを描いたアーサー・ミラー (Arthur Miller, 1915-) の『坩堝』(*The Crucible*, 1953) を彷彿とさせる挿話だが、自己の人間的弱さを、なんと誠実に告白するファウスタスだろう！　しかも、師を裏切る〈背信〉のテーマは、たとえばジョイスにも通じる、アイルランド文学の大きな主題の一つである。超越的な力を持つ孤高のファウストではなく、人間誰もが抱える心の棘に悩み、勇気をもって克服するファウスト、世俗の免罪符商人とも対等に世間話をする謙譲さを備えた、東洋の仙人風な人柄が漂うファウストが、ダレルによって造型されたことを高く評価したい。

(c)　なぜ、アイルランドなのか？
　さて、ではなぜ、〈アイルランド〉なのか？　——この問いに対しては、実はダレル自身が次のように答えている。「なぜなら、バイロン(『マンフレ

ド』)は言うに及ばず、ゲーテやレッシング、ヴァレリによって既に登攀された高台にいまさら旗を立てる訳にはいかないことを悟ったので、むしろキット［クリストファー］・マーロウに近い位置にとどまり、古典的連想なしですませる方が賢明だと考えたのです。[93]」

同じ英語圏の作家ということもあってか、ダレルはマーロウに親近感を寄せているようだが、これでは、なぜ〈アイルランド〉なのか？　という問いの回答としては不十分であろう。まず、ダレルのファウスタスは、マーロウの Doctor Faustus とは、いささか趣を異にするからである。マーロウのファウスタス[94]は、冒頭のコーラスの前口上によって、「悪魔の術にのめり込み」(falling to a devilish exercise, sc.1:23)「呪わしい降神術を貪っている」(He surfeits upon cursed necromancy, sc.1:25) と規定される。そして博士自らが「魔法使の形而上学／降神術、これらの書物こそ最高のもの」(These metaphysics of magicians, /And necromantic books are heavenly; sc.1:46-7) で、「魔術ですよ、魔術がわたしの心をすっかり奪ってしまっている」('Tis magic, magic, that hath ravish'd me. sc.1:107) と魔術への傾倒をうたいあげる。そして官能のままに24年間生きることと引き換えに、悪魔に肉体と魂を譲渡する証書を血で書き上げる。龍の引く炎の戦車で宇宙を駆け巡り、枢機卿に化けてローマ法王を騙し、透明人間になって悪戯し、ドイツ皇帝にアレクサンダー大王と妃の影を呼び寄せ、公爵夫人に季節外れの葡萄を献上し、学者たちにギリシアの美女ヘレンを彷彿とさせたり、博士は様々な魔術を使う。(考えようによっては、ファウスタスのこれら一連の所業は他愛のない悪ふざけであったり、過去の英雄の亡霊を喚起して娯楽の種を他人に提供している訳で、たとえそれが実体のない束の間の幻影にすぎないものであっても、夢や願望をかなえてやっている善意の側面はある。) だが、契約終了の時限の到来とともに、断末魔の悲鳴をあげて肉片が四散する非業の死をファウスタスは遂げる。途中にいくらか笑劇的要素は組み込まれていても、マーロウ作品の結末はきわめて暗澹としている。それに対してダレルのファウスタスは、上述したように、悪魔に魂を売り渡すこともなければ、無闇に魔術で悪戯したりもせず、無論、悲惨な結末を迎えもしない。その意味で、ダレルの『アイルランドのファウスタス』は、マーロウのものとは似ても似つかぬ、喜劇的な

第2章　イギリス作家とアイルランド

ファウスト作品なのである。

　いずれにせよ、粗筋に示したように、ダレルの劇の舞台はアイルランド西方のゴールウェイに設定されている。イェイツの詩劇やショーの劇でも選ばれたりするこの地方は、中世の魔術的風土を体現するには好適な土地ではある。(果たしてダレルが実際にゴールウェイを訪れたことがあるのか、想像だけで執筆したのかは不明であるにしても。) もっとも、アイルランドには魔法や妖術の熱狂的流行はなかったとする説が一般的で、ブリタニア百科事典でもこの項目でのアイルランドの記述を省略している。それは、「ケルトのアイルランドでは、目に見えぬ存在と関わることはそれほど忌まわしくは思われず、実際、習慣や年月の認知を得ていた[95]」からで、魔術に関する文献不足とも相俟って、超自然を受け入れるアイルランド人の民族性がかえって魔術の流行を阻んだようだ。それはさておき、このゴールウェイやダンレイヴン (Dunraven) の地名、そしてファウスタスの台詞「また雨だ——アイルランドの果てしない緑色の雨だ」(11)、さらには「二千年も年齢をとったが、気分はマーリンより若い」(68) という、アーサー王伝説の魔法使いの預言者マーリン (Merlin) への言及などを除いては、戯曲全編を通じて、アイルランドやケルトらしい雰囲気がさほど醸成されていない感はどうしても否めない。この点でも、なぜアイルランドなのか、の疑問は氷解しない。登場人物では、唯一、キャサリン王妃がアイルランド人らしい名前である (同じ語源で異綴の Kathleen の方がよりアイルランド的だが。) イェイツ (W. B. Yeats, 1865-1939) の詩劇『キャスリーン伯爵夫人』(Countess Kathleen, 1892) は、貧しい飢餓農民を救うため、全財産を投げ出した挙句に悪魔に魂を売り渡し、最後に昇天する伯爵夫人の奇特な物語だが、ダレルの詩劇の王妃は吸血鬼と契り (通例、そのような場合、王妃も吸血鬼になるはずだが)、民衆への慈愛や顧慮の様子は全く見られない。〈ファウスタス〉自体は、5世紀のブリテン王ヴォーティガン (Vortigern) の息子の一人の名前でもある[96]のだが、この劇ではやはり16世紀のファウスト伝説に立脚していると考えるべきだろう。アイルランド的と呼べるのは、アイルランド系作家ストウカー (Bram Stoker, 1847-1912) の『ドラキュラ』(Dracula, 1897) でお馴染みの吸血鬼 (vampire) の登場だろうが、その吸血鬼役の国王の名エリッ

325

ク (Eric the Red) は、アイルランド人よりむしろ、Greenland の海岸を探検したノルウェー人航海者 (c. 940-c. 1010) を連想させる北欧風の響きがある。（ちなみに、「吸血鬼」はヴァレリの『我がファウスト』3幕3場のリュストの台詞[97]でも言及される。）現英国女王の妹の名でもあるマーガレット王女は、その愛称グレッチェン (Gretchen) の形に直せば明らかなように、ゲーテの『ファウスト』第一部でファウストに誘惑されて獄死するグレートヒェンとの関連が密接だろう。そうしてみると、登場人物の名前や行動にアイルランド的なものを直接読み込むことは、なかなか困難なようである。

(d) 『アイルランドのファウスタス』における他の作品や史実の影響

『アイルランドのファウスタス』第1場は、ヴァレリの『我がファウスト』1幕1場と同様に、博士が自分を慕う若い娘に教育を施す（ヴァレリの場合は、著作の口述筆記を命じる）場面設定が大筋で共通している。このことは、ダレルのヴァレリ模倣の可能性も示唆されて興味深い。もっとも、『我がファウスト』の若い娘リュスト (Lust) がその名〈情欲〉が暗示するように、自らが齧った桃を博士に差し出すような、官能的な存在なのに対して、ダレルのマーガレットには蠱惑的情感や態度は皆無で、著しくセクシュアリティに欠ける点は決定的な相違である。

ファウスタスの師として登場する〈トレメティウス〉だが、これは〈トリテミウス〉のことだろうか。歴史上実在したヨハンネス・トリテミウス (1462-1516) は、21歳の若さで修道院長となった隠秘学の泰斗で、暗号やテレパシー関係の書を著しているが、決してファウストが師と仰いだ形跡はないという。歴史上の二人の接点は、1505年5月、ゲルンハウゼンの旅館に宿泊中のトリテミウスに、「修士ゲオルク・サベリクス、若きファウスト」なる人物から託された分厚い手紙を宿の主人が手渡して面会が成立し、トリテミウスはそこで己の無知を思い知らされ、ファウストについて中傷に満ちた罵詈雑言を言い触らす俗物ぶりをさらけ出したらしい。つまりトリテミウスなる人物は、「言葉が巧みで大げさであり、いかにも謎に満たされているような語り口が上手だったほかは、とくに知識があるようにも、能力をもって

第2章 イギリス作家とアイルランド

いるようにも思われなかった。彼について流布している魔術めいたもろもろの物語も、言ってみれば、めだちたがり屋の彼が行なった、しがない工作以外のないものでもないであろう。[98]」しかも、死後、トリテミウスはノイミュンスター教会の墓地に埋葬され、当代の大彫刻家ティルマン・リーメンシュナイダーに墓碑銘を刻んでもらっており、ダレルの戯曲のように、黒魔術の道を進んだために火炙りの刑に処せられた、というのはまったくのダレルの創作のようだ。

物語の展開で重要な役割を果たす〈指輪〉といえば、英国の中世研究家トルキーン (J. R. R. Tolkien, 1892-1973) の『ホビット』(The Hobbit, 1937) とその続編3部作『指輪物語』(The Lord of the Rings, 1954-56) が連想される。この物語では、人類の遠縁で、小柄で温和なホビット族のビルボが手に入れた魔法の指輪を同じ一族の若者フロド (Frodo Baggins) が受け継ぎ、彼は仲間とともに恐るべき力を秘めたこの指輪を火の山に捨てるべく旅立つ。魔法使いのガンダルフやエルフの助けを借りて、悪の勢力 (Mordor) との長い闘いを経て、この目的は遂行される。中世の数々の物語を生かし、1960年代に爆発的な人気を博したこの作品が、1963年刊のダレルの戯曲の執筆過程で何らかの影響を与えたことは想像に難くないだろう。また、英詩の伝統を溯れば、ブラウニング (Robert Browning, 1812-89) に4巻、2万行を越える有名な長詩『指輪と本』(The Ring and the Book, 1868-69) がある。しかしながら、この作品でいう〈指輪〉は比喩的な用例で、純金に混ぜ物をして指輪を合成することから、殺人事件の裁判記録の古書 (the Book) に、詩人のブラウニングの人生観を織り混ぜた作品の謂であるという。

(5) おわりに

アイルランド人の母親の血筋を受け継ぎ、ジョイスやベケットのようにアイルランドを離れたエグザイルとして活躍したダレルは、概して小説では故国について寡黙であるが、書簡ではアイルランド人への愛着を率直に表明しており、50歳を過ぎて初めて、標題に〈アイルランド〉を冠した作品——詩

327

劇『アイルランドのファウスタス』を発表した。本文でも述べたように、戯曲登場人物の名前やいくつかの主題は、必ずしもアイルランド的ではないにせよ、とかく晦渋で高踏的なファウスト伝説に、アイルランド的吸血鬼伝説のスリルと、指輪物語の冒険譚モティーフを織り混ぜると同時に、免罪符商人という冒瀆的喜劇精神を体現した人物を導入することによって諧謔・諷刺的要素を強く打ち出し、その一方で、良心の呵責に苛まれる〈普通の人〉ファウスタスを描き出すことに成功した。悲劇に喜劇を調味するこうした劇作術は、おそらくはアイルランド人作家がなによりも真骨頂とする手腕であろう。もし、ファウスタスがダレル自身の投影であるとすれば、結びの第9場が暗示するように、〈学者〉ファウスタスは、〈聖人〉〈滑稽な俗物〉〈しおらしい悪魔〉の3人の仲間とともに、「運命」と名付けられたトランプ・ゲームにこれから心ゆくまで打ち興じるつもりらしい。相矛盾する要素を包含する、換言すれば、清濁合わせ持つ、この底知れぬ寛容さこそ、ロレンス・ダレルの、アイルランド作家らしい持ち味と言えるかも知れない。

5 アイリス・マードック――『赤と緑』のアングロ・アイリッシュ性

(1) はじめに――マードック作品とアイルランド

　アイリス・マードック (Dame Iris Murdoch, 1919-1999) は1919年7月にアングロ・アイリッシュの両親のもと、ダブリンで生まれた。その後、2歳になる前の幼時期に英国へ渡ってロンドン郊外で養育され、夏の休暇にアイルランドを訪れる以外は母国とはほぼ没交渉になった。しかし、つとに指摘されているように、緑の島への里帰りをいくつかの小説の中で果たしている。
　ゴシック風小説『一角獣』(Unicorn, 1963) の舞台は（国名こそ明示されていないが）「ケルト的反映[99]」の顕著なこの島（のクレア州付近）であり、『海よ、海』(The Sea, The Sea, 1978) の冒頭の海岸描写はコーク州ミゼン岬の荒波を彷彿とさせ、ベケット (Samuel Beckett, 1906-89) の小説『マーフィ』の影響が色濃い

第2章 イギリス作家とアイルランド

『網のなか』(Under the Net, 1954) において、主人公ドノヒュー (James Donoghue) はアングロ・アイリッシュで、そのアイルランド人の友人フィン (Finn:Peter O'Finney) はロンドンを去って母国アイルランドへ戻る。『哲学者の弟子』(The Philosopher's Pupil, 1983) のエマ (Emma) は、アイルランド内乱の害悪に心を奪われている。『網のなか』や The Nice and the Good (1968) には狡猾なアイルランド人召使ケイト (Kate Gray)、ファイヴィ (Fivey)(ともにクレア州出身)が登場、The Time of the Angels (1966) のオドリスコル (Patti O'Driscoll) もアイルランド人の血が流れる黒人女中である。The Italian Girl (1964) のなかのイタリア人女中たちは、見境なくアイルランド風に 'Maggie' 呼ばわりされる。『砂の城』(The Sandcastle, 1957) のなかの、女に弱く酒好きな政治家 Tim Burke は、シング劇の登場人物に似た名前だし、『切られた首』(A Severed Head, 1961) の主人公ランチ＝ギボン (Martin Lunch-Gibbon) は父方がアングロ・アイリッシュ、母がウェールズ人で、アイルランドに住んだことはないものの、アイルランドに深い絆を抱いている、といった具合である。

(2) アイルランドへの愛着の端緒

作品の舞台背景や登場人物の出自にみられる、アイルランドへ託された深い関心の背後には、彼女自身がインタヴュー（1968年6月、London Magazine）で明快に答えているように、「アイルランドに寄せる、かなり曖昧で、なかば困惑した、とても情緒的な愛着」を著者が抱いていて、単に English でも、あるいは単に Irish でもない、両者が不可分に混交した 'Anglo-Irish' という、より複雑な社会階層に属する者の自己認識の問題が存在する。この点で、それより30年も前に遡る1939年6月に発表された評論は、20歳直前（オックスフォード大学1年生）の著者の自己規定が、極めてアイルランド寄りに傾斜していたことを窺わせる貴重な初期資料である。「アイルランド人は人間か？」('The Irish—Are They Human?')——『チャーウェル』誌 (The Cherwell 56. 6, 3 June 1939) 初出——と題された挑発的なこの評論[100]は、スウィフトを思わせる逆説を多用し、辛辣で屈折した論調で、英国人の偽善を断罪しているが、

329

第3部　アイルランド文学の越境する地平

若き日のマードックがこの文章において、'We Irish' という自己規定をしているのがとりわけ注目に値するだろう。

　この評論で彼女は、「アイルランドは詩人と哲学者の国だが、イングランドは考古学者と骨董研究者の屑山だ」と反英感情をあらわにし、弱い者苛めが好きなイングランド人は、自己の優秀性にたえず傲慢なまでの優越感を抱いているけれど、スウィフトからウェリントン、ゴールドスミスからマクニースにいたるまで、イングランドの偉人の多くが実はアイルランド人の血筋をひいている、と喝破。そして、こうした偉人たち、すなわち「アングロ・アイリッシュは、ついでに言えば、最高のならず者と最高の英雄を生み出し、英国の真の偉大さの在処を見極めることができた」と付け加え、Anglo-Irish の文化的卓越性を主張している。(さらに余勢をかって、シェイクスピアだって少なくとも部分的にはアイルランド人である[101]、なぜなら『ヘンリー5世』のような熱烈な愛国劇は英国人に書けるはずがない、たとえ戯曲がアイルランドに関する侮辱的発言に満ちていても、自国を悪し様に言うのは、とりも直さずアイルランド人の国民性だからだ、と牽強付会に話を進めている。)

(3)『赤と緑』のなかのアングロ・アイリッシュ

(a)「アングロ・アイリッシュ」とはなにか——その概念規定

　さて、そのマードックが46歳の円熟期を迎えて発表した『赤と緑』(The Red and the Green, 1965) のなかでは、作家自らが属する Anglo-Irish をどのように描いているだろうか。また、そもそも Anglo-Irish の概念規定は彼女にとってどういう性質のものだったのだろうか。

　『赤と緑』に登場する錯綜した家系の主だった3家族は、一部の改宗者を含むものの、大枠としては全員 Anglo-Irish と把握してよいと思われる。Chase-White, Kinnard, Bellman, Dumay などはおしなべてみなイングランド系、ないしノルマン (フランス) 系の姓名だからである。ここで重要なのは、Anglo-Irish の定義の問題である。すなわち、姓名に刻印されて他者から解読されるように、あくまで血筋なのか、あるいは宗旨その他の文化的特質や

意識の問題が、より決定的な指標となるのかどうか。先回りして言えば、マードック自身が「アングロ・アイリッシュ」の概念を首尾一貫して用いてはいないふしもあるし、あるいは、その操作自体が困難なほどに、柔軟な外延をもつ概念なのかも知れない。以下、Anglo-Irish を、①血統（身体的特徴）、②宗教、③言語、④ナショナリズムの４つの観点から眺めて、『赤と緑』を再読してみる。

　i）血統（身体的特徴）の問題

　「アングロ・アイリッシュ」は第一義的には、やはり血の問題であり、English と Irish の親や祖先を持つことが指標になることは疑いがない。だが、どの程度までの混血ならばその範疇に含まれるのか、その境界は曖昧にならざるをえない。作品のなかで明確に「アングロ・アイリッシュ」宣言をしているのは、'We Anglo-Irish families are so complex' (15) と誇らしげに語る Hilda の属する Chase-White 家だけである。しかも、ヒルダの母親グレイスの旧姓リチャードソンは、マードックの母親 (Irene Alice Richardson) の旧姓と偶然にも一致し、その解釈から、〈ヒルダ＝マードック〉というモデル仮説も立てられる。しかし、ヒルダの息子アンドルーは決して 'Anglo-Irish' と hyphenate した折衷語は使わない。生まれはカナダ、育ちはロンドン、アイルランドは子ども時代に休暇で過ごしただけのアンドルーの自己意識は曖昧で漠然としている。

> Andrew . . . felt himself unreflectively to be English, although equally unreflectively he normally announced himself as Irish. Calling himself Irish was more of an act than a description, an assumption of a crest or picturesque cockade. (8)

つまり、実生活の場がロンドンである以上、実質 English であるが、血筋の名目は Irish だと、まったく無反省に認識しているらしい。フランシスもエピローグで、'the English chap', 'I always think of him as English.' (279) とアンドルーについて語る若い息子に、'He wasn't English, he was Irish.' (279) と、あえて訂正している。この二人には、English/Irish の単純な二項対立し

331

第3部　アイルランド文学の越境する地平

か念頭にないのだろうか。

　さらに、そのフランシスの父クリストファーが属するベルマン家となると、なお込み入ってくる。彼が Anglo-Irish に与える定義は、'Those aristocrats who think themselves superior to the English and to the Irish!' (36) であり、傲慢な貴族特権階級を指すと同時に、この口調から推して彼自身は除外されているし、次の例も曖昧な認識を物語る。

> Christopher was in fact English, though Irish by adoption through his wife Heather, and an Irish 'enthusiast' in a way which sufficiently marked him as an alien. (26)
> 'Why do you say "they", Christopher, and not "we"? You're English after all.'/ 'True, true. But having lived over here for so long I can't help seeing the dear old place a little bit from the outside.' (34)

　これは、いわゆる国籍居住地主義の発想なのだろうか、とくに最初の引用文前半の、婚姻によってアイルランド人に変わる、とするマードックの記述は、子孫ならともかく、当人に関しては不可解である。同じ文の後半部分は、土着の Irish にもまして熱烈な愛国心を抱く傾向のある Anglo-Irish の移住者としての特質をみごとに言い当てている一節だが。一族の血統上の特性を体現するはずの身体的特徴に関して言えば、マードックがフランシスを、Irish として言及しているのは興味深い。

彼女は 'the plump grace of a pretty pony', 'Christopher's dark hair' をもち、'an almost gipsy appearance, or perhaps rather she just looked Irish, of the Irish of Ireland, wide-faced, a little tousled, with a long powerful smile.' (28) と描写されている。すなわち、この Bellman 父娘はスペイン系との混血を示唆する黒髪、すなわち、欧州南部ラ・テーヌ派の大陸ケルト人に溯る Irish の特徴を持ち、婚約者 Andrew の、どちらかというとアングロ・サクソンを思わせる金髪（髭も金色）と、際立った対比をなすだろう。また、「純潔」を表す Andrew の〈白い〉肌は、彼の姓 Chase-White の一部であり、百合の花にたとえられている（'lily-white boy' [49]）が、百合は今日、北アイルランド

のロイヤリストの象徴でもあることが想起されよう。

血統の問題は、ついでながら、近親相姦 (incest) の主題とも密接に連動する。作品での密通の具体例（Millie からみた血縁では、Henry は異父の兄、Pat は実の甥、Andrew は異父兄妹の甥、Christpher は義兄にあたる。ただし、Henry との関係は確証がなく、Pat, Christopher とは未遂）すべてに関与した当事者ミリーがいみじくも言う台詞 'We [＝Anglo-Irish families] 're practically incestuous.' (15) は、歴史的に少数派の支配者層を形成してきたアングロ・アイリッシュにとって、どうしても閉鎖社会内部での近親間婚姻が珍しくなかった事情を示唆するものだろう。(Anglo-Irish という、本来の雑婚的異民族融合の概念とは矛盾するのだけれど。）もっとも、近親相姦はなにも男女間に限らない。同性愛に近い感覚の表出が、Pat と Andrew の従兄弟同士、Pat と Cathal の兄弟同士に見られ、それは裏返して言えば、性行為への恐怖（21歳でようやく筆下ろしの Andrew、生涯童貞の Barney）や肉体的堕落のマゾヒズム（Pat の自虐的買春）に基づく、融合拒絶の不毛な営みでもある。

ii）宗教の問題

「アングロ・アイリッシュ」を示す強力な後天的指標は、一般的には Protestantism という宗派である。J. C. ベケットがアイルランド近代史の通史のなかで脚注を施しているように、「〈アングロ・アイリッシュ〉という用語は18世紀までは一般的に使用されていないようで、18世紀になってプロテスタントの支配者階級を指すために用いられた[102]」。Chase-White 家は無論プロテスタントであり、常日頃は不信心者の Andrew までもが、カトリックのアイルランドに来ると緊張して、宗派の相違を明瞭に意識するという記述がある。

> A far from devout and, in England, an uncontentious, uninterested, almost entirely non-practising Anglican, he felt, on arrival in Ireland, his Protestant hackles rise. (8)

しかし、このプロテスタント家系からは、Hilda の弟 Barney や Dumay 家

の Brian、さらに彼と結婚した Kathleen も含めて、カトリックへの改宗者が出ている。もちろん、改宗によってかれらが即座に「アングロ・アイリッシュ」性を喪失したり、かつての帰属集団から社会的に追放されるわけではなく、気まずいながら改宗後も互いの親戚付合いは支障なく継続される。一方、カトリックになった両親の宗派を受け継いだ Pat にしても、宗派を自らの絶対的特徴とは必ずしもみなしていない。

> He was himself a matter-of-fact practising Catholic, but the pattern of his religion, though it remained secure, did not enter into the chief passion of his life. He was not one of those who made their Catholicism into nationalism. (77)

つまり、自分がプロテスタント、あるいはカトリックであることの根源的意味を日常的に真剣に内省する人物は『赤と緑』では Kathleen と Barney だけである。家庭を顧みぬほど慈善の実践に励む Kathleen と、ミサにも足が遠のいてはいるが、かつて啓示を受けて聖職を目指し、たえず神の問題を考えている Barney の二人がこの小説全体の中で醸し出す異質性、一種特異な雰囲気は、敢えて最初の宗派を捨ててまで選び取ったカトリック信仰にこそ、その源を求めることができるだろう。それは裏返して言えば、Protestantism が Anglo-Irish の特質として依然、有効であることを示す証左であろう。ついでながら、子沢山で有名なカトリックに対し、プロテスタントは少子家族が一般である。Andrew, Francis はそれぞれ母子／父子家庭の大事な一人っ子だし、改宗した Dumay 家でもわずかに二人兄弟。こうした簡潔な家族構成が織り成す濃密な人間関係のドラマも、Anglo-Irish 小説の典型だろう。

iii) 言語の問題

Anglo-Irish の使用言語はもちろん英語、それも 'best English' (36) とされる。職業柄アイルランド語（ゲール語）が堪能に違いない言語学者のクリストファーでさえ、'Gaelic should be left to us scholars. One should be content to be born to the language of Shakespeare.' (35-36) と言って憚らず、'Ireland should turn back to the eighteenth century, not to the Middle Ages.' (37) と提

第2章　イギリス作家とアイルランド

唱して、ケルト民族の伝統的遺産であるアイルランド語ではなく、〈すぐれた英語〉によって[103]英文学を活性化したアイルランド系作家たち (Goldsmith, Sterne) の功績を称えているのは、不思議ではない。『赤と緑』のなかでアイルランド語学習に熱心なのはキャサルだけで、彼にしても日常的にアイルランド語を喋るわけではないし、ナショナリストの兄 Pat にいたっては、'He had never joined the Gaelic League, and though he had attempted to learn Irish he did not think the language important.' (77) という有様である。そういう事情を反映してか、作品にアイルランド語語彙は皆無で、これはおそらく著者マードックのアイルランド語知識とも関係するのだろう。したがって、ダブリン南方15マイルにあるミリーの山間の別荘所在地「ラスブレイン」(Rathblane) が、分析すれば、土砦(とさい)（円形の土塀）を意味する rath, 'thin, lean' の意味の blaine のケルト語から成立していることをマードックが熟知して、4人の愛人を易々と受け入れる「薄く脆い砦」として意図的に使用した、とは思えない。

　その意味では、蜂起を率いたナショナリストたちの戦略的言語観との違いは歴然としている。Pearse はアイルランド語と英語のバイリンガル教育の聖エンダ校を創設したし、MacDonagh はアラン島でアイルランド語を学んでいて Pearse と出会った。MacNeill は自身、アイルランド語学者でもあった。Christopher をのぞいて、アイルランド語に没頭する登場人物がいないのは、著者マードックも含めて、万事、英語で事足れりとする Anglo-Irish の人々の知的関心の宿命的限界でもあろう。

　iv) ナショナリズムの問題
　『赤と緑』には、国民意識をめぐって様々な政治的発言や歴史認識が飛び交っている。特定の見解にその議論を集約することは不可能だろうが、一般に Anglo-Irish は、英国との政治的・文化的紐帯を重視するロイヤリストであり、以下の Hilda の高慢な発言のように、支配者階級からみた、イギリス優位の歴史観や国家観をとることが多いと思われる。

We have Shakespeare and the Magna Carta and the Armada and so on. But

335

第 3 部　アイルランド文学の越境する地平

Ireland hasn't really had any history to speak of. (35)

　だがその反対に、Anglo-Irish にも零落した貧困層が当然ながら存在するわけで、彼らが被支配者側の見解に立つ場合もある。Pat は、'The sense of being a subject, a serf, which his sensitive awareness of his nationality had brought home to his pride at such an early age' (78)、すなわち植民地住民の屈辱的な隷属感を表明、そこから芽生えたのが、ややカルトがかった選民意識、つまり 'his sense of having been born as a liberator' (83) であり、'The Ireland which he loved was . . . . the refined purified counterpart of his own Irishness' (80) という理想化された祖国イメージにまで凝固していく。
　一方、母親 Kathleen に顕著に見られるように、強い母性愛に根ざす不戦主義思想から、国家やナショナリズムそのものを根本から否定、あるいは超越する立場も、以下の引用のように、表明されている。

　　'. . . Why should Ireland be really independent? How can she be really independent? Ireland's honour means nothing but the vanity of a few murderous men.' (185)
　　'She! She! Who is Ireland indeed? Are you and your friends Ireland? You use these grand jumped-up words, but they mean nothing at all. They're empty words.' (200)
　　'There is no such thing as dying for Ireland' (201)

　2 番目に引用した台詞は、〈母なるアイルランド〉を売りとばす我が子、国家をないがしろにする国民こそを恥辱とみなす「私はアイルランド」('Mise Éire'; 英訳 'I am Ireland') と題する愛国詩を書いた蜂起指導者 Pearse ならば、とうてい容認できないだろう。ナショナリズムの問題に関しては、Pat の革命思想から Hilda, Kathleen の保守主義まで、登場人物の Anglo-Irish たちが標榜する意見は、平板な一枚岩ではない。

336

第2章　イギリス作家とアイルランド

(b)　アングロ・アイリッシュにとっての復活祭蜂起の意味

『赤と緑』はマードックのほぼ唯一の歴史小説であり、1916年4月にダブリンで勃発した復活祭蜂起 (Easter Rising) を題材とする政治小説でもある。この事件が当時のイギリス知識人に与えた精神的影響は予想外に大きく、例えばロレンス (D. H. Lawrence, 1885-1930) は1916年5月末のフォースター (E. M. Forster, 1879-1970) 宛ての書簡[104]で、「私の考えでは、彼ら［＝蜂起関与者］の大部分は、たまたま死によって悲劇的な重要性を持つようになったハッタリ屋 (windbags) とつまらぬ連中です」と謀反人を痛烈に罵倒しながらも、「アイルランドの反乱は私に衝撃を与えたと言わねばなりません——古船の船底にまた割れ目があきました」と、英国の覇権とその民主主義の力の衰退をこの事件で痛感している。

ロレンスより1世代後のマードックにとっては、出生の3年前の出来事とは言え、この事件や（一家の英国移住の直接要因と推測される）その後の独立戦争や内戦については、おそらく成育過程で両親から折にふれ聞かされたに相違ない。支配者層アングロ・アイリッシュにとっては負のイメージを帯びた復活祭蜂起を、マードックが敢えて題材に選びとり小説化するには、8つの小説を書き終える時期まで待たねばならなかった。それまでは「余りにも恐ろしすぎて」書けなかったアイルランド情勢は、1949年の共和国成立によってひとまず一段落し、〈蜂起50周年〉の節目を目前に控えた1965年までには、ようやくマードックの心の中に、アングロ・アイリッシュたる自己の内面を凝視するだけの平静と余裕が芽生えたことを意味するのだろう。

もともと「復活祭蜂起」は、先行のアイルランド作家（とくに詩人）にとって、尽きぬ素材の宝庫であった。たとえば、アングロ・アイリッシュの詩人イェイツ (W. B. Yeats, 1865-1939) は、その年の9月には有名な 'Easter, 1916' を制作し（公表は1920年）、「恐ろしい美が生まれた」(A terrible beauty is born.) 「余りにも長い犠牲は心を石にしかねない」(Too long a sacrifice/Can make a stone of the heart.) の言葉とともに、4人の殉死者 (MacDonagh, MacBride, Connolly, Pearse) の名を不朽の詩句にとどめた。また、他の先輩格のアイルランド人小説家——オコナー (Frank O'Connor, 1903-66)、オフェイロン (Sean O'Faolain,

337

第3部　アイルランド文学の越境する地平

1900-91)――が、それぞれの著作 (*An Only Child; Vive Moi!*) の中でこの事件に言及しているのは、彼らが復活祭蜂起の雰囲気や意味を曲がりなりにも理性で感得できる年齢（それぞれ13歳、16歳）であったことが大きい。すなわち、マードックにとっての「復活祭蜂起」は、実体験を伴わぬ、想像と観念の知的所産であることを忘れてはならない。この意味で改めて指摘しておかなければならないことは、『赤と緑』は、実際には「復活祭蜂起」を描いてはいない、という点である。つまり、最終第25章で月曜日の正午すぎ、中央郵便局 (GPO) が占拠され、ピアスが「共和国宣言」を朗読するあたりの記述は出てきても、その後、金曜日の全面降伏に至るまでの5日間の激しい流血の戦闘の描写や、鎮圧後に実施された銃殺による首謀者たちの一連の処刑の模様などは、いっさい触れられていない。舞台裏を描くだけのこの中途半端な構成は、「歴史小説」と呼ぶには不徹底なアプローチと言わざるを得ないのだが、すでに伝記の箇所で触れたように、幼児期に味わったらしい恐怖感の残滓が、マードックに無意識のうちに、事件の発端箇所で筆を擱かせたのだ、というフロイト的憶測もあながち否定できないだろう。

　しかしながら、ほぼ忠実に歴史事実を踏まえたこの作品全体にちりばめられた、やや偏向した主観的言説、例えば 'The history of Ireland was such a tale of misery and wretchedness, enough to make the angels howl and stamp their golden feet. England had destroyed Ireland slowly and casually, without malice, without mercy, practically without thought, like someone who treads upon an insect, forgets it, then sees it quivering and treads upon it again.' (190) は、すでに見た学生時代の評論「アイルランド人は人間か？」さながらの激情に溢れ、アイルランドへのマードックの深い憐憫や共感を物語って余りあるし、この民族の被植民地支配の従属の歴史をフェミニスト問題になぞらえ、すりかえた一節 'I think being a woman is like being Irish. . . Everyone says you're important and nice, but you take second place all the same. (31-32) には、女性作家の生の肉声の憤懣が響いているといえるだろう。パットの口を通して語られる蜂起指導者たちの人間像は、マードック自身の英雄観や道徳観を代弁する性格のものとしても興味深く、もっと注目に値すると

思われる。作品では触れられていないが、蜂起の中心的指導者ピアス自身が、イングランド人彫刻家を父親にもつアングロ・アイリッシュだったこと、パットがピアスと自分を同一視したこと (Pat apprehended in Pearse a man in some ways rather like himself. [80])、ピアスの名前 Patrick Henry Pearse には、〈パット〉とアンドルーの亡父〈ヘンリー〉が組み込まれているという事実も、銘記してよい符合であろう。

(c) 他のアイルランド作家たちの影響
　マードックが『赤と緑』を執筆するにあたって、かなりの程度意識したと推察されるアイルランド作家はイェイツとジョイス (James Joyce, 1881-1941) だろう。既に述べたように、イェイツの詩 'Easter, 1916' の 'A terrible beauty' や 'Was it needless death after all?' のエコーは、エピローグの Francis の回想にある 'a beauty which could not be eclipsed or rivalled' や 'and had it been for nothing?' (280) の言葉にしっかりと重なって響いている。また、小説の冒頭や終盤（GPO 前に横たわる馬の死体）などで言及される「馬」や「騎兵」は、イェイツ晩年の詩 'Under Ben Bullben' の最後の墓碑銘 'Cast a cold eye/On life, on death. /Horseman, pass by!' もいくらか意識しているだろう。アベイ劇場で上演中のイェイツの詩劇『キャスリーン・ニ・フーリハン』やアイルランドの代名詞にもなったその主人公の名が、なんどか登場人物の口の端にのぼるのはいまさら指摘するまでもない。
　しかし、小説家マードックがより尖鋭に意識したのは、ジョイスに違いない。ドュメイ家のある Blessington Street はダブリン市内北部にいまでも実在し、しかも、『ユリシーズ』の Bloom の住む Eccles Street からは目と鼻の距離（2万分の1縮尺地図で8ミリ、つまり160メートル）の隣り町である。さらにまた、ジョイスゆかりの Martello Tower がある Sandycove の岩場はしばしば作品の中で描写され、'the most beautiful dwellings which the human race had ever invented' (45) と自ら賞賛するダブリンの1916年4月の街並みを8日間にわたって克明に描写した点で、『赤と緑』はマードックの『ユリシーズ』と呼ぶにふさわしい。単に構成の類似のみならず、アイルランド問題を

第3部　アイルランド文学の越境する地平

めぐる白熱した論議は、『若い芸術家の肖像』(*A Portait of the Artist As a Young Man*, 1916) の Christmas dinner scene を彷彿とさせるし、『ユリシーズ』の Molly は、同名異型の Millie として造型され、実際、魔術で男を豚に変えた魔女キルケー (Circe) のような妖婦としてミリーを描写する件 ('whether she might not like Circe change him into a brute' [245]) もある。また、Millie-Barney の依存的夫婦関係は、Molly-Bloom のそれに酷似する。しかしながら『赤と緑』には、『ユリシーズ』のような、文体上の目立った新機軸は見当たらず、登場人物の経歴や回想を織り込みながらも、ほぼ時間軸に沿って緩慢に展開させる叙述形式をとっている。マードックは、19世紀のリアリズム作家たち（ジョージ・エリオットやヘンリー・ジェイムズなど）の伝統を踏襲したうえで、叙述や筋書きなどでその枠組みを越える〈超越的リアリズム〉(transcendental realism) を打ち出したと評されるが、『赤と緑』がマードック研究書で従来、黙殺に近いほど低い評価しか受けてこなかった印象を筆者が抱くのは、持ち味の〈超越性〉の魅力が、このアイルランド小説には全般的に欠如しているためだろう。そのほかにも、多分に常套手段気味の状況設定——例えば章末に頻出する雨の象徴の陳腐さ[105]、登場人物の命名の安直さ（ナショナリストの Pat に、ロイヤリストの Andrew [いかにもスコットランド系] の組み合わせ）など——も不人気に関係しているかもしれない。

(4) おわりに——エピローグの意味

　最後に、『赤と緑』でもうひとつ考慮すべきことは、1916年4月24日の蜂起勃発に先立つ8日間を25章を費やして丹念に描きながら、エピローグがそれから22年後の1938年4月に、一気に転換する点である。
　この〈1938年〉には、なにか特別な意図があるのだろうか。アイルランド史を辿れば、1922年の自由国成立でとりあえず自治は達成したものの、悲惨な内戦を経てデ・ヴァレラを首班とする共和党内閣がしばらく続き、前年の37年に新憲法を制定、国名も「エール」と改めて間もない時期である。ヨーロッパ的視野では、第2次大戦の前触れの不穏な時期であり、本文でも語ら

340

れるように、33か月に及ぶスペイン内乱（1936-9）の終盤にあたる。では、なぜスペイン内乱なのか。

　マードックがこの特定の時期にエピローグを設定したのは、きわめて鋭敏な歴史認識によるものと言わねばならない。なぜなら、〈復活祭蜂起〉と〈スペイン内乱〉は、決して二つの遠く無縁な事件ではないからである。本書冒頭で論じた、北アイルランド出身の現代劇作家フィネガン (Seamus Finnegan, 1949-) の連作戯曲『スペインの芝居』(The Spanish Play, 1986)、『ドイツとの関わり』(The German Connection, 1986) でも述べたように、同じカトリック国の内乱に際して、アイルランド・カトリック教会やオダフィー率いる青シャツ党は、ファシストのフランコ政権＝国民戦線を支えるために義勇軍を動員、一方、共和国左派スペイン人民戦線を支援する情熱的な若者たちは反ファシズム闘争に参加しており、〈スペイン内乱〉への対応は、当時のアイルランド世論を大きく二分した事件だった。つまり、〈スペイン内乱〉に対してどのような政治姿勢をとるかは、アイルランドに住む人々、とりわけ Anglo-Irish の支配者層の人々にとって、〈復活祭蜂起〉がいったい何であったかを測る、政治的信念のリトマス紙であり、再び巡ってきた踏絵でもあった。

　敷衍すれば、〈復活祭蜂起〉は、専制的植民地政策をとるイギリスに対する共和主義者たちの無謀な蜂起、〈スペイン内乱〉は、脆弱な共和国連合政権への右派・帝国主義者の造反であり、勢力関係の構図こそ対照的だが、〈共和国を実現・擁護する闘い〉という本質では共通する。〈復活祭蜂起〉から〈スペイン内乱〉へ、しかも闘争が制圧される1939年春のちょうど1年前への移行は、この共通点を見抜いたマードックの炯眼のなせる寓喩的接続である。共和主義者の夢を粉砕したスペインの将軍の名前フランシスコ・フランコ (Francisco Franco, 1892-1975) と、共和主義者パットを「反逆者として射殺すべきだった」という信じがたい激しい台詞 'You [＝Andrew] ought to have shot him [＝Pat] as a traitor! You've betrayed your King and country.' (266) を吐き、アイルランドを捨ててイギリスへ渡ったフランシス (Francis) の名前が、はからずも一致するのは、この意味で啓示のように象徴的である。そのフランシスが実はパットを愛していた、と土壇場に告白する設定は、彼

341

第3部　アイルランド文学の越境する地平

女とパットとの直接会話の伏線などを慎重に仕組まなかった作家の不手際というよりも、イングランドとアイルランド、この2つの国への忠誠心や愛着に股裂きにされた〈アングロ・アイリッシュ〉たちの、意識下に抑圧された激越な葛藤を示すものに他ならない。そして蜂起後22年、いまやPatやAndrew（当時22,21歳）と同じ年頃の若者に成長したフランシスの息子の血管のなかに、その宿命的葛藤は受け継がれていくのだろう。

後知恵のある現在の読者は、1969年の北アイルランドへの英軍駐留の開始とともに、〈紛争〉という悲惨な英愛関係（「赤と緑」）に突入していったこの両国の現代史の潮流を知っている。1976年10月20日のインタヴュー[106]でマードックは、現今の紛争は恐ろしすぎて、このうえアイルランドについて書くことは困難です、と語ったという。1998年、いみじくも復活祭前のGood Fridayに成立した北アイルランド和平合意、そしてその後の交渉の行き詰まり、こうした最近の新しいアイルランド情勢に関して、Anglo-Irishの文学者としての彼女の見解が、1965年刊行の『赤と緑』では勿論のこと、その後の著作でもついに聞けずじまいに終わったのが惜しまれてならない。

テキストはペンギン版の *The Red and the Green*（1967/88）を使用し、引用頁数を末尾の括弧内に記した。

注
1) Vivien Noakes, *The Painter Edward Lear* (London: David & Charles, 1991), p. 41; Angus Davidson, *Edward Lear: Landscape Painter and Nonsense Poet* (London: John Murray, 1940), p. 25.
2) Peter Levi, *Edward Lear: A Biography* (New York: Scribner, 1995), p. 49.
3) *Ibid.*, p. 152.
4) エドワード・リア（柳瀬尚紀訳）『ナンセンスの絵本』（筑摩書房、1988年）
5) Peter Levi, p. 53.
6) 三神弘子「沸騰する大鍋コールドロン」、『ユリイカ』（青土社、2000年2月）、p. 216, 220.
7) 'Kilkenny' はもちろん 'penny' の意味で用いられることがある。（研究社『リーダーズ・プラス』）
8) テキストはH. J. C. Grierson (ed.), *The Letters of Sir Walter Scott*, 12 vols. (London: Constable & Co, 1932-7) を使用し、原則として引用末尾に受取人と日付、巻数と頁数を付した。

第 2 章 イギリス作家とアイルランド

9) W. E. K. Anderson (ed.), *The Journal of Sir Walter Scott* (Oxford: Oxford University Press, 1972), p. xxxii.
10) The White boys: 1761年にティペラリ (Tipperary) 州で創設され、十分の一税に反対し農地改革を主張した秘密結社員。夜間でも仲間の識別ができる白シャツを着用していたのが呼び名の由来。
11) Peep of day Boys: 武器類押収のために、敵対するカトリックの家を夜明けに捜索したアイルランドのプロテスタント組織 (1785-96) で、1795年9月21日のアーマー州ダイアモンドの戦勝以降は、オレンジ団 (the Orange Order) と称す。スコットはオレンジ団を、いつまでも征服者顔で闊歩する「メキシコのスペイン人」(VIII. 239.) と批判している。
12) D. J. Hickey & J. E. Doherty, *A Dictionary of Irish History 1800-1980* (Dublin: Gill and Macmillan, 1989), p. 482.
13) Nicholas Comfort, *Brewer's Politics: A Phrase and Fable Dictionary* (London: Cassell, 1993), p. 292. なお、レーニンによる「帝国主義」の定義では、(1) 生産と資本の集積、(2) 金融寡頭制、(3) 資本輸出、(4) 資本家の独占団体による世界分割、(5) 列強による領土的分割、の5つの標識を含み、「帝国主義とは、独占と金融資本との支配が成立し、資本の輸出が顕著な意義を獲得し、国際トラストによる世界の分割がはじまり、最大の資本主義諸国による地球上の全領土の分割が完了した、というような発展段階における資本主義である。」(宇高基輔訳、レーニン『帝国主義』、岩波書店、1956/70年、pp. 145-6 .)
14) 大澤吉博『ナショナリズムの明暗－漱石・キプリング・タゴール』(比較文化叢書 6)、(東京大学出版会、1982年)
15) ボルヘスによる「序文」、キプリング『祈願の御堂』土岐恒二・土岐知子訳 (国書刊行会、1991年)、p. 12 .
16) Rudyard Kipling, *Soldiers Three and In Black and White* (Penguin Books, 1993), pp. ix-x.
17)『オーウェル著作集Ⅱ』(平凡社、1970年)、p. 173 .
18) *Soldiers Three and In Black and White*, p.xv.
19) Edward Said, *Culture and Imperialism* (London: Chatto and Windus, 1993), p. xiii
20) エドワード・W・サイード『オリエンタリズム』、平凡社、1986年、pp. 231-232 .
21) 山崎弘行「異文化異民族の表象――キップリングの詩の視点」、『ＳＡＰ』第5号、日本詩学会 (The Society of Arts Poetica in Japan) 、1995年、pp. 41-45 . 筆者自身は、キプリングに "noblesse oblige " (＝nobility obligates) (「高い身分に伴う徳義上の義務」) という優越的発想が色濃いことはやはり否定しがたいように思う。また「白人」を支配者の象徴としてとらえ、「ある民族集団がいかにして白人になったか」、具体的には「アイルランドにおける被抑圧民族たるカトリック系アイルランド人が、いかにして、アメリカにおいて抑圧する側の民族の一部になったか」を探る研究書もある [Noel Ignatiev, *How The Irish Became White* (New York/London: Routledge, 1995)]。そこでは、アレクサンダー・サクストン Alexander Saxton の言う「白人共和国」"White Republic" (p. 96) の構成員となる象徴的転換点として、1850年代のフィラデルフィアでの警官職任官が挙げられている。これによってアイルランド人は単

第3部 アイルランド文学の越境する地平

に公的な権限を得ただけでなく、迫害からの自衛を銃の携行によって物理的にも果たせたのである (pp. 164-5)。
22) 針生進「力と無力——R. キプリングの初期短編の語り手たち (2)」,『白鴎女子短大論集』1995年, 19(2), pp. 163-164.
23) Lord Birkenhead, *Rudyard Kipling* (London: Weidenfeld and Nicolson, 1978), p. 287.
24) Rudyard Kipling, *Collected Stories* (London: Everyman's Library, 1994), p. 357.
25) *Soldiers Three and In Black and White*, p. xi.
26) Ibid., pp. xi-xii.
27) Ibid., p. xii.
28) Rudyard Kipling, *Something of Myself and Other Autobiographical Writings* (Cambridge: Cambridge University Press, 1990), p. 81.
29) Rudyard Kipling, *Kim* (London: Everyman, 1994), p. 3. 斎藤兆史訳『少年キム』(晶文社, 1997年), pp. 9-10.
30) 監督 Victor Saville; 出演 Errol Flynn, Dean Stockwell, Paul Lukas; 113min.
31) 監督 John Davies; 出演 Peter O'Toole, Bryan Brown, Ravi Sheth: 135min.
32) Peter Hopkirk, *Quest for Kim: In Search of Kipling's Great Game* (London: John Murray, 1996), pp. 17-34.
33) R. Thurston Hopkins, *Rudyard Kipling: A Character Study* (London: Simpkin, Marshall Hamilton, Kent & Co., 1915/21), p. 133.
34) Rudyard Kipling, *Life's Handicap: Being Stories of Mine Own People* (London: Macmillan And Co., 1891), p. 251. 又は Rudyard Kipling, *Humorous Tales* (London: Pan Books, 1949), pp. 42-53.
35) Keith Jeffery (ed.), *'An Irish Empire'? Aspects of Ireland and the British Empire* (Manchester: Manchester University Press, 1996), pp. 94-95.
36) *Soldiers Three and In Black and White*, pp. 209-210.
37) B. R. ミッチェル『マクミラン世界歴史統計 (I) ヨーロッパ篇〈1750-1975〉』(原書房, 1983/86年), p. 31, 34. (B. R. Mitchell, *European Historical Statistics 1750-1975* [2 nd revised ed.], Macmillan Press, 1975/80 の邦訳)
38) 橋本槇矩「キプリングと大英帝国」,『英語青年』Vol. CXL. No. 4, 1994. 7. 1, pp. 170-172.
39) Rudyard Kipling, *The Complete Verse* (London: Kyle Cathie, 1995), p. xxi.
40) Ibid., pp. 185-187.
41) Martin Seymour-Smith, *Rudyard Kipling* (London: Queen Anne Press, 1989), p. 165.
42) Ibid., p. 167.
43) *The Complete Verse*, pp. 189-190.
44)『聖書 新共同訳』(日本聖書協会, 1992年), p. 1158. この59章は「救いを妨げるもの」と見出しがつけられ、直前の5節は「彼らは蝮の卵をかえし、くもの糸を織る。/その卵を食べる者は死に/卵をつぶせば、毒蛇が飛び出す。」また、3節には「お前たちの手は血で、指は悪によって汚れ/唇は偽りを語り、舌は悪事をつぶやく。」とあるのを読めば、辛辣な当て擦りの題辞であることがわかるであろう。
45) Charles Carrington, *Rudyard Kipling: His Life and Work* (London: Macmillan Press

第2章 イギリス作家とアイルランド

Ltd., 1955/78), pp. 488-489.
46) Ibid., p. 490.
47) *The Complete Verse*, pp. 258-259.
48) Lord Birkenhead, *Rudyard Kipling* (London: Weidenfeld And Nicolson, 1978), p. 8.
49) "Irish Guards" については以下のような記述がある。「1900年創設。マスコットはウルフハウンド。行進曲：速足は St Patrick's Day、遅足は Let Erin Remember.」また、帽章には、シャムロックが二重丸のなか見える。[Ian S. Hallows, *Regiments and Corps of the British Army* (London: New Orchard, 1994), pp. 92-93.] また、『キム』の父親が所属していた軍隊の軍旗は、紋章には珍しい「緑野に赤牛」だったが、牛の連想としては *Billy Beg and His Bull* のように、少年を窮地から救った雄牛がある。しかし、英国 (John Bull) の英国兵 (redcoat) がインドまたはアイルランドの肥沃な緑の大地を猛進するイメージでとらえる評者 (Sullivan, 150) が説得力がある。
50) Charles Carrington, p. 509.
51) *The Complete Verse*, p. 426.
52) Rudyard Kipling, *The Irish Guards in the Great War: The First Battalion* (New York: Sarpedon, 1997) p. 11.
53) Ibid., p. 10.
54) Roger Lancelyn Green (ed.), *Kipling: The Critical Heritage* (New York: Barnes & Noble, Inc., 1971), p. 332.
55) Thomas Bartlett and Keith Jeffery (ed.), *A Military History of Ireland* (Cambridge: Cambridge University Press, 1996), pp. 19-20.
56) *The Complete Verse*, pp. 160-162.
57) Lord Birkenhead, *Rudyard Kipling*, p. 283.
58) Ibid., p. 294.
59) カレル・チャペック『イギリスだより』(恒文社、1996年)、pp. 149-154. 原著刊行は1970年。
60) Lord Birkenhead, *Rudyard Kipling*, p. 300. ギブソンについては、Richard Lamb, *Mussolini and the British* (London: John Murray, 1997) にも言及がなく、不詳。
61) *Something of Myself and Other Autobiographical Writings*, p. 71.
62) ダレル家は3代前からインド在住で、母親 Louisa Florence Dixie Durrell はアイルランド人、父親 Lawrence Samuel Durrell はイギリス人で、ダージリンの鉄道建設に従事する土木技師だった。*Dictionary of Literary Biography Volume 15* (Detroit: Gale Research Company, 1983), p. 88.
63) 『ヘンリー・ミラー ロレンス・ダレル 往復書簡集』(中川敏・田崎研三訳)（筑摩書房、1973年）[原著名: *A Private Correspondence*]、pp. 61-2.
64) 上掲書、p. 157.
65) 上掲書、pp. 218-9.
66) 上掲書、p. 109.
67) 上掲書、p. 260.
68) 上掲書、p. 40.
69) 上掲書、p. 167.

345

第3部　アイルランド文学の越境する地平

70) 上掲書、p. 152.
71) 上掲書、p. 243.
72) 上掲書、p. 266.
73) 上掲書、pp. 346-7. なお、ダレルは画家のナンシー (Nancy Myers) と1935年に結婚して娘をもうけたものの離婚、1947年に Eve [Yvette] Cohen と再婚し、同様に娘をもうけて離婚、1957年からは Claude-Marie Vincendon と同棲して61年には結婚（67年に死別）することになる。つまり、1959年秋という時期は3人目の女性とダレルは交際中であり、先妻ナンシーの話題をミラーが持ち出すのはやや無頓着すぎる気もする。
74) 上掲書、p. 341.
75) ローレンス・ダレル（河野一郎訳）『黒い本』（中央公論社、1969年）、p. 137.
76) 上掲書、p. 194.
77) 『ジュスティーヌ』（高松雄一訳）（河出書房新社、1960年）、pp. 26-7.
78) 『マウントオリーヴ』（高松雄一訳）（河出書房新社、1963年）、p. 251.
79) 上掲書、p. 297.
80) 上掲書、p. 358.
81) 上掲書、p. 337.
82) 上掲書、p. 355.
83) ロレンス・ダレル（山崎勉・中村邦生訳）『逃げるが勝ち』（晶文社、1980年）、p. 91.
84) G. S. Fraser, *Lawrence Durrell: A Study* (London: Faber and Faber, 1968), p. 109. なお7種類とは、英国のマーロウ (Christopher Marlowe, 1564-93) の *The Tragical History of Dr Faustus* (1604)、スペインのカルデロン (Pedro Calderon de la Borca, 1600-81) の *El Magico Prodigioso*、ドイツのゲーテ (Goethe, 1749-1832) の *Faust*（第1部1808、第2部1832）、グラッベ (Christian Dietrich Grabbe, 1749-1832) の *Don Juan und Faust* (1822)、オーストリアのレーナウ (Nikolaus Lenau, 1802-50) の叙事詩 Faust (1836)、ドイツのフィッシャー (Friedrich Theodor von Visher, 1807-87) [作品名不詳]、フランスのヴァレリ (Paul Valery, 1871-1945) の *Mon Faust* とされる。この他にも著名なファウストものには、シャミソー (Adelbert von Chamisso, 1781-1838) の小説 *Peter Schlemihls wundersame Geschichte* (1814)、バイロン (George Gordon Byron, 1788-1824) の劇詩『マンフレッド』(*Manfred*, 1817)、英国の痙攣派 (Spasmodic School) 詩人ベイリー (Philip James Bailey, 1816-1902) の喜劇的物語詩『フェスタス』(*Festus*, 1839)、トーマス・マン (Thomas Mann, 1875-1955) の『ファウスタス博士』(*Doktor Faustus*, 1945)、ガートルード・スタイン (Gertrude Stein, 1874-1946) の『ファウスタス博士が灯りをともす』(*Dr. Faustus Lights the Lights*) など夥しい数の作品がある。
85) アイルランドの詩人で、晩年は民法学の勅任教授でもあったアンスター (John Martin Anster, 1793-1867) は1819年に Faust の抄訳を発表、これがゲーテによって賞賛されたのに力を得て、英語としては初の完訳版（第一部1835、第二部1864、いずれもロンドンの Longman 社）を刊行している。英国の法律家・評論家ヘイワド (Abraham Hayward, 1801-84) の解説付き散文抄訳 (1833)、アメリカ詩人テイラー

第 2 章　イギリス作家とアイルランド

　(James Bayard Taylor, 1825-78) の韻文訳 (2 巻、1870-71) が英訳版『ファウスト』としては有名である。英国人であるが両親がアイルランド人で北アイルランド・ベルファースト生れの詩人マクニース (Louis MacNeice, 1907-63) にも韻文訳 (1951) がある。
　また、劇作家ウィルズ (W. G. Wills, 1828-91) は名優 Henry Irving 主演の *Faust* を Edinburgh で1885年に発表している。ダレルと年代的に近いのは、1943年 1 月から 3 月までアビー劇場で初演されたフラン・オブライエン (Flann O'Brien, 1911-66) の喜劇『ファウスタス・ケリー』(*Faustus Kelly*) である。これは地区評議会議長のケリーが、地元での補欠選挙において悪魔と契約を結ぶ物語で、悪魔（〈見知らぬ人〉'The Stranger' と呼ばれる）は収税吏に選出されるが、行政府から認可されずうんざりして逃走する。オブライエン自身の地方公務員の経験 (1935-53) をもとに、腐敗した官僚制度を暴露する現代的な風刺劇で、サロイヤンのすすめで出版したという。(『ジョイスⅡ／オブライエン』〈筑摩世界文学体系68〉、1998年)
　イェイツは『幻想録』(*A Vision*, 1925) の中で、第10相の典型的人物としてファウストを挙げている。「肉体や性格の独得の美においてというより、むしろ情況によって恋情が生ずる。ファウストのことが想い浮かぶであろう。ファウストは魔女たちの差しだす酒を飲んだため、若い娘をみては誰彼の見さかいもなくひとしなみにヘーレナだと思いこむが、しかもグレートヒェンをぞっこん愛している。」(『ヴィジョン』鈴木弘訳、北星堂書店、1980年、p. 152.)

86)　9 は〈 3 重の 3 対〉を意味し、至高の完成を象徴する。またカバラ (Cabala) の占いではアルファベットに 1 から 9 までの番号を付して表示する。
87)　Harry T. Moore (ed.), *The World of Lawrence Durrell* (Carbondale: Southern Illinois University Press, 1962) は17編の論文集で、Lander MacClintock の論文 'Durrell's Plays' を収めているが、刊行が戯曲に先立つことから残念ながら1963年の *An Irish Faustus* は論じられていない。また、丹羽正『ロレンス・ダレル頌　魂と舞踊』(コーベブックス、1972) でも単に戯曲名のみ挙げられ (p. 88) 内容の言及はない。
88)　引用に使用したテキストは Lawrence Durrell, *An Irish Faustus* (London: Faber and Faber, 1963) 。以下の引用文末尾の括弧内の数字はこのテキスト版の頁である。
89)　ここでいう「黄金」の指輪は、錬金術による完成品というより、いわゆる「賢者の石」(philosophers' stone; Lapis philosohorum) とか「エリクシル」(elixir) と呼ばれる物体そのものであろうことは、のちに「正真正銘の秘石」(the veritable secret stone) [69] と言い換えられていることから明らかである。
90)　この病人の病は、三博士の一人「メルキオル (Melchior) の薬でも治癒できない」(26)。ダレルの『アレクサンドリア四重奏』の第 2 作が、もう一人の博士ベルタサルにちなむ『バルタザール』(*Balthazar*, 1958) であることが想起される。
91)　*Lawrence Durrell: A Study*, pp. 114-5.
92)　通例、善神や天使の助けを借りる善意の呪術が白魔術で、悪魔の助けを借りる邪悪な呪術が黒魔術とされるが、〈魔〉の説明の中で、「霊に呼び掛けたり（白魔術）、呼び出したり（黒魔術）する」という定義があり、これによれば一方的に呼び掛けるのはよいが、呼び出すのがよくないらしい。(種村季弘監修『図説・占星術事典』、同学社、1986年、p. 238.) ダレルの芝居では、メフィストにしろ亡霊たちにしろ、

347

第3部　アイルランド文学の越境する地平

ファウストがわざわざ呼び出したのではなく、彼らのほうから自発的にファウストに立ち現れていることに留意すべきであろう。
93) *An Irish Faustus* の dust jacket の左側見返し部分。
94) 以下のマーロウの邦訳引用は、クリストファ・マーロウ（永石憲吾訳）『カルタゴの女王ダイドウ・フォスタス博士』（英潮社新社、1988年）、英文引用は研究社英文学叢書版 (1925年) による。
95) St. John D. Seymour, B. D., *Irish Witchcraft and Demonology* (London: Portman Books, 1989), p. 4.（原著は1913年に Dublin 刊）
96) Mike Dixon-Kennedy, *Celtic Myth & Legend* (London: Blandford, 1996), p. 132.
97) 佐藤正彰訳『ヴァレリー全集４　我がファウスト』（筑摩書房、1968年）、p. 89.
98) ハンスヨルク・マウス（金森誠也訳）『悪魔の友　ファウスト博士の真実』（中央公論社、1987年）、p. 120. [原著名：Hansjorg Maus, *Faust － Eine deutsche Legende*, 1980.]
99) 井上澄子「Ｉ・マードックの『ユニコーン』におけるケルト的反映」、『金蘭短期大学研究誌』22号、1991年12月、pp. 59-73.
100) Yozo Muroya and Paul Hullah (eds.), *Occasional Essays by Iris Murdoch* (Okayama: University Education Press, 1998), pp. 12-16.
101) シェイクスピアが Irish というのは、By St Patrick! とハムレットに叫ばせることを根拠に『ユリシーズ』でも主張される一種の詭弁である。
102) J. C. Beckett, *The Making of Modern Ireland 1603-1923* (London: Faber and Faber, 1966), p. 15. この定義だけでなく、〈アングロ・アイリッシュ〉は非カトリックと考えるのが一般的である。たとえば、「しかし問題はこのような主張がカトリックよりもアングロ・アイリッシュの側からなされたことにある」（風呂本武敏『アングロ・アイリッシュの文学——ケルトの末裔』、山口書店、1992年、p. 16.）という対立表現からも明らかである。
103) 「アングロ・アイリッシュ」の用語の微妙さは、それが形容詞として「文学」に冠せられたときに生じる。その場合には、作家の出自と並んで、使用言語が英語である点に力点が置かれる。「アイルランド英語文学という名称は、英語ではアングロ・アイリッシュと称する。アイルランドの国で英語による文学が発生した十八世紀中期以降を対象にする。スウィフトに始まり、イエイツ、ジョイスを経て、シェイマス・ヒーニーまでくだる。この国には、英語以外にゲール（アイルランド）語による文学が存在し、(中略) その文学を対象とするゲール（アイルランド）文学とは、研究領域を異にしている。」（水之江有一『アイルランド　緑の国土と文学』、研究社、1994年、p. 405.) William T. O'Malley (ed.), *Anglo-Irish Literature: A Bibliography of Dissertations, 1873-1989* (New York: Greenwood Press, 1990) にはマードックも収録されているが、ここでの出自の基準は広義で、「アイルランドで生れたか、慣習的にアイルランド人と考えられている作家」によって〈英語で書かれた〉文献、とされる。ちなみに、収録された全4359論文の中で、マードック関連は、20世紀生れの作家では C. S. Lewis (79論文) に続く74論文で、以下 Bowen 42, Heaney 21, Mac-Neice 21, Flann O'Brien 21 の順。
104) George J. Zytaruk & James T. Boulton (eds.), *The Letters of D. H. Lawrence Vol-*

第2章　イギリス作家とアイルランド

ume II (Cambridge UP, 1981), pp. 611-2.
105）アイルランドと雨の結びつきはマードックにとって個人的に思い入れが深いようで、「アイルランドの音楽」('Music in Ireland') という詩の中でもトタン屋根に打ちつける雨音をモーツァルトの曲が凌駕する様子を描いている。紛争勃発後に書かれたこの詩では、爆弾による週末の殺人計画が農村の質素な台所で練られ、月曜にはモーツァルトとは無縁なテロによる被害報道が繰り返される、とうたっている。Yozo Muroya and Paul Hullah (eds.), *Poems by Iris Murdoch* (Okayama: University Education Press, 1997), pp. 92-94. 1986年刊行の *Occasional Poems* 所収。ちなみに、のちほど扱うポール・オースターも、ベケットの『メルシエとカミエ』について、「最初の段落から最後のセンテンスに至るまで、雨がこの本を支配している。（中略）それははてしなく降りつづけるアイルランドの雨だ。その雨に、形而上的観念にも等しい地位が与えられ、退屈と苦悩、恨みがましさと剽軽さとのはざまを漂う雰囲気が醸し出される」と評している。（『空腹の技法』、p. 92.）
106）Cheryl K. Bove, *Understanding Iris Murdoch* (Columbia, SC: University of South Carolina Press, 1993), p. 142, 163.

参考文献
Noel Ignatiev, *How The Irish Became White* (New York/London: Routledge, 1995)
Angus Wilson; *The Strange Ride of Rudyard Kipling: His Life and Works* (London: Pimlico, 1994) [First published by Secker & Warburg in 1977)
The Collected Works of Rudyard Kipling Vol. 26 (New York: AMS Press, 1970; repr. of 1941 ed.)
Harold Orel (ed.), *Kipling: Interviews and Recollections Volume 2* (London: Macmillan Press Ltd., 1983)
Gail Ching-Liang Low, *White Skins/ Black Masks: Representation and Colonialism* (London: Routledge, 1996)
Bart Moore-Gilbert, *Writing India 1757-1990: The Literature of British India.* (Manchester: Manchester University Press, 1996)
Philip Mason, *Kipling: the Glass, the Shadow and the Fire* (London: Jonathan Cape, 1975)
G. F. Monkshood, *The Less Familiar Kipling, and Kiplingana* (London: Jarrolds, 1917/22)
Wlliot L. Gilbert, *The Good Kipling: Studies in the Short Story* (Manchester: Manchester University Press, 1972)
John Gross (ed.), *Rudyard Kipling: the man, his work and his world* (London: Weidenfeld & Nicolson, 1972)
J. M. S. Tomkins, *The Art of Rudyard Kipling* (London: Methuen & Co, 1959)
J. I. M. Stewart, *Rudyard Kipling* (London: Victor Gollancz Ltd., 1966)
Michael Smith, *Rudyard Kipling: The Rottingdean Years* (Brownleaf, 1989)
Edward Shanks, *Rudyard Kipling: A Study in Literature and Political Ideas* (London: The Right Book Club, 1941)

第3部　アイルランド文学の越境する地平

Peter Keating, *Kipling the Poet* (London: Secker & Warburg, 1994)
Andrew Lycett, *Rudyard Kipling*(London: Weidenfeld & Nicolson, 1999)
『ノーベル賞文学全集1　シェンキェーヴィチ　キプリング』(主婦の友社，1972年)。
平川祐弘「白人の重荷と黄人の重荷——キプリングと徳富蘇峰」, pp. 123-138.
小西真弓「Rudyard Kipling 作品にみられるアンビヴァレントなインド観について——その1」,『豊橋短期大学研究紀要』第10号，1933年，pp. 117-125.
橋本槇矩「キプリングのインドへの道——「ブラッシュウッド・ボーイ」論」, pp. 93-114.
Frank L. Kersnowski(ed.), *Into the Labyrinth: Essays on the Art of Lawrence Durrell* (Ann Arbor, Michigan:UMI Research Press, 1989)
Donna Gerstenberger, *Iris Murdoch* (London: Associated University Press, 1975)
小野寺健訳『赤と緑』(河出書房新社、1970年)
Bran Nicol, *Iris Murdoch: The Retrospective Fiction* (London: Macmillan Press, 1999)
John Bayley , *Elegy for Iris* (New York: St. Martin's Press, 1999)

第3章　日本作家とアイルランド

1　菊池　寛——アイルランド演劇偏愛の推進者

(1) はじめに

　　欧洲各国の中で、何の国が一番日本に似て居るかと云へば、自分は躊躇な
　く夫は愛蘭土であると答へたい。或人は英国と愛蘭土とを全く同じやうに考
　へて居る、が、英国と愛蘭土とは人種を異にし、歴史伝統を異にし、其他の
　凡てを異にした全く違つた別な国である。如何なる場合にも、英文学と愛蘭
　土文学とは豌豆と真珠のやうに違つたものである。(22: 334)

　これは、「芥川賞」「直木賞」の創設者で、日本文壇の大御所・菊池寛[1]
(1888-1948；明治21-昭和23) の「シングと愛蘭土思想」(1917 [大正6] 年12月、
「新潮」) と題された文章の書き出しである。英文学がエンドウ豆で、愛蘭土
文学が真珠であるという、この大胆奇抜な対比には驚かされるが、アイルラ
ンド文学愛好者には満更でもない持ち上げ方だろう。しかも「真珠」の比喩
は、大正9年、菊池が最初の通俗小説として成功を収めることになる『真珠
夫人』、唐沢男爵令嬢・瑠璃子の類稀れな美貌と一途な心を象徴するもので
もあり、この頃の菊池の常用語彙にあって最大級の賛辞である。英文学とア
イルランド文学を同一視する世間の風潮に我慢がならない菊池は、他のとこ
ろでも、しばしば本論を中断してまで、割り込んで講釈を垂れる。

　　近代の英吉利文学などは、愛蘭文学のために顔色なしの観さへある——断
　つて置く英吉利文学と愛蘭文学とは全然別物 (「愛蘭文学に就て」) (22: 357)

第3部　アイルランド文学の越境する地平

　　　一寸、云つて置きたい事は、戯曲が英国(イングランド)と愛蘭土(アイルランド)とでは、斯んなに違つて
　　居るばかりでなく、凡ての文学がその伝統に於て、その気質(テンペラメント)に於て材料に
　　於て傾向に於て、其他の凡てに於て、英国(イングランド)と愛蘭土(アイルランド)とは割然と違つて居る、
　　露西亜(ロシア)文学が英文学と違つて居る位違つて居る。夫に日本では愛蘭土(アイルランド)の詩が
　　英詩と同日に論ぜられたり、英文学者が直ちに愛蘭土文学通になつたりする。
　　之位(これぐらゐ)真の愛蘭土文学の愛好者に取つて、不快な事はない、又之位愛蘭土人(アイルランド)に
　　とつて不快な事はあるまい。(「シング論」)(22：324-5)

　後半部分は外国文学研究者の専攻領域越境に釘を刺す嫌みな発言でもある
が、単に狭隘な縄張り意識に端を発した学際研究否定というよりも、「英文
学が露西亜(ロシア)文学と違つて居ると同じ」(22：322)程度に、とかく英語文化圏
に帰属させられがちな、この隣国文学の個別独自性を謙虚に認識すべきだと
いう趣旨であろう。だから、『英国・愛蘭　近代劇精髄』という自らの著作
では、この「両方の近代劇を併せて論ずると云ふことが、不謹慎だと思はれ
る[2]」と、自戒の言葉を漏らしている。

(2) 菊池とシング (John Millington Synge, 1871-1909)

　さて、冒頭に引用した「シングと愛蘭土思想」に戻って、菊池のアイルラ
ンドへの親近感や劇作家シングへの礼讃のこもる箇所を綴ってみよう。

　　　愛蘭土(アイルランド)は凡ての点に於て日本そつくりである、愛蘭土(アイルランド)の戯曲に出て来る人
　　物は孰づれも初対面とは思はれぬ程、日本人には馴染みの人達である。愛蘭
　　土(アイルランド)の農家には日本の百姓家に於ける如く炉があつて其処には泥炭が赤く燃え
　　て居る。愛蘭土(アイルランド)の戯曲に出て来る母親は欧洲の戯曲に見るやうな自我的(イゴチスチック)な母
　　親ではなくて、常に自分以外の人の事のみを心配して居る優しい母親である、
　　兄弟喧嘩も日本そつくりのものである、人間も激し易く悲しみ易く又喜び易
　　い、結婚制度も欧洲の夫(それ)のやうな自由意志に基づくものでなく、日本の夫(それ)の
　　やうに不純な動機からで、随つて結婚から起る悲劇も日本の夫(それ)と甚だよく似
　　て居る。(中略) Loveless Match は日本には通例であるが欧洲には殆どない、
　　あるのはやはり愛蘭土丈(アイルランドだけ)である。(22：334-6)

352

第 3 章　日本作家とアイルランド

　Loveless Match「愛なき結婚」を「見合い結婚」と速断して解釈してはいけないのかも知れないが、「世界を通じて、婚姻の大部分は取決め婚姻であり、配偶者たちがみずから選択しているのではない。アフリカ、ヨーロッパの多く、特に東南ヨーロッパ、近東、そしてアジアにおいて、この取決め婚姻が優勢である[3]」とすれば、「見合い結婚」を日本とアイルランドだけに特有な形態・現象と見做すのは勇み足であろう。次の引用なども少々、我田引水的で、片腹痛い思いを禁じ得ないかもしれない。

　　　日本人は「物のあはれ」を知る人間である。「月見れば千々に物こそ悲しけれ」の国民である、（中略）欧州の人種の中で「物のあはれ」を知る国民は唯ケルト人ばかりである。ケルト人は実は涙の霧を通して (through a mist of tears) 人生を見ると云はれて居る、（ケルト人の歓喜の歌は挽歌(エレヂイ)として終る）と云はれて居る、が、ケルト人の憂鬱は（中略）何処かに微かな明るさが漾つて居る、憂鬱と云つても夫(それ)が気分(ムード)の領域に止まつて居る。／又ケルトが自然を崇拝し、山川草木を神秘的権威者の如く崇拝し」ているのも「日本人と可なり接近した自然観であると云へるのである。」(22:335)

　そうは言っても、「愛蘭土(アイルランド)劇を読んで居ると英国や独逸(ドイツ)の劇では見出されない親しみがある」(22:71)、「自分は此戯曲（＝Riders to the Sea、筆者注）を読んで又も日本を思ひ出す、自分の知つて居る土佐の海岸にも、之と同じ悲劇が度々繰り返されて居る」(22:336) と語る菊池の感慨は、我々の大方の共鳴や同感を呼ぶ心情であろう。筆者自身も、アイルランド演劇を読むと、すうっと入っていける気安さ、バタ臭さのない奇妙な懐かしさを感じる。大正期にアイルランド文学（とりわけ演劇作品）が盛んに翻訳・紹介された事情の一端もおそらくそこにあるはずである。だが、文学作品の登場人物の行為の動機を、一般化して抽出された民族性や国民性に短絡的に結び付けると、やや首を傾げたくなる論旨に陥る場合がある。例えば、

　　　愛蘭土(アイルランド)が如何に空想的であるかは、此戯曲（＝Riders to the Sea、筆者注）にもよく表はれて居る、モーリャは息子の死を空想して居る時は非常に嘆き悲

353

第3部　アイルランド文学の越境する地平

しむが、息子の死が現実となつて死体が持ち込まれると却ってケロリとして居る。愛蘭土人[アイルランド]は凡ての感情が現実の場合よりも想像の場合の方が強いのである。恋人同志が逢つても彼等は決して現在の欣びを語らないで、必ず過去か或は将来の楽しさを空想して胸を躍[おど]らして居るのである。(22：336)
　シングのノラの家出には何も理窟はないのである。(中略)ノラの家出の重なる動機は愛蘭土人[アイルランド]特有の彷徨癖[ワンデルングルスト]である。愛蘭土[アイルランド]の想像的性癖は家郷に止まるよりも異郷を憧れしむるのである。この彷徨癖[ワンデルングルスト]は愛蘭土[アイルランド]文学には種々な形で現はれて居る。(22：337)
　現実の世界で起る事は愛蘭土人[アイルランド]に取つては、何の魅力[ロマンス]をも持つて居ない。(22：338)

　アイルランド人の民族的特質としての「豊かな想像力」や「異郷への憧憬」は確かに一つの〈傾向〉としては認めるとしても、果たしてそれだけで「ノラの家出」の理由を割り切ってよいものか、また、息子の死体という冷厳な現実を前にして、モーリャの「嘆き悲しみ」が些かでも薄らいだだろうか、ノラに棄てられた亭主ダン老人とても、同じく「異郷への憧憬」を持つはずの「アイルランド人」ではないのか、などと、要らぬ半畳を入れたくなるほど、菊池の論議が大雑把であるのも事実である。
　しかしながら、こうした熱烈なるアイルランド愛好、とくにシング劇への傾倒は、たとえば菊池の名作『父帰る』(1917[大正6])の文体にも生かされた。主題はイギリスの劇作家ハンキンの芝居にヒントを得たにせよ、こと文体に関しては、アイルランド庶民の方言を旋律的情感の漂う詩的な台詞に昇華させたシングを十分に意識したうえで、「地方色を含ませた台詞を言わせたのは菊池あたりが最初ではないだろうか。一体に関西系の方言であるが、おたあさん、おきまあせ、のように雅[みやび]かなひびきがするから妙である」。なぜなら、「明治四十年代、自然主義的戯曲が少しずつ出た頃の農村劇でも、東京近在の標準的方言に過ぎなかった[4]」からである。また、具体的作品の影響関係について、これまでにいくつかの研究で指摘がなされており、シングの『海へ騎[の]りゆく人々』と菊池の『海の勇者』の影響関係がよく知られるところで、その〈摂取の痕跡〉を瑕疵と見る評者もある[5]。さらには、シン

354

第3章　日本作家とアイルランド

グの「『聖者の泉』と「屋上の狂人」の間に「揺曳」どころか絶対不可欠の影響があった[6]」とする論者もある。

　いずれにせよ、菊池のシングへの傾倒の理由を作家の「道徳性」なる個人的資質に求める[7]か、これまで見たような「純和風の異国」への郷愁と位置づけるかはさておき、菊池が作家としての出発点で、シングから創作の糧を得ていたことは紛れもなく事実である。

(3) アイルランド演劇との邂逅

　さて次に、では菊池がシングに代表されるアイルランド演劇とどのように巡り合ったかを、自伝と関連させて考察したい。

　菊池は四国の出身で、高松中学を卒業後、1908［明治41］年、東京高師に入学したものの、奔放無頼な生活を送ったために除籍処分を受けている。その後、明大や早大に一時籍を置くが、1910［明治43］年9月一高乙類に入学、この頃「東京の劇場を片っ端から見て歩き」、卒業目前の1913［大正2］年4月に親友・佐野文男の窃盗の罪を負って退学する。しかし同年9月には京都帝国大学英文科選科に入学、翌年に本科生となって、1916［大正5］年7月の卒業までの、今日で言えば、院生に相当する年齢の時期に、アイルランド演劇の研究にひたすら没頭する生活を送った。その間、1914［大正3］年2月、芥川らの勧誘を受けて第三次「新思潮」の同人となってからは、先に触れた『屋上の狂人』（大正5年5月）『海の勇者』（同年7月）と、卒業を間近に控えた頃に珠玉の一幕劇を次々に発表している。帝大生時代の菊池の傾倒ぶりを彼自身の『半自叙伝』から拾ってみよう。

　　私は、その愛蘭(アイルランド)劇をよんでゐたので、かう云ふことは得意だつた。私は、京都へ行つて、現代劇を研究するつもりだつたから、一年のときから、現代劇ばかりよんでゐた。上田敏博士から、シングの名を聞き、シングに傾倒してゐた。京大の研究室は、近代文学に関する書物が多く、その点では東京の文科などは、遠く及ばなかつたゞらう。

355

第 3 部　アイルランド文学の越境する地平

　　茲で、わたしは戯曲は大抵よんだ、ダンセイニ[8]などもよんだ。ダンセイニなどは、僕が日本で一番早くよんだのではないかと思ふ。厨川博士が、ダンセイニを紹介した一年も前からよんでゐた。どう云ふわけだか、京大の研究室にはダンセイニの「五つの戯曲」と云ふ本が二冊同じものがあつた。
　　私は卒業論文には、「英国及び愛蘭(アイルランド)の近代劇」と云ふので、あらゆる作家のことをかくつもりでゐたが、さうは行かなかつた。わづかに、ピネロ、ショオ、ハンキン、ワイルド、ゴオルズワアジイ、バアカー位しか書けなかつた。愛蘭(アイルランド)の方はちつとも書かなかつた。
　　僕の同窓には、厨川博士の後を承けて今京大の助教授か教授をしてゐる石田憲次君がゐた。この人は、外国語学校を出た人で、語学の出来る重厚な人だつた。僕等の卒業論文は日本語でいゝ代り、何か英語の作文を出せと云ふことだつた。それで、僕は「愛蘭(アイルランド)劇」に関するエッセイを英語で書いた。英作文の方は、自信があまりなかつたので、僕は石田君に間違つてはゐないかを見て貰つた。(23：53-54)

以上は「文藝春秋」の1929（昭和 4）年 6 月号に掲載されたもので、40歳を過ぎての、こうした雑誌連載形式の回想録にありがちだが、8 月号でもこれと同様の内容が重複して繰り返される。

　　とにかく、京都大学三年の間、教室で学んだものは、何もなかつた。あつたとしても、一月も自分でやれば覚えられる事だと思ふ。とにかく、現在の文科大学など云ふものは、たゞ時間潰しに行くだけのところである。語学なども高等学校当時よりも、何等の進歩もしなかつた。
　　たゞ私は研究室にあつた脚本は、大抵読んだ。それは、東京の文科の図書室などには決してない新しいものばかりだつた。それが、京都大学にゐた第一の収穫だつた。
　　私は論文は、「英国の近代劇」と題し、英国及びアイルランドの近代劇全部に亙らうと思つてゐたが結局時がなくピネロ、ショオ、ゴオルズワアジイ、バアカーと云つたやうな人々を別々に論じたまとまりのないものになつてしまつた。（中略）私は、とにかく大正五年の七月に京都大学を出た。(23：57-58)

第3章　日本作家とアイルランド

　上記の2つの自伝の抜粋を読み合わせて興味深いのは、京大生・菊池の「東京の文科」に対する旺盛な対抗心である。これは関西人が東京の人々に抱く敵愾心に通じるものがあるかも知れない。(もっとも戯曲発表の場となった「新思潮」は芥川や久米正雄など、東大を中心とした同人雑誌だったのだが。) そして、外国の現代演劇を貪欲に読み漁る菊池の向学心の逞しさ、しかも受身の講義からではなく、図書館での自由奔放な読書を知識獲得の源泉とする知的好奇心は、今日では驚くほど新鮮に感じられる。まだ在学中の大正3年(当時25歳)に書かれた、次の文章は若々しい気概に溢れている。

　　大阪には文芸同攻会と云ふものが起つた、読売に「母」を書いた石丸梅外氏などの発起(おほい)で大に関西芸術の振興に努めて大阪を英のダブリンにしようとする計画だ。(大正3年4月) (22：60)
　　直接なる先蹤は愛蘭土(アイルランド)国民文学運動である。京都をダブリンにすると云ふ事は私達の合言葉であつてもいゝ。(大正3年6月6日-7日) (22：48)

　政治・経済・行政の首都機能は東京に任せても、関西を文化・文芸の中心にしたいという思いが、大阪や京都の「ダブリン化」の夢に感じられる。しかも、常套的な「ロンドン」「パリ」ではなく、まだ植民地支配下(大正3年は復活祭蜂起前の1914年)にあったアイルランドの「ダブリン」が旗頭に掲げられているところは、Hibernophileたる菊池寛の面目躍如である。

(4) 菊池とバーナード・ショー (George Bernard Shaw, 1856-1950)

　さて、菊池は「英国近代劇瞥見」(大正11年4月、「新小説」)では11人のイギリス劇作家を紹介しているが、そこには「オスカア・ワイルド」と、「同じく愛蘭土人(アイルランド)」「バアナアド・ショオ」が含まれている。既に見たように、菊池はアイルランドとイギリスの峻別の必要性を事ある度に力説しており、「英国近代劇」の標題で二人を論じていることから明らかなように、菊池の考えではワイルドとショーはアイルランド演劇の範疇から除外されている。

357

第3部　アイルランド文学の越境する地平

なぜならば、「これらの人々はただその生れが愛蘭であつただけで、早い話が、愛蘭の生活を描いたものは、ワイルドの劇には一篇もなく、ショオの劇には僅かに『ジョン・ブルの他の島』があるばかりだ。いくら貧乏人の子に生れても、その人の作品がプロ文學だとは云へないやうに、これらの人の戯曲には明確な民族意識が缺けてゐるから、愛蘭劇の仲間には這入らない。[9]」と、単純明快な比喩・論理である。もっとも、別の箇所（「LAUGHING IBSEN」）では、「ワイルドは愛耳蘭(アイルランド)生れであるが故に英克蘭(イングランド)批評家の偏見から起る酷評を蒙むつた如くショウも又Celticであるが故にショウの偉大は偶々英克蘭(イングランド)批評家の反感を買つた所があると思ふ。」（22: 309）と、多少の同情は寄せている。

しかし、「小説家としても最も影響を受けたのは、バアナアド・ショオの戯曲である」と自ら序文に記しながらも、ショーをアイルランド作家と見做さない姿勢は崩しておらず、ショーに対する文学的評価は以下の引用にみるように、やや辛口である。

　　台辞の中、もつともいけないのは、劇中人物のセリフの中に、「作者の言葉」が、交ることである。武者小路氏の戯曲、バアナード・ショウの戯曲などには、頗るそれが多い。（「戯曲研究」）（22: 125）
　　英国のバーナアド・ショオなどになると、自分から自分の戯曲を教訓主義だと云つて白状して居る。（22: 335）

総じて、ショーに対する菊池の論評には首尾一貫性が欠けている。「LAUGHING IBSEN」「青顔朱髯のショオ」「ショオに就て」など7編のショー関係の文芸論があり、決して独立した「ショー論」が書かれていない[10]訳ではないが、菊池にとってのショーは魅力も反発も感じる両義性を感じる劇作家だったように思われる。

第3章　日本作家とアイルランド

(5) 菊池とイェイツ (William Butler Yeats, 1865-1939)

　　執筆時期は前後するが、「愛蘭土劇紹介」(原題「愛蘭土劇手引草」、大正5年10月「新思潮」)では、菊池は9人のアイルランド作家(菊池の表記に倣うと、イェーツ、ロビンソン、マレイ、エアヴィン、ダンセイニ、メイン、フィツモーリス、グレゴリイ、シング)を取り上げ、それぞれに簡単な解説を加えている。このなかでとくに目を引くのは、イェーツを「劇作家としての彼は決して成功者に非ず」、「イェーツの戯曲は数年以前より日本の詩人達には持てはやされたれども、余りよきものに非ず」と手厳しく、「何物もなき郷」は「論理的頭脳なき詩人の出来心」、「デアドロ姫」は「中年からの劇作家」の作 (22: 317)、と全く容赦がないことである。これは、他の作家たち[11]が総じて好意的に紹介されているなかでは、ひときわ目を引く。たとえば、ロビンソンは「弱冠にして数作を出せし秀才」「諸作皆読むべし」、ダンセイニは「幽妙微妙のシムボリズム」(ママ)「閑雅にして端正」、メインは「芸術的」「有数の傑作」「日本的也」、グレゴリイは「アイリッシュ・ユーモアを味はんものは夫人の作を読むべし。」(22: 318-320)

　　イェイツに対するここまで突出した反感の由来は、「シング論」(原題「シングの戯曲に対するある解説」、大正6年11月「帝國文學」)の冒頭にも明らかなように、劇作家としての彼の技量の過少評価である。

　　　ジョオジ・ムーアは All Irish renaissance rise out of Yeats and end to Yeats. (凡ての愛蘭土文芸復興はイエーツに創りイエーツに終る) と云つて居る、之はシング及び他の若き劇作家達の出世を見ない前の言葉であらう、でないとすればジョオジ・ムーアは馬鹿である。斯んな事を考へるのは極端な Yeatsian ばかりである。いかにも愛蘭土文学復興の創始者はイエーツである、然し只夫丈である、愛蘭土文学復興の核心を成す戯曲に於いては、イエーツは気の毒な程おいてけぼりにされて居る。(中略) 自分はジョオジ・ムーアの云つた事を斯う訂正したい。Irish renaissance rose out of Yeats, but it soon outlived him. (22: 323)

359

第3部　アイルランド文学の越境する地平

あるいは、前述の「シングと愛蘭土思想」(大正6年12月、「新潮」)でも、「イエーツのみが日本へ伝へられ過ぎて居る。イエーツは戯曲家として遙にシング以下であるばかりでなく、イエーツの文学には愛蘭土(アイルランド)以外の要素が含まれ過ぎて居る、イエーツの神秘主義(ミスチシズム)の如きもメエテルリンクなどの影響を受けて居て純愛蘭土的ではない。」(22：334)として、イェイツの神秘思想への心酔を、〈アイルランド性〉に違背する精神的営為と解して、嫌悪感を表明している。

(6)　菊池とグレゴリー夫人 (Lady Gregory, 1852-1932)

それに比べると、アイルランド作家のなかでシングと同じ程度に菊池が賞賛しているのはグレゴリー夫人である。とりわけ、グレゴリー夫人の戯曲『ハイアシンス・ハーヴェイ』(Hyacinth Halvey, 1906) の翻訳が出たとき、その誤訳を54箇所も指摘する一覧表まで発表し、「虐殺」という過激な表現を連発するその憤慨ぶりは、いささか常軌を逸するほどの口吻であった。

　　仲木貞一氏はヒヤシンス、ハルヴェイを翻訳する事に依つて、グレゴリイ夫人を虐殺した。否虐殺でなくて虐殺以上の恥辱を与へたのだ、美しいグレゴリー夫人の顔に五十四ケ所の傷を附けて夫(それ)を芸術座と云ふ舞台でさらし物にするさうだ。(中略) ヒヤシンス、ハルヴェイは誤訳々々実に恐るべき誤訳だ。(中略) 僕のやうな英語の智識の浅薄な者が見ても無慮七十位は確(たしか)にある。自分は数に対する趣味から五十四に止めて置いたに過ぎないのだ。(中略) あ、仲木氏はグレゴリー夫人を虐殺した。否虐殺以上の侮辱を与へた。(中略) 私は海の彼方なるグレゴリー夫人の為に泣く。(中略) 最後に我等愛蘭(アイルランド)文学愛好者の為に泣く。(大正3年6月) (22：70)

『半自叙伝』でもこの誤訳糾弾の件は持ち出されるが、さすがに年月を経て、その調子は穏健なものに落ち着いている。

　　この雑誌の七月号で、私は某氏 (昔の事だから名前は出してもいゝが) の翻訳

グレゴリーの「ハイヤシンス・ホールベイ」の誤訳を指摘した。これは訳者が、大急ぎでやつたものと見え、随分誤訳の多いものであつた。the blind つまり窓掩ひを盲人と訳したりなどしてあつた。Moonlight と云ふ字は愛蘭(アイルランド)では畑泥棒をすると云ふ動詞であるのを、月光がどうしたと云ふやうに訳してあつた。(22：53)

(7) おわりに

　こうしてみると、菊池は熱烈にアイルランド演劇を愛好していたにも関わらず（あるいは、していたからこそ）、誰彼問わず手放しで褒めちぎるのではなく、個別の作家、作品については毀誉褒貶が激しい。例外的に、グレゴリー夫人とシングについては評価が甘い（高い）ようだが、実際にはグレゴリー夫人についても「たゞ会話の単調にして動きの少きは一大欠陥なり」(22：320) との指摘があるし、本節の冒頭で扱ったシングについても、決して無条件礼讃ではなく、批判することを忘れてはいない。例えば、「あまりに愛蘭土(アイルランド)的である為に、日本人たる自分には少しも面白くなかつたものである」(22：328) とは、『鋳掛屋の婚礼』(*The Tinker's Wedding*, 1909) 評であるし、

　　　英文学の中でもスウキフト、ショオ、ワイルドなどは揃ひも揃つて愛蘭土種(アイリッシュ)である、だが実際の愛蘭土ユーモアと云ふものはもつと優しい温和なものでグレゴリイ夫人の喜劇に見るユーモアが愛蘭土(アイルランド)の代表的なものであつて、シングのは少しく薬が利き過ぎて居るのである。プレイボーイがアベイ座で騒動を起したのも其間の消息を語つて居る。だから彼とても絶対的に愛蘭土(アイルランド)的であるとは云へない。(22：333)

　結びの一文は、菊池のアイルランド文学観の揺れ、厳しく言えば、定見のなさを暗示しているといえるかもしれない。〈アイルランド性〉の典型として盛んにシングの名を挙げておきながら、土壇場になってシングをぽいと放り出している印象さえ受ける。菊池がアイルランド演劇に惹かれたのは、冒頭で触れたように、日本の風土・国民性との親近感、いわば古き良き時代の

第3部　アイルランド文学の越境する地平

日本の田舎（ことによると彼の生れ故郷の高松）にみるような、素朴な人情の機微が感じられたからのようだ。換言すれば、菊池にとって「アイルランド的」を判断する尺度は、明治生まれの日本人たる彼の感性に合うか合わぬか、の生理的直観的なもので、合理的根拠に欠けるものではなかっただろうか。〈ケルトの憂愁〉や〈想像力〉をこの民族の美点として、菊池がやや学究肌にアイルランド文学の特質を論じた箇所も既に見てきたが、それならば、（菊池の独断によれば）たとえ二流劇作家ではあっても、卓越した詩人として活躍したイェイツをもう少し評価してしかるべきだっただろう。つまり、そこには劇作家・菊池寛の主観や偏見が大いに作用しているのが歴然としている。劇作家グレゴリー夫人や劇作家シングに寄せる高い評価と釣り合いをとって、当然ながら、詩人イェイツが考慮されなければならない。この不均衡な配慮を痛感させるのが以下の断言である。

　尚愛 蘭文学の名のもとに、劇のことしか書かなかつたやうだけれども、愛蘭文学の骨髄は劇である。詩や小説は、云ふに足るものがないのである。
（「愛蘭文学に就て」、大正9年9月「著作評論」）(22：358)

劇作家を強く目指しつつも、やがて小説家として文壇に登場して名声をあげた菊池の経歴を思うとき、不得手な詩歌の分野はさておき、アイルランド小説に下した低い評価は、多少皮肉に響くかも知れない。また、京大時代にあれほど貪るように外国戯曲を読破した菊池が、40代半ばになって、やや自国文化への回帰傾向を強めたことも寂しくさせる事柄である。ノーベル文学賞を受賞したバーナード・ショー来日の報にも菊池はほとんど興奮せず、醒めた口調で以下のように語っている。英語に対峙する自国言語の優越性の認識をめぐる問題は、アイルランド人のゲール語によるナショナリズムと日本人の日本語ナショナリズムの位相まで考えさせる。

　　日本の文学は、恐らく英国や米国の文学などよりも、ある点では高級なものではないか、と自分は確信してゐる。（中略）日本語といふ外国人にとつて

第3章　日本作家とアイルランド

は、難攻不解の国語と結びついてゐるために、いつが来ても、その進歩発達が、正当に理解されないのである。(「ショオ翁と日本文学」、昭和8年3月1日「報知新聞」)(22：372)

　後世から振り返れば、菊池の晩年は不名誉なものに終わる。よく知られているように、大戦中の昭和17年、菊池は日本文学報国会創立総会の議長を務め、「文章報国」を合言葉に戦争を賛美する活動を行った。そのため、戦後の22年に公職から追放され、解除を見ぬまま翌年、狭心症で亡くなっている。ある個人の文学上の業績と信奉する政治的イデオロギーとを同じレベルで論じてはならないだろうが、文学作品がはらむ政治的イデオロギーへの価値判断を留保して単にテキストのみ提示することに異を唱える立場もある[12]。イデオロギーを伴わない文学作品があるとは思われないからである。

　菊池寛の著作の引用は『菊池寛全集』第22, 23巻（高松市・菊池寛記念館刊行、文藝春秋発売、1995年）を使用し、末尾に（巻数：頁数）を記した。西洋人名や国名の菊池の不統一な表記（シングは「倫敦にてはシンジと発音すると見えたり」とあるように、この当時、西洋人名は正確に発音されていない）や、旧仮名遣いの原文は、そのまま使用した。

付記　ハンキンの『放蕩息子の帰郷』について

　本文でも触れたように、菊池寛の戯曲『父帰る』(1917 [大正6] 年) 創作の動機となったものは、イギリスの劇作家ハンキン (St John [Emil (e) Clavering] Hankin, 1869-1909) の戯曲『放蕩息子の帰郷』(*The Return of the Prodigal*, 1905) である。最近ではさらに、この菊池の『父帰る』をモチーフに、会社の金を横領して蒸発していた兄が16年ぶりに戻ってくる、永井愛 (1951-) の『兄帰る』(而立書房、2000年) という戯曲も刊行、上演され、影響関係の連鎖は延びたようである。菊池の創作ノートには、〈「ハンキンは、蕩児の帰宅をテーマとす、然れども帰るもの豈蕩児のみなら

363

第3部　アイルランド文学の越境する地平

んや」と、楽書がしてある。「蕩父だつて帰つて来る」と云ふのが、私の逆説的な考(かんがへ)であつたのである。私は「蕩父の帰宅」としたかつたのであるが、豆腐に通ずるので語呂がわるく、一旦「帰れる父」とし再考して「父帰る」とした。〉とある。(〈「父帰る」の事〉、大正12年3月「文藝春秋」初出*1)) さて、ハンキンは、「中流階級の因襲に痛烈な皮肉と冷笑」*2)を浴びせかける作風で知られ、この戯曲には「父親のための喜劇」と副題に銘打たれ、「性格は宿命である」というエピグラムが添えられている。

　『放蕩息子の帰郷』の粗筋を簡単に記そう。ジャクソン家の主(あるじ)サミュエルは国政選挙に立候補し、選挙運動に余念がない。禁酒運動推進団体(Order of Good Templars)と酒類販売業者組合(Licensed Victualler's Association)に二股膏薬の公約を回答する無節操な人物である。その長男ヘンリーは父親と共同で紡績工場を経営し、照明による夜間操業で業績を伸ばす辣腕家である。この一家に招待されたのは准男爵ファリングファオード夫妻とその娘ステラ。父は貴族の選挙応援を、長男はステラとの結婚による上流階級への進出を目論んでいる。そこへ、オーストラリアで放蕩していたはずの次男ユースタスが屋敷の門前で気絶*3)しているところを担ぎ込まれる。彼の帰宅を喜んで迎えたのは母親と妹ヴァイオレットだけで、父と兄は冷淡で持て余し気味。実際、ユースタスの帰宅は仮病を使って仕組まれた芝居であり、自宅に戻ってからの彼は、父親の脛をかじって洋服を勝手に注文したり、上げ膳据膳の暮らしで、就労の意志などまったく見せない。それどころか父親に勘当を告げられると、往来で乞食稼業の息子がいれば、選挙は落選、縁談は破談、と二人を脅迫瞞着する。そして、とうとう最後には小遣い銭を年4期に分割支給して貰う条件で、再び実家を後にしてロンドンへ向かう。

　この展開から分かるように、聖書の美談を故意に逆転させた、極めて辛辣な風刺劇である。次男は改悛したからではなく、安逸な暮らしのために戻ってきたのである。(「そもそも受け入れてもらえるかどうかも危ぶんだ。ひょっとすると一晩は泊めて貰えても、翌朝早く出て行くというはっきりとした条

件だったかもしれない。」（168）と彼が予期していたとしても。）そして父親の方も我が子の帰郷を喜ぶどころか、むしろ厄介払いしたがっている。ここには聖書の譬話が持つ教訓はいささかも感じられない。しかもこの放蕩息子の怠惰な放蕩癖はもはや治癒不能の域にある。エピグラムの「性格は宿命である」は、以下の台詞に如実に表現されている。

  ユースタス　馬鹿を言わないで下さい。仰っしゃる通り、僕は何の役立たずです。頑張りもなければ、独創心もなく、持久力もない。落伍者以外には決してなれないでしょう。でもそれが好きだなんて思わないで下さいよ！父さんは僕が役立たずで、無心にやって来るもんだから、ひどい悩みの種のようにお考えのようだけど、本当に悩んでいるのは僕の方です。（中略）［堪え切れずに］厄介なのは僕の行為ではなくて、僕の存在なんです。人のすることなんかどうだっていうんです？　何かしでかしたところで、それでお終いで忘れられる。本当の悲劇は人の本質なんです。なぜなら、それからは逃げようがないからです。情熱と弱点と愚かさが束になったもの、いわゆる性格ってやつが、たえず揚足をとろうと待ち構えているんです。[*4)]

 ハンキンの別の一幕劇 *The Constant Lover*[*5)]に登場する25歳の青年セシルも、結婚や育児による束縛は望まないくせに、絶えず (constant) 誰かしらに恋愛する、刹那享楽主義を信奉する点で、放蕩息子ユースタスの系譜に連なる人物である。だが、セシルは恋愛至上の独善的ロマンチストなだけで、例えば次の引用のユースタスのように、社会や政治の仕組みを積極的に論じるわけではない。

  ユースタス　［辛辣な侮蔑をこめて］理不尽な話しですねえ？　しかし僕たちは博愛主義時代に生きているのです。病人を甘やかし、能無しを生かしておくのです。そのうち、怠け者や放蕩者 (the dissolute) にも年金を支給することになるでしょう。父さんはちょっと時代に先んじていただけですよ。イングランドは不治の病を患う人々の病院や不治の狂人の

収容施設だらけです。その費用の10分の1でもそんな人々をこの世から追い出すのに使い、残りの10分の9を健康人が病気に罹らず、正気の人間が飢えないように使うならば、いまより健全な国民になっていることでしょう。*6)

　つまり、末期癌患者などのホスピスや精神病院などの社会的弱者救済の福祉予算を1割にカットし、浮いた分を予防医学や生活保護に充塡しようという発想である。ダーウィニズムの「適者生存」「優勝劣敗」を説くユースタスは、Oxford の Merton College 卒で The Times 紙の劇評担当を2年間務めたエリート・ジャーナリストたる作者ハンキンの雄弁な代弁者であろうが、ハンキンはこの戯曲を発表した4年後、父親譲りの crippling disease の兆候がみえだした39歳のとき、ウェールズの Llandrindod Wells で非業の入水自殺を遂げている。(ショーはこの自死を「(イプセンの)『幽霊』からそのまま抜け出したような死」と形容した。*7))自分は好きで放蕩しているのではなく、父親からの遺伝のせいだとユースタスが詰る場面が戯曲にある──「〈無価値で役立たずの〉人間をあなたがこの世にもたらしたんですからね。いまのは、あなたの使った形容でしたね？　あなたの責任です」(207)、あるいは「父さんや兄さんはとても僕に似ている。僕たちは略奪して生きる (predatory) タイプに属する。……同じ穴のむじななんだ」(200)──が、ハンキンの胸中にも、不治の疾病を遺伝させた父親への憎悪があったかも知れない。同時に、彼自身が病に苦しむ身であるからこそ、戯曲に見られる辛辣な医療不信や、上に引用した「病人は切り捨てよ」という自虐的主張が凄味を帯びてくる。ユースタスの提言そのままに、病を得た彼はこの世から忽然と姿を消したのである。すなわち、ハンキンの放蕩息子の空恐ろしさは、有言実行のニヒリストの持つ恐ろしさである。そのことは、絶縁前提の金銭交渉が難航し、「この分じゃ、お前の脛かじりを許す前に、わしは飢えてしまうよ」という軽口に、「飢えについて余りご存知でないのは明らかですね、父さん」と穏やかな口調の〈皮肉〉で諭され、この放蕩息子が様々

な職——南アの騎馬警官、香港の銀行員、サンフランシスコのケーブル・カー運転士、定期船客室係、役者、ジャーナリスト、オケのトライアングル奏者（152）——を転々として、現実の飢えを体験したことをはっと認識する場面（210）にも窺える。

　然しその皮肉は、ショウの皮肉の持つ、どこか間のぬけたあの温かさがない。徹頭徹尾冷たい。従つてその皮肉は、素直に吾々の胸へ通ふて來ない。それを聞かされても、吾々は決して快く笑へないのである。彼の呈出する真面目な問題は、凡て彼の嘲笑的な態度に因て全く漫畫（カリカチュア）に堕してしまつてゐる。しかもそれは、吾々になまなまと迫つてくるだけの力を缺いた漫畫（カリカチュア）である。*8)

放蕩の次男を寛大に受け入れる父親の愛に力点が置かれた聖書のルカ伝からかなり逸脱し、ハンキンは、名誉欲にかられた独善的な父と兄に意趣返しする、現実的でシニカルな放蕩息子の人格の悲喜劇を、この作品で描いてみせたのだった。

　注
* 1)　『菊池寛全集　第二十三巻』（高松市・菊池寛記念館、1995年）、p. 76.
* 2)　『英米文学辞典　第三版』（研究社、1985年）
* 3)　「気絶」(faint) と「見せかけ」(feint) をかけて、「こそっと卒倒した」(an elaborate faint)、と駄洒落まで言う始末だが (p. 167.)。
* 4)　*The Dramatic Works of St. John Hankin: Volume One* (London: Martin Secker, 1912), p. 206.
* 5)　鳴澤寛惣（編注）、*British One-act Plays of Today*（大倉廣文堂、1903/31年）、pp. 1-24.
* 6)　*The Dramatic Works of St. John Hankin: Volume One*, p. 209.
* 7)　Jan McDonald, *The 'New Drama' 1900-1914* (New York: Grove Press, 1986), p. 149.
* 8)　阿部孝『英國劇講話』（三省堂、1929年）、p. 146.

第3部　アイルランド文学の越境する地平

2　丸山　薫——「あいるらんどのやうな田舎へ行かう」

　　　　　　汽車にのつて[13]
　　汽車に乗つて　　　　　　　　　　　　　［異本］のつて
　　あいるらんどのやうな田舎へ行かう　　　［初出］ゆかう
　　ひとびとが祭の日傘をくるくるまはし　　［初出］ひとびとが日傘を
　　日が照りながら雨のふる　　　　　　　　［異本］陽が［初出］照つても
　　あいるらんどのやうな田舎へ行かう
　　窓に映つた自分の顔を道づれにして　　　［異本］車窓［初出］道連れ
　　湖水をわたり　隧道(とんねる)をくぐり　　　　　［初出］とんねる
　　珍らしい顔の少女(をとめ)や牛の歩いてゐる　　　［初出］珍らしいをとめの住んでゐる
　　あいるらんどのやうな田舎へ行かう　　　［異本］珍しい少女や［初出・異本］ゆかう

　以前から気にかかっていた詩である。大分県出身の詩人、丸山薫（1899-1974）の「汽車にのつて」という全文9行の短い詩では、「あいるらんどのやうな田舎へ行かう」という句が3回もリフレインされている。留意すべきは、「アイルランドへ行こう」と決意しているのではなく、アイルランドによく似た、日本国内の田舎へ行こう、というのにすぎないのだが、その〈疑似アイルランドの土地〉の描写といえば、〈狐の嫁入り〉を思わせる不思議な天候の下、人々が祭の日傘を回したり、珍しい顔の少女や牛が歩いている山奥の光景である。ではなぜ、それがアイルランドであって、フランスや他の国ではいけないのか。——この疑問はずっととけずに未だに筆者の心にひっかかったままである。詩人の旅の目的も詩のなかでは明らかにはされておらず、ただそうした光景を見んがための、孤独な一人旅自体が目的のようでもある。

　この詩は1935（昭和10）年6月15日に四季社から発行された丸山薫の第三詩集『幼年』に収められた18編の詩のひとつだが、初出は『椎の木』という雑誌の1927（昭和2）年6月号に溯り、この年彼は28歳、東京帝大国文科3年次在学中の頃にあたる。しかし『幼年』のなかの詩人自らの解説によれば、「これは詩といふものを書き始めた頃の僕の作品からの抜萃である。……と

第3章　日本作家とアイルランド

り返へしのつかない、ただ郷愁の上にのみ永久に輝いてゐるやうに見えるあの可哀想な時刻」(1:110-1) のものであるから、文字通り「幼年時代」、少なくとも20代ではない、もう少し若い時期に書かれたものなのだろう。だとすれば、アイルランド文学が流行した大正時代（丸山薫の年齢で言えば13歳から26歳の時期に相当）の初期あたりと想像され、異国アイルランドの文学を愛好する当時の一般的風潮が、たまたまこの詩のリフレインに反映されただけなのかも知れない。丸山薫がアイルランドに言及した詩は、残念ながらこれ以外にはないようだから。

　ここで伝記事実[14]に言及すると、1899（明治32）年6月8日、大分県荷揚町に官吏の父の四男として生まれ、1歳で長崎市、4歳で東京・丸の内、7歳で京城（韓国）、8歳で東京・牛米、9歳で松江市（父親が島根県知事就任）、12歳で東京・西大久保、そして父親の死によって愛知県豊橋市[15]、と各地を転々せねばならない官吏一家の宿命を背負った丸山薫は、おそらくそうした度重なる引っ越しの際に、長時間汽車に揺られる旅を経験したものと推測される。「あいるらんどのやうな田舎」が具体的にはどこを指すのかは分からないが、その交通手段の「汽車」は、丸山薫の詩の中に頻出するモチーフである。

　たとえば、汽車の中の隣席で本を読む少女を描いた「明るい本」(3:133)、詩人がよく車窓から顔を出した「汽車がカーヴにかかるとき」(3:207)、「夕星の搖れる河の土堤を／汽車は來かかる／煙をちぎりちぎり／汽笛も吹かず／冥府へすべるながい影のやうに」すべる汽車を見つめた「野に立ちて」(1:183)、「屋根を白くした汽車が／窓硝子を曇らせ／不思議な陰翳の列のやうに／初冬の停車場に辷り込んでくる」様をうたった「北國」(1:395)、「窓外は眞暗く／どことも知れぬ野を／わが汽車は走つてゐた」とうたう「手風琴と汽車」(2:105) など、汽車が詩の題材に取られることが著しく多い。[この他にも、電車が出てくる「かなしい風景」(1:206-7) や「白い花」(1:260) という詩がある。]「貨車」(1:275) という詩にあるように、丸山薫が「理由もなく停車場を訪れて」いたのは、「生活と事情との桎梏」で上京の夢が叶わない「せつない心の燻りを慰め」るためであったし、「鴉群」(2:238-9) で

369

は、汽車が時間軸における現在の一瞬の表象として、最後尾や最前方の客車に乗った詩人の目に「現在が刻々過去に絞られていく／やがて喪失のかなたに疊まれる」様や、「間斷なく現在に近附き／新しい未來が未知の重なりの中からほぐれてくる」喜びが歌われている。「あいるらんどのやうな田舎へ」行くには、やはり汽車に限るのだ。

　もっとも、1917（大正6）年、愛知県立第四中学校（現・時習館高校）を卒業した18歳の詩人が進路に選んだのは、東京高等商船学校であり、彼は鉄道マニアであると同時に、海への憧れも強かったようだ。ところが翌年には脚気のために退学を余儀なくされ、船員になる夢は早くも挫折する。（この夢は1941（昭和16）年、中央公論社特派員として乗船した、練習船海王丸での3か月の海上生活で、ある程度は満たされたが。）3年後、京都の第三高等学校文科に入学してから始めた詩作活動は、その後東京帝大を学生結婚で中退して、妻・高井三四子の収入で生計をたてるようになった1928（昭和3）年からようやく本格化することになる。

　さて、「汽車にのつて」の詩に話を戻そう。3行目の〈祭の日傘〉について言えば、執筆時期は後になるが、亡き母親を忍ぶ「母の傘」(1：444) という詩では、「お手製のふくろにしまはれた／少女のパラソルのやうな」母親のコウモリ傘を懐かしみ、「夏の蝶」(2：37) では、汚らしい毛蟲が「不意になぜ／パラソルのような蝶々になつたのでしょう」と驚き、「カオスへ」(2：252) では「地表を蹴つてどこまでも昇つてゆく」ための手段として「コウモリ傘の柄にぶらさが」っている。傘は、すなわち母親の想い出、美しく変身した少女、大空への飛翔をイメージさせる言葉である。8行目にある、やや無粋な表現に響きかねない〈珍しい顔の少女〉は、のっぺりと画一化した都会的容貌ではない、個性的な顔立ちの田舎娘、の謂いであろう。「憂愁のふるさと」(3：19) には、「珍らかなる鳥の一羽／屋上を過ぎゆけり」とあり、〈珍しい〉という形容において、少女が鳥と同列で扱われている印象を受けるが、実際、鳥のことを「少女たち」と呼ぶ詩「鳥達」(1：430-1) が丸山薫にはあるし、「花の芯」という詩の「どの少女も頬笑んでゐた」の少女とは、花のことであり、詩人のイメージ連想では〈少女＝鳥＝花〉は少しも不自然

第3章　日本作家とアイルランド

ではないのだ。したがって、ちょうど北国（疎開先の山形県岩根沢）の少女を歌った「娘達」(2：169)で、「その頬がどれもこれも／熟れた林檎のやうに耀いて」「圓らで紅い」表情に詩人が惹かれたように、〈珍しい顔〉とは、都会ではあまり見かけない、素朴な野趣に富む表情の新鮮さを表現しようとした言葉なのだろう。狐の嫁入りの超自然的な天候、母親の記憶につながる日傘、鳥や花のイメージとも重なる自然児の少女たち——これらを配した理想的な田舎の典型として丸山薫の脳裏に浮かんだのが、アイルランドだった。

なお、この詩には川口晃による曲がつけられていて、『教育音楽』（昭和45年12月号）にその楽譜が掲載されているという。奇しくも丸山薫の生誕100年、没後25年（命日は10月21日）にあたった1999年に、「汽車にのつて」の歌を口ずさみ、大分生まれの叙情詩人をしのんだ人はどのくらいいたであろうか。

注
1) 本名は菊池　寛。〈寡黙の人であったので、名前をもじって「くちきかん」ともいわれた〉し、菊池比露志、草田杜太郎の筆名も初期には使用した。[佐川章『作家のペンネーム辞典』（創拓社、1990年）、p. 144.]
2) 菊池寛・山本修二『英国・愛蘭　近代劇精髄』（新潮社、1925年）、p. 179. なお、共著という性質上、本文執筆箇所の特定はできないが、この文体には菊池の声が響いている。
3) 『ブリタニカ国際大百科事典8』（ティビーエス・ブリタニカ、1973年）、p. 56. なお、文中の「取決め婚姻」とは 'arranged marriages' の訳語であり、他の文脈では「見合い結婚」と意訳されうるもの。原著にあたる Encyclopaedia Britannica Vol. 14 (1969), p. 928 を参照。
4) 田中千禾夫編『劇文学　近代文学観賞講座22』角川書店、1959年、p. 132.
5) 「外国文学や日本の古典から換骨脱胎して巧みにわがものとし、そのプロットやテーマを各人各様の操作によって立派に自分たちの創作に取り入れていたことである。例えば菊池の「海の勇者」（シングの「海に騎りゆく人々」）芥川の小説「鼠小僧次郎吉」（シングの「西国の伊達男」[中略]）、久米の「地蔵経由来」（同じくシングの「聖者の泉」[中略]）など、かりにシングの作品からの鋳直しを考えただけでも相当の数に上る。しかもそれらは菊池の「海の勇者」を除いては、立派にその人の持ち味と融和し、いささかの摂取の痕跡を残していない。また「海の勇者」にしても題名の酷似とテーマのパラレルの為、直ちにシングを思いおこさせるが、しかしそこには菊池なりの解釈が添えられてはいる。一種のヴァリエイションである。」（石田幸太郎「アイルランド戯曲と菊池・久米」、『国文学　解釈と教材の研究』、学燈社、6(14), 1961年12月、p. 65.）
なお、蛇足であるが、微妙なニュアンスの違いが出る「邦訳シング」と「菊池」を

第3部　アイルランド文学の越境する地平

　　　比較するよりも、日本人には「シング」と「英訳菊池」で土俵を同じくした方が、両者の雰囲気の類似がよくわかる気がする。つまり、例えば、英訳書 *Tojuro's Love and Four Other Plays by Kikuchi Kwan*, translated by Glenn W. Shaw (The Hokuseido, 1925) 所収の英訳「父帰る」*The Father Returns* の冒頭の台詞、*Kenichro. Mother, where's Otane gone?* は、余分な情感を削ぎ落として、シングの *Riders to the Sea* の冒頭句 *Nora. Where is she?* を連想させる。ただし、ひとつの英訳によって切り捨てられた日本語原文のニュアンスの問題は依然として残る。

6) 大西　貢「菊池寛の作劇精神とその成立過程――「屋上の狂人」までの道程」、p. 15。

7)「英国的な臭みのない、清浄無垢なシングには、いろいろな意味で引きよせられていた。一つには、道徳性である。(中略) 菊池寛に無意識のうちに訴えたのは、菊池寛のうちにある道徳的なものに向けてであったのだ。(中略) シングの人柄、従ってその戯曲の登場人物のアイルランド風な義しさ (中略) が、何よりも菊池寛の内にあるものにジカに触れたのである。」(大久保直幹「菊池寛とシング――「海の勇者」と「海へ騎りゆく人々」について」、『日本近代文学』6号、1967年5月、pp. 68-69。)

8) Edward Lord Dunsany (1878-1957) について菊池は、「自分は愛蘭土劇を熱愛するものだ。その中でも、ロード、ダンセニイが好きである。所が八月の三田文學で松村みね子女史がダンセニイの「アルギメネス王」を訳された。読んで幕切れのユーマアが少しも訳されて居ないのに失望した。之はみね子女史の語学が拙いのではなく、とても邦語には訳されないものである。」(大正5年9月)(22:71) と不満を漏らした。ところが、大正10年11月、この松村みね子訳の『ダンセニイ戯曲集』が刊行される際に序文を求められると、「その飜訳は、愛蘭文学に対する愛から生れた良心的な仕事である。(中略) 一言一句の末までも、信頼して読むことが出来る様に思ふ。」(22:359) と一転し、みね子に賞讃を惜しまないのは、文人の礼節のうちだろうか。(なお、発音表記は「ダンセイニ」の方が原音に近い。)

9)『英国・愛蘭　近代劇精髄』、p. 186。

10) 渡辺美知夫「菊池寛と Bernard Shaw」、『比較文化』12号、1966年2月、p. 127。

11) この他、「ジョハンナ・レドモンド」、「エドワード・マーチン」、「シイウマス・オケリイ」、「ペドレイク・コラム」の名も末尾に言及されている。こうした比較的マイナーな作家さえ網羅されていることが示唆するように、菊池は大変な勉強家だったようだ。ある雑誌の質疑応答欄の不備な回答を不満に思った彼が寄せた小文(22:357) には、アイルランド文学の欧文専門研究書12冊のリストがあり、そこにはフランス語文献2冊も含まれている。

12) 砂古口早苗「「菊池寛裁判」を傍聴して――問われる自治体の歴史認識――高松市刊行の『全集』めぐり」、『朝日新聞』、1998年12月4日、p. 25。なお、この「菊池寛全集訴訟」は、原告の元市議・滝恒夫氏が、一、二審を不服として1999年12月15日までに最高裁に上告している。

13)『丸山薫全集1』(角川書店, 1976/79), p. 125。なお、以下の丸山薫の詩の引用はこの全集版により、(巻号:頁数) で示した。

14)『現代詩文庫1036　丸山薫』(思潮社、1989年), pp. 134-8。

15) 丸山薫は1948（昭和23）年に豊橋市の愛知大学文学部講師、1959（昭和34）年に同教授に就任している。筆者も愛知大学非常勤講師として12年間勤務したことがあるのでいっそう感慨が深い。

参考文献
『日本近代文学大事典　第一巻』（講談社、1977年）
『日本現代文学大事典　人名・事項篇』（明治書院、1994年）
片山宏行『菊池寛の航跡－初期文学精神の展開』（大阪：和泉書院、1997年）
　（とくに「イギリス、アイルランド文学の投影」、pp. 195-231.）
八木憲爾『涙した神たち――丸山薫とその周辺』（東京新聞出版局、1999年）

第3部　アイルランド文学の越境する地平

第4章　その他の影響

1　ヴィットゲンシュタイン

　いまから20数年前、筆者が大学に入って初めて一般教養の授業を聞いたとき、妙に惹かれた哲学者がヴィットゲンシュタインだった。なにしろ、別の講義で読まされたカントやヘーゲルの難解・晦渋な文章とはうって変わって、思いつきの備忘録、といった感じに自問自答風の呟きを並べるこの著者の文章はすこぶる読みやすく——赤と緑のクリスマス装幀で余白をたっぷりとった、大修館の魅力ある造本も功を奏しただろうが——一時期、筆者は「言語ゲーム」や「意味の家族的連関」などの覚えたての概念に傾倒した。写真で見る、彫りの深いその端整な表情は、皺々爺さんになる以前のアイルランド作家ベケット (Samuel Beckett, 1906-89) と、どこか共通した威厳が秘められているように感じたものだ。だが、このウィーン出身の哲学者がアイルランドの土地を訪ねたことがあるのを知ったのは、数年前に映画『ヴィットゲンシュタイン』を見たときが初めてだった。

　ヴィットゲンシュタイン (Ludwig Wittgenstein, 1889-1951) は、大戦期間を除いて実質2年ほど勤めたケンブリッジ大学の哲学教授職を捨てて、1947年12月（58歳）から49年5月（60歳）までの晩年1年半を、主にアイルランド（南のウィックロウ州のレッド・クロス農場に約2か月、ゴールウェイ州西岸・コネマラ地方のロスロに4か月、首都ダブリンのロス・ホテル［現アシュリング・ホテル］に6か月と2か月）に逗留して著述活動を続けた。実際、有名な『哲学探求』第二部などを完成させたのはこのダブリンのホテルの「温い静かな部屋」だったという。執筆の場を異国アイルランドに求めたのは、そこが内省に適した辺鄙な田舎という要因が大きいだろうが、他方、カトリック国の安心感が彼をア

第4章　その他の影響

イルランドに誘（いざな）ったとも考えられる。ヴィットゲンシュタインの母親は（半分ユダヤ人の）カトリック教徒で、彼を含む8人の子どもたちは全員カトリックの洗礼を受けていたからである。（なお、彼は8人の末っ子に生れ、なんと兄4人のうち3人が自殺を遂げている。また、父親はユダヤ人でプロテスタントに改宗した。）

　さてエイズで亡くなった鬼才デレク・ジャーマン (Derek Jarman, 1942-94) 監督の映画『ヴィットゲンシュタイン』(Wittgenstein; Blue, 1993) の終盤近くのシーン 50「雨の中の散歩」では、経済学者ケインズ (John Maynard Keynes, 1883-1946) と一緒に緑の傘をさして歩く場面がある。傘の色は次の目的地アイルランドを象徴的に先取りする。

　　ヴィットゲンシュタイン　　「哲学の教師を辞めて、自分の本に専念したい」
　　ケインズ　　　　　　　　　「なぜケンブリッジで金をもらって書かん？」
　　ヴィットゲンシュタイン　　「アイルランドの海岸に住む」
　　ケインズ　　　　　　　　　「アイルランドでは働くと撃たれる。君って奴は」
　　ヴィットゲンシュタイン　　「ダメ人間なのは分かってるよ」[1]

そして次のシーン51「アイルランド」では緑色のデッキチェアに座っており、訪ねてきた学生に「先週、ダブリンの専門医に診てもらった。前立腺のガンだ」「ケンブリッジに連れて帰ってくれ。ここで死にたくない」と漏らす[2]。

　映画では僅かにこの2コマがオーストリア出身の言語哲学者とケルトの島を結ぶ細い糸であるが、ジャーマンが脚本を依頼したテリー・イーグルトン (Terry Eagleton, 1943-) のオリジナル台本には、アイルランドの場面がさらに詳細に書き込まれているのに驚かされる。博士号審査担当教授で「話し方にアイルランド訛がかすかに感じられる」G.E.ムーア教授が登場するいくつかの場面の他にも、ヴィットゲンシュタインがコテッジのそばの海辺を歩くシーン、コテッジの窓辺に座って何やら走り書きし、目を上げて窓外を見やるシーン（この両場面でアイルランドの民族音楽が流れる設定）、そしてはるばる彼を訪ねてきたのは無名の学生ではなく、親友のケインズ自身で、再会を喜ん

だヴィットゲンシュタインは「犬がうるさいよ。夜は眠れやしない。だが小鳥をてなずけてるんだ。数羽だがね。朝になると餌をもらいにくる。」と快活に応じる。（実際、野鳥をてなずけるのに長けていることが漁夫たちの語り草になったという。[3]）やがて「海にさよならを言ってこよう」と、独り大西洋を眺めるシーンではパイプ演奏のアイルランド悲歌が流れ、ケインズの車に乗り込んでからも、ずっと車窓の景色を見つめ続け、やがて溶暗して幕切れとなる……。もしもジャーマンがイーグルトン台本に忠実な映画化を行っていたならば、終盤は実にアイルランド色濃厚な『ヴィットゲンシュタイン』に仕上がっていたはずである。イーグルトンにとっては、ゴールウェイの浜辺に佇むヴィットゲンシュタインが印象的なモチーフだったようであり、しかもそこに、1946年に逝去したはずのケインズが1948年ごろ（心象・亡霊として？）登場するというフィクションを敢えて構築したのは、イーグルトン流の意図的時代錯誤の一例としても大変興味深い。イーグルトン同様、アイルランド系研究者と（姓名から）推察されるブライアン・マクギネス (Brian McGuinness) に『ウィトゲンシュタイン評伝』があるが、副題「若き日のルートヴィヒ 1889-1921」が示すように、晩年まで筆が進んでおらず、今後の続編でアイルランド時代の詳細な描写がなされることを期待している。子育てなどの事情で、最後にアイルランドに行ってからもう10年以上が過ぎた。筆者も晩年には潔く教職を辞して、ヴィットゲンシュタインのようにアイルランドの浜辺で過ごせたら、と願う。かつてＩＲＡが使っていたというそのコテッジがその時にも残っていると嬉しいのだけれども。

2　『フィネガンズ・ウェイク』のなかのマザーグース

ジェイムズ・ジョイス (James Joyce, 1882-1941) の『フィネガンズ・ウェイク』(*Finnegans Wake*, 1939)（以下 *FW* と略記）には、マザーグースが縦横無尽に取り込まれている。1957年の Mabel Worthington の論文 "Nursery Rhymes in *Finnegans Wake*" では、実に68編の引用が挙げられ、1985年に刊行された

第4章　その他の影響

　グレイス・エクリー (Grace Eckley) 著 *Children's Lore in Finnegans Wake* (Syracuse UP) は、その論文を踏まえた研究・解説書であり、*FW* 中の主要なマザーグースがいっそう詳細に解説されている。難解で知られる *FW* を原文で読みこなすことは筆者の能力を遙かに越えているが、幸いにも優れた *FW* の邦訳が刊行されており、エクリーの指摘箇所から20編余りを選んで祖述し、引用文にその日本語訳を併置することで、マザーグースによせるジョイスの並々ならぬ関心の一端──総じて、性的な風刺 (innuendo) が濃厚──を提示することがここでの意図である。

(1) "Humpty Dumpty"

　ハンプティ・ダンプティへのジョイスの関心は『フィネガンズ・ウェイク』の初期部分草稿にあたる冊子「至るところに子どもあり」(*Haveth Childers Everywhere*, 1930年刊)の広告文の詩に登場する。

>　Humptydump Dublin squeaks through his norse,
>　Humptydump Dublin hath a horrible vorse
>　And with all his kinks english
>　And with all his kinks english
>　Plus his irismanx brogues
>　Humptydump Dublin's grandada of all rogues.
>　(Richard Ellmann, *James Joyce*, p.630)

>　ハンプティダンプ・ダブリンは鼻からキーキー、
>　ハンプティダンプ・ダブリンはひどい声、
>　キンクス・イングリッシュにアイリスランド訛。
>　ハンプティダンプ・ダブリンは男の中の男のじいさん[4]

　この詩では Humpty Dumpty が Dublin の街であり、また *FW* の変幻自在な主人公 Earwicker と等置されている。復活祭蜂起で活躍したピアス Patrick

377

第3部　アイルランド文学の越境する地平

　Pearse や O'Reilly、仕立屋 Kersse、Lady Gregory の生まれ故郷 Persse、エストニア語で「尻」を意味する persse などを読み込んだ名前 Persse O'Reilly が最良の呼称である。その "The Ballad of Persse O'Reilly"（「パース・オライリーのバラッド」）の歌詞の冒頭は、"Have you heard of one Humpty Dumpty/ How he fell with a roll and a rumble" (45．1-2)（「聞いたことがあるかい、ハンプティ・ダンプティがさ／ころころごろろん」）、結びは、"And not all the king's men nor his horses/Will resurrect his corpus" (47．26-27)（「王の人馬をもってしても／彼の亡骸(なきがら)よみがえらない」）であり、"even if Humpty shell fall frumpty times … there'll be iggs for the brekkers come to mourn him" (12．12-15)（たとえハンプティが殻々(からから)と尻(じり)またまたどじって……落っこちても、……彼を朝門しにくる朝飯者には卵があるはず。）という言及もある。
　以下に、FW に見える "Humpty Dumpty" の様々な variation を列挙しよう。

　　㋐ after humpteen dumpteen revivals. Before all the King's Hoarsers with all the Queen's Mum (219．15-16)（反腹ティーン団腹ティーンの再演の後。国王の総馬力声と女王の総だんまりの前）
　　㋑ hoompsydoompsy walters of (373．6)（氾薄(はんふ)淳(てい)どぼじゃぶ態とうねり流れる水の）
　　㋒ Arise, sir Pompkey Dompkey! (568．25-26)（起き立て、サー・ポンプキン・ドンプキー！）
　　㋓ Humps, when you hissed us and dumps, when you doused us! (624．13-14)（踊夫(はんぷ)っとわたしたちをもたげあげて、灘浮(だんぶ)っと水びたしにしたりして！）
　　㋔ I'd die down over his feet, humbly dumbly, only to washup (628．11)（その足もとに倒れて死ずんでしまいそう、范ぶりいだんまりいに、慎ましく蘇洒(せい)するために）

(2)　"The House That Jack Built"

　関係代名詞 that の連鎖による積み上げ歌 (accumulated/accumulative rhyme) はジョイスの十八番(おはこ)のようで、いくつもの用例が見られる。

378

第4章 その他の影響

(ｱ) This is the flag of the Prooshious, the Cap and Soracer. This is the bullet that byng the flag of the Prooshious. This is the ffrinch that fire on the Bull that bang the falg of the Prooshious (8．11-14)（これはプロイ戦旗、鍔皿付き帽。これはプロイ戦旗を破った英雄牛を撃った腐乱ス銃）

(ｲ) In the ignorance that implies impression that knits knowledge that finds thenameform that whets the wits that convey contacts that sweeten sensation that drives desire that adheres to attachment that dogs death that bitches birth that entails the ensurance of existentiality (18．24-28)（無明の無知にて行を凝視し識を敷石に名色を明了し六処を録し触に則し受に従じ愛を愛撫し取を趣旨に有に浮かれ生を消失し老死の楼閣に労役する）

(ｳ) This is the Hausman all paven and stoned, that cribbed the Cabin that never was owned that cocked his leg and henned his Egg (205．34-36)（この石部酔吉に入り込められた寝屋が決して屈服しなくてあいつの脚を雄鶏にしてあいつの卵を雌鶏かかえしたわけよ）

(ｴ) Eat early earthapples. Coax Cobra to chatters. Hail, Heva, we hear! This is the glider that gladdened the girl that list to the wind that lifted the leaves that folded the fruit that hung on the trees that grew in the garden Gough gave. (271．24-29)（いい土リンゴを怡怡として胃以に食らえ。しーのび寄る毒蛇をしーっとしーずまらせよ。栄千なるエヴァを瑩地にて永致に讃えん！　この滑りものに歓喜した可憐娘が耳かたむけた風にかさかさ掲げられた葉っぱがくるんだ果物がぶらさがっていた木はゴッフの郷の豪園にござった。）

(ｵ) adding the tout that pumped the stout that linked the lank that cold the sandy that nextdoored the rotter that rooked the rhymer that lapped at the hoose that Joax pilled (369．13-15)（それに足すことのちくり屋の蓄造したスタウトの寸莎繋ぎの津波に冷えた飛英の淪砂の隣家のへぼ樞の辺傍のへぼ詩人の舐めた滑子汁は若軀が惹じゃぶ建前に縦流した）

(ｶ) ―So this was the dope that woolied the cad that kinked the ruck that noised the rape that tried the sap that hugged the mort? ―That legged in the hoax that joke bilked. (511.32-34)（――するとこれはまぬけがもじゃった下種がよじったしわがざわめいた菜種が試したもぬけかすが抱きすくめたおなごだったと？　――それが脚を入れたふざけを冗句がうまうままいた。）

379

第3部　アイルランド文学の越境する地平

だが、次の17個の that を盛り込んだ（キ）が最長のようだ。

(キ) the slave of the ring that worries the hand that sways the lamp that shadows the walk that bends to his bane the busynext man that came on the cop with the fenian's bark that pickled his widow that primed the pope that passed it round on the volunteers' plate till it croppied the ears of Purses Relle that kneed O'Connell up out of his doss that shouldered Burke that butted O'Hara that woke the busker that grattaned his crowd that bucked the jiggers to rhyme the rann that flooded the routes in Eryan's isles from Malin to Clear and Carnsore Point to Slynagollow and cleaned the pockets and ransomed the ribs of all the listeners, leud and lay, that bought the ballad that Hosty made. (580. 26-36)（奴隷の指輪が悩ます手が揺らすランプが影を投ずる歩道が命取りの足を向かせたビジネクストマンが巡査をさ下種まして浴びせかけたフェニアン党員の罵声が突き刺したあの孀がたらふく提供した教皇が有志の皿にのせてまわしたのがついに耳をちょん切ったパーシズ・レリーが膝蹴りに寝床から叩き出したオコネルが肩で突いたバークが頭突きをくらわせたオハラが目覚めさせた大道芸人が弄ラントした見物人の群れが勢いづけたジグ浮かれたちが韻をつけた歌詞の雨がアイルの島々の道をマリンからカーソーポイントからスリナガローへ不埒度に流れてポケットをきれいにして肋骨をあさったすべての聴き手が買ったバラッドはホスティがつくった。)

1755年英文初出、1590年のヘブライ語文献に溯るとされるこの積み上げ歌「ジャックの建てた家」の構造は、(イ) のような哲学的文章には通常ありがちだが、連綿といつ迄も流れ続けるリフィー河のイメージにつながるものとして、*FW* の象徴的文体の一つであろう。ついでながら、以下の引用は that ではないが、前置詞 of による積み上げの一例である。

the gleam of the glow of the shine of the sun through the dearth of the dirth on the blush of the brick of the viled ville of Barnehulme has dust turned to brown (130,22-24)（日の光の輝きのきらめきが、緑中洲の汚れた町の煉瓦の紅の塵の埃を通って、ちょう土いま褐色に変わった）

380

第4章　その他の影響

(3) "As I Was Going to St. Ives"

As I was going to Joyce Saint James'
I met with seven extravagant dames;
Every dame had a bee in her bonnet,
With bats from the belfry roosting upon it.
And Ah, I said, poor Joyce Saint James,
What can he do with these terrible dames?
Poor Saint James Joyce. (Ellmann, p.648)
ジョイス・セント・ジェイムズの家へ行く途中
私が出会ったのは七人のお偉いご婦人。
どの帽子の中にも蜜蜂が一匹。
鐘楼から飛んできた こうもりも巣を作っていた。
私は言った、ああ、かわいそうなジョイス・セント・ジェイムズ、
この困ったご婦人たちをどう始末するのだろう？
かわいそうなジョイス・セント・ジェイムズ。[5]

　これはパードリック・コラム夫人のメアリー(Mary Colum)を揶揄して書かれた1931年頃の詩で、精神分析好きで、*FW*を「文学外」作品と酷評する、聡明すぎる女性に対するジョイスの嫌悪が表されているという。さて、元歌は英国コーンウォール地方の漁村 St. Ives に「出かけて行く」のは話者1人で、「7人の妻、7つの麻袋、7匹の猫、7つの道具」などは St. Ives から「戻ってくる」ところなので、「行く」数の勘定に入らないという、意地悪な謎々である。ジョイスはこの「各7」という着想を次の(ア)(イ)(ウ)で用い((ウ)は seven は heaven に化けたが)、(エ)(オ)は「各々」という倍増・拡散の発想を楽しんでいる。これは前の(2) "The House That Jack Built" で見た、積み上げ歌の「連続性」に類似する「増幅」のイメージがある。

　(ア) Hadn't he seven dams to wive him? And every dam had her seven crutches. And every crutch had its seven hues. And each hue had a differing cry

381

第3部　アイルランド文学の越境する地平

(215.15-17)（と津賀せて妻木にした女は七人いたでしょ？　堰に入れた女はそれぞれ七本の杖立ていた。杖はそれぞれ七色をしてた。色はそれぞれ乳ケった叫びをしてた）

(イ) My seven wynds I trailed to maze her and ever a wynd had saving closes (552.16-17)（わが七つの風路をわしは道造りしてあの女を迷路かしてやろうとし、どの風路にも七つの締めく漏路があり）

(ウ) Hadn't we heaven's lamps to hide us? Yet every lane had its lively spark and every spark had its several spurtles and each spitfire spurtle had some trick of her trade, a tease for Ned, nook's nestle for Fred and a peep at me mow for Peer Pol. (330. 1-5)（われらにはわれらをかくまう天のランプがありはしなかったか？　おのおのの小町にはおのおの小マッチのきらめきがあり、おのおの小マッチはおのおのにこまっちゃくれ、おのおのの小野小町はおのおのに手練手管を心得て、ネッドにはじらしそらし、フレッドにはしめしめはめはめ、ピーア・ポールにはちらちらむらむら。）

(エ) though every crowd has its several tones and every trade has its clever mechanics and each harmonical has a point of its own, (12. 29-31)（もっともどんな鴨声にもさまざまな音調があり、どんな商いにもそれぞれ賢い手口があり、どんな和声にもそれなりの基音があり、）

(オ) When the messanger of the risen sun, (see other oriel) shall give to every seeable a hue and to every hearable a cry and to each spectacle his spot and to each happening for houram. (609. 19-22)（日の出の使者が（もう一方の出窓参照）異々視胎閲聴のそれぞれの目ききに色を、それぞれの耳ききに叫びを、おのおのの光景に彼の点を、それぞれの出来事に彼女の刻を与えるだろう。）

(4) "Who Killed Cock Robin?"

これは『ユリシーズ』(*Ulysses* 1922)の「ハデス」(Hades)の章でも、ブルームの心中描写として、"Who'll read the book? I, said the rook."[6]、つまり、司祭が「もう一つの手で小さな本を、ひきがえるのような腹の前で支えている。誰が本を読むんだろう？ぼくだよ、と深山がらすが言ったとさ。」[7]という一節があり、元歌の第6連が利用されている。FWでは、このうちの"I, said [says] … "という「我こそは」と名乗りをあげる構文が利用されている。

> They answer from their Zoans; Hear the four of them! Hark to rroar of them! I, says Armagh, and a'm proud o'it. I, says Clonakilty, God help us! I, says Deansgrange, and say nothing. I, says Barna, and whatabout it'? Hee haw! (57．7-10)（彼らは、それぞれのゾアンから答える。われら四者の声を聞け！ 彼らの怒朗声を聞け！ われは、と北に在(はく)ルスター(て)がいう、そしてそれが誇りなり。われは、と南岐のマンスターがいう、難儀なるわれを救いたまえ！ われは、と東方のレンスターがいう、そして当方何も語らず。われは、と西に来(き)ナートがいう、何のことなーと？ ひーっほーっ！）

(5) "Goosey Goosey Gander"

　不敬な老人が階段から突き落とされ、ガチョウが大騒ぎする元歌だが、4老人の発するラテン語・フランス語風の叫び声にすり変わる。

> Queh? Quos?/Ah, dearo dearo dear! Bozun braceth brythe hwen gooses gandered gamen. (389．30-32)（だれや？　どこや？／ああ、愛しくも、愛しくも、いと惜しくも！　魯声雁語(ろせいがんご)に胸愁(おう)を帯ぶわい。汚(お)お、神さん！）
> If gooseys gazious would but fain smile him a smile he would be fondling a praise he ate some nice bit of fluff (227．25-27)（間抜け顔にでもいいからちょいと仕方なく笑みをこしらえれば賞賛を愛撫してかわいこちゃんをつまみ食いできるのに）

(6) "Little Bo-Peep" と "See-saw Margery Daw"

　「ベッドを売払って藁の上に寝そべる」ほど貧しい田舎者の（＝Margery）ふしだら女（＝Daw）の元歌が、bo-peep と合わさっているのが次の用例である。

> Peequeen ourselves, the prettiest pickles of unmatchemable mute antes I ever

第3部　アイルランド文学の越境する地平

bopeeped at, seesaw shallshee, since the town go went gonning on Pranksome Quaine (508．26-28)（密事の妃夜狂いな話、わしがこれまでいないいないばあをした衣もいわれぬ壺入のピクルスの最高にぴちぴちものだったな、見る見た見よう見様見真似のシーソー乗りの、町中がおちゃめっちゃ齋に行く行った行こう以降の）

　元歌の2連1行目の「ぐっすり寝込んでしまった」Bo-Peep と、尻尾の切れた「羊」が「豚」に変えられて生かされているのが以下の用例である。

　　Keep airly hores and the worm is yores. Dress the pussy for her nighty and follow her piggytails up their way to Winkyland. See little poupeep she's firshtashleep. After having sat your poetries and you know what happens when chine throws over jupan (435．23-27)（早起きに娼進すれば散悶の徳蛄なり。夜は猫にも衣装をかぶらせ、その豚尾にゞぶら追いしてウツラランドへいたるべし。ねんねこねお人形、ぐっすりトネ利口なねこちゃん。詩瓶を使ったあとでは、支那犬が襦絆に飛びかかるとどうなるかがわかる）

(7) "Old Mother Hubbard"

　スペンサー (Edmund Spenser, 1552?-99) に *Prosopepia or Mother Hubberd's Tale* なるやや不明確な政治風刺作品が、ミドルトン (Thomas Middleton, 1570?-1627) にも *Father Hubburd's Tale, or the Ant and the Nightingale* (1604) なる書物があるが、ジョイスはこの話を普遍的な物語として見做している。

　　And then again they used to give the grandest gloriaspanquost universal howldmoutherhibbert lectures on anarxaquy out of doxarchology (388．27-30)
　　（それからふたたび彼らは荘厳栄光パンクハーストの普遍壮言ヒッバート講論、頌栄からの無参政府論をふれまわったものだった）

(8) "A Frog He Would A-Wooing Go"

　元歌にある「ロウリーポウリー・プディング、ハム、ホウレン草」(With a

roly-poly, gammon and spinach) の部分が変えられて出てくる。(「脇腹下部の豚肉」が訳文では「サギの肉」とあるのは、gammon に「ごまかし、でたらめ」の意味もあるため。)

　　and a Mookse he would a walking go (My hood! cries Antony Romeo), so one grandsumer evening, after a great morning and his good supper of gammon and spittish, (152．20-22)（そうして羆狐ムックスたる彼は出歩いたもので（おれの頭巾！アントニイ・ロメイがうなる）、そうしてある曾夏の壮麗な宵、いい朝とサギの肉に放れんそう快な夕食を終えたのち、）

(9) "Taffy was a Welshman"

　この詩のように、家を留守にしていたウェールズ人（Davey の現地発音 Taffy で通称される。スコットランド人を表す渾名は Sawney や Sandy）は、3月1日の Saint Davids's day には「泥棒」扱いされてイングランド人からよくからかわれたらしい。ウェールズの象徴の「ニラ葱」(the leek) ゆえに、FW では "leeklickers' land" (56．36)（「韮嘗めどもの地」）と呼ばれたり、Shaun-Juan は Shem を "lost Dave the Dancekerl" (462．17)（「はぐれの舞男デイヴ」）と呼ぶ。また元歌14行目の "Taffy was a sham" は FW の登場人物名 Shem と響きあう。元歌終盤の "Taffy came to my house, / And stole a piece of meat;" の韻律が次の文と一致する。

　　Caddy went to Winehouse and wrote o peace a farce (14．13-14)
　　（シャティはワイン亭へ行き、一掌の笑劇を書いた）

(10) "Tom-the-Piper's Son"

　豚を盗んでお仕置された（あるいは「野を越え山越え」が唯一の持ち歌(レパートリー)だった）トムの話は、FW 自体ではないが、子どもの遊戯に関するジョイスの小冊子の1編 "Thom Thom the Thonderman" と関わりがある。これは、元の詩と

第3部　アイルランド文学の越境する地平

FW の雷 thunder のモチーフを合わせ、かつ児童文学作家 William Thom (1798?-1848) を祝賀する狙いがある。マクルーハン (Eric McLuhan) は *The Role Of Thunder in Finnegans Wake* (University of Toronto Press, 1997) の中で、「100文字言葉」、いわゆる「雷鳴語」(the 'thunderclap' words) を *FW* から10個抽出して分析している。

(11) "Sing a Song of Sixpence"

　元歌の第3連の「執務室で金勘定の王様、居間で蜜ぬりパンを食す女王」、第4連の「庭で洗濯物を干す女中、その鼻先を襲う黒ツグミ」の情景が、頭韻遊びを駆使して以下のように読み替えられている。

> the king was in his cornerwall melking mark so murry, the queen was steep in armbour feeling fain and furry, the mayds was midst the hawthorns shoeing up their hose, out pimps the back guards (pomp!) and pump gun they goes (134. 36-135. 4)（王様はコーン植エル金の勘定に身をマルクしており、女王様は四阿で毛なげにも蜜つきパンをこ寝くっており、女中は山査子庭で靴下を穿していて、するとそこへ黒鳥が銃を鼻って（ポン！）ぽーんと飛んでいく）

(12) "Old King Cole"

　フィドルの生演奏音楽と酒が好きな陽気なコール王は、*FW* では、歌って騒ぐ酔っ払い親父に堕落してしまっている。

> Sing: Old Finncoole, he's a mellow old saoul when he swills with his fuddlers free! Poppop array! For we're all jollygame fellhellows which no bottle can deny! (569. 23-26)（歌え。フィンクールのおやじさん、めろめろ愉快なおっさんが、飲んだくれらと三ざんただ飲み！　がーぶがーぶと、そーれいけ！　なんせわしらはめっちゃかはしゃぎのうわばみぞろい、酒樽どもがそいつをちゃんと知ってらあ！）

第4章　その他の影響

なお、"For he's a jolly good fellow" という表現は、ジョイスの短編集 *Dubliners* (1914) の主要作品 "The Dead" の中でも、コンロイ (Gabriel Conroy) の挨拶のあと、"For they are jolly gay fellows" が6度繰り返される合唱シーンがある (Granada 版では pp. 184-185.)。

(13) "Jack and Jill"

恋人同士とも司祭2人とも言われる元歌ではジャックが転倒して水はこぼれたはずで、以下の「空バケツ」に通じる。但し bucket でなく a pail of water でもあり、やや苦しい。

> the muckstails turtles like an acoustic pottish and the griesouper and how he poled him up his boccat of vuotar (393．11-13) (海亀フーな尾味の苛性の音っ多煮に栄養蟋かり牛詰め汁、そうしてあやつは空水バケツを引っ張りあげて)

(14) "Little Nancy Etticoat"

この詩の中の「赤鼻・白服・手肢なし」少女の謎々の答えは「蝋燭」だが、「蝋燭」に表される存在の短さと、Anna Livia 河は結び付けられる。

> Quick, look at her cute and saise her quirk for the bicker she lives the slicker she grows (208．1-2) (ほら、あの女を磯いで見て、いそ井手ったら、ゆらゆら由良めいて生きながら頃々かわるんだから)

また原詩の "The longer she lives/ The shorter she grows" をもじって、And the lunger it takes the swooner they tumble two (331．6-7) (長引けば長寝くほど、あたふた二倒れっちまうさ) と、夜の営みにこと寄せて言及される。

387

第3部　アイルランド文学の越境する地平

⑮ "Mary Had a Little Lamb"

Pranqueanの花売り娘を追いかける姿は「メアリーの羊」に似ている。

> For ever the scent where air she went. While all the faun's flares widens wild to see a floral's school (250．31-33)（彼女の赴くどこ空までも彼女らは追い香ける。ファウナのきらめく目がフローラの群れを見ようとこぞってぎんぎらに開く）

⑯ "Mistress Mary"

スコットランド女王メアリーを指すといわれる元歌3-4行目の "How does your/Garden grow?" が、やや艶っぽく引用されている。

> Leda, Lada, aflutter-afraida, so does your girdle grow! (272．2-3)（レダよ、裸娜(ラダ)よ、羽(は)たばたとおののきて、おまえのガードルが園(その)ように花やぐ！）

⑰ "Where Are You Going, My Pretty Maid?"

家柄や財産目当ての求婚者を「顔が私の財産よ」一蹴する娘のこの自信に満ちた台詞は、FWではなんとエスペラント語の注記の形で顔を出している。

> (scoretaking: Spegulo ne helpas al malbellulo, Mi Kredas ke vi estas prava, Viadote la vizago rispondas fraulino) (52．14-16)[（でま数かけて、鏡は醜面を助けず、あんたのいうとおりだろう、顔があたしの財産よと娘は答える）]

⑱ "Peter Piper"

[p] 音の早口言葉 (tongue twister) は、前半に [k] 音を連ねた文章のあとに登場する。

第4章　その他の影響

　　And in contravention to the constancy of chemical combinations not enough of all the slatters of him left for Peeter the Picker to make their threi sevelty fifths of a man out of. (616．7-10) （それに化学化合の間断無性に完全対立しますが、あの人のおこぼれのすべては充分に残っていないので根掘りピックリのピーター審叛も参皿しく一人前の滓分の三をも仕立てられません。）

(19) "Little Miss Muffet"

　tuffet（小塚、あるいは低い腰掛）に座って食事中の少女が大きな蜘蛛に驚く元歌だが、方言で toft に「丘」の意がある。mushy は、「涙もろい」「（粥のように）柔らかな」の意でここでは際どい用法。すなわち、Miss Mishy Mushy is tiptupt by Toft Taft (277. 10-11) （吾れ女のミッシー・ムッシーは割れ目のトフト・タフトにチップり可愛がられるというわけだ。）

(20) "Pease Porridge Hot"

　この手遊び歌の最後の2行の謎々を援用しているのが、次の用例である。

　　Lindendelly, coke or skillies spell me gart without a gate? Harlyadrope. (89．18-19) （リンデンデリー、コーク、スキリーズ、一なし綴りでさあてゴートをどう綴る？　濠土。）

(21) "This Little Piggy"

　「市場にお出かけ」「留守番し」「焼肉を食べ」「何も貰えず」「迷子で泣いていた」5匹の豚を足（手）の5指で例えた遊び唄であるが、かなり様変わりして3匹まで描写されている。

　　I have it here to my fingall's ends. This liggy piggy wanted to go to the jam-

389

pot. And this leggy peggy spelt pea. And these lucky puckers played at pooping tooletom. (496．18-20)（それは軽々しくフィンガルしく指りつくしています。このちいぶた豚ちゃんはジャム壷へいきたがったでしょ。このやちぶた嫩ちゃんはお豆綴りにちびったでしょ。そしてこのしあわせひだっこたちはずずっと三々のぞきっぺをして遊んだの。）

⑿ "How Many Miles to Babylon?"

There's many a smile to Nondum, with sytty maids per man, sir, and the park's sodark by kindlelight. (20.19-20)（マダマダの地は笑マイル先、男ひとりに乙女七人といますでな、それに公園はちょぼ明りでずいぶん暗いときてる。）

バビロン（Babyland の崩れた形？）まで60＋10＝70マイル（112 km）もの道程を燭台片手に徒歩で日帰りできるよ、という問答歌だが、70通りの読解「六十と十の酔狂な読み」を許す FW では、夜道の未成年者の売春斡旋 (procuration) の影がある。

テキストは James Joyce, *Finnegans Wake* (London: Faber and Faber, 1982) により、括弧内は引用頁・行数。またその訳文はすべて、柳瀬尚紀訳・ジェイムズ・ジョイス『フィネガンズ・ウェイクⅠ・Ⅱ』（河出書房新社、1991年）、および『フィネガンズ・ウェイクⅢ・Ⅳ』（同、1993年）による。なお、訳書は総ルビの体裁だが、ここでは難読なものに限ってルビを施した。William York Tindall, *A Reader's Guide to Finnegans Wake* (London:Thames and Hudson, 1969), *The Annotated Mother Goose* (New American Library, 1967) も参照した。

3　子どもたちのアイリッシュ・ジョーク
—— Iona Opie, *The People in the Playground* (1993) から

(1) はじめに

マザー・グース研究の権威であるアイオウナ・オウピー (Iona Margaret Balfour

第4章　その他の影響

Opie, 1923-）は1970年1月から83年11月まで、地元の小学校の運動場に定期的に実地調査に出かけた。彼女は午前中の15分休みの間に子どもたちの遊びの様子を仔細に観察し、かれらの歌や話を我流の速記で忠実にメモし、記憶や印象の失せないうちに帰宅後すぐに活字におこしたという。こうして蓄積された膨大な一次資料のうち、とくに78年1月から80年7月までの8学期間、1年生から4年生までの約250人の生徒たちと触れ合った部分をまとめて1993年に出版したのが、『運動場のみんな』(The People in the Playground) という本である[8]。

この本の中で筆者にとって極めて印象的だったのは、オウピー女史に実に多くの子どもたちがアイルランド人にまつわるジョークを嬉嬉として話して聞かせていることだった。マザー・グースと同じ口承文化として、子どもたちの間にアイリッシュ・ジョークが浸透している事実とその意味について少し考えてみたい。

(2) 子どもたちが語るアイリッシュ・ジョークの実例

それでは実際、どのようなジョークを子どもたちが知っていて彼女に話して聞かせたのか。著書のなかにあるおよそ30例を具体的に引き出してみよう。（括弧内は引用頁）

(a) アイルランド人を単独で取り上げるジョーク
 1)「アイルランド人の海賊の見分け方を知ってる？　両目に眼帯をしてるのよ。」(33)
 2)「アイルランド人がいて、帽子を地面に放り投げたの。（的を）外したわ。」(33)
 3)「〈ローバー3000[9]〉って、ＳＦのバイオニック犬だと思ってるアイルランド人のこと聞いた？」(47)
 4)「3人のアイルランド人の双子の話、聞いた？」(52)
 5)「シマ馬を〈ぶち[10]〉って呼んでるアイルランド人のこと聞いた？」(66)
 6)「アイリッシュ・ウルフハウンドのこと聞いた？　その犬、骨をしゃぶっ

391

ていたんだけど、起き上がったら3本足になってたの。」(74)

7)「アイルランド人にめまいを起こさせる方法、知ってる？　ごみ箱の角におしっこしてみろ、って言うんだ。」(118)

8)「アイルランド人を火傷させるにはどうする？　アイロンがけの最中に電話するのさ。」(118)

9)「サンタ・クロースがアイルランド人ってこと、知ってた？　実は、そうなんだ。玄関も裏口もあるっていうのに、煙突から入ってくるんだから。」(118)

10)「トイレに行ったアイルランド人のこと、聞いた？　蛇口を見つけられなかったんだって。」(134)

11)「弓矢を空中に放ったアイルランド人の話、聞いた？　外したんだって。」(134)

12)「洗車に出かけたアイルランド人の話はどう？　一人だけ、バイク（自転車）に乗ってたんだ。」(134)

13)「300人のアイルランド人が溺れたんだ、潜水艦をみんなで押してエンジンをかけようとして[11]。」(134)

14)「アイルランド人を混乱させる方法の話は知ってる？　壁にシャベルを3本、立てかけておいて、好きなのを選べ、って言うんだ。」(135)

15)「雌鶏を飼っていたアイルランド人のこと、聞いた？　溺れさせてしまったんだ。おや、てっきり、あひるだと思ってた、って。」(142)

16)「アイルランド人をぼうっとさせる方法、知ってる？　丸い部屋の中に入れて、角に座りなさい、って言うんだ。」(143)

17)「あるアイルランド人がパブに出かけてバーテンに、『パイを1個ほしいんだが、4つに切って貰えないか』と言ったの。すると、バーテンが『8つにお切りしましょうか？』と答えた。そしたら、アイルランド人曰く、『悪いが、そんなには腹は減っちゃいないんだ』」(156)

18)「アイルランドの潜水艦の沈め方を知ってる？　ハッチをノックするんだ、そしたら開けてくれるから。」(163)

19)「アイルランド人パンク・ロッカーの話は聞いたことある？　鎖を引っ張ったら耳が取れちゃったの。……パンク・ロッカーは耳に鎖をしてるでしょ。トイレの鎖みたいに引っぱっちゃったのよ。」(169-70)

20)「アイルランド人がパン屋に入って、『黒パン1個貰えないか』って言うと、パン屋さんは『すみませんねえ、白パンしかないんですよ』。そしたら彼は

第 4 章　その他の影響

『ああ、それでもいいや、店の外にバイクを止めてるから』」（182）
21）「アイルランド人サッカー（ラグビー）選手が、いろいろ質問する人に会ったんだ。で、『職業は何ですか』と訊かれて『エンジニアです』、『趣味は何ですか』と訊かれて『サッカーです』、そして『サッカーではどんなことをしてますか？』と訊かれて、『パス』って答えたんだ。」（182）
22）「アイルランド人がいて川を越えたかったので、川岸に沿って何マイルも歩き続けたら、やっと橋が見えたんだ――そこで彼は、橋を壊して筏を作ったんだ」（231）
23）「アイルランド人とフィッシュ・アンド・チップスの店の話、知ってる？　アイルランド人がフィッシュ・アンド・チップスの店に入って、フィッシュ・アンド・チップスを買ったの。10分後に戻ってきて、店の人に『これはたしかに、あんたが売ったフィッシュか？』と聞くので、彼は『もちろん、そうです。どうしてでしょう？』すると、アイルランド人曰く、『こいつが俺のチップスを食っちまったんだ』」（212）
24）「アイルランドのハンプティ・ダンプティの話、聞いたことある？　塀の方がそいつに落っこちてきたんだって。」（94）
25）「アイルランド人を殺そうと思って、最後の願いを聞いた話を知ってる？　1人目は瓶入りスコッチ、2人目も瓶入りウィスキーを欲しがったんだけど、最後の奴はピアノを頼んだんだ。で、3人はガス室に入れられて、2時間後に行ってみると最初の部屋の1人目のアイルランド人は死んでいた。2番目の部屋の2番目のアイルランド人も死んでいた。ところが3番目の部屋の3番目のアイルランド人は生きていたんだ。『どうして生き延びたんだ？』と訊くと、その男曰く、『〈チューンズ（曲）〉のお陰で息が楽々』
（〈チューンズ〉というのは、このうたい文句でテレビ宣伝をしている、咳や喘息どめの飴のこと。）」（94）

(b)　他の民族と比較してアイルランド人を取り上げるジョーク
26）「イングランド人とアイルランド人とスコットランド人がオリンピック見物に行きたがったんだけど、チケットがなくて、むりやりに入ろうとしたんだ。イングランド人はトラックスーツを着て、槍を持って、『私はイングランド人で、槍投げに参加するのです』と言ったら、入れてもらえた。次にアイルランド人はトラックスーツを着て、鉄条網（有刺鉄線のフェンス）を持って、『私はアイルランド人で、フェンシング競技に参加するのです』」（183）

第3部　アイルランド文学の越境する地平

27)「イングランド人とスコットランド人とアイルランド人がいてね、みんなでエッフェル塔に上ったとき、アイルランド人がお金の持ち合わせがなくて、こう言ったの。『きみたちが、腕時計をここから落とし、下へ駆け降りてその時計をつかむなんてことはできない、というのに20ポンド賭けよう。』で、二人は『よし』と言って、まずイングランド人がやってみたけど、駄目だった。次にスコットランド人がやったけど、やっぱり駄目だった。そのあと、アイルランド人は腕時計を落とし、駆け降りて、一杯酒を飲み、車でドライブに出かけ、一風呂浴びて、戻ってきて腕時計をつかんだので、他の二人は『どうやったんだい？』と訊いたら、アイルランド人曰く、『30分遅らせといたんだ』」(22)

28)「イングランド人とスコットランド人とアイルランド人がいて、『こだまの穴』(Echo's Hollow) と呼ばれる洞窟がある浜辺で出会ったんだ。で、イングランド人が洞窟に入ったら、テーブルに1ポンド紙幣があったので、自分のポケットに入れようとしたら、こんな声が聞こえたんだ。『私はメイブルおばさんの亡霊だ。そのポンド紙幣はテーブルに置いておきなさい。』そのあと、スコットランド人が入っていき、テーブルに紙幣を見つけて、自分のポケットに入れようとしたら、こんな声が聞こえたんだ。『私はメイブルおばさんの亡霊だ。そのポンド紙幣はテーブルに置いておきなさい。』そのあとアイルランド人が入っていき、自分のポケットに紙幣を入れてしまい、こう言ったんだ。『俺はディヴィ・クロケット[12]の亡霊だ。この紙幣は俺のポケットにしまっておく。』」(24)

29)「イングランド人とスコットランド人とアイルランド人がいて、トイレに行きたくなったの。3人はパブにきて、まずアイルランド人が入ったんだけど、明かりがなかった訳。そしたらこんな声が聞こえてきた。『もし丸太[13]が転がれば、我々はみんな溺れてしまう、もし丸太が転がれば、我々はみんな溺れてしまう、もし丸太が転がれば、我々はみんな溺れてしまう。』それからスコットランド人が入ると、彼もこんな声を聞いた。『もし丸太が転がれば、我々はみんな溺れてしまう……』イングランド人が懐中電灯を持って入っていったら、こんな声が聞こえた。『もし丸太が転がれば、我々はみんな溺れてしまう……』そこで彼はトイレを懐中電灯で照らしたら、3匹の蛆虫がのっていたのよ、そのう……」彼女はおぼつかない様子で私を見た。「汚物の上に？」「そう、それで正解。」(36)

30)「アイルランド人とイングランド人とスコットランド人がいて、ドイツの

第 4 章　その他の影響

　　捕虜収容所でのこと。イングランド人はナチスによって射殺されようとしていて、ゲシュタポが『銃殺の前に言っておきたい最後の言葉は何だ？』と訊いた。イングランド人が『雪崩だ！』と叫ぶと、ナチスは逃げちゃったので助かったの。そのあと、スコットランド人がナチスに銃殺されようとして、ゲシュタポが『銃殺の前に言っておきたい最後の言葉は何だ？』と訊いた。彼が『血だ！』と叫ぶと、ナチスは逃げちゃったので助かったの。つぎにアイルランド人が銃殺されようとして、『銃殺の前に言っておきたい最後の言葉は何だ？』と訊いた。そしたら、アイルランド人曰く、『火事だ！（＝撃て）』それで、銃殺されちゃったの。」(172)

　以上の例の他にも、アイルランド人を導入部でせっかく紹介しながら、結局は登場せずに終わってしまう場合 (44/59) や、アイルランド人が出てくる導入部を終えたところで、聞いていた乱暴な女の子に襟首をつかまれ、「アイルランド人が一番いいことをするのよ、わかってるわよね、私の父さんはアイルランド人なんだから」と、脅迫まがいに一喝され、どうやらアイルランド人が不利にならないように人間関係を入れ替えたらしい話 (77) なども収録されている。

(3) アイリッシュ・ジョークの解釈と特質

　次にその解釈だが、まず、アイルランド人だけが単独に言及される、比較的短い(a)群のジョークを見てみよう。8）は、いったん話し始めたら我を忘れて止まらないアイルランド人の饒舌ぶりを揶揄するものだし、数さえ増えれば量も増えた錯覚に陥る17）のパイの話は、どことなく故事「朝三暮四」や貧困哀話「一杯のかけそば」を連想させるし、飲ん兵衛でならすアイルランド人がパブでパイの注文という設定も面白いだろう。4）の「3人の双子」や16）の「円の角」は語義矛盾のシュールな笑いを呼ぶし、14）の話では、たかがシャベル一つの選択で悩むな、と傍目には思えても、大事な仕事道具なら吟味に時間がかかるのも、考えようによっては仕方ないだろう。22）は、一見無駄で理不尽な行動のように思われるが、筏を作ればそれまで

395

第3部　アイルランド文学の越境する地平

川上（と仮定して）に向かって歩き続けた分を一気に筏の川下りで元の地点に戻ったうえで対岸に渡れるだろうし、橋が万一、腐朽していたりすれば、筏のほうがむしろ安全かもしれない。

　(b)群にまとめたのは、イギリス連合王国を形成する主な４つの民族のうち、ウェールズ人を除く３民族を列挙するタイプのジョークで、伝統的で紋切型の小話形態のひとつである。オウピーは本書の序文の中で、この３者が登場するジョークは1920年代や30年代に作られたもので、「いまなお人気があり、アイルランド人をからかうために時として用いられる」(14) が、現在では民族の違いの重要性は薄れており、'Mr White, Mr Brown, Mr Green' と置きかえたほうがよいだろう、と慎重な意見を述べている。しかしながら、その一方で彼女は、今日では廃れたが、〈北アイルランド紛争〉勃発時の1970年代初期には、再び、アイルランド人が夥しいジョークの的[14]となり、大人ばかりか子どももアイリッシュ・ジョークを楽しんだことを指摘し、「子どもたちがそうしたジョークを楽しんだのは、反アイルランド人感情によってではなく、子どもというのはいつの世も、自分たちが優越感を味わえる間抜け者 (ninnies) の話を聞くのが好きだからです。実際、クラウストン (William Alexander Clouston, 1843-96) 著『馬鹿の本』(Book of Noodles, 1888) に例示されているように、愚かなアイルランド人は、間抜け者 (simpletons) 民話の長い伝統の一部なのです」(14) と言って少しも憚らないのは、筆者には釈然としないものが残る。

　この形式のジョークのヴァリエイションであり、３人（イングランド人、アイルランド人、スコットランド人）とも名前が「パディ」という表現[15]をとるジョーク集がある。序文によれば、このタイプのジョークでは、総じてイングランド人は物語を導入するだけのつまらない役割をあてがわれ、スコットランド人は出費に用心深い吝嗇家として描かれ、最後に出てくるアイルランド人は「ほとんどいつも勝者」で「論理と狂気を途方もなくまぜこぜにして、落ちを下げる[16]」のだという。つまり、この３者形式の小話ではアイルランド人がみんなの人気者の立場にあるという。ところが、上記の(b)群の５例では、頓智がある役割を果たすのはせいぜい27)、28) ぐらいで、スカトロジカルな

29）では前座に回され、26）、30）は言語遊戯で失敗する間抜けな役どころにとどまっている。僅か5例で一般化するのは禁物だが、イングランドの子どもたちの間では、必ずしもアイルランド人は「勝者」とはなりえていないようだ。

(4) おわりに

　以上の30例のジョークを子どもたちから聞かされて、我々はどのような印象を受けるだろうか。思わず口元がほころぶ、優しいユーモラスなものもあれば、やや辛辣な内容のものもある。昨今、PC (politically correct) の風潮が高まっており、それに乗じてこうしたジョークを民族差別と短絡的に結びつけ、イングランドの子どもは民族偏見に毒されている、と即断する意図は筆者にはない。しかし、この〈アイルランド人〉の箇所を、例えば〈韓国人〉や〈中国人〉と置き換えて、わが国で発言した場合、それはおそらくジョークにはならず、激しい反発や批判を内外から浴びることになるだろう。それは、日常生活でジョークが育っていない日本の文化的風土や生真面目な国民性のせいでもあるだろうし、アイルランド人の場合に（ある程度まで）許容されるのは、からかい・揶揄の対象とされながらも、話者の心の奥底に、お調子者だが憎めないいい奴だ、という親近感が汲み取れるからだろう。アイルランド人の非常識なまでの無知無能さを冷やかしながらも、その滑稽さが余りにも度を越しているがゆえに、かえって喝采をあびる微妙な仕組みになっているのがわかるだろう。だが、そうした微妙なニュアンスを無意識にせよしっかりと理解できぬまま、子どもたちがただ定番ジョークとして無定見に継承し、あるいは大人から模倣し、みずからも拡大再生産していくならば、それは問題だろう。先ほどのオウピーの言葉を借りれば、「自分たちが優越感を味わえる間抜け者」の損な役回りを、いつまでもアイルランド人だけが引き受けるいわれは、どこにもないのだから。

注
1）『WIITTGENSTEIN』（アップリンク、1994年）、p. 166.
2）上掲書、p. 168. ただしダブリン滞在時には「ある種の腸疾患」「単に胃腸炎からき

第3部　アイルランド文学の越境する地平

た患い」「原因不明の貧血症状」（レイ・モンク『ウィトゲンシュタイン2』、みすず書房、1994年、p. 595, 597.）としか診断されておらず、前立腺ガンと判明したのは1949年11月のことであり、この台詞もまた、ケインズの来訪と同じく、虚構と思われる。
3）アンソニー・ケニー著、野本和幸訳『ウィトゲンシュタイン』（法政大学出版局、1982/89年）, p. 21.
4）リチャード・エルマン『ジェイムズ・ジョイス伝2』（みすず書房、1996年）、p. 756.
5）上掲書、p. 777.
6）Danis Rose (ed.), *Ulysses* (Dublin: The Liliput Press, 1997), p. 99.
7）ジェイムズ・ジョイス『ユリシーズⅠ』（集英社、1996年）, pp. 257-8.
8）Iona Opie, *The People in the Playground* (Oxford: Oxford University Press, 1993)
9）Rover は英国 BL 製の中上級乗用車で、英国を代表する小型車「ミニ」は1959年8月26日の生産開始以来、40年間で累計生産台数350万台に上った（『日本経済新聞』1999年8月10日）。同時にまた、飼い犬につけられることも多い名前。アメリカの漫画『ピーナッツ』のなかで、Puppy Farm, Daisy Hill で生れた8匹の子犬の1番目が Snoopy、4番目は Rover だった。また、翻訳も最近刊行された J. R. R. トルキーンの作品 *Roverandom*（邦訳『仔犬のローヴァーの冒険』、原書房）で活躍する犬も Rover である。
10）spots は、会話では「豹」(leopard) のことも指す。
11）bump-start は jump-start と同じで、車を押したり坂道を走らせたりしながら始動させること。ここでは前提として、アイルランド人が乗る車の性能の悪さも匂わせている。
12）David ['Davy'] Crockett (1786-1836) はアメリカの西部開拓者で伝説的英雄。ほら話の主人公で、テキサス独立軍の守備隊183人の一人としてアラモ (Alamo) の戦いで戦死した。その逸話は、ベン・C・クロウ編『巨人ポール・バニヤン』（ちくま文庫、2000年）、pp. 221-4 参照。
13）log には俗語で「一本ぐそ」「棒ぐそ」(turd) の意味がある。
14）紛争時代に流行したアイルランド人を扱うジョークに関しては、紛争文献を網羅しているアルスター大学（北アイルランド）の CAIN project というネット上のサイトで、現在収集が進行中である。
15）Des MacHale, *Paddy the Englishman Paddy the Irishman and Paddy the Scotsman Jokes* (Dublin: Mercier Press, 1994), p. 5.
16）本来アイルランド人を象徴する「パディ」を他の2人にもつけて同名3人組にするのは、それだけアイルランド人が親近感をもって受け入れられている証拠だろうか。導入部での3人の順番に関して、この伝統的なジョーク集では、アイルランド人が最後ではなく2番目に来るのがいささか不可解なのだが、子どもたちも論理的にそう感じたのか、27）,28）ではアイルランド人を導入部でも最後に回して語っている。しかし、30）のようにまったく恣意的な順序の場合もある。

参考文献

黒崎宏『ウィトゲンシュタインの生涯と哲学』（勁草書房、1980/84年）、第11章「アイルランド時代――『探求』第Ⅱ部の完成と『断片』」、pp. 259-262.

あ と が き

　アイルランドはすでに、弱小国ではありません。民間経済研究機関「世界経済フォーラム」(WEF) が発表した、世界の59の国と地域の経済競争力報告の2000年版によれば、アメリカ、シンガポール、ルクセンブルク、オランダに次いでアイルランドは5位に位置し、昨年の10位から大幅に躍進、逆にわが国は14位から21位に転落しています (『山陽新聞』2000年9月8日、p.12)。また、1999年9月時点でのインターネットの人口普及率でも、アイルランドは堂々の16位 (17.0%) で、これは13位の日本 (21.4%) に迫る勢いで、スイスやイタリア、ドイツ、フランスを上回っています (『朝日新聞』2000年6月21日、p.14)。筆者は、北アイルランドのデリーに住む女子高生が流行のサイバー・キャフェから英国のウィリアム王子に宛てて電子メイルを打ち、返事を待ちながら白昼夢に浸る、という内容の短編映画 (*Surfing with William*, 1998) を数年前に見たとき、紛争に疲弊した街のイメージと新しい情報技術との取合わせに、意外な印象を抱いたものですが、こうした客観的な数字こそは、近年のアイルランドの逞しい経済的発展と技術力の普及を如実に証明するものでしょう。欧州連合に当初から加盟しているこの国では、2002年2月10日以降、慣れ親しんだアイルランド・プント (ポンド) 通貨の使用も無効になり、ユーロ通貨に統合されます。新しい世紀を迎えて、アイルランドの社会や経済は今後ますます発展していくに違いありません。それはもちろん慶賀すべきことですが、しかしながら、他方で筆者には、まだ不況に喘いでいた1980年代はじめの、決して豊かではなかったころのアイルランドの残像ばかりが懐かしく蘇ります。それは初めての留学先という個人的懐旧や感傷にすぎないのでしょうが、落書きだらけで故障がちな薄汚れた公衆電話ボックスも、妙に心なごむ緑色の小空間に感じられましたし、くしゃくしゃの緑色1ポンド紙幣の束が買い物では幅をきかせ、銀行預金通帳の記帳でさえ、機械

印字ではない、行員の温もりのある手書きの丸文字でした…。20年たらずの間のアイルランド社会の目覚ましい変化に、いまさらながらに、隔世の感を禁じることができません。

　さて、現在の勤務先に筆者は3年前に就職し、この職場では研究も教育も、好きなアイルランドに専心できる、きわめて恵まれた環境にあります。極端なことを言えば、二六時中、アイルランドやアイルランド文学のことばかりを考えていればいい生活が保証されています。このような〈学問的楽園〉へお導き下さったのは、上杉文世教授（大学院国際文化研究科長）であり、本書がその長年の深い学恩に対して僅かでも報いることになれば、と祈念しております。本作りの実務に関しては、溪水社代表取締役・木村逸司さんと編集担当の坂本郷子さんに大変にお世話になりました。科研費交付決定を受けて、勤務先の九州産業大学からも特別研究奨励金をいただきました。あわせて感謝いたします。

　最後に私事ながら、本書が刊行される頃には、親世帯と同居できる〈3世帯3階建て〉の新築住居が完成予定であり、気持ちを新たにして仕事に取り組めるものと、ひそかに期待を寄せています。厄年を迎えている筆者の夢は、さらに10年先の未来、2010年を駆けめぐります。3人の子どもたち（冬萌、果苗、直季）がそれぞれ、（うまくいけば）大学1年、高校1年、中学1年となるこの年の夏休みに、できればアイルランドを一緒に旅行して、この国と人々の素晴らしさを伝えようと思います。その日が来るのを待ちながら、アイルランドの勉強をこれからも地道に続けようと筆者は考えています。

2000年9月14日

著　者

　なお、本書刊行に際し、日本学術振興会より平成12年度科学研究費補助金（研究成果公開促進費）の交付を受けました。

人名索引

ア
アーヴィン, セイント・ジョン　189, 359
アーヴィング, ヘンリー　163, 347 n
アイアンズ, ジェレミー　138
芥川龍之介　357
アジェンデ, サルバドール　144 n
アナスタシア　186
アポリネール　248
アレクサンダー大王　324
アレン, ジム　24, 111, 135-6, 139
アンスター, ジョン　346 n
アンセルムス, セイント　322
アントワネット, マリー　186
アンブラー, エリック　118

イ
イーグルトン, テリー　375-6
イェイツ, W. B.　22, 52, 73 n, 81, 104, 108 n, 175-7, 187-8, 204 n, 206 n, 208, 213, 215, 221, 232-3, 238, 267 n, 325, 337, 339, 347 n, 348 n, 359-60, 361
イェイツ, ジャック　208-222 (passim)
石丸梅外　357
泉谷しげる　75 n
イプセン, ヘンリック　176, 203 n, 233, 267 n, 366
岩野泡鳴　281

ウ
ヴァレリ, ポール　324, 326, 346 n, 348 n
ヴィクトリア女王　55
ヴィットゲンシュタイン　374-6, 397 n, 398 n
ウィリアム3世　47
ウィルズ　347 n
ウィルソン, ハロルド　115-6, 119-20
ウェイン, ジョン　74 n
ウェスト, レベッカ　248, 255-6, 267 n
上田敏　355
ヴェーデキント　263
ウェリントン, アーサー　330

ヴェルレーヌ　248
ウォートン, イーディス　248

エ
エジンバラ公　75 n
エッジワース, マライア　273, 278, 280
エドワード7世　177, 204 n
エマソン, ラルフ・ウォルドー　228
エメット, トーマス　160
エメット, ロバート　28, 71, 160-72 (passim), 220
エリオット, ジョージ　340
エリオット, T. S.　318
エリザベス2世　74 n, 75 n

オ
オーウェル, ジョージ　282, 285, 343 n
オースター, ポール　72 n, 258-64, 267 n, 349 n
オースティン, アルフレッド　281
オウツ, タイタス　43 n
オウピー, アイオウナ　390-1, 396-7, 398 n
小栗康平　143 n
オグレイディ, スタンディッシュ　226-7
オケイシー, ショーン　27, 93, 176, 232-3, 238
オケリー, シェイマス　191, 372 n
オコナー, フラナリー　216
オコナー, フランク　192, 198, 202, 337
オコナー, ユーリック　189, 207 n
オシェイ, キャサリン　101, 192-8
尾島庄太郎　204 n, 208
オダフィ　22, 43 n, 341
オドノヴァン, ジョン　161
オドンネル, ヒュー　58
オニール, ヒュー　58
オニール, ユージン　234
オフェイロン, ショーン　337
オフラハティ, リーアム　244
オブライエン, エドナ　257

401

オブライエン,フラン　188, 347n, 348n
オリーガン,ジョー　229-30, 235, 247

カ

カーソン　21, 298
カーライル,トマス　72n
ガダフィ　118
カニンガム,P. T.　173
カフカ,フランツ　261
カラン,ジョン　161, 168
カラン,セアラ　161-2, 164-5, 172-3
ガルシア=マルケス　126
カルデロン　346n
ガレスピー,ディジー　107n
カント,イマニュエル　374

キ

キーツ,ジョン　274
菊池寛　204n, 351-67(passim), 371n, 372n, 373n
ギブソン,ラヴィニア　311, 345n
キプリング,ジョン　303-4, 312
キプリング,ラドヤード　97, 106n, 280-312(passim), 343n, 344n, 345n, 349n, 350n
キャウント,イーモン　33, 101
キャロル,ポール　161
キルウォーデン　160, 164-5
キルロイ,トマス　266n

ク

グイン,ハウエル　301
クーニー,ジェイムズ　247
久米正雄　357
クラーク,ジョゼフ　173
クラーク,トマス　33, 101
グラッドストーン　193, 196-8, 291, 297
グラッペ　346n
クリーヴランド,グロウヴァー　163
厨川白村　356
グレゴリー,レイディ　85, 175-7, 187, 190-1, 204n, 207n, 232-3, 238, 315, 359-62, 378
クロウス,グレン　138

クリントン,ウィリアム　50
クレイグ,ウィリアム　142n
グレンディニング,ロビン　45-76(passim)
クロケット,デイヴィッド　394, 398n
クロムウェル,オリヴァー　95n

ケ

ケイスメント,ロジャー　25
ケイニー,ミリアム　3
ゲイブル,クラーク　33, 173, 207n
ケインズ,ジョン・メイナード　375-6
ゲーテ　324, 326, 346n
ゲッベルス　266n
ケニー,ジェイムズ　149-59(passim)
ケニヤッタ,ジョモ　133
ゲバラ　102

コ

ゴールズワージー　356
ゴールドスミス,オリヴァー　151, 156, 233-4, 330, 335
ゴールドマン,エマ　232
コールリッジ,S. T.　150
コックス,ブライアン　123
ゴッホ,ヴィンセント・ヴァン　208
コッポラ,フランシス　51
コノリー,ジェイムズ　22, 32-3, 133
ゴフ将軍　21
コメイニ,アヤトラ　44n
コラム,ボードリック　81, 204n, 372n, 381
コリンズ,マイケル　29, 100, 127
ゴルヴァチョフ　42
ゴン,モード　189, 206n
コンラッド,ジョゼフ　51

サ

サイード,エドワード　283, 343n
サキ　253-4, 266n
サックス元帥　309-10
サッチャー,マーガレット　35, 115-6, 126, 130-2, 145n
サロイヤン,ウィリアム　347n
サンタ・クロース　87, 95n, 392
サンプソン,コリン　112-3, 131

シ

シェイクスピア 49, 81, 86, 108 n, 158 n, 184, 194, 234, 276, 330, 334-5, 348 n
ジェイムズ1世 271
ジェイムズ2世 47, 277
ジェイムズ, ヘンリー 281, 340
シェイラー 119
シェリー, P. B. 16, 162, 183-4
シェリダン, R. B. 151, 159 n , 234
シェンキェーヴィチ 350 n
ジャーマン, デレク 375-6
シャミソー 346 n
シャミル 29
シュタイン, イーディス 19
ジョイス, ウィリアム 256, 266 n
ジョイス, ジェイムズ 4-5, 29, 43, 81, 161, 173n, 174n, 175, 188-9, 208, 228, 231, 234-5, 238, 247-54, 258-9, 267n, 268 n, 281, 327, 339, 348 n , 376-90 (passim), 398 n
ショー, バーナード 176, 220, 233, 316, 325, 356-8, 361-3, 366-7, 372 n
ジョージ3世 151, 277
ジョージ5世 309-10
ジョーダン, ニール 80
ショパン, フレデリック 103
ショフラー, エルジー 192, 195, 197, 201-2
ジョンストン, ジェニファ 257
ジョンストン, デニス 161, 232-3, 257
シング, J. M. 27, 82, 175, 208, 233, 238, 329, 351, 352-5, 359-63, 371 n , 372 n

ス

スウィフト, ジョナサン 231-2, 272-4, 330, 348 n , 361
スコット, ウォルター 272-80 (passim), 342 n , 343 n
スターン, ジェイムズ 314
スターン, ロレンス 335
スタイン, ガートルード 346 n
スタインベック, ジョン 207 n
スタンブルック 136, 139
スタンリー, アーサー 269

スチュワート, チャールズ 277
スティーヴンズ, ジェイムズ 237
ストウカー, ブラム 227, 325
ストーカー, ジョン 111-3, 131, 135
ストーン, オリヴァー 136
スペンサー, エドマンド 235, 384
スミス, ベティ 257

タ

ダーウィン, チャールズ 238
ダーリフ, ブラド 126-7, 145 n
タイナン, キャサリン 189
タイナン, ブランドン 173
ダウデン, エドワード 227-8
ダヴィット, マイケル 193, 195-7
タゴール 104, 343 n
タランティーノ 108 n
タレーラン 160, 173
ダレル, ロレンス 229, 257, 313-328 (passim), 345 n , 346 n , 347 n , 350 n
ダン, ジョン 37
ダンカン, ロナルド 318
ダンセイニ, ロード 238, 356, 359, 372 n

チ

チェーホフ 32, 44 n , 272
チェスタトン, G. K. 233
チェンバレン 33
チャーチル, ウィンストン 33
チャペック, カレル 311, 345 n
チョーサー, ジョフリー 81, 319

ツ

土井晩翠 281

テ

ディーン, シェイマス 254, 266 n
ディプロック 121
テイラー, ジェイムズ 346-7 n
デ・ヴァレラ 26, 43 n , 340
デヴェット 189, 206 n
デヴリン, アン 161, 164-5
テニスン, アルフレッド 270, 281

ト

ドーフマン,アリエル　126
トーン,ウルフ　21, 28, 30, 71, 277
ドストエフスキー　248
徳富蘇峰　350 n
ドネリー,ニール　45, 91
ドパルデュー,ジェラルド　143-4 n
トマス,ディラン　317
ドライサー,シアドー　50
ドライデン　273
トリテミウス,ヨハンネス　326-7
トルキーン, J. R. R.　327, 398 n

ナ

永井愛　363
夏目漱石　281, 343 n
ナポレオン　118, 160, 173, 274

ニ

ニーソン,リーアム　145 n
ニーヴ,エアリイ　116
ニコライ2世　186
ニン,アナイス　246-57(passim), 265 n, 266 n

ネ

ネブカドネザル　155

ハ

バイロン,ジョージ・ゴードン　323, 346 n
ハヴェル,ヴァーツラフ　28
パウンド,エズラ　232
パーカー,アラン　127-8
バーカー,グランヴィル　356
パーカー,スチュワート　77, 80
ハーディング,マイケル　77-96 (paasim)
ハード,ダクラス　121
パーネル, C. S.　175, 179-82, 184-207 (passim), 291, 294
バーンズ,ロバート　184
パットナム,デイヴィッド　135-6
ハリス,フランク　232
バルザック　150
バルフ,マイケル　150, 252

ハンキン　354, 356, 363-7
ハント,ヒュー　192, 198

ヒ

ピアス,パトリック　21, 24, 32-3, 64, 71, 74 n, 335-6, 338-9, 377
ヒース,エドワード　115, 129
ヒーニー,シェイマス　24, 44 n, 104, 348 n
ピール,ロバート　277
ヒッチコック,アルフレッド　103, 108 n
ヒトラー,アドルフ　23
ピネロ,アーサー・ウィング　356
ピノチェト,アウグスト　125-6, 144 n-5 n
ピルグリム,ジェイムズ　172
ピンター,ハロルド　93
ピンチャー,チャップマン　120

フ

ファリングトン,コナー　161
フィアロン,ウィリアムズ　192, 195, 201-2
フィッシャー　346 n
フィッツモーリス　359
フィネガン,シェイマス　3-44(passim), 341
フィリップス,チャールズ　168
フィルビー・キム　119
ブーシコー,ディオン　150, 160-72(passim)
ブーランジェ　189
フォースター, E. M.　337
フォーテスキュー　270
フォード,ジョン　244
ブキャナン,ロバート　282
フッサール　19
フライ,クリストファー　318
ブラウニング,ロバート　183-5, 205 n, 327
ブランケット,オリヴァー　10, 43 n
ブランケット,ジョーゼフ　33
フランケル　249
フランコ,フランシス　18, 341
ブランデン,エドマンド　305
ブリッジズ,ロバート　281-2
フリール,ブライアン　73 n
プリン,アン　75 n
プルースト,マルセル　248
フレイ,エドゥアルド　144 n

人名索引

ブレイク, ウィリアム 104
ブレイク, ジョージ 119
プレスリー, エルヴィス 186
フロイト, ジークムント 178, 204 n, 244, 338

ヘ
ヘイグ, ダグラス 309-10
ペイズリー, イアン 7, 12
ベイリー 346 n
ヘイワド 346 n
ヘーゲル, G. W. F. 374
ベケット, サミュエル 221, 260-1, 327-8, 349 n, 374
ベケット, J. C. 333, 348 n
ヘルマン, リリアン 207 n
ヘンリー 8 世 75 n

ホ
ホイットマン 225-8, 264 n
ボイラン, B. M. 173
ボウエン, エリザベス 348 n
ポー, エドガー・アラン 228
ボーイス, ジョン 229
ホーニマン, アニー 177, 204 n
ホービー, チャールズ 131
ポール 2 世 77
ボッカチオ 319
ボルー, ブライアン 105
ボルヘス 281

マ
マーシャル, フランク 163
マーティン, エドワード 372 n
マードック, アイリス 328-42 (passim), 348 n, 350 n
マーロウ, クリストファー 324, 346 n, 348 n
マカスター, ハロルド 132
マカリオス 3 世 133
マギネス, フランク 23
マクダナ, トマス 33, 335
マクディアモド, ショーン 33
マクドーマンド, フランシス 125-7, 141 n, 145 n

マクナリー, レナード 169
マクニース, ルイス 330, 347 n, 348 n
マクニール 335
マクミラン 142
マクリーン, ドナルド 119
マコーマック, ジョン 106 n
マシター, キャシー 119
松井松翁 203 n
松村みね子 372 n
マドン, R. R. 170
マネ, エドゥアルド 228
マリー, T. C. 176, 359
マリピエロ, ルイージ 318
マルクス, カール 42, 316
マルドゥーン, ポール 43 n, 97-108 (passim)
丸山薫 368-71, 372 n, 373 n
マン, トーマス 346 n
マンスフィールド, キャサリン 253

ミ
ミケランジェロ 167
ミドルトン, トマス 384
ミラー, アーサー 323
ミラー, ジェイムズ 132
ミラー, ヘンリー 229-46 (passim), 248-9, 254, 256-7, 265 n, 313-5, 345 n, 346 n
ミルトン, ジョン 184

ム
ムーア, ジョージ 104, 192, 228, 359
ムーア, トマス 161-2, 169, 269, 278
武者小路実篤 358
ムッソリーニ 311

メ
メイン 359
メーテルリンク 360
メネム, カルロス 144 n

モ
モウズリー 266 n
毛沢東 91
モーゼ 118, 192, 198, 201-2
モーツァルト 349 n
モーム, サマセット 73 n
モネ, クロード 211

405

ヤ
ヤング,マルグリット　249

ラ
ライト,ピーター　119
ラシュディ,サルマン　28, 44 n, 282-3, 285
ラム,チャールズ　150
ラム,メアリー　150
ラロー,ジェイムズ　132
ランボー　248

リ
リア,エドワード　269-72, 342 n
リアリー,ティモシー　100, 103, 107 n, 247
リード,イシュメール　72 n
リード,クリスティナ　32
リード,グレアム　89
リスト　103
リッジウェイ,ウィリアム　168
リネカー,ゲリー　39
リンカーン,アブラハム　161
リンゼイ,ヴェイチェル　46, 51-2, 54
リンチ,デビッド　143 n

ル
ルイ15世　309-10
ルイ17世　186
ルイス,C. S.　348 n
ルービン,ジェイムズ　144 n
ルター,マーティン　322

レ
レイ,スティーヴン　75 n
レーナウ　346 n
レーニン　42, 343 n
レッシング　324
レヴィ=ストロース　95 n

ロ
ロイド　121
ロウチ,ケン　23-4, 48, 109-146 (passim)
ロートレック　221
ローリー,サー・ウォルター　263
ロッサ,オドノヴァン　64, 74 n
ロバーツ,ジュリア　127
ロビンソン,メアリー　66
ロビンソン,レノックス　161, 175-203 (passim), 359
ロレンス,D. H.　234, 247, 255, 337, 348 n
ロングフェロー,ヘンリー　228

ワ
ワーズワース,ウィリアム　183-5, 297
ワイルド,オスカー　207 n, 228, 232, 247, 254-5, 266 n, 356-8, 361
ワシントン,ジョージ　133

Provocation from the Fringe
by
Kenji Kono

Summary:

Provocation from the Fringe has double entendre. First, it implies the political situation where the tension may easily trigger off conflict over the border areas between UK and Ireland. Thus the provocative border has produced basically anti-British dramas since the 1970s; deep-seated resentment towards British dominance over Northern Ireland characterizes Belfast-born Seamus Finnegan's eleven plays and Robin Glendinning's *Mumbo Jumbo* and *Donny Boy*; while Michael Harding's *Hubert Murray's Widow* depicts IRA gunmen in a more or less negative way, and this tendency becomes quite evident with Paul Muldoon's enigmatic *Six Honest Serving Men*. Director Ken Loach's controversial film *Hidden Agenda* accuses the 'shoot-to-kill' policy during the 1980s, causing arguments both for and against the measure he takes. From a historical perspective, several works rather obscure today but worthy of even more attention are studied: extraordinary 'stage Irishman' in James Kenny's *False Alarm*; popular myth-making process in Dion Boucicault's *Robert Emmet*; hero-worship in Lennox Robinson's *The*

Lost Leader; and Jack Yeats's seven avant-garde plays of absurdity.

Secondly, the title of the book signifies the intense literary influence from the small island nation situated in the fringe area of the West. Undoubtedly, Irish literature has provided a cultural impetus for many writers in other countries over the world. The unexpected link ranges from such American writers as Walt Whitman, Henry Miller, Anaïs Nin and Paul Auster, to British authors like Edward Lear, Walter Scott, Rudyard Kipling, Lawrence Durrell, and Iris Murdoch. Even some Japanese writers — Kikuchi Kan, Maruyama Kaoru — owe their works to the Irish literary tradition. This would be an eloquent proof that Irish literature with its resourcefulness has served as a cultural activator towards other nations.

著者紹介

河野　賢司（こう　の　けん　じ）（1959．7．26-）

1982年　東京大学教養学部教養学科（イギリス科）卒業
1983-4年　ダブリン大学トリニティカレッジ英文科研究生（アイルランド政府奨学金留学生）
1985年　広島大学大学院地域研究研究科（地域研究専攻）修士課程修了
1985年　県立静岡女子短期大学文学科専任講師
1990年　静岡県立大学短期大学部文化教養学科助教授
1994年　倉敷市立短期大学保育学科助教授
1998年　九州産業大学国際文化学部国際文化学科および
　　　　九州産業大学大学院国際文化研究科博士課程（5年一貫制）助教授
2000年　同　教授（現在にいたる）

住所　〒706-0141　岡山県玉野市槌ケ原1969-1

周縁からの挑発
―現代アイルランド文学論考―

　　　　　　　　　　　　平成13年2月25日　発行

著　者　河野賢司
発行所　株式会社　溪水社
　　　　広島市中区小町1-4（〒730-0041）
　　　　電　話（082）246-7909
　　　　ＦＡＸ（082）246-7876
　　　　E-mail: info@keisui.co.jp

ISBN 4-87440-630-0　C3098
平成12年度日本学術振興会助成出版